Knaur

Über die Autorin:

Denise Mina, geboren 1968, arbeitete vor ihrem Jurastudium als Pflegerin in einem Altenheim. Nebenher schrieb sie für die schottische BBC und veröffentlichte zwei Fachbücher. Anschließend lehrte sie Kriminologie und Strafrecht an der Universität Glasgow und beschäftigte sich intensiv mit der Behandlung psychisch gestörter Frauen und Straftäterinnen. Für *Schrei lauter, Maureen*, ihren ersten Kriminalroman, erhielt sie 1998 den John Creasey Award für das beste Debüt im Spannungsgenre. Ihr zweiter Spannungsroman, in dem wiederum Maureen O'Donnell die Hauptrolle spielt, wird im kommenden Jahr bei Droemer erscheinen. Denise Mina lebt heute als freie Schriftstellerin in Glasgow.

Denise Mina

Schrei lauter, Maureen

Roman

Aus dem Englischen von
Doris Styron

Knaur

Die englische Originalausgabe erschein 1998 unter dem Titel
Garnethill
bei Bantam Press/Transworld Publishers, London.

Besuchen Sie uns im Internet:
www.droemer-weltbild.de

Vollständige Taschenbuchausgabe 2001
Droemersche Verlagsanstalt Th. Knaur Nachf., München

Umschlaggestaltung: ZERO Werbeagentur, München
Umschlagabbildung: Tony Stone, München / Wilhelm Scholz
Satz: Ventura Publisher im Verlag
Druck und Bindung: Clausen & Bosse, Leck
Printed in Germany
ISBN 3-426-61926-1

2 4 5 3 1

Für meine Mutter Edith

Maureen

UNGEDULDIG FUHR SICH Maureen über die Augen, zündete sich eine Zigarette an, ging zum Schlafzimmerfenster hinüber und zog die schweren, roten Vorhänge zurück. Ihre Wohnung lag ganz oben auf Garnethill, dem höchsten Hügel von Glasgow, mit Blick auf die steile, vom Schatten kleiner, vorüberziehender Wolken getupfte North Side. Auf der Straße unten schleppten sich Kunststudenten langsam zu ihren Frühseminaren hoch.

Bei ihrer ersten Begegnung mit Douglas hatte es bei ihr sofort gefunkt. Er hatte eine sanfte Stimme, und wenn er ihren Namen aussprach, hatte sie das Gefühl, der liebe Gott höchstpersönlich hätte sie gerufen oder jedenfalls so ähnlich. Sie verliebte sich in ihn, trotz Elsbeth, trotz seiner Lügen und obwohl ihre Freunde ihn nicht mochten. Sie erinnerte sich an eine Zeit, als sie ihn beim Schlafen beobachtete, wenn seine Augäpfel unter den Lidern hin und her zuckten und sie den Anblick so schön fand, daß es ihr den Atem verschlug. Aber am Montagabend wachte sie auf und sah ihn an und wußte, es war vorbei. Acht lange, bewegte Monate waren einfach verpufft.

Sie redete mit ihrer Kollegin Liz darüber.

»Ach, ich weiß schon«, sagte Liz und kämmte mit den Fingern ihre blonde Mähne zurück. »Bevor ich Garry kennenlernte, ging ich immer tanzen …«

Es war hoffnungslos, Liz war als Gesprächspartnerin einfach eine Null. Ganz egal, worüber man redete, sie kam immer auf Garry zurück. Garry war ein Sexidol, alle seien von ihm begeistert, sagte Liz, und sie hätte Glück gehabt, ihn zu bekommen. Maureen war sicher, daß dieser Ausspruch von Garry selbst stammte. Manchmal kam er beim Kartenvorverkauf vorbei, lehnte sich über den Schaltertisch und flirtete mit ihr, wenn Liz gerade wegguckte.

Liz fing einen endlosen Sermon darüber an, wie sehr sie Garry mochte, dann wieder nicht mehr mochte und dann doch wieder. Schon nach zwei Sätzen wußte Maureen, daß sie die Geschichte bereits kannte. Ihr Kopf begann zu schmerzen. »Liz«, sagte sie, »kannst du mir einen Gefallen tun und heute die Anrufe annehmen? Er will anrufen, aber ich will nicht mit ihm reden.«

»Klar«, sagte Liz. »Kein Problem.«

Um halb zehn riß Liz bedeutungsvoll die Augen auf und säuselte theatralisch in den Hörer: »Tut mir leid, sie ist nicht da. Nein, sie kommt auch nicht. Versuchen Sie's morgen noch mal.« Sie legte schnell auf und sah Maureen an. »Es hat gepiepst.«

»Gepiepst? Hat er von einer Zelle aus angerufen?«

»Ja.«

Maureen sah auf die Uhr. »Das ist ja komisch«, sagte sie. »Er müßte doch bei der Arbeit sein.«

Eine halbe Stunde später nahm Liz wieder ab. »Nein«, sagte sie kurz angebunden, »ich habe Ihnen doch gesagt, daß sie nicht da ist. Versuchen Sie's morgen.« Sie legte auf. »Na ja«, sagte sie offensichtlich beeindruckt, »er bemüht sich jedenfalls.«

»Hat er wieder von einer Zelle aus angerufen?«

»Es klang so. Ich habe im Hintergrund Leute reden hören so wie vorhin.«

Die Kasse befand sich auf der Vorderseite des Apollo Theatre unter einem dreieckigen Vordach, das in die neoklassizistische Fasse eingelassen worden war, damit die Kunden nicht im Regen stehen mußten, wenn sie Karten kauften. Es war ein grauer, trüber Tag da draußen vor dem Fenster, der erste bitterkalte Herbsttag, der ausgerechnet dann gekommen war, als man schon dachte, man habe ein natürliches Anrecht auf laue Nachmittage. Der kalte Wind fegte unter dem Fenster entlang und wirbelte durch die Mulde für das Wechselgeld herein.

Bei der zweiten Post war ein Brief aus Edinburgh für Maureen dabei. Sie knickte das Kuvert in der Mitte und schob es in die Tasche, ließ das Rollo an ihrem Schalter herunter und sagte Liz, sie gehe aufs Klo.

Douglas hatte ihr erzählt, er lebe mit Elsbeth zusammen, aber

Maureen war sicher, daß sie verheiratet waren: Zwölf Jahre schienen eine ewig lange Zeit, und sonst log er ja auch. Vor drei Monaten waren die Wahlen für das Europäische Parlament gewesen, und Douglas' Mutter war als Abgeordnete für Strathclyde wiedergewählt worden. Alle Lokalzeitungen brachten Variationen des gleichen, sorgsam inszenierten Fototermins. Carol Brady stand mit einem Rosenstrauß lächelnd im Foyer eines großen Glasgower Hotels, und Douglas war im Hintergrund neben dem Bürgermeister zu sehen, den Arm lässig um die Taille einer hübschen, blonden Frau geschlungen. Der Bildunterschrift zufolge war es Elsbeth Brady, seine Frau. Maureen hatte an den obersten Standesbeamten in Edinburgh geschrieben, zusammen mit einer Geldanweisung Douglas' persönliche Daten geschickt und um eine Überprüfung des Heiratsregisters der letzten fünfzehn Jahre gebeten. Sie erinnerte sich, daß ihr die Sache vor drei Monaten, als sie den Brief abgeschickt hatte, wahnsinnig wichtig gewesen war, aber jetzt, da die Antwort gekommen war, schien es ihr nur noch eine belanglose, kuriose Angelegenheit zu sein.

Die äußere Tür wurde durch Audreys Putzeimer aufgehalten. Eine der Klotüren war geschlossen, und eine dünne Rauchsäule stieg hinter der Tür hoch. Maureen ging auf Zehenspitzen über den frisch geputzten Boden, verschloß die Tür, setzte sich auf den Rand der Toilette und riß mit dem Finger das Kuvert auf.

Die Heiratsurkunde bezeugte, daß er 1987 Elsbeth Mary McGregor geehelicht hatte. Maureen fühlte eine plötzliche Gleichgültigkeit in sich aufsteigen, die sie wie eine Ansammlung von zuviel Magensäure überkam.

»Hallo?« rief Audrey von der nächsten Kabine mit gepreßter Stimme, die sie nur gegenüber Vorgesetzten benutzte.

»Ist schon gut«, sagte Maureen. »Ich bin's bloß. Rauch nur weiter.«

Als sie zum Schalter zurückkam, war Liz ganz aufgeregt. »Er hat schon wieder angerufen«, sagte sie und sah Maureen an, als sei das eine tolle Neuigkeit. »Ich hab' gesagt, du seist heute nicht da und er solle nicht mehr anrufen. Er muß ja verrückt sein nach dir.«

Maureen war es zu dumm, darauf zu antworten. »Ich glaube nicht«, sagte sie nur und schob seine Heiratsurkunde in ihre Handtasche.

Um sechs rief Maureen Leslie bei der Arbeit an. »Hör mal, sollen wir uns 'ne Stunde früher treffen?«
»Ich dachte, du hast mittwochs deinen Termin beim Psychiater.«
»Oje«, sagte Maureen und zuckte zusammen. »Dann schwänze ich heute einfach.«
»Okay, Schätzchen«, sagte Leslie. »Ich treff' dich dann so um, sagen wir, halb sieben?«
»Halb sieben, gut«, sagte Maureen.
Liz half noch, den Kassenraum zuzumachen, und überließ es dann Maureen, die Tageseinnahmen zum Nachtsafe um die Ecke zu bringen. Maureen ging langsam und nahm, das Albert Hospital vermeidend, den längeren Weg durch die Stadt. Die Cathedral Street war wie immer sehr windig. Die lange Zufahrtsstraße zur Autobahn M8 war wegen des dichten Verkehrs vierspurig gebaut worden, und die hohen Bürogebäude auf beiden Seiten hielten seitliche Luftströme davon ab, den beißenden Ostwind zu bremsen, der vom Hügel herab mit kräftigem Schwung über den Friedhof und dann die breite Straße hinunterfegte. Maureen hatte nicht mit diesem Wetter gerechnet. Ihr dünnes Baumwollkleid und die Wolljacke hielten die Kälte nicht ab, und ihre Zehen in die Stiefeln fühlten sich ganz taub an. Louisa saß jetzt vermutlich im neunten Stock des Albert Hospital an ihrem Schreibtisch, hatte die Hände vor sich gefaltet, den Blick auf die Tür gerichtet, und wartete auf sie. Aber Maureen wollte nicht hingehen. Die hallenden Korridore und der Geruch chemischer Desinfektionsmittel verstörten sie jedesmal, weil sie sie an ihre Zeit im Northern Hospital erinnerten. Die Schwestern dort waren nett gewesen, aber sie hatten sie mit Essen gefüttert, das sie nicht mochte, und sie bei offenen Vorhängen angezogen. Die Toiletten dort hatten keine Türschlösser, damit die Patienten das Privileg des Alleinseins nicht zu Selbstmordversuchen mißbrauchten.

Gleich nach ihrer Entlassung stellte sie jeder Tag auf die Probe: Sie hatte schreckliche Angst davor, durchzudrehen und wieder nur ein Stück Fleisch zu sein, das jeden Tag, für den Fall, daß Besuch käme, angezogen werden mußte. Ihre jetzige Therapeutin, Dr. Louisa Wishart, meinte, ihre Angst sei Furcht davor, verletzt zu werden, nicht aber davor, ihre Würde zu verlieren. Und jedesmal, wenn sie hinging, saß derselbe magere, fünfzigjährige Mann im Wartezimmer. Er versuchte immer, ihren Blick auf sich zu lenken und mit ihr zu reden. Sie verkürzte ihre Wartezeit soweit wie möglich, um ihm aus dem Weg zu gehen, ging auf eine der Toiletten oder stand eine Weile in der Halle herum.

Sie ging in das Albert Hospital, seit Angus Farrell von der Rainbow Clinic sie vor acht Monaten dorthin überwiesen hatte. Schon vor der ersten Sitzung bei Louisa wußte sie, daß sie sich wieder fangen würde und daß die Therapie nur eine leere Geste war, der Versuch, ihrer tiefen Traurigkeit medizinisch beizukommen. Sie versuchte, die Behandlung bei Louisa abzubrechen, aber Winnie, ihre Mutter, schlug einen Heidenkrach und rief sie viermal täglich an, um zu fragen, wie es ihr gehe. Da nahm sie die Besuche im Albert Hospital mit der Begründung wieder auf, sie habe sich nur gegen den schon fast erreichten Durchbruch in der Therapie gesträubt. Wegen ihrer katholischen Erziehung hatte sie immer schon das Gefühl gehabt, sie müsse ihr Inneres vor anderen ausbreiten und begutachten lassen. Also bastelte sie Lügen, veränderte Namen und dachte sich Geschichten aus, um sich die Zeit zu vertreiben. Sie sprach nur selten über ihre Familie. Louisa lächelte traurig und gab ihr die üblichen, auf der Hand liegenden Ratschläge.

Sie nahm eine Abkürzung zur High Street und ging zum Pizzapalast hinunter, einem ganz amerikanisch gestylten Restaurant, das von Anfang an zur Pleite verurteilt schien. Die Wände bestanden aus rotlackierten Backsteinen, an denen zerkratzte, blecherne Werbeplakate für Zigaretten und Benzin hingen. Zwei ramponierte Kakteen aus Pappmaché standen zu beiden Seiten der Tür. Die Haube eines Cadillacs war intelligenterweise auf

Stirnhöhe an der Wand genau über der Kasse angebracht. Sie sah Leslie im hinteren Teil des Lokals schon am Tisch sitzen. Sie trug noch ihre abgewetzte Motorradkluft und hatte zwei große Cocktails vor sich und eine Zigarette in der Hand. Ihr kurzgeschnittenes, schwarzes Haar sah durch den Helm immer ungewaschen aus und stand in alle Richtungen ab. Sie hatte eine flache, breite Nase, große tiefbraune, fast schwarze Augen und breite, regelmäßige Zähne. Insgesamt wirkte sie ein bißchen verrückt und sexy. Sie schob Maureen ein Cocktailglas hin, als sie an den Tisch kam.

»Aloha.« Sie grinste.

Ein junger Kellner mit strahlendem Gesicht kam an den Tisch und unterbrach Leslies Pizzabestellung, um ihr zu sagen, daß er ihre Lederkluft sexy fände. Leslie blies ihm eine Rauchwolke ins Gesicht. »Schick uns lieber 'ne Kellnerin, verdammt«, sagte sie und sah ihm nach, als er sich entfernte.

»Leslie«, sagte Maureen, »rede doch nicht so mit den Leuten. Er weiß doch gar nicht, daß er dich beleidigt hat.«

»Er soll mich am Arsch lecken, er kann's sich selber ausrechnen. Und wenn er's nicht schafft, na ja, dann ist er eben auch beleidigt, dann wären wir zu zweit.«

»Du bist grob. Er weiß doch gar nicht, was er falsch gemacht hat.«

»Du hast recht, Mauri«, sagte sie, »aber ich finde, entscheidend ist, daß unser junger Freund erfährt, daß ich zur groben Sorte gehöre und daß er mir, verdammt noch mal, vom Leib bleiben soll.«

Eine muntere, junge Bedienung kam an den Tisch. Leslie bestellte eine knusprige, große Pizza mit Sardellen, Pilzen und schwarzen Oliven für sie beide zusammen. Maureen ließ eine Karaffe vom billigsten Wein kommen. Im Gegensatz zu Liz war Leslie jemand, mit dem man gut reden konnte. Was immer passiert war, sie hielt bedingungslos zu ihrer Freundin, zog mit Genuß über den Gegner her und erwähnte die Sache dann nie mehr. Aber sie haßte Douglas und war jetzt froh, daß Maureen sagte, sie wolle mit ihm Schluß machen. »Er ist ein Arschloch.« Mit den Fingern fischte sie eine Kirsche aus dem Glas. »Das war sexueller Mißbrauch. Du warst ja kaum aus dem Krankenhaus, als er dich abgeschleppt hat.«

»Er hat mich nicht abgeschleppt«, sagte Maureen. »Ich hab' ihn abgeschleppt.«

»Ganz egal. Etwas mit einer Patientin anfangen, das ist sexuelle Belästigung.«

»Aber ich war doch gar keine Patientin von ihm«, verteidigte sich Maureen. »Ich war Patientin von Angus.«

»Er hat dich doch in der Klinik kennengelernt, oder?«

»Ja«, gab Maureen verdrießlich zu.

»Und es ist eine Klinik für Opfer von sexueller Gewalt?«

»Ja.«

»Und er arbeitete dort und wußte, daß du eine Patientin warst?«

»Ja, aber ...«

»Dann ist es Mißbrauch«, sagte Leslie, hob den Cocktail zum Mund und schüttete ihn viel zu schnell hinunter.

»Ach, ich weiß nicht, Leslie, es kann doch nicht alles Mißbrauch sein, oder? Also, ich hab' es doch gewollt. Ich war daran genauso beteiligt wie er.«

»Ja«, sagte sie hartnäckig. »Nicht alles muß Mißbrauch sein, aber das war es jedenfalls. Meinst du nicht, er hätte sich denken können, daß dein Einverständnis nicht ernst zu nehmen war, nachdem du erst vier Monate zuvor aus der psychiatrischen Anstalt entlassen worden warst?«

»Ich weiß nicht.«

»Maureen, vier Monate aus der Klapsmühle raus, also komm, sogar so ein Scheißkerl wie Douglas weiß, daß das nicht in Ordnung ist. Er hat eine andere, er bittet dich, es geheimzuhalten, er hat Macht über dich. Das ist Mißbrauch.«

»Eigentlich hat er mich nicht gebeten, es geheimzuhalten«, sagte Maureen und wurde rot vor Ärger.

»Hat er dich mit nach Haus genommen, um dich seiner Mutter vorzustellen?« Leslie grinste schwach. »Was hast du denn bloß mit dem Typ, Mauri? Er kann dein psychiatrisches Krankenblatt einsehen, wie gleich können da eure Chancen sein?«

Die Bedienung brachte die Karaffe und goß ihnen ein, als ob es guter Wein wäre. Sie nahm die leeren Cocktailgläser mit. Maureen fiel nichts ein. Sie machte sich mit ihrer Zigarette zu schaffen, um ihr Unbehagen zu verbergen, und fuhr mit der Spitze auf dem Boden des Glasaschenbechers herum. Leslie hatte recht. Douglas war einfach ein erbärmlicher alter Wichser.

Bis die riesige Pizza kam, war die Karaffe schon halb leer. Sie aßen mit den Fingern und redeten über allerhand Neuigkeiten und Tratsch. Die Mittel für das Frauenhaus, in dem Leslie arbeitete, waren gestrichen worden, und es würde vielleicht in einem Monat schließen müssen. Leslie organisierte eine Kampagne, um die Mittel zurückzubekommen, und stieß überall auf taube Ohren. »Ach Gott, es ist deprimierend«, sagte sie. »Wir sind schon so verzweifelt, daß wir allen Zeitungen mitgeteilt haben, daß achtzig Prozent der mißhandelten Frauen sowieso weggeschickt werden, und niemand hat uns zurückgerufen. Scheint allen scheißegal zu sein.«

»Könnt ihr nicht die Frauen bitten, sich an die Zeitungen zu wenden? Ich wette, das gäbe eine gute Betroffenheitsnummer.«

Leslie trank ihr Glas aus und dachte nach. »Das ist eine entsetzliche Idee«, sagte sie kurz angebunden. »Wir können doch den Frauen nicht zumuten, mit ihren Erfahrungen für unseren Zweck hausieren zu gehen. Sie sind ihr ganzes Leben lang ausgenutzt worden, und den meisten ist ihr psychopathischer Verfolger noch auf den Fersen.«

»Du hast ja recht.« Maureen beugte sich vor. »Aber ich glaube einfach, daß wir die Diskussion um die Abtreibung in den Medien nie gewinnen werden, weil unsere Gegner Frauen dazu bringen, im Fernsehen zu weinen, und weil sie Bilder von toten Babys bringen und wir dagegen immer nur mit Statistiken aufwarten. Wir sollten emotionale Berichte und Argumente ins Spiel bringen.«

Leslie grinste. Es mußte sehr billiger Wein sein, ihre Zähne waren

dunkelrot gefärbt. Maureen nahm an, daß ihre eigenen auch so aussahen.
»Seichte Gefühlsduselei«, sagte Leslie. »So lassen sich die Ignoranten am besten ködern.«
»Genau, und das solltet ihr tun.«
»Ich hab' es satt, dauernd nur zu argumentieren«, sagte Leslie leise. »Ich verstehe nicht, warum wir uns nicht einfach alle zusammentun und angreifen. Doris Lessing sagt, Männer hätten Angst vor Frauen, weil sie denken, daß die Frauen sie auslachen würden, und Frauen hätten Angst vor Männern, weil sie meinen, die Männer würden sie umbringen. Wir sollten alle in fanatische Wut verfallen und ihnen eine Heidenangst einjagen – dann sollen sie mal sehen, wie sie sich fühlen.«
»Aber welche Rechtfertigung würde es denn für Gewaltanwendung geben?«
»Die Verhandlungen«, sagte Maureen und imitierte den Belfaster Akzent, »sind endgültig abgebrochen worden.«
»Das akzeptiere ich nicht«, sagte Maureen. »Ich glaube, was du meinst, ist, daß du die Geduld verloren hast.«
Es war unfair von Maureen, so etwas zu sagen. Leslie arbeitete in einem Frauenhaus mit Frauen, die systematisch mißhandelt und von ihren Partnern vergewaltigt worden waren. In Leslies Welt vergewaltigten Männer Kinder, traten Frauen in Bauch und Zähne, rammten ihnen Flaschen in den Hintern, sie stahlen ihr Geld und ließen sie liegen, als wären sie tot. Dann glaubten sie, ihnen werde unrecht getan, wenn die Frauen sie verließen. Wenn irgend jemand mit Recht die Geduld verlieren konnte, dann war es Leslie.
Leslie dachte einen Augenblick darüber nach, sah dann resigniert auf ihr Glas und schien sich mit einem Gedanken herumzuquälen. Ihr Gesicht wurde vor Erschöpfung ganz schlaff. »Scheiß drauf«, sagte sie. »Wir sollten uns mal richtig besaufen.«
Und das taten sie auch.

In Maureens Kopf drehte sich alles von dem Rotwein. Sie zog ihr weichstes, frisch gewaschenes T-Shirt an, um sich behaglich zu fühlen, und ging sofort zu Bett. Sie nahm mehr als die empfohlene Dosis eines rezeptfreien, flüssigen Schlafmittels und schlief ein – mit den Resten von Mascara im Gesicht und einem aus dem Bett heraushängenden Bein.

Douglas

Douglas war mit mehreren Stücken Strick auf dem blauen Küchenstuhl festgebunden. Seine Kehle war glatt bis auf die Wirbel durchgeschnitten, wodurch sein Kopf schief auf dem Hals saß. Überall auf dem Teppich waren Pfützen und Spritzer von seinem angetrockneten Blut. Ein dünner, roter Strich verlief über einen Meter lang diagonal vom Stuhl über die Lehne der Couch bis fast zur Fußleiste an der gegenüberliegenden Wand.

Sie konnte sich nicht von der Stelle rühren. Ihr war sehr heiß. Sie war gerade von der Toilette durch den Flur zurückgekommen, als ihr Blick auf die blutgetränkte Windjacke in der offenen Wohnzimmertür fiel. Eine Reihe blutiger Fußspuren führte zu Douglas, der genau in der Mitte des Zimmers auf dem Stuhl festgebunden war. Die Fußspuren waren klein und regelmäßig, wie auf einer Abbildung für Tanzschritte.

Sie erinnerte sich nicht mehr, daß sie an der Wand hinabgerutscht war und zusammengekrümmt dagehockt hatte. Sie mußte schon eine ganze Weile so gesessen haben, denn ihr Gesäß war ganz taub. Sie konnte ihn jetzt nicht sehen, nur die Windjacke und zwei der Fußabdrücke, aber der süßliche, schwere Blutgeruch hing wie Nebel in der warmen Luft des Flurs. Die gelbe Plastikjacke war blutdurchtränkt. Die Kapuze war hochgeschlagen; die Blutflecken am Rand verliefen zackig und ungleichmäßig. Er hätte die ganze Nacht schon dasein können, dachte sie. Sie war direkt zu Bett gegangen, als sie heimkam. Sie hatte in derselben Wohnung geschlafen, wo dies passiert war.

Schließlich stand sie auf und rief die Polizei an. »In meinem Wohnzimmer ist ein Toter. Es ist mein Freund.«

Regungslos stand sie neben dem Telefon und starrte schweißgebadet den Türgriff an, bewegungslos vor Angst, ihr Blick könnte zum Wohnzimmer wandern – dann hörte sie Bremsen von Autos

auf der Straße quietschen und Leute die Treppe herauflaufen. Sie hämmerten an die Tür. Sie hörte es zweimal heftig poltern, bevor sie hinübergreifen und die Tür öffnen konnte. Sie zitterte.
Sie führten sie in den Hausflur hinaus und fragten sie, wo sie innerhalb der Wohnung gewesen sei, seit sie heimgekommen war. Ein Fotograf machte von allem Aufnahmen.
Ihr Flurnachbar, Jim Maliano, kam heraus, um zu sehen, was der Krach zu bedeuten hatte. Sie hörte, wie er den Polizisten in seinem italienisch-glasgowerischen Akzent Fragen stellte, verstand aber nicht, was er sagte. Maureen konnte nur schleppend und fast unverständlich sprechen. Sie hatte ein Gefühl, als schwebe sie. Alles bewegte sich sehr langsam. Jim brachte ihr einen Stuhl heraus, damit sie sich setzen konnte, und eine Tasse Tee mit Keksen. Sie konnte die Tasse nicht vom Unterteller hochheben, weil sie die Kekse in der anderen Hand hielt, und stellte Tasse und Untertasse auf dem Boden unter ihrem Stuhl ab, damit niemand sie aus Versehen umstoßen würde, die Kekse legte sie auf ihre Knie.
Die Nachbarn von unten standen mit ausdruckslosen Gesichtern und verschränkten Armen auf dem Treppenabsatz zwischen den Stockwerken und erzählten jedem Neuankömmling, sie wüßten nicht, was passiert sei, ob jemand gestorben sei oder sonst etwas. Ein Polizist in Zivil Anfang Dreißig mit einem Freddy-Mercury-Schnurrbart und Schweinsäuglein belehrte Maureen über ihre Rechte.
»Sie brauchen mich nicht zu informieren«, murmelte sie, stand auf, und dabei fielen die Kekse zu Boden. »Ich hab' ja nichts gemacht.«
»Das ist eben Vorschrift«, sagte er. »Also, was ist hier passiert?« Er stimmte allem zu, was sie ihm über Douglas erzählte, als wisse er es schon und wolle sie nur testen. Er unterbrach sie, als sie zu erklären versuchte, wer sie war. »Sie da«, sagte er gereizt zu den versammelten Nachbarn, »Sie verwischen uns hier die ganzen Spuren. Gehen Sie wieder rein und warten Sie, bis ein Beamter zu Ihnen kommt. Geben Sie ihr inzwischen Ihre Namen und Adressen.« Er zeigte auf eine Beamtin in Uniform und wandte sich

wieder Maureen zu. Ihr wurde übel, und sie verfehlte knapp das Gesicht des Polizeibeamten, traf ihn aber mitten auf die Brust und verlor dann das Bewußtsein.

Sie brauchte eine Minute, bis sie wußte, wo sie war. Es war ein großes Bett, ein schwarzlackiertes Ding mit kleinen, an beiden Seiten befestigten Tischen. Es sah aus wie das Bett des Teufels. Jim Maliano war der Sohn italienischer Einwanderer in der dritten Generation und besaß einen gewissen Stolz. Seine Wohnung war ein einziger Schrein für Fußball und Möbeldesign aus Italien. An der Wand über dem Fußende des Bettes hing ein schwarzblaues Inter-Milano-Fußballhemd respektvoll unter Glas und mit geschmackvoller Silberleiste gerahmt. Es war zerknittert und verblaßt wie eine zerfallende Reliquie.

Ihre Mutter Winnie saß am Fußende und strich ihr theatralisch über die Beine. Winnie trank morgens als erstes ganz gerne Whisky aus einer Kaffeetasse, und die meisten ihrer Tage waren ein einziges Drama. Sie hustete und schluchzte, als sie Maureen die Augen öffnen sah. »Oh, Schatz, ich kann's nicht glauben.« Sie glitt auf die Bettkante und nahm Maureens Gesicht in die Hände, um sie auf die Stirn zu küssen. »Geht es dir besser?«

Maureen nickte.

»Bestimmt?« Winnies Atem stank nach Gold Spot.

»Ja.«

»Was ist denn um Himmels willen passiert?«

Maureen erzählte ihr, wie sie die Leiche gefunden hatte und vor dem Polizeibeamten ohnmächtig geworden war. Winnie hörte aufmerksam zu. Als sie sicher war, daß Maureen ausgeredet hatte, sagte sie, Jim habe ihr ein bißchen Brandy gegen den Schock hingestellt. Sie nahm vom Nachttisch, was sie als Alkoholikerin für ›ein bißchen‹ Brandy erachtete.

»Mum, ich hab' doch schon gespuckt.«

»Nimm nur«, sagte Winnie, »das wird dir guttun.«

»Ich will nicht.«

»Bist du sicher?«

»Ich will ihn nicht.«
Winnie zuckte die Achseln, hielt inne und nahm ein Schlückchen davon. »Es ist guter Brandy«, sagte sie, als habe für sie die Qualität je eine Rolle gespielt. Maureen nahm sich vor, Benny anzurufen und ihn zu bitten, herüberzukommen. Benny war bei den Anonymen Alkoholikern, und Winnie konnte es nicht ertragen, mit ihm in einem Raum zu sein. Winnie nippte an dem Brandy, nahm ungeniert immer größere und schnellere Schlucke, bis nichts mehr da war, während Maureen aufstand und sich anzog. Jim hatte ein Fußballhemd der Celtics und eine schwarze Jogginghose für sie bereitgelegt. Sie zog ihr klebriges T-Shirt aus und schlüpfte in die Sachen. Als sie die Kordel der Hose zuband, sah sie sich in dem bodenlangen Spiegel hinten an der Wand. Sie hatte noch ein schwarzverschmiertes Pandaauge vom gestrigen Make-up, und ihr fettiges Haar lag plattgedrückt am Kopf an. Dabei hatte sie es erst gestern morgen gewaschen. Sie fuhr mit dem Zeigefinger unter dem Auge entlang und wischte den größten Teil der verschmierten Schminke ab.
Der schnurrbärtige Polizeibeamte warf einen Blick ins Zimmer. Seine Jacke und sein Hemd waren naß, er hatte das Erbrochene abgewaschen und dabei zuviel Wasser genommen, und als er dann versucht hatte, die Revers der Jacke trockenzutupfen, waren sie aus der Form geraten, und sein Hemd war vorn durchsichtig. Maureen konnte eine aufgerichtete Brustwarze erkennen, die sich durch den nassen Stoff abzeichnete. Seine durchnäßte Krawatte hing aus der Hosentasche heraus. »Sind Sie schon angezogen?« fragte er und sah sie dann von oben bis unten an.
Die Beamtin und ein älterer Polizist mit dichtem, rotbraunem und graumeliertem Haar folgten ihm ins Zimmer. Maureen hatte ihn gesehen, als er die Spurensicherung leitete. Sein blasses Gesicht war mit hellbraunen Sommersprossen übersät, was bei einem so ernsthaften Mann seltsam jungenhaft wirkte. Zwischen den beiden Vorderzähnen hatte er eine breite Lücke, und seine Augen waren wasserblau wie Porzellan. Sie erinnerte sich daran, wie höflich er sie in den Hausflur geführt hatte.

»Normalerweise trage ich so etwas nicht«, sagte Maureen und lächelte verlegen über ihre Aufmachung. »Kann ich meine eigenen Kleider holen?«
»Haben Sie das hier gestern abend angehabt?« fragte der Schnauzbart und zeigte auf das T-Shirt, das auf dem Bett lag.
»Äh, ja.«
Er zog eine zusammengefaltete, weiße Plastiktüte aus der Tasche und nahm einen Kuli aus seiner Brusttasche. Dann schob er den Kuli unter das T-Shirt und stopfte es damit in den Beutel.
»Wir möchten, daß Sie uns begleiten, Miss O'Donnell«, sagte der Schnauzbärtige. »Wir würden uns gern mit Ihnen auf der Wache unterhalten.«
»Sie können sie nicht festnehmen!« rief Winnie mit entsetzter, jammernder Stimme.
»Das wollen wir auch nicht«, sagte die Beamtin beruhigend. »Wir bitten sie nur, mit uns zu reden. Wenn sie zur Wache mitkommt, geschieht das freiwillig.«
Winnie hielt mit einer dramatischen, vom Brandy inspirierten Geste mütterlicher Besorgnis schützend eine Hand vor Maureen. »Ich verlange, daß Sie ihr erlauben, mit einem Rechtsanwalt zu sprechen«, sagte sie.
Maureen schob Winnies Hand zur Seite. »Hör auf, Mum«, sagte sie und wandte sich dann wieder an die Polizeibeamten. »Ich komme mit.«
Jim Maliano sah von seiner Wohnzimmertür aus zu, als die buntgemischte Schar den dunklen Flur entlangging. Als Maureen an ihm vorbeikam, streckte er die Hand aus und drückte leicht ihre Schulter. Diese kleine, mitfühlende Geste rührte Maureen ganz besonders, und sie nahm sich vor, sie nicht zu vergessen.
An alles andere erinnerte sie sich nur undeutlich. Sie wußte noch, daß Winnie laut geweint und eine kleine Menschenmenge draußen im Treppenhaus sich geteilt hatte, um sie vorbei zu lassen. Der rothaarige Mann setzte sich ans Steuer eines blauen Ford, die Beamtin half Maureen auf den Rücksitz und setzte sich dann neben sie. Er fragte, ob sie über ihre Rechte belehrt worden sei.

Sie sagte ja, aber eigentlich hörte sie gar nicht hin. Er sagte es für sie auf. Schon nach wenigen Minuten waren sie auf der Wache in der Stewart Street.
Sie befand sich gleich um die Ecke von Maureens Wohnung, aber sie hatte vorher nie darauf geachtet. Das dreistöckige Betongebäude stand am Rand eines Gewerbegebiets und hatte an der Vorderfront reflektierende Glasscheiben. Es glich eher einem Bürogebäude als einer Polizeiwache. Sie fuhren zum Hintereingang auf einen kleinen Parkplatz. Er war von einer hohen Mauer mit gewundenem Stacheldraht umgeben. Als sie an der Rückseite des Gebäudes hochschaute, sah sie kleine, schäbige, vergitterte Fenster mit schmutzigen Scheiben.
Der Rothaarige half ihr aus dem Wagen und hielt ihren Ellbogen länger als notwendig fest. Sie mußte wohl ein bißchen schwach aussehen. »Machen Sie sich keine Gedanken«, sagte er. »Das Schlimmste ist vorbei. Wir wollen nur mit Ihnen reden.«
Aber daran dachte Maureen gar nicht. Sie wollte nur Liam sehen.

Marie, Una und Liam

MAUREEN WAR DIE jüngste von den vier Geschwistern. Sie sahen sich alle ziemlich ähnlich: dunkelbraunes Haar, kantiges Kinn und eine dicke, flachgedrückte Nase. Sie waren auch gleich gebaut: alle klein und dünn. Als Kinder wurden Liam und Maureen oft für Zwillinge gehalten. Sie waren zehn Monate nacheinander geboren, hatten beide hellblaue Augen und steckten so viel zusammen, daß sie die gleichen Angewohnheiten angenommen hatten. Als sie in die Pubertät kamen, wollte Liam nicht mehr mit Maureen gesehen werden. Sie konnte das nicht verstehen und folgte ihm wie ein kleiner Hund, bis er damit drohte, sie zu verprügeln, und nicht mehr mit ihr sprach. Ihre Ähnlichkeit verlor sich langsam.

Marie war die Älteste. In den frühen achtziger Jahren zog sie nach London, um von ihrer trinkenden Mutter wegzukommen, richtete sich dort ein und wurde eines der blauäugigen Kinder von Mrs. Thatcher. Sie bekam eine Stelle bei einer Bank und arbeitete sich hoch. Zuerst schien sie sich nur oberflächlich zu verändern: Wenn sie über ihre Freunde sprach, schätzte sie sie nach der Höhe ihrer Hypothek ein und nach den Autos, die sie fuhren. Es dauerte eine Weile, bis sie begriffen, daß Marie von Grund auf anders war als sie, doch sie sprachen nie darüber. Sie konnten über Winnies Trunksucht reden, über Maureens psychische Probleme und bis zu einem gewissen Grad über Liams Drogengeschäfte, aber sie konnten nicht darüber reden, daß Marie eine Anhängerin von Margaret Thatcher war. Dazu konnte man einfach nichts Nettes sagen. Maureen hatte immer angenommen, Marie befürworte den Sozialismus, weil sie so gutmütig war. Zum endgültigen Bruch kam es, als Marie zum letzten Mal zu Hause zu Besuch war. Sie unterhielten sich über Obdachlose, und Maureen verdarb allen das Essen, als sie die Nerven verlor und ihre

Schwester anbrüllte: »Scheiße, du hast ja überhaupt kein Gefühl mehr für Werte.«
Das war sechs Monate, bevor Maureen ins Krankenhaus eingeliefert wurde, gewesen, aber so wie Marie die Geschichte erzählte, hatten nur Wochen dazwischen gelegen. Und das erklärte alles. Maureen war gestört, und Marie vergab ihr.
Marie war mit Robert verheiratet, der auch als Banker in der City tätig war. Sie hatten schon zwei Jahre zuvor insgeheim auf dem Standesamt von Chelsea geheiratet, aber Robert hatte nie die Zeit gefunden, nach Glasgow zu kommen und sich der Familie seiner Frau vorzustellen. Das war sehr schade, inzwischen konnte er es sich nämlich nicht mehr leisten: Er war bei Lloyd's gerade zur falschen Zeit eingestiegen, war eine Größe im falschen Verein geworden, und jetzt wohnten sie beide in einem Einzimmerapartment in Bromley.
Unas Mann, Alistair, war ein wichtiges Mitglied der Familie. Er war Klempner und schätzte sich glücklich, als Una damit einverstanden war, ihn zu heiraten. Er war ein ruhiger, ehrenhafter Mann, und zu Unas immerwährender Freude erwies er sich als äußerst flexibel. Sie begann damit, seine Art, sich zu kleiden, zu verändern, als nächstes kam sein Akzent an die Reihe, und zur Zeit versuchte sie gerade, seine Karriere zu verbessern.
Una war Hoch- und Tiefbauingenieurin und verdiente ganz schön. Sie hatte für 1995 eine Familie geplant und praktisch schon den Mutterschaftsurlaub angemeldet, aber sie wurde nicht schwanger. Nach außen hin trug sie die Sache recht tapfer, aber in letzter Zeit hatte sie ihnen allen – jedem einzeln – anvertraut, daß sie langsam die Hoffnung aufgab. Maureen begleitete sie zur Klinik, als die Untersuchung und Tests gemacht wurden. Es zeigte sich, daß Alistairs Spermienzahl ein bißchen niedrig war, und man gab ihm Medikamente. Una war froh, und Alistair war sowieso glücklich, wenn sie es war.
Als Liam auf eine weiterführende Schule kommen sollte, hatte Michael, ihr Vater, seine Stelle als Journalist verloren, weil er trank, was in der damaligen Zeit schon ein Kunststück war. Sie

konnten es sich nicht leisten, Liam auf die Privatschule gehen zu lassen, die Marie und Una besucht hatten. So wurde er in die Gesamtschule Hillhead geschickt, wohin Maureen ihm ein Jahr später folgte. Es war eine gute Schule, aber beide taten nicht viel.
Nachdem Michael sie verlassen hatte, wurde es zusehends schlimmer mit Winnies Alkoholproblem. Innerhalb von vier Jahren war sie wieder verheiratet, und George, der neue Stiefvater, wurde der schweigende Partner von lauten, brutalen Streitereien. Trotz der Atmosphäre zu Haus machte Liam seiner Mutter die große Freude und bekam an der juristischen Fakultät der Universität Glasgow einen Studienplatz. Nach sechs Monaten stieg er aus und fing an, seinen Freunden gelegentlich Hasch zu verkaufen, bis er dann sein Talent dafür entdeckte und professioneller Dealer wurde. Er kaufte ein großes Haus. Sie sagten Winnie, er sei Manager von verschiedenen Bands. Maureen setzte ihm öfter zu, er solle das Haus absichern, aber er sagte, wenn er anfinge, sich über solche Dinge Sorgen zu machen, würde er wirklich dem Verfolgungswahn verfallen. Seine jetzige Freundin, Maggie, war ihnen ein Rätsel. Sie war Model, aber sie sahen nie, daß sie irgendwo als Model auftrat, und sie war Sängerin, aber sie hörten sie auch nie singen. Sie war sehr hübsch und hatte den niedlichsten Hintern, den Maureen je gesehen hatte. Sie schien keine Freunde zu haben. Die arme Maggie mußte große Erwartungen erfüllen: Lynn, Liams erste und letzte Freundin, war Sprechstundenhilfe und so ruppig wie ein Stachelschwein gewesen, aber sie hatte so gute Witze gerissen, daß selbst Winnies Snobismus verflog, wenn Lynn eine Geschichte zum besten gab.
Maureen war gut in der Schule und ging direkt weiter an die Glasgower Universität, um Kunstgeschichte zu studieren. Sie war im letzten Studienjahr, als sie anfing zu glauben, sie sei schizophren. Die Ängste, unter denen sie nachts litt, wurden nach und nach immer schlimmer, und sie fing an, kurze Erinnerungen im Wachzustand zu haben. Zuerst waren sie nur ganz vage, kamen dann aber immer öfter und wurden intensiver. Weil sie nicht wußte, worauf sie hinwiesen, dachte sie, es handele sich um zu-

fällige Wahnvorstellungen. In lichteren Momenten wurde ihr klar, daß etwas absolut nicht stimmte. LSD hatte sie nie genommen, das konnte es also nicht sein. Sie fing an, über psychische Krankheiten zu lesen, und fand heraus, daß sie in der richtigen Altersgruppe für einen ersten Anfall von Schizophrenie war. Sie war nicht sehr überrascht: Wie viele Menschen aus unglücklichen Familie hatte sie von der Zukunft nie etwas überwältigend Schönes erwartet. Sie erzählte es niemandem, nahm den Job am Apollo Theatre an und kaufte die winzige Wohnung in Garnethill, so daß man sie, wenn sie durch das große, schwarze Loch in die Hände der sozialen Dienste fiele, nicht zwingen würde, bei Winnie zu wohnen.

Nach eineinhalb Jahren geduldig ertragener Panikzustände kam es zum Zusammenbruch.

Sie saß oben in einem Doppeldeckerbus. Ein dicker Mann neben ihr atmete ihr schleimrasselnd ins Ohr. Das Geräusch kam näher, wurde lauter und zu einem immer intensiveren, schließlich ohrenbetäubenden Keuchen. Sie erwartete, daß er sie schlagen würde, und rechnete mit einem Fausthieb auf die Schläfe. Als das nicht geschah, schrie sie und erbrach sich. Der Fahrer kam, um nachzusehen, was los war, und fand sie schluchzend vor, wie sie versuchte, alles mit einem einzigen Papiertaschentuch aufzuwischen. Er sagte ihr, sie solle es lassen. Sie floh aus dem Bus. Keiner der anderen Passagiere kam ihr nach.

Die Familie begann sich Sorgen zu machen, als Mr. Scobie, der Geschäftsführer des Apollo, als letzten Ausweg bei Winnie anrief. Maureen war seit drei Tagen nicht zur Arbeit erschienen und hatte auch nicht angerufen. Liam suchte sie und fand sie in einem Wandschrank versteckt im Flur ihrer Wohnung in Garnethill. Sie war seit zwei Tagen darin gewesen und hatte in die Ecke uriniert und den Darm entleert. Sie erinnerte sich, daß Liam sie in eine Decke gewickelt und in sein Auto hinuntergetragen hatte. Er zog die Decke über ihr Gesicht, und während der ganzen Fahrt zum Krankenhaus flüsterte er ihr zu, sie sei in Sicherheit, ganz sicher, und sie müsse tapfer sein.

Einen Monat nach ihrer Einlieferung in das Northern Psychiatric Hospital kam Unas Mann Alistair allein zu ihr zu Besuch. Er bat, mit ihr und ihrem Psychiater sprechen zu dürfen, und brach sein Una gegebenes Versprechen, indem er erzählte, daß so etwas schon einmal passiert war. Als Maureen zehn war, hatte man sie in einem Schrank unter der Treppe gefunden, wo sie sich versteckt hielt. Sie war einen ganzen Tag dort gewesen. Ihr Gesicht hatte auf der einen Seite blaue Flecken gehabt, und als sie sie badeten, fanden sie getrocknetes Blut zwischen ihren Beinen. Niemand wußte, was geschehen war, weil Maureen nicht sprechen konnte. Michael packte ein paar Sachen zusammen, nahm das Scheckbuch und verschwand für immer. Winnie sagte den Kindern, Maureen sei auf den Po gefallen und hätte sich erschrocken. Der Vorfall wurde nie wieder erwähnt.

Winnie hatte Alistair nie verziehen, daß er es erzählt hatte. Wenn sie betrunken war, rief sie ihn manchmal an. Aber er wollte Maureen nicht erzählen, was sie dann zu ihm sagte.

Leslie kam jeden Tag ins Krankenhaus, wobei sie die Besuche in die freie Zeit zwischen ihren Schichten im Frauenhaus legen mußte. Sie betrachtete den Aufenthalt in der Anstalt als etwas, das ihnen beiden gemeinsam widerfuhr. Zuerst hatte Leslie Angst, aber dann gewöhnte sie sich an den immer gleichen Ablauf, wurde wütend über kleinliche Vorschriften auf der Station und freundete sich mit den anderen Patienten an. Alle anderen benahmen sich so, als kämen sie nur, um Maureen zu sehen. Maureen wußte, daß es ihre Freundschaft mit Leslie war, die sie dazu brachte, wütend zu werden, und daß sich ihr Zustand dadurch besserte.

Nach der Zeit im Krankenhaus änderte sich ihre Beziehung. Maureen wollte nicht mehr von Leslie abhängen, auch wenn es nur um Kleinigkeiten ging. Sie zögerte stets, sie anzurufen, wenn sie ein Problem hatte. Leslie beschäftigte sich im Frauenhaus Tag für Tag mit den emotionalen Krisen anderer Leute, und Maureen war sich darüber klar, daß sie leicht von Leslies Freundin zu ihrer Patientin werden konnte. Sie ertappte sich bei dem Wunsch, Leslie möge irgendein kleines Unglück zustoßen, das nicht sehr schlimm und leicht wieder auszubügeln war, damit Maureen sie retten und das Gleichgewicht zwischen ihnen endgültig wiederherstellen könnte.

Der Schnauzbart wartete am hinteren Eingang der Wache auf sie. Sie wurde in einen kleinen Empfangsraum geführt und mußte in einem Buch die Aussage unterschreiben, sie sei freiwillig zur Wache gekommen. Sie baten um Erlaubnis zur Abnahme ihrer Fingerabdrücke.

Sie fühlte sich immer noch benommen, ihr Magen tat nach dem Erbrechen von den Krämpfen weh, und sie hatte Probleme mit den Augen: Die Wahrnehmung der Perspektive änderte sich ständig und ließ die Dinge plötzlich näher kommen und sich dann wieder entfernen. Sie blinzelte heftig und preßte die Augenlider fest zusammen, damit es aufhörte. Sie wußte, daß sie bestimmt ziemlich verrückt aussah, aber sie sahen sie gar nicht an und wollten sie nur schnell nach oben bringen.

Die Polizistin und der Schnauzbart begleiteten sie zwei Treppen hoch und durch Feuerschutztüren hindurch, bis sie in einen fensterlosen, beigefarbenen Korridor mit kaum merklich flimmernden Neonröhren kamen. Das Linoleum war zu groß gemustert für den engen Flur. Es wäre selbst unter günstigsten Bedingungen ein Ort gewesen, der einem die Orientierung nahm, und dies war nun keineswegs eine günstige Situation.

»Ist dieser Flur nicht ein bißchen eng?« fragte Maureen den Schnauzbart.

»Ein bißchen schon«, sagte er, besorgt über eine solche Frage. »Wird Ihnen wieder schlecht?«

Sie schüttelte den Kopf. Er hielt vor einer der Türen an, öffnete sie und bedeutete Maureen, voranzugehen. Es war ein düsterer Raum. Die Wände waren mit glänzender, abwaschbarer Farbe gestrichen, und ein grauer Metalltisch war am Boden festgeschraubt. Ein großes, unförmiges Tonbandgerät stand auf dem Tisch an der Wand. Ein winziges Fenster hoch oben war mit

gußeisernen Stäben vergittert. Alles an dem Raum strahlte Mißtrauen aus.
Ein hochgewachsener Mann mit zerzaustem, blondem Haar saß mit dem Rücken zur Tür gleich vorn am Tisch. Als sie hereinkamen, stand er auf, stellte sich als Oberinspektor Joe McEwan vor und forderte sie auf, an der anderen, am weitesten von der Tür entfernten Seite des Tisches Platz zu nehmen. Er war ihr schon in ihrer Wohnung aufgefallen, als sie im Flur stand und ihn im Wohnzimmer mit einem Mann in einem weißen Schutzanzug sprechen sah. Er hatte zu ihr hingeschaut, und sein Blick hatte länger als nur flüchtig und zufällig auf ihr geruht. Seine Haut hatte eine allmählich verblassende, tiefe Bräunung von häufigen Urlaubsaufenthalten im Ausland. Er mochte zwischen vierzig und fünfzig sein und war mit seinem schwarzen Flanellanzug und einem teuren, blauen Baumwollhemd so sorgfältig gekleidet, daß er entweder schwul oder Junggeselle sein mußte. Ein kurzer Blick auf den schwachen, milchweißen Streifen am Ringfinger der linken Hand sagte ihr, daß er seinen Ehering vor dem letzten oder vorletzten Urlaub in der Sonne abgelegt hatte. Er machte den Eindruck eines ehrgeizigen Mannes auf dem Weg in eine glänzende Zukunft. Maureens Celtic-Hemd sah unter dem fluoreszierenden Licht seltsam billig und grünschimmernd aus.
Sie setzte sich, und Joe McEwan stellte den Schnauzbart als Kriminalinspektor Steven Inness vor. Die Polizistin wurde nicht vorgestellt. Sie verstand den Hinweis, verschwand und schloß die Tür vorsichtig hinter sich.
McEwan schaltete das Tonbandgerät an und gab die Zeit und die Namen der Anwesenden an. Er wandte sich an Maureen und fragte sie ausdrücklich, ob sie vor der Befragung über ihre Rechte belehrt worden sei. Sie sagte ja. Ohne ihn anzusehen, stieß McEwan Inness leise an, daß er nun übernehmen solle.
Inness stellte ihr noch einmal dieselben Fragen wie schon in der Wohnung und nickte wieder zustimmend zu ihren Antworten. Sie sagte ihm, wer Douglas war, erzählte von Elsbeth und daß seine Mutter Abgeordnete des Europäischen Parlaments sei. Die

zwei Beamten warfen sich einen nervösen Blick zu. Inness fragte sie nach ihrer Schuhgröße und warum sie den Mord nicht schon gestern abend gemeldet habe. Sie hatte nicht ins Wohnzimmer gesehen. Es lag rechts von der Wohnungstür und das Schlafzimmer links, so daß sie keinen Grund hatte, dort vorbeizugehen, außer wenn sie zur Toilette mußte. Sie sei sofort zu Bett gegangen, weil sie betrunken gewesen sei.

Inness ließ nach jeder Auskunft lange Pausen entstehen, weil er erwartete, daß die Stille sie zur Panik treiben und sie versuchen würde, die Lücken mit wichtigen Hinweisen auszufüllen. Maureen hatte schon mit vielen Psychiatern gesprochen und wußte sehr wohl, worauf er hinauswollte. Ihr erschien die Taktik vertraut und beruhigend, als sei sie mitten in der ganzen Verwirrung über ein paar bekannte Regeln gestolpert, die sie verstand. Sie reagierte auf die Methode der langen Pausen genauso, wie sie immer reagiert hatte. Sie saß da, sah den Befragenden mit ausdruckslosem Gesicht an und wartete, bis er merkte, daß das bei ihr nicht funktionierte. Die professionelle Antwort darauf war, sie auch anzustarren, es gelassen hinzunehmen und dann etwas anderes zu versuchen, aber Inness schaffte das nicht. Er betrachtete alle Gegenstände im Raum, ließ den Blick an Maureen vorbei zu der Wand hinter ihr und über ihren Kopf zum Tonbandgerät schweifen. Dann gab er auf, blätterte in seinem Notizbuch vor und zurück und sah immer verwirrter aus.

McEwan nahm die Sache in die Hand. »Wer hat einen Schlüssel zu Ihrer Wohnung außer Ihnen, Miss O'Donnell?«

»Hm, mein Bruder Liam, Douglas und sonst niemand. Ach, ich nehme an, der Hausmeister wird einen haben.«

»Wie heißt der Hausmeister?«

Sie sagte es ihm und versuchte, sich an die Telefonnummer zu erinnern. McEwan schrieb sie in ein Notizbuch. »Ich bin nicht sicher, ob die Nummer stimmt«, sagte sie.

»Schon in Ordnung«, sagte er, erfreut über ihre Bereitwilligkeit. »Wir können sie nachsehen. Wo können wir Ihren Bruder finden?«

Sie konnte nicht zulassen, daß sie ohne Vorankündigung in Liams Haus auftauchten – sie wußte, daß er immer einiges herumliegen ließ. Es würde ihm zumindest einen furchtbaren Schreck einjagen. Mit der Polizei hatte er bis jetzt nie Ärger gehabt. »Äh«, sagte sie, »er wohnt zur Zeit bei Freunden, ich bringe ihn her, wenn Sie mit ihm reden wollen.«
McEwan gefiel das nicht. »Können wir nicht Kontakt mit ihm aufnehmen?«
»Na ja, die Leute, bei denen er wohnt, haben kein Telefon. Sie sind schwer zu erreichen. Ich bring' ihn her.«
»Na ja, okay«, sagte McEwan, hob nachdrücklich die Augenbrauen, und auf seiner Stirn entstanden drei tiefe, parallele Falten. Sie dachte, daß er wohl oft so ein Gesicht machen mußte. »Aber wir müssen ihn heute sehen.«
»Ich bringe ihn her, versprochen. Warum war es so heiß in der Wohnung?«
Er sah sie an. »Was meinen Sie damit?«
»Normalerweise ist es nicht so heiß in der Wohnung.«
Er stieß Inness an, er solle sich das notieren, und wandte sich wieder an Maureen. »Douglas hatte also einen Schlüssel?« fragte er beiläufig.
»Ja.«
»Haben Sie ihn gestern in Ihre Wohnung gelassen?«
»Nein, das letzte Mal habe ich ihn am Montag gesehen. Er blieb über Nacht und ging morgens weg, bevor ich aufstand.«
»Hat er irgend etwas erwähnt, daß er sich bedroht fühlte, mit jemandem Streit hatte, daß ihm jemand folgte, irgend so etwas?«
Maureen dachte zurück an das, was sie an dem Abend gesprochen hatten. Er war müde, als er kam, er küßte sie nicht einmal, als er zur Tür hereinkam. Er zog die Schuhe aus, setzte sich auf die Couch und erzählte ihr den üblichen Klatsch, nörgelte und krittelte wie gewöhnlich an den Leuten herum, mit denen er zusammen arbeitete. Nicht anders als sonst. Sie hatten keinen Sex. Douglas schlief eine Minute, nachdem er im Bett lag, ein, und Maureen lag hellwach neben ihm und beobachtete, wie Speichel

auf das Kissen tropfte. Sie hatten schon fünf Wochen nicht miteinander geschlafen. Douglas hatte angefangen, zurückzuweichen, wenn sie ihn berührte, er küßte sie sogar nur noch selten.
»Nicht, daß ich mich daran erinnern könnte«, sagte sie.
McEwan kritzelte etwas auf einen Notizblock. »Und das war das letzte Mal, daß Sie ihn sahen?« fragte er, ohne aufzusehen.
»Ja.«
»Außer heute morgen«, bemerkte Inness unnötigerweise.
»Ja«, sagte Maureen, ganz verwirrt von seiner Taktlosigkeit. »Außer heute morgen.«
»Also«, fragte McEwan, »als Sie die Leiche heute morgen fanden, haben Sie da irgend etwas berührt?«
Maureen dachte nach und sagte: »Nein.«
»Sind Sie ins Wohnzimmer gegangen, bevor Sie uns anriefen?«
»Nein.«
»Sind Sie in den Schrank im Flur gegangen?«
»Den Schuhschrank?«
»Ja«, sagte McEwan. »In den kleinen Schrank im Flur, in dem die Schuhfächer sind.«
»Nein, ich bin nicht hineingegangen. Ich sah die Leiche und rief Sie sofort an.«
»Sofort? Am Tatort sagten Sie Inspektor Inness, sie hätten eine Weile im Flur gesessen.«
»Na ja, schon, ich sah die Leiche und setzte mich ganz geschockt hin, und sobald ich aufstehen konnte, ging ich zum Telefon und rief Sie an.«
»Wie lang saßen Sie im Flur?«
»Ich weiß nicht, ich stand unter Schock.«
»Eine Stunde? Zwei Stunden?«
»Zehn Minuten vielleicht. Höchstens zwanzig.«
»Und wo saßen Sie im Flur?«
»Was spielt das für eine Rolle, wo ich saß?« sagte sie ungeduldig.
»Beantworten Sie einfach die Frage, Miss O'Donnell.«
»Ich saß direkt gegenüber vom Schrank.«
»Und die Tür des Schranks war …?«

Joe McEwan schien sie zu einer wichtigen Aussage über den Zustand des Schrankes veranlassen zu wollen, aber sie war nicht sicher, was es war. Sie zuckte die Achseln. »Weiß nicht, was? Kaputt?«
»Stand er offen?« fragte McEwan. »War er geschlossen?«
»Ach richtig, nein, er war zu.«
»Konnten Sie von da, wo Sie saßen, ins Wohnzimmer sehen?«
»Ich konnte Fußspuren sehen.«
»Wie viele Abdrücke konnten Sie von dort sehen?« fragte McEwan und beobachtete sie genau, als sie antwortete.
Sie dachte einen Moment nach. »Zwei«, sagte sie, »ich konnte zwei sehen, aber es waren insgesamt sieben.«
McEwan sah sie mißtrauisch an. »Sie scheinen sich Ihrer Sache ziemlich sicher zu sein.«
»Ich erinnere mich daran, weil sie seltsam aussahen. Sie waren nicht verwischt, am Absatz waren keine Blutstreifen, und sie waren zu dicht nebeneinander. Es sah merkwürdig aus. Wie wenn jemand einen komischen Gang hat.«
»Als ob sie dort angebracht worden wären«, sagte Inness leise und sah seine Notizen an.
Seine Bemerkung irritierte McEwan aus irgendeinem Grund. Er drehte sich um und sah Inness an. Der erkannte seinen Fehler und warf McEwan einen entschuldigenden Blick zu.
»Warum sind Sie so interessiert an dem Schrank im Flur?« fragte Maureen. »War da etwas drin?«
McEwan wich aus. »Kümmern Sie sich nicht darum, was da drin war.«
Maureen fuhr sich mit den Fingern durch ihr fettiges Haar. »Hätte jemand von Ihnen eine Zigarette für mich?« sagte sie.
Erst Minuten zuvor hatte die Schockwirkung nachgelassen, und sie brauchte unbedingt eine Zigarette. Ihre Schachtel war in ihrer Handtasche auf dem Schlafzimmerboden.
Inness seufzte und schaute McEwan an, als wollte er sagen, Maureen sei eine, die aber auch nie aufgebe. McEwan reagierte nicht. Betont widerwillig zog Inness eine Schachtel Silk Cut aus seiner

Tasche und gab Maureen eine. Er zündete ein Streichholz an und streckte es ihr über den Tisch entgegen. Maureen beugte sich vor und hielt die Zigarette in die Flamme. Sie knisterte leise. Sie inhalierte und fühlte, wie der Rauch sich warm in ihren Lungen ausbreitete, ihre Finger begannen zu kribbeln.

McEwan nahm sich plötzlich eine Zigarette aus Inness' Schachtel, beugte sich vor und zündete sie an der noch brennenden Flamme an. Inness schien überrascht. McEwan inhalierte und machte eine Grimasse. »Also«, sagte er und sah seine Zigarette vorwurfsvoll an, »ich fürchte, wir werden Ihnen eine Weile nicht erlauben können, in Ihrer eigenen Wohnung zu bleiben. Gibt es irgend jemanden, bei dem Sie unterkommen können?«

»O ja«, sagte Maureen, »jede Menge.«

»Aber wir brauchen die Adresse, wo Sie sind, damit wir Sie finden können, wenn wir Sie brauchen.«

»Vielleicht kann ich bei einem Freund in Maryhill unterkommen, aber ich müßte ihn vorher fragen.«

»Das wäre praktisch«, nickte Inness. »Es ist nur die Straße rauf.«

»Ja«, sagte Maureen, die unbedingt Liam oder Benny oder Leslie oder sonst irgendeinen Menschen sehen wollte, der ihr vertraut und am Leben war. »Kann ich mal schnell raufflitzen und ihn fragen?«

McEwan warf ihr einen scharfen, entschlossenen Blick zu. »Nein«, sagte er, »es wäre mir lieber, wenn Sie hierblieben.«

»Ich würde wirklich gern eine Weile weggehen und dann wiederkommen.«

»Ich möchte, daß Sie bleiben. Wir bekommen laufend neue Informationen, und es ist mir wichtig, die Dinge mit Ihnen zu überprüfen.«

»Ich will gehen«, sagte sie bestimmt. »Ich will mir Zigaretten holen und etwas zu essen und nachdenken.«

»Wir können Ihnen Essen und Zigaretten bringen.«

»Ich will nachdenken.«

»Worüber müssen Sie denn nachdenken?«

»Ich will einfach mal eine Weile aus diesem gräßlichen Gebäude

weg«, sagte sie, langsam erregt. »Die Augen tun mir weh von dem Licht hier drin, und ich bin müde, klar?«
»Ich möchte, daß Sie bleiben«, sagte er, beugte sich über den Tisch und stieß den Rauch langsam durch die Nase aus. »Wir können Sie bis zu sechs Stunden hierbehalten, wenn wir einen Grund haben, Sie des Rechtsbruchs zu verdächtigen.«
Maureen beugte sich vor. Sie saßen Kopf an Kopf, jeder entschlossen, nicht zurückzuweichen und vor dem anderen das Feld zu räumen. »Wollen Sie mich festnehmen?« fragte sie.
»Ich brauche Sie nicht zu verhaften, um Sie hierzubehalten.«
»Ich habe nichts getan.«
»So einfach ist es nicht«, sagte Inness.
Joe McEwan wurde allmählich sehr ärgerlich, bekam schmale Augen, und seine Stirn legte sich in entrüstete Falten. Er war es wohl nicht gewohnt, daß man sich ihm widersetzte. Maureen dachte an seine Exfrau und wünschte ihr alles Gute. Er stand auf, stieß den Stuhl geräuschvoll mit den Kniekehlen zurück, beugte sich zur Tür hinüber und öffnete sie. Die Polizistin stand draußen. Er ließ sie in das Vernehmungsbüro treten, warf die Tür hinter sich zu und ging.
»Müssen wir warten, bis er zurückkommt?« fragte Maureen.
»Mhm«, sagte Inness, spielte mit einem Kuli herum und tippte damit leise auf den Tisch.
»Wieso sind immer zwei von euch da?« fragte Maureen.
Inness sah auf. »Bestätigung.«
»Was heißt das, Bestätigung?«
»Wir können kein Beweismaterial verwenden, das nur von einer Person bezeugt wird. Es müssen immer zwei Beamte anwesend sein, für den Fall, daß wir etwas Wichtiges hören.«
»Aha.«
Nach einer Ewigkeit kam McEwan wieder herein. »Sie können gehen«, sagte er und sah entrüstet und wütend aus. »Aber ich will, daß Sie in zwei Stunden wieder hier sind, ist das klar?«
»Ja«, sagte Maureen und freute sich, daß sie ihren Willen bekam.
Er beugte sich über den Tisch und sprach auf das Tonband, es sei

elf Uhr dreiunddreißig, die Befragung werde für zwei Stunden unterbrochen und er schalte jetzt ab. Dann drückte er auf den Knopf und wandte sich wieder an Maureen. »Wissen Sie«, sagte er unnötig laut, »ich glaube wirklich, wenn Sie wollten, daß wir die Person finden, die Ihren Freund ermordet hat, dann würden Sie besser mit uns zusammenarbeiten.«

»Das kann ich gut verstehen«, sagte sie, durch ihren Sieg gnädig gestimmt. »Ich werde alles tun, was ich kann, um zu helfen, aber jetzt brauche ich eine Pause.«

Er sah sie ungläubig an und winkte ihr, ihm zu folgen, als er aus dem Zimmer trat.

Als sie die Treppe zum Haupteingang herunterkam, sah sie Liam auf einem Plastikstuhl in der Vorhalle sitzen. Er blickte auf und grinste, als er sie sah; auf seiner Nase waren kleine Fältchen. Sie schüttelte unmerklich den Kopf, sah weg und warnte ihn damit, er solle nicht mit ihr sprechen. Wenn McEwan Liam sah, würde er ihn als ihren Bruder erkennen und jetzt gleich auf seiner Befragung bestehen. Maureen würde auf ihn warten müssen.

»Ich bin um halb zwei wieder da«, sagte sie, um McEwan abzulenken. »Ich verspreche es.«

McEwan ging direkt an Liam vorbei. Er blieb am Tisch an der Pforte stehen, schlug mit der flachen Hand darauf und bedeutete ihr energisch, daß sie sich hier wieder melden müsse, wenn sie zurückkäme. Maureen warf ihm einen frechen Blick zu und ging.

McEwan sah sie durch die Glastüren gehen und dann einen jungen Mann von gleichem Wuchs und gleicher Haarfarbe, der Maureen O'Donnell auf dem Weg zur Hauptstraße folgte.

Liam holte sie auf der Straße ein. »Der hat wahrscheinlich immer nur Idioten vor sich«, sagte er.

»Nee, ich glaube, er wollte herablassend sein. Er hat eine Stinkwut, weil ich darauf bestanden habe, eine Weile wegzugehen.«

Liams Triumph Herald stand am anderen Ende der Straße. Maureen sah die Rostflecken aus zweihundert Meter Entfernung. Es war ein miserables Auto, mindestens einmal pro Monat blieb es liegen, aber Liam sagte, es sei gut fürs Geschäft, die Polizei hielte eher junge Typen im Mercedes an als die Trottel in solchen beschissenen Kisten.

Maureen schob ihren Arm unter seinen, etwas, das sie seit Jahren nicht getan hatte. »Mum hat dir von Douglas erzählt?« fragte sie.

»Ja«, sagte Liam, schaute weiter auf die Straße und drückte fest ihren Arm.

»Wie lange hast du gewartet?« fragte sie.

»Nur ungefähr eine dreiviertel Stunde. Jedenfalls nicht so lang.«

»Liam, sie werden mit dir reden müssen. Ich hab' nicht nachgedacht und ihnen gesagt, daß du einen Schlüssel zur Wohnung hast.«

Er zuckte zusammen. »Ach du Scheiße.«

»Tut mir leid«, sagte sie. »Wissen sie über deine Geschäfte Bescheid?«

»Keine Ahnung, vielleicht«, sagte er. »Ach, wahrscheinlich nicht. Wo gehen wir überhaupt hin?«

»Na ja, ich will Benny fragen, ob ich für eine Weile bei ihm übernachten kann. Ich darf nicht heimgehen, bis sie alles durchsucht haben, und ich kann natürlich nicht bei dir wohnen. Wie geht's Mum?«

Liam schien der Frage ausweichen zu wollen. »Hm, also, Una ist bei ihr.«

»Du meinst, sie ist besoffen?«

»Mhm, kann sein«, sagte er leise. »Sie hat sich sehr aufgeregt. Una tröstet sie.«

»Verdammt noch mal, das wird jetzt zu einer Geschichte, die ihr passiert ist, oder?«

»Du kennst doch Mum, sie könnte der Sonnenfinsternis die Schau stehlen.« Er machte ihr die Beifahrertür auf und bemerkte, daß sie ganz aufgeregt wurde. »Wütend zu werden bringt überhaupt nichts. Das solltest du inzwischen wissen.«

Maureen stieg ein. Die Fenster waren beschlagen. Maggie saß auf dem Rücksitz. »Oh, Maggie«, sagte Maureen. »Warst du die ganze Zeit hier?«

Maggie lächelte höflich und nickte.
»Warum bist du nicht reingekommen? Dir muß doch furchtbar kalt sein.«
»Ich wollte nicht«, sagte sie vage.
Liam ließ den Motor aufheulen. »Also gehen wir Benito besuchen«, sagte er und fuhr die Maryhill Road hoch. »Benito Finito.«
Ein nicht als solches gekennzeichnetes Polizeiauto folgte dem Herald in diskreter Entfernung.

Das Einzugsgebiet der Hillhead-Gesamtschule bestand aus einer Mittelklassegegend und einem absolut unterprivilegierten Viertel. Benny stammte aus letzterem. Er war in der siebten Klasse von der Schule geflogen, weil er in einer Toilette Feuer gelegt hatte, aber Maureen und Liam waren weiterhin mit ihm in Kontakt geblieben, weil er so verrückt war und es mit ihm immer etwas zu lachen gab.
Benny soff genau wie sein Vater. Mit dem Ergebnis, daß der erste Teil seines Lebens aus einer einzigen Serie surrealer Abenteuer bestand. Er wachte in einer Fleischfabrik auf, verlobte sich mit einer Frau, an deren Namen er sich nicht erinnern konnte, fiel eines Samstagabends in einen Steinbruch und schaffte es nicht, wieder herauszukommen, bis am Montag morgen die Arbeiter kamen. Als er zwanzig war, sagte er, er habe es satt, immer die Fresse poliert zu bekommen, fing an, die Treffen der Anonymen Alkoholiker zu besuchen, und wurde trocken. Er war damals ohne Wohnsitz, und Maureen ließ ihn bei sich zu Hause in ihrem Schlafzimmer auf dem Fußboden übernachten. Er redete zwei Monate lang von nichts anderem als den Freunden von AA. Winnie begann, ihn zu hassen.
Seine Alkoholikerfamilie verstieß ihn, als er zu Maureens Familie zog und zu trinken aufhörte. Er legte einige Prüfungen am College ab und durfte sich an der Glasgow University in der juristischen Fakultät einschreiben. Seine Familie nahm ihn wieder auf. Er stand kurz vor dem Examen im Studiengang Körperschafts-

recht und hatte schon Zusagen für eine ganze Reihe von Vorstellungsgesprächen bei Top-Firmen, wo er sich als Trainee beworben hatte. Seine Bank bot ihm ständig neue Kredite an.
Sie bogen in die Scaramouch Street ein, eine kurze Straße mit nur vier Gebäudekomplexen, die am Ende durch Poller von der Maryhill Road abgegrenzt war. Die Straße war früher eine praktische Abkürzung vor der Ampel gewesen. Als die Poller neu gesetzt worden waren, meinten einige besonders schlaue Autofahrer, sie könnten zwei Minuten sparen, fuhren direkt gegen die Poller und hatten danach Totalschaden.
Sie stiegen die Treppe zum ersten Stock hoch und klopften. Benny machte auf. Er sah nicht schlecht aus: dunkle Haare, lange Wimpern und gütige, graue Augen. Er war etwas über eins achtzig groß, kräftig und muskulös gebaut, aber wegen seiner engen Verbindung zu Liam und dem Rest ihrer Familie widerstrebte es Maureen, ihm Zuneigung als Mann entgegenzubringen. Er schaute Maureen von oben bis unten an und brach in Lachen aus.
»Verdammt, was hast du denn an?« rief er. »Du siehst ja aus wie ein Schläger!«
Maureen zwängte sich durch die Tür. »Ich hab' heute schon allerhand erlebt«, sagte sie und ging in die Küche, um den Wasserkessel aufzusetzen. Benny war ein Schmutzfink, die Küche war völlig verdreckt. Geschirr, Essensreste und Verpackungsfetzen stapelten sich auf Arbeitsflächen und Tisch, die Spüle war voll beladen und roch leicht nach Schimmel.
Sie hörte sie im Flur, Liams monotones Gemurmel und Bennys geflüsterte Ausrufe. Liam rief ihr zu, er werde Maggie zu Hause absetzen und in einer halben Stunde zurück sein.
Benny blieb ein paar Minuten im Wohnzimmer, bevor er in die Küche kam. Sein Gesicht war grau. »Mein Gott, Mauri«, sagte er, »ich weiß nicht, was ich sagen soll.«
Maureen ließ sich auf einen Stuhl fallen und schlug die Hände vors Gesicht. Sie wollte weinen, konnte aber nicht, weil nichts wirklich zu sein schien. Benny saß neben ihr, hielt sie fest im Arm und küßte ihr Haar. Er zitterte. »Oh, Mauri«, flüsterte er, »mein

Gott, Mauri, das ist ja furchtbar.« Sie richtete sich auf und bat ihn um eine Zigarette. »Hast du keine?« Sie erklärte, was mit ihren passiert war, und er bestand darauf, daß sie seine Schachtel nahm. Er reichte ihr Limonade und einen Aschenbecher, setzte sich zu ihr an den Tisch, beugte sich vor und hörte aufmerksam zu. Sie erzählte von der Windjacke und den Schuhen und dem Strick. Wie konnte er ins Haus gelangen? fragte sie sich immer wieder. Wie konnte er, ohne daß sie es hörte, zur Tür hereinkommen?
»Hatte Douglas einen Schlüssel?« fragte Benny.
»Ja.«
»Und es gab keine Anzeichen für ein gewaltsames Eindringen?«
»Nicht, daß ich es bemerkt hätte.«
»Also, Douglas muß die Tür aufgeschlossen und entweder gleich oder später den oder die Täter hereingelassen haben. Außer wenn sie das Schloß mit einem Dietrich geöffnet haben. Was für Schlösser hast du?«
Maureen beschrieb sie.
»Sie hätten sich ganz gut auskennen müssen«, sagte er. »Wahrscheinlich hat er ihnen aufgemacht, man kann also daraus schließen, daß er sie kannte.«
»Ja.« Sie war beeindruckt von der Logik seiner Schlußfolgerungen. »Ja, das wird es sein. Du bist gut.«
Benny lächelte bedrückt. »Es ist schrecklich. Ich nehme an, sie denken, daß es einer seiner Patienten aus der Klinik war. Oder könnte es die Frau gewesen sein, mit der er zusammenlebte?«
»Elsbeth?«
»Ja, Elsbeth. Es ist doch irgendwie poetisch, den untreuen Mann in der Wohnung der anderen Frau zu töten.«
»Es sah nicht sehr poetisch aus«, sagte Maureen.
»Ach, Scheiße, ich hätte das nicht sagen sollen. Tut mir leid, es ist so schwer zu fassen.«
»Ich weiß«, sagte Maureen leise. »Es ist so ein Schock, daß es schon wieder fast keiner ist.« Ihr Po war schon wieder gefühllos. Sie stand auf und rieb ihn. »Was für ein beschissener, komischer Tag«, sagte sie, als sei ihr das gerade erst aufgefallen.

»Was hast du bei dir? Hast du deine Geldbörse auch zu Hause gelassen?« Er nahm einen Zehner aus der Tasche und drückte ihn ihr in die Hand.
»Ich brauche kein Geld, Benny. Ich hole meinen Geldbeutel von der Polizei.«
»Nimm's nur für alle Fälle, okay?«
»Ich geb' dir's zurück, sobald ich meine Geldbörse bekomme.«
Benny zog schelmisch eine Augenbraue hoch. »Gib es mir zurück, wenn du mir die *Selector*-CD zurückgibst.«
Maureen verdrehte die Augen. »O Gott, Benny, nicht schon wieder, ich hab' sie dir vor Monaten schon zurückgegeben.«
»Hast du nicht.«
»Benny Gardner, ich werde dir eine neue kaufen, aber du wirst diese CD in diesem Dreckloch von Wohnung finden, und dann mußt du vor mir im Staub kriechen.«
»Sie ist nicht mehr auf dem Markt, und ich sage dir, Mauri, du wirst sie in deiner dreckigen Wohnung finden und du wirst vor mir kriechen müssen.«
Maureen trank ihre Limonade aus. »Fällt dir noch etwas zu Douglas ein, Benny? Noch mehr grundlegende Sherlock-Holmes-Einfälle?«
Benny freute sich offensichtlich, daß er gefragt wurde. »So spontan fällt mir jetzt nichts ein.«
Maureen ließ sich auf den Tisch sinken. »Ich mache mir Sorgen, daß sie denken, ich sei es gewesen.«
»O nein«, er nahm ihre Hand und drückte sie fest, »das denken sie nicht. Sie werden das nicht denken. Jeder, der dich kennt, weiß doch, daß du es nicht warst. Als du ins Wohnzimmer gegangen bist, hast du da eine Mordwaffe gesehen?«
Maureen vergegenwärtigte sich noch einmal das Zimmer, wobei sie Douglas' Leiche im Bild aussparte. »Ich weiß nicht, äh, nein. Aber ich hab' eigentlich auch nicht genau hingesehen.« Sie blinzelte und sah eine blutdurchtränkte Haarsträhne hinter seinem Ohr und darunter den armen gebrochenen Hals, aufgeschlitzt wie ein offenes Gelenk. Sie stand auf, wusch sich die Hände über

dem schmutzigen Geschirr in der Spüle und versuchte das Bild durch Blinzeln auszulöschen.

»Ich frage nur, weil es gut wäre, wenn sie keine finden würden«, sagte er.

Sie befeuchtete ihr Gesicht mit kaltem Wasser. »Keine was finden?«

»Keine Mordwaffe.«

»Warum?«

»Na ja, wenn du die ganze Zeit im Haus warst und die Waffe wird irgendwo anders gefunden, dann heißt das, daß jemand anders es getan hat und dann weggegangen ist. Das ist gut für dich.«

»Okay«, sagte Maureen, hatte aber Probleme damit, zu begreifen, was daran gut für sie sein sollte. Sie setzte sich wieder an den Tisch. »Sie waren doch verheiratet, hat sich jetzt herausgestellt. Ich komme mir wie ein Trottel vor.«

»Douglas war mit Elsbeth verheiratet?«

»Ja.«

Er berührte ihren Arm und sagte leise: »Ich dachte, du wärst sowieso zu dem Schluß gekommen, daß er ein Arsch war.«

»Ja«, sagte sie kummervoll, »aber er gehörte eben mir.«

Benny kratzte sich am Kopf und sah ihr Hemd an. »Du siehst bescheuert aus. Wir suchen dir was zum Anziehen.«

Sie gingen ins Schlafzimmer, und Benny grub ein rotes T-Shirt aus, auf dem vorne der Slogan »The Broad Left Anti-Capitalist Dynamos F. C.« aufgedruckt war. Anti Dynamos war ein Fußballclub, bei dem Benny gespielt hatte. Maureen hatte kein Geheimnis daraus gemacht, daß sie seit Jahren scharf auf das Hemd war, und sie wußte die Geste zu schätzen. Da er über eins achtzig und Maureen nur eins sechzig groß war, konnten sie keine Hose für sie finden.

»Du wirst diese Jogginghose anbehalten müssen.«

»Ich hasse diese Dinger«, sagte sie. »Sie erinnern mich immer an dicke Typen mit Freilandeiern.«

Er gab ihr einen Schlüssel zu seiner Wohnung. Maureen konnte auf der Bettcouch im vorderen Zimmer schlafen, bis sie wieder nach Hause zurückwollte. Es war eine ideale Lösung: Winnie würde nie hierherkommen.

»Kann ich dich noch etwas dazu fragen, Mauri?«

»Mein Gott, Benny, natürlich, alles, was dir einfällt ...«

Er biß sich auf die Lippen und sah sie an. »Es ist aber ein bißchen heftig.«

»Ich werd's schon verkraften.«

»Sicher?«

»Ganz sicher.«

»Hast du gesehen, ob es mehrere Schnitte waren oder nur einer?« fragte Benny.

»Was, an seinem Hals?«

»Ja, waren es ein paar Schnitte oder nur ein großer?«

Sie blinzelte. »Nach dem, was ich gesehen habe, war es nur ein großer.«

Er atmete langsam aus. »Das ist ja pervers«, murmelte er.

Maureen fragte ihn, was er damit meine.

»Das bedeutet, daß, wer immer ihn getötet hat, ihn einfach festgebunden und es getan hat, ohne vorherige Drohung, ohne ersten Versuch. Das bedeutet, daß er nicht einmal gezögert hat.«

Elsbeth

Als Joe McEwan oben an der Treppe erschien, wußte Maureen sofort, daß er immer noch wütend auf sie war. Er sah ihr direkt in die Augen, kam ohne zu zögern die Treppe herunter und direkt auf den Schreibtisch zu. Dann stellte er sich so dicht neben sie, daß sie zu ihm aufsehen mußte. »Haben Sie mit Ihrem Bruder gesprochen?« fragte er unvermittelt.

»Ja«, sagte Maureen, »hier ist er.«

Liam trat einen Schritt vor und lächelte. McEwan erkannte ihn als den Gammler, der in der Halle gewartet und Maureen O'Donnell in dem roten Triumph Herald nach Maryhill gefahren hatte. Er sah sie finster an.

Neben der Treppe ging eine Doppeltür auf, Inness und der rothaarige Mann erschienen und begrüßten McEwan mit verschwörerischem Nicken.

McEwan sah durch die Glastüren. »Gehen Sie mit ihnen«, befahl er. Weder Maureen noch Liam wußten, wen er meinte. Der Rothaarige tippte Liam auf die Schulter und gab ihm mit einer Kopfbewegung in Richtung auf die Türen bei der Treppe zu verstehen, er solle mitkommen. Liam sah zu seiner kleinen Schwester zurück, die immer noch am Schreibtisch stand und neben dem großen Polizeibeamten so dünn und zerbrechlich aussah.

Nervös streckte er den Daumen hoch, um ihr alles Gute zu wünschen, und sie winkte ihm zum Abschied ein bißchen albern zu.

»Sie kommen mit mir«, knurrte McEwan, stapfte die Treppe hinauf und führte sie wieder durch den engen Flur.

Die hochstehende Mittagssonne schien durch das erbärmliche, kleine Fenster im Vernehmungsbüro, und ihre Strahlen fielen ein paar Zentimeter oberhalb des Tonbandgeräts wie ein schmieriger, leuchtend gelber Lichtfleck auf die Wand. Ein hoch aufgeschossener junger Beamter saß am Tisch und wartete schon auf sie. Als sie ins Zimmer kamen, lächelte er Joe McEwan zu. Der brummte nur. Beunruhigt über McEwans miserable Laune drehte er sich um und stellte sich Maureen schüchtern vor, aber er sprach so leise, daß sie seinen Namen nicht verstand. Es klang wie So-und-so McMummb. Sein Haar war so braun wie ein dazu passender brauner Fleck auf seiner linken Wange, aus dem drei kräftige Haare hervorstanden wie die Beine eines winzigen Melkstuhls. Er hatte einen nagelneuen Anzug an.

Maureen setzte sich auf ihren Platz am anderen Ende des Tisches, weit weg von der Tür. McEwan setzte sich und nahm ein dünnes, in Leder gebundenes Notizbuch aus der Tasche, legte es auf den Tisch und zog einen dünnen Bleistift daraus hervor. Er schaltete das Tonbandgerät ein, beugte sich vor und nannte die Anwesenden. Sie versuchte, McMummbs Namen zu verstehen, aber McEwans Stimme wurde am Satzende leiser, und sie erfuhr ihn nicht.

»Haben Sie die Heizung in der Wohnung überprüft?« fragte sie.

McEwan hob sein Notizbuch und begann es durchzusehen. »Der Heizungsknopf wurde von einem Timer gesteuert«, sagte er.

»Ja, aber er war nicht so eingestellt ...«

McEwan unterbrach sie. »Waren Sie betrunken, als Sie gestern abend nach Hause kamen, Miss O'Donnell?«

»Na ja, schon«, sagte sie, von seinem feindseligen Tonfall überrascht.

»Sie scheinen sich jetzt nicht mehr so sicher zu sein. Aber heute morgen, als Sie sagten, Sie hätten die Leiche nicht gesehen, weil sie direkt zu Bett gingen, waren Sie sicher. Waren Sie nun betrunken oder nicht?«

»Was hat mein Zustand von gestern mit der Zentralheizung zu tun?«

»Ist es möglich, daß Sie heimkamen und sie angeschaltet haben?«

»Ich weiß, daß ich das nicht getan habe«, sagte sie schwach.

Er beachtete sie nicht und schrieb etwas in sein Notizbuch. Sie beschloß, es noch einmal zu versuchen. »Wenn ich betrunken nach Hause komme, habe ich Besseres zu tun, als an der Heizung herumzufummeln.«

»Was zum Beispiel?«
»Keine Ahnung.« Sie lächelte und versuchte, einen freundlicheren Ton anzuschlagen. »Zum Beispiel umfallen und einschlafen.«
McEwan sah sie an und verbarg seine Mißbilligung kaum. »Sie waren also so betrunken?« fragte er.
Es würde keine nette Unterhaltung werden, das war ihr jetzt klar. McEwan stützte sich mit den Armen auf dem Tisch auf und verschränkte die Finger. Er sah ihr in die Augen, während er mit der Zungenspitze an seinem Weisheitszahn herumtastete. »Sie sagten, Douglas habe in der Rainbow Clinic gearbeitet«, sagte er plötzlich. »War er Ihr Therapeut?«
»Nein«, sagte Maureen mit Nachdruck und trat bei diesem angedeuteten Angriff auf Douglas' Ehre sofort für ihn ein. »Das war er nie.«
»Nun gut«, sagte er eigensinnig und gereizt. »Ihre Mutter sagte, Sie hätten sich in der Vergangenheit in psychiatrische Behandlung begeben müssen.«
»Ja«, sagte Maureen unbehaglich. Sie wußte, daß er geradewegs auf die psychiatrischen Fragen zusteuerte, um sie wehrlos zu machen, und die Taktik funktionierte. Die meisten Leute ohne Erfahrung mit psychischen Störungen sahen diese nicht als Teil eines Prozesses an, für sie gab es nur die Spinner und die Normalen. »1991 war ich fünf Monate lang im Northern«, sagte sie, »und ich war bei einer Therapeutin in Behandlung. Eigentlich nicht wegen eines speziellen Problems, nur für den Fall.«
McEwan schwieg und behielt den Blickkontakt bei. Er konnte das viel besser als Inness. Maureen konzentrierte sich auf seinen Nasenrücken.
»Für welchen Fall?« fragte McEwan endlich.
»Ich hatte einen Zusammenbruch. Deshalb war ich im Northern. Die Behandlung bei der Therapeutin war nur als weiterführende Maßnahme gedacht, falls wieder etwas passieren würde. Es ist nicht wahrscheinlich … nur für den Fall … Sie wissen schon.«
»Nein, ich weiß gar nichts«, sagte McEwan mürrisch. »Weswegen wurden Sie behandelt?«

Maureen sah sie beide an. So-und-so McMummb schien leicht zu beeindrucken, wahrscheinlich einfach deshalb, weil er es sich angewöhnt hatte. Er beobachtete McEwan genau, und er reagierte mit seinem Mienenspiel auf Maureens Antworten, als führte er selbst das Verhör durch. Hin und wieder warf er McEwan einen Blick zu, als wartete er sehnlichst auf eine zustimmende Geste. Und McEwan saß mit selbstgefälliger, zuversichtlicher Miene zwischen ihnen, hatte die Hände verschränkt und brauchte nur noch einen Anlaß für einen Streit. Soll er mich doch am Arsch lecken, dachte sie. Wenn er so verdammt schlau ist, kann er alles selbst herausfinden. »Depressionen«, sagte sie. Es war nicht direkt eine Lüge, eher eine Halbwahrheit, und daß sie ihm Informationen vorenthielt, gab ihr ein Gefühl der Macht und der Zuversicht, daß es immerhin noch ihr Leben war, auch wenn McEwan berechtigt war, darin herumzuwühlen. Sie legte die Hände auf den Tisch und spielte mit einem alten Busfahrschein, den sie in der Tasche von Jim Malianos Jogginghose gefunden hatte.

»Und wer ist zur Zeit Ihre Therapeutin?«

»Ich habe keine«, sagte sie und genoß das Gefühl, die Fäden in der Hand zu haben.

McMummb schien überrascht.

»Ihre Mutter sagte, Sie hätten eine«, sagte McEwan.

»Meine Mutter trinkt zu viel bei zu vielen Gelegenheiten. Meistens ist sie ziemlich weit weg, quasi auf dem Mond.«

Der Anflug eines Lächelns huschte über McEwans Gesicht. »Woran würden Sie merken, daß Sie einen Zusammenbruch haben?«

»Zur Zeit habe ich keinen, falls Sie das meinen. Wenn Depressive einen Zusammenbruch haben, ist das ziemlich offensichtlich. Wir können überhaupt nichts mehr tun und das Haus nicht verlassen. Wenn ich einen Zusammenbruch hätte, würden Sie das merken.«

McEwan sah McMummb an, der einen mindestens zweitägigen Kurs in Psychologie absolviert haben mußte. Er nickte bestätigend, und McEwan wandte sich wieder an Maureen. McMummb lehnte sich zurück und errötete vor Freude über McEwans Zeichen der Anerkennung. »Also«, sagte McEwan, ohne das Hochgefühl seines Untergebenen zu beachten. »Sie sagten, Douglas habe in der Rainbow Clinic gearbeitet?«

»Ja.«

»Und Sie waren niemals dort?«

»Ich bin ein- oder zweimal hingegangen, um ihn zu treffen, aber ich war nie als Patientin dort.«

Sie war zweimal bei Angus, einem Kollegen von Douglas, in der Rainbow Clinic gewesen, bevor sie an Louisa im Albert Hospital weiterverwiesen wurde. Aber sie wußte, die Lüge würde nicht herauskommen. Als sie aus dem Northern Hospital entlassen wurde, überwies man sie an einen Idioten von Psychiater in einer kleinen Klinik in der Great Western Road. Er saß ihr am Schreibtisch gegenüber, sah unglücklich und gelangweilt aus, während er ihr Suggestivfragen zu den schmerzlichsten Erfahrungen ihres Lebens stellte. Er trieb es mit der Pausentechnik zu weit und weigerte sich einzusehen, daß sie bei Maureen einfach nicht funktionierte. Sie verbrachten die meisten Sitzungen damit, sich gegenseitig in düsterem, feindseligem Schweigen anzustarren. Maureen begann, andere Kliniken anzurufen, und suchte sich einen anderen Psychiater.

Sie fand die Nummer der Rainbow Clinic in den Gelben Seiten. Es gab dort ein übergreifendes Programm für Opfer von sexueller Gewalt, und sie ließen die Patientinnen einen falschen Namen benutzen, wenn sie wollten. Maureen hatte sich Helen genannt, und so wußte dort niemand außer Douglas ihren richtigen Namen. Joe McEwan konnte höchstens über Louisa Wishart am Albert Hospital herausfinden, daß sie in der Rainbow Clinic gewesen war.

Als sie das erste Mal dort war, hatte Maureen sich mit Shirley vom Empfang in der Rainbow Clinic unterhalten, und Shirley stellte sie Douglas vor, als er ins Wartezimmer kam, um seine Termine zu überprüfen. Maureen dachte nicht weiter darüber nach. Sie war erst seit vier Monaten aus dem Krankenhaus und hatte Angst, wieder rückfällig zu werden. Sie hatte andere Dinge im Kopf. Nach der letzten Sitzung mit Angus Farrell stand sie an der Bushaltestelle gegenüber der Klinik, als Douglas im Auto vorbeikam, anhielt und ihr anbot, sie mit in die Stadt zu nehmen. Sie war erregt und aufgeschmissen in einer gottverlassenen Gegend mit einer Wartezeit von einer Stunde bis zum nächsten Bus. Im Auto fingen sie an, sich zu unterhalten, und gingen dann etwas trinken. Sie trank ein paar Doppelte, während er auf der Toilette war. Um zehn nach vier Uhr morgens wachte sie auf, ihr Gesicht von warmem Mondlicht beschienen, und sie sah gerade noch, wie Douglas sich am Bettende abmühte, seine Hose anzuziehen.

»Nun«, sagte McEwan, griff in einen braunen Karton mit Aktenordnern neben seinem Stuhl, holte eine durchsichtige Plastikhülle heraus und legte sie auf den Tisch. »Gehört die Ihnen?«
Die gelbe Plastik-Windjacke lag fein säuberlich gefaltet in dem an einer Seite offenen Beutel. Das meiste Blut war abgewaschen, nur die weiße Kordel der Kapuze war fleckig und ungleichmäßig rosa. Ein Etikett mit einer langen Nummer klebte an einer Ecke des Beutels. McEwan murmelte etwas in das Tonbandgerät.
Sie wollte sie nicht berühren – ja, nicht einmal den Beutel berühren. Sie nahm die Hände vom Tisch und legte sie in den Schoß.
»Gehört nicht mir«, sagte sie.
McEwan spürte ihr Unbehagen. Mit den Fingerspitzen schob er ihr den Beutel über den Tisch zu. »Sicher?«
»Absolut«, sagte sie.
»Haben Sie sie jemals außer heute morgen gesehen?«
»Nein.«
Er legte die Windjacke wieder in den Karton neben sich und zog einen kleineren Beutel heraus, den er auf den Tisch fallen ließ. Vier Stücke eines blutigen Stricks waren hineingestopft. »Haben Sie eine Ahnung, woher die sein könnten?«
Maureen sah sie an. Der Strick war aus glänzendem Nylon und hatte rosa Flecken genau wie die Kordel an der Windjacke. Er war viel zu dick, als daß er vom Wäscheständer in der Küche sein

konnte. Sie ging in Gedanken die Wohnung durch. »Nein«, sagte sie schließlich, »ich kann mir nicht denken, wo sie hergekommen sein könnten. Stammen sie aus der Wohnung?«
»Das ist keine Fangfrage«, sagte McEwan. »Wir wollen wissen, ob sie Ihnen bekannt vorkommen, bevor wir versuchen herauszufinden, woher sie kommen. Haben Sie sie jemals zuvor gesehen?«
»Nein.«
Er legte die Tüte weg und zog eine andere heraus. »Sind das Ihre Hausschuhe?«
Maureen sah sich die Tüte an. An ihren Hausschuhen hing ein Etikett, und sie waren in dem Beutel versiegelt. Sie drehte den Beutel um. Die Sohlen zeigten noch getrocknete Blutspuren. »Ja, das sind meine Hausschuhe, aber ich verstehe nicht, wie sie mit Blut beschmiert sein können. Sie waren im Wandschrank, und ich habe sie seit Tagen nicht getragen.«
»Aber es sind Ihre Hausschuhe?«
»Ja, sie gehören mir.«
McEwan ließ den Beutel in den Karton fallen und verschloß ihn mit einem Deckel. Sie legte Bennys Zigarettenschachtel auf den Tisch, nahm eine heraus und zündete sie an.
McEwan sah ärgerlich zu, als sie den Rauch inhalierte. »Ich möchte Sie noch einmal fragen«, sagte er. »Sind Sie ins Wohnzimmer gegangen, als Sie die Leiche sahen?«
»Nein. Ich bin bestimmt nicht hineingegangen.«
»Sind Sie in dem Wandschrank gewesen?«
McMummb sah aufgeregt von Maureen zu McEwan und wieder zurück. Offensichtlich war diese Frage wichtig.
»Nein, dort bin ich auch nicht gewesen.«
»Okay«, sagte er langsam, schrieb etwas in sein Notizbuch und setzte mit Nachdruck einen Punkt ans Ende des Satzes. »So, als nächstes, haben Sie irgendeine Idee, wo Douglas' Schlüssel für Ihre Wohnung sein könnte?«
Sie dachte einen Moment nach. »Er hatte ihn, ich weiß aber nicht, wo, war er nicht in seiner Tasche?«

»Nein. Hatte er die Angewohnheit, ihn irgendwo in der Wohnung hinzulegen, wenn er kam, zum Beispiel auf den Tisch im Flur, oder irgendwo anders hin?«
»Nein, er hatte seine Schlüssel immer in der Tasche. Sind Sie sicher, daß er ihn nicht bei sich hatte?«
»Ja. Wir haben ziemlich gründlich nachgesehen.«
»Er war nicht in seiner Jackentasche?«
McEwan grinste spöttisch. »›Gründlich‹ heißt normalerweise, daß wir auch seine Taschen durchsuchen.«
Beim Nachdenken erfüllte sie zunehmende Panik. »Könnte der Mann, der ihn getötet hat, ihn mitgenommen haben?«
McEwan zuckte die Achseln. »Wir wissen nicht, wo er ist«, sagte er.
Maureen sank auf ihrem Stuhl zurück. »Mein Gott, er hat einen Schlüssel zu meiner Wohnung.«
»Sie sind sehr sicher, daß es ein Mann ist, Maureen.«
»Ich rate nur.«
»Natürlich kann es sein, daß er die Schlüssel nicht bei sich hatte.« McEwan sprach langsam und beobachtete, wie sie darauf reagieren würde. »Er hätte auf irgendeinem anderen Weg ins Haus kommen können.«
»Ich habe ihm nicht aufgemacht, falls Sie das andeuten wollen«, sagte sie. »Ich hätte mich daran erinnert.«
»Ja«, sagte McEwan und tippte mit dem dünnen Bleistift geräuschvoll auf den Tisch. Er lächelte sie an. »Kennen Sie Douglas' Frau, Elsbeth Brady?«
»Nein.«
»Sie haben sie nie kennengelernt?«
»Nein.«
Er bat sie, alles zu erzählen, was sie gestern am Morgen und nachmittags gemacht hatte. Sie wiederholte die Einzelheiten, die sie morgens Inness in der Wohnung schon mitgeteilt hatte: Sie ging um neun Uhr dreißig zur Arbeit und verließ ihren Arbeitsplatz erst um sechs. McEwan fragte sie ausführlich danach, ob sie mehr als ein paar Minuten, zum Beispiel zum Mittagessen, nicht im

Büro gewesen sei. Sie war auf jeden Fall nicht weg gewesen. Sie war den ganzen Tag mit Liz im Büro gewesen, sie konnten sie fragen, wenn sie wollten.

»Das werden wir auch tun«, sagte McEwan und schlug sein Notizbuch zu. »Übrigens, Ihre Mutter ruft hier schon den ganzen Tag an. Sie verlangt immer wieder, mit Ihnen zu sprechen. Ich schlage vor, daß Sie sie anrufen. Sie hat sich immer mehr ... aufgeregt.«

»In Ordnung.« Maureen wußte ganz genau, was Winnie immer mehr getan hatte. »Tut mir leid, wenn sie Sie belästigt hat.«

McEwan ging darüber hinweg. »Da wir gerade von Müttern reden, kennen Sie Douglas Bradys Mutter?«

»Ich habe Fotos von ihr in der Zeitung gesehen.«

»Aber Sie haben sie nie kennengelernt?«

Maureen schüttelte den Kopf.

»Na ja«, sagte McEwan, »wir werden versuchen, das alles so lange wie möglich aus der Presse rauszuhalten, aber das Interesse wird groß sein, weil sie Abgeordnete des Europäischen Parlaments ist. Ich möchte nicht, daß Sie mit der Presse reden.«

»Okay«, sagte sie, und ihr Herz stand fast still, als sie an Winnies Neigung dachte, endlos zu reden, wenn sie betrunken war. Sie konnte nicht die ganze Zeit bei ihr bleiben, und die absoluten Lieblingsthemen der betrunkenen Winnie waren Familiengeheimnisse und wie entsetzlich ihre Kinder seien. Sie gab ihm Bennys Namen, Adresse und Telefonnummer. Sie erlaubten ihr nicht, ohne Begleitung in ihre eigene Wohnung zu gehen. Wenn sie nach Hause wollte, um irgend etwas zu holen, würde sie vorher anrufen müssen, und sie würden dafür sorgen, daß ein Beamter dabei war.

»Warum?«

»Für den Fall, daß Sie Spuren verwischen könnten, die wir noch nicht aufgenommen haben.«

»Aber Sie verdächtigen mich doch nicht?«

»Wir wissen noch nicht, wer es getan hat«, sagte er und sah seinen

Bleistift auf eine Art und Weise an, die deutlich darauf schließen ließ, daß er gerade das tat.
Als er mit ihr aus dem Büro trat, stießen sie im Flur auf Elsbeth. Sie war zierlich, hatte einen flotten Pagenschnitt, aparte Gesichtszüge und eine gute Figur. Ihre Augen waren rotgeweint. Die arme Elsbeth war für Maureen acht Monate lang Gegenstand ihrer aufwühlenden Schuldgefühle gewesen: Maureens Empfindung, daß sie wirklich etwas sehr Gemeines taten, war wie eine Lawine angewachsen, als sich ihre Gefühle für Douglas änderten. Als sie das Bild von Elsbeth in der Zeitung sah, wurde alles noch schlimmer. Jetzt kannte sie das Gesicht, auf das sich ihr Schuldgefühl konzentrierte. Douglas schien überhaupt nicht darüber nachzudenken. Wenn Maureen sich Vorwürfe machte, zuckte er kaum mit der Wimper und tat, als mache sie aus einer Mücke einen Elefanten, so als sei es Maureen, die Elsbeth betrog – und nicht er. Als sie jetzt Elsbeth zum ersten Mal in Fleisch und Blut gegenüberstand, wurde ihr übel und sehr heiß. Sie versuchte, an ihr vorbeizuschlüpfen, aber Elsbeth faßte sie am Arm. »Haben Sie es getan, Maureen?« fragte sie.
Maureen war erschrocken. Elsbeth sollte eigentlich nicht wissen, wer sie war. »Nein«, antwortete sie schuldbewußt und verlegen.
»Ich auch nicht«, sagte Elsbeth. Ihr Gesicht wurde plötzlich schlaff, und sie ging mit schlurfenden Schritten zu Joe McEwan, der unten an der Treppe stand. Voller Panik und zitternd wandte Maureen sich steif zur Tür.
»Maureen?« Elsbeths Stimme klang angespannt und rauh. »Warten Sie auf mich?«
»Wenn Sie möchten«, sagte Maureen und unterdrückte den Impuls, zu schreien und wegzurennen.
McEwan lächelte, aber als Elsbeth nicht hinsah, runzelte er die Stirn und winkte Maureen zu, sie solle gehen. Sie sah sie zusammen die Treppe hinaufgehen. Elsbeth trug den Aranpullover, den Maureen Douglas zum Geburtstag gekauft hatte.
Sie verließ die Polizeiwache, überquerte die Hauptstraße und ging zwei Häuserblocks weiter, wo Geschäfte waren. Sie be-

schloß, für Benny ein Essen zu kochen als Dank dafür, daß er sie aufgenommen hatte. Sie suchte kleine Maiskolben, Zucchini und eine grüne Paprika für eine bunte Tomatensauce aus. Der Knoblauch sah alt aus und fing schon an zu keimen. Sie fragte einen Verkäufer, ob sie hinten noch welchen hätten, und begutachtete ihn sorgfältig. An der Kasse fing ihr Herz an, heftig zu klopfen. Sie ließ ihren Einkaufswagen in der Schlange stehen, rannte die zwei Häuserblocks zurück, flitzte über die Hauptstraße und kam gerade in die Stewart Street, als Elsbeth aus dem Haupteingang der Wache trat. Elsbeth schien nicht überrascht, sie zu sehen. Sie ging wohl davon aus, daß die Leute taten, worum sie sie bat, und Maureen ärgerte sich darüber.

»Lassen Sie uns zu mir nach Hause gehen«, sagte sie, ohne aufzusehen, und Maureen folgte ihr zu einem schon wartenden schwarzen Taxi.

Der Fahrer bog in die breite Great Western Road ein und fuhr in westlicher Richtung. Der Verkehr war dicht für den frühen Nachmittag, und das Taxi mußte drei rote Ampeln hintereinander abwarten.

Elsbeth und Maureen saßen so weit auseinander, wie es der Rücksitz erlaubte, sahen jede auf ihrer Seite schweigend aus dem Fenster und beobachteten die Fußgänger bei ihren Erledigungen.

»Woher wußten Sie, wer ich bin?« fragte Elsbeth und unterbrach mit ihrer durchdringenden Stimme das tiefe Schweigen zwischen ihnen.

Maureen wandte sich ihr zu und suchte ihren Blick, aber Elsbeth schaute aus dem Fenster. »Ich habe ein Bild von Ihnen in der Zeitung gesehen«, sagte sie leise, »von der Wahl. Douglas und Sie vor einem Hotel.«

Elsbeth sah auf ihren Schoß hinunter und knirschte mit den Zähnen. Sie hob den Kopf und starrte wieder aus dem Fenster.

»Wieso haben Sie mich erkannt?« fragte Maureen.

»Ich hab' ein Foto von Ihnen gesehen«, sagte Elsbeth. »Douglas hatte es in seiner Aktentasche. Sie hatten einen Partyhut auf.«

Mein Gott, das Partyhut-Foto. Douglas hatte es sich ausgeliehen, weil er es so lustig fand. Maureen war darauf total blau und high, lachte lauthals und trug einen spitzen, lila Hut, aus dem oben Luftschlangen herausquollen. Das dicke Gummiband unter ihrer Nase zog sie wie ein Schweineschnäuzchen hoch. Es mußte für die mustergültige Elsbeth eine abgrundtiefe Beleidigung gewesen sein, von einer vulgären Trinkerin mit rotem Gesicht ausgestochen zu werden.

Das West End, Glasgows Studentenviertel, lag um die Byres Road herum, eine breite Straße, die von der neugotischen Universität aus den Hügel hinunterführte. Jeder dritte Laden war ein Lebensmittelgeschäft oder eine Bar. Als Studentin hatte sie in einer Bar im West End gearbeitet und war oft für eine arbeitslose Schauspielerin gehalten worden. Sie war damals noch sehr jung und hielt das für ein Kompliment.

Als sie in die Nähe der Universität kamen, bog der Taxifahrer von der Great Western Road in eine kleine Straße ab, die in einem Bogen verlief. Auf der einen Seite war sie mit eleganten Mietshäusern aus gelbem Sandstein gesäumt; auf der anderen Seite liefen kunstvolle, schmiedeeiserne Geländer an der steil abfallenden Böschung des Flusses Kelvin entlang. Der Taxifahrer fuhr an den Gehweg heran und schaltete den Zähler ab.

Elsbeth blieb vor einem der Mietshäuser stehen und nahm ihre Schlüssel heraus. Sie öffnete die Sicherheitstür zu einem Treppenhaus mit glänzenden, grünen Fliesen bis in Schulterhöhe, die mit einem Fries aus imitierten Mackintosh-Rosen abschlossen. Die schönen Fliesen hörten im ersten Stock plötzlich auf, und an ihre Stelle trat grüne Glanzfarbe.

Sie hielten im zweiten Stock an, und Elsbeth schloß die Wohnungstür auf, die in eine riesige Diele mit einem Fußboden aus abgeschliffenen Kiefernbrettern führte. Es war die größte Diele, die Maureen je gesehen hatte. »Kommen Sie herein«, sagte Elsbeth, während sie den Schlüssel aus dem Türschloß zog und sich an Maureens Überraschung freute. »Ich zeige Ihnen die Wohnung.« Elsbeth führte sie in alle Zimmer und wies sie auf ungewöhnliche Möbelstücke und Lieblingsnippes hin. Die Wohnung hatte hohe Schmuckdecken und war mit wenigen, teuren Möbelstücken eingerichtet. Alle gerahmten Bilder im Wohnzimmer waren Kunstdrucke von Miró, aber Maureen hatte den Verdacht, daß ihre Wahl eher auf einer dekorativen Idee beruhte als auf einer Leidenschaft für Miró.

Elsbeth gab sich viel Mühe, aber es gelang ihr nicht, ihre Erregung zu verbergen: Ihr ständig erbitterter Tonfall war ermüdend. Maureen war beeindruckt gewesen, als Elsbeth sie ansprach und sie einlud; sie dachte, vielleicht würde es wirklich zu einem Gespräch kommen, aber jetzt behandelte Elsbeth sie wie eine neue Nachbarin, und sie selbst benahm sich auch entsprechend.

Sie setzten sich in die große, helle Küche. Elsbeth nahm eine Flasche Mineralwasser aus dem Kühlschrank und öffnete einen Schrank voller Gläser. Einen kleinen Moment zögerte ihre Hand bei den einfachen Gläsern. Dann stellte sie sich auf die Zehenspitzen, griff seitlich hinein und nahm eines von sechs teuren, rotgrünen Kelchgläsern, goß sich Mineralwasser ein und stellte die Flasche wieder in den Kühlschrank, ohne Maureen davon anzubieten.

Neben der Frühstücksbar hing eine gerahmte Fotocollage. Grüppchen von Freunden saßen an Tischen mit den Überresten vergangener Dinnerparties und lächelten in die Kamera. Die Sonne schien an verschiedenen Urlaubsorten, wo Douglas allein saß, las oder aß.

Es gab nur zwei Bilder, auf denen Douglas und Elsbeth zusammen waren. Eines war vor langer Zeit an Weihnachten aufgenommen: Sie saßen auf einer braunen Couch nebeneinander und sahen auf den glänzenden, neuen Toaster auf Douglas' Knien hinunter. Ein paar einsame Lamettafäden hingen hinter ihnen an der Wand. Das andere war von ihrer Hochzeit. Es war kein offizielles Foto: Sie standen auf einem Rasen und sprachen mit einem älteren Mann im dunklen Anzug, vielleicht dem Pfarrer. Elsbeth lachte und sah in ihrem einfachen, knöchellangen weißen Kleid zart und hübsch aus. Sie hatte den Arm um Douglas' Taille gelegt. Er hielt sie nicht umfaßt; seine Arme hingen herunter, sein Ge-

sichtsausdruck entsprach einer ihm eigenen Mischung aus Enttäuschung und blasierter Heiterkeit. Nach ein paar Drinks hatte er Maureen manchmal so angesehen; sie hatte dann immer das Gefühl gehabt, etwas ganz Dummes getan zu haben. Auf dem größten Farbfoto war Douglas' Mutter zu sehen. Die in einer Gruppe um sie herumstehenden Honoratioren blickten mißbilligend auf etwas links vom Fotografen. Sie hielt einen Blumenstrauß und sah mit einem Gesicht in die Kamera, das zu einem glasigen Lächeln verzogen war und zu sagen schien: Na los, Jungchen.
Elsbeth sah, daß sie es betrachtete. »Eine ungewöhnliche Frau.« Sie lächelte. »Ich nehme mir immer vor, alle anderen wegzuschneiden, außer Jacques Delors natürlich. Ich glaube, er hätte es nicht gern, herausgeschnitten zu werden.« Und sie stieß ein perlendes Lachen aus, als seien sie bei einem eleganten Lunch. Maureen lachte auch, weil es ihr leid tat, daß sie sich mit dem Mann dieser Frau und dem Sohn der Frau dort eingelassen hatte.
Es wurde langsam klar, daß Maureen nicht zu einem freimütigen Austausch schöner Erinnerungen eingeladen worden war. Sie setzte sich auf einen wackligen Hocker an der Frühstücksbar und machte sich wie eine reuige Sünderin auf einiges gefaßt. Elsbeth setzte sich ihr gegenüber und holte tief Luft. Sie teilte Maureen mit, daß Douglas eine Reihe von Affären gehabt und sie über alles Bescheid gewußt habe. Er hatte ihr erzählt, er habe eine zusätzliche Arbeit an einer Suchtklinik in Peebles angenommen und würde deshalb immer montags über Nacht wegbleiben, dabei hatte er doch nie Interesse für diese Art von Tätigkeit gehabt. Sie hatten zusammen sowieso ein jährliches Einkommen von fünfundsechzigtausend und hätten deshalb das Geld nicht gebraucht.
»Sie sehen also«, sagte Elsbeth, um ihre Rachegefühle mit einem Deckmäntelchen der Gutmütigkeit zu tarnen: »Sie sind nur die letzte in einer langen Reihe von Frauen.«
»Ja«, sagte Maureen matt, »das hab' ich mir gedacht. Bin ich die erste, die Sie kennenlernen?«
»O nein, das sind Sie nicht«, sagte sie beiläufig und war sich nicht bewußt, welch trauriges Bild sie damit von sich selbst zeichnete.

Verdammt noch mal, was sollte das eigentlich, daß sie diese kleinkarierte, nichtssagende Unterhaltung führten, dachte Maureen, als ob all das noch eine Rolle spielt, als ob Douglas nicht Stunden zuvor niedergemetzelt und ermordet worden wäre? Aber sie hielt sich zurück. Jetzt ist Elsbeth an der Reihe, dachte sie, dies ist ihr Triumph. Soll sie ihn haben. Sei nett zu ihr. Maureen versuchte sich vorzustellen, wie es war, die Frau eines Schürzenjägers zu sein, wie liebenswürdig sie selbst wohl wäre, wenn sie ein Jahrzehnt an Douglas festgehalten hätte.

Sie sah ihn plötzlich am zweiten Abend, den sie zusammen verbracht hatten, vor sich. Er war angeblich vorbeigekommen, um sich zu entschuldigen, dann aber geblieben. Maureen kam mit einem Glas Wasser ins Wohnzimmer zurück und sah ihn auf der Seite liegen, wo sie ihn zurückgelassen hatte, genau wie auf Monets Bild *Olympia*, die Hose bis über die Knie hinuntergeschoben und das Hemd über die Brust hochgezogen, stellte er ungeniert seinen steifen Schwanz zur Schau. Er war nicht rund, sondern seltsam kantig, so wie auch sein Hintern irgendwie eckig war. Was ihr aber am zärtlichsten in Erinnerung blieb, war der unbefangen anzügliche Blick, den er ihr zugeworfen hatte. Sie hatte sich neben ihn gekniet, sich vorgebeugt und ihr Gesicht in die weiche Haut seines warmen, haarigen Bauchs gepreßt.

Während sie Elsbeth gegenübersaß und versuchte, ihre Haltung zu bewahren, fühlte sie Douglas' Brusthaare über ihr Gesicht streichen, auf und ab, auf und ab.

Elsbeth hatte eine tolle Stelle. Sie arbeitete in der Graphikabteilung der BBC. Sie sprach über das Unternehmen, als wäre es ein lieber Freund der Familie. »Was machen Sie beruflich?« fragte sie. Das Lächeln in ihren Augen ließ darauf schließen, daß sie es schon wußte.

»Ich arbeite im Vorverkauf am Apollo Theatre.«

»Aha?«

Maureen hatte schon zwei Zigaretten geraucht, ohne daß ihr auch nur eine Tasse Tee angeboten worden wäre, und hatte einen schlechten Geschmack im Mund. Aber zehn Jahre der Erniedri-

gung und ein treuloser, ermordeter Ehemann konnten bei Elsbeth kein Mitgefühl aufkommen lassen.
Als sie ging, fragte Elsbeth, ob Douglas Maureen Geld gegeben hätte.
»Nein«, sagte Maureen schnell. Sie dachte, Elsbeth wolle sie noch mehr demütigen, bis sie ihren besorgten Gesichtsausdruck bemerkte. Etwas anderes steckte hinter der Frage. Elsbeth versuchte etwas herauszufinden. Sie war auf der Suche nach fehlendem Geld.
»Na ja«, sagte Maureen, als denke sie darüber nach, »zu welcher Zeit denn?«
»Vor zwei Tagen?«
»Einen Fünfziger«, log Maureen.
»Nur fünfzig Pfund?«
»Ja, wollen Sie es zurück?«
»Nein, nein. Es ist nicht wichtig.«
Maureen verließ die Wohnung mit einem Gefühl, als sei sie nichtsahnend in einen Zirkel spießiger Partnertauschaktionen verwickelt worden. Ein Gedanke, der sie zutiefst deprimierte.

Café Equal

Sie ging die drei Straßen zur Byres Road zu Fuß, während ihre Gedanken um Douglas kreisten, Douglas, wie er durch seine geschmackvolle Wohnung im West End schritt, Douglas, wie er in ihrer Küche saß und ein Brötchen mit Frühstücksspeck aß, der tote Douglas, auf dem Stuhl festgebunden, mit aufgeschlitztem Hals. Sie blieb plötzlich stehen und schloß die Augen, rieb sie heftig mit den Fingern und versuchte, das Bild wegzuwischen.

Wenn sie die Anrufe bei der Arbeit gestern angenommen hätte, hätte er ihr vielleicht gesagt, warum er nicht in seinem Büro war, er hätte vielleicht jemanden oder etwas erwähnt, das alles erklären würde. Sie dachte realistisch darüber nach: Er hätte bestimmt gelogen und hätte gesagt, alles sei in Ordnung. Er hätte sie gefragt, ob sie bei Louisa gewesen sei, und hätte sich geärgert, wenn sie Leslie erwähnt hätte. Aber sie konnte es nicht völlig ausschließen. Es beschäftigte sie, daß er von einer Zelle aus angerufen hatte, und es bedrückte sie, daß er dreimal angerufen hatte. Er hätte bei der Arbeit sein sollen.

Die Zelle in der Byres Road war in einwandfreiem Zustand. Man konnte drei verschiedene Arten der Bezahlung und für die Schriftanzeige Französisch oder Deutsch wählen. Sie hörte sich eine Zeitlang das Klingeln in Bennys leerer Wohnung an und rief dann in einem Moment der Schwäche Leslie an. Sie ließ es klingeln, bis es aufhörte, und drückte dann den Knopf für Wiederwahl, hängte aber nach zweimaligem Läuten auf. Sie konnte Leslie nicht mit einem Gespräch belasten, wenn sie es nicht unbedingt brauchte, und sie würde sich nur noch elender fühlen. Leslie war mit der Zukunft des Frauenhauses genug beschäftigt, sagte sie sich, hör auf damit und nimm dich zusammen.

Sie rief McEwan auf der Wache an. Die Zentrale stellte zu seinem

Büro durch. Ein zerstreuter Mann teilte ihr mit, daß Oberinspektor Joe McEwan nicht zu erreichen sei.
»Ich bin Maureen O'Donnell. Äh, ich ... Ein Mann ist in meiner Wohnung ermordet worden, und ich muß mir von dort Kleider holen.«
»Hier ist Hugh McAskill.« Er schien anzunehmen, daß sie sich an seinen Namen erinnern würde.
»Ja«, sagte sie.
»Von heute morgen. Ich saß mit Ihnen im Auto. Ich war dabei, als Sie befragt wurden. Ich habe rotes Haar.«
»Ach ja«, sagte sie eifrig, »ich erinnere mich an Sie.«
»Das Team ist immer noch in Ihrer Wohnung. Sie können rein.«
»Super.«
»Gehen Sie jetzt hin?«
»Ja.«
»Sagen Sie ihnen an der Tür, wer Sie sind ...«
Sie unterbrach ihn, »Mr. McAskill, darf ich Sie etwas fragen?«
Er dachte einen Moment nach. »Kommt darauf an«, sagte er vorsichtig.
»Was war im Wandschrank?«
McAskill schwieg.
»Es waren nicht nur die Hausschuhe, oder?«
Sie hörte, wie er den Hörer weghielt und schwer ausatmete. »Besser, Sie wissen es nicht, Kleines«, sagte er leise. »Ich rufe in Ihrer Wohnung an und sage Bescheid, daß Sie kommen.«
»Sie sind sehr nett«, sagte Maureen und meinte es wirklich so.

Als sie die Treppen zu ihrer Etage hinaufging, sah sie aus dem Fenster. Sieben oder acht uniformierte Polizisten durchsuchten den Hinterhof, drei stocherten in dem ausgeschütteten Inhalt der großen Sammelmülltonnen herum.
Ein Polizist in Uniform stand vor ihrer Wohnungstür Wache. Sie sagte ihm, sie werde erwartet. Er bat sie zu warten, schlüpfte hinein und machte ihr die Tür vor der Nase zu. Gleich darauf öffnete er sie wieder. So-und-so McMummb war mit zwei Leuten von

der Spurensicherung im Wohnzimmer, die immer noch in ihren weißen Schutzanzügen herumschlurften. Er sah zu Maureen heraus und sagte: »Das ist sie.« Der Beamte an der Tür sagte ihr, daß sie alles, was sie mitnehmen wolle, untersuchen müßten und daß sie bestimmte Teile der Wohnung nicht betreten dürfe.

Die Hitze war verflogen, und es war kühler. Die Tür zum Wandschrank im Flur war mit dickem, gelbem Klebestreifen versiegelt. Sie sah den ersten braunen Fußabdruck an der Schwelle zum Wohnzimmer. McMummb trat ein bißchen nach links, versperrte die Tür und bedeutete ihr damit, daß sie nicht hineingehen durfte. Maureen schlug die Augen nieder und ging direkt ins Schlafzimmer. McMummb blieb zurück und sprach mit jemandem im Flur.

Alles war genauso, wie sie es zurückgelassen hatte. Die Steppdecke war zurückgeworfen und vom Bett gerutscht, das Hemdblusenkleid, das sie zur Arbeit getragen hatte, lag zerknittert am Boden und verdeckte halb ihre Handtasche. Ihre Uhr lag auf dem Nachttisch neben einer Dose Feuchtigkeitscreme ohne Deckel. Sie stand auf der ungewohnten Seite neben ihrem Bett. Sie hätte sich gern hingesetzt und ihre schmerzenden Füße gerieben, aber sie wußte, daß sie nichts berühren sollte, bevor McMummb hereinkam, um alles zu beaufsichtigen. Sie streckte die Hand aus und berührte das zerknitterte Baumwollaken. Das Kissen trug noch den Abdruck, wo ihr verschwitzter Kopf gelegen hatte.

Sie schaute auf den Teppich hinunter und sah die zersplitterte Ecke einer CD-Hülle. Mit der Spitze des Schuhs berührte sie sie leicht und zog sie unter dem Bett hervor, ohne sich zu bücken. Es war Bennys *Best of the Selector*, die sie sich ausgeliehen hatte, und sie war so überzeugt gewesen, daß sie sie zurückgegeben hatte. Sie hatte so stur darauf bestanden. Benny würde ihr das nie vergessen.

Als McMummb ins Zimmer kam, stand sie neben dem Bett und grinste auf ihre Füße hinunter. »Ich muß die Sachen sehen«, sagte er. Sie sah ihn an und wartete darauf, daß er seinen Satz zu Ende sprechen würde, aber er verstummte. Bekümmert starrte er vor sich auf den Teppich.

»Okay«, sagte Maureen und gab ihm ihre Uhr zum Überprüfen. Sie nahm eine Jeans, ihren Lederrucksack und einen senffarbenen Pulli mit Zopfmuster. McMummb gab ihr die Uhr zurück und schaute in die Tasche, überprüfte die Kleider, hielt sie ans Licht und kontrollierte die Taschen. Ein Mann im weißen Schutzanzug kam ins Zimmer und sah sie noch einmal an. Sie wählte vier ihrer besten Schlüpfer aus – die für Arztbesuche –, ein paar T-Shirts, einen karierten Schal und ihren anthrazitfarbenen Kaschmirmantel. Die zwei Männer prüften alles sehr professionell, strichen mit den Fingern über das Seidenfutter des Mantels und gaben ihr die Sachen zurück. Sie stopfte die T-Shirts und Schlüpfer in ihre Tasche. »Kann ich etwas aus meiner Handtasche holen?«
McMummb sah sie auf dem Boden liegen, hob sie unwillig auf und hielt den langen Riemen mit zwei Händen vor sich hin, als schiebe er einen Kinderwagen. »Was möchten Sie haben?«
»Zigaretten.«
Er nahm die Schachtel Zigaretten heraus und sah sie an. Er wußte nicht, wonach er suchen sollte. Er hielt sie dem Mann von der Spurensicherung hin, der sich die Mühe machte, die Schachtel zu öffnen, hineinzusehen und mit einem langen, knochigen Finger zwischen den Zigaretten herumzupulen. »Ich glaube, wir sollten sie behalten«, sagte er ernst zu McMummb.
»Ich glaube, wir sollten sie behalten«, sagte McMummb zu Maureen.
»Okay«, sagte Maureen. »Kann ich meine Geldbörse haben?«
McMummb nahm die Börse heraus und blätterte die Quittungen und Pfundnoten durch. Der Mann von der Spurensicherung tat das gleiche noch einmal und gab sie ihr dann wieder.
»Und meine Schlüssel?«
»Sie können hier nicht hereinkommen, wenn nicht jemand von uns dabei ist«, sagte McMummb.
Sie nickte. »Wann werde ich wieder in die Wohnung können?«
»Wir geben Ihnen Bescheid«, sagte McMummb, als er die Tasche öffnete und die Schlüssel herausnahm. Er schüttelte sie, als könne etwas Wichtiges dazwischen versteckt sein, und gab sie dem

Mann von der Spurensicherung. Der hielt sie hoch und schüttelte sie ebenfalls. Er wartete, bis sie aufhörten zu klirren, und gab sie dann Maureen.
»Danke«, sagte sie und steckte sie in ihren Rucksack.

Je weniger die Polizei davon mitbekam, wo Liam sich aufhielt, desto besser. Sie ging zu einer ramponierten, übelriechenden Telefonzelle in der nächsten Straße, statt ihr eigenes Telefon zu benutzen, und erreichte ihn endlich bei Benny.

Unterhalb von Garnethill in der Sauchiehall Street gab es ein kleines und auf eine schmuddelige Art gemütliches Café, das *Café Equal*. Maureen war manchmal mit Douglas zum Frühstück dort gewesen. Alles war noch genau wie in den sechziger Jahren, und dabei hatte die Fünfziger-Welle gerade erst Glasgow erreicht: Die Tischflächen waren mit schwarzem, goldgeflecktem Resopal überzogen, und die Kaffeemaschine in Rot und Chrom erinnerte an den Prototyp einer Dampfmaschine.
Sie setzten sich an einen freien Tisch beim Fenster.
Liam klopfte leicht mit der Hand auf ihren Arm. »Wo bist du den ganzen Tag gewesen?« fragte er und beobachtete sie genau, um zu sehen, wie es ihr ging.
»Ach, ich bin überall herumgerannt«, sagte Maureen und ließ den Kopf nervös nach vorn fallen, als sie versuchte, ihre Schultern zu entspannen. »Ich wollte keine Pause machen, weil ich vielleicht nicht wieder in Gang gekommen wäre. Ich hab' den ganzen Tag nichts gegessen. Wahrscheinlich fühle ich mich deshalb so wackelig.«
»Wahrscheinlich hat es auch damit zu tun, was passiert ist, hm?«
»Na ja«, sagte sie, »das auch.«
»Ein unheimlicher Tag, oder?«
»Ich hab' schon unheimlichere erlebt.«
Er lächelte über ihre Tapferkeit. »Kannst du etwas essen?«
Wenn Maureen sich aufregte, verlor sie immer als erstes den Appetit. Bevor Liam sie damals im Wandschrank fand und in die

Klinik brachte, hatte sie so lange nichts gegessen, daß ihr Zustand schon fast hoffnungslos gewesen war. »Komischerweise habe ich heute einen Riesenhunger.«

Die surreale Atmosphäre des Cafés wurde noch durch die melancholische, ältliche Bedienung betont, die etwas am Bein hatte. Als sie zum zweiten Mal nicht das brachte, was sie bestellt hatten, behielten sie es, um ihr den Weg zur Küche zu ersparen.

»Mum ist der Polizei auf die Pelle gerückt«, sagte Maureen, schnitt mit dem Messer eine Fleischpastete, die sie nicht bestellt hatte, unten auf und ließ das überschüssige Fett aus dem kleinen Teigpäckchen rinnen. »Sie hat den ganzen Tag immer wieder auf der Wache angerufen und verlangt, daß sie mich gehenlassen.«

»Ja.« Liam schlürfte seinen Kaffee. »Sie hat sich voll in die Befreiungskampagne für dich gestürzt. Sie haben es mir gesagt, und ich habe zu Hause angerufen. Ich habe Una gesagt, sie soll das Telefon ausstecken.«

»Was für Fragen haben sie dir gestellt?«

»Über dich und Douglas. Sie hatten keine Ahnung, was ich mache, das ist in Ordnung.«

»Jim Maliano war unheimlich nett zu mir«, sagte Maureen.

»Er ist doch sonst eigentlich ein ziemlich blöder Kerl, oder?«

»Normalerweise ein total blöder Kerl. Er brachte mir einen Stuhl aus seiner Wohnung und eine Tasse Tee und alles. Und für das Verhör hat er mir sein schönes Fußballhemd geliehen.«

Liam quetschte wäßriges Ketchup aus einer Plastikflasche auf seinen Teller Pommes. »Das muß die Polizei aber beeindruckt haben.« Er sah zu, wie seine Schwester ein fettiges Rinnsal von ihren Pommes und Bohnen weg an einen sicheren Platz am Tellerrand steuerte. Sie tupfte es mit einer Papierserviette auf. »Ich sehe«, sagte er, »daß du daran gewöhnt bist, in erstklassigen Restaurants wie diesem hier zu essen.«

»Mhm«, Maureen lächelte, »diesen Joe McEwan mag ich überhaupt nicht.«

»Ja, er ist ein Kotzbrocken, aber laß dir nicht anmerken, daß du was gegen ihn hast.«

»Warum nicht?«

»Er hat allerhand zu sagen. Es könnte eine Rolle spielen, wie sie dich behandeln. Versuch, einen freundlichen Eindruck zu machen«, sagte er, als hätte er sein ganzes Leben mit Verhören bei der Polizei verbracht. »Sie haben mich gefragt, was ich gestern nachmittag gemacht habe.«

»Ja«, sagte Maureen. »Mich haben sie über den Morgen und den Nachmittag ausgefragt. Ich glaube, sie nehmen an, daß es da passiert ist. Ich war bei der Arbeit.«

»Ja, ich hatte einen Schlüssel und kann ihnen nicht sagen, wo ich an dem Tag war.«

»Warum nicht?«

»Ich war bei Tonsa und habe Paulsa getroffen.«

Tonsa machte Kurierdienste. Sie fuhr einmal im Monat im Zug nach London und brachte Crack nach Glasgow. Sie sah wie eine wohlhabende Dame Anfang Dreißig aus: Sie war zierlich und elegant gebaut, war schlank und hatte Sinn für teure, modische Kleider. Liam hatte sie Maureen vorgestellt, als sie sie eines Sonntags auf dem Barrasmarkt trafen. Sie sah ganz normal aus, bis Maureen ihre Augen bemerkt hatte: Sie waren wäßrig und schienen halb geschlossen, wie die Augen einer Leiche. Unter der Haut wirkte Tonsa wie tot. Maureen hatte Liam bis zu diesem Zeitpunkt für einen Gentleman der Drogenszene gehalten. Nachdem sie Tonsa getroffen hatte, wußte sie, daß es so jemanden überhaupt nicht gab und daß Liam ein knallharter Typ sein mußte. Aber zu ihr war er anders, und daran hielt sie sich. Er war ihr großer Bruder, meinte sie, und sie hatte das Recht, sein Leben für ihre Zwecke zurechtzubiegen.

Über Tonsa hatte kürzlich etwas in der Zeitung gestanden. Ihr Freund wurde, während er seiner achtbaren Arbeit nachging, vom Ohr bis zum Kinn aufgeschlitzt. Die Lokalzeitung brachte ein Foto des schönes Paares und verlangte, daß die Polizei die bösen Männer, die dafür verantwortlich waren, festnehmen sollte. Damals hatte Maureen Liam gefragt, wieso Tonsa sich habe fotografieren lassen, sicher würde sie diese Art von Aufmerksamkeit doch nicht wollen. Liam hatte mit der Schulter gezuckt und gesagt, Tonsa sei total fertig und niemand wisse, warum Tonsa so etwas oder irgend etwas anderes tat.

»Liam«, sagte sie nervös, aber sie mußte die Frage stellen, »erinnerst du dich, daß Tonsas Freund aufgeschlitzt worden ist?«

Er sah zu ihr auf. »Ja, und?«

»Na ja, könnte es etwas damit zu tun haben?«

»Was meinst du damit?« sagte er, starrte sie herausfordernd an und wartete ab, ob sie noch weiter gehen würde.

»Ich habe mir nur überlegt, ob du jemanden kennst ...«

»Soll ich jetzt daran schuld sein?« fragte er scharf.

»Genau, du«, sagte sie und drohte ihm über den Tisch hinweg mit dem Finger, »beruhige dich. Ich gebe dir keine Schuld, ich frage dich nur. Das ist doch keine blöde Frage. Ich kenne eben außer dir niemanden, der mit solchen Leuten zu tun hat.«

»Ist schon gut, Maureen«, sagte er, offenbar darum bemüht, vernünftig zu sein, weil sie einen so beschissenen Tag hinter sich hatte, »aber wir sind nicht die einzigen, die so etwas tun. Es gibt noch andere böse Menschen auf der Welt.«

»Das weiß ich, ich frage mich nur, es sind doch Gangster, die so etwas machen, oder nicht?«

Liam grinste verlegen auf den Tisch hinunter. »Du siehst zu viele Filme, Maureen, das sind Geschäftsleute. So etwas gibt es nicht oft.«

Maureen sah nicht aus, als habe er sie überzeugt. »Könnte es sein, daß jemand dir eine Botschaft schicken will? Eine Warnung oder so?«

»Hör mal, wie soll das denn eine Botschaft an mich sein? Warum sollte jemand den Freund meiner kleinen Schwester in deren Wohnung ermorden und keinen Hinweis darauf hinterlassen, wer er ist?«

»Ja, ich nehme an ...«

»Wenn jemand mich warnen wollte, würde er kommen und mir eine in die Fresse hauen. Es wäre kein Geheimnis, ich wüßte, daß ich meine Grenzen überschritten hätte und was dann auf mich zukäme. Diese Leute handeln aus Raffgier. Sie wollen keine Probleme mit der Polizei – das macht es doch nur schwieriger, die Geschäfte abzuwickeln.«

»Ja klar, ich dachte ja nur wegen des Schnitts ...«

»Jemandem das Gesicht aufschlitzen, das ist etwas, was angehende Schläger machen, um ihren Kumpeln zu zeigen, daß sie hart sein können, sie kennen diejenigen nicht einmal, mit denen sie das machen, sie rennen einfach an ihnen vorbei und ...« Er verdrehte sein Handgelenk mit einer wegwerfenden Geste, die sie beängstigend fand.

»Du hast so etwas aber nie getan, oder?« fragte sie scheu.

»Mach dich nicht lächerlich.« Die Frage verblüffte ihn. »Hältst du mich für fähig, so etwas zu tun?«

»Eigentlich nicht.«

»Mauri, glaubst du wirklich, ich würde jemandem so etwas antun?«

»Ach nein, Liam, nein. Aber ich weiß, daß du dich mir gegenüber als Beschützer fühlst, seit ich im Krankenhaus war.«

»Beschützer?«

»Ja, Beschützer.«

»Und ich soll so bescheuert sein, zu glauben, deinen Freund in deinem eigenen Wohnzimmer abzustechen würde dich vor etwas viel Schlimmerem bewahren? Wovor zum Beispiel? Davor, daß du Krach kriegst mit ihm?«

»Ja, ganz richtig.«

»Jedenfalls«, er lächelte, »würde ich es wohl kaum tun, wenn ich kein Alibi hätte, oder? So schlau wär' ich immerhin, das mußt du zugeben.«

»Ach, es tut mir leid, Liam.« Sie zuckte mit den Achseln und lächelte ihm zu. »Ich bin heute ein bißchen durcheinander.«

Sie schnitt ein Stück von der Pastete ab und steckte es in den Mund. Es war nicht lange genug in der Mikrowelle gewesen, der Teig war kalt, und harte Fettklümpchen klebten an der weichen Innenseite. Sie biß auf ein Stück Knorpel und verzog das Gesicht. »Das ist ja ekelhaft«, sagte sie und spuckte den Bissen in eine Papierserviette, wickelte sie zusammen und legte sie in den Aschenbecher. Sie hatte keinen Appetit mehr.

»Ich sitze so in der Scheiße«, sagte Liam. »Ich kann ihnen unmöglich sagen, wo ich war.«

»Es könnte abends passiert sein. Das Bestimmen der Todeszeit ist keine exakte Wissenschaft, es ist nur eine möglichst genaue Schätzung.«

»Hat dir die Polizei das gesagt?«

»Nein«, sagte sie. »Aber die Heizung in der Wohnung war heute morgen an – sie lief auf Hochtouren. Ich dachte, vielleicht könnte das einen anderen Todeszeitpunkt ergeben.«

»Wie denn?«

»Na, sie berechnen das durch den Vergleich der Körpertemperatur mit der Temperatur der Umgebung. Was wäre das Normale bei einem Lebenden, sagen wir, siebenunddreißig Grad?«

»Keine Ahnung.«

»Jedenfalls, was wäre, wenn die umgebende Temperatur nicht konstant war? Das würde doch das Sinken der Temperatur beeinflussen. Wenn zum Beispiel die Heizung aufgedreht und so eingestellt wurde, daß sie lief bis eine Stunde oder so, bevor er gefunden wurde? Dann würde die Wohnungstemperatur steigen, aber das wäre nicht genug, um die Temperatur der Leiche zu verändern. Die Polizei würde die Temperatur der Leiche messen und würde meinen, sie sei die ganze Zeit, seit der Tod eingetreten ist, in einer warmen Wohnung gewesen. Sie würden annehmen, er sei früher gestorben, als es in Wirklichkeit der Fall war.«

»Maureen, was faselst du da?« sagte Liam ernst.

»Sie hätten sich über den Zeitpunkt des Todes täuschen können. Es hätte abends passiert sein können.«

Liam schien verwirrt. »Aber würde die Polizei an so etwas nicht denken?«

Sie zuckte mit den Achseln. »Schon, aber selbst dann wäre es noch schwierig, die richtige Zeit festzustellen. Sie konnten nicht wissen, welche Temperatur herrschte, bevor die Heizung anging.«

»Und hast du daran gedacht, daß der Mörder, wenn er das absichtlich so hingebogen hat, die Methoden der Polizei zur Ermittlung des Todeszeitpunkts kennen muß? Wo hast du überhaupt all dieses wissenschaftliche Zeug her?«
»Ich hab's in einer Sendung im Fernsehen – ich glaube, in *Taggart* – gesehen.«
Liam sah auf seinen Teller und kicherte. Er wußte, daß er Maureen wütend machte, aber er konnte sich nicht beherrschen. Er preßte sich die Hand vor den Mund. »Tut mir leid, Mauri ...«
»Ach, du Arsch.«
»Ja.« Er gluckste wieder. »Okay, ich Arsch.«
»Ich hab's auch in der Zeitung gelesen, Liam.«
»Dann muß es ja stimmen.«
»Was hast du an dem Abend gemacht?«
»Ich war mit Maggie bei ihren Eltern.«
»Und waren sie zu Haus?«
»Ja.«
»Also, wenn ich recht hätte, könnten sie das bezeugen.«
Er grinste sie an, als ob sie gestört wäre. »Okay, Dr. X.«
»Sei nicht so gemein, Liam.«
»Ich versuch's ja, aber du machst es mir so schwer.« Maureen sah entmutigt aus.
»Hast du das der Polizei gesagt?«
Sie sah noch bedrückter aus. »Ich hab's versucht«, sagte sie.
Er unterdrückte ein Lächeln. »Und was hatten sie dazu zu sagen?«
Sie antwortete nicht.
»Na ja«, sagte er und stach in ein Stück Pommes. »Ich bin sicher, sie werden ihn ziemlich schnell finden, wer immer es getan hat. In der Buccleuch Street ist immer etwas los. Irgend jemand muß etwas gesehen haben.«
Maureen stocherte in ihren eigenen Pommes herum. Sie waren glitschig, weich und warm. Sie sollte eigentlich etwas essen. »Ich weiß nicht, warum ich immer wieder hierherkomme, das Essen ist furchtbar.«

»Aber die Pfannengerichte sind gut«, sagte Liam.
»Haben sie dir irgend etwas über den Wandschrank gesagt?« fragte sie und versuchte, die Bedienung auf sich aufmerksam zu machen. Sie kam zu ihrem Tisch gehumpelt. Maureen bestellte ein Eis und einen Kaffee. Dann sahen sie beide Liam an, ob er noch etwas bestellen wolle. Er aß jetzt ganz eifrig seine Pommes, spießte drei zugleich auf die Gabel und zog sie durch den Ketchupklecks am Tellerrand, bevor er sie in den Mund schob.
»Möchte der Herr noch etwas?« fragte die Bedienung.
Liam sah sie an. »Nein.«
Als sie sich hinkend Richtung Küche entfernte, stupste Liam Maureen leicht mit der Gabel an. »Was war das mit dem Wandschrank?«
»Sie haben etwas im Wandschrank gefunden.«
»In welchem Wandschrank?«
»Der im Flur.«
»In dem ich dich gefunden habe?«
»Ja.«
»Das hat nichts zu bedeuten.«
»Ich weiß nicht, was es bedeutet.«
Er beobachtete sie. »Es könnte Zufall sein. Es ist nicht unbedingt von Bedeutung, daß du dort gefunden wurdest.«
»Es könnte so aussehen, als sei ich es gewesen«, sagte sie leise, »wenn sie erfahren würden, daß ich dort gefunden wurde. Sie könnten denken, daß ich es getan und mich dann wieder dort versteckt hätte. Sie könnten denken, daß ich die ganze Nacht da drin gewesen bin und sie deshalb nicht angerufen habe.«
Liam schob die letzten Pommes in den Mund und dachte darüber nach. »Ja«, sagte er. »Sie würden es eher für wichtig halten, wenn du es ihnen nicht sagst und sie es später von jemand anderem erfahren.«
»Wer weiß es außer dir und mir?«
»Du, ich und das ganze Klinikpersonal, das je deine Unterlagen gesehen hat.«
»Es steht nicht in meinen Unterlagen. Ich habe sie gesehen. Dort

steht nur, ich hätte mich in der Wohnung versteckt, der Wandschrank wird nicht erwähnt. Louisa vom Albert Hospital weiß es nicht.«
»Und der Typ von der Rainbow Clinic?«
»Nee, Angus weiß es auch nicht. Ich habe mit ihm nie über diese Zeit gesprochen.«
»Es bleiben also nur du und ich.«
»Ja.«
»Ich hab's nicht getan, Maureen.«
»Das hab' ich nicht gemeint. Ich meinte, wer weiß Bescheid? Hast du es irgend jemandem erzählt?«
»Wem zum Beispiel?«
»Keine Ahnung.«
»Also, ich weiß es auch nicht.« Er sah sie an. »Ich hab's nicht getan, Maureen.«
»Ich sage ja nicht, daß du es warst. Ich habe nicht eine Minute gemeint, daß du es getan hast, Liam, ich habe das nicht gemeint.«
Liam schien nicht überzeugt.
»Hat Ihnen die Pastete nicht geschmeckt?« Die Bedienung stand neben ihr mit einer Portion Eis und einem Kaffee. Sie stellte alles auf den Tisch und nahm Maureens Teller.
»Ich hab' nur keinen Hunger«, sagte Maureen leise. Sie ließ einen Löffel voll Eis und Himbeersauce in den Mund gleiten, schob es unter die Zunge und ließ es ein wenig schmelzen, bevor sie es schluckte.
Liam nahm den Kaffeelöffel von ihrem Kaffee und fing an, ihr Eis zu essen. »Du warst also bei der Arbeit, als es passiert ist?«
»Ja«, sagte sie und sah stirnrunzelnd auf ihr Eis hinunter. »Jemand hat gestern bei mir in der Arbeit angerufen. Liz meinte, es sei Douglas gewesen, aber vielleicht war er es nicht. Sie hat ihm gesagt, ich sei nicht da und ich würde den ganzen Tag nicht dasein.«
»Und?«
»Er rief dreimal an. Derselbe Typ.«
»Es war wahrscheinlich Douglas«, sagte Liam und nahm noch einen Löffel Eis.

»Nein«, sagte sie leise, »ich weiß nicht, ob er es war. Alle Anrufe kamen von einer Telefonzelle, und er hätte eigentlich bei der Arbeit sein sollen. Ich glaube nicht, daß er noch einmal angerufen hätte, als sie sagte, ich sei nicht da. Er hätte nie so aufdringlich erscheinen wollen.«

Liam stibitzte noch einen Löffel Eis. Sie schob es ihm hin. »Nimm's. Ich will es nicht.«

Liam nahm ihren großen Löffel und aß es auf.

Zucker und Koffein taten in Maureens Körper ihre Wirkung. Das zittrige Gefühl verlor sich wie ein Kater nach einem Whisky, und sie war relativ ruhig. Sie nippte an ihrem Kaffee. Er war bitter und heiß. Sie nahm ihre Zigaretten heraus und zündete sich eine an.

»Meinst du, man versucht, dir die Sache anzuhängen?« fragte Liam.

»Vielleicht. Ich weiß noch nicht, was das mit dem Wandschrank bedeutet. Wenn ich herausfinden könnte, was mit dem Wandschrank los war …«

»Du solltest aufhören, diese Dinge herausfinden zu wollen, Kleines. Überlasse das der Polizei«, sagte Liam ohne die leiseste Ironie. »Die kriegen das schon auf die Reihe.«

»Ich denke nur …«

Er zeigte mit dem Löffel auf sie. »Halt dich raus. Du solltest dich da nicht hineinziehen lassen.«

»Ich stecke aber schon drin.«

»Okay«, sagte er und schlug ihr mit dem Löffel ein bißchen zu fest auf die Hand. »Dann solltest du dich nicht weiter reinziehen lassen, Mauri. Misch dich nicht ein.«

»Ich dachte nur …«

»Laß die Finger davon, Maureen.«

»Es schadet nicht, darüber nachzudenken.«

Liam war der Verzweiflung nah. »Paß auf, irgendein unheimlicher Kerl hat Douglas die Kehle durchgeschnitten, als er völlig hilflos auf einem verdammten Stuhl festgebunden war. Nette Leute machen so was nicht. Es geht hier um unangenehme, gefährliche Typen. Wir sind hier nicht bei *Taggart*. Die schlimmen Dinge passieren den guten Jungs.«

»Bei *Taggart* passieren auch schlimme Dinge.«

»Maureen«, sagte er, »es gibt sehr böse Leute auf der Welt. Du bist nicht wie die, und du bist ihnen nicht gewachsen. Du hast keine Ahnung, was Menschen einander antun können, keine Ahnung.«

»Aber wie erwischen sie den Richtigen?«

»Meinst du, daß es bei der Polizei darum geht? Den Richtigen zu erwischen?« Er fuhr ihr über die Haare und zerzauste sie. »Du bist diesen Leuten nicht gewachsen, Mauri. Halt dich da raus und sei still, dann passiert dir nichts.«

Auf dem Rückweg zu Bennys Wohnung hielt Maureen am Bankautomaten an und hob ihre letzten zwanzig Pfund vom Konto ab. Wenn die Bank ihren Überziehungskredit von hundert Pfund vor dem Monatsende zurückzog, konnte sie ihre bescheidene Monatsrate für die Wohnung nicht zahlen. Sie wartete, bis Benny zu Bett gegangen war, legte sich dann auf die Couch und machte die Atemübungen, die sie im Northern Hospital gelernt hatte. Sie sollten ihr beim Einschlafen helfen, aber jedesmal, wenn sie sich zu entspannen anfing, schossen ihr Bilder und Sätze vom vergangenen Tag durch den Kopf, ließen sie hochschrecken und machten sie wieder hellwach.

Winnie

Liz genoss die Aufregung in vollen Zügen. Der Polizist mit dem Schnurrbart war ins Büro gekommen, hatte sie befragt und sie darum gebeten, eine Aussage zu unterschreiben, daß Maureen sich am Vortag nicht länger als fünf Minuten vom Kassenschalter entfernt hatte. Zu ihrer Wohnung waren es zehn Minuten zu Fuß. Maureen war fünfzehn Minuten in der Toilette gewesen, aber Audrey hatte mit ihr gesprochen. Liz sagte, es sei doch ein Glück, daß Audrey Kettenraucherin sei.

Maureen sah ein paarmal während des Tages auf und erwischte Liz dabei, wie sie sie mit unverhohlenem Respekt ansah. Sie fragte sie dreimal danach, was auf der Polizeiwache gelaufen sei. Maureen wollte nicht darüber reden. Sie war auf Bennys Couch mit zitternden Händen, rasenden Kopfschmerzen und dem schrecklichen Gefühl aufgewacht, daß das Schlimmste noch nicht vorbei sei. Es war wie bei den Angstanfällen, die sie nachts bekam. Sie hatte nur den Wunsch, bei der Arbeit zu sein und so zu tun, als sei es ein ganz normaler Tag, aber Liz wollte unbedingt an der Aufregung teilhaben. »Ich finde, Freundinnen sollten einander vertrauen«, sagte sie beim Mittagessen.

»Ich muß mal pinkeln«, entschuldigte sich Maureen ganz ladylike.

Bei Mr. Scobie schien das Ganze ein größeres Trauma hinterlassen zu haben als bei den beiden Frauen. Als Maureen gleich morgens aus dem Kassenraum kam, um sich in der Toilette zu verstecken, sah sie ihn den Flur entlang auf sich zukommen. Panischer Schrecken stand ihm im Gesicht, und er ging schnell in die Garderobe, um ihr nicht zu begegnen. Sie überlegte, ob sie ihm einfach aus Bosheit nachgehen sollte, ließ es aber lieber bleiben. Am Nachmittag kam er ganz nervös in den Vorverkauf, blieb mit dem Rücken zur Wand stehen und händigte ihnen ihren

Lohn aus. Maureen bekam dazu noch eine Steuerrückzahlung, und das braune Kuvert enthielt 150 Pfund in Zehner- und Zwanzigerscheinen. »Es tut mir leid, Maureen, von Ihrem Problem zu hören«, sagte Mr. Scobie.

»Danke, Mr. Scobie.«

»Nehmen Sie sich noch mehr Tage frei?« Seine Stimme schlug mitten im Satz um. »Oder kann ich die Schichten so lassen, wie sie sind?«

»Sie können sie so lassen, wie sie sind.«

»Gut.« Geschäftig ging er wieder hinaus. Liz kicherte, als sie sicher war, daß er weit genug weg war.

Später am Nachmittag rief Winnie an. »Komm bitte bei mir vorbei«, sagte sie. »Bitte. Nur, damit ich beruhigt bin, weil ich mich so um dich sorge.«

Maureen sagte, sie werde nach der Arbeit vorbeikommen.

»Jetzt versprich mir aber, daß du keinen Bus nimmst oder so was, komm einfach mit dem Taxi. Ich bezahle es hier.«

»Das brauchst du nicht. Ich kann es selbst bezahlen.«

»Ich bestehe darauf«, sagte Winnie. Sie klang total nüchtern.

Maureen wollte nicht hingehen. Die nüchterne Winnie war fast so anstrengend wie die volltrunkene, und betrunken war sie schon ziemlich anstrengend. Sie war dann wütend und rachsüchtig, knallte jedem, der ihr in die Quere kam, ganz persönliche Dinge an den Kopf, warf einem jeden noch so kleinen Fehler und jede Demütigung vor, egal wie kleinlich das auch war, und traf dabei immer genau den wunden Punkt wie eine Schlagader. Sie hatte das besondere Talent, innerhalb von Minuten bei jedem die schwächste Stelle zu finden. Die nüchterne Winnie glich in emotionaler Hinsicht einem Blutegel; sie verlangte Herzlichkeit und Bestätigung und fiel mit ihren grenzenlosen Bedürfnissen über einen her und weinte herzzerbrechend, wenn sie ihren Willen nicht bekam. Sie schürte Streit zwischen den Kindern, gab jeden Klatsch und jeden verzerrten Kommentar tunlichst weiter. Wenn jemand versuchte, dem entgegenzutreten, fühlte sie sich als

Opfer, rief die anderen Kinder zu ihrer Verteidigung herbei und säte so Zwietracht zwischen ihnen. Liam meinte, sie hätte bestimmt irgendwo eine Liste, nach der jedes ihrer Kinder immer schön nacheinander als Sündenbock an die Reihe kam. Als sie noch jünger waren, hatte das besser funktioniert. Maureen und Liam taten jetzt nur noch so, als schockierten sie Unas böse Äußerungen über Maggie oder als störte es sie, daß Marie sagte, Maureen werde nach dem Krankenhaus nie wieder richtig gesund werden. Aber Una machte das Spiel noch hundertprozentig mit, und wenn Maureen Winnie heute nicht besuchte, würde sie morgen einen besorgten Anruf von Una bekommen – das war so sicher wie ein Streit bei einer Hochzeitsfeier. Sie würde sie fragen, warum sie Mum aus dem Weg ginge, was Mum getan hätte und ob sie nicht verstehe, daß sie Winnie durch ihr Verhalten aufrege. Es gab Zeiten, in denen eine sehr betrunkene Winnie noch das kleinere Übel für Maureen darstellte. Es bedeutete einfach Streit, und den konnte sie ertragen, weil Winnie im Grunde nichts über sie wußte. Sie war immer vorsichtig gewesen und hatte mit der Familie, außer mit Liam, nie über Dinge gesprochen, die für sie wichtig waren. Ihren Freundinnen erzählte sie, sie hätte kein Telefon, und ihre Freunde ließ sie nicht ins Haus kommen. Sie log, wenn es darum ging, wo sie abends hinging, und sie log sogar, was ihre Schulfächer für die mittlere Reife anbetraf. Wenn Winnie also Maureens empfindlichste Stelle treffen wollte, ritt sie auf imaginären Angewohnheiten, Freunden und Ereignissen herum. Ihr Krankenhausaufenthalt hatte all das geändert. Jetzt wußte Winnie mehr Dinge von Maureen als von den anderen Kindern, die sie ihr vorhalten konnte.

Winnie hatte sich während der Besuche in der Klinik seltsam benommen. Sie brachte eine Unmenge unpassender Geschenke wie Ohrringe, Make-up und Modezeitschriften mit. Sie hielt Monologe über Klatschgeschichten aus der Nachbarschaft, wer gestorben und wer gestern im Fernsehen zu sehen gewesen war, und weigerte sich, die Tatsache anzuerkennen, daß sie sich in einer psychiatrischen Anstalt befanden. Sie weigerte sich auch, mit dem

Pflegepersonal zu sprechen. Maureen war damals durchgedreht, und viele Dinge kamen ihr seltsam vor. Leslie hatte einiges über Reaktionen in Familien, wo sexueller Mißbrauch aufgedeckt wurde, gelesen und sagte, es sei für den nicht daran beteiligten Elternteil normal, sich unglaublich schuldig zu fühlen, und vielleicht sei dies bei Winnie das Problem.

Aber Maureen hatte nicht viel Zeit, darüber nachzudenken: Die Erinnerungen an die vergessenen Jahre überfielen sie ganz massiv und plötzlich, in Träumen oder unvermittelt auftauchenden Erinnerungsfetzen, während sie mit anderen Patienten bei einer Tasse Tee saß. Ihr Drang, sich jemandem anzuvertrauen, wurde zwanghaft. Sie blickte auf die verblassenden Blumensträuße auf der Tapete und zählte, zählte und zählte, bis es zu Ende war.

Sie stand im Bad und wartete darauf, wieder hinaus zu können, während Michael, ihr Vater, sich mit umgebundenem Badetuch über sie beugte und ihr in die Augen sah. Die Tür hinter ihm war geschlossen.

Hinterher saß er auf dem Bett und weinte, Maureen fuhr ihm tröstend über die Hand, und ihr Urin brannte an den Beinen. Seine Hand war so groß wie ihr Gesicht.

Sie erinnerte sich an den Wohnwagen in St. Andrews, als die Wellen über ihre schwarzen Badeschuhe schwappten. Die anderen waren am Strand hinter einem Felsen, man sah sie nicht, und Michael rannte ihr nach. Sie krabbelte auf allen vieren über die Steine, versuchte zu entkommen und zugleich so auszusehen, als laufe sie nicht weg, und zerkratzte sich ihre Knie an dem scharfkantigen Granit.

Die panische Angst, als er das Blut an ihren dünnen Beinen hinunterrinnen sah. Er hatte sie auf die Schläfe geschlagen, sie am Oberarm gepackt und hochgehoben, in den Wandschrank gesteckt, ihn abgeschlossen und den Schlüssel mitgenommen. Sie roch das Blut, als sie in dem dunklen Schrank saß, und wußte, was es war. Sie hoffte, sie würde sterben, bevor er wiederkam. Es war sein Fingernagel gewesen, der ihre Haut aufgerissen hatte, sein Nagel.

Winnie brach die Tür mit dem Brecheisen auf und zog Maureen an den Knöcheln heraus. Marie stand hinter ihr, sie war zwölf Jahre alt und weinte schon, ohne einen Laut von sich zu geben, stumm, weil sie wußte, daß niemand zuhörte.
Sie versuchte, alles wieder zusammenzusetzen, aber einige Dinge an der Geschichte waren unklar. Sie konnte sich nicht erinnern, wann Michael sie alle verlassen hatte, warum bestimmte Gerüche Panikattacken hervorriefen, oder ob es bei ihren Geschwistern ebenfalls Anzeichen von Mißbrauch gab. Frau Dr. Paton schlug vor, sie sollten Winnie danach fragen, aber Maureen fühlte sich bei dem Gedanken nicht wohl. Dr. Paton meinte, sie könnten ihr unter kontrollierten Bedingungen Fragen stellen, etwa in einer gemeinsamen Sitzung mit ihr.
Winnie kam nüchtern und anscheinend freiwillig zu der Sitzung. Die drei versammelten sich in dem kleinen, gemütlichen Container-Büro auf dem Krankenhausgelände, saßen in großen Sesseln und tranken Tee. Dr. Paton sagte, Maureen wolle ihre Mutter etwas fragen, Einzelheiten und Umstände der Vergewaltigung seien unklar, und ob Winnie bereit wäre zu helfen?
Winnie lächelte und hörte sich Maureens erste Frage an. Sie erinnere sich, daß Winnie sie aus dem Schrank geholt hätte und Marie dabeigewesen sei. Aber war Michael zu der Zeit im Haus? Winnie sagte, sie wisse es nicht, sie könne dabei nicht weiterhelfen. Maureen fragte, wann Michael weggegangen sei. Auch das wußte Winnie nicht. Dr. Paton fragte sie, wieso sie es nicht wisse, und Winnie fing an zu weinen und sagte, sie hätte ihr Bestes getan. Maureen massierte ihr beruhigend den Rücken und sagte, es sei schon gut, sie wüßten alle, daß sie ihr Bestes getan hätte. Sie sei eine gute Mutter.
Winnie stürzte zur Toilette und kam mit einer flüchtigen Wodka-Fahne zurück. Sie sagte ihnen, Maureen hätte von ihrer Schwester etwas Falsches gehört. Una erinnere sich jetzt wieder richtig und würde kommen und mit ihnen reden, wenn sie das wollten. Winnie sagte, es sei überhaupt nie passiert, und dann kam sie aus dem Konzept, schrie Maureen und die Ärztin an, als sie etwas zu sagen

versuchten, unterbrach sie mit unwichtigen Einzelheiten und heulte, wenn alles andere nichts brachte. Maureen sei immer schon seltsam gewesen, sie habe immer Geschichten erfunden. Mickey hätte Maureen nie angerührt, er habe sie nicht einmal gemocht. Er sei ihr ein sehr leidenschaftlicher Mann gewesen und habe sie hingebungsvoll geliebt. Sie weinte wieder und sagte, sie habe Maureen immer noch gern, und was sie denn getan hätte, daß Maureen sie nicht mehr liebte?

Maureen war ganz benommen. Mit abwesendem Blick massierte sie Winnies Rücken und sagte: »Ich hab' dich lieb, Mum, ich hab' dich wirklich lieb.«

Die Wirkung auf Maureen war bezeichnend. Ein winziger Zweifel an der möglichen Wahrheit kam in ihr hoch. Die Erinnerungen schienen so greifbar, und die damit verbundenen Gefühle waren so stark und überwältigend wie ein quälender, körperlicher Schmerz. Wenn Maureens Erinnerungen sie täuschten, dann war sie so verrückt wie ein tollwütiger Hund.

Jetzt schämte sie sich noch mehr als vorher. Sie hätte sich umgebracht, wenn sie nicht an Leslie gedacht hätte und an Pauline, ihre Freundin aus der Beschäftigungstherapie. Sie hatte allen mit einer Geschichte, die einfach erfunden war, so viel Leid bereitet. Sie konnte nicht darüber reden. Ihre Termine bei Dr. Paton, wo sie nur noch auf den Boden vor sich hin starrte, wurden zu stundenlangen Sitzungen, während ihr dicke, heiße Tränen über das unbewegte Gesicht rollten. Die Therapeutin versuchte, sie zum Sprechen zu bringen, konnte aber nichts erreichen. Beide wußten, daß es wegen Winnie war. Die Ärztin setzte sich neben Maureen und hielt ihre Hand, wischte ihr mit einem Papiertaschentuch das Gesicht ab. Sie fing wieder an abzunehmen. Ihr Entlassungstermin wurde um einen Monat verschoben.

Leslie spürte genau, daß etwas nicht stimmte. Sie fragte immer wieder, aber Maureen konnte es nicht aussprechen. Nachdem Leslie Maureen zwei Wochen lang mit Fragen zugesetzt hatte, brachte sie sie endlich dazu, ihr zu erzählen, was geschehen war. Sie war wütend, donnerte auf ihrem Motorrad zu Winnies Haus und parkte es auf Georges schönem Rasen. Sie stampfte in die Küche, wo Winnie mit Una zu Mittag aß, und sagte ihr, wenn sie wieder leugne, daß Maureen mißbraucht worden war, selbst wenn sie es nur in ihren Gebeten täte, dann würde sie, Leslie, ihr persönlich ihre verdammten Zähne eintreten. Danach hielt Winnie nichts mehr von Leslie.

Leslie ließ Maureen eine Liste von Tatsachen zusammenstellen, die die Vergewaltigung bestätigten, und brachte ihr Bücher, in denen andere Opfer erzählten, wie ihre Familien reagiert hatten, als sie die Sache aufdeckten. Anscheinend konnten Verletzungen, DNA-Tests und sogar Gerichtsurteile einfach ignoriert werden, wenn die Familie es nicht glauben wollte, und Winnie wollte es ja nicht glauben. An dem Tag, als Maureen endlich entlassen wurde, nahm Dr. Paton sie zur Seite. »Ich muß dir sagen, daß für mich kein Zweifel daran besteht, daß die Sache wirklich passiert ist«, sagte sie. »Und auf einer ganz und gar unprofessionellen Ebene halte ich deine Mutter für eine egoistische Kanaille.«

Maureen und Winnie sprachen nie wieder darüber, aber durch Leslies Besuch kannte Winnie nun Maureens Achillesferse, und es bestand immer die Möglichkeit, daß sie darauf zu sprechen kam, wenn sie fürchterlich betrunken war.

Maureen verabschiedete sich von Liz und verließ die Arbeit mit einem Knoten im Magen und mit schleppendem Schritt. Sie würde alles darum geben, wenn sie mit Leslie einen trinken gehen könnte, statt mit Winnie zu streiten.

Die Familie war gleich nach Georges und Winnies Hochzeit in das Haus gezogen. Es gehörte zu einer kleinen Sozialwohnsiedlung mit bescheidenen, zweistöckigen Betonhäusern. Vor dem Haus lag ein handtuchbreiter Rasen, der von George sorgfältig gepflegt wurde, und davor ein breiter Gehweg, auf dem in der ruhigen Straße die kleinen Kinder spielten, bis das Abendessen fertig war. Es war eine wohnliche Siedlung, mit anständigen, nicht sehr vermögenden Leuten, die für ihre Kinder etwas Besseres wollten. Die Nachbarn wußten, daß Winnie eine Trinkerin war, und die Kinder der O'Donnells wurden deshalb bemitleidet.

Sie hatte nicht vorgehabt, Winnie bezahlen zu lassen – wollte dem Fahrer selbst das Geld geben und das Taxi wegfahren lassen, bevor sie ins Haus trat –, aber Winnie paßte schon vom Fenster aus auf und kam aus dem Haus gerannt, sobald sie das Taxi kommen sah. Sie schob dem Fahrer durch das Fenster einen Zehner zu. »Nehmen Sie das«, sagte sie.

»Hallo«, sagte Maureen und versuchte, fröhlich zu klingen.

Winnie sah aus, als habe sie einen schrecklichen Kater. Sie legte ihre Hand an Maureens Wange. »Hallo, Schatz«, sagte sie und sah aus, als würde sie gleich in Tränen ausbrechen.

Maureen folgte ihr ins Haus. Winnie und George gehörten zu einer Generation, die an die Qualität und Langlebigkeit synthetischer Materialien glaubte. Das Haus war mit braungelbem Teppichboden, Vorhängen und einer Einrichtung ausgestattet, die noch aus den siebziger Jahren stammten. George schlief auf der Couch im dunklen Wohnzimmer, der Fernseher flimmerte in der Ecke ohne Ton. George trank so viel und so oft wie Winnie, aber er war ein liebenswürdiger, melancholischer Trinker, dessen größte Probleme das Einschlafen in ungünstigen Momenten und seine Neigung zum Aufsagen sentimentaler Gedichte über Irland waren.

Maureen spürte schon die Hitze vom Herd, bevor sie durch die Küchentür trat. »Ich backe schon den ganzen Tag«, sagte Winnie. Mit elegantem Schwung machte sie den Backofen auf und zog eine Kastenform heraus. Sie schnitt ein dickes Stück Ingwerkuchen ab, strich Butter darauf und reichte es Maureen mit einer Tasse Kaffee.

Der Ingwerkuchen schmeckte haargenau wie der von McCall's, der berühmten Bäckerei in Rutherglen – sie übertrieben es immer mit dem Zimt. Aber es war eine gutgemeinte Lüge, die Maureen das Gefühl geben sollte, verwöhnt zu werden. »Danke, Mum«, sagte sie. »Er schmeckt wunderbar.«

Winnie setzte sich neben sie und hielt eine undurchsichtige, innen dunkelgrün glasierte Henkeltasse in der Hand. Maureen versuchte unauffällig zu schnuppern, um herauszufinden, was Winnie da trank. Es war jedenfalls kein Kaffee. Winnie atmete nicht nach jedem Schluck aus, also war es nichts Hochprozentiges. Vielleicht Wein. Ihre Zunge war nicht rot, also Weißwein. Sie hatte gerade genug getrunken, um grantig zu sein, aber noch nicht so viel, daß sie aggressiv war. Etwa zwei Tassen. Maureen schätzte, daß ihr mindestens eine halbe Stunde Zeit blieb, bevor Winnie anfangen würde, schwierig zu werden.

Winnie saß neben ihr am Tisch und bot Maureen ihr altes Zimmer an. »Du könntest bleiben, solange du willst«, sagte sie.

Als Maureen meinte, es gehe ihr ganz gut bei Benny, fragte Winnie, ob seine Nummer im Telefonbuch stehe. »Ja«, sagte sie, ohne nachzudenken. Dann verfluchte sie ihre Dummheit. Winnie versuchte, ihr Geld zu geben. »Ist schon gut, Mum, wirklich, ich brauche keins.«

»Ich habe Käse im Kühlschrank, ich habe ihn vom Großhändler, er ist von den Orkneyinseln.«

»Ich möchte keinen Käse, Mum, danke.«

»Ich schneide dir ein Stück ab, du kannst es mitnehmen.« Sie stand auf, öffnete die Kühlschranktür und wuchtete den sechs Pfund schweren Laib orange Cheddar auf die Arbeitsfläche.

»Ich will keinen Käse, Mum, danke.«

Winnie beachtete sie nicht, zog eine Besteckschublade auf und holte ein langes Brotmesser heraus, mit dem sie ein pfundschweres Stück von dem Laib abschnitt.

Sie hielt inne und stützte sich auf den Käse.

»Ist alles in Ordnung, Mum?«

»Ich mach' mir Sorgen um dich«, sagte Winnie und wandte sich wieder Maureen zu. Sie war den Tränen nah. »Ich mach' mir solche Sorgen um dich.«

»Aber das solltest du nicht tun, Mum.«

»Aber du bist ein ... ich weiß nie ... wenn du nur nicht ...« Sie ließ den riesigen Laib Käse liegen und setzte sich wieder an den Tisch, hob die Tasse und trank. »Ich glaube, ich habe die Grippe«, flüsterte sie und vergoß ein paar Tränchen.

»Dann solltest du zum Arzt gehen.«

Winnie sah hilflos aus. »Ich bin ein bißchen deprimiert«, sagte sie spitz.
Maureen seufzte. »Mum«, sagte sie, »im Moment kann ich dich nicht trösten.«
»Ich will nicht, daß du mich tröstest«, sagte Winnie und heulte unaufhörlich vor sich hin. »Ich will nur sicher sein, daß es dir gutgeht.«
»Es geht mir gut.«
»Ich mach' mir so große Sorgen«, klagte sie.
»Das solltest du nicht.«
Sie saß kerzengerade, plötzlich wieder unter Kontrolle. »Maureen, ich bin schließlich deine Mutter.«
»Ich weiß, wer du bist«, sagte Maureen und versuchte, sich in bessere Laune zu versetzen. Der Wein mußte wohl anfangen zu wirken, denn Winnies Stimmungen schlugen schnell um. Vielleicht waren es mehr als zwei Tassen gewesen, vielleicht drei.
»Ich will nur wissen«, sagte Winnie leise, »hast du es getan?«
»Hab' ich was getan, Mutter?«
Winnie senkte den Kopf. »Hast du den Mann umgebracht?« murmelte sie und biß sich auf die Lippen.
Maureen fuhr zurück. Winnies Gabe, alles zu einem Melodram zu machen, trieb sie fast zur Verzweiflung. »Ach Mum, um Himmels willen, du weißt doch ganz genau, daß ich's nicht getan habe.«
Winnie war jetzt beleidigt. »Ich weiß es nicht ganz genau ...«, sagte sie und wandte sich ab, als hätte sie eine Ohrfeige bekommen.
»Natürlich weißt du es«, sagte Maureen. »Du weißt, daß ich ihn nicht ermordet habe. Du spielst dich weiß Gott auf wie im Schmierentheater.«
»Ich weiß nicht, daß du es nicht getan hast«, sagte Winnie salbungsvoll. »Du hast Dinge getan, von denen ich nicht gedacht hätte, daß du dazu imstande bist.« Sie stand auf und ging zur Spüle hinüber, nahm ihre Tasse mit und stand mit dem Rücken zu Maureen, während sie die Gläser auf dem Abtropfgestell ordnete.

»Was zum Beispiel?«
»Du weißt doch ...« Und sie flüsterte halblaut etwas, das mit »Mickey« endete. Maureen hatte diesen Namen seit ihrem Klinikaufenthalt nicht mehr von ihr gehört. Sie spürte, wie sie auf ihrem Stuhl zusammensank.
»Mach dir keine Sorgen«, sagte Winnie und hob ihre Tasse. »Ich werde zu dir halten, egal was du getan hast.« Sie trank die Tasse aus.
Es war ein Schlag unter die Gürtellinie, auf die Vergewaltigung anzuspielen. Es war das Gemeinste, worauf sie zu sprechen kommen konnte. »Du trinkst zu viel, Mum«, schoß Maureen zurück. »Du wärst nicht ständig kurz vor einem hysterischen Anfall, wenn du weniger trinken würdest.«
Winnie drehte sich um und sah sie wütend an, weil sie das Trinken erwähnt hatte. »Was fällt dir ein!« sagte sie abweisend. »Ich habe dein Taxi bezahlt.«
»Ich wollte das nicht.«
»Aber du hast es zugelassen.«
Maureen zog zehn Pfund aus ihrer Lohntüte und knallte den Schein auf den Tisch. »Hier ist ein Zehner, Mama. Jetzt sind wir quitt.«
Winnie schrie sie an: »Ich will kein Geld.«
Maureen verdrehte gerade die Augen, als George in der Küchentür erschien. »Oh«, sagte er leise, »ich hab' dich nicht kommen hören.«
»Hallo, George«, sagte Maureen.
»Hallo, Kleine«, sagte George und zog die Stirn kraus. »Ich hab' gehört, was gestern passiert ist. Pech.«
Er sprach nicht viel darüber, aber Maureen hatte den Verdacht, daß George in seiner Jugend auch nicht gerade auf Rosen gebettet gewesen war. Er besaß die liebenswerte Gabe, den Kummer auf ein Minimum zu reduzieren, und da er mit Winnie lebte, hatte er recht oft Grund dazu, sie anzuwenden.
»Ja«, sagte Maureen und war plötzlich müde. »Das war nicht so schön.«

Er tätschelte ihr sanft den Hinterkopf und wandte sich an Winnie. »Hast du Brot, Liebling? Die Möwen sind wieder am Fenster.«
Winnie gab ihm welches aus der Dose, und während er langsam hinausschlurfte, brach er die Scheiben in ungleich große Brocken und hinterließ eine Spur von Krumen im Flur. Sie kam an den Tisch zurück und schob Maureen den Zehnpfundschein hin. »Nimm das Geld«, sagte sie. »Ich war nur ein bißchen gereizt. Tut mir leid, daß ich dich angeschrien habe.«
»Na ja, du solltest eben keine Dinge bezahlen, für die du nicht wirklich zahlen willst.«
Winnie setzte sich an den Tisch. »Ich weiß. Ich ... ich werde einfach nervös ... und jetzt auch das noch.«
»Mach dir keine Sorgen, Mum, die Polizei wird ihn bald finden.«
Sie sah Maureen an, und ihr Gesicht hellte sich auf. »Meinst du?«
Maureen nickte. »Ich bin sicher.«
Winnie richtete sich auf und sah den riesigen Laib Käse an, der auf der Arbeitsfläche lag. »Was soll ich denn mit so viel Käse machen, um Gottes willen?«
Maureen sah hinüber und kicherte. »Meine Güte, Mum, warum hast du ihn denn gekauft?«
Winnie zuckte die Schultern, von ihrer eigenen Tat verwirrt. »In dem Moment schien es eine gute Idee zu sein. Wir haben ihn als Dekor im Garten benutzt, bis wir so viel davon gegessen hatten, daß wir ihn durch die Tür kriegten.«
Sie saßen zusammen und lachten über den Käsebrocken, der einer Großkantine würdig gewesen wäre. Maureen sah ihre Mutter an. Winnie machte es Spaß, über sich selbst zu lachen, sie war weder traurig noch verärgert und forderte nichts: Das war die alte Winnie, die Winnie aus der Zeit, bevor das Trinken wirklich schlimm wurde. Aber dann hörte sie auf zu lachen und sah auf ihre leere Tasse, und die alte Winnie war verschwunden. Sie hob die Hand und strich Maureens Haar zurück, preßte es aber so fest gegen ihren Kopf, daß eine Strähne an ihrem Verlobungsring hängenblieb. Sie zog heftig daran. Maureen versuchte, möglichst nicht darauf

zu reagieren, damit Winnie nicht denken sollte, sie weise die liebevolle Geste zurück.

»Wie kommst du klar?«

Maureen rieb ihre schmerzende Kopfhaut. »Okay.«

»Wenn das alles zuviel für dich wird«, sagte Winnie, »versprich mir, daß du dann ins Krankenhaus zurückgehst.«

»Mum, um Gottes willen, ich bin doch nicht die einzige Verrückte auf der Welt, sie halten dort nicht dauernd ein Bett für mich frei.«

»Ich weiß, aber ich bin sicher, sie werden dich nehmen, wenn du ihnen sagst, daß du vorher schon mal drin warst.«

Da sank Maureen noch tiefer in sich zusammen.

Wieder draußen, ging sie zwei Straßen weiter und setzte sich auf eine Bank vor der Baptistenkirche. Es war dunkel und nieselte. Ein Mann auf der anderen Straßenseite ging mit einem müden, alten Hund spazieren. Er sprach mit ihm, flüsterte ihm ermutigend zu und rief ihn bei seinem Namen. Der Hund hielt an, um zu verschnaufen, die Beine konnten sein Körpergewicht fast nicht mehr tragen. Der Mann tätschelte ihm den Rücken, und der alte Hund ging weiter.

Sie rauchte zwei Zigaretten und stellte sich vor, sie wäre zu Hause, in ihrer gemütlichen, kleinen Wohnung, bevor all das passiert war. Sie badete in ihrem blauweißen Bad und saß mit nacktem Po auf der Couch, sah fern, aß Kekse und ließ den Anrufbeantworter die Anrufe entgegennehmen.

Sie brachte Benny eine Tasse Tee ins Schlafzimmer. Er saß auf der Bettkante, einen niedrigen Tisch mit aufgeschlagenen Lehrbüchern vor sich. Er hatte seine Bleistifte über dem Kaffeesatz in einer Tasse gespitzt. Er mußte in heller Aufregung sein wegen seines Examens. Er legte das Buch hin und fragte ernst, ob sie über gestern reden wolle.

»Nein, noch nicht. Ich kann noch nicht mal darüber nachdenken.«

»Okay«, sagte er ernst und nervös.

»Kommst du damit klar, Benny?«
Sein Gesicht entspannte sich, er sah erleichtert aus. »Ach Gott, es ist halt ein bißchen verrückt, findest du nicht? Man denkt doch nicht daran, daß so etwas unsereinem passieren kann, oder?«
»Wahrscheinlich nicht.« Sie zeigte auf die Bücher. »Hast du morgen eine Klausur?«
»Nein«, sagte er. »Sie ist nächste Woche, aber ich hab' nicht früh genug angefangen.«
»Das sagst du immer und kommst dann doch durch. Versuch, Douglas jetzt zu vergessen und dich auf deine Prüfung zu konzentrieren.« Sie nahm die Tasse mit den Bleistiftspänen. »Dieses dreckige Ding hier tu' ich weg.«
Draußen im Flur hörte sie jemanden leise an der Tür kratzen. Sie sah durch den Spion. Leslie stand mit dem Sturzhelm unterm Arm da und strich sich mit der anderen Hand langsam das Haar aus dem Gesicht. Sie hatte dunkle Ringe unter den Augen und sah total erledigt aus. Maureen öffnete die Tür ganz weit. »Leslie.« Sie strahlte.
Leslie trat in den Flur, streckte die Hand nach Maureen aus und drückte ihren Arm. »Alles klar?« sagte sie. Ihre Stimme klang, als hätte sie viel geraucht oder sei gerade erst aufgewacht. »Wie geht's?«
»Na ja«, sagte Maureen. »Ich nehme an, Liam hat dich angerufen und es dir gesagt?«
»Nee, die Polizei ist vorbeigekommen.«
Maureen zeigte aufs Schlafzimmer, und Leslie stieß mit dem Fuß die Tür ein Stückchen auf und steckte den Kopf hinein. »He, Benny, Mann.«
Maureen hörte, wie Benny »Hallo« sagte. Leslie zog die Tür zu und zeigte mit dem Finger darauf. »Der arbeitet«, sagte sie. »Verdammt noch mal, warum hast du mich nicht angerufen, Mauri?«
»Ach«, Maureen zuckte verlegen die Schultern, »du hast doch schon genug am Hals.«
»Mein Gott, ich schmeiß' doch nicht den Laden für die ganze Welt, Maureen.«

»Ich weiß, ich dachte nur ... es wird schon gehen.«
»Du mit deiner krankhaften Unabhängigkeit.«
»Trotzdem«, sagte Maureen und ging in die Küche, »willste 'n Tee?«
»Kaffee.« Leslie legte ihren Helm auf die Couch. »Ich brauch' einen starken Kaffee.« Sie wollte sich hinsetzen, kehrte aber um. »Ich kann ihn machen«, sagte sie und schleppte sich in die Küche.
Maureen folgte ihr. »Mein Gott, Leslie, geh und setz dich hin.«
»Nein«, sagte Leslie und schüttelte eigensinnig den Kopf. »Ich werd' ihn machen.«
»*Ich* bin doch nicht umgebracht worden, Leslie. Geh und setz dich hin.«
Leslie schaute trübsinnig drein. »Es tut mir so wahnsinnig leid, Maureen, ich habe ihn nicht gemocht, aber es tut mir so leid.«
»Ja, na ja.«
Sie standen nahe beieinander und sahen sich einen Augenblick lang gegenseitig über die Schulter. Maureen sagte: »Ich hab' das Gefühl, wir sollten uns in die Arme nehmen oder so was.«
»Willst du?«
»Nein«, sagte Maureen. »Eigentlich nicht.«
»Ich wollte, du hättest mich angerufen«, sagte Leslie leise.
»Wenn ich dich brauch', rufe ich dich schon an.«
»Warte nicht immer, bis du mich brauchst. Ich bin deine Freundin und nicht die Feuerwehr.«
Leslie atmete hörbar aus und riß überrascht die Augen auf. »Es ist einfach verrückt, daß so etwas passiert.«
»Verdammte Scheiße«, sagte Maureen, »ich weiß.«
Leslie erzählte, daß die Polizei sie nach Maureens Beziehung zu Douglas gefragt habe. Sie schienen mehr daran interessiert zu sein als an der genauen Zeit, die sie im Pizzapalast verbracht hatten. Und dann sagte sie, Maureen solle ihr erzählen, was passiert sei. Maureens Magen verkrampfte sich noch mehr. Sie konnte heute abend nicht darüber reden: Es würde dadurch erst richtig zu einem Teil der Wirklichkeit werden.

»Du willst dich noch 'n bißchen länger an deinem Schock festhalten?« fragte Leslie mitfühlend.
»Ja«, sagte Maureen, »Schock ist gut.«
Leslie erzählte, sie sei erschöpft, weil sie an dem Einspruch gegen den Bescheid gearbeitet habe, er müßte bis Dienstag früh fertig sein, und sie hätte Schwierigkeiten, die Gesetzestexte zu verstehen. Sie bat Maureen, Benny nichts davon zu sagen – er würde dann nur darauf bestehen, ihr zu helfen, und er mußte doch für seine Prüfung lernen. Maureen sagte ihr, sie sei krankhaft unabhängig.
Sie rauchten eine Zigarette zusammen, Leslie riß den Filter ab, um sie stärker zu machen und wach zu bleiben. Nach jedem Zug waren ihre Lippen und Zähne voller Tabakkrümel. Maureen lachte und beugte sich über den Tisch. »Geh heim, du bekloppter Quatschkopf.«
Leslie gab es auf und drückte die Zigarette im Aschenbecher aus.
»Mauri, Schätzchen, ich kann doch nicht einfach so weggehen.«
»Leslie, ich seh' dich Dienstag nachmittag. Mein Leben wird auch am Dienstag noch im Eimer sein.«
Maureen brachte sie zur Tür und erinnerte sie daran, auf dem Heimweg vorsichtig zu fahren.
»Gut, aber ruf mich an, wenn du vorher über Douglas reden willst.«
»Verschwinde jetzt«, sagte Maureen und scheuchte sie auf den Flur.
Sie fühlte sich merkwürdig aufgekratzt, schaltete den Fernseher im Wohnzimmer an und ging in die Küche, um sich ein Sandwich zu machen. Die Nachrichten kamen. Carol Brady, Europaabgeordnete für Strathclyde, war von einer Umweltkonferenz in Brasilien zurückgekehrt, nachdem sie die tragische Nachricht vom Tod ihres Sohnes Douglas Brady gehört hatte. Maureen trat in den Türrahmen und sah sich den Bericht an. Carol Brady schritt am Flughafen sehr schnell durch eine große Gruppe von Presseleuten, die sie bedrängten. Sie bewegte sich äußerst zielstrebig, und Maureen hatte das bestimmte Gefühl, daß sie ihr auf den Fer-

sen war. Im Pressebericht aus ihrem Büro hieß es, die Familie sei sehr betroffen über Douglas' Tod und daß sie dankbar wären, wenn die Presse in dieser schwierigen Zeit Rücksicht nähme. Sie seien davon überzeugt, daß die Polizei die Verantwortlichen sehr bald finden werde.

Ein leitender Polizeibeamter sagte auf einer Pressekonferenz, alles sei unter Kontrolle, und wenn jemand etwas gesehen hätte, solle er anrufen und es ihnen melden. Sie blendeten eine Sondernummer ein.

Journaille

NICHTSAHNEND GING SIE am nächsten Tag zur Arbeit.
Es war ein häßlicher, feuchtkalter Samstag, und es gab nicht viel zu tun im Vorverkauf, sogar die Telefone läuteten kaum. Aber Liz war gut gelaunt. Sie erzählte Maureen eine lustige Geschichte über den durch nervliche Probleme verursachten Haarausfall eines längst verstorbenen Onkels. Mr. Scobie war nicht da, so telefonierten sie abwechselnd und gingen auf die Toilette zum Rauchen. Liz nahm eine Zeitung mit aufs Klo, und Maureen griff gleich zum Hörer. Liam war nicht zu Hause, sie hinterließ eine Nachricht auf dem Anrufbeantworter. Sie hatte gerade aufgelegt, als er schon zurückrief. Die Polizei frage alle aus, die er und Maureen kannten, er hätte Angst, daß jemand etwas über ihn aussagen würde.

»Haben sie mit Mum gesprochen?«

»Ja«, sagte Liam. »Sie war stockbesoffen. Ich habe unten auf sie gewartet. Keine Ahnung, was sie gemacht hat, aber sie konnten es kaum abwarten, sie loszuwerden. Sie schrie immer wieder ›Habeas Corpus‹. Ich konnte es bis unten hören.«

»Alkoholismus – die heimliche Krankheit«, kicherte Maureen, den Titel einer Broschüre zitierend, die man ihnen in der Schule gegeben hatte. Ein wohlmeinender Vertrauenslehrer, Mr. Glascock, hatte sie einmal aus der Klasse geholt und ins Beratungszimmer geführt. Er informierte sie über eine Selbsthilfegruppe namens Al-Anon für die Angehörigen von Trinkern und gab ihnen Infomaterial. Sie dankten ihm für seine Mühe und versprachen, sie würden ganz bestimmt zu ihm kommen, wenn sie jemanden bräuchten, mit dem sie reden konnten. Hinterher zerrissen sie den Mist.

Man hatte in der Schule herausgefunden, daß Winnie trank, als die Rektorin einmal anrief, weil Liam häufig den Unterricht

störte. Winnie wankte zur Schule, sagte zur Schulsekretärin, sie sei eine Schlampe, und schlief im Vorzimmer ein. Man konnte sie nicht aufwecken. George mußte kommen und sie abholen, das heißt, er trug sie aus der Schule und brachte sie ins Auto, wobei sie die ganze Zeit laut schnarchte.
Danach hörten die Lehrer auf, die Kinder auszuschelten, sie behandelten sie mitfühlend und nahmen es nicht so genau, wenn sie keine Hausaufgaben gemacht hatten. Der Tonfall, den sie ihnen gegenüber anschlugen, war beinahe beleidigend, als sei ihr Dasein bemitleidenswert und würde es immer bleiben, als seien sie völlig hilflos. Maureen wäre es lieber gewesen, man hätte sie als ungezogenes und nicht als trauriges Kind behandelt. Liam war in seinem Trotz ehrgeiziger: Er strengte sich tatsächlich an, ungezogen zu sein.
»Ich war gestern bei ihr«, sagte Maureen. »Sie hat mich doch tatsächlich gefragt, ob ich es getan hätte.«
»Ich glaube, du solltest dich, verdammt noch mal, von der ganzen Bande fernhalten«, sagte Liam besonnen. »Jedenfalls für eine Weile, bis das alles vorbei ist.«
»Weiß die Polizei von deinen Geschäften ...«
Er unterbrach sie. »Nein. Nicht am Telefon, Kleine«, sagte er.
Sie entschuldigte sich. »Hast du über die Sache mit der Zeit nachgedacht?«
»Ja, Mauri, aber das ist Blödsinn.«
»Und das mit dem Wandschrank?«
»Das würd' ich ihnen sagen. Sie sollen es schließlich nicht durch andere erfahren. Wie geht's deinem Kopf?«
»Na ja, normal. Platzt fast.«
Liz kam zurück, und Maureen war an der Reihe mit Rauchen. Sie schloß sich in der Toilette ein, rauchte eine Zigarette und ging in Gedanken wieder durch ihre Wohnung, saß auf dem Bett und trank Kaffee, stand am Morgen im Sonnenlicht und sah aus dem Wohnzimmerfenster.
Sie kam gerade zum Schalter zurück, als Liz das »In-5-Minuten zurück«-Schild abnahm und das Rollo hochzog.

Zwei Männer standen draußen und warteten. Maureen blieb stehen. Etwas stimmte mit der Perspektive nicht, sie standen zu nah am Schalterfenster, beugten sich nach vorn und versuchten unter dem Rollo durchzusehen, als Liz es hochzog. Der vordere trug einen lindgrünen Wollanzug unter einem schwarzen Mantel. Der hintere hatte eine bunte Skijacke an und hielt eine Kamera mit Teleobjektiv, die er langsam, als schleiche er sich an einen schreckhaften Vogel heran, vor das Gesicht hob und auf Liz richtete. Der Mann im grünen Anzug schob eine Faust mit einem Mikrophon unter dem Schalterfenster durch und rief Liz zu: »Was sagen Sie zu der Ermordung Ihres Freundes, Miss O'Donnell?« Der Fotograf machte Bilder von ihr. Der Mann mit dem Mikrophon schrie wieder: »Haben Sie ihn umgebracht, Miss O'Donnell?«
Liz kam endlich zu sich. Sie knallte dem Reporter den Kasten für das Wechselgeld heftig gegen das Handgelenk. Er stieß einen Schmerzenslaut auf, ließ aber das Mikrophon nicht los. Sie schob das Kästchen schnell vor und zurück, was auf seiner Hand, die er herauszuziehen versuchte, parallel verlaufende blutige Schrammen hinterließ. Der andere machte dabei weiter Fotos von ihr. Sie streckte ihm die Zunge heraus und machte ein wütendes, ärgerliches Gesicht.
Maureen faßte sich, drückte sich an der Wand entlang zum Schalterfenster, lehnte sich hinüber und ließ das Rollo herunter. Dann stand sie still, und Liz saß schweigend da, sie horchten nach draußen und hatten Angst, sich zu rühren, als die Männer fluchten und gegen das Fenster und die Seitentür hämmerten. Nach einer Weile hörten sie auf.
»Die werden nicht weggehen«, flüsterte Liz. »Die warten bestimmt auf der anderen Straßenseite oder so.«
Auf Maureens Vorschlag hin schlossen sie die Kasse, gingen durch den Hintereingang weg und setzten sich den Rest des Nachmittags ins Kino. Es lief ein schrecklicher Film über einen Mann, der herumrannte und Leute erschoß.
»Das war vielleicht 'n Mist«, sagte Maureen, als sie herauskamen.

»Ach, mir hat's gefallen«, meinte Liz, »ich fand ihn toll.« Liz bot an, daß sie am Montag für Maureen einspringen könnte, sie schuldete ihr sowieso noch eine Schicht.
»Das wär' prima, Liz, zwei Tage Ruhe kann ich gut brauchen.«

Es wurde schon dunkel, und die Straßen waren still wie immer Samstag abends, wenn die Familien zusammenkamen, um stumpfsinnige Fernsehshows anzusehen und die Einkäufe auszupacken. Sogar im Haus, wo Benny wohnte, war nichts zu hören, weder die gewohnten Fernsehgeräusche noch Kindergeschrei. Man hatte das Gefühl, alles sei tot. Auf dem Couchtisch lag ein Zettel von Benny, er sei in einer AA-Versammlung und käme später. Maureen machte in der Wohnung alle Lichter und im Wohnzimmer den Fernseher an und versuchte, an irgend etwas zu denken, das nicht mit Douglas zu tun hatte. Die Wände der Wohnung schienen langsam auf sie zuzukommen.
Sie fing an, etwas zu essen zu machen, nicht weil sie hungrig war, nur um irgend etwas zu tun. Sie fand Brot, aber keine Butter im Kühlschrank. Das Telefon klingelte. Sie ließ die Brotscheiben fallen und rannte hin. Es war Winnie. Sie drückte sich gewählter aus als sonst und versuchte damit zu kaschieren, wie betrunken sie war. Ein paar Leute von der Presse hatten sie angerufen.
»Sag nichts, Mum, bitte, und, um Himmels willen, gib ihnen keine Fotos.«
»Ich habe nichts gesagt«, äußerte Winnie. »Und sprich du auch nicht mit ihnen.«
»Das werd' ich ja wohl kaum tun, oder?«
»Na ja, manchmal tun Leute ja Dinge, die sie normalerweise nicht tun würden, wenn die Dinge ein bißchen ...« Sie verlor den Faden.
»Bist du betrunken?« fragte Maureen.
Winnie hatte nicht genug Energie für einen Streit. »Was fällt dir ein?« sagte sie und ließ den Hörer fallen. Sie murmelte etwas über Mickey. Maureen hörte Schritte im Hintergrund und dann George, der Winnie etwas fragte. Er kam an den Apparat. »Hallo?«

»Hallo, George, ich bin's.«
»Ach so, hast du sie angerufen?«
»Nein, sie hat bei mir angerufen.«
»Oh. Sie ist ein bißchen ... müde. Sie wollte dich heute nachmittag bei der Arbeit anrufen, aber niemand nahm ab.«
»Ja, mit der Zentrale stimmt etwas nicht. Wahrscheinlich wurde der Anruf zum Hauptbüro durchgestellt«, sagte Maureen. Es war zwar eine gute Lüge, die sie da aus dem Stegreif erfunden hatte, aber ihre Stimme klang zu hoch, und sie sprach zu schnell.
»Na gut«, meinte George nur, da er offenbar sonst nichts zur Sache zu sagen hatte, und legte auf.
Sie aß trockenes Brot, das sie in Milch tunkte, die beste Kur für einen gereizten Magen, saß vor dem Fernseher, schaltete von Sender zu Sender und suchte etwas, das sie ablenken würde. Die Programme waren alle so stupide, daß kein einziges ihre Aufmerksamkeit länger als dreißig Sekunden fesseln konnte.
Wenn Benny heimkäme, würden sie zusammen fernsehen. Sie könnte Leslie anrufen, aber dann würde sie über alles reden müssen, und das konnte sie im Moment nicht durchstehen.
Maureen schrak zusammen, als sie etwas an der Tür hörte. Dann ein höfliches Poch-poch-poch, kein ihr vertrautes Klopfzeichen. Sie ging ängstlich in den Flur, hoffte, daß es nicht die Polizei war, und sah durch den Spion.
Sie hatte den Mann da draußen noch nie gesehen. Er war Mitte Zwanzig, trug eine grüne Bomberjacke und Jeans, die Haare mit Pomade aus dem Gesicht gekämmt. Er stand lässig vor der Tür, genau ihr gegenüber, und starrte gezielt auf den Spion, als wisse er, daß sie ihn von drinnen sah. Ihre Hand lag schon am Riegel, als die Klappe des Briefkastens langsam aufging. »Maureen«, flüsterte er. »Ich weiß, daß du da bist, Maureen, ich hör' dich doch.« Die Stimme klang selbstsicher, er sprach schleppend und ein bißchen durch die Nase.
Sie war plötzlich starr vor Schreck, drückte sich flach an die Wand und schob sich von der Tür weg.
»Ich hör' dich immer noch«, sagte er. »Machst du die Tür auf?«

»Wer sind Sie?« murmelte Maureen, und der Schweiß trat ihr auf die Oberlippe.
»Mach die Tür auf, und ich sag' es dir.« Er drückte den Griff hinunter.
»Hau ab, verpiß dich.«
»Na los.«
Sie hörte, daß er von der Tür zurücktrat und laut schnaubte. Er mußte wirklich jede Bewegung hören, die sie machte, so dünn war die Tür. Er ging leise die Treppe hinunter und durch den Hausflur hinaus. Maureen versuchte, wieder regelmäßig zu atmen. Sie hörte die Schritte im Flur, als er auf Zehenspitzen wieder heraufkam. Er beugte sich wieder zum Briefkastenschlitz hinunter. »Immer noch da?« flüsterte er.
Auf der Suche nach einer Waffe ließ sie den Blick durch den leeren Flur schweifen und nahm ein gerahmtes Foto von der Wand. Sie könnte es zerbrechen und eine Glasscherbe durch den Briefkasten in sein Gesicht, vielleicht in sein Auge rammen und dann die Polizei anrufen.
»Bist du noch da?« Er kicherte und ließ die Briefkastenklappe zuknallen. Maureen fiel das Bild aus der Hand. Es landete mit der Kante auf dem Teppich, und die Glasscheibe fiel aus dem Rahmen, ohne zu zerbrechen. Es war Plexiglas. »Carol Brady hat mich geschickt.«
Es dauerte einen Moment, bis sie den Namen einordnen konnte.
»Sie will dich morgen treffen.«
»Wo?«
»Wo du willst. Warum nicht zum Mittagessen? Das wäre doch eine nette, zivilisierte Angelegenheit.«
Maureen dachte einen Augenblick nach.
»Im DiPrano«, sagte sie. Es war ein ziemlich teures Fischrestaurant in der Stadt. Sie würde sich lächerlich machen, wenn sie ein bescheidenes Lokal vorschlüge.
Der Briefkastenschlitz ging wieder auf. »Um wieviel Uhr?«
Maureen kannte die Öffnungszeiten des Restaurants nicht. Und sie wollte nicht mitten im dicksten Mittagsbetrieb dort sein.

»Um zwei Uhr.«
Der Briefkasten ging wieder zu.
Maureen hörte, wie er flink die Treppe hinunterging. Sie wartete im Flur, falls er zurückkäme. Sie wartete sehr lange.

Mit langsamen Bewegungen machte sie ihr Bett auf der Couch zurecht, legte sich hin, hielt die Augen geschlossen und tat so, als schliefe sie. Erst nachdem Benny nach Haus gekommen war, sich etwas zu essen gemacht hatte und dann zu Bett gegangen war, bewegte sich Maureen wieder. Ihre ganze rechte Seite war gefühllos.
Sie träumte vom Frühstück nach der Messe am Sonntagmorgen. Es war ihnen immer wie etwas besonders Köstliches vorgekommen, weil sie so hungrig waren. Vor der Kommunion durfte man nichts essen. Heißer, süßer Tee in der Zeit damals, als alle noch Zucker nahmen, Brötchen mit Speck und Eiern und die Zeitungen mit den kurzen, einfachen Wörtern, die auch die Kinder lesen konnten, die mit den Skandal- und Sexgeschichten. Sie saßen alle im vorderen Zimmer, wie sie das immer getan hatten, zum Teil noch in den Kleidern für den Kirchgang, nur die empfindlichen und unbequemen Sachen hatten sie ausgezogen und in ihre Zimmer gebracht: Samtjacken, die vom Speck Fettflecken bekommen konnten, kratzige Strumpfhosen und steife Sonntagsschuhe. Sie waren alle erwachsen, nur ihr Vater war noch genauso, wie sie ihn von damals in Erinnerung hatte: Vierunddreißig Jahre alt und doppelt so groß wie die Kinder, saß er im besten Sessel am Fenster.
Maureen lag neben dem Stuhl auf dem Rücken. Nur Michael wußte, daß sie dort lag, und er sah nicht hin. Sie trug ein braves Flanellnachthemd, das bis oben zugeknöpft und um den Hals zu eng war. Es war sorgfältig vom Saum her hochgerollt, so daß ihr Unterkörper nackt war. Sie konnte nicht aufstehen, weil ihr Rücken am Boden klebte. Ohne den Blick von der Zeitung zu heben, ließ er seine Hand hinunterhängen und berührte sie. Sie versuchte aufzustehen und schlug dabei wild mit Armen und Bei-

nen um sich wie eine Spinne, die dem Tod zu entrinnen versucht, aber dann platzte ihr Bauch auf, und ein stechender Schmerz durchfuhr ihren Leib, so daß sie still liegenblieb und die Augen schloß.

Sie wachte um halb zwölf auf und war erschöpfter als vor dem Einschlafen, schlüpfte schnell in ihre Jeans und in das Anti-Dynamos-T-Shirt und ging zum Kiosk, um sich Zigaretten zu kaufen. Ein verschwommenes Foto von Liz war auf der ersten Seite der schmuddeligen Sonntagsausgabe eines Boulevardblatts abgebildet. Sie schaute direkt in die Kamera und zog eine Grimasse. Maureens Name stand unter dem Bild. Sie selbst war im Hintergrund nur vom Hals abwärts zu sehen, wie sie sich hinüberbeugte, um das Rollo herunterzulassen.

McEwan

Sie ging den kurzen Weg zum Haus zurück und las im Gehen die Titelseite. Die beiden Türen eines glänzendroten Kleinbusses flogen gleichzeitig auf, und zwei Männer stiegen aus. Sie trugen dunkle Anzüge und Regenmäntel. Einer war groß, mit Stirnglatze, pausbäckig und sah ein bißchen schäbig aus. Der kleinere trat vor und hielt ihr einen Ausweis entgegen. »Miss O'Donnell?«

»Nein«, sagte Maureen, faltete die Zeitung an der falschen Stelle zusammen und überlegte, wo sie die Kamera hatten. »Mein Name ist McQuigan. Katrine McQuigan.«

Die Männer sahen sich an. Wenn sie wegrannte, konnten sie sicher sein, daß sie Miss O'Donnell war.

»Miss O'Donnell, ich weiß, daß Sie es sind«, sagte der kleinere. »Ich habe sie schon einmal gesehen. Ich war am Tatort.«

»Welcher Tatort?«

»Ich war in Ihrer Wohnung, bevor Sie zur Polizeiwache gebracht wurden.«

»Entschuldigen Sie, ich bin nie im Leben auf eine Polizeiwache gebracht worden.«

Die Männer sahen sich nach dieser Lüge ratlos an. Der größere trat vor, und seine dicke Hand umklammerte ihren Oberarm. »Joe McEwan möchte mit Ihnen reden«, sagte er und drückte so fest zu, daß sie wußte, er würde keine Spielchen akzeptieren.

»Ach so, Sie sind von der Polizei«, sagte Maureen. »Ich dachte, Sie seien von der Presse. Ich habe Ihren Ausweis nicht richtig gesehen.«

Sie glaubten ihr nicht. Der schäbige Dicke legte ihr die Hand auf den Kopf, drückte sie grob nach unten, schob sie auf den Rücksitz des Autos und setzte sich neben sie. Der andere setzte sich ans Steuer und sah sie durch den Rückspiegel an. Sie glaubten ihr jedenfalls nicht.

»Ich habe wirklich gedacht, Sie seien Reporter«, murmelte sie leise vor sich hin.

Sie parkten am Gehweg vor der Wache in der Stewart Street. Der Schäbige hielt sie am Arm fest und führte sie zum Eingang. Sie bemerkte, daß der andere auf der Seite zur Straße hin ging, für den Fall, daß sie versuchen würde wegzulaufen. Inness, der Polizist mit dem Schnurrbart, der etwas abbekommen hatte, als ihr schlecht geworden war, stand am Schreibtisch.
»Hallo«, sagte er mit einem triumphierenden Glänzen in den Augen, und sie konnte sich denken, daß dieses Verhör nicht leicht sein würde. Die Männer in den Regenmänteln führten sie über Treppen und durch Flure, die sie schon kannte, zum Vernehmungsbüro im ersten Stock.
Joe McEwan freute sich nicht, sie zu sehen. Der Schäbige ließ sie sich an den Tisch setzen und flüsterte McEwan etwas zu. Ohne sie anzusehen, setzte sich McEwan, schaltete das Tonbandgerät ein und gab an, wer anwesend war. Er sah sie mit unverhohlenem Widerwillen an. »Also, Miss O'Donnell, am Donnerstag sagten Sie mir, Sie seien nie zur Behandlung in der Rainbow Clinic gewesen, stimmt das?«
»Ja, das habe ich gesagt.«
»Sie ›haben das gesagt‹. Aber ist es auch wahr?«
»Wie meinen Sie das?« fragte sie in der Hoffnung, etwas über seine Strategie zu erfahren.
»Ich denke, es ist ganz klar, was ich meine. Haben Sie mir die Wahrheit gesagt, als Sie aussagten, daß Sie nicht zur Behandlung in der Rainbow Clinic gewesen seien?«
Maureen versuchte, niedergeschlagen auszusehen. Wenn sie nicht so aussähe, als tue es ihr leid, würden sie wissen, daß sie versuchte, sie auszutricksen. Sie dachte an ihren Traum. »Nein«, sagte sie und ließ die schmerzlichen Momente des Traums an sich vorüberziehen. »Es war nicht wahr. Ich habe Sie angelogen.«
»Warum haben Sie gelogen, Miss O'Donnell?«
»Weil ich mich geschämt habe.«

»Sie schämten sich, weil Sie ein Verhältnis mit Ihrem Psychiater hatten?«
Das Gefühl, am Boden zu kleben, ganz klein zu sein und in der Falle zu sitzen. Sie konnte sich gut an dieses Gefühl erinnern, und ihre Augen füllten sich mit Tränen. »Ich schämte mich wegen der Sache, die mich dorthin brachte.«
»Das geht uns nichts an, Miss O'Donnell, das ist unwichtig.«
»Aber für mich ist es wichtig«, sagte sie leise.
»Hören Sie«, sagte McEwan, »über Ihren Vater wissen wir Bescheid. Daran habe ich kein Interesse. Sie haben mich angelogen.« Das ärgerte ihn offensichtlich. »Lügen Sie oft, Maureen? Merken Sie es überhaupt, wenn Sie Lügen erzählen? Ich habe heute mit Ihrer Therapeutin Louisa Wishart gesprochen, Sie erinnern sich an Sie? Die Frau, zu der Sie jeden Mittwoch um sechs Uhr gehen. Erinnern Sie sich?«
»Louisa? Woher haben Sie ihren Namen?«
»Er stand in Ihren Unterlagen von der Rainbow Clinic.«
»Wie haben Sie die Sache mit der Rainbow Clinic erfahren?«
»Man hat Ihr Bild in der Zeitung gesehen.«
»Wie konnte man mein Bild in der Zeitung sehen?«
McEwans Gesicht wurde plötzlich hochrot. Er beugte sich vor und brüllte: »HÖREN SIE AUF, MIR FRAGEN ZU STELLEN.«
Der schäbige Polizist zuckte zusammen. Die Farbe wich genauso schnell aus McEwans Gesicht, wie er rot geworden war. Er blätterte ein paar Seiten in seinem Notizbuch um. »Also, lassen Sie uns mal sehen«, sagte er völlig gefaßt. »Sie wurden im Februar von der Rainbow Clinic zu ihr überwiesen und gehen seitdem ins Albert Hospital. Kommt das der Wahrheit ein bißchen näher?«
»Ja«, sagte Maureen.
McEwan hielt inne und sah sie an. »Ich will wissen, warum Sie mich angelogen haben«, sagte er.
Maureen nahm die Schachtel Zigaretten heraus, die sie sich am Kiosk gekauft hatte, und hielt sie hoch. »Darf ich?«
McEwan nickte.

»Möchten Sie eine?«
Er schüttelte entschieden den Kopf, hielt aber den Blick auf ihre Zigarette gerichtet, als sie sie anzündete und den ersten Zug nahm. Ihre Kehle war einen Augenblick von dem rauhen Tabakrauch wie zugeschnürt, so daß sie sich wie das zu enge Halsbündchen ihres Nachthemds im Traum anfühlte.
»Ich habe wegen des Wandschranks gelogen.«
McEwan wurde hellhörig. »Sind Sie in den Wandschrank gestiegen?« fragte er leise.
In Maureens Augen war Rauch geraten, und sie rieb sie heftig mit den Fingerspitzen. »Nein, als ich meinen Zusammenbruch hatte, wurde ich in dem Wandschrank gefunden.«
Er schien enttäuscht. »Und?«
»Na ja, ich wußte nicht, was da drin war, Sie haben mich ja immer danach gefragt, ich dachte, es könnte etwas sein, das mit meinen Unterlagen zu tun hat und den Verdacht auf mich lenken könnte.«
»Was, glauben Sie, war in dem Schrank?«
»Ich weiß es nicht. Vielleicht ein Zettel mit einer Nachricht oder so was?«
»Raten Sie noch mal.«
»Etwas von mir?«
Er lächelte geheimnisvoll. »Und deshalb haben Sie gelogen?«
»Ich wollte nicht, daß Sie die Unterlagen zu meiner Krankengeschichte sehen, weil ich dachte, man könnte vielleicht daraus schließen, ich sei es gewesen.«
Sie beobachtete McEwans Gesicht. Es verriet nichts.
»Belügen Sie mich nicht schon wieder«, sagte er und deutete mit einer Bewegung an, sie könne gehen. »Das erschwert mir die Arbeit sehr.«
Maureen stand auf. McEwan sprach auf Band, daß das Verhör beendet sei, und schaltete das Gerät aus. Er erhob seinen Zeigefinger. »Und nennen Sie meinen Leuten keinen falschen Namen, wenn sie wieder kommen.«
»Ja«, sagte Maureen, ging hinaus und nahm die Zeitung mit.

Carol Brady

Maureen hatte sich noch nie so über den Anblick einer Flasche Whisky gefreut. Sie bestellte sich einen großen Glenfiddich mit Eis und Limonensaft. Der Barkeeper fragte sie, ob das ein Witz sein sollte. Sie mußte ihm eine ausführliche Mixanleitung geben. »Gießen Sie den Glendfiddich ein, ja, so, dann füllen Sie Eis nach und geben jetzt den Limonensaft dazu.«
»Wieviel Saft?«
»Noch mal soviel.«
Der Barkeeper betrachtete das Glas, als er es auf die Bar stellte. »Wenn der Chef hereinkäme und sehen würde, daß ich einen Malt Whisky mit Limonensaft serviere, ich würde – ich weiß nicht, was er sagen würde.«
»Ja, sehr gut« sagte Maureen, trank alles in drei Zügen aus und wünschte, Leslie wäre dabei.
Der Whisky floß durch ihre Speiseröhre, umschmeichelte ihre Magenschleimhaut und sandte einen warmen Schauer ihr Rückgrat hoch. Eine behagliche Wärme breitete sich bis zu ihrem Nacken aus. Sie legte einen Zehnpfundschein auf die Bar. »Dasselbe noch mal, bitte.«
Der Barkeeper mixte den einfachen Drink mit gekonnten Bewegungen. Er stellte ihr das Glas hin und fragte nach dem Namen des Getränks.
»Whisky mit Limonensaft«, sagte Maureen und setzte sich an einen Tisch. Die Innenausstattung des Di Prano war echter Jugendstil, das Dekor bestand aus etwas wirren Pflanzenranken, Jugendstil eben. Das Licht war weich, und der lange, schmale Raum schlängelte sich an der konvex geschwungenen Bar mit Chromrändern entlang, um den konkav gerundeten Empfangstisch aus Nußbaumholz herum bis zum eigentlichen Restaurant, das mit Muschel-Fresken in einem zarten Pfirsichton geschmückt war.

Maureen war zu einfach angezogen. Die anderen Gäste an der Austernbar trugen Wolle und Leinen. Sie hatte das Anti-Dynamos-T-Shirt und ihre schwarzen Jeans an. Sie nahm ihr Glas und setzte sich mehr in die Nähe der unvermeidlichen deutschen Touristen, die ungeniert in ihren viel zu grellen Sportklamotten herumsaßen.

Carol Brady kam zwei große Whiskys später. Sie eilte beschwingt durch die Bar in das Restaurant. Der Mann mit dem Pomadenhaar folgte ihr. Sie ging auf einen freien Tisch zu, wartete, bis ihr Assistent den Stuhl für sie zurechtgerückt hatte, und nahm der Bar gegenüber Platz. Der Empfangschef hinter seinem Tisch lächelte und machte eine leichte Verbeugung.

Carol Bradys boshafter Abgesandter war viel kleiner, als Maureen ihn sich vorgestellt hatte. Er trug einen billigen blauen Anzug und braune Slipper mit weißen Socken. Er schaute zur Bar hin, sah, daß Maureen sie gespannt beobachtete, und bedeutete ihr mit einer Handbewegung, sich zu ihnen zu setzen.

»Hallo«, sagte Maureen, blieb unsicher am Tisch stehen und hielt ihr fast leeres Glas umklammert.

Mrs. Brady sah zu ihr auf. »Ja«, sagte sie. »Guten Tag.« Sie musterte Maureen von oben bis unten. Ihr befremdeter Blick blieb an Maureens Brust hängen. Sie las die Aufschrift auf dem T-Shirt und sagte: »Bitte, nehmen Sie doch Platz.«

Maureen setzte sich.

Carol Bradys Gesicht war ziemlich reizlos. Es hatte viele Falten, die aber nicht so aussahen, als rührten sie von einem genußvollen Leben her. Die schlaff herabhängenden Augenlider drückten die kurzen Wimpern herunter. Hinter kleinen, dünnen Vorhängen über ihren Augäpfeln blickten die geröteten Augen hervor, als seien sie verwundet von dem Schock und der Trauer über den Todesfall in ihrer Familie. Ihr braunes Haar war schon schütter und wurde durch ein Haarspray wie ein helmartiges Gespinst zusammengehalten.

Der Kellner brachte ihnen die ledergebundenen Speisekarten, und Mrs. Brady bestellte eine große Flasche Mineralwasser. Als

er gegangen war, sagte sie, Douglas habe nie über Maureen gesprochen. »Wo haben Sie ihn kennengelernt?« fragte sie.
»In einem Lokal«, antwortete Maureen schwach und hatte das Gefühl, daß allein ihre Gegenwart hier schon ein Schandfleck auf Douglas' Charakter sei.
Carol Brady gab vor, die Speisekarte zu lesen. »Also nicht über seine Arbeit.« Sie sagte das, als sei es die Feststellung einer Tatsache, wartete aber auf Maureens verneinende Antwort.
Maureen sah verlegen auf die Speisekarte. Joe McEwan würde es ihr wahrscheinlich sagen, wenn sie es ihr nicht selbst sagte. »Er war nicht mein Therapeut«, sagte sie.
»Er war also damals nicht Ihr Therapeut? Oder überhaupt nie?«
»Nein, nie.«
»Ich verstehe«, sagte Mrs. Brady schnell und drehte die Seite um. Maureen machte ihre Speisekarte zu und legte sie auf den Tisch. »Mrs. Brady«, sagte sie, »es tut mir so leid wegen ihres Sohnes.« Carol Brady knirschte mit den Zähnen, ihre Augen nahmen plötzlich eine seltsame, hellrote Färbung an und füllten sich mit Tränen. Sie blinzelte schnell und versuchte das Weinen zu unterdrücken. Einen nervösen Augenblick lang war Maureen sicher, sie würde anfangen, heftig zu schluchzen.
»Es tut mir leid«, sagte Maureen wieder. »Ich hätte nicht vorschlagen sollen, Sie hier zu treffen. Sie hätten in die Wohnung kommen können.«
Ein wenig stockend holte Carol Brady tief Luft, und ihr Kummer legte sich. »Ich bin froh, daß wir uns hier getroffen haben«, sagte sie und tupfte sich die Nase mit einem Leinentaschentuch ab. Maureen wartete, bis sie sagen würde, warum sie froh war oder warum sie das hier besser fand als einen anderen Treffpunkt, aber sie schwieg.
»Also, bestellen wir etwas«, sagte Carol Brady endlich. »Möchten Sie die Langusten? Sie sind hier sehr gut.«
»Okay«, sagte Maureen, die es recht machen wollte. Sie bestellte Langustinos, und Carol Brady wählte den Schellfisch und für ihren schweigend dabeisitzenden Assistenten Muscheln.

»Ich habe gehört, daß Sie gerade in Brasilien waren«, sagte Maureen höflich.
Carol Brady machte ein säuerliches Gesicht und begann, sich über den schlechten Flug auszulassen. Das Klima sei ihr zu heiß und das Essen zu scharf gewesen. Die Konferenz eine Zeitverschwendung. Sie erzählte von der Reise und ging auf langweilige Einzelheiten und Personen ein, bis das Essen kam, und redete einfach weiter, bis sie fast aufgegessen hatten. Sie erzählte die Geschichten nicht besonders gut, und nach dem leeren Blick des Assistenten zu urteilen, hatte sie wohl alle schon öfters zum besten gegeben. Aber der Zweck ihres Monologs bestand ja auch nicht darin, ihr Publikum zu fesseln, sondern darin, Carol Brady zu beruhigen, und es gelang ihr tatsächlich, sich während des Redens von dem dunklen Abgrund des Leids zurückzuziehen und sich in einer Reihe kleiner Ärgernisse zu verlieren.
Maureen brauchte nichts zu sagen. Sie mußte nur essen und zuhören, aber ihre Gedanken kehrten immer wieder zu der Flasche Glenfiddich am anderen Ende der Bar zurück. Sie sah sie im Geist vor sich, von hinten angestrahlt wie eine Heiligenvision.
Sie waren fast mit dem Essen fertig, als Carol Brady das Thema wechselte und nun auf die Presse zu sprechen kam. Die Journalisten hatten sich am Flughafen gnadenlos auf sie gestürzt und dauernd ihr Büro angerufen. »Schakale«, sagte sie wütend, »reißende Schakale, die meisten jedenfalls.«
Maureen erzählte ihr von dem Kameramann, der an ihrer Arbeitsstelle aufgetaucht war, und von den Anrufen bei ihrer Mutter. Carol Brady sah sie an. »Ich habe gehört, daß es Ihrer Mutter … nicht gutgeht«, sagte sie.
»Ja, es geht ihr nicht gut«, sagte Maureen, dankbar für die gelinde Ausdrucksweise. »Es ist die keltische Melancholie, sie liegt in der Familie. Das irische Blut.«
»Keltische Melancholie?« Carol Brady sah sie verständnislos an.
»Alkoholismus.«
»Aha«, sagte Carol Brady. »Man hat mir schon gesagt, daß Sie aus einer dubiosen Familie stammen.«

Maureen glitt die Gabel aus der Hand. Sie fiel klirrend auf den Teller. »Wer hat das über meine Familie gesagt?«
»Die Polizei«, antwortete Carol Brady und sah sie mit einem verächtlichen Lächeln an. »Was soll ich unter einer ›dubiosen Familie‹ verstehen? Sind alle Säufer?«
»Hat Ihnen die Polizei das gesagt?«
Carol Brady legte ihr Besteck auf den Teller und tupfte sich den Mund mit der Serviette ab.
»Hat die Polizei Ihnen auch gesagt, daß ich bei einem Freund in Maryhill wohne? Haben Sie mich so gefunden?«
»Ich mußte Sie treffen«, sagte Carol Brady, als ob das alles erkläre.
»Sie hatten kein Recht, Ihnen alles über mich zu erzählen«, sagte Maureen und fand, daß man ihr böse mitspielte.
»Seien Sie bitte ein bißchen leiser, meine Liebe«, sagte Carol Brady und winkte dem Kellner. »Ich nehme an, Sie möchten Kaffee?« Sie zeigte auf Maureens Glas. »Oder lieber noch Whisky?«
Die Frage war lächerlich. Maureen konnte nicht nach Hause gehen, ihr Freund war tot, und sie an einem Sonntagnachmittag mit seiner patzigen Mutter bei einem bescheuerten Mittagessen. Natürlich war ihr ein verdammter Whisky lieber.
»Ich hätte gern Kaffee«, sagte sie. »Danke.«
Carol Brady bestellte und sagte dann zu ihrem Assistenten: »Gehen Sie an die Bar und warten Sie dort.« Als er außer Hörweite war, beugte sie sich vor. »Wie kamen Sie dazu, Douglas zu verführen, wo Sie doch wußten, daß er verheiratet war?«
»Ich wußte nicht, daß er verheiratet war.«
»Hatten Sie vor, ihn Elsbeth wegzunehmen?«
»Ich ›hatte nicht vor‹, ihn ihr wegzunehmen. Douglas war ein erwachsener Mann und konnte seine eigenen Entscheidungen treffen.«
»Douglas war ein Kind. Wenn Sie ihn besser gekannt hätten, hätten Sie das gewußt«, sagte sie und spielte offenbar auf intime Familienkenntnisse an, die Maureen überhaupt nichts angingen.
Als der Kaffee serviert wurde, gewannen sie langsam ihre Fassung wieder.

Carol Brady goß ein wenig Sahne in ihren Kaffee und rührte ihn schnell und rhythmisch um. »Hat Douglas Ihre Miete bezahlt?«
»Nein«, sagte Maureen empört.
»Ich nehme an, er hat Ihnen Geld gegeben?« fuhr Carol Brady fort. »Haben Sie sich deshalb nie um eine vernünftige Arbeit bemüht?«
»Hören Sie, ich kannte Douglas erst seit acht Monaten. Die Stelle habe ich schon drei Jahre.«
»Aber Sie haben keinen Ehrgeiz«, sagte Carol Brady abschätzig. »Sie haben sich nie bemüht weiterzukommen.«
»Es ist nicht jedermanns Traum, eine allgemein anerkannte Autorität zu werden.«
Carol Brady sah sie skeptisch an. »Ach, hören Sie doch auf.« Mit gespitzten, faltigen Lippen nippte sie an ihrem Kaffee.
Maureen hatte ihre unnachgiebige, überhebliche Feindseligkeit satt. Sie stellte ihre Tasse hin, schob sie von sich und griff nach dem Glas mit dem Rest Whisky. Sie nahm einen großen Schluck und beobachtete über den Rand des Glases, wie Carol Brady spöttisch über sie lächelte. »Ich kann verstehen, daß Sie böse sind, Mrs. Brady«, sagte sie leise, »und es tut mir leid, was Sie durchgemacht haben, aber deswegen bin ich doch nicht verantwortlich für das, was Douglas gemacht hat.«
»Hat er Ihnen Geld gegeben?«
»Warum kommen Sie immer wieder darauf zurück?«
»Warum geben Sie mir darauf keine Antwort?«
»Er hat mir kein Geld gegeben«, sagte sie. »Er hat mir nie Geld gegeben.«
Carol Brady sah sie mit einem verdrießlichen Blick über den Tisch hinweg an, und Maureen wünschte sich plötzlich, verdammt weit weg zu sein und sie nie wiedersehen zu müssen.
Carol Brady sagte mit sanfterer Stimme: »Sie lügen mich an. Sie haben die Polizei belogen, und jetzt lügen Sie mir etwas vor. Waren Sie betrunken an dem Abend, als Douglas ermordet wurde?«
»Sind Sie deshalb so wütend auf mich?«
»Haben Sie ihn umgebracht?«

Maureen wich auf ihrem Stuhl zurück und starrte Carol Brady an. »Meinen Sie, daß ich ihn getötet habe?«
»Ja«, sagte sie im Brustton der Überzeugung und sah Maureen direkt in die Augen. »Das glaube ich.«
»Wie können Sie hier mit mir an einem Tisch sitzen, wenn Sie das denken?«
»Ich wollte Sie kennenlernen, Sie nur einmal treffen, um Sie zu sehen.«
»Meinen Sie, daß ich hierhergekommen wäre, wenn ich es getan hätte? Glauben Sie, daß ich mit Ihnen essen könnte, wenn ich es getan hätte?«
Carol Brady brach den Blickkontakt ab. »Man erinnert sich nicht immer, was man getan hat, wenn man betrunken ist.«
Maureen stellte ihr Glas hin. »Ich glaube, ich sollte besser gehen«, sagte sie.
Carol Brady packte sie am Handgelenk und zog sie so nah zu sich heran, daß ihre Gesichter nur wenige Zentimeter voneinander entfernt waren. »Sie kriegen Sie, und wenn sie Sie nicht erwischen, dann werde ich Sie kriegen.«
»Soll das eine Drohung sein?«
»Was glauben Sie denn?«
»Hören Sie«, sagte Maureen, »ich bin nichts, und ich habe nichts. Es gibt nichts, womit Sie mir drohen könnten.« Sie riß ihr Handgelenk los, warf Geld auf den Tisch und verließ das Restaurant.

Sie ging direkt zu einer Telefonzelle in der Buchanan Street und telefonierte nach Liam herum, fand ihn aber nirgends. Schließlich hinterließ sie eine Nachricht auf seinem Anrufbeantworter, er solle das Haus von oben bis unten saubermachen und den Abfall rausbringen, weil sein Schwiegervater eventuell zu Besuch kommen würde. Wenn er es nicht täte, bekäme er allerhand Schwierigkeiten. Es sei dringend. Sie hoffte, daß die Botschaft verschlüsselt genug war, ohne unverständlich zu sein.
Sie kaufte eine zu teure halbe Flasche Whisky in einem Pub beim Bahnhof, ging zurück in Bennys Wohnung und erfüllte Carol

Bradys schlimmste Erwartungen, indem sie direkt aus der Flasche trank und auf der Couch beim Klang der *Choräle zur Nacht* einschlief. Um drei Uhr morgens wachte sie mit einem Brummschädel auf und mußte über eine Stunde aufrecht im Sessel sitzend verbringen. Dabei trank sie in kleinen Schlückchen Tee mit Milch und wünschte ihren Zustand zum Teufel, bevor es ihr endlich gelang, wieder einzuschlafen.

Bennys gute Jacke

Sie hatte einen wirren Traum, in dem sie lautes Klopfen hörte. Jemand hämmerte an die Wohnungstür. Sie versuchte, die Augen zu öffnen, aber sie fühlten sich im Sonnenlicht wie kratziges Sandpapier an. Sie wartete eine Minute und hoffte, Benny würde aufmachen oder die Klopfenden würden aufhören und weggehen, aber er kam nicht, und sie gaben nicht auf, und Maureen konnte bei dem Krach nicht weiterschlafen. Sie wickelte sich fest in die Steppdecke, tastete sich an der Wand entlang zur Wohnungstür und kniff ein Auge zu. Es war Una, die Alistair dabeihatte. »Mum hat mich gestern abend angerufen. Sie war stockbesoffen, und sie sagte, du seist verschwunden.« Unas Stimme war lauter als die der meisten Leute. Sie schrie nicht, sie hatte einfach von Natur aus eine Stimme mit besonderer Tragweite.

»Na ja, jetzt hast du mich ja gefunden«, sagte Maureen und wünschte, sie wäre irgendwo anders als hier und fühlte etwas anderes als das, was sie jetzt fühlte.

»Das sehe ich«, sagte Una.

Maureen hob abwehrend eine Hand hoch. Ein Auge war vom Schlafen noch verklebt, und als sie sprach, fühlte sie getrockneten Speichel an ihrem Kinn. »Una«, sagte sie langsam, »ich habe einen Kater. Wenn du unbedingt reden mußt, dann bitte leise. Wenn du nicht leise reden kannst, dann geh bitte.«

Sie ließ die Hand fallen und ging in die Küche. Alistair und Una folgten ihr. Maureen füllte sich am Wasserhahn ein großes Glas mit Wasser und trank es aus. Ein Zettel von Benny lag auf dem Tisch, auf dem stand, er sei in der Uni und Maureen sei eine versoffene Faulenzerin.

»Ich kann's nicht glauben«, sagte Una und schaffte es einfach nicht, ihre Stimme zu dämpfen. »Was machst du denn hier allein? Und sieh dir mal die Schweinerei hier an. Wo ist Benny?«

»Er ist weg«, sagte Maureen mit äußerster Willensanstrengung.
»Maureen, du siehst furchtbar aus. Ich hab' versucht, dich anzurufen, aber du bist ja die ganze Zeit unterwegs gewesen.«
In Maureens Mund sammelte sich Speichel, sie stürzte durch den Flur zum Bad und erbrach sich quer über das Klo. Una stand hinter ihr. »Mein Gott, Maureen, leg dich ins Bett.«
Sie bemühte sich um Maureen und führte sie durch den Flur zu Bennys Bett. Das Zimmer roch intensiv nach Bennys Haarcreme. Una zog die Vorhänge gegen das grelle Sonnenlicht vor und machte leise die Tür zu.

Als Maureen wieder aufwachte, war im Radio in der Küche ein Popmusiksender eingestellt, dessen optimistisches Gedröhne ihr auf die Nerven ging. Sie testete ihren Kopf, setzte sich langsam auf und öffnete die Augen. Sie würde eine Weile nichts essen können, aber ihr Magen fühlte sich wieder so gut an, daß sie eine Tasse Tee trinken könnte.
Una und Alistair saßen in ihren Mänteln in der Küche und tranken Tee. Sie hatten auf dem Tisch Platz gemacht.
»Setz dich«, sagte Una und schaltete das Radio aus. Sie machte Maureen eine Tasse Tee. »Warst du beim Arzt?«
Una führte ein geordnetes Leben und glaubte an die Macht der Medizin. Ärzte waren für sie die Statthalter des absolut Guten. Als Maureen damals im Wandschrank gefunden wurde, erschrak Una ganz schrecklich und wollte sie sofort und für sehr lange Zeit wegsperren.
»Ich war am Freitag«, sagte Maureen. »Ich bin krank geschrieben, aber sie hat gesagt, ich werde ganz wunderbar damit fertig. Sie hat mir ein Medikament gegeben.« Das schien nicht auszureichen, um Unas Angst zu beschwichtigen. »Und sie hat Termine für zusätzliche Sitzungen mit mir gemacht.«
»Gut. Warst du bei Mum?«
»Ja, ich hab' sie am Freitag gesehen.«
»Hat sie etwas gesagt?«
»Worüber?«

Una wurde rot.
»Also«, sagte Maureen müde, »wenn Mum hinter meinem Rücken Krach mit mir anfängt, dann will ich überhaupt nichts davon wissen. Erzähl's mir später, Una, okay?«
»Also gut«, sagte Una leise. »Die Polizei ist bei mir gewesen.«
»Wollten sie etwas über Liam wissen?«
»Nein, nur über dich.«
»Das ist gut. Ich will nicht, daß er in die Sache verwickelt wird.«
Una rutschte auf ihrem Stuhl herum. Sie wußte, womit Liam Geld verdiente, aber sie hörte es nicht gern. »Die ganzen Zeitungen haben deinetwegen angerufen.«
»Ich weiß. Sie sind zu mir in die Arbeit gekommen.«
»Oje.«
»Mum hat mich doch tatsächlich gefragt, ob ich es getan hätte«, sagte Maureen. »Ich konnte es kaum glauben.«
Una stand plötzlich auf. »Wir sollten jetzt besser gehen«, sagte sie.
»Ach komm, Una«, sagte Maureen so eindringlich wie möglich, »was hat Mum über mich gesagt?«
»Sie hat gesagt, sie sei deine Mutter«, antwortete Una und setzte sich hin, »und sie würde zu dir halten, egal was du getan hast.«
»Aber ich hab's nicht getan, ich hab' ihr doch gesagt, daß ich es nicht getan habe.«
Una hustete höflich.
»Una, was hat sie gesagt?«
Una sprach leise, wie ein Kind, das man bei einer Lüge ertappt hat und dazu zwingt, seine Mitverschwörer zu verpfeifen. »Sie hat gesagt, du würdest dich vielleicht nicht richtig erinnern.« Sie machte eine betretene Pause und wartete darauf, daß Maureen einen Wutanfall bekäme.
Maureen dachte darüber mit der müden, apathischen Gelassenheit nach, die sich nach einem gehörigen Besäufnis einstellt. »Mum ist verrückt«, sagte sie.
Una lachte schallend vor Erleichterung.

Als Una und Alistair gegangen waren, war es sechs Uhr. Maureen rief Liam an.

»Mauri!« sagte er. »Was ist denn los, verdammt? Ich habe dich gesucht und bin bei Benny vorbeigekommen. Als er mich reinführte, warst du auf der Couch eingeschlafen mit einer leeren Flasche auf dem Boden.«

»Hast du aufgeräumt?«

»Ja, überall. Geht's dir gut?«

»Ach Gott, ja. Ich hab' einen Kater.«

»Was sollte die Botschaft?«

»Ich habe Carol Brady gestern getroffen. Sie sagte, die Polizei hätte unsere Familie dubios genannt und ich hab' nur gedacht ... weißt du ..., daß es mit dir zu tun haben könnte. Vielleicht hab' ich ja zu panisch reagiert, aber sie hat mir ziemliche Angst eingejagt.«

»Nein, das war vernünftig.«

»Sie bat mich gestern, mit ihr zum Mittagessen zu gehen. Sie denkt, daß ich ihn getötet habe.«

»Du?«

»Ich fühle mich nicht so gut, Liam«, sagte Maureen. Ihre Stimme zitterte.

»Ich komm rüber. Ich suche ein paar Videos heraus, damit du heute abend Ablenkung hast.«

Benny kam gerade rechtzeitig zurück, als Liam am Couchtisch einen Joint drehte, während Maureen die Vorschau zu *Hardboiled*, einem Kung-Fu-Film mit viel Geballer, ansah. Er hatte seine gute, braune Lederjacke an, die er trug, wenn er in Clubs ging, um Mädchen aufzureißen. Sie neckten ihn eine Weile damit, aber er war nicht in der richtigen Stimmung. Er war schlecht gelaunt und machte sich Sorgen wegen seiner Prüfung. Dann sagte er, er hätte die Zeitung gesehen und Liz könnte sie verklagen wegen übler Nachrede, weil sie ihr Maureens Namen angedichtet hätten.

»Ja?« sagte Maureen. »Wieso ist das üble Nachrede?«

»Weil du eine notorisch bekannte Person bist«, sagte Benny.

Benny durfte keine auf die Psyche wirkenden Substanzen zu sich

nehmen, weil er Mitglied bei den Anonymen Alkoholikern war. Er behauptete, es mache ihm nichts aus, wenn sie in seiner Wohnung Hasch rauchten, aber er fuhr immer mit der Hand durch die Luft, um den Rauch von sich fernzuhalten. Liam sagte ihm, er solle nicht so pingelig sein, und er wurde noch gereizter.
Als die Filme vorbei waren, ging Liam heim, und Benny legte sich schnell schlafen. Maureen saß im Dunkeln am Rand der Couch und versuchte zu weinen, aber ihre Augen schmerzten und brannten nur.

Am nächsten Morgen waren sie geschwollen und rot. Sie starrte sich im Spiegel im Badezimmer an. Sie sah verrückt aus. Jeder, der auch nur eine Spur von Verstand hatte, würde denken, daß sie Douglas umgebracht hatte. Sie wusch sich das Gesicht, kühlte ihre Augen mit kaltem Wasser und hoffte, damit den Reiz zu lindern. Sie wäre gern zur Arbeit gegangen, Liz fehlte ihr, aber sie tröstete sich mit dem Gedanken, daß es Dienstag war und sie später Leslie sehen würde.
Sie rief Liz an und sagte ihr, sie könnte die Zeitung wegen Verleumdung verklagen. Liz erzählte, die Kasse sei von Reportern und Gaffern umstellt, die gekommen seien, um sie zu sehen. Mr. Scobie scheuche sie immer wieder weg, aber kaum sei er im Haus, kämen sie sofort zurück. Er sagte ihr, sie solle die Kasse schließen, bis er jemanden gefunden habe, der sie vertreten könnte. So saß sie also allein im dunklen Kassenraum und nahm die einzige telefonische Bestellung pro Tag für die Show des Hypnotiseurs an, weil Mr. Scobie sie nicht nach Hause gehen ließ, ohne ihren Lohn zu kürzen. Sie sagte, auf dem Foto in der Zeitung habe sie ausgesehen, als hätte sie ein Doppelkinn. »Er ist total wütend auf dich, Maureen.«
»Ja, na ja, wenn er erst hört, daß ich zwei Tage freihaben will, wird er noch wütender sein.«
Liz zog hörbar die Luft ein. »Soll ich es ihm sagen?«
»Ja, gut. Bis dann, ja?«
»Tschüs, Maureen.«

Shirley

JEDESMAL, WENN Maureen zur Rainbow Clinic ging, war es bedeckt, und es regnete. Sie stieg aus dem Bus, überquerte die leere, vierspurige Straße und ging an der drei Meter hohen Mauer entlang zur Einfahrt.

Die Klinik war in einer umgebauten Molkerei untergebracht, die zur Levanglen-Irrenanstalt gehört hatte. Sie bestand aus einem langen, einstöckigen Gebäude, hinter dem Bürocontainer für die Verwaltung standen. Maureen ging durch die Eingangstür, an den Münztelefonen vorbei durch die große Halle und den kurzen Flur bis zum Wartezimmer. Die Wände waren gelb gestrichen und voller Poster mit Hundebabys, kleinen Katzen und Äffchen. Wenn das überspannt fröhliche Zimmer voller Patienten war, wirkte es wie eine zynische Karikatur.

Direkt gegenüber der Tür hinter Shirleys Schreibtisch gingen zwei Feuertüren auf den Flur, wo Angus, Douglas und Dr. Murrray ihre Zimmer hatten. Douglas hatte oft über Murray gesprochen, meist auf eine wenig liebenswürdige Weise. Sie hatten sich über Pläne gestritten, eine weitere Gruppe von Patienten in die Behandlung einzubeziehen. Es ging um Kranke, die nach einem langen Aufenthalt in einer Anstalt östlich der Stadt nun wieder im Stadtgebiet wohnen sollten. Douglas war der Meinung, daß ihnen die Mittel fehlten, diese Aufgabe zu bewältigen, aber Murray war entschlossen, sich an die Spitze des Projekts zu stellen und seinen Namen in allen Schreiben als Initiator zu erwähnen. Douglas fand ihn widerlich und nur an seiner Profilierung interessiert.

Das Wartezimmer war leer, nur ein junges Mädchen saß in der Ecke und tat so, als lese sie eine zerfledderte Ausgabe von *Good Housekeeping*. Sie trug eine Lederjacke, eine Hose mit Tarnmuster und klobige Stiefel. Sie sah aus, als hätte sie ihr Haar selbst geschnitten. Es war kurz und ungleichmäßig abgeschnippelt, und am Hinterkopf hing es in langen Zotteln herunter. Der linke Ärmel ihrer Jacke war absichtlich so weit hochgeschoben, daß zornige Spuren von Narben verheilter Schnitte am Handgelenk zu sehen waren. Sichtbare Narben waren eine gute Strategie, um glückliche und zufriedene Gemüter von einer unbefangenen Annäherung abzuhalten. Maureen wandte sich ab und setzte sich auf einen Plastikstuhl an der gegenüberliegenden Wand.

Sie hatte in der Klinik viele Leute mit Depressionen kennengelernt. Sie waren interessante Gesprächspartner, wenn es einem gelang, sie zum Reden zu bringen. Sie schienen näher an der Realität zu sein als die meisten Leute. Depressive konnten, wenn sie richtig in Fahrt waren, ihre Aussichten, Krebs zu bekommen, oder die Wahrscheinlichkeit, das Opfer eines sexuellen Angriffs zu werden oder in der Lotterie zu gewinnen, richtig einschätzen. Sie beschönigten nichts.

Die Feuertür zu den Arztzimmern ging auf, und Dr. Murray kam geschäftig mit einem Stoß Unterlagen ins Wartezimmer. Er legte die Hälfte des Bündels auf Shirleys Schreibtisch ab und ging mit dem Rest in die Halle hinaus. Das Mädchen mit der Tarnhose sah zu, wie er wegging. Maureen hoffte, daß sie nicht auf ein Gespräch mit ihm wartete. Er hatte von ihrer Anwesenheit nicht einmal Notiz genommen.

Die Tür zur Halle ging auf, und Shirley kam mit dampfenden Tassen, Sahne und Zucker auf einem Blechtablett herein. Sie setzte das Tablett auf dem Tisch ab, bevor sie aufblickte und Maureen sah. »Helen?« sagte sie, überrascht, sie zu sehen. »Was machst du hier?«

Maureen machte ein Zeichen, Shirley solle ihr durch den Flur in die Halle folgen. »Shirley, ich heiße nicht Helen, mein Name ist Maureen O'Donnell.«

»Du bist Maureen O'Donnell? Aber gestern war doch ein Bild von ihr in der Zeitung.«

»Ich weiß, ich weiß. Sie haben die Falsche fotografiert.«

Shirley gab sich keine Mühe zu verbergen, daß sie ihr nicht

glaubte. Maureen war ihr deswegen nicht besonders böse, Shirley hatte bei ihrer Arbeit vermutlich schon einiges Unglaubliche erlebt, und eine ehemalige Patientin, die sich als aktueller Sadokiller der Stadt präsentierte, war durchaus im Bereich des Möglichen.

Maureen zog einen Ausweis hervor. »Ich bin es wirklich. Siehst du, hier.«

Shirley sah den Bibliotheksausweis und ihre Scheckkarte an, drehte sie um und suchte auf der Rückseite nach zusätzlichen Hinweisen.

»Okay, gut, du glaubst mir vielleicht nicht, aber nehmen wir einmal an, ich wäre die, die ich zu sein behaupte, würdest du mir dann ein paar Fragen beantworten?«

Shirley dachte nach. »Ich weiß nicht. Es geht doch nicht um etwas Abartiges, oder?«

»Nein, nein, ich wollte nur wissen, wer hier meinen Krankenbericht einsehen könnte.«

»Na ja ... ich mache mit, aber ich höre sofort auf, wenn du mich irgend etwas Komisches fragst, und ich möchte nicht mit dir über Douglas reden. Wenn du Maureen O'Donnell bist, dann weißt du wahrscheinlich viel mehr über ihn, als ich jemals gewußt habe. Einige Reporter haben sich hier herumgetrieben und nach ihm gefragt. Einverstanden?«

»Spitze, Shirley.«

Shirley beruhigte sich und lehnte sich im schwach beleuchteten Korridor mit dem Rücken an die Wand.

»Also«, sagte Maureen. »Erstens, wie hat die Polizei herausgefunden, daß ich hier zur Behandlung war? Ich habe es ihnen nicht gesagt.«

Shirley zögerte und formulierte ihre Antwort sorgfältig. »Ich weiß nur, daß die Polizei Sonntag früh den Sicherheitsdienst angerufen hat und sich von ihnen in die Büros und Sprechzimmer führen ließ.«

»Wußten sie, wonach sie suchten?«

»Ja, sie haben sich im System angemeldet, haben die richtige Datei abgerufen und ausgedruckt. Ich habe nachgesehen. Sie haben nur eine einzige Datei abgerufen.«

»Unter was war die Datei gespeichert?«

»Name und Datum.«

»Wurde sie unter Helen angelegt?«

»Ja.«

»Sie hätten keinen anderen Code benutzen können, um sie abzurufen?«

»Nein, das ist ein altes DOS-System. Das sind die einzigen Codes, die wir benutzen. Das System wurde uns verkauft, bevor wir eine Ahnung hatten, wie es funktioniert.«

»Sie wußten also nicht nur, daß ich hier gewesen war, sie kannten auch den Namen, den ich benutzt habe, als ich hier war?«

»Ja.«

»Ich hab' keiner Menschenseele erzählt, welchen Namen ich hier benutzt habe«, sagte Maureen und steckte die Karten wieder in ihre Geldbörse. »Welche Information ist in der Datei? Könnten Notizen von den therapeutischen Sitzungen dabeisein?«

»Nein«, sagte Shirley bestimmt. »Es ist nur eine Datei für die Verwaltung. Sie enthält nur die Termine, wer dich behandelt hat, wohin du gegangen bist, solche Dinge.«

»Wie konnten sie wissen, daß ich hier war, Shirley?«

»Ich nahm an, daß jemand, der hier arbeitet, dein Bild in der Zeitung gesehen hatte, sich an dein Gesicht erinnerte und sie angerufen hat. Aber das kann wohl nicht sein, wenn du die Maureen bist, von der sie reden.«

»Ich bin es, Shirley, ehrlich.«

»Na ja, das macht schon eher Sinn«, sagte Shirley. »Ich kapierte nicht, wie das Mädchen auf dem Bild letztes Jahr im Januar hier in die Klinik kommen konnte, ohne daß ich ihr je begegnet bin.«

»Ja, eben, sie war ja gar nicht hier.«

»Ist sie überhaupt mal hier gewesen?«

»Nein, sie ist nie auch nur in der Nähe gewesen.« Maureen zupfte nachdenklich an ihrer Lippe. Jemand hatte also schon gewußt,

wer sie war, gab aber vor, sie auf dem Foto in der Zeitung erkannt zu haben.
»Ich habe gehört, jemand hätte eine Affäre mit einer Patientin gehabt«, murmelte Shirley.
»Wer hat dir das erzählt?« sagte Maureen, und es war ihr peinlich, so als hätte sie Schande über Douglas gebracht.
»Eine von den Putzfrauen.«
»Aha«, sagte Maureen, nur darauf bedacht, die Unterhaltung in Gang zu halten.
»Sie hat gesagt, sie kam überraschend ins Zimmer, als sie dabei waren …« Plötzlich bemerkte Shirley, wie verlegen sie Maureen machte. »Sorry«, sagte sie, »das ist jetzt nicht so wichtig, nehme ich an. Ich dachte nur, es wäre jemand anderes gewesen.«
Maureen konnte es nicht glauben. »Sie haben es hier in der Klinik miteinander getrieben?« fragte sie. »Sie hat sie hier in der Klinik überrascht?«
Shirley kaute auf ihrem Daumen herum und dachte darüber nach. »Ich dachte, sie hieße Iona, aber das hätte ein falscher Name sein können.«
»Das war ich nicht«, schnaufte Maureen.
Shirley erschauderte und stellte sich gerade hin. »Eigentlich weiß ich ja gar nicht, wer du bist, und ich will auch nicht weiter darüber reden.«
»Okay, wie du willst«, sagte Maureen und war überrascht, daß Shirley von der Geschichte nicht schockierter war. »Wie viele Leute arbeiten hier?«
Shirley dachte einen Moment nach. »So um die fünfzig, mit den Halbtagskräften und der Putzkolonne.«
»Mein Gott, fünfzig Leute?«
»Ja. Könnten auch mehr sein, ich schätze nur mal so.«
»Noch etwas«, sagte Maureen. »Die Polizei scheint zu denken, daß ich bei Douglas statt bei Angus in Behandlung war. Weißt du, wie sie auf die Idee gekommen sein könnten?«
»Na ja, sie haben fast alle hier befragt. Ehrlich gesagt, alle haben die Zeitung im Dienstzimmer gesehen und sich an das Mädchen

auf dem Bild erinnert. Eine der Schwestern sagte, sie hätte sie einmal zu schlagen versucht.«

Maureen lächelte. »Also, im Grunde weiß nur der liebe Gott, was ihnen alles erzählt wurde.«

»Eigentlich ja.«

»Bestimmt steht doch in meiner Datei, daß ich bei Angus in Behandlung war?«

»Ja, das stimmt, jetzt, wo du es sagst. Ich verstehe nicht, wie sie darauf kamen.«

»Und ist in der Datei angegeben, an wen ich überwiesen wurde?«

»Ja, schon.«

»Hurra, Shirley, du hast mir wirklich weitergeholfen.«

»Würdest du zu Angus reingehen? Die Sache hat ihn furchtbar getroffen. Er wäre bestimmt froh, dich zu sehen. Du könntest ihm seinen Kaffee bringen.«

»Er wäre froh, mich zu sehen, jetzt, da ich in einen Mordfall verwickelt bin?«

»Helen, du wurdest hier entlassen und bist nicht zurückgekommen oder drüben in der Levanglen-Anstalt gelandet. So wie wir die Sache sehen, warst du ein Erfolg.«

Sie gingen ins Wartezimmer zurück. Das Mädchen mit der Tarnhose sah auf. »Dauert nicht mehr lange«, sagte Shirley zu ihr. »Der Doktor ißt gerade seinen Lunch zu Ende.« Sie rührte drei Stück Zucker und einen Tropfen Sahne in eine der Kaffeetassen und reichte sie Maureen. »Ich nehme an, du weißt noch, wo sein Behandlungszimmer ist?«

»Klar.«

Maureen ging den Korridor entlang und mit einem leichten Schuldgefühl an Douglas' Tür vorbei, als könne er jeden Augenblick herauskommen und ihr vorhalten, daß sie hierher zurückgekommen war. Sie klopfte an Angus' Tür, und er rief »Herein«.

»Guten Tag«, sagte er und sah sie an. Er schien sie nicht zu erkennen, stand auf und kam herüber, um sie zu begrüßen. »Wir haben uns eine Zeitlang nicht gesehen, nicht wahr«, sagte er vage.

Maureen sagte, ja, das stimme.

Das Zimmer war dunkel und gemütlich und roch nach Zigarettenrauch. Es wäre eigentlich hell gewesen, aber wegen des dichten Rauchs und der halb heruntergelassenen Rollos herrschte permanentes Halbdunkel. An der einen Wand standen zwei Ledersessel mit hohen Lehnen, ein wackeliger Couchtisch mit einem Aschenbecher und einer Schachtel Papiertücher. Hinter dem einen Sessel stand ein zwei Meter hoher Gummibaum.
Angus war Mitte Vierzig. Sein Haar war etwas graumeliert und ging an den Schläfen gerade so weit zurück, um ihn leicht verlebt aussehen zu lassen. Er kleidete sich wie ein verarmter Landjunker in zerschlissene Tweedjacken und abgeschabte Kordhosen. Er war Kettenraucher, und seine Schwäche für Tabak hatte sie von Anfang an verbunden. Während der Sitzungen saßen sie vorgebeugt und zusammengekauert in ihren Sesseln und pafften. Während Maureen ihm die schlimmsten Dinge aus ihrer Kindheit erzählte, gaben sie sich gegenseitig Feuer und schoben den Aschenbecher hin und her.
Jetzt hielt Angus seine Zigarette zwischen den Zähnen und rückte die Nickelbrille höher auf die Nase. Zögernd und verwirrt lächelnd erwartete er, daß sie sich vorstellte.
Maureen grinste und reichte ihm die Tasse Kaffee. »Shirley hat mir aufgetragen, Ihnen den zu bringen.«
Er nahm die Tasse und stellte sie auf den Couchtisch, drehte sich um und gab ihr die Hand.
Der große Gummibaum hatte damals prächtig ausgesehen, aber jetzt waren die Blätter mit ungesunden, trockenen, braunen Flecken gesprenkelt. »Ihrer schönen Pflanze geht es gar nicht gut«, sagte sie.
»Ach, ich weiß, ich verstehe nicht, was ihr fehlt. Ich habe sie schon zurückgeschnitten und alles. Ich dachte, es wäre der Zigarettenrauch, aber ich wasche sie einmal im Monat ab. Ich nehme an, manchmal gehen sie einfach ein.« Er strich mit dem Zeigefinger über eines der gesunden Blätter, und plötzlich sah er auf. »Helen!« rief er.
Sie lachte. »Sie konnten mich nicht gleich einordnen, stimmt's?«

»Ja, ja, aber jetzt erinnere ich mich an Sie!« Er legte seine Zigarette in den Aschenbecher, nahm ihre Hand in beide Hände und drückte sie herzlich.
»Helen, wie geht's?«
»Nicht schlecht.« Sie lächelte.
»Sie sehen prima aus. Aber hier, setzen Sie sich doch.« Er schob sie leicht rückwärts auf einen der Sessel zu. »Das ist mir peinlich, zu jeder anderen Zeit hätte ich Ihren Namen nicht vergessen, nur jetzt ... Haben Sie das gehört von Mr. Brady vom Zimmer gegenüber?«
»Er ist ermordet worden.«
»Ja.«
Sie sah die winzigen Tränen, die sich in seinen Augenwinkeln sammelten. Er setzte sich, zündete sich eine neue Zigarette an und inhalierte tief. »Es ist ein Alptraum«, sagte er leise.
»Kannten Sie ihn gut?«
Er nickte. »Wir kannten uns seit vielen Jahren. Es ist einfach unvorstellbar. Sogar für seine Patienten ... Das letzte, was Langzeitpatienten brauchen können, ist, daß sie über ihre Krankengeschichte in einen solchen Fall verwickelt werden ... Wir versuchen, die Befragung selbst zu übernehmen ... aber wir sind zur Zeit personell unterbesetzt ... Keiner von uns kann es begreifen.« Er lächelte betrübt. »Wir haben die Gruppensitzungen zur Trauerarbeit, die Dougie leitete, ausfallen lassen müssen. Wir wollten ihnen nicht sagen, was geschehen ist, aber wir mußten es tun.«
Er sah, daß ihre Hände leer waren, und schob seine Zigaretten über den Tisch. Sie nahm eine heraus und sah beim Anzünden auf. Angus beobachtete sie. »Sehen Sie«, lächelte er, »ich erinnere mich doch an Sie.«
»Eigentlich bin ich deshalb hier. Wegen Douglas.«
Er sah sie etwas verständnislos an.
»Mein Name ist nicht Helen. Das war nur der Name, den ich für die Behandlung hier benutzt habe. Ich heiße in Wirklichkeit Maureen O'Donnell. Sagt Ihnen das etwas?«

»Mein Gott, ich lese ja die Zeitungen. Aber da war ein Bild drin.«
»Ja, von einer Kollegin von mir. Sie haben die Falsche fotografiert.«
Er lächelte ironisch. »Aber die Zeitungen machen doch nichts falsch, oder?«
»Ich wußte auch nicht, daß sie so stümperhaft sind.«
»Sie haben das Personal und die Patienten belästigt«, sagte er empört. »Sogar die Patienten.«
»Sie sind brutal, nicht wahr?«
»Sie sind also Maureen. Ich wollte mit Ihnen wegen der Affäre sprechen, die Sie mit Douglas hatten. Es war äußerst unsittlich von ihm, völlig daneben. Ich wollte, daß Sie das wissen.«
»Na ja, das Ganze beruhte auf Gegenseitigkeit, sozusagen.«
»Haben Sie sich hier kennengelernt?«
Sie erzählte ihm, wie sie an der Bushaltestelle gewartet und Douglas sie mitgenommen hatte, wobei sie den deftigen Sex wegließ und die Geschichte so zurechtbog, daß Douglas keine Schuld zu haben schien.
Angus schüttelte den Kopf. »Nein, Sie waren verletzlich, und wir hatten die Pflicht, uns um Sie zu kümmern, und Douglas hat diese Pflicht verletzt.« Er drückte ihr die Hand. »Das war nicht in Ordnung.«
Sie roch den Rauch in seinem Atem. Er ließ ihre Hand los und lehnte sich zurück. »Man hat ihn also in Ihrer Wohnung gefunden?« sagte er. »Wie werden Sie damit fertig?«
»Seit der Behandlung bei Ihnen bin ich unerschütterlich.«
Er wurde ein bißchen rot und schnippte an seiner Zigarette. »Niemand von uns ist bei so etwas unerschütterlich«, sagte er traurig. »Gehen Sie noch zu Louisa Wishart ins Albert Hospital?«
»Ja.«
»Behandelt sie Sie gut? Können Sie mit ihr reden?«
Maureen nickte. »Ja, gut. Hören Sie, Angus, kann ich Sie etwas fragen?«
»Schießen Sie los.«

»Die Polizei denkt offenbar, daß Douglas mein Therapeut war. Wissen Sie, wie sie darauf kommen?«
»Ja«, sagte er. »Sie fragten mich, ob Sie meine Patientin waren, aber ich habe Sie auf dem Bild in der Zeitung nicht erkannt, so sagte ich nein. Die Unterlagen sind nicht immer komplett, und jetzt wird alles in den Computer eingegeben, so daß wir nicht einmal mehr nach der Handschrift der Notizen gehen können wie früher. Ich hoffe, Sie haben ihnen gesagt, daß ich Sie behandelt habe.«
»Nein, aber ich werde es ihnen sagen.«
»Gut. Das ist wichtig dafür, wie man Douglas in Erinnerung behält.«
»Angus, haben Sie eine Ahnung, wer es getan haben könnte?«
»Wissen Sie«, sagte er und seufzte schwer, während seine Augen wieder feucht wurden, »ich habe nicht die leiseste Ahnung, verdammt noch mal, wer so etwas tun würde.« Sie hatte ihn nie zuvor richtig fluchen hören. Er sah sie an und schwieg.
»Wissen Sie, wer es getan hat?« Seine Stimme klang höher als gewöhnlich, wie ein Vorwurf.
»Ich habe auch keine Ahnung«, sagte sie leise.
Sie rauchten schnell und ohne zu sprechen ihre Zigaretten zu Ende. Maureen wünschte sich, sie wäre nicht hergekommen.
»Ich muß weitermachen«, sagte Angus. »Eine Patientin kommt in zehn Minuten, und ich habe meine Notizen noch nicht gelesen.« Er stand auf, ging zur Tür und öffnete sie. »Wenn Sie kommen und mit uns reden wollen, jederzeit – rufen Sie einfach Shirley an, ja?«
Sie hätte gern geweint oder ihn angeschrien, aber es fiel ihr nichts ein. Als sie an ihm vorbei auf den Flur hinausschlüpfte, murmelte sie: »Ich hab's nicht getan, Angus.«
»Ich weiß«, sagte er wenig überzeugend. »Das habe ich nicht gemeint.«
Er trat in sein Büro zurück, machte die Tür zu und ließ sie auf dem Korridor stehen.

Die Bushaltestelle lag direkt auf der anderen Seite der Schnellstraße gegenüber vom Haupteingang der Klinik und der langen, hohen Mauer. Dahinter ragten Betonwohnblocks auf einer grasbewachsenen Anhöhe empor. Es war die Bushaltestelle, an der Douglas sie an jenem ersten Abend, an dem sie miteinander schliefen, mitgenommen hatte. Eine nette alte, sorgfältig geschminkte Dame stand im Wartehäuschen. Sie sah Maureen an, als sie hereinkam, und lächelte liebenswürdig. »Ach, dieser Regen«, sagte sie.

»Ja«, sagte Maureen und hoffte, dies würde nicht zu einer ausführlichen Unterhaltung führen, »ist schon mies.«

Die Schnellstraße vor ihnen war leer. Eine Gestalt erschien auf der anderen Straßenseite vor den Toren des Krankenhauses, eine dicke Frau mit Brille und kurzem, ungewaschenem, dicht am Kopf klebendem Haar. Unter ihrer blauen Plastikjacke kam ein goldglänzendes, rückenfreies Top zum Vorschein, unter dem sie keinen Büstenhalter trug. Dabei hätte sie einen gebraucht. Ihre großen Brüste hingen schlaff bis zur Taille herunter. Sie versuchte, die Straße zu überqueren, kam aber nicht dazu vor lauter Nach-rechts-und-links-Sehen.

Maureen trat aus dem Häuschen und rief ihr zu: »Tanja, komm her!«

Selbstmord-Tanja starrte sie von drüben an.

»Komm jetzt über die Straße«, rief Maureen.

Tanja ging bis zur Hälfte und fing wieder an, nach links und rechts zu schauen.

»Es ist frei, Tanja, du kannst rüberkommen.«

Tanja raffte sich auf, schoß über die Straße und kam an dem Grasstreifen hinter der Bushaltestelle zum Stehen. Sie drehte sich um, sah Maureen durch ihre mit Regentropfen gesprenkelten Brillengläser an und streckte ihren nikotingelben Finger fast bis an Maureens Nase. »Ich kenne dich«, rief sie. »Helen!«

Selbstmord-Tanja war eine grauhaarige Frau unbestimmten Alters mit dem Drang, sich umbringen zu wollen, wie ihr Spitzname schon sagte. Überall in der Stadt kannte man sie als Selbstmord-

Tanja. Alle Notdienste kannten sie oder hatten von ihr gehört. Sie wurde dauernd bei Ebbe aus dem Fluß gezogen, bizarre Substanzen wurden aus ihrem Magen gepumpt, oder man holte sie von den Gleisen großer Bahnhöfe. Sie hatten sich im gelben Wartezimmer der Rainbow Clinic kennengelernt. Maureen war bei ihrem zweiten Besuch in der Klinik in schrecklicher Verfassung gewesen. Sie hatte den ganzen Morgen Angstanfälle gehabt, die Zeit auf ihrer Uhr falsch gelesen und war schließlich eine Stunde zu früh angekommen. Tanja kam herein, setzte sich neben sie und schrie ihr ihre Lebensgeschichte ins Ohr. Sie war unglücklich und tat immer wieder schlimme Dinge, so daß sie ihr Tabletten gaben, die sie harmlos und fett machten. Aber ihr war es so lieber, denn – *fürs Fettsein kann man dich nicht verhaften, Tanja.* Es war eine ihrer vielen seltsamen Gewohnheiten, beim Reden die Dinge wörtlich zu wiederholen, die andere zu ihr gesagt hatten, wobei sie nicht klug genug war, um den Satz richtig nachzusprechen und die Worte oder die Betonung zu ändern. Sie mußte wöchentlich einmal in die Rainbow Clinic zu Douglas kommen und ihre Medikamente bei der Schwester abholen – man konnte ihr nicht mehr als einen Wochenvorrat anvertrauen.
Sie stellte sich im Häuschen unter und sprach die wartende Dame an. »Ich konnte nicht richtig sehen«, rief sie laut, »wegen der Regentropfen auf meiner Brille.«
Der Dame wurde klar, daß Tanja ein bißchen gestört war – es hätte keines erfahrenen Spezialisten bedurft, um das zu bemerken. Sie hatte eine dröhnende Stimme und die Konzentrationsfähigkeit eines bekifften Goldfischs. Die Dame wandte sich ab und schlenderte wie zufällig aus dem Häuschen in den Nieselregen hinaus.
»Hast du das gesehen?« rief Selbstmord-Tanja und zeigte durch die Glasscheibe auf die nervös werdende Frau. »So ein Snob!«
»Ach, laß doch, Tanja«, sagte Maureen.
»Du unverschämte Schlampe!«
»Schrei sie nicht an, vielleicht ist sie einfach schüchtern.«
Tanja ließ sich das einen Moment durch den Kopf gehen. »Hallo. Sind Sie einfach schüchtern?«

Maureen zog sie am Ärmel.
»Nicht, Tanja, laß das, ja?«
»Schade, daß sie schüchtern ist. Sie wird einsam sein. *Du mußt dich mit dir selber vergnügen, du fette Knalltüte, du.*«
Der Bus zum Stadtzentrum war plötzlich da. Tanja stieg ein und zeigte dem Fahrer ihren Ausweis. Sie erklärte ihm, sie hätte einen Ausweis, weil sie nicht gesund sei. Der Fahrer sagte, das könne er verstehen und sie solle sich hinsetzen. Die Dame von der Haltestelle lehnte ab, als Maureen ihr den Vortritt lassen wollte. Sie wartete, bis sie beide saßen, und ging dann zu einem Platz, der so weit wie möglich von Tanja entfernt war.
Tanja sah die Dame, als der Bus anfuhr. »Das isse, die von der Haltestelle.«
»Ja, du hast recht, Tanja.«
»Hallo!«
»Ach, laß das doch jetzt, Tanja. Du hast doch schon hallo gesagt.«
»Echt?«
»Ja.«
»Tut mir leid.«
Die Dame sah aus dem Fenster. Vor Anspannung hielt sie den Hals krampfhaft zur Seite gedreht. Tanja machte es sich neben Maureen bequem, strich über ihr zerknittertes Goldlamé-Top und zog es über ihr flaches Brustbein und die großen Brüste auf ihre Bauchwülste herunter. Sie kratzte an Essensresten, die vorn an ihrem Oberteil klebten.
»Dein Top gefällt mir, Tanja. Wo hast du es her?«
»Von einem Laden. Douglas ist tot«, sagte sie.
»Ich weiß.«
»Seine Mutter ist eine Abgeordnete.«
»Ja, vom Europäischen Parlament.«
»Ja, und ich konnte ihn nicht sprechen.«
»Als du bei ihm einen Termin hattest?«
»Ja. Er war weg.«
»Um wieviel Uhr ist dein Termin?«
»Dienstag um elf, Dienstag um elf, neue Zeit, nicht vergessen.«

»Um welche Zeit war er letzte Woche?«
»Es ist immer dieselbe Zeit, weil ich es sonst vergesse.«
»Ja, ich weiß, aber wann war der alte Termin, der vor dem neuen?«
»Mittwoch um eins, Mittwoch um eins.«
»Du konntest also letzte Woche gar nicht zu ihm gehen?«
»Ja. Die Polizei hat gesagt, es wäre, weil er tot ist. Ich war eine Ewigkeit dort, weil Douglas nicht gekommen ist.«
»Das ist schade, Tanja.«
»Meine Nachbarn haben das ganze Wochenende an die Wand geklopft, und das mußte ich ihm sagen.«
»Das ist schlecht. Hast du es jemand anderem sagen können?«
»Ich hab's der Polizei erzählt. Sie hören nicht zu. Sie haben mich über Douglas gefragt, aber sie hören nicht zu.«
»Wieso hören sie nicht zu?«
»Sie tun es einfach nicht. Sie denken, ich bin bekloppt. Er hat gesagt, danke, aber ich hab' gesehen, daß er über mich gelacht hat. Er hatte 'n Schnurrbart.«
»Den kenn' ich. Zu mir war er auch unverschämt.«
»Ja. Ich mag ihn nicht … meine Freundin hat ihn gesehen.«
»Deine Freundin hat den Mann mit dem Schnurrbart gesehen?«
»Nein, ihn hat sie gesehen. Sie hat ihn gesehen, als er schon tot war.«
»Sie hat Douglas gesehen?«
Tanja nickte aufgeregt.
»Als er tot war?«
»Ja«, sagte Tanja, »so war's.«
»War er ein Geist?«
Tanja sah sie bestürzt an. »Geister gibt es nicht.«
»Tut mir leid, du hast recht. Nein, so etwas gibt es nicht.«
»Es gibt keine Geister. Nur in der Glotze.«
»Wieso hat sie ihn dann gesehen, wenn er tot war?«
»Was?«
»Deine Freundin, die ihn gesehen hat, wie hat sie ihn gesehen?«
Tanja sah sie an, als sei sie bescheuert. »Mit den Augen.«

»Er stand vor ihr?«
Tanja riß die Augen auf, und ihr Kinn schob sich ärgerlich nach vorn. Sie war verärgert über Maureen, die ihr so viele sinnlose Fragen stellte. »Er stand vor ihr.«
»Als er tot war?«
»Ja, als er tot war.«
Maureen war immer noch verwirrt. »Tut mir leid, Tanja, das verstehe ich nicht.«
»Er war tot, und sie hat ihn gesehen.«
»Wann?«
»Als sie mich gefragt haben ...«
»Nein, wann hat sie ihn gesehen?«
»Als er nicht mit mir sprechen konnte, weil er tot war.«
»Mittwoch um eins?«
»Mittwoch um eins.«
»Wie heißt deine Freundin, Tanja, die Freundin, die Douglas gesehen hat?«
»Siobhain. Ich sehe sie in der Tagesstätte. Sie ist jetzt auch fett.«
»Wie ist ihr Zuname?«
»Warum fragst du mich das?«
»Ich hab' gedacht, ich kenne sie vielleicht.«
»Oh.«
»Weißt du Siobhains Zunamen?«
»McCloud.«
Maureen schrieb den Namen auf die Rückseite ihrer Fahrkarte.
»Die Tagesstätte in Dennistoun?«
»Ja.«
»Geht Siobhain da oft hin?«
Tanja lachte. *»Sie wohnt praktisch dort.«*
Auf dem Weg in die Stadt gab Tanja in voller Lautstärke impulsive Kommentare über andere Fahrgäste von sich. Kein einziger sah zu ihr hin. Sie erzählte Maureen eine verwickelte Geschichte von einem Schäferhund auf ihrem Fernseher, der zerbrochen war. Maureen dachte, sie beschreibe eine Halluzination, bis ihr klar wurde, daß der Schäferhund wohl eine Nippesfigur aus Porzellan

war. Als sie ausstiegen, ging Maureen mit ihr zu einem Laden für Geschenkartikel und kaufte ihr einen Ersatz. »Der ist besser«, schrie sie einem erschrockenen Mann in dem Laden entgegen. »Der hat sogar eine Kette um.«
Tanja wollte Maureen begleiten. Sie mußte ihr mehrmals erklären, daß sie zur Universitätsbibliothek gehen wolle und daß sie eine Karte bräuchte, um hineinzukommen.
»Ich kann nicht rein, weil ich keine Karte hab'.«
»Eben, Tanja. Du brauchst eine.«
»Kauf mir eine.«
»Man kann sie nicht kaufen.«
»Nein?«
»Nein, sie müssen sie einem so geben.«
»Können sie mir eine geben?«
»Nein.«
»Warum nicht?«
»Du bist zu groß.«
Tanja wollte unbedingt mit Maureen warten, bis der Bus kam. Maureen stieg ein und winkte ihr eifrig durch die Glasscheibe, aber Tanja beachtete sie nicht.

Im Kellergeschoß bat sie eine Hilfskraft, ihr bei der Suche nach den Gehaltsstufen für Psychologen im Klinikdienst behilflich zu sein. Die Hilfskraft gab ihr die entsprechende Statistik aus einem Fach hinter dem Schreibtisch. Er mußte etwa fünfundvierzigtausend verdient haben. Sie bedankte sich bei der Frau und nahm den Fahrstuhl nach oben.
Sie zog die alten Zeitungen heraus und sah sie nach Informationen über die Umweltkonferenz in Brasilien durch. Am Mittwoch war sie offiziell vom Präsidenten eröffnet worden. Neben dem Artikel war ein Bild von Carol Brady und anderen Leuten in teurer Garderobe.
Durch die rauchgetönte Glasfront der Universitätsbibliothek oben auf dem Gilmorehill erhielt die unten liegende Stadt etwas Unwirkliches. Sie setzte sich an einen Tisch und blickte über die

neugotischen Universitätsgebäude hinweg zum Fluß hinunter, an Govan vorbei zum Flughafen und suchte weit im Westen neben der Autobahn nach der Glühbirnenfabrik, dem wahrscheinlich schönsten Gebäude von Glasgow. Aber sie konnte sie nicht sehen.

Angus war der einzige Therapeut, von dem sie sich richtig verstanden gefühlt hatte, der einzige mit der gleichen Wellenlänge wie sie, und er glaubte, sie hätte Douglas umgebracht. Er war nicht einmal böse auf sie. Er mußte sie für sehr gestört halten. Sie faltete die Zeitungen sorgfältig wieder zusammen und legte sie auf den Stoß zurück. Dann verließ sie die Bibliothek und nahm den Bus zu Bennys Wohnung. Sie sehnte sich richtig nach ihm und nach seiner ungezwungenen Herzlichkeit.

Maggie

Sie hatten Liam noch nie so wütend erlebt. Die Polizei hatte sein Haus durchsucht. Er lag mit Maggie im Bett, als sie die Haustür eintraten, vier Polizisten die Treppe hinauf und ins Schlafzimmer stürmten und sie nur mit einem Laken zugedeckt fanden. Sie zogen das Laken weg, ließen sie, nackt wie sie waren, aufstehen, sahen zu, wie sie sich anzogen, und brachten Liam nach unten.

Da Maureen Liam rechtzeitig gewarnt hatte, fand die Polizei nichts Belastendes, aber sie hatten Spürhunde mitgebracht und bemerkten überall Geruchsspuren. Im Haus kehrten sie das Unterste zuoberst, rissen die Fußbodenbretter heraus und gruben zum Teil den Garten um. Liam sagte, das Haus sei verdammt noch mal unbewohnbar; es sehe aus, als hätte eine Bombe eingeschlagen.

Maggie schluchzte eine halbe Stunde lang hysterisch, rief dann ihre Mutter in Newton Mearns an und bat sie, sie abzuholen. Bis zu diesem Zeitpunkt hatte ihre Mutter geglaubt, daß Liam ein Unternehmer im Musikgeschäft sei. Maggie erwähnte die Polizei am Telefon nicht, ihre Mutter dachte, sie hätten Streit gehabt. Da sie eine gute Mutter war, ließ sie alles stehen und liegen und fuhr quer durch die Stadt, um Maggie zu holen. Als sie sich dem Haus näherte, sah sie die Polizeiautos, und als brave Bürgerin hielt sie an und fragte, was los sei und ob sie helfen könne. Man sagte es ihr. Sie brachte ihre Tochter nach Hause und verbot ihr, Liam wiederzusehen.

»Verdammt, sie können doch mein Haus nicht von oben bis unten umkrempeln und dann einfach alles so liegenlassen«, sagte Liam aggressiv und wandte sich an Benny. »Kann ich sie auf Entschädigung verklagen?«

»Es muß eine Möglichkeit geben«, sagte Benny, um ihn zu be-

sänftigen, »da du ja kein Verbrechen begangen hast, aber ich weiß noch nicht, welche.«
»Die Scheißkerle können einfach meine Bude auseinandernehmen und dann abziehen? Das ist ja ein Skandal.«
»Schreib doch an deine Europaabgeordnete«, versuchte Maureen zu witzeln, um die gespannte Atmosphäre aufzulockern.
»Das ist überhaupt nicht witzig«, schrie Liam.
»Brüll mich nicht an«, schrie Maureen. »Es ist nicht meine Schuld.«
»Wenn du nicht ...« Liam schien klarzuwerden, wie mies er sich benahm und er korrigierte sich. »Ich werde eine Ewigkeit nicht arbeiten können.«
»Eins muß ich dir sagen«, meinte Benny energisch, »es wäre dumm, wenn du jetzt weiterdealen würdest.« Er sagte das, weil die Polizei überall Geruchsspuren gefunden hatte und immer wieder kommen würde, bis sie ihn erwischten. Auch wenn er umziehen würde, wären sie trotzdem noch hinter ihm her. »Ich würde jetzt nicht mal 'n Joint bei 'ner Party weitergeben, wenn ich du wäre.«
Liam ließ sich auf die Couch fallen und schlug die Hände vors Gesicht. »Mein Gott«, sagte er mit gedämpfter Stimme, »verdammt noch mal, was mach' ich jetzt bloß?«
Maureen setzte sich neben ihn. »Komm«, sagte sie, »du bist doch ein kluger Kopf, du hast doch jede Menge Kapital im Haus und hast Geld gespart, oder nicht?«
»Ein bißchen.«
»Es ist ein großes bißchen, oder?«
Er zuckte die Achseln. »Ich glaub' schon.«
»Na ja, uns wird schon was einfallen.«
»Scheiße, und nächste Woche hab' ich einen großen Coup geplant.«
»Mach das nicht, Liam, ja?« bat Maureen.
»Das wäre wirklich dumm«, sagte Benny.
Liam schüttelte den Kopf. »Wenn Joe McEwan und sein Haufen davon erfahren, bin ich vollends geliefert.«

»Aber sie haben doch nichts im Haus gefunden«, sagte Maureen. Benny und Liam warfen sich einen Blick zu. »Das hat einen Scheißdreck damit zu tun, Maureen«, sagte Liam rücksichtslos. »Wenn sie herausfinden, daß ich deale, glauben sie nie, daß der Mord an Douglas nichts mit mir zu tun hat. Die Polizei traut unsereinem alles zu.«
»Oh«, sagte Maureen. »Sorry, daran hab' ich nicht gedacht.«
»Du hast ja sogar gedacht, daß ich es war.«
»Ich habe nicht gedacht, daß du es warst, ich dachte nur, daß du vielleicht etwas darüber weißt.«
»Mein Gott«, sagte er. »Du bist manchmal eine blöde Kuh.«
»Du brauchst mich jetzt nicht auch noch blöd anzumachen«, sagte Maureen.
Ihre Äußerung kam Liam unheimlich komisch vor. Er lachte und küßte sie auf den Scheitel. »Du bist ein Schatz«, sagte er herzlich. Maureen mußte für ihn anrufen. Als Maggies Mutter abnahm, verlangte sie Maggie und reichte Liam den Hörer. Er nahm das Telefon mit in den Flur und machte die Tür zu. Benny suchte ihren Blick und sah sie panisch an. Maureen stand auf. »Ich weiß, ich weiß«, flüsterte sie.
Sie beobachtete die Tür und schlich zu ihm hinüber. »Hat Launen, der junge Herr, was? Wie lange ist er schon hier?« fragte sie leise.
»Ungefähr eine Stunde«, flüsterte Benny zurück. »Als er hier ankam, ist er praktisch durchgedreht. Ich mußte ihn beruhigen ...«
Sie hörten, daß er auflegte. Maureen flitzte zur Couch zurück. Liam kam ins Wohnzimmer zurück und knallte das Telefon auf den kleinen Tisch neben der Couch. Er schien wütend. »Sie hat es total satt«, sagte er. »Sie hat ihrer Mutter gesagt, sie hätte einmal Hasch geraucht, und jetzt denkt sie, Maggie sei eine drogensüchtige Gangsterbraut.«
Benny war verblüfft. »Warum hat sie ihrer Mutter das gesagt?«
»Weil sie gefragt hat«, sagte Liam herablassend. »Und in Maggies Familie lügt man sich nicht an.«
»Mein Gott«, sagte Benny. »Sie müssen sich gegenseitig hassen.«

Maureen bot an, Liam eine Tasse Tee zu machen, aber er lehnte ab und sagte, wenn er eine Scheißtasse Tee wollte, würde er sie, verdammt noch mal, selber machen.
»Es wird alles wieder okay«, sagte sie.
»Hör verdammt noch mal auf damit«, schrie Liam.
»Ich hab's nur einmal gesagt«, schrie Maureen zurück.
Benny sah sie an. Sie konnte Liams Wut nicht besänftigen, sie schrie am Ende immer zurück. Benny sagte, er könnte gern hier auf dem Fußboden übernachten, bis das Haus wieder in Ordnung sei. Liam lehnte rundweg ab. Benny sagte, er müsse sowieso Milch holen gehen, und knallte die Tür hinter sich zu.
»Jetzt ist er sauer«, sagte Maureen.
Liam setzte sich neben sie und sagte nichts. Das war das Höchste an Entschuldigung, das sie von ihm bekommen würde. »Hast du gestern das Bild in der Zeitung gesehen?« fragte sie.
»Ja«, sagte Liam. »Hab' dich gesehen.«
»Das war nicht ich.«
Liam schien besorgt. »Doch, du warst es«, sagte er. »Du warst doch an der Kasse und alles, Mauri.«
»Hast du die Zeitung gekauft und sie dir richtig angesehen?«
»Nee, dafür ist mir mein Geld zu schade.«
»Es war kein Bild von mir, sie haben Liz fotografiert.«
Liam rutschte unbehaglich hin und her und wich ihrem Blick aus. Sie stampfte durchs Zimmer zu ihrem Rucksack und zog die zusammengefaltete Titelseite der Zeitung heraus. Sie schlug sie auseinander und reichte sie Liam, setzte sich wieder hin und beobachtete ihn, während er das Bild betrachtete. »Bin ich das oder nicht?« sagte sie.
Liam gab ihr die Zeitung zurück. »Du bist es nicht.«
»Ja, und ich bin auch nicht verantwortlich dafür, daß du hochgegangen bist. Das will ich jetzt gleich klarstellen.«
»Ich weiß. Tut mir leid, ich hatte so 'ne Wut.«
»Alle, die ich treffe, denken, ich hab's getan«, sagte sie.
»Alle, die ich treffe, denken, ich hab's getan«, sagte Liam. »Es ist wieder wie in der Schule.«

»Ja, wir sind schon zwei schlimme Typen.«

Sie sahen einander an. Liam streckte ihr feierlich die Hand hin und ergriff die ihre. »Ich werd' rumlaufen und erzählen, daß du es warst, dann bin ich aus dem Schneider.«

Maureen lachte, und Liam grinste zurück.

»Tu mir einen Gefallen.« Sie hielt die Zeitung hoch. »Sieh dir das Bild noch mal an und sag mir, wenn du mich nicht so gut kennen würdest, könntest du mich mit Liz verwechseln?«

Liam warf einen Blick darauf. »Nein, ich dachte wegen des Kassenschalters, du seist es.«

»Liz sieht mir nicht ähnlich?«

»Nein. Ihr Haar ist ungefähr so lang wie deins, das ist aber auch alles.«

Sie faltete die Zeitung zusammen und steckte sie in ihre Tasche zurück. »Wie geht's Mum?«

Liams Gesicht nahm den niedergeschlagenen Ausdruck an, der ihr seit ihrer Kindheit vertraut war. »Besser, du weißt es nicht, Mauri.«

Benny öffnete die Wohnungstür und trat in den Flur. Leslie stand hinter ihm. Sie schaute ins Wohnzimmer und sah Maureen und Liam nebeneinander auf der Couch sitzen. »Alles in Ordnung, Mauri?« sagte sie und lief an Benny vorbei ins Wohnzimmer. »Du bist in der Zeitung.«

»Was, schon wieder?«

»Ja.«

Leslie hatte die *Evening Tribune* dabei. Das Bild unter der Schlagzeile zeigte Maureen während der Ferien in Millport. Liam und Leslie waren mit ihr einen Monat nach ihrer Entlassung aus dem Krankenhaus dort hingefahren. Es war sonnig, und sie hatten sich für diesen Tag Fahrräder geliehen. Maureen stand in abgeschnittenen Jeans, einem T-Shirt mit der Aufschrift *Never Mind the Bollocks* und einer Sonnenbrille neben ihrem Fahrrad. Sie lächelte. Das Foto wirkte neben dem Artikel über den Mord an Douglas grotesk und vollkommen unpassend. Sie sah auf dem Foto ganz anders aus, ihr Haar war lang und strubbelig, sie hatte es später dunkler gefärbt, und sie war schrecklich dünn. Während ihrer Krankheit hatte sie nicht richtig schlucken können.

Sie vermied es, sich die Fotos von damals anzuschauen, weil sie sie so deutlich an die Zeit gleich nach ihrem Zusammenbruch erinnerten, als sie immer wieder lächeln und sagen mußte, es sei alles in Ordnung, während sie noch damit beschäftigt war, alles, was mit ihr in der unmittelbaren und der ferneren Vergangenheit geschehen war, aufzunehmen. Sie hatte den Stoß Urlaubsfotos mit den Bildseiten nach unten in einer Schachtel bei Winnie zurückgelassen.

»Wer hat ihnen das gegeben?« fragte Leslie.

»Meine verrückte Schlampe von Mutter.«

»Ach so«, sagte Leslie und sah mit hochgezogener Augenbraue auf den Teppich.

»Du siehst ein bißchen weniger müde aus«, sagte Maureen, um das Thema zu wechseln.

»Ja, heute nacht hab' ich lang geschlafen.«

Liam nahm Leslie die Zeitung ab und entschuldigte sich.

Maureen lächelte Leslie zu, und Leslie grinste zurück. »Bist du jetzt soweit, daß du mit mir reden kannst?«

»Ja, ich bin soweit. Wie ist es mit dem Einspruch gelaufen?«

»Schlecht.« Sie zog die Stirn kraus, legte den Sturzhelm auf die Couch und zog ihre Lederjacke aus. »Sie werden erst nächste Woche entscheiden, aber ich glaube, wir haben keine Chance. Ich hab' mit dem Anwalt gesprochen und weiß jetzt, daß wir vieles, was wichtig gewesen wäre, nicht erwähnt haben.«

Liam kam wieder herein und warf die Zeitung auf den Couchtisch. Er ließ sich schwer auf die Couch fallen und wartete darauf, daß jemand auf seine miserable Laune eingehen würde. Leslie warf Maureen einen Blick zu.

»Ich sollte eigentlich duschen«, sagte Maureen und stand auf.

»Ich mach' dir eine Tasse Tee«, sagte Leslie unschuldig. »Willst du auch eine, Liam?«

»Näh«, schnaubte er, »wirklich nicht. Tee ist so ziemlich das letzte, was mich im Moment interessiert.«

Maureen stand unter der Dusche und spülte sich das Shampoo aus dem Haar, als sie ein vertrautes Frösteln spürte. Der Geist ihres Vaters war mit ihr im Bad. Sie war sehr klein, stand in der Badewanne und wartete darauf, heraussteigen zu können. Er beugte sich zu ihr hinunter, bis sein Gesicht nahe an ihrem war. Sie spülte schnell ihr Haar aus und machte die Augen auf, aber er war immer noch da, sie konnte ihn fast riechen. Sie drehte das kalte Wasser auf und stellte sich, immer noch schwitzend, darunter. Verändere das Ende, hatte Angus ihr gesagt. Verändere das Ende. Sie hielt die Augen auf ihren Vater gerichtet, griff zielsicher ins Badewasser und zog eine abgesägte Schrotflinte heraus. Sie legte auf ihn an und drückte ab. Sein Kopf flog weg. Das ganze Bad war voller Blut. Genau wie bei Douglas.

»Du siehst ja verdammt elend aus«, sagte Leslie, als Maureen ins Wohnzimmer kam.
»Ja.«
»Benny und Liam sind auf ein Bier weggegangen, stell dir vor.«
»Liam benimmt sich zur Zeit wie ein Arschloch. Hast du dein Motorrad dabei?«
»Ja, warum?«
»Können wir zu dir gehen? Ich will weg von ihm.«
Leslie gab ihr den Reservehelm aus der Box auf dem Gepäckträger, und Maureen schwang sich auf den Sitz, legte die Arme um die Taille ihrer Freundin und das Gesicht an ihre Schulter. Leslie rutschte etwas zurück, als sie mit einem Tritt aufs Pedal das Motorrad startete, und schmiegte sich an Maureen, um sie wissen zu lassen, daß alles in Ordnung war. Der kalte Regen ließ Maureens Beine steif und gefühllos werden, als sie zu der am nördlichen Stadtrand gelegenen Siedlung Drum fuhren, in der Leslie wohnte. Als sie die Kuppe des Hügels erreichten, von der aus man einen Blick über die Siedlung hatte, brach vom Westen her plötzlich die Sonne durch und schien hell durch den fallenden Regen. Im tiefen Tal unter ihnen standen die Hochhäuser wie Riesen, die durch das seichte Meer der Bungalows wateten.

Leslie

Leslie wohnte im dritten Stock eines altmodischen Mietshauses mit sechs Wohnungen. Sie hatte Glück: Ihre Nachbarn waren gutmütige, ältere Leute, die fast den ganzen Tag zu Hause waren und nachts meist schliefen. Sie hatten dem Treppenhaus und dem Flur durch Vorhänge, Pflanzen und Teppichboden ein wohnlicheres Aussehen gegeben.
Sie hielt vor dem Haus an und schleppte das Motorrad in den Hinterhof, wo sie es an einen großen Metallring an einem Betonblock ankettete. Drei kleine Mädchen hüpften seil. Sie unterbrachen ihr Spiel und starrten Maureen an. Das kleinste Mädchen hatte einen seltsam kantigen Kopf, der für ihren Körper zu groß war, und wie ein Baby dünnes, flaumiges Haar, das zu einem Pferdeschwanz zusammengebunden war. Sie trug einen blaßrosa Rock und einen roten Wollpullover mit Bleichflecken auf dem Ärmel. Ihr Mund war mit Orangensaft beschmiert. Maureen zog eine Grimasse. Sie wurde rot, kicherte und zog ihren Rock hoch, um ihr mit Saft beschmiertes Gesicht zu verbergen.
»Das ist Wee Magsie«, sagte Leslie. »Sie ist dreieinhalb, stimmt's, kleiner Wicht?«
Wee Magsie hielt weiter ihren Rock vors Gesicht, kicherte verschämt und wiegte sich von Seite zu Seite.
»Ja«, sagte das größte Mädchen, das höchstens sieben sein konnte. »Ich bin ihre große Schwester, und ich muß heute aufpassen.«
Wee Magsie rannte weg.
»Sei nicht so blöd, verdammt noch mal, Wee Magsie«, schrie ihre große Schwester hinter ihr her, packte sie und zog sie wieder zurück. Sie spuckte in ein Papiertaschentuch und wischte die orangefarbenen Flecken um Magsies Mund weg. Magsie hielt sich mit beiden Händen am Pulli ihrer Schwester fest und grinste, während ihr Gesicht unsanft gerubbelt wurde.

»Siehst du?« sagte Leslie. »Bevor sie aufhören, selbst Kinder zu sein, sind sie schon kleine Mütter.«

Leslie machte Kaffee und hörte zu, als Maureen ihr alles erzählte, was passiert war.

Zwei Stunden später waren sie beide müde. Leslie goß ihnen ein Glas Bier ein und wärmte einen Eintopf mit Zwiebelscheiben und Karotten rund wie Geldmünzen auf.
»Kochen paßt ja gar nicht zu dir, Leslie«, sagte Maureen, während sie vier Scheiben Brot mit Butter bestrich und auf einen Teller legte.
»Mrs. Gallagher von gegenüber hat es gekocht.«
»Und wie hast du es bekommen? Hast du es geklaut?«
»Nein«, sagte Leslie, »sie hat es mir rübergebracht. Sie macht das immer – kocht zuviel und gibt einem etwas ab.«
»Una macht das manchmal, wenn sie bäckt.«
»Wie geht's Una? Ist sie endlich schwanger?«
»Nein, leider nicht. Neulich war sie mal da. Mum erzählt jetzt allen, ich sei verrückt. Sie sagte, ich hätte Douglas vielleicht umgebracht, könne mich aber nicht erinnern.«
Leslie schöpfte den Eintopf in Suppenteller. »Ich finde, du solltest von ihr wegbleiben, verdammt noch mal. Ich meine es nicht böse, ich weiß, sie ist deine Mutter und alles, aber sie ist …«
»Ich weiß, Leslie, du brauchst es nicht ausdrücklich zu sagen.«
»Du solltest aber trotzdem wegbleiben.«
»Ich weiß, aber sie ist alles, was ich an Eltern habe, und einen Elternteil braucht man mindestens.«
Es war ein schöner Abend, und Leslie setzte sich gern zum Essen ins Freie. So zogen sie ihre Jacken an und nahmen die Teller mit auf die Veranda, saßen im Dunkeln auf alten, fleckigen Liegestühlen, knietief in einem Dickicht aus abgestorbenen Pflanzen. Der Eintopf war dick und schmeckte salzig. Von der Veranda hatte man einen Blick auf einen kahlen Flecken Land mit unregelmäßigen, in sanften Wellenlinien verlaufenden Hügeln, die karg und

mit Abfall übersät waren. Kinder schrien und rannten scheinbar ziellos dort herum, und ein flamingoroter Sonnenuntergang verschwamm am dunkelblauen Nachthimmel.
Maureen aß ihren Teller leer. Das Stück kahle Ebene war fast verlassen, die meisten Kinder waren zum Abendessen heimgegangen. Drei oder vier sah man noch als Silhouetten im schwindenden Licht miteinander reden und mit den Füßen auf die Erde stampfen, während sie miteinander redeten. Sie kuschelte sich in ihren weiten Mantel, legte die Hände um das Glas Bier, als könne sie sich daran wärmen, und zündete sich eine Zigarette an. »Was machst du denn mit dem Frauenhaus, wenn der Einspruch abgelehnt wird?«
Leslie tunkte eine zusammengelegte Scheibe Butterbrot in die heiße Soße auf ihrem Teller. »Ich hab' keine Ahnung«, sagte sie. »Nächste Woche treffen wir uns mit dem Unterausschuß. Wir hätten uns gleich einen Anwalt nehmen sollen, aber das Aktionskomitee war dagegen. Sie sagten, wenn wir es selbst in die Hand nehmen würden, könnten wir die laufenden Kosten für eine Woche sparen. Was machst du in der Sache mit Douglas?«
»Ich weiß auch nicht«, sagte Maureen. »Die Polizei scheint ja nicht besonders scharfsinnig zu sein. Sie haben Selbstmord-Tanja und das Foto in der Zeitung total übersehen. Sie müssen auch andere Dinge übersehen haben, Dinge, die gar nichts mit mir zu tun haben.«
»Ja«, sagte Leslie und suchte mit der Gabel in der dicken Soße nach Fleisch. »Ich wette, so ist es.«
Maureen trank ihr Bier und sah zu, wie Leslie in einen Brocken Fleisch auf der Gabel biß.
»Meinst du, ich sollte es der Polizei überlassen?«
Leslie kaute ein Weilchen. »Nein, das meine ich nicht. Sie werden Anklage gegen dich erheben, und wenn sie dich nicht kriegen, dann kriegen sie Liam.«
»Das denke ich auch.«
Leslie schluckte. »Die Polizei hat ja nicht endlos Zeit. Sie halten sich an die einleuchtendste Version. Ihr macht beide keinen ver-

trauenerweckenden Eindruck. Und überleg mal – ihr seid die beiden, die ins Haus konnten. Du warst in der Psychiatrie, worüber du sie schon einmal belogen hast, und du warst seine Geliebte ...«
»Ich war nicht seine Geliebte.«
»Sie nennen es jedenfalls so, und sie können sich wahrscheinlich keine Frau vorstellen, die ihren Kerl nicht haben und für sich behalten will. Und Liam – ein schwerer Junge, Dealer, Staatsfeind Nummer eins, die kleine Schwester geht mit einem verheirateten, älteren Typ. Er will sie beschützen und bringt ihn um.«
Maureen ließ sich in ihren Liegestuhl zurückfallen. »Mit meinen Pantoffeln wurden Fußspuren fabriziert, und im Wandschrank wurde irgend etwas gemacht. Es ist der Wandschrank, in dem Liam mich damals gefunden hat, bevor er mich ins Krankenhaus brachte.«
»Im selben Wandschrank?«
»Ja, genau dort.«
»Wer hat denn davon gewußt, verdammt? Nicht einmal ich wußte das.«
»Niemand. Nur ich und Liam.«
»Das heißt, einer von euch hat es jemandem erzählt. Hat Douglas es gewußt? Hätte er es jemandem erzählen können?«
»Nicht daß ich wüßte. Mein Gott, ich sitz' wirklich in der Scheiße. Wer immer das getan hat, hatte wirklich 'ne glückliche Hand.«
Leslie wischte ihren Teller mit einer Scheibe Brot aus. »Blöd ist er nicht, was? Du mußt ihn finden, bevor er dich findet. Du solltest immer etwas dabeihaben, womit du dich verteidigen kannst.«
»Was, ein Messer oder so was?«
»Ach, um Himmels willen, nein. Die Polizei könnte dich festnehmen, wenn sie es finden.« Sie zündete sich eine Zigarette an. »Haarspray, das kannst du ihm in die Augen sprühen, oder so einen Metallkamm, weißt du, mit spitz zulaufendem Griff. Ich hab' einen.«
Sie nahm die leeren Teller und stieg über Maureens Beine, um in

die Wohnung zu gehen. Als sie zurückkam, hatte sie den Kamm dabei und hielt ihn Maureen hin. Er war aus rostfreiem Stahl mit einem langen, spitz zulaufenden Griff, der am Ende abgerundet war. »Wenn du das Ende abgefeilt hast, mußt du es mit Öl einreiben, damit das Metall überall den gleichen Farbton hat.«

Maureen nahm ihn. »Ich glaube, ich wäre starr vor Schreck.«

»Nein, das wärst du nicht«, sagte Leslie. »Denk doch dran, was er mit Douglas gemacht hat. Das ist ein verdammt bösartiger Kerl, da darfst du nicht zurückschrecken und darauf warten, daß er dir zuerst was antut.« Sie stieg wieder über Maureens Beine hinweg, während ihre glühende Zigarette eine rote Linie vor dem dunklen Himmel hinterließ, und setzte sich in ihren Liegestuhl.

»Ich verstehe nicht, warum sie Fußspuren mit meinen Schuhen angebracht und wahrscheinlich sogar die Zeitschaltuhr der Heizung verstellt haben, wo ich doch während der Zeit bei der Arbeit war.«

»Ja. Vielleicht war es einfach ein Fehler.«

»Das wäre aber ein ganz grober Fehler.«

»Ja, das heißt aber nicht, daß es keiner ist. Weißt du noch die Geschichte, die Benny uns über die Gangster erzählt hat, die einen im Wald umgebracht haben? Sie brannten sein Gesicht weg, damit er nicht identifiziert werden konnte, schnitten ihm die Hände ab und schlugen ihm mit einem Hammer die Zähne aus. Als die Polizei den Typ fand, hatte er die Quittung für seine Miete hinten in der Hosentasche. Kannst du dich daran erinnern?«

Der Abend und der groteske Schluß der Geschichte belebten Maureens Erinnerung wie ein warmer Lufthauch. Es war Bennys erster Geburtstag gewesen, seitdem er nichts mehr trank, und sie wußten nicht, wie sie mit ihm feiern sollten. In ein Lokal konnten sie nicht gehen. Es war mitten im schweißtreibenden, heißen Sommer, und sie fuhren in Liams Herald mit offenem Dach zum Loch Lomond hinauf. Die Sonne ging gerade unter, und Leslie machte ein Feuer am Wasser, als die strenge Nachtkälte kam. Sie aßen Sandwiches von Marks and Spencer, tranken Ginger Ale und erzählten sich ihre besten Geschichten, während riesige, glänzende Libellen herumsurrten und im Sturzflug zwischen ihnen herabstießen.

»Ich habe über die drei Anrufe bei der Arbeit nachgedacht. Liz kennt die Stimme von Douglas nicht besonders gut, es könnte der Täter gewesen sein, weil er herausfinden wollte, ob ich dort war.«

»Und sie sagte, du seist nicht da?«

»Ja. Aber die Tatsache, daß ich nicht da war, muß doch noch lange nicht heißen, daß ich nicht an irgendeinem anderen Ort war, wo ich ein gutes Alibi gehabt hätte.«

»Ja.« Leslie zog an ihrer Zigarette und sah über das öde, flache Land, ihr eigenes, kleines Reich. »Wie gesagt, der Typ hat vielleicht eine Menge dumme Fehler gemacht. Warum denken alle, daß er dir Geld gegeben hat?«

»Ich glaube, es fehlt Geld, und sie nehmen an, daß er es mir gegeben hat.«

Maureen rutschte in ihrem Liegestuhl nach vorn, zog den Rauch tief ein und schnippte die Asche über das Geländer der Veranda. Leslie beugte sich vor und zog sie zurück.

»Mach das nicht«, sagte sie. »Manchmal verstecken sich die Kleinen da unten.«

»Warum?«

»Weil sie nicht heimgehen können.«

»Sorry.«

»Schon gut. Aber warum redet deine Mutter eigentlich jetzt plötzlich wieder über Michael?«

»Scheiße«, sagte Maureen langsam und kratzte ihre Kopfhaut so stark, daß es weh tat. »Ich weiß nicht, ich will nicht darüber nachdenken, was Winnie vorhat. Das regt mich mehr auf als der Scheißmord.«

»Alles klar«, sagte Leslie und tätschelte ihr Knie. »Reden wir nicht mehr davon. Mir ist kalt.«

Maureen stand auf, erleichtert über den Themenwechsel. »Ich hol' dann mal den Whisky raus, ja?«

»Ja.«

Sie ging in die Küche und holte eine Flasche unter dem Spülbecken hervor. Leslie hatte keine Gläser, die zusammenpaßten. Maureen nahm ein gestohlenes, kleines Bierglas und einen Plastikbecher mit Barbiefiguren aus der Spüle. Sie schüttete vier Fingerbreit in das kleine Bierglas und stürzte sie mit zwei Schlucken hinunter. Sie ließ die warme Schockwelle des Whiskys bis in ihre Nase steigen. Wieder auf der Veranda, gab sie Leslie das Barbieglas und goß ihr großzügig ein. »Hier, bitte, und sogar in deinem Lieblingsglas.«

»Toll, Mauri. Ich hoffe, du wirst mir dieses Jahr noch eins zum Geburtstag schenken.«

»Bis du pensioniert wirst, das verspreche ich, hast du das ganze Service komplett.«

Sie machten es sich in den Liegestühlen bequem, tranken ihren Whisky und rauchten. »Ich trinke die ganze Zeit«, sagte Maureen.

»Ich glaube, Alkohol ist kein schlechtes Mittel, um mit vorübergehenden Traumata fertig zu werden«, sagte Leslie ernst.

Maureen lachte überrascht. »Das ist der schlechteste Rat, den du mir je gegeben hast.«

Leslie dachte darüber nach. »Na ja, dann scheiß drauf.«

Der Schluck, den Maureen in der Küche genommen hatte, ließ in ihrem Kopf eine unbeirrte, klare Einsicht aufkommen. »Ich will nicht mit einem Kamm in der Hand herumsitzen und darauf warten, daß er kommt. Wie würdest du es anfangen, denjenigen zu finden, der es getan hat?«

Leslie zog ein letztes Mal an ihrer Zigarette und dachte darüber nach.

»Bis jetzt machst du's schon richtig«, sagte sie. »Es ist einfach ein logisches Problem.«

»Aber nehmen wir an, daß sein Verhalten nicht logisch ist. Wenn der Mörder gestört ist, ist es kein logisches Problem, oder?«

Leslie ließ ihre Zigarette zwischen die verdorrten Pflanzen fallen und trat sie mit dem Fuß aus, so daß sie feurig rote Funken unter den Blumentöpfen verstreute. »Es kann kein Wahnsinniger sein, dazu war alles zu sorgfältig geplant. Er hat den Strick und die Windjacke mitgebracht, ist in die Wohnung hinein- und auch wieder herausgekommen, ohne gesehen zu werden. All das sieht nicht nach der Tat eines kranken Gehirns aus, oder?«

»Nein, wahrscheinlich nicht, aber es könnte trotzdem bedeuten, daß er wirklich verrückt ist.«

»Uff.« Leslie beugte sich vor. »Die Leute reden über Mord, als wäre das etwas, das nichts mit dem zu tun hat, was sonst noch auf der Welt passiert. Mord gehört nun mal dazu. Manchmal ist Töten etwas vollkommen Rationales, manchmal ist es das Rationalste, was man tun kann. Wie ist das mit all den Verrückten, die du getroffen hast, wären sie alle in der Lage gewesen, jemanden umzubringen?«

Maureen ging im Geist die Mitpatienten in der Station George III im Northern Hospital durch. »Nein«, sagte sie. »Die meisten waren kaum zu irgend etwas fähig.«

»Ich habe mehr geistig Gesunde getroffen, die eines Mordes fähig gewesen wären, als Spinner.« Leslie trank ihren Whisky aus und goß sich nach. »Etwas Scheußliches zu tun heißt nicht, daß man gestört ist, es heißt nur, daß man ein Scheißkerl ist, und Douglas hätte keinen psychopathischen Spinner hereingelassen, oder?«

»Also, ich kann mir nicht vorstellen, daß Douglas meine Wohnungstür aufgemacht hat, um einfach jemanden hereinzulassen. Er hätte ja überhaupt nicht dort sein sollen. Er nahm nicht einmal das Telefon ab, wenn er allein da war.« Maureen setzte sich auf, sie war sehr zufrieden, daß sie sich wenigstens einer Sache sicher war. »Ich wette, so war es. Sie sind zusammen gekommen. So muß es gewesen sein.«

»Also, wen würde er in deine Wohnung mitbringen?«

Maureen dachte darüber nach. »Hm, eigentlich niemand.«

»Wenn er niemanden in deine Wohnung mitgebracht hätte«, sagte Leslie, »dann hat ihn vielleicht jemand anders hingebracht. Vielleicht hat man ihn irgendwo bedroht und dazu gezwungen, seinen Mörder in deine Wohnung mitzunehmen.«

»Stimmt.«

»Siehst du?« sagte Leslie. »Es ist ein logisches Problem. Wieso ging er nicht ans Telefon?«
»Ich weiß nicht, er war einfach irgendwie ... geheimnistuerisch, weißt du.«
»Ja, irgendwie verheiratet?«
Maureen rieb sich verlegen den Nacken.
»Jedenfalls«, sagte Leslie, »glaube ich immer noch, daß es die rationale Tat eines rationalen Mannes war. Wir können das Rätsel lösen.«
»Aber ich kenne nicht einmal die Hälfte der Fakten. Ich weiß nicht einmal, was im Wandschrank war.«
»Dann müssen wir es irgendwie herausfinden«, sagte Leslie mit der beruhigenden Sicherheit, mit der sie alles anging, was sie tat.
Maureen fuhr sich durch die Haare. »Ich habe Angst, Leslie.«
»Es ist doch nur ein Typ, Maureen.«
»Es könnte auch eine Frau sein, durchaus möglich.«
»Nein«, sagte Leslie. »Frauen tun so etwas nicht. Nur Männer machen so was Beschissenes und Ekelhaftes. Bei uns geht es um wichtige Dinge wie Liebe oder Kinder und nicht darum, jemandem die Fresse einzuschlagen. Bei denen geht es um dicke Autos, jüngere Frauen oder darum, die Zähne zu zeigen.«
»Vielleicht geht es ja um Liebe oder Kinder, wir wissen es nicht. Die Frau in der Rainbow Clinic sagte, jemand hätte eine Patientin in einem der Sprechzimmer gevögelt.«
»In einem Sprechzimmer?«
»Ja. Sie schien nicht einmal geschockt zu sein. Sie dachte, ich wäre das gewesen.«
»Hätte er zur gleichen Zeit mit einer anderen eine Affäre haben können?«
»Das hab' ich auch gedacht«, sagte Maureen. »Wir hatten seit Wochen nicht miteinander geschlafen.«
»Dann ist es das. Mein Gott, die Männer sind doch Schweine.«
»Auf jeden Fall«, sagte Maureen, »glaube ich nicht, daß Männer und Frauen aus verschiedenen Gründen töten. Rein logisch könnte auch eine Frau Douglas umgebracht haben.«

Leslie zog den Kragen hoch um ihren Hals. »Aber ich wette, es war keine«, murmelte sie.
Sie trotzten der Kälte und blieben bis Mitternacht auf der Veranda. In ihren Mänteln zusammengekauert, drehten und wendeten sie den Tatbestand nach allen Seiten und sahen den Rauchwölkchen ihrer Zigaretten nach.

Siobhain

Leslie rüttelte Maureen um neun aus ihrem tiefen Schlaf wach. Ihre Schicht im Frauenhaus begann um zehn, und Maureen mußte jetzt aufstehen, wenn sie in die Stadt mitfahren wollte.
Sie hielten neben dem Frauenhaus an. Die Reservegelder würden bald aufgebraucht sein, und das Haus sah im Vergleich zu den Nachbarhäusern schäbig aus. Es stach in der eleganten Straße von den schönen Reihenhäusern ab wie ein Fleischklops vom Kaviar.
Leslie ließ Maureen hereinkommen und zeigte ihr das Münztelefon in der Diele.
Sie wählte die Nummer der Tagesstätte in Dennistoun und fragte, ob Tanja da sei. Die Sekretärin legte den Hörer hin, ohne ihr zu antworten, und sprach mit irgend jemand anderem.
»Hallo?« sagte Maureen, die ihre Münzen fast aufgebraucht und auch kein Wechselgeld mehr hatte. »Hallo?«
»Ja?« sagte die Sekretärin gelangweilt.
»Ich habe gefragt, ob Tanja da ist.«
»Sie ist da.«
Dann folgten einige Piepstöne, und Maureen legte den Hörer auf, ohne sich zu bedanken.
Es waren nur zwanzig Minuten zu Fuß, aber sie hatte das Gefühl, es dauere eine ganze Stunde. Vor einer Woche war noch nichts von alldem geschehen, und Douglas lebte noch, hatte Frauengeschichten in der Stadt, log seine Frau an, hörte wohlwollend seinen Patienten zu und machte alberne Witze.
Sie dachte daran, wie sie zusammen im Bett herumgetollt waren. Douglas hatte einen gewissen Geruch – den Geruch von vielen Frauen, den Frauen seiner Vergangenheit. Zuerst fiel ihr nichts Besonderes auf, aber allmählich fing sie an, den verschwommenen Blick in seinen Augen wahrzunehmen, wenn er über seine Gefühle ihr gegenüber sprach – so als fiele ein unsichtbares Schutz-

gitter herunter. Seine Sprüche waren leer und zu gut eingeübt. Wenn sie in letzter Zeit miteinander geschlafen hatten, sehnte sie sich danach, den Geistern der anderen Frauen zu begegnen, die ihr Gesellschaft leisten sollten, weil Douglas so weit weg war.

Sie erinnerte sich an einen Abend vor einem Monat. Sie hatte ihn ruhig gefragt, warum er nicht mehr wollte, daß sie ihn berührte. Er weigerte sich zu antworten. Sie wurde immer wütender und schrie ihn schließlich an, er solle doch abhauen und zu Elsbeth gehen. Er verließ die Wohnung und kam vier Stunden später zurück, betrunkener als je zuvor, und machte ihr eine undeutlich genuschelte, aber total abgehobene Liebeserklärung. Wäre er ein bißchen länger weggeblieben, hätte sich ihr Ärger vielleicht verflüchtigt, aber das war nicht der Fall. Ihr kam nur in den Sinn, was für ein Dreckskerl er doch sei und daß er nur Trost – und nicht eigentlich sie – suchte. Als er mit seinen großen Händen sanft ihr Gesicht streichelte und fasziniert jede Linie, jede Einzelheit studierte, bemerkte sie, daß seine Finger nach Zigaretten und Urin rochen. Sie ließ ihn trinken, bis er einschlief. Als sie ihn so sah, wie er schnarchend und ab und zu zuckend in ihrem Bett lag, wurde ihr klar, daß sie enttäuscht sein würde, wenn sie noch mehr Zeit ihres Lebens mit ihm verbrächte.

Nach dieser Nacht stritten sie nicht mehr, und Maureen vermied es, Elsbeth zu erwähnen. Douglas mißverstand dies als Zeichen, daß sie sich besser verstanden, aber Maureen hob ihre Klagen nur für eine Zeit auf, in der sie bereit sein würde, ohne ihn zu leben.

Die Dennistoun-Tagesstätte war in einer kleinen, umgebauten Kirche untergebracht, die vor dem Zweiten Weltkrieg in einer schmalen Lücke zwischen zwei Mietshäusern gebaut worden war. Die Vorderseite hatte eine niedrige, rechteckige Form, die mit einer Dreiergruppe von Bogenfenstern geschmückt war. Ein spitzes, dreieckiges Dach krönte sie wie ein Partyhut. Proportion und Form der Fassade wiederholten sich in der Gestaltung des kleinen Eingangs an der Seite, der wirkte, als sei er erst nachträglich angebracht worden. Im Inneren waren Boden und Decke mit hellem Kiefernholz verkleidet, und in das schräge Dach hatte man

Flächenfenster eingebaut, die den Raum licht und freundlich machten. Hinter dem hohen Schreibtisch am Empfang saß eine schlechtgelaunte junge Frau.
Maureen ging zu ihr hin. Sie rührte sich nicht. Maureen trommelte mit den Fingern auf den Tisch. Mit einem kleinen Zischlaut sagte sie: »Ja?«
»Oje«, sagte Maureen mitfühlend. »Ist wohl kein guter Tag für Sie heute?«
Das Mädchen zischte wieder mißbilligend. »Ich weiß nicht, was Sie meinen«, sagte sie patzig.
»Wie Sie wollen«, sagte Maureen und zischte zurück: »Tanja da?«
»Tanja wer?« fragte das Mädchen, zog ein Formular aus einer halboffenen Schublade und nahm einen Bleistift in die Hand.
Formulare bedeuteten immer eine Menge Zeitaufwand und ödeten Maureen an. Sie rieb sich die Nase. »Toiletten?« fragte sie.
Das Mädchen hob langsam die Hand und zeigte auf die Anschlagtafel, die etwas erhöht hing.
»Vielen Dank«, sagte Maureen herzlich. »Ohne Sie hätte ich mich doch glatt in diesem Labyrinth verirrt.« Sie ging den Schildern nach zum Aufenthaltsraum. Ein Mann mittleren Alters mit Downsyndrom und dunklen Ringen um die Augen wie ein Pandabär stand unter einer Tür und rauchte. Er hörte ein Fußballspiel aus einem kleinen roten Plastiktransistorradio, das er fest ans Ohr gepreßt hielt. Sie fragte ihn nach Selbstmord-Tanja. Er drehte sich so schnell um, daß die ausgezogene Antenne fast ihr Gesicht traf, und zeigte auf das Fernsehzimmer.
Die Stühle waren wegen möglicher Inkontinenz der Patienten aus Kunststoff, und eine dicke, undurchdringliche Rauchwolke schwebte dicht über den Köpfen der Anwesenden und ließ kaum Tageslicht durch die Dachfenster herein. Die Stühle standen im Halbkreis um einen laut dröhnenden Fernseher vor der Wand am hinteren Ende des Raums. Neben der Tür war eine kleine, leere Kochnische eingebaut.
Selbstmord-Tanja sah sie von der anderen Seite des Raumes aus. Sie stand auf und begrüßte sie lautstark. Niemand nahm davon

Notiz. Sie winkte Maureen zu sich herüber. »Setz dich zu mir, dann können wir fernsehen. Das ist Siobhain.«
Siobhain war schön. Einen flüchtigen Augenblick überlegte Maureen, ob Douglas mit ihr auch eine Affäre gehabt hatte, aber als Siobhain lächelte, waren ihre Augen so traurig, daß Maureen wußte, sie war depressiv, und das schon seit längerer Zeit. So etwas kam bei Douglas nicht an. Siobhain hatte blaßblaue, von dunklen Wimpern umrahmte Augen und hohe, weich geformte Wangenknochen. Ihre Nase war spitz und bog sich über ihre vollen, rosa Lippen und ihre perfekten, weißen Zähne herab. Ihr dunkles Haar war von krausen, grauen Strähnen durchzogen und am Hinterkopf verfilzt. Sie hatte Übergewicht, aber anscheinend erst seit kurzer Zeit. Ihr Körper paßte sich noch an. Ehe es sich als zusätzliche Körpermasse festsetzte und wäßrig würde, saß das Fett an versteckten Stellen ihres Körpers, und die Haut darüber war straff.
Jemand, der sehr viel zu tun hatte, mußte sie angezogen haben. Die rote Nylonhose und der braune Pullover hatten nicht die richtige Größe und paßten auch nicht zusammen. Ab und zu hob sie langsam die Hand und zupfte am Gummiband der Hose oder am Ausschnitt des Pullovers, aber die meiste Zeit saß sie nur da und sah fern. Mit der Würde einer Pietà hielt sie ihre Hände still im Schoß, die Handflächen wie tote Vögel nach oben gerichtet.
Tanja erzählte ihr, sie hätte Maureen gestern getroffen und ihr Name sei Helen. Maureen stimmte zu.
»Du hast mir einen Hund geschenkt.«
»Ja, Tanja.«
Tanja redete eine Weile über den Hund, dann hielt sie plötzlich inne und verkündete, sie würde jetzt gehen. Ohne sich zu verabschieden, ging sie weg. Maureen setzte sich unauffällig auf den leeren Stuhl neben Siobhain. Sie wartete einen Augenblick, bevor sie sprach. »Bist du sehr traurig, Siobhain?«
Siobhain drehte langsam den Kopf und sah sie an, ohne überrascht zu sein. »Ja, das bin ich«, sagte sie. Sie hatte einen melodi-

schen Highland-Akzent und die perfekte Aussprache eines Menschen, der seine zweite Sprache spricht.
Ohne die geringste Veränderung ihres Gesichtsausdrucks füllten sich ihre Augen mit Tränen, und Maureen weinte mit ihr. Sie saßen da und sahen fern und weinten eine Weile.
»Hättest du gern, daß ich dein Haar kämme?« fragte Maureen.
»Ja.«
Maureen nahm den als Stichwaffe gedachten Metallkamm aus ihrer Handtasche und kämmte behutsam Siobhains verheddertes Haar aus. Sie fing an den Enden an und arbeitete sich langsam nach oben zum Scheitel vor, so daß es nicht zog und weh tat. Als sie fertig war, hatten sie beide zu weinen aufgehört.
»Warum bist du traurig?« fragte Siobhain.
»Ach, ich weiß nicht. Viele Gründe. Jemand ist gestorben. Meine Familie, du weißt schon.«
»Ein Freund von mir ist auch gestorben«, sagte Siobhain.
»War es Douglas?«
»Nein«, sagte Siobhain. »Er ist gestorben, habe ich gehört, ich habe ihn gekannt, aber er war nicht mein Freund. Mein Freund starb vor langer Zeit, und dann war mein Leben nicht mehr gut.«
»Wer war es?«
»Mein Bruder.« Sie schwieg. »Wer war dein Freund?«
»Douglas.«
»Ich nehme teil an deinem Kummer«, sagte Siobhain, als wiederhole sie einen alten Trostspruch in der Übersetzung.
Maureen dankte ihr.
»Ich habe deinen Douglas gesehen. Er besuchte mich an dem Tag, als er umkam. Deshalb bist du hergekommen, um mich zu sehen, nicht wahr?«
Maureen nickte. »Um welche Zeit ist er hier weggegangen?«
»Ungefähr am Ende der alten Comics. Gegen halb vier.«
Es war also später als zur Mittagszeit gewesen, die Zeit, an der die Polizei besonders interessiert war.
»Woher kanntest du Douglas? War er dein Arzt?«
»O nein«, sagte Siobhain langsam. »Ich kannte ihn nicht.«

»Warum kam er dann und besuchte dich?«
»Weil mein Name auf der Liste stand.« Sie deutete auf den Fernseher. »Der Mann bringt alle anderen in Schwierigkeiten. Er erzählt immer Lügen über die anderen.« Sie sah eine banale australische Seifenoper. »Siehst du dir dieses Programm immer an?«
»Nein, eigentlich nicht. Soll ich dich in Ruhe lassen, bis es zu Ende ist?«
»Nein«, sagte Siobhain, hielt aber den Blick weiter auf den Bildschirm gerichtet. »Es kommt abends noch einmal. Ich sehe es zweimal.«
»Auf welcher Liste stand dein Name?«
»Dein Douglas hatte eine Liste von uns.«
»Von wem?«
»Von den Frauen. Er hat gesagt, daß es noch andere gibt, ich dachte, ich sei die einzige. Er wußte Bescheid über das Krankenhaus. Ich weiß nicht, wieso. Ich habe es nie erzählt. Er hat mir das gegeben.«
Sie griff seitlich neben dem Stuhl hinunter und holte eine Handtasche auf ihren Schoß, eine Tasche für eine ältere Frau, rotes Lackleder mit rundgebogenen Griffen und Goldverschluß. Sie knipste sie auf und zeigte Maureen, was darin war. Sie war leer bis auf einen braunen Umschlag und ein Bündel von neuen, zusammengerollten Zwanzigpfundnoten, die von einem Gummiband zusammengehalten wurden. Maureen konnte nicht schätzen, wieviel Geld es war. Sie hatte nie so viele Zwanzigpfundnoten gesehen. Die Rolle war so dick wie eine Männerfaust. Siobhain machte die Tasche wieder zu und ließ sie achtlos auf den Boden fallen.
»Wofür war das Geld?« fragte Maureen.
»Er meinte, er würde sich besser fühlen, wenn er mir das Geld gäbe.«
Maureen war verwirrt. »Hatte er dir irgendwie weh getan?«
»Nein, er hat mir nicht weh getan. Er war aufgebracht wegen der Klinik. Ich kann es dir nicht sagen. Ich habe es nie erzählt.«
»Kannst du mir sagen, wo und wann du in der Klinik warst?«

»Ja, das kann ich dir sagen.«

Maureen schrieb auf, was Siobhain ihr sagte: Sie sei zwischen 1991 und 1994 drei Jahre lang im Northern Hospital gewesen.

»Ich war auch im Northern«, sagte Maureen. »1996, Station George III. Ich fand es furchtbar.«

Siobhain sah elend aus. »Da war es schon zu Ende«, flüsterte sie.

»Was meinst du?«

Siobhains Gesicht wurde hochrot vor panischer Angst, und ihr Atem wurde heftig und flach.

»Ist schon gut«, sagte Maureen und tätschelte ihre Hand. »Sag es mir nicht. Denke nicht daran.«

Das Blut wich langsam aus Siobhains Gesicht, und sie fing an, wieder regelmäßig zu atmen. Wenn die Polizei käme, um sie über das Krankenhaus und das Geld zu befragen, würden sie keine Rücksicht auf Siobhains Atembeschwerden nehmen. »Ist die Polizei schon bei dir gewesen, Siobhain?«

»Nein. Werden sie kommen?«

»Ich weiß nicht. Ich denke schon. Es wäre mir recht, wenn du vermeiden könntest, mit ihnen zu reden.«

Siobhain hob die Hand und strich ihr langsam dreimal übers Haar. Sie legte die Hand wieder in den Schoß und sah Maureen an. »Dann werde ich es nicht tun«, sagte sie. »Sie sagen, ich bin krank, aber das stimmt nicht. Ich habe ein gebrochenes Herz.«

Maureen lächelte mitfühlend. »Du lebst in der falschen Zeit, Siobhain«, sagte sie. »Gebrochene Herzen sind ein bißchen zu poetisch für die Ärzte. Sie verstehen das nicht.«

»So ist es«, sagte Siobhain. »Poesie verstehen sie nicht.«

Ihre Köpfe näherten sich einander, und sie sahen sich so tief in die Augen wie Liebende.

»Kann ich wiederkommen und dich besuchen?« sagte Maureen.

»Das wäre schön.«

»Wir könnten einkaufen gehen«, sagte Maureen, als sie aufstand, »und du könntest dir mit dem Geld in deiner Tasche schöne Kleider kaufen.«

»Ich will keine schönen Kleider«, sagte Siobhain kurz und wand-

te sich wieder dem Fernseher zu. »Ich habe das Geld bekommen, weil ich schöne Kleider getragen habe.«
Offenbar war die Sekretärin zu dem Schluß gekommen, daß Maureen in Ordnung sei. Sie machte sich sogar die Mühe, den Kopf zu heben und auf Wiedersehen zu sagen, als sie auf dem Weg nach draußen an ihr vorbeikam.

Ein schmutziger Traum

Der Triumph Herald war vor der Tagesstätte in Dennistoun geparkt. Liam saß bei offenem Fenster, beobachtete den Eingang und rauchte. Er hupte zaghaft, winkte sie herüber, öffnete die Beifahrertür, als sie auf das Auto zukam, und ließ die Tür bis weit über den Gehweg aufschwingen. Maureen beugte sich hinunter und sah hinein. »Hallo«, sagte er etwas verlegen, »ich war 'n bißchen sauer gestern abend. Ich dachte, vielleicht hast du dich geärgert.«

»Nein, nein«, log sie. »Woher weißt du, daß ich hier bin?«

»Leslie hat's gesagt. Joe McEwan sucht uns beide. Wir müssen noch mal zur Wache gehen.«

»Meinst du, daß er verärgert ist?«

»Ich weiß nicht, ich hab' ihn nicht gesehen. Benny sagte, er hätte heute früh angerufen.«

Maureen warf ihre Tasche auf den Rücksitz und stieg ein, machte die Tür zu und nahm seine Zigarette. »Was tut sich mit Maggie?« fragte sie und nahm einen Zug.

»Keine Ahnung«, sagte er und lächelte unbestimmt. »Ich hab' gestern Lynn getroffen.« Lynn war Liams Exfreundin. Sie waren vier Jahre lang unerschütterlich miteinander gegangen und hatten sich dann plötzlich wegen eines scheinbar läppischen Streits getrennt. Zwei Monate später fing Liam an, mit der langweiligen Maggie auszugehen. Damals hatten Maureen und Leslie der Beziehung höchstens einen Monat gegeben, aber das war vor über einem Jahr gewesen.

»Hast du sie zufällig getroffen?«

»Ja.«

»War das das erste Mal, daß du sie gesehen hast, seit ihr auseinander seid?«

Liam grinste. »Ja.«

»Also ... was ist?«

»Nichts ist«, sagte er unschuldig und fuhr los. »Hast du Hunger?«

»Einen Riesenhunger.«

»Was willst du essen?«

»Jede Variante mit rotem Fleisch ist mir recht.«

Es war ein frischer, sonniger Tag. Wie immer im schottischen Herbst stand die Sonne schon tief, und selbst die banalsten Gegenstände erhielten durch den Kontrast von Hell und Dunkel etwas Bedeutendes. Tiefe, harte Schatten von hohen Gebäuden fielen über die Straßen, die Mülleimer standen auf dem Bürgersteig wie Kriegsdenkmäler, und die Schatten der Fußgänger ähnelten John Wayne beim Showdown, wenn sie an der Ampel standen und darauf warteten, über die Straße gehen zu können. Sie fuhren in westlicher Richtung die Bath Street hinauf, kamen abwechselnd von schmalen schattigen Stellen immer wieder in die wärmende Flut des Sonnenlichts und fuhren dann zu einem Drive-in-Schnellimbiß am ärmlichen Ende der Maryhill Road.

Maureen war schon ein paar Monate nicht mehr hier gewesen, und die Gegend war inzwischen heruntergekommen. Baufällige Gebäude waren abgestützt worden oder standen leer, Fenster und Türen waren mit Folie abgedichtet. Im Bauamt der Stadt wußte man, daß dort eine alte Mine gewesen war; man hielt es für sicheres Gelände, aber die von den Bergleuten im Mittelalter verwendeten Verstrebungen waren schwächer, als man vermutet hatte. Maryhill war dabei, in ein fünfhundert Jahre altes Loch zu fallen.

Vor dem Autoschalter des Drive-in warteten schon einige auf ihr Essen. Liam parkte, und Maureen rannte über die Straße in den Innenraum. Als sie zum Wagen zurückkam, war Liam eingeschlafen. Sie klopfte ans Fenster. Er öffnete die Augen, setzte sich langsam auf und grinste wie nach einem wollüstigen Traum, dann machte er ihr die Tür auf.

»Dann ist also nichts mit Lynn gewesen?«

»Na ja.« Er rieb sich die roten Augen.

Sie aßen bei offenem Fenster und Radiomusik. Maureen fragte ihn, um welche Zeit er Paulsas Wohnung verlassen hätte. »So gegen halb drei.«
»Wohin bist du dann gegangen?«
»Ich habe Maggie abgeholt, wir gingen in die Stadt, um Blumen für ihre Mutter zu besorgen. Warum?«
»Warst du den ganzen Tag mit ihr zusammen?«
»Ja. Warum?«
»Weil ich eine Frau getroffen habe, die Douglas um halb vier an diesem Tag lebendig und wohlauf gesehen hat«, sagte Maureen.
»Sehr gut«, sagte er langsam. »Wirklich sehr gut.«
»Mir wäre es aber lieber, wenn die Polizei nicht mit ihr reden würde. Sie ist leicht erregbar.«
»Dann halten wir sie als letzte Rettung in Reserve«, sagte Liam. Jedesmal wenn sie abbeißen wollte, versuchte er, ihr den Hamburger ins Gesicht zu drücken. Schließlich bewarfen sie sich gegenseitig mit Pommes und kicherten kindisch. Was immer er und Lynn auch getan haben mochten, als sie sich trafen, es hatte Liam jedenfalls gutgetan. In der Zeit mit Maggie war er selbstgefällig und launisch gewesen, aber wenn er bei Lynn war, fand er seine vergnügte Spontaneität wieder. Sie gingen in einer Einkaufspassage in der Nähe Kaffee trinken, um sich zu beruhigen, bevor sie zur Polizeiwache gingen.
Einkaufspassagen gelten in der Regel als die bescheidenen Vorläufer riesiger Einkaufszentren, aber dies war eine wirklich sehr bescheidene Passage. Sie war voller Geschäfte mit Geschenkartikeln, Billigläden mit Fensterdekorationen aus billigem Klopapier und Geschäften mit tiefgefrorenen Lebensmitteln. Viele der Ladenflächen standen leer oder waren zu vermieten. Ein kleiner Platz in der Mitte war mit Bänken und großen Kübeln mit künstlichen Bäumen gestaltet, die vor Zigarettenkippen und schmieriger Asche überquollen. Von oben fiel durch ein durchsichtiges Plexiglasdach ungünstiges Licht auf die Käufer, die sich dort ausruhten.
Liam brauchte Rasierklingen, also gingen sie in einen Supermarkt

und dann durch die Passage zurück zu einer Bäckerei mit Café. Es war eine billige Selbstbedienungsbude. Die aufgestapelten Tabletts waren nicht richtig sauber, und die Tassen hatten Flecken. Gebrauchtes Geschirr stand noch auf den Tischen.
Sie nahmen ein Tablett von unten aus dem Stoß und gingen seitlich an der Theke entlang. Maureen bezahlte den Kaffee und suchte einen Tisch, der relativ sauber war. Sie stellte die schmutzigen Teller aufeinander und brachte sie zu einem freien Tisch, bevor sie sich setzte. Der Tisch war mit Krümeln und klebrigen Flecken übersät, die nach Marmelade aussahen.
»Daraus trinke ich nicht«, sagte Liam und zeigte auf seine Tasse. Innen hatte sie braune Ränder, und ein Stück vom Griff war abgesprungen.
»Das ist gesund«, sagte Maureen. »Wenn du Keime schluckst, wirst du immun gegen sie.«
Liam wischte den Tisch vor sich mit einer Papierserviette ab. »Ich finde, das hört sich wie eine Ausrede für einen schlampigen Haushalt an.«
»Ja, stimmt eigentlich, so hab' ich es noch nie betrachtet«, sagte sie und drehte ihre Tasse, bis sie eine Stelle am Rand fand, die keinen Sprung hatte. »Das hat Mum immer gesagt. Was hat sie vor?«
»Was meinst du?« sagte Liam.
»Was ist Mums neue Masche? Sie hat letzte Woche Dads Namen zweimal erwähnt, und Una sah ziemlich verdächtig aus.«
Er zog die Augenbrauen hoch. »Es ist nichts, Mauri«, sagte er. »Ich würde mir keine Gedanken darüber machen.«
Das hieß, es war schlimm. Normalerweise hätte sie Liam nicht gefragt. Sie hatten eine stillschweigende Übereinkunft, daß sie nicht über Winnie sprachen, außer sie machten Witze über sie, und auch das war nur ein Entlastungsventil, um sie nicht zu ernst zu nehmen. Sie tratschten weder über sie, noch erzählten sie sich, was sie über den anderen gesagt hatte. Sie waren jetzt alt genug, um zu wissen, daß es unwichtig war und sie nur verletzen konnte und daß Winnie in der nächsten Woche schon wieder auf jemand

anderem herumhacken würde. Aber Maureen hatte das Gefühl, daß Winnies Benehmen in letzter Zeit auf etwas anderes zurückzuführen war, das bedrohlicher als gewöhnlich war, und sie mußte herausfinden, was es war.

Liam trank gelassen seinen Kaffee und zog eine Grimasse. »Der hier schmeckt nach Gummireifen«, sagte er. »Und deiner?«

»Sag es mir, Liam.«

»Es ist nichts.«

Die ganze Zeit, solange sie ihren Kaffee trank, mußte sie auf ihn einreden. »Ich mache mir Sorgen, daß sie vielleicht mit der Presse über mich gesprochen hat, deshalb muß ich es wissen.«

»Maureen, es hat nichts damit zu tun, es ist nicht wichtig.«

»Warum sagst du es mir dann nicht?«

Liam gab es auf mit seinem Kaffee. »Ich kann das Zeug nicht trinken.«

»Na ja, dann laß ihn stehen«, sagte sie gereizt. »Sag es mir.«

Er zog die Stirn kraus, schob seine Tasse auf die andere Seite des Tisches. Sie griff nach seinem Arm. »Sag's mir. Jetzt sofort.«

Liam seufzte schwer. »Es hat mit Marie zu tun … und Dad«, sagte er.

»Hat Marie sich an etwas erinnert?«

»Nein.«

Maureen wurde ganz starr. »Was ist mit Dad?«

Liam setzte sich auf, schob die Hände in die Hosentaschen und schwang sich auf seinem Stuhl nach hinten.

»Hör zu«, murmelte er. »Ich möchte es dir wirklich nicht sagen. Ich meine einfach, du solltest dich von ihnen allen fernhalten, wenigstens so lange, bis die Sache mit Douglas geregelt ist.«

»Was ist es?«

»Maureen, ich …«

»LÜG NICHT!«

Er holte tief Luft und sah sie an. »Marie glaubt dir nicht in der Sache mit Dad.«

»Marie glaubt mir auch nicht?«

»Keine von ihnen glaubt dir, Mauri.« Er lachte nervös, versuchte

einen Scherz daraus zu machen. »Sie glauben nichts, was sie nicht glauben wollen.«
»Ich weiß, daß Mum mir nicht glaubt, aber Marie war doch dabei, als es passiert ist. Wie kann sie mir nicht glauben?«
»Ich weiß nicht.«
»Welchen Teil davon glaubt sie nicht?«
»Überhaupt nichts.«
»Und Una?«
»Sie glaubt dir auf keinen Fall.«
»Aber Una war doch diejenige, die zuerst darüber gesprochen hat. Sie hat es nur zurückgenommen, um vor Mum Ruhe zu haben. Wie kann sie mir nicht glauben?«
Er zuckte die Schultern.
»Marie war dabei«, schrie Maureen. Die anderen Gäste sahen sich verstohlen nach ihnen um. »Sie war da, verdammt noch mal. Sie hat gesehen, wie Mum mich herausgezogen hat.«
»Mauri, bitte.«
»Diese Arschlöcher!« rief Maureen und beugte sich wütend über den Tisch. »Arschlöcher!«
Ein kleiner Junge an einem Nebentisch fing an zu weinen. Liam zog sie am Arm, versuchte sie dazu zu bringen, sich normal hinzusetzen und sich zu beruhigen. »Sei nicht so laut, Mauri, bitte. Sonst lochen sie uns noch wegen Hausfriedensbruchs ein.«
Sie richtete sich auf, griff grob nach seiner Hand und zog ihn über den Tisch zu sich heran. »Erzähl mir alles«, sagte sie grimmig. »Alles. Warum kommen sie jetzt damit?«
Er blinzelte ein paarmal kurz, wollte sie aber nicht ansehen. »Mum meint, du könntest dich vielleicht in der Sache mit Douglas nicht richtig erinnern.«
»Und woher hat sie das?«
Er zupfte an seinen Fingernägeln herum. »In den Zeitungen stand ja das ganze Zeug über Erinnerungs …«
»Dieser Kram über unzutreffende Erinnerungen? Sie glauben mir nicht in der Sache mit Dad, soll das heißen, ich phantasiere die ganze Zeit?«

»So ungefähr.«
Sie sank auf dem Tisch zusammen und fluchte leise vor sich hin.
»Es tut mir leid, Mauri, es tut mir leid«, flüsterte Liam.
Maureen rieb sich heftig die Augen und schob die dünnen Augenlider hin und her, in dem Bemühen, sich zu sammeln. »Sie denken, ich bin total gestört, nicht wahr?« fragte sie.
»Ich nehme es an.«
»Haben sie das der Polizei gesagt?«
Liam schüttelte den Kopf. »Nach dem Theater, das Mum neulich auf der Wache gemacht hat, glaube ich nicht, daß die Polizei sie sehr ernst nimmt. Darüber würde ich mir keine Sorgen machen. Mein Gott, konntest du dich schon jemals auf den Rückhalt von denen verlassen? Sie bringen uns höchstens total durcheinander, wenn du dich mit ihnen abgibst. Versprich mir, daß du wegbleibst, bis die Sache mit Douglas vorbei ist.«
»Komm, laß uns gehen«, sagte Maureen. »Es ist dreckig hier.«
Sie verließen die Passage und gingen zum Auto zurück. Liam zog die Schlüssel aus seiner Jackentasche. Er öffnete Maureen die Beifahrertür, aber sie stieg nicht ein. »Keine von ihnen glaubt mir?« fragte sie.
Liam rieb sich schuldbewußt die Hände, als ob er an dem Verrat der Schwestern beteiligt sei.
»Nein«, sagte er. »Sie glauben dir nicht.«
»Und du?«
»Ja, hundertprozentig, ich glaube dir alles.«
»Warum?«
»Weil Una es dir gesagt hat, weil es alles ein zu großer Zufall wäre und ich weiß, du hast es immer wieder durchdacht und bist jedesmal wieder zum selben Ergebnis gekommen.«
»Glaubst du mir, wenn ich sage, ich habe Douglas nicht umgebracht?«
»Ich weiß, daß du wirklich brutal sein kannst, Maureen.«
Sie grinsten sich deprimiert an. »Und, verdammte Scheiße«, sagte er, »wenn du es getan hättest, hättest du es inzwischen allen erzählt.«

Maureen trat näher an ihn heran, bis sie die Wärme seiner Haut spüren konnte, und schaute ihm über die Schulter. »Liam?« sagte sie leise, inständig auf die richtige Antwort hoffend. »Du glaubst doch nicht, daß ich es getan und dann vergessen haben könnte?«
Liam nahm ihr Gesicht in seine Hände und sah ihr in die Augen. »Hör mir zu. Mit dir ist alles in Ordnung.«
»Aber vielleicht …«
»Alles ist in Ordnung.«
»Meine Erinnerung, vielleicht …«
»Sei still, verdammt. Hör zu, es geht überhaupt nicht um Douglas, es geht darum, daß sie dir in der Sache mit Dad nicht glauben wollen. Ich will, daß du von ihnen wegbleibst.«
»Du willst nicht, daß ich mit ihnen darüber rede?«
»Bleib weg von ihnen«, sagte er mit merkwürdiger Eindringlichkeit und ließ ihr Gesicht los. »Bitte. Jedenfalls für eine Weile.«
Er ging ums Auto herum und setzte sich hinters Steuer. Maureen stieg auf der Beifahrerseite ein und zog die Tür zu.
»Ich glaube, sie sind alle gestört«, sagte Liam.
»Du sagst das jetzt nicht nur, um mich zu trösten?«
»Ein bißchen.« Er lächelte, sie hatte ihn beim Flunkern ertappt. »Aber ich weiß, daß es wirklich passiert ist.«
»Das ist mehr, als ich weiß«, sagte sie, von Schmerz und Selbstmitleid erfüllt.
Liam steckte den Zündschlüssel ins Schloß, zog den Choke heraus und ließ den Motor an. »Die Sache ist«, sagte er, »daß man sich fragen muß, was für ein Arschloch man sein muß, um die Erinnerung an so etwas überhaupt in Frage zu stellen.«

Liam

Liam parkte das Auto um die Ecke außer Sichtweite der Polizeiwache. Sie gingen durch den Vordereingang und sagten dem diensthabenden Beamten am Schreibtisch ihre Namen und bei wem sie sich melden sollten.

Fast augenblicklich erschien eine Vierergruppe oben an der Treppe. McEwan, Inness, Hugh McAskill und der schäbig aussehende Beamte. Sie schienen zielstrebig und sich ihrer Sache so sicher, als stehe das Ergebnis des Verhörs schon fest.

»Wir wollten gerade kommen und Sie holen«, sagte McEwan in einem Ton, der klarmachte, wer hier das Sagen hatte.

Der Schäbige sagte, er würde sie beide gemeinsam über ihre Rechte belehren. Er leierte den Text monoton wie eine Bahnhofsdurchsage herunter. McEwan schien sehr mit sich selbst zufrieden. Er sah Maureen mehrmals an, lächelte unwillkürlich und schaute dann schnell weg, als würde sie durchschauen, was ihn zum Lächeln brachte, wenn sie es auf seinem Gesicht sah. McAskill stand drei Schritte hinter Inness und dem Schäbigen und hatte die Hände in den Taschen. Er vermied es, Maureen anzusehen, seine Blicke wanderten in der Halle hin und her. Liam sah Maureen an, er schien sich Sorgen zu machen. Sie wollte ein ermutigendes Gesicht machen, aber sie mußte immer an Winnie und Marie und Una denken. Ihr Kinn legte sich in Falten, sie zog die Augenbrauen hoch und sah vorwurfsvoll und abwesend aus.

Der Schäbige war mit seinem Vortrag fertig, und Liam warf Maureen ein verunglücktes Lächeln zu. Inness nahm ihn am Arm und führte ihn durch die Doppeltür im Erdgeschoß. Der Schäbige folgte ihnen. Liam schaute sich nicht um. Er ging mit gesenktem Kopf, als würde man ihn zum Galgen führen.

McEwan sah auf die Tür, die hinter ihnen zufiel. »Sie sollten darauf achten, mit wem Sie verkehren«, sagte er.

»Wie meinen Sie das?« fragte sie unschuldig.
»Ich meine Ihren Bruder und Ihren Kumpel Benny.«
»Benny?«
»Er ist vorbestraft, wußten Sie das nicht?« Er zeigte nach oben. »Sie kennen den Weg ja schon.«
Sie gingen die erste Treppe hoch. »Ach nein«, sagte sie. »Benny studiert Jura, er hätte doch keine Zulassung für die Uni bekommen, wenn er vorbestraft wäre. Sie müssen ihn mit jemand anderem verwechseln.«
»Er wurde nicht strafrechtlich verfolgt.«
Das war eher wahrscheinlich. Er war wohl verhaftet worden, weil er in einen Flur gepinkelt hatte oder so etwas. »Nicht der Mühe wert?«
»Er wurde weiterverwiesen.«
»Ich verstehe nicht, was das heißt«, sagte sie, durch die selbstgefällige Art genervt, auf die er mit seinen Fachausdrücken um sich warf.
»Er wurde statt dessen wegen Alkoholismus zur psychiatrischen Behandlung geschickt.«
»Ah ja, ich wußte das nicht. Sie müssen uns ja für eine Truppe von Bekloppten halten.«
McEwan lächelte unergründlich und öffnete die Tür zum Vernehmungszimmer. Maureen setzte sich an das äußerste Ende des Tisches, schlug die Beine übereinander und wippte mit dem Fuß in schnellem, nervösem Rhythmus auf und ab. Etwas Wichtiges würde geschehen, und sie konnte sich wegen Winnie nicht konzentrieren. Sie hatten sich so beeilt, ihnen den Text über ihre Rechte vorzulesen.
McAskill setzte sich auf den Platz an der Wand und schaltete das Tonbandgerät ein. McEwan nahm den Stuhl an der Seite.
»Wie geht es Ihnen, Maureen?« sagte McEwan so, als ob es nur für das Tonband bestimmt wäre.
»Mir geht's gut, Joe«, sagte Maureen und wünschte, er würde, verdammt noch mal, zur Sache kommen. »Und wie geht's Ihnen?«
»Gut.«

Sie schwiegen und sahen sich an. Joe McEwan genoß den Augenblick. Maureen rutschte auf ihrem Stuhl hin und her, drehte sich zur Seite und schlug wieder die Beine übereinander. »Möchten Sie mir Fragen stellen, oder sollen wir den ganzen Tag hier sitzen und uns ansehen?«

»Ja«, sagte er gelassen. »Ich habe Ihnen Fragen zu stellen. Zuerst möchte ich, daß Sie mir in allen Einzelheiten erzählen, was Sie von neun Uhr morgens bis Mitternacht an dem Tag getan haben, bevor Mr. Brady tot aufgefunden wurde.«

Sie wiederholte die Geschichte, erzählte noch einmal Einzelheiten über den Pizzapalast und Leslie und fragte sich, warum sie ihr zu dem Abend Fragen stellten. McEwan fragte sie, ob sie sich über die beiden Uhrzeiten, die sie angegeben hatte, sicher sei, und lehnte sich zuversichtlich zurück, wobei er sie von oben bis unten musterte.

»Sonst noch was?« fragte sie frech.

»Ja«, sagte er. »Noch ein paar Sachen. Ich möchte mit Ihnen über die Belästigung von Mrs. Brady sprechen.«

»Meine was?« Ihre Stimme klang unnatürlich hoch. Sie nahm sich vor, ganz ruhig zu bleiben.

»Mrs. Brady hat mir gesagt, Sie hätten Kontakt mit ihr aufgenommen und darauf bestanden, sie zu treffen. Sie drückte sich nicht klar aus, worum es dabei ging.«

»Es war zum Mittagessen.«

»Ich meine, über was gesprochen wurde.«

»Ich kann Ihnen sagen, worüber gesprochen wurde.« Sie rutschte auf dem Stuhl weiter nach vorn. »Dasselbe, was Elsbeth gesagt ...«

»Und dann noch etwas«, unterbrach er sie, »Sie sollten sich auch von ihr fernhalten.«

»Hören Sie, beide haben mich angesprochen, ich bin keiner von beiden nachgelaufen. Sie waren dabei, als Elsbeth mich bat zu warten, und Sie haben der verflixten Carol Brady die Adresse gegeben, wo ich mich aufhalte.«

»Das habe ich keinesfalls getan.«

»Na ja, sie sagte mir, sie hätte sie von der Polizei bekommen. Ihr Assistent kam an meine Tür und hat mir einen Heidenschreck eingejagt.« Sie sprach sehr schnell und war sehr wütend.
McEwan sah zu McAskill hinüber. Der schien verwirrt und schüttelte den Kopf.
»Wir werden uns darum kümmern«, sagte McEwan.
»Und Sie haben zu ihr gesagt, meine Familie sei dubios.« Sie war froh, in der Offensive zu sein, froh, daß es einen Grund gab, sich an ihm zu rächen. »Unsere Familie ist so sauber wie irgendeine in dieser Stadt ...« Es klang lächerlich.
»Wie ich schon sagte«, versicherte McEwan noch einmal, »wir werden uns darum kümmern. Wenn jemand ihr die Adresse gegeben hat, war es gegen meine ausdrückliche Anordnung. Und ich habe Sie jedenfalls nicht darüber im Zweifel gelassen, daß ich nicht wollte, daß Sie auf Elsbeth warten. Warum haben Sie mit den beiden geredet?«
»Hören Sie«, sagte sie, »ich bin eine gescheiterte Katholikin, ich habe sowieso immer Schuldgefühle. Ich habe mit ihrem Mann geschlafen, und Carol Bradys Sohn starb in meinem Wohnzimmer. Was, zum Teufel, soll ich denn machen, wenn sie mich bitten, mit ihnen zu reden? Sie anspucken?«
McEwan lebte bei der Erwähnung ihres Katholizismus auf. McAskill sah nicht hoch. Vielleicht war er Protestant, oder es war ihm scheißegal. Maureen hoffte, daß das letztere der Fall war.
»Wann hat Carol Brady sich an Sie gewendet?«
»Hm – am Samstag abend. Sie schickte ihren Assistenten zu Bennys Wohnung, um mir zu sagen, ich solle sie am nächsten Tag zum Mittagessen treffen. Ich war sowieso schon ausgeflippt genug. Diese Scheißjournalisten sind an meinen Arbeitsplatz gekommen ...«
»Haben Sie ihnen das Bild gegeben, das gestern in der Zeitung war?«
Sie schob ihren Stuhl ein wenig zurück und schlug wieder die Beine übereinander. »Nein, das war meine Mutter.«
»Haben Sie ihr gesagt, sie solle das tun?«

»Nein«, sagte sie und nahm das Bein wieder herunter.
»Warum hat sie es dann getan?«
Maureen hielt resignierend die Hände hoch. »Winnies Wege sind mannigfaltig und unergründlich.«
McEwan unterdrückte ein abfälliges Grinsen. »Ich habe mit Ihrer Mutter gesprochen.«
»Ach ja?« sagte sie und hätte ihn am liebsten dafür geohrfeigt, daß er ihre Mutter indirekt herabsetzte. »Ich habe gehört, daß sie hier war. Sie ist ziemlich lebhaft.«
McEwan grinste gemein. »Ja«, sagte er. »Das stimmt.«
»Dubios«, sagte Maureen. »Jedenfalls haben beide – Elsbeth und Carol – gefragt, ob er mir Geld gegeben hätte.«
»Hat er Ihnen Geld gegeben?«
Sie merkte, daß das Gespräch immer schneller wurde, und sie wurde auf ihrem Stuhl ganz unruhig. Ruhig, ruhig, sagte sie sich.
»Nein«, antwortete sie, wahrscheinlich zu langsam. »Nein. Er versuchte zweimal, meine Monatsrate für die Wohnung zu bezahlen, aber ich nahm es nicht an.«
»Er ›versuchte‹?«
»Ja, aber ich ließ ihn nicht.«
McEwan war verblüfft. »Warum?«
»Ich wollte ihm nicht verpflichtet sein.«
Er runzelte die Stirn, versuchte eine Sekunde zu verstehen, dann gab er es auf. »Ich dachte, das sei einer der Vorteile, wenn man eine Frau ist«, sagte er fast kokett.
»Aber es gibt nichts umsonst, oder?« sagte sie, verdutzt über sein Verhalten. Und dann begriff sie. So sicher war er. Er sprach schnell und flirtete mit ihr, ließ alle Vorsicht außer acht. Es war ihm jetzt scheißegal, was sie dachte, sie hatten auch Liam über seine Rechte belehrt, und McEwan dachte, er hätte sie beide schon in der Tasche.
Sie gab vor, ganz ruhig zu sein, und sah zum Tonbandgerät hin. Ihr Blick fiel auf McAskills Hände, die eine über der anderen ruhig auf dem Tisch lagen. Er hob einen Finger als Zeichen, sie solle aufsehen. Sein Gesicht war traurig und sanft. Er blinzelte langsam

mit den blauen Augen, und als er sie wieder öffnete, blickte er auf den Tisch hinunter.
»Sind Sie Feministin?« fragte McEwan mit gespielter Überraschung in der Stimme und zog sie wieder in sein Spiel hinein.
»Ja«, sagte Maureen und war jetzt tatsächlich ganz ruhig, als sei etwas von McAskills müder Würde auf sie übergegangen.
McEwan lachte. »Ich dachte, Sie mögen Männer«, sagte er.
»Ach ja, Feministinnen mögen Männer nicht, und Martin Luther King hatte was gegen Weiße. Sie kennen wohl nicht viele Feministinnen, Joe?«
»Nein«, sagte er und beachtete ihre Überheblichkeit gar nicht, »aber ich weiß, wie sie aussehen – jedenfalls anders als Sie.« Er deutete unverblümt auf ihre großen Brüste und sah dann weg. Maureen und McAskill waren beide ganz entgeistert. Er wußte, daß er sie beleidigt hatte, aber das war ihm egal. »Aber Ihre politischen Überzeugungen würden es Ihnen doch erlauben, Bargeld anzunehmen.«
»Wovon reden Sie überhaupt?«
»Er hat Ihnen doch Bargeld gegeben. Sie haben das doch liebend gern angenommen, stimmt's?«
»Nein. Wie kommen Sie darauf? Ich habe kein Geld von ihm genommen. Ich wollte sein Geld nicht. Ich verdiene nicht viel, aber es ist mein Geld, und ich komme damit zurecht.«
McEwan steckte die Hand in die Hosentasche und zog einen Kontoauszug heraus. Maureen erkannte an der blau-roten Schrift den Namen der Bank. Er faltete ihn auseinander und schob ihn ihr über den Tisch zu.
Es war ein Auszug von ihrem Konto. Der letzte Eintrag war über eine Einzahlung von 15 000 Pfund, eingezahlt an dem Tag, an dem Douglas starb. »Das ist doch eine Menge Geld für Sie, Maureen?«
»Es ist eine Menge Geld«, flüsterte sie. »Ich wußte nicht …«
»Hat er Sie bezahlt, damit Sie seiner Frau nichts von Ihrer Affäre erzählten? War das der Grund?«
»Ich wußte nicht, daß das Geld da war.«

»Aber Sie haben es selbst eingezahlt.«
»Nein, das habe ich nicht. Warum sagen Sie das?«
»Ihr Name steht auf dem Einzahlungsschein.«
»Ich habe es nicht eingezahlt.«
»Wie ich schon sagte, Maureen, Ihr Name steht auf dem Einzahlungsschein.«
»Ich habe an dem Tag gearbeitet. Ich war die ganze Zeit im Büro. Wie hätte ich es einzahlen sollen?«
»Der Schein ist mit ›M. O'Donnell‹ unterschrieben.«
»Ich schreibe immer ›Maureen‹«, sagte sie sehr leise. »Nicht ›M‹.«
McEwan zog demonstrativ sein Notizbuch heraus, las etwas darin, schob dann nachdenklich die Lippen vor. Plötzlich sah er auf.
»Ich habe erfahren, was Ihrem Bruder gestern passiert ist.«
»Was denn genau?« fragte Maureen, und es wurde ihr bang ums Herz.
»Eine polizeiliche Hausdurchsuchung? Ich nehme an, Sie wissen davon?«
Maureen räusperte sich unverbindlich und sah weg.
»Ihr Bruder ist ein Dealer, nicht wahr?« Seine Stimme war jetzt ein erfreutes, tiefes Knurren.
Es hatte keinen Sinn, es abzustreiten. Sie hatten überall Geruchsspuren gefunden. Maureen sah wieder auf McAskills Hände. Seine Nägel waren kurz geschnitten und sauber, und er hatte tiefe Rillen an den Fingergelenken. »Ich weiß nichts darüber«, murmelte sie.
»Er sagt Ihnen nichts, ist es so?«
»Genau.« Sie nickte nachdrücklich. »Er sagt mir nichts.«
McEwan lächelte. »Ich nehme an, er möchte Sie beschützen.«
»Ich weiß nicht, warum er mir nichts sagt, aber er tut es einfach nicht.«
»Hegt Ihr Bruder Ihnen gegenüber starke Beschützergefühle, Maureen?«
Sie sah sie kommen, die Anschuldigung, und wußte nicht, wie sie ihr ausweichen konnte. »Nicht besonders«, sagte sie.
»Ach?« sagte McEwan und tat ganz überrascht. »Aber als Sie ins

Krankenhaus mußten, hat Ihr Bruder Sie hingebracht, nicht wahr?«

»Was ist daran besonders?« fragte sie, gereizt wegen seiner dummen Tricks und seines phantasielosen Gequatsches. »Er fand mich in einem Wandschrank, wo ich in meiner eigenen Scheiße saß. Was sollte er da schon machen?«

»Ich sage ja nicht, daß er etwas falsch gemacht hat«, sagte McEwan, dem dieses Bild wohl nicht angenehm war.

»Nein«, sagte sie. »Aber Sie sehen darin einen krankhaften Beschützerinstinkt, und ich sage, das war einfach normale Hilfsbereitschaft.«

McEwan lehnte sich zurück und sah sie scharf an. »Von ›krankhaft‹ war hier nicht die Rede. Warum sagen Sie das?«

»Ich weiß, worauf Sie hinauswollen«, sagte sie und verspürte eine Übelkeit erregende, hoffnungslose Panik in sich aufsteigen. »Klar? Ich kenne Liam, und ich weiß, daß er es nicht getan hat.«

»Wie kommen Sie darauf, daß ich das behaupten könnte?«

»Weil Sie die Durchsuchung erwähnt haben und dann anfingen, über seine Beziehung zu mir zu reden.«

McEwan lehnte sich über den Tisch. Seine Gesten waren so sicher, so bestimmt, daß Maureen ihn am liebsten ins Gesicht geschlagen hätte.

»Versuchen Sie nicht, zu raten, was ich sagen werde, Maureen«, sagte er gemessen.

»Ich soll also warten, bis Sie mit Ihrer Szene fertig sind, obwohl ich ganz genau weiß, was Sie sagen werden.«

Sie hatte ihm seinen großen Moment verdorben. »Sie wissen nicht, was ich sagen will«, sagte er ruppig.

»Und ich weiß es doch.«

»Nein, Maureen«, sagte er und betonte langsam jedes Wort. »Sie wissen nicht, was ich sagen werde, Sie glauben nur, daß Sie es wissen. Ich fragte Sie nach der Beziehung Ihres Bruders zu Ihnen. Er *ist* Ihr Beschützer.«

»Nein, das ist er nicht«, leierte Maureen herunter.

McAskill entfuhr ein prustendes Lachen.

McEwan wurde endlich wütend. »Beantworten Sie einfach meine Fragen, Miss O'Donnell. Versuchen Sie nicht, mir extra schlau zu kommen.«
»Sie sind ein blödes Arschloch.«
McAskill hob den Kopf.
»Wie bitte?« flüsterte McEwan.
»Ich sagte, Sie sind ein blödes Arschloch. Sie schikanieren mich, sind selbstgefällig und herablassend, und ich mag Sie nicht.«
McEwan stieß hervor: »Tut mir leid, daß Sie das so sehen.«
»Ja, mir auch«, sagte Maureen, nahm ihre Zigaretten heraus und zündete sich eine an. Sie sah, daß McEwans Blick auf die Schachtel fiel. Sie schubste sie ihm über den Tisch zu. »Nehmen Sie sich schon eine, Himmel noch mal, Sie machen mich nervös.«
McAskills Blick folgte der Zigarettenschachtel, als McEwan Maureen herausfordernd ansah und sie entschlossen über den Tisch zurückschob. »Wissen Sie, ich glaube wirklich, wenn Sie wollten, daß wir denjenigen finden, der Ihren Freund ermordet hat ...«
»Sie sagten das schon.«
»... würden Sie sich ein bißchen kooperativ verhalten.«
»Sie fordern mich nicht auf, kooperativ zu sein«, rief sie aufsässig aus. »Sie fordern mich auf, unterwürfig zu sein und zu akzeptieren, daß man sich in mein Leben einmischt und daß wildfremde Menschen meine privaten Angelegenheiten und die meiner Freunde erfahren. Es ist furchtbar. Ich hasse das.«
McEwan nahm eine Packung *Superdelux* Zigaretten mit besonders niedrigem Teergehalt aus der Tasche und steckte sich eine in den Mund. Maureen sah zu, wie er sie anzündete. »Auch das ist noch Rauchen«, sagte sie, »selbst wenn es Ihnen keinen Spaß macht.«
McEwan nahm die Zigarette schnell wieder aus dem Mund, stand auf, riß die Tür auf und verlangte von jemandem im Flur, Tee zu bringen. Sofort. Er setzte sich. Er war sehr verärgert. »Wir müssen Ihnen Fragen stellen«, sagte er. »Wie sollen wir denjenigen finden, der es getan hat, wenn wir keine Fragen stellen?«

»Ich weiß, daß Sie das müssen«, sagte sie. »Aber gefallen muß es mir nicht, oder?«
»Es ist mir egal, ob es Ihnen gefällt oder nicht. Ich stelle Ihnen Fragen, und ich will, daß Sie sie ehrlich beantworten.«
Sie nickte ungeduldig und streifte die Zigarettenasche an der Innenseite des Aschenbechers ab. McEwan sah ihr lang in die Augen. »Glauben Sie, daß Ihr Bruder zur Gewalttätigkeit neigt?«
»Nein«, sagte sie.
»Wir haben die Aussage einer Zeugin, daß er sie vor zwei Jahren zusammengeschlagen hat.« McEwan lehnte sich zurück und beobachtete ihr fassungsloses Gesicht.
»Ich glaube Ihnen nicht.«
»Sie sollten mir aber glauben. Sie ist unten im Gebäude, ich könnte sie heraufbringen lassen, wenn Sie möchten.«
»Wen?«
»Eine Frau namens Margaret Frampton. Kennen Sie sie?«
»Maggie?«
»Heißt sie Maggie?«
»Liams Freundin Maggie?«
»Nein, vielleicht war sie irgendwann seine Freundin, aber jetzt ist sie das, glaube ich, nicht mehr. Ihr Spitzname ist Tonsa.«
»Die Scheiß-Tonsa?« sagte Maureen erleichtert und verärgert zugleich, daß es sich um die Crack-Kurierin mit den leeren Augen handelte. »Sie müssen doch Tonsa kennen, sie ist ja so was von ausgebrannt. Würden Sie ihr eher glauben als irgendeinem anderen? Sie kennt ja nicht einmal den Unterschied zwischen Neuseeland und Neujahr.«
»Sie kriegt aber mit, wenn sie zusammengeschlagen wird. Sie hat es uns ausführlich erzählt.«
»Ja, und was haben Sie ihr alles erzählt? Von den zwei Jahren, die sie in Cornton Vale sitzen wird, wenn sie nicht aussagt?«
McEwan war jetzt wirklich verletzt. McAskill machte ein merkwürdiges Gesicht, wie eine Warnung, daß sie nun zu weit gegangen sei. Es ging ihr nahe, sie hatte Achtung vor ihm.

»Gut«, gab sie nach. »Hören Sie, Tonsa mag das gesagt haben, aber ich habe überhaupt keinen Zweifel daran, daß es nicht wahr ist. Fragen Sie sie doch mal, ob sie Kennedy erschossen hat, das ist es, was ich meine.«
Ein Klopfen an der Tür kündigte den Tee an. Ein Mann in einem blendendweißen Hemd kam herein, stellte das Tablett ab und die Tassen auf den Tisch. Maureen trank ihren Tee sonst nicht sehr stark und ohne Milch und Zucker. Der junge Mann hatte ihr Zucker und Milch in die Tasse getan, aber sie nahm sie trotzdem, weil sie wußte, daß McEwan für sie keine Tasse vorgesehen hatte. McEwan ärgerte sich noch über die Kränkung, zog heftig an seiner teerarmen Zigarette und drückte sie dann aus.
»Kannte Ihr Bruder Douglas Brady?«
»Er hat ihn einmal gesehen.«
»Wann?«
»Vor vier Monaten, glaube ich. Liam kam bei mir vorbei, und Douglas war da.«
»Wie lange waren sie beisammen?«
»Ungefähr fünfzehn Minuten. Douglas war schon zu spät dran, er mußte wegen eines Termins oder so gehen.«
»War noch jemand da?«
»Nein. Nur wir drei.«
»Schön.« McEwan schrieb etwas in sein Notizbuch. »Wußten Sie, daß Douglas verheiratet war, als Sie sich mit ihm einließen?«
»Nein.«
»Wann haben Sie es erfahren?«
»Erst kürzlich.«
»Wann?«
»Ich weiß nicht. Vor kurzem.« Sie nahm die Tasse Tee und trank den ersten Schluck. Die Milch hinterließ einen käsigen Belag auf ihrer Zunge.
»Wir haben das in Ihrer Wohnung gefunden.« McEwan schob ihr einen Briefumschlag zu. Es war die Heiratsurkunde von Douglas und Elsbeth, die Kopie vom Standesamt, die noch in dem cremefarbenen Umschlag steckte.

»Es ist eine Kopie von Douglas Bradys und Elsbeth McGregors Heiratsurkunde, angefordert vom zentralen Standesamt«, sprach er auf das Tonband. »Das Kuvert ist zwei Tage vor dem Mord abgestempelt. Wann haben Sie es erhalten?«

»Am Tag, nach dem es passierte.«

McEwan schlug mit der flachen Hand laut auf den Tisch. »DAS WAR EINE DUMME LÜGE«, schrie er. »LÜGEN SIE MICH NICHT AN.«

Der Brief war an ihre Arbeitsstelle adressiert. Sie hatte ihn in ihrer Handtasche auf dem Fußboden im Schlafzimmer zurückgelassen, und McMummb hatte ihr die Schlüssel und den Geldbeutel aus der Tasche gegeben. Sie wußten, daß sie nichts mehr in die Tasche getan hatte, seit sie Douglas gefunden hatte. Sie mußte den Brief erhalten haben, bevor sie ihn fand. Sie schlürfte den ranzig schmeckenden Tee. »Ja«, sagte sie. »Das war eine Lüge. Es tut mir leid.«

Sie nahm den letzten Zug aus ihrer Zigarette, machte sie dann aus und fragte sich, wo Liam bloß war und was sie wohl zu ihm sagten und warum McEwan ihn nicht verhörte. Sein Chef befragte ihn vielleicht, wenn er einen Chef hatte.

»Wann bekamen Sie diesen Brief?« fragte McEwan.

»An dem Tag, an dem es passiert ist. An dem Tag, bevor ich ihn fand.«

»Haben Sie ihn Ihrem Bruder gezeigt?«

»Nein.

»Warum nicht?«

»Ich habe ihn an dem Tag nicht gesehen.«

»Ja, das haben Sie gesagt.«

»Sie haben daran keine Fingerabdrücke von ihm gefunden, stimmt's?« sagte sie triumphierend. »Oder?«

»Wir haben die Fingerabdrücke Ihres Bruders noch nicht genommen. Ich frage mich, warum Sie sich seine Heiratsurkunde schicken ließen.«

Es sollte eine rhetorische Frage sein. Sie beschloß, ihn zu ärgern. »Er hat mir gesagt, er sei nicht verheiratet. Ich dachte, daß er mich anlog, schrieb an das Standesamt und ließ es überprüfen. Ich bin sicher, der Standesbeamte hat meine Anfrage verzeichnet. Ich bat um eine Recherche über die letzten fünfzehn Jahre.«

»Und so haben Sie entdeckt, daß er verheiratet war?«

»Ja.«

»Und was sagte Douglas, als Sie es ihm gesagt haben?«

»Ich habe es ihm nicht gesagt. Ich habe ihn nicht mehr lebend gesehen.«

»Stimmt«, sagte McEwan. »Sie haben ihn an dem Tag gar nicht gesehen, nicht wahr?«

»Nein.«

»Sie sind sehr hartnäckig, was diesen Punkt anbelangt.«

»Ja.«

»So hartnäckig wie in bezug auf die Aussage, Sie seien nicht in der Rainbow Clinic zur Behandlung gewesen.« Er blätterte eine Seite seines Notizbuchs um. »Wie fühlten Sie sich, als Sie erfuhren, daß er verheiratet war?«

»Ich wußte es eigentlich schon. Deshalb habe ich ja ans Standesamt geschrieben.«

McEwan beugte sich über den Tisch und wiederholte die Frage mit fester Stimme: »Wie fühlten Sie sich, als Sie erfuhren, daß er verheiratet war?«

»Na ja, Joe«, sagte sie laut, »ich kam mir ein bißchen blöd vor, und dann war ich müde, und dann kam ich mir wieder blöd vor, okay?«

McEwan drohte ihr mit dem Finger. »Werden Sie nicht unverschämt«, sagte er und senkte seine Stimme um eine Oktave. Er sammelte sich. »Sie waren überhaupt nicht wütend?«

»Wenn man sich mit Männern einläßt, die schon vergeben sind, verdient man, was man bekommt, meinen Sie nicht?«

McEwan lehnte sich zurück und bedachte sie mit einem bösen Grinsen. »So ist das? Und Sie erwarteten nicht, daß er seine Frau verlassen würde?«

»Hören Sie, ich war gerade vier Monate aus der psychiatrischen Anstalt entlassen, als ich ihn kennenlernte, ich war durchgedreht.

Sogar ich wußte, daß ich nicht in der Lage war, den Partner fürs Leben zu finden.«
»Wie meinen Sie das? Wollen Sie damit sagen, daß Sie Douglas eigentlich nicht mochten?«
Was immer sie sagte, klang belastend. Sie beschloß, die Wahrheit zu sagen. »Douglas war ein kläglicher Typ mittleren Alters, der andauernd jemandem an die Wäsche wollte. Ich mochte ihn, und er war nett zu mir. Ich hätte nie etwas mit ihm anfangen sollen, aber ich hab's getan, weil ich einsam und scharf auf einen Mann war. Ich wollte ihn nicht mehr sehen, und die Heiratsurkunde war der Tropfen, der das Faß zum Überlaufen brachte. Ich regte mich nicht darüber auf. Ich war nicht erfreut, aber ich war auch nicht wütend.«
McEwan schien plötzlich interessiert. »Sie hatten vor, die Beziehung zu beenden?«
»Ja, aber ich hätte ihn doch nicht umgebracht oder ihm sonst irgendwas angetan oder ihm von jemand anderem was antun lassen. Er war so nett zu mir, wie er konnte. Mehr kann ich nicht verlangen, oder?«
»Haben Sie irgend jemandem erzählt, daß Sie die Beziehung abbrechen wollten?«
»Ja, ich hab's meiner Freundin Leslie erzählt und Liz, meiner Kollegin.«
»Sie haben es nicht Ihrem Bruder erzählt?«
»Nein. Liam und ich, wir reden nicht über solche Dinge. Er wußte, daß Douglas mit einer anderen Frau zusammenlebte, und er fragte mich nie viel nach ihm, weil er die Sache nicht ernst nahm.«
»Jemand muß die Beziehung ernst genommen haben«, sagte er wichtigtuerisch und verschränkte die Arme. »Ernst genug, um ihn in Ihrer Wohnung zu töten.«
Maureen konnte diese Schlußfolgerung nicht nachvollziehen, beschloß aber, sie einfach durchgehen zu lassen. Je eher es zu Ende war, desto eher konnte sie Liam sehen.
McEwan hob eine Augenbraue und sah sie an. »Ich glaube, es ist

wie folgt passiert, Miss O'Donnell.« Darauf hatte er die ganze Zeit hingearbeitet, das war sein Trumpf. »Ich meine, Sie waren erregt, als Sie den Brief bekamen, der Ihnen mitteilte, daß er verheiratet war. Ich glaube, Sie haben gedroht, es seiner Frau zu sagen, und er versuchte, Sie zu kaufen, aber das Geld genügte Ihnen nicht, Sie wollten, daß er sie verlassen und mit Ihnen leben sollte. Ich glaube, Sie haben Ihren Bruder angerufen und es ihm gesagt.«

»Nein, das hab' ich nicht ...«

»Sie luden Douglas ein und ließen ihn ins Haus. Ihr Bruder kam dazu. Vielleicht wollte er Douglas nur bedrohen, ihn zwingen, ernsthaft zu erwägen, seine Frau zu verlassen, und er ging dann einfach zu weit.«

»Ach, Scheiße, Sie liegen völlig falsch. Sie haben keine Ahnung.«

»Wir werden Sie kommen lassen, wenn wir wieder mit Ihnen reden müssen«, sagte er. »Danke, Miss O'Donnell.«

Maureen war überrascht. Sie sah McAskill an, aber er schaute zum Tonbandgerät und nicht zu ihr. »Was werden Sie mit Liam machen?« fragte sie.

»Wir werden überhaupt nichts *mit ihm machen*, wir werden mit ihm reden. Wollen Sie mir sonst noch irgend etwas sagen?«

McEwan sah sie an, als wisse er etwas. Er bluffte. »Mir fällt jetzt nichts ein«, sagte sie unschuldig. »Wer verhört Liam?«

»Wir gehen jetzt und reden mit ihm«, sagte McEwan.

»Lohnt es sich für mich zu warten?«

»Nein.« Er stand auf, lehnte sich an McAskill vorbei und schaltete das Tonbandgerät ab.

Sobald das Gerät aus war, wurde McEwans wütendes Gesicht tiefrot, und klopfende, dicke Venen traten plötzlich an seinen Schläfen hervor. Er beugte sich so nah zu ihr hin, daß sie den leicht bitteren Zitronenduft seines Aftershaves roch. »Reden Sie nie wieder so mit mir«, flüsterte er.

McAskill erhob sich mit zu Boden gesenktem Blick und legte seine Hand gegen McEwans Brust, als wolle er ihn zurückschieben, damit er vom Tisch aufstehen konnte. Aber es war genug Platz hinter seinem Stuhl, er hätte ihn zurückschieben können. Er hielt

McEwan also zurück und ermahnte ihn, sich zusammenzunehmen.
Joe McEwan war kein Mann, den man verärgern sollte, dachte sie, auf keinen Fall.

Maureen ging zu Fuß durch die Stadt. Sie bemerkte den hochgewachsenen Mann nicht, der hundert Meter hinter ihr ging, sorgfältig darauf achtete, daß sie ihn nicht sah, und sich ihrem Tempo anpaßte. Er folgte ihr die Bath Street entlang und die Cathedral Street hinauf. Als Maureen zum hell erleuchteten Vorhof der Kathedrale kam, blieb er im Schatten zurück und beobachtete, wie sie das Albert Hospital durch den Seiteneingang betrat. Er wartete ein paar Augenblicke, ging um den hellen Vorhof herum und schlich in die Eingangshalle. Der Aufzug ging ab acht nicht mehr. Er las das Wegweiserschild. Achter Stock – Dr. Louisa Wishart. Er schrieb den Namen in sein Notizbuch, sah nach, wie spät es war, und notierte auch die Zeit. Dann verließ er das Gebäude und wartete auf der anderen Straßenseite, bis sie wieder herauskam.

Sie schloß sich in eine Toilette ein und rauchte verstohlen eine Zigarette, bevor sie zur Anmeldung ging und sich bei Mrs. Hardy meldete. Sie fürchtete, daß sie den Rauchalarm auslösen könnte, und mußte die Zigarette die ganze Zeit herumschwenken, um den Rauch zu verteilen. Fünzehntausend Pfund. Siobhain hatte gesagt, er habe ihr das Geld gegeben, damit er sich in bezug auf die Klinik besser fühlte. Maureen dachte zurück und versuchte, sich an etwas während ihres Aufenthalts im Northern zu erinnern, das 15 000 Pfund wert gewesen wäre. Und jetzt hatten sie Liam. Liam hatte noch nie Schwierigkeiten mit der Polizei gehabt. Joe McEwan schien es auf ihn abgesehen zu haben, und, wie Leslie gesagt hatte, die Zeit der Polizei war begrenzt. Sie hatte gewußt, daß sie ihn sich schließlich greifen würden, und hatte gezögert, Zeit verschwendet und tatenlos zu erraten versucht, wer es getan haben könnte.

Sie hatte plötzlich den Wunsch, Leslie anzurufen und sie zu bitten, herzukommen und bei ihr zu sein. Aber sie war ja noch bei der Arbeit. Leslie hatte selbst viel zu tun, und Maureen konnte sich nicht dauernd auf sie stützen.

Sie überlegte sich, warum sie ihr Fragen zum Abend gestellt hatten. Vorher schienen sie so sicher zu sein, daß es während des Tages geschehen war. Winnie kam ihr in den Sinn. Syndrom verfälschter Erinnerung, ein Freibrief, dem Knast zu entkommen, für jeden, dem es nicht gefiel, auf der dunklen Seite zu stehen.

Louisa

MAUREEN GING INS Büro und lächelte der Frau in der Anmeldung zu. »Hallo, Mrs. Hardy«, sagte sie. »Hm, ich glaube, ich habe am letzten Mittwoch einen Termin verpaßt.«

»Ja, das haben Sie«, sagte Mrs. Hardy. »Wir haben auf Sie gewartet.«

»Es tut mir furchtbar leid, ich hab' es einfach vergessen.«

Mrs. Hardy lächelte. »Regen Sie sich nicht auf, jetzt sind Sie ja hier. Ich werde Louisa Bescheid sagen.«

Maureen bedankte sich und ging in das kleine Wartezimmer. Der Mann, der immer ein Gespräch mit ihr anfangen wollte, saß auf der Kante des Stuhls, auf dem er jedesmal saß. Er hatte ihn seitwärts gedreht, so daß er der Tür gegenüber saß und rief »Hallo«, sobald sie den Raum betrat. Sie beachtete ihn nicht, ging zum Fenster hinüber und stützte die Ellbogen auf das hohe Fensterbrett, beugte den Kopf vor und schloß die Augen. Sie dachte an Liam und wie er mit gesenktem Kopf auf der Wache in der Stewart Street durch die Doppeltür gegangen war. Sie spürte, wie sie ein Gefühl der Dumpfheit überkam.

Sie kratzte sich langsam mit den Fingernägeln am Nacken und zog lange, tiefe Schrammen, um die Starre zu vertreiben. Dumpfheit war schlimmer als Schmerz. Es war wie eine schreckliche, auszehrende Krankheit, wenn jede Verbindung mit der Außenwelt verlorenging, nichts mehr wichtig und von Bedeutung war, nichts mehr einen berührte, unterhielt oder überraschte, wenn sich sogar körperliche Wahrnehmungen fern und unwirklich anfühlten. Es war, als sei man tot, ohne die entsprechenden Formalitäten durchlaufen zu haben.

Ihr Nacken fühlte sich unangenehm feucht an. Sie hörte auf zu kratzen und sah sich ihre Finger an. Die Fingerspitzen waren blutverschmiert. Sie nahm ihr Gummiband aus den Haaren und

löste den Pferdeschwanz, so daß ihr Haar die Kratzer verdeckte. Sie machte die Augen weit auf und sah über die moosgrünen Dächer der schwarzen, mittelalterlichen Kathedrale hinaus auf die Stadt.
Sie dachte an Siobhain, und die Gleichgültigkeit ließ nach. Siobhain hatte Douglas an jenem Tag um halb vier gesehen. Wenn sie Liam festnähmen, könnte sie als letzte Rettung Siobhain dazu bringen, mit ihnen zu reden. Sie hatten nach dem Abend gefragt. Vielleicht hatte am Abend jemand etwas gesehen.
Mrs. Hardy rief beide Patienten über die Sprechanlage auf. Mr. McNeil solle zur Anmeldung kommen, und Ms. O'Donnell könne jetzt in Dr. Wisharts Zimmer gehen. Maureen drehte sich um und sah, wie der kleine Mann aus der Tür eilte. Ein schlechter Tag, um aufdringlich zu werden, mein Lieber, dachte sie.
Louisa saß stocksteif hinter ihrem Schreibtisch. Sie schob Maureen die Zeitung hinüber.
»Ich habe es schon gesehen«, sagte Maureen.
»Ihr Freund Davie ist also in Wirklichkeit Douglas Brady?«
»Ja. Sie verstehen doch, warum ich Ihnen das nicht sagen konnte. Ich dachte, vielleicht kennen Sie ihn.«
Louisa brummte und nickte.
Maureen erzählte ihr, wie es zu ihrer Beziehung gekommen war, und beschrieb, wie sie die Leiche fand, wie alles rot gewesen war und wie die Polizei sie behandelt hatte.
»Die Polizei ist auch hier gewesen«, sagte Louisa.
Maureen hatte nicht damit gerechnet, daß die Polizei tatsächlich Louisa selbst aufsuchen würde. Sie war davon ausgegangen, daß sie vielleicht irgendeine Untergebene von der Klinikverwaltung anrufen würden. Wenn McEwan ihr Krankenblatt zu Gesicht bekäme, würde er sie für eine zwanghafte Lügnerin halten.
»Haben sie meine Unterlagen eingesehen?«
»Nein«, sagte Louisa. »Sie hätten eine gerichtliche Verfügung gebraucht, um sie einzusehen, und sie meinten, es sei nicht so wichtig. Sie stellten mir Fragen über Sie.«
»Was haben sie gefragt?«

»Sie fragten, ob ich der Meinung sei, daß Sie den Unterschied zwischen einer Lüge und der Wahrheit kennen.«
»Was haben Sie gesagt?«
»Ich sagte, der Meinung wäre ich schon.«
Zum ersten Mal, seit sie Louisa kannte, tauschten sie einen bedeutsamen Blick. Maureen fragte sich, ob sie wußte, daß sie sie dauernd anlog. Louisas Blick richtete sich nun zur Seite auf eine leere Stelle neben der Tür. Maureen dachte, sie sei an der Reihe zu sprechen. »Sind sie nur einmal gekommen?« fragte sie.
»Ja, nur einmal. Möchten Sie mich noch etwas anderes dazu fragen?«
»Nein«, sagte Maureen. Es war das längste Gespräch, das sie je geführt hatten. Louisa lehnte sich zurück.
»Worüber möchten Sie heute noch sprechen?« fragte sie.
Es rührte Maureen, daß Louisa ihr so blind vertraut und sie beschützt hatte, und sie bedankte sich bei ihr damit, daß sie ihr den Traum von der Vergewaltigung beim Frühstück nach der Messe erzählte. Louisa hörte ihn sich an und lächelte am Schluß ganz glücklich. Sie sprachen über den Traum und versuchten, eine Verbindung zu Douglas' Tod herzustellen.
Maureen wollte sich ihr nicht preisgeben, es sollte nur ein symbolisches Geschenk sein. Sie erzählte ihr, ihre Freundin Ailish hätte sich mit ihrem Freund verkracht, als sie herausfand, daß er mit ihrer Schwester schlief. Und sie selbst hätte erwartet, daß Ailish sie in dieser schwierigen Zeit mehr unterstützen würde, aber sie hätte ihr überhaupt nicht geholfen.
»Vielleicht hat sie selbst über zu vieles nachzudenken«, sagte Louisa.
Sie stellten noch eine Weile Vermutungen über Ailishs Motive an.
»Ich mache mir Gedanken wegen der Klinik«, sagte Maureen. »Ich muß immer an die Zeit dort denken und vermeide möglichst, dort vorbeizugehen. Ich glaube, ich entwickle wieder eine Phobie davor.«
Aber Louisa biß heute nicht an. »Erzählen Sie mir, welche Gefühle Sie jetzt in bezug auf Douglas haben«, sagte sie.

»Ich fühle eigentlich kaum etwas. Oft habe ich ihn eine Woche lang nicht gesehen, und genauso fühlt es sich jetzt an.«
»Sie stehen wahrscheinlich noch unter Schock. Wenn sich die Gefühle melden, und ich bin sicher, daß das der Fall sein wird, rufen Sie mich an, egal ob tagsüber oder nachts, ja?«
Maureen dankte ihr.
Sie sagte, sie würde Maureen für drei Wochen krank schreiben.
»Louisa, wissen Sie – was ich über die Klinik gesagt habe ... Also, ich möchte mich dem stellen. Kennen Sie noch Leute dort, mit denen ich reden könnte?«
»Wozu?«
»Ich will hingehen und mich umsehen. Vielleicht hilft mir das, mich besser zu fühlen.«
»Ich würde Ihnen nicht dazu raten. Ich glaube, Sie stehen so schon unter genug Druck.«
»Ich habe im Moment eigentlich gar keine Angst.«
»Ich glaube, das ist der Schock. Es kann sein, daß Sie sich darauf konzentrieren, um sich Ihren Gefühlen zu Douglas nicht stellen zu müssen.«
»Vielleicht«, sagte sie. »Aber ich würde trotzdem gern hingehen. Ich will nicht allein dort herumlaufen, falls ich damit nicht klarkomme, aber ich kenne dort niemanden mehr vom Personal.«
»Martin Donegan ist noch da.«
Maureen machte die Tür auf und drehte sich noch einmal zu Louisa um, die mit geballten Fäusten ganz still am Schreibtisch saß. »Wiedersehen, Louisa«, sagte sie.
»Wiedersehen, Maureen«, sagte Louisa.
Maureen kehrte ins Wartezimmer zurück und blieb dort sitzen, bis Mrs. Hardy sie wieder aufrief. »Hier«, sagte Mrs. Hardy und hielt ihr ein Blatt Papier hin. »Das ist das Attest.«
Maureen nahm es. »Danke, Mrs. Hardy.«
»Werden wir Sie nächste Woche sehen?«
»Ja, bis dann.«

Es war jetzt dunkler auf den Straßen, und der Beamte, der sie ins Krankenhaus hatte gehen sehen, folgte ihr zurück durch die Stadt zur Stewart Street Station.

Als sie den Hügel hinunterging, spürte sie in der frischen Abendluft Stiche im Nacken, wenn ihre scharfen Haarspitzen beim Gehen an die wunde Stelle stießen. Aber die scharfen Stiche erinnerten sie an Siobhain. Sie konnte bezeugen, daß Douglas um halb vier noch gelebt hatte, auch wenn sie nicht über das Krankenhaus reden konnte.

Sie könnte in den nächsten Tagen zu Martin gehen. Er hatte über zwanzig Jahre lang am Northern Hospital als Pförtner gearbeitet und war ein ruhiger, zuverlässiger Mann. Der Krankenhauskomplex war über die Jahre auf ziemlich chaotische Weise erweitert worden, aber Martin kannte jeden Winkel. Wenn sie etwas über das Northern Hospital wissen mußte, war Martin der richtige Mann.

Der Polizist am Schreibtisch sagte, Liam sei noch nicht fertig. Sie fragte, wie lange es voraussichtlich noch dauern würde, aber der höfliche Beamte sagte nur, es täte ihm leid, er wisse es nicht. Sie wartete ein Weilchen, saß auf dem Plastikstuhl, auf dem Liam an dem ersten Morgen gesessen hatte, leckte an ihren Fingern, rieb den schmerzlindernden Speichel auf die blutigen Kratzer am Nacken und rechnete sich aus, wie lange es dauern würde, zu Winnie zu fahren. Zwanzig Minuten später ging sie weg und nahm einen Bus zur South Side.

Der Beamte in Zivil folgte ihr, saß unten im Bus und paßte auf.

Sie stieg aus und ging die zwei Straßen zum Haus zu Fuß, als sie plötzlich auf der anderen Straßenseite Michael unter einem gelben Straßenlicht vorbeigehen sah. Sein Gang war genauso, wie sie ihn in Erinnerung hatte, herausfordernde, jugendlich federnde Schritte. Sie blieb etwas zurück, überquerte dann die Straße, so daß sie hinter ihm ging. Sie folgte ihm zehn Minuten, bis sie merkte, daß er es gar nicht war. Es war nur ein anderer großer

Typ mit Glatze. Die Zähne des spitzen Kammes hinterließen einen Abdruck auf ihrer Hand. Sie hatte den Griff noch nicht abgefeilt und hätte ihm höchstens einen boshaften Stoß damit versetzen können. Sie hätte Louisa nicht von ihrem Traum erzählen sollen – er hatte ihre Gefühle wiederbelebt.

Sie besaß noch einen Hausschlüssel. Sie steckte ihn leise ins Schlüsselloch und hoffte, Winnie aus dem Weg gehen zu können. Das Licht im Wohnzimmer und in der Küche war an, aber es war still im Haus. George ging oft aus, er hatte überall in der Stadt Freunde in verschiedenen Pubs, aber Winnie blieb meistens in der Nähe des Hauses. Sie mußte wohl irgendwo eingeschlafen sein, wahrscheinlich in ihrem Schlafzimmer oder auf der Couch im Wohnzimmer. Maureen ging auf Zehenspitzen die Treppe hinauf zu ihrem alten Zimmer im hinteren Teil des Hauses.

Ihr Zimmer war während der Zeit, als sie erwachsen wurde, ihr geliebter Zufluchtsort gewesen. Als sie dreizehn war, hatte sie einen Samstagsjob in einem Obst- und Gemüseladen, kaufte sich von ihrem ersten Lohn ein Sicherheitsschloß und montierte es an ihre Zimmertür, um Winnie davon abzuhalten, daß sie spätabends, wenn sie besoffen war, hereinkam und am Fußende ihres Bettes im hellen Licht vom Flur herumtorkelte und ihr einen Riesenschreck einjagte. Winnie wechselte eines Tages, als Maureen in der Schule war, das Schloß aus. Maureen machte es wieder dran. Liam erklärte sein Zimmer zur unabhängigen Republik.

Winnie benutzte Maureens Zimmer jetzt als Abstellraum. Die Tür wies noch die Löcher von den zwölf Schrauben auf, die in die paar Quadratzentimeter gebohrt worden waren. Flecken von Klebeband auf der Tapete deuteten die Umrisse ihrer Lieblingsposter an, und die Bücher, die sie nicht mehr wollte, standen immer noch nebeneinander auf dem Regal: Enid Blyton, Agatha Christie, ein Mathebuch für die mittlere Reife, Jahrbücher der *Dandy*-Comics. In der Ecke saß eine Gruppe von verstaubten Kuscheltieren. Winnie hatte sie Maureen immer zu Geburtstagen und zu Weihnachten geschenkt, weil sie sie mit Marie verwechselte, die so etwas mochte.

Sie fand die Schuhschachtel mit den Fotos unter ihrem Bett. Jemand mußte sie in letzter Zeit durchwühlt haben. Manche Fotos waren umgeknickt und an den Seiten achtlos hineingestopft worden, wo sie sich nun widerspenstig an ihren neuen Platz gewöhnten. Sie steckte sie in ihre Tasche, nahm alle mit, auch die aus der Zeit, als sie noch klein war.
Das letzte steckte in dem gefalteten Karton an der Unterseite der Schachtel. Sie versuchte immer wieder, es herauszuziehen, aber es saß fest. Sie mußte die Schachtel auseinanderreißen, um es herauszukriegen. Es war ein Bild von ihr mit ihrem Vater. Sie saß auf seinem Knie und hatte die Arme um ihn gelegt. Er schien betrunken zu sein und hatte die Hemdsärmel aufgerollt. Das tat er immer, wenn er getrunken hatte, und es war für sie immer ein Anzeichen gewesen, sich in acht zu nehmen. Maureen erinnerte sich an damals. Es war Winter, und er hatte schon angefangen, sie zu mißbrauchen. Sie tat immer, als bewundere sie ihn, wenn andere Leute dabei waren, und wußte, daß er ihr dann nichts anhaben konnte. Sie dachte, wenn sie netter zu ihm wäre, würde er aufhören, ihr weh zu tun, wenn sie allein waren.
Sie wußte noch, daß das Bild in der Weihnachtszeit aufgenommen worden war. Liam wollte ein Bonanzarad, und Maureen wünschte sich eine große Puppe, die sie an einem Stand auf dem Barrasmarkt hatte hängen sehen. Sie trug ein kariertes Kleid und eine große schottische Baskenmütze. Sie bekam die Puppe, aber kaum war sie ausgepackt, bemerkte sie, daß sie mit häßlichen, groben Stichen zusammengenäht war und falsch aufgemalte Augen hatte. Sie weinte den ganzen Tag. Liam bekam sein Bonanzarad und ließ sie nicht damit fahren.
Sie nahm *Der Meister und Margarita* und das zerfledderte *Keep the Aspidistra Flying* mit, Bücher, die sie aus der Schulbibliothek geklaut hatte. Sie steckte sie in ihre Tasche und sah sich im Zimmer um. Ein schon vergilbtes Bild von Joe Strummer lag unter dem Bücherregal. Sie stopfte es in ihre Jackentasche. Sonst gab es nichts, das sie haben wollte.
Ein bizarrer Aschenbecher, den sie im Northern Hospital wäh-

rend der Beschäftigungstherapie gemacht hatte, stand auf einem Tisch im Treppenhaus. Er war rund und mit einer Zielscheibe aus roter und weißer Glasurfarbe verziert. Es war das erste, was sie in dem Kurs gemacht hatte, und Pauline hatte ihr bei den Farben und dem Lack geholfen. Als sie ihn Liam stolz im Garten der Klinik zeigte, sagte er, der Aschenbecher sei toll. Wenn sie herauskäme, könnte sie ein Vermögen mit dem Entwerfen von Aschenbechern für schlecht zielende Raucher verdienen. Sie nahm ihn mit und schlich aus dem Haus.

Sie hatten ihn drei Stunden lang verhört. Der Polizist am Schreibtisch sagte ihr, er wisse nicht, wann Liam herauskommen würde, es könne noch eine Weile dauern.

Sie holte sich einen Zitronentee vom Automaten in der Halle und machte sich gerade auf eine lange Wartezeit gefaßt, als Liam, dicht gefolgt von McEwan, aus einem Korridor kam. Beide sahen erschöpft und wütend aus. Liams Miene veränderte sich nicht, als er sie sah. Er nahm die dampfende Plastiktasse aus ihrer Hand und stellte sie auf einen Stuhl. »Komm«, sagte er und nahm sie an der Hand. »Wir gehen heim.«

McEwan und Liam gingen auseinander, ohne sich zu verabschieden.

Mr. Toupet

Liam wollte nicht darüber reden, was auf der Polizeiwache geschehen war. Er sagte ihr nur, daß Paulsa, der Typ, bei dem er an dem Nachmittag gewesen war, als Douglas ermordet wurde, sein Alibi bestätigt hatte. Liam sagte, er könne Maggie auf keinen Fall wiedersehen. McEwan hatte ihre Eltern angerufen und sich von ihnen sein Alibi für den Abend bestätigen lassen. »Sie haben dich also nach dem Abend gefragt?« sagte sie.

»Ja.«

»Mich auch. Es war nett von Paulsa, dir auszuhelfen.«

»Paulsa braucht im Moment eine Menge Freunde. Er hat gerade viel Geld verloren.«

»Wie denn das?«

»Hat eine Ladung mieses LSD gekauft, hat all sein Geld reingesteckt, ohne es vorher zu probieren.«

»Wieso mies?«

»Du kannst es nicht verkaufen. Der totale Horrortrip, und jeder weiß Bescheid.«

Liam parkte vor Bennys Wohnung, machte aber keine Anstalten, auszusteigen. Die Straße lag wie eine Filmkulisse unter dem warmen, gelben Licht der Straßenbeleuchtung da.

Zärtlich strich sie ihm das Haar aus dem Gesicht. »Du siehst traurig aus.«

»Ich bin nicht traurig«, sagte er und kaute auf seiner Lippe herum. »Ich habe Angst.«

Solch ein Eingeständnis hatte sie noch nie von ihm gehört, und jetzt jagte es ihr einen Schrecken ein. »Oh, Liam« jammerte sie kläglich. »Das will ich nicht.«

Er sah aus dem Fenster. »Wenn wir aus der Sache heil herauskommen, verkaufe ich das Haus und schreibe mich an der Uni ein.«

»Das ist gut«, sagte sie leise. »Und was, wenn wir nicht heil rauskommen?«
»Dann muß ich zusehen, was noch übrig ist und was man damit anfangen kann. Ich mach' so was nie mehr mit.«
»Tut mir leid, daß ich dir das eingebrockt habe«, sagte sie und fand, daß sie wie Siobhain klang.
Liam sagte, er wolle nicht darüber reden, er wisse aber, daß Benny genau darauf bestehen würde. »Sag ihm einfach, wir wären bei Mum gewesen, ja?«

Ein weißer Volkswagen parkte auf der Maryhill Road gegenüber den Pollern vor der Scaramouch Street. Die beiden Beamten beobachteten, wie Maureen und Liam aus dem Triumph ausstiegen und zum Haus Nummer zwölf hinaufgingen. Der Fahrer griff zum Funkgerät und machte Meldung.

Die Heizung war an und die Wohnung angenehm warm.
»Ich warte schon seit Stunden auf euch zwei«, sagte Benny. Er hatte eine Menge Geld ausgegeben und drei Rehrückensteaks zum Abendessen gekauft. Jetzt verbannte er sie beide aus der Küche.
Sie saßen auf der Couch und sahen fern, bis Benny das Essen hereinbrachte. Das Fleisch war gut und zart, und er servierte ihnen Kartoffelbrei mit Butter, Sahne und karamelisierten Zwiebeln drin und dazu gedämpften Lauch. Als sich das Essen mit Hilfe eines starken Kaffees ein bißchen gesetzt hatte, ging Maureen hinunter zum Ambassador, um Eis zu kaufen.
Die Cafébar *Ambassador* in der Maryhill Road war berühmt für ihr selbstgemachtes Eis. Eine weitere Attraktion des Lokals war die Aquariumwand: ein aus Sperrholz ausgesägtes Fenster in der Form einer Amöbe mit einem riesigen Fischbecken dahinter. Aber das Becken war jetzt leer, und die Kieselsteinschicht am Grund des trockenen Aquariums war von einem grünen Algenteppich überzogen.
Niemand schien je in dem Café zu essen, die Tische waren immer

leer. Es hatte bis spät in der Nacht geöffnet, verkaufte Zigaretten und Schokolade an Kunden aus der Nachbarschaft. Hinter dem Tresen ragten dunkle Holzregale bis zur Decke hoch. Oben war eine kleine Leiter auf Rollen festgemacht, und die Regale bogen sich unter dem Gewicht bunter Bonbongläser.

Der Mann hinter dem Tresen war eine Art Original, den jeder in der Gegend kannte. Er kümmerte sich um die Fußballmannschaft der Jungs unter zwölf und trug das auffälligste Toupet von ganz Maryhill, vielleicht sogar der ganzen Westküste. Das Haarteil saß so hoch oben auf seinem Kopf, daß es aussah, als würde er seine Sandwiches darunter aufbewahren. Er war Bestandteil eines hier üblichen Initiationsritus: Die Jungs erzählten den Kleineren, er heiße Mr. Toupet, und brachten sie dann dazu, hineinzugehen und ihn mit diesem Namen anzusprechen.

Maureen versuchte, nicht auf seine Haare zu schauen, und verlangte eine große Portion von dem selbstgemachten Eis und eine Flasche Irn Bru Ginger Ale. Mr. Toupet beugte sich hinunter, um das Eis aus dem Kühlfach zu nehmen, und Maureen sah plötzlich sein Toupet wie ein verfilztes Teppichstück direkt vor sich. Die gewebte Unterseite der dicken Haare war schmutzig. Sie sah weg und richtete den Blick auf die Bonbongläser. Als sie noch sehr klein waren, ging Winnie mit ihnen sonntags nach der Messe öfter in Süßwarenläden. Jedes Kind durfte sich ein Viertelpfund auswählen. Maureen konnte sich nicht an ihre Lieblingssorte erinnern, sie wechselte sie dauernd, aber Liam nahm jedesmal die harten Rhabarberbonbons. Sie verlangte ein Viertelpfund davon. Mr. Toupet wog sie aus und tat sie in eine Papiertüte, die er an den Ecken festhielt und zweimal herumwirbelte, um sie zu schließen.

In der Wohnung gab sie Liam die Tüte mit den Bonbons. Er öffnete sie sofort und reichte sie herum. »Mann«, sagte er, »die hab' ich seit Jahren nicht mehr gegessen.«

In der Küche bereitete sie Floaters zu, indem sie das sprudelnde Irn Bru in hohe Gläser goß und dann das Eis dazugab. Ginger Ale und Eis vermischten sich, schäumten bis zum Rand des Glases auf und setzten sich langsam wieder, während sie weiter mit Ginger Ale auffüllte. Die Küche roch wie ein Paradies für Naschkatzen. Sie aßen sie so, wie man Floaters essen mußte, gierig und unfein, mit Löffeln und schlürfend und leckend.

Benny war zum Videoladen gegangen und hatte *Reflecting Skin* gesucht, aber der Film war ausgeliehen. Er nahm statt dessen *L'Atalante*, einen französischen Film aus den dreißiger Jahren über den Kapitän eines Lastkahns und seine ihm gerade angetraute Frau.

Sie verbrachten den Abend in der gemütlichen Runde alter Freunde, sprachen kaum und gaben sich ausschließlich ihrem Vergnügen hin. Später würden sie sich daran als ihren letzten gemeinsamen glücklichen Abend erinnern, eine friedliche Verschnaufpause in schwierigen Zeiten.

Martin

Sie rief vorher an, um sicher zu sein, daß Martin an dem Tag Dienst haben würde. Sie konnte den Gedanken nicht ertragen, im Krankenhaus anzukommen, ohne von einem freundlichen Gesicht begrüßt zu werden. Sein Chef sagte ihr, Martin habe Spätschicht, deshalb wartete sie bis zum Nachmittag, bevor sie aufbrach.

Die viktorianische Fassade des Northern Psychiatric Hospital sah seltsam aus, weil die Proportionen nicht stimmten. Die dorischen Säulen waren zu dick, die Giebeldreiecke zu gedrungen. Maureen war sicher, daß die Fassade ihr gefallen hätte, wenn sie sie mit anderen Erinnerungen verbunden hätte, aber so konnte sie sie nicht schön finden. Die Mauern erschienen ihr bedrückend wie ein Alptraum. Sie konnte sich nicht erinnern, die Vorderseite des Gebäudes bis zum Tag ihrer Entlassung überhaupt bewußt wahrgenommen zu haben. Damals saß sie im Taxi und winkte fröhlich Pauline zu, ihrer magersüchtigen Freundin aus der Beschäftigungstherapie, die zurückwinkte. Pauline stand dünn wie ein Skelett in der breiten Türöffnung, als das Taxi wendete. Maureen hatte nicht bemerkt, daß Pauline weinte, bis sie zum zweiten Mal an ihr vorbeikamen.

Nach der gemeinsamen Sitzung, wenn Maureen langsam wieder in die nebelhafte Schwärze zurückfiel, war es der Gedanke an Pauline, der sie davon abhielt, sich ernsthaft mit dem Gedanken an Selbstmord zu befassen. Sie waren beide von ihren Vätern mißbraucht worden, Pauline war sogar von ihrem Vater und ihrem Bruder vergewaltigt worden, aber ihre Reaktionen darauf sahen sehr unterschiedlich aus. Pauline konnte nicht wütend werden, und Maureen konnte nichts anderes als das. Pauline konnte sich nie überwinden zu erzählen. Sie sagte, es würde ihre Mutter kaputtmachen, und das wäre schwerer zu ertragen als der

Mißbrauch selbst. Sie war dabei zuzunehmen, als Maureen sie kennenlernte. Sie machten zusammen Töpferarbeiten – Pauline hatte ihr geholfen, den Aschenbecher mit der Zielscheibe zu glasieren, der dann bei Winnie im Treppenhaus stand. Sie war die Beste in der Töpfergruppe, hatte den Kurs dreimal gemacht und war schon länger im Krankenhaus als irgend jemand sonst in der Gruppe.

Maureen schaffte es nicht, Pauline später zu besuchen, aber sie rief sie an. Sie hatten sich nicht viel zu sagen, ihre Freundschaft war durch die Nähe entstanden, nicht durch innere Verbundenheit, aber Pauline war immer froh, von ihr zu hören, und zog die Gespräche am Telefon in die Länge, erzählte, wie ihr Wohnungsantrag vorankam, gab Klatsch von der Station weiter, wer entlassen worden war und was die Schwestern und Pfleger so taten. Maureen merkte, daß sie nicht mehr so gern anrief. Sie hörte auf, Pauline viele Fragen zu stellen, und versuchte, die Gespräche so kurz wie möglich zu halten, und sie telefonierten immer seltener miteinander.

Pauline wurde ein paar Monate nach Maureen entlassen. Sie bekam keine Wohnung. Anscheinend hatte man ihr mitgeteilt, sie müsse noch drei Monate warten. Man bot ihr ein Pensionszimmer in einer schlechten Gegend an, aber sie lehnte ab. Kaum eine Woche nach ihrer Rückkehr zu ihrer Familie ging sie in den Wald in der Nähe des Hauses und nahm eine Überdosis. Sie wurde drei Tage lang vermißt, bevor eine Frau, die mit ihrem Hund spazierenging, über ihre Leiche stolperte. Sie lag zusammengekrümmt auf der Seite am Fuß eines Baumes. Der Wind hatte ihren Rock über ihr Gesicht geweht. Bei der Beerdigung hatte eine Krankenschwester Maureen erzählt, daß die Polizei an Mord dachte, weil sie getrocknetes Sperma auf ihrem Rücken gefunden hatten, bis sie in ihrem Schlafzimmer einen Abschiedsbrief fanden. Jemand hatte sich befriedigt, als sie tot oder sterbend dalag. Monate später war Maureen weit in die Vorstadt zu dem Waldstück hinausgefahren. Es bestand aus einem Streifen dürrer Bäume, der sich über einen Hügel zu einer großen Straße hinunterzog, und den man auf der einen Seite für einen Sportplatz und auf der anderen Seite wegen einer privaten Einfahrt abgeholzt hatte. Die Leute aus der Gegend waren stolz auf das schmale, alte Waldstück, sofern es ihren eigenen Grund und Boden nicht tangierte. Die Bäume waren derart mickrig und krank, daß ein Spaziergänger von beiden Seiten fast immer zu sehen war. Angekokelte Plastikbecher und Zigarettenkippen deuteten darauf hin, daß Kinder aus gutem Haus an Sommerabenden zum Apfelweintrinken, Knutschen und Zündeln hierherkamen. Maureen legte sich zwischen den Zigarettenkippen auf den Boden und schaute in die Kronen der Bäume hinauf, stumme Tränen rollten ihr ins Haar, viel zu spät bedauerte sie, Pauline allein gelassen zu haben.

Bei der Einäscherung weinte Paulines liebe, verwirrte Mutter so sehr, daß in ihrem rechten Auge Blutgefäße platzten. Der Vater stand neben ihr in der Kirchenbank, hatte den Arm um sie gelegt und klopfte ihr auf die Schulter, wenn sie zu laut vor sich hin wimmerte. Es waren zwei Brüder da. Niemand wußte, welcher Pauline vergewaltigt hatte. Sie hatte es nie erzählt. Der Pfarrer sagte ihnen, Pauline sei eine geliebte und pflichtbewußte Tochter gewesen. Ihr Sarg glitt auf dem Transportband geräuschlos durch einen roten Vorhang davon.

Die paar Trauergäste, die nicht zur Familie gehörten, hatten Pauline im Krankenhaus kennengelernt und wußten über ihre Familie Bescheid. Sie vermieden die üblichen Floskeln, die sonst den Verlust eines jungen Menschen begleiteten. Nur die Mutter meinte, ihr Tod sei überflüssig gewesen. Die Mutter war zu mitgenommen, um die Gäste nach der Trauerfeier zu bewirten, und da Pauline die einzige Tochter gewesen war, gab es sonst niemanden, der ihr das hätte abnehmen können. Sie entschuldigte sich bei allen für ihren Verstoß gegen die Tradition, und die Trauergäste gingen im Gänsemarsch auf der kleinen Brücke über die Autobahn zu einem schmuddeligen Pub.

Liam bestellte dem Vater ein Starkbier. Liam hatte Pauline gekannt und sie gemocht. Er wußte, was ihr geschehen war.

»Wie konntest du das nur tun, verdammt?« flüsterte Maureen.

»Still, still jetzt«, sagte Liam und schob sie ins Freie. »Ich hab' ihm zwei LSD-Trips ins Bier getan. Ihm wird der Schädel platzen.«
Sie sagte Liam, er müsse lernen, sich zu beherrschen.
»Das hab' ich gemacht«, sagte Liam. »Ich wollte ihm eigentlich acht reintun.«
Wochen später hörte Maureen, der Vater habe eine Art schizophrenen Schub gehabt und sei für kurze Zeit selbst in der Psychiatrie gewesen.
Sie konnte Paulines schwaches Lächeln spüren, das ihr Herz erwärmte, als sie über den knirschenden Kies zum Seiteneingang ging.
Sie fand Martin in der Personalkantine. Er saß mit dem Rücken zu ihr, aber sie erkannte ihn an den breiten Schultern und den muskulösen Armen. Sein Nacken war faltig und wettergegerbt, als hätte er eine lange Zeit in seinem Leben im Freien gearbeitet. Er aß eine fette Pastete und Pommes. »Dieses Zeug bringt Sie um«, sagte Maureen.
Martin sah auf und lächelte. Sein weißes, kurzgeschnittenes Haar stand wie ein dünner Heiligenschein um sein braunes Gesicht, und seine Augen waren zwischen viele Lachfalten eingebettet.
»Hallo, Kleines«, sagte er.
Er war älter geworden in den zwei Jahren, seit Maureen ihn zuletzt gesehen hatte. Ohren und Nase schienen größer. Er griff über den Tisch nach der Ketchupflasche, und sie bemerkte, daß seine Handgelenke geschwollen waren und daß er einen Armreif aus Kupfer trug. Auf seinen Wangen prangten geplatzte Äderchen, und der weiße Haarflaum an seinen Ohrläppchen war sorgfältig geschnitten.
»Wie lang ist Ihre Pause?« fragte Maureen.
»Ich hab' noch eine halbe Stunde Zeit.«
»Kann ich mich zu Ihnen setzen?«
»Ich wäre dir böse, wenn du das nicht tätest.«
Maureen holte sich eine Tasse Tee.
»Eine Frau namens Louisa Wishart vom Albert Hospital hat mich heute morgen angerufen«, sagte er, als sie sich hinsetzte.

»Aha?«
»Sie hat mich im Hauptbüro angerufen, und sie mußten mich über Lautsprecher ausrufen lassen. Sie sagte, du würdest kommen, um dir die Klinik anzusehen, und ob ich mich um dich kümmern könnte.«
»Ich hoffe, es macht Ihnen nichts aus.«
»Nein«, sagte er und aß schnell seine letzte Gabel mit Pastete und Pommes auf. »Ich habe dafür extra freibekommen. Ist sie jetzt deine Ärztin?«
»Ja. Sie sagte mir, sie hätte hier gearbeitet, und ich dachte, Sie würden sich an sie erinnern.«
»Ah«, sagte Martin und wischte sich den Mund mit einer Papierserviette ab, »das erklärt, warum sie so überschwenglich war. Sie haben alle irgendwann mal hier gearbeitet. Sie muß wohl jung gewesen sein. Die Jungen beachtet man nicht so besonders.«
»Sie trägt eine Brille mit großen Gläsern, die ihr halbes Gesicht einnimmt, und sie macht immer so.« Maureen faltete die Hände und starrte ihn durchdringend an, eine übertriebene Imitation Louisas. »Sie sieht ein bißchen wie ein Fisch aus.«
»Nee, Kleine, ich kann sie nicht einordnen.«
»Na ja, es ist leicht, sie zu vergessen.«
»Aber sie klingt nicht so.«
Martin war nicht warmherzig, aber seine natürliche Gelassenheit war so beruhigend, daß sie wie Wärme wirkte. Er schien heute jedoch nicht so ruhig wie gewöhnlich zu sein. Er sah sich öfter in der Kantine um, als suche er nach jemandem. Maureen nippte mit wachsendem Unbehagen an ihrem Tee. Martin beobachtete sie.
»Ich habe dich in der Zeitung gesehen«, sagte er.
Maureen wurde rot. »Ach ja?«
»Deswegen bist du hier, nicht wahr?«
»Ja.«
»Es hat nichts mit deiner Behandlung zu tun, oder?«
»Nein.«
»Warum meint sie das?«
»Ich lüge sie an. Das tu' ich meistens.«

»Warum?«
»Ich will ihr nichts erzählen. Ich finde, sie ist ein Trottel.«
Martins Interesse war plötzlich erwacht. »Hat sie dunkles Haar?«
»Ja, eine ganze Menge.«
»Ich erinnere mich jetzt doch an sie. Vor ein paar Jahren war sie sechs Monate lang hier. Du hast recht. Sie ist ein Trottel.«
Sie lächelten sich über den Tisch zu.
»Warum gehst du noch zu ihr?«
»Wissen Sie, meine Angehörigen machen sich Sorgen um mich, wenn ich nicht zur Behandlung gehe.«
»Ich hole mir eine Tasse Tee. Willst du auch eine?«
Sie wollte keine. Martin kam mit etwas Süßem für sie zurück. Es war ein Mohrenkopf – eigentlich eher etwas für ein Kind. Sie mußte ihm wohl sehr jung vorkommen. Sie wußte nicht, ob er verheiratet war oder Kinder hatte. Er erzählte nichts von sich. Er war kein Geheimniskrämer, aber er schien einfach nicht das Bedürfnis zu verspüren, sein Leben zu rechtfertigen, indem er seine Umstände schilderte. Maureen hoffte, daß er mit einer netten Frau verheiratet war, die sich gelegentlich abends seiner haarigen Ohren annahm, und daß er Vater war. Sie dachte, er wäre bestimmt ein guter Vater.
»Ich kann dir nur über ein paar Dinge Auskunft geben, Kleines«, sagte er. »Ich kann dir nur sagen, was ich selbst tatsächlich weiß. Ich habe kein Interesse an Klatsch, deshalb weiß ich nicht, was andere dazu sagen. Okay?«
»In Ordnung.«
»Da passiert gerade was ziemlich Schlimmes, und ich will da nicht mit reingezogen werden, verstanden?«
»Was ist es denn Schlimmes?«
»Ich werde es dir gleich sagen, aber du mußt mir versprechen, daß du es nicht weitererzählst.«
»Versprochen.«
Er sah sie scharf an. »Hör zu, das ist sehr wichtig, du sollst das nicht einfach so sagen. Erzähl es nicht weiter.«
»Gut, Martin, ich verspreche, ich tu's nicht.«

Er sah sich nervös in der Kantine um. »Ich weiß nicht, wer da mit drinhängt. Sie könnten jetzt hier sein und uns beobachten.«
»Dann benehmen Sie sich nicht so verdächtig. Ich bin nur hier, um mir die Klinik noch einmal anzusehen, und man hat Sie als hilfsbereiten Pförtner gebeten, mich noch einmal herumzuführen. Ich habe nicht persönlich nach Ihnen gefragt, meine Ärztin hat Sie angerufen, erinnern Sie sich?«
Martins Gesicht entspannte sich. »Ja«, sagte er, »das stimmt.«
»Und wenn man Sie über Lautsprecher ausgerufen und Ihnen die Sache im Büro erklärt hat, dann haben es einige Leute mitbekommen.«
»Stimmt. Komm, dann ziehen wir die Schau ab. Ich führe dich noch einmal überall herum, wo du damals warst.« Martin stellte sein Tablett auf die Ablage, und die Frauen hinter dem Tresen dankten ihm.
Er führte sie zur Station George III. Sie war so mit dem beschäftigt, was er ihr gesagt hatte, daß es sie ziemlich kaltließ, nun wieder hier zu sein. »Sie wissen sogar noch, auf welcher Station ich war«, sagte sie.
»O ja«, sagte Martin, als sei das selbstverständlich.
Als sie im Aufzug standen, fragte sie ihn, ob er wisse, auf welcher Station Siobhain McCloud gewesen war. »George I«, sagte er schnell, als habe er mit der Frage schon gerechnet. »Sie waren alle auf der Station George I.«
Sie gingen in den Aufenthaltsraum und in die Patientenkantine. Auf dem Weg zu den Behandlungsräumen im Container kamen sie durch den Garten. Die Blumenbeete waren jetzt kahl, abgesunkene Rechtecke mit nackten Klumpen gefrorener Erde, wie Pockennarben auf dem gepflegten Rasen. Liam hatte gern mit ihr hier gesessen. Sie nahmen oft Pauline mit hinaus und gaben ihr Zigaretten. Sie durfte keine Zigaretten haben, weil sie angeblich ihren Appetit unterdrückten, aber Maureen vermutete, daß der wahre Grund eine Art Bestrafung war. Pauline hungerte sich nicht zu Tode, weil sie keinen Appetit hatte.
Sie gingen an dem Container vorbei, wo die gemeinsamen Sitzun-

gen mit Winnie stattgefunden hatten, und kehrten dann wieder in das Hauptgebäude zurück. Martin führte sie in den Bettenaufzug. Er war so groß, daß drei Betten und die Pfleger, die sie schoben, bequem hineinpaßten. Maureen sah sich in der Stahlbox um. »Ich bin noch nie in so einem gefahren.«
»Wir sollen sie eigentlich nicht benutzen«, sagte er, »aber sie sind immer frei.«
Die Türen schlossen sich vor ihnen, er drückte den Knopf für die untere Kelleretage und brachte sie zu einem Teil des Krankenhauses, in dem sie noch nie gewesen war. Der Aufzug glitt abwärts, hielt sanft unten an, und die Türen öffneten sich zu einer niedrigen Halle hin. Sie traten hinaus, bogen rechts ab und gingen durch Feuertüren, durch die sie direkt zu einer Gabelung des Korridors kamen. Auf der rechten Seite ging es eine lange, fensterlose Rampe entlang; die linke führte abwärts auf eine tiefere Ebene. Sie gingen links zu einem Korridor, der parallel zur Küche verlief. Eine der Neonröhren war nicht mehr in Ordnung und flimmerte nervös. Der Geruch von zu lange gekochtem Fleisch und Tütensoße zog in warmen Schwaden durch den Korridor. Maureen spürte, wie sich Speichel in ihrem Mund sammelte. Martin öffnete eine alte Holztür auf der linken Korridorseite.
»Hier hinein«, sagte er.
Sie betraten einen L-förmigen Raum. Der kürzere Schenkel des L wurde von einem hohen Haufen staubiger Müllsäcke verdeckt, die mit Klinikdecken vollgestopft waren. Martin führte sie um den kleinen Hügel herum zu einer schmalen Tür am Ende des kurzen Gangs. Er drückte sie auf und knipste einen Schalter an. Eine nackte Glühbirne beleuchtete den kleinen Raum. Die niedrige Decke fiel steil nach links ab, und die Wände bestanden aus unverputztem, bröselndem Stein. Dahinter hörte sie ein stetiges, tiefes Brummen wie von einem Schiffsmotor. Es war warm in dem Raum, vielleicht weil er so nah bei der Küche lag. An den Wänden hingen Poster vom Partick-Thistle-Fußballclub aus den sechziger Jahren. Ganz hinten befand sich ein kleines Waschbecken mit einem Kaltwasserhahn. Davor stand ein einsamer Kli-

nikstuhl aus Metall und Stoff, der ein Drittel der gesamten Stellfläche in Anspruch nahm. Ein Stoß alter Boulevardzeitungen war unordentlich an der Wand aufgestapelt. Einige lose Teebeutel, ein großer Schnellkocher und ein Transistorradio standen auf einem kleinen Schränkchen mit winzigen Schubladen aus schön lackiertem Mahagoniholz, an deren Vorderseite polierte Messingrahmen als Halterungen für Etiketten angebracht waren. Martin sah, daß sie es betrachtete. »Früher hatten sie die Medikamente da drin.«

»Ist das Ihre Bude?« fragte Maureen.

»Ja. Keiner außer mir weiß davon. Hier verbringe ich meine ganze freie Zeit.«

Sie zeigte auf das Thistle-Poster. »Ich wußte nicht, daß Sie so ein begeisterter Fan sind.«

Er grinste verlegen. »Ach ja. Dauerkarte für meine Treue.«

Partick-Thistle-FC, als die Jags bekannt, war einer der wenigen Glasgower Fußballclubs, der das Sektierertum von Protestanten und Katholiken nicht mitmachte. Seine Fans waren in der Stadt für ihre passive, aber außergewöhnliche Originalität bekannt und die Mannschaft landesweit für ihr miserables Spiel.

Martin bot ihr den Stuhl an, nahm die Sachen für den Tee vom Mahagonischränkchen, legte sie auf den Boden und kauerte sich daneben. Es sah nicht sehr bequem aus, wie er da saß mit den Knien unter seinem Kinn. Seine Füße waren nur zwei, drei Zentimeter von ihren entfernt.

Er begann zu erzählen. Vor mehreren Jahren hätte es auf Station George I ein Problem gegeben. Der Zustand sämtlicher Frauen auf der Station verschlechterte sich zusehends. Es kam heraus, daß jemand sie sexuell belästigte. Sie wechselten das gesamte Personal aus, und das Problem verschwand, aber viele der Patientinnen erholten sich nie wieder. Martins Stimme war so leise geworden, daß Maureen sich vorbeugen mußte, um ihn bei dem dröhnenden Brummen des Motors hinter der Wand zu verstehen.

»Ich habe nie etwas davon erfahren«, sagte sie. »Ist jemand strafrechtlich verfolgt worden?«

»Bist du auf der Station George I gewesen?«
»Nein.«
»Ach Gott, die armen Geschöpfe können kaum sprechen. Die könnten unmöglich vor Gericht erscheinen – viele wissen nicht einmal ihren eigenen Namen.«
»Wie haben sie es denn herausgefunden?«
Er schien den Blick auf einen fernen Ort irgendwo hinter der Wand zu richten und zog die Knie an die Brust. »Brandwunden. Sie waren gefesselt worden oder so was. Sie hatten Wunden von dem Strick. Und sie hatten Verletzungen …« Er zeigte auf den Unterleib.
»Wo?«
»Ihre … ihre … Mösen waren verstümmelt.«
»Mit einem Messer?«
»Ich weiß nicht. Man will bei so etwas ja nicht nachfragen. Ich dachte immer, sie hätten vielleicht nur Angst gehabt und seien zu trocken gewesen.« Martin weinte, sein Gesicht war unbewegt.
»Haben sie keinen DNA-Test gemacht und das Sperma mit möglichen Verdächtigen verglichen?«
»Es gab kein Sperma«, sagte Martin. »Er hat ein Kondom benutzt. Er wußte genau, was er tat.«
Seine Stimme klang merkwürdig, wie eine Mischung aus verzweifeltem Weinen und bösem Knurren. »Ich war jeden Tag dort, als das lief. Ich habe nicht das geringste gemerkt. Jetzt halte ich die Augen offen.«
»Oh, Martin, wer würde denn je so etwas vermuten?«
Er hustete heftig und wischte sich das Gesicht mit der Hand ab. Sie wollte ihn berühren. Sie hätte nur die Hand ein wenig ausstrecken müssen, um seine braune Wange zu berühren, aber sie dachte, er würde es nicht mögen. Sie würde es eher tun, um sich selbst zu trösten, nicht ihn. Er zog seine Knie fester an die Brust und schien mit unbewegtem Blick weiter durch die Wand zu starren. »Wenn irgend jemand von uns es bemerkt hätte, wir hätten es verhindert.«
Sie streckte die Hand aus und berührte die seine mit den Finger-

spitzen. Von der Annäherung aufgeschreckt, sah er auf und lockerte den festen Griff um seine Knie. Sie hätte ihn nicht berühren sollen.

»Na ja«, sagte er und streckte die Beine vor sich aus, »ist nicht so wichtig, wie's mir dabei geht.«

»Weiß man, wer es war?« fragte sie.

»Nein, aber dein Freund war gefesselt, nicht wahr?« Maureen nickte. »Mit einem Strick?« Sie nickte wieder. »Wußtest du, daß er hier war?« fragte Martin.

»Douglas war hier?«

»Du wußtest es also nicht? Ich dachte, du seiest deshalb hergekommen. Vor zwei Wochen bat er Frank im Büro um eine Liste der Patientinnen von der Station George I. Er sagte, er mache eine Nachuntersuchung über ihre Entwicklung. Frank ist ein Idiot. Er erzählte einer ganzen Reihe von Leuten, daß Dr. Brady hier war. Frank ist nicht einmal berechtigt, solche Auskünfte zu geben, er hat also über sich selbst genausoviel verraten wie über jemand anderen. Brady scheint ein intelligenter Mann gewesen zu sein. Ich bin überrascht, daß er nicht clever genug war, einen anderen Namen zu benutzen.«

»Nun ...«

»Jedenfalls wußten die, die schon länger hier arbeiten, worum es ging, weil er nur nach den Namen der Station George I gefragt hatte und nur nach dieser ganz bestimmten Zeit. War er wirklich so dumm?«

»Eigentlich nicht. Er war nur nicht gut darin, Dinge geheimzuhalten. Sie glauben, daß er umgebracht wurde, weil er die Liste hatte, oder?«

»Ja«, sagte Martin.

»Haben Sie das der Polizei gesagt?«

»Nein.«

»Warum nicht?«

»Ich weiß auch nicht.« Er schaute auf seine Füße hinunter. »Das ist gelogen. Ich weiß es schon. Ich will nicht in die Sache verwickelt werden. Es ist jetzt vorbei, und ich habe Angst, da hin-

eingezogen zu werden.« Er wollte sich nicht herausreden, sondern ließ dieses Bekenntnis einfach zwischen ihnen stehen.
»War Douglas Brady verheiratet?« fragte er.
»Ja.«
»Wieso bist du mit einem verheirateten Mann ausgegangen?«
»Ach Gott, Martin, ich weiß es nicht mehr.« Sie hatte seine Zeit in Anspruch genommen, hatte ihn an einen tiefen Schmerz erinnert und berührte nun seine Hand. Sie stand auf. »Ich glaube, ich muß gehen«, sagte sie.
Martin mußte sich flach an die Wand drücken, um sie vorbeizulassen. Er folgte ihr, löschte das Licht und schloß die Tür zu.
»Das ist ein schönes, kleines Versteck. Wie lange haben Sie das schon?«
»Schon seit Jahren«, sagte er und führte sie durch den L-förmigen Raum zum Küchenkorridor zurück. »Seit vielen Jahren. Erzähl es niemandem. Das ist mein Geheimnis.«
Er ging mit ihr den Kiesweg zur Straße hinunter und weiter zur Bushaltestelle. Sie wußte natürlich genau, wo die Bushaltestelle war, und sagte, er solle sich nicht bemühen, aber er sagte, er müsse nicht arbeiten, solange sie bei ihm sei, und sie solle still sein. Der Gehweg war mit trockenen Blättern von den Bäumen des Krankenhausgeländes übersät, hilflose, kleine, tote Überbleibsel, die nicht gegen den vorbeifegenden Luftsog der schnellen Autos ankamen.
»Ich finde es sehr nett von dir, daß du weiter zu dieser blöden Ärztin gehst, damit deine Familie sich keine Sorgen macht«, sagte er.
»Ich tue es nur, damit sie mich in Frieden lassen.«
»Na ja, viele Leute tun etwas Gutes aus den falschen Gründen. Es ist trotzdem etwas Gutes.«
Er wartete mit ihr, bis der Bus kam, und sagte, sie solle auf sich aufpassen.

Lynn

Sie stieg vor einer großen Apotheke in der Stadtmitte aus dem Bus. Das Geschäft ging über drei Stockwerke und führte alles von Gesichtscreme bis zu Epiliergeräten. Maureen hatte eine Schwäche für Kosmetika, sogar für pseudowissenschaftlich gepriesene Gesichtscremes, die Unmögliches bewirken sollten. Sie wußte, daß plastische Chirurgie nicht aus einer Cremedose kommen konnte, daß jede Creme als Medikament verkauft werden müßte, wenn sie etwas anderes bewirken würde, als Feuchtigkeit zu spenden. Aber trotzdem brachte sie, wenn sie niedergeschlagen war, eine Gesichtsmaske, eine neue Wundercreme oder eine andere Haarfarbe einer einfachen, vorübergehenden Lösung des Problems näher.

Sie wanderte durch die Gänge zwischen den Regalen, hielt bei speziell ausgestellten Waren an, las die Texte auf den Packungen und entschied sich schließlich für eine dunkle Haarfarbe, Pflegekur und Tönung in einem, und eine Gesichtsmaske, die sie schon kannte. Die Maske war zu intensiv für ihre Haut, rötete und reizte sie, aber die Creme kam schwarz aus der Tube und wurde beim Trocknen grellorange. Das fand sie immer ganz faszinierend.

In der Wohnung hatte Benny einen Zettel auf dem Couchtisch im Wohnzimmer hinterlassen, er würde bei einem AA-Treffen sprechen und sei um acht zurück. Maureen ließ sich ein Bad ein, nahm zwei frische, weiße Handtücher aus dem Wäscheschrank im Flur und schloß die Badezimmertür ab. Sie zog sich aus, steckte das Haar hoch und trug die schwarze Maske auf. Sie verteilte die Creme gleichmäßig über Gesicht und Hals. Sie fühlte sich angenehm gummiartig an. Sie saß auf dem Toilettensitz und wartete, bis die Badewanne vollgelaufen war. Sie rieb die Finger aneinander, formte aus dem klebrigen Rest der Gesichtsmaske einen

traubenförmigen Klumpen, den sie warm und weich in der Handfläche hin und her rollte.
Sie dachte an Douglas, nicht an den schäbigen, unaufrichtigen Douglas, sondern an den liebenswürdigen, mitfühlenden Menschen, den zu vergessen sie sich angewöhnt hatte. Sie konnte verstehen, daß er Siobhain Geld wegen der Vorfälle am Northern Hospital gegeben hatte, aber sie, Maureen, war nicht vergewaltigt worden, als sie dort gewesen war. Außer Winnies Benehmen war ihr in der Zeit dort nichts Schlimmes passiert. Sie dachte über Shirleys Andeutung nach, Douglas hätte sich an jemandem in seinem Zimmer in der Rainbow Clinic vergangen. Das schien Douglas' Charakter total zu widersprechen. Es war ihm so wichtig gewesen, seine Beziehung zu ihr von der eines Therapeuten, der mit seiner Patientin schläft, zu unterscheiden. Er hatte viel darüber geredet. Aber andererseits hatte er es in letzter Zeit nicht mehr erwähnt, also könnte er es doch gewesen sein. Die Badewanne war voll. Sie drehte das Wasser ab.
Ihr Gesicht fühlte sich gummiweich an und schimmerte orange. Sie strich mit den Fingerspitzen am Hals entlang, nahm den Rand der Maske und zog sie in einem ab. Jede Pore ihres Gesichts kribbelte. Das Bad war voller Dampf, als sie sich tief ins Wasser gleiten ließ, bis nur noch ihre Nase und ihre Brüste hervorsahen, und sie dachte an die arme Ophelia. Die Kratzer an ihrem Nacken juckten, als das Wasser darüberlief.
Sie stieg aus der Wanne und trocknete sich mit dem frischen, kuscheligen Handtuch ab. Sie hatte noch nie eine so dunkle Haarfarbe benutzt. Es war nicht Gotisch-Schwarz, aber kaum einen Deut heller. Sie schüttelte gerade die Flasche, als ihr klar wurde, daß sie damit die weißen Handtücher ruinieren würde.
Sie zog sich schnell irgend etwas über und ging in den Flur, um ein altes Handtuch im Trockenschrank zu suchen, aber es war keins da. Maureen hatte bei Benny ein paar alte gesehen. Sie ging in sein Schlafzimmer, kniete sich vor die Kommode, zog die unterste Schublade auf und wühlte darin herum. Die Schublade war voll mit dicken Winterpullovern und einzelnen Socken. Sie stieß

mit der Hand auf ein Stück Hochglanzpapier. Sie hatte es fast ganz herausgezogen, als sie merkte, daß es eine Pornozeitschrift war. Verlegen schob sie sie wieder ganz nach hinten. Dabei spürte sie etwas Hartes, Flaches aus Plastik, das auf dem Boden der Schublade lag. Sie schob einen Pullover zur Seite und sah hinein. Es war eine CD, die offenbar in eine Ecke ganz unten in der Schublade gelegt worden war, damit sie in dem Durcheinander nicht verlorenging. Sie nahm sie heraus und erkannte sie an der zweifarbigen Ecke, bevor sie die Vorderseite sah. Es war *The Best of Selector*, die CD, die sie auf dem Fußboden ihres Schlafzimmers in Garnethill zurückgelassen hatte, und sie hatte sogar denselben Riß in der Plastikhülle.

Sie legte sie dorthin zurück, wo sie sie gefunden hatte, schob wieder denselben Pullover und ein paar Socken darüber und ging ins Bad zurück.

Sie band ihr Haar zu einem Pferdeschwanz hoch und schnitt mit einer Nagelschere daran herum.

Es war halb acht.

Sie horchte an der Badezimmertür. Kein Geräusch in der Wohnung. Sie legte einen Zettel auf den Küchentisch, sie würde bei Leslie übernachten, und machte sich auf den Weg zur Great Western Road, nahm aber eine kleine Nebenstraße, die Benny, soweit sie wußte, niemals entlangging.

Liam hatte länger als drei Jahre praktisch dort gewohnt, so daß sie die Telefonnummer auswendig wußte. Lynn war inzwischen weggezogen. Der Typ, der abnahm, gab ihr eine Nummer in Anderston.

»Hallo, Lynn?«

»Ja«, sagte Lynn vorsichtig.

»Lynn, ich bin's, Maureen O'Donnell.«

»Mauri! Hey, wie geht's?«

Sie verabredeten sich unter strengster Geheimhaltung in einem großen, vielbesuchten Café in der Nähe von Lynns Wohnung.

Lynn winkte fröhlich, als Maureen durch die Tür trat. Sie hatte von Natur aus schwarzes Haar und eine makellos samtige, rosa Haut, aber das Beste waren ihre Augen: schwarz mit einem blauen Schimmer, der sie wie leuchtende Halbedelsteine aussehen ließ. Ihr Körper war zierlich und drahtig und, wenn man Liam glauben durfte, ungewöhnlich gelenkig. Sie hatte eine tiefe, rauhe Stimme, weil sie, seit sie dreizehn war, pro Tag zwanzig Zigaretten rauchte. Sie aß einen Teller Carbonara mit geräuchertem Schinken. Gekonnt wickelte sie die Spaghetti um die Gabel, als Maureen sich setzte.
»Was ist denn los, Geheimniskrämerin? Und was hast du mit deinen Haaren gemacht?«
»Hab sie selbst geschnitten«, sagte Maureen.
»Ziemlich ungleichmäßig. Komm nach dem Essen mit zu mir, und ich werd' sie nachschneiden.«
»Ist schon okay so«, sagte Maureen zerstreut.
»Nein, ist es nicht. Du solltest dich mal von hinten sehen. Sieht aus wie die Möse von 'ner Verrückten.«
Sie saßen einen Moment lang schweigend da, und Lynn kaute an ihrer Pasta. Sie hatte Sahnesauce in den Mundwinkeln, die wie Schaum aussah. Maureen sah sich im Lokal um. Die Wände waren mit Touristenpostern von Italien bepflastert. Hinter Lynns Kopf hing eine große Aufnahme von Florenz aus der Vogelperspektive. Die Poster hatten einen Rand aus den Flaggen aller Länder.
»Ach«, sagte Lynn, »laß uns aufhören mit dem blöden Drumherumgerede.«
»Okay«, sagte Maureen.
Lynn sah sie genauer an. »Ich weiß über deinen Freund Bescheid, Maureen. Ziehst du deshalb diese verschwiegene, unheimliche Nummer ab?«
»Tu' ich das?«
»Ja.«
»Erzähl niemandem, daß wir uns getroffen haben, ja?« sagte Maureen.

»Ich bin noch nicht sicher, ob wir das überhaupt getan haben«, sagte Lynn.
Sie saßen schweigend da, bis Lynn mit dem Essen fertig war. Sie zahlte. »Komm«, sagte sie, zog Maureen hoch und hakte sie unter. »Wir gehen zu mir, und ich mach' dir die Haare.«
Lynn wohnte in einer großen Wohnung in der Argyle Street gegenüber von einem Lebensmittelgeschäft, das rund um die Uhr geöffnet hatte. Das Haus mußte früher einmal sehr nobel gewesen sein: Es hatte fünf Schlafzimmer und eine riesige, gemeinschaftliche Küche mit einer begehbaren Speisekammer. Die Decken waren vier Meter hoch und reich verziert. Eine ihrer Mitbewohnerinnen hielt ein paar riesige, liebestolle Katzen. Kaum waren sie durch die Tür gekommen, fingen die Katzen an, sich an ihre Beine zu schmiegen, und als sich Maureen auf einen der Küchenstühle setzte, begannen drei von ihnen, sich anzufauchen und zu kratzen, weil jede das Recht für sich in Anspruch nahm, auf ihrem Schoß zu sitzen. »Wenn du dich auf die kleine Couch setzt«, sagte Lynn und zeigte auf einen grünen Zweisitzer beim Fernseher, »können sie alle gleichzeitig mit dir schmusen.«
Maureen setzte sich und hatte sofort einen Haufen schnurrender Tiere auf den Knien. Lynn stellte sich hinter sie und spritzte Wasser aus einer Plastikflasche auf ihre Haare. Sie kämmte sie in diese und jene Richtung und schnippelte die Spitzen mit einer scharfen Haarschere ab. »Oh, Maureen«, sagte sie. »Du hast ja eine Verletzung am Nacken.«
»Ja.«
»Sieht nach Kratzern oder so was aus.«
Maureen gab keine Antwort. Die Katzen reckten sich auf ihrem Schoß, schnurrten, schlugen die Krallen in ihre Beine und kuschelten sich auf ihr wie auf einer Decke zurecht.
»Sieht 'n bißchen wund aus«, sagte Lynn vorsichtig. »Soll ich Salbe drauftun?«
»Bitte.«
Sie ging in die Küche und kam mit einer großen Dose wieder. »Hab' ich von der Arbeit mitgehen lassen«, sagte sie, als sie Mau-

reens Blick sah. Sie rieb die stark riechende Creme vorsichtig in die aufgerissene Haut von Maureens Nacken. »Wie fühlt sich das an?«
»Es juckt.«
»Du solltest Grundierungscreme drauftun oder einen Schal tragen. Das sieht ja scheußlich aus.« Sie schraubte den Deckel wieder auf die Dose, wusch sich die Hände, nahm die Schere und schnitt weiter. »Also«, sagte sie, »sag mir, warum du angerufen hast.«
»Du könntest mir einen Gefallen tun«, sagte Maureen.
»Einen großen? Einen kleinen?«
»Es geht nur um eine Frage, ich bin nicht sicher, ob du überhaupt etwas weißt. Ich muß etwas aus dem Krankenblatt von jemandem wissen.«
»Von einem Patienten aus meiner Abteilung?«
»Nein. Lynn, erzähl es aber nicht Liam oder sonst irgend jemandem, ja?«
»Okay.«
»Ich glaube, Benny war in meiner Wohnung.«
»Benny? Natürlich war Benny in deiner Wohnung.«
»Aber ich glaube, er war erst kürzlich in meiner Wohnung, obwohl die Polizei mich nicht mehr reinläßt. Ich glaube, er redet mit der Polizei oder so, ich weiß nicht. Ich komm damit nicht klar.«
Sie hätte Lynn gern von der wandernden CD erzählt, aber sie wußte, daß sie ein bißchen verrückt aussah, und Lynn würde bestimmt denken, sie hätte sie zurückgegeben und es dann einfach vergessen.
»Ich glaube, daß er Douglas möglicherweise gekannt hat. Die Polizei hat mir gesagt, daß er vor ein paar Jahren in Inverness verhaftet worden sei. Der Fall kam nicht vor Gericht, er wurde statt dessen zu einer psychiatrischen Behandlung geschickt.«
Lynn hörte auf zu schneiden. »Davon hab' ich nie gehört«, sagte sie.
»Ich auch nicht.«
»War er in Inverness in Behandlung?«

»Nein«, sagte Maureen. »Das muß in Glasgow gewesen sein. Er war nie längere Zeit von hier weg.«
»Maureen, Benny mag ja manchmal ein bißchen überdreht sein, aber ich glaube nicht, daß er mit der Polizei über dich reden würde.«
»Ich weiß im Moment überhaupt nicht mehr, was ich denken soll.«
Lynn begann wieder, an den Haaren zu schnippeln. »Also, was soll ich für dich tun?«
»Ich muß wissen, wie ich an sein Krankenblatt komme. Ich will rauskriegen, wer sein Psychiater war. Ich glaube, es könnte Douglas gewesen sein.«
»Maureen, du kannst die Unterlagen von jemandem nicht ohne dessen Zustimmung einsehen. Das ist verboten. Du kriegst ja kaum deine eigene Akte zu sehen.«
»Wirklich?«
»Ja, Mensch.«
Sie schnitt die Haare fertig, gab Maureen einen Spiegel und hielt einen zweiten hinter ihr hoch, damit sie sehen konnte, was sie gemacht hatte. »So«, sagte sie, »das ist ein schöner Schnitt.«
Maureen betrachtete sich. Es war der kürzeste Schnitt seit langer Zeit. Er machte sie jünger. Lynn tänzelte um sie herum und tat, als sei sie eine Friseuse, zeigte ihr von beiden Seiten ihr Spiegelbild, hielt den Spiegel aber so, daß Maureen die Schnitte an ihrem Hals nicht sehen konnte.
»Gar nicht schlecht, oder?«
»Ich finde es toll«, sagte Lynn.
»Kennst du einen Typ, der Paulsa heißt?«
»Paulsa mit dem verhunzten LSD – Bad Acid Paulsa?«
»Der Typ, der für Liam ausgesagt hat.«
»Ja, ich kenne ihn. Wir sind mal in seiner Wohnung gewesen.«
»Wo wohnt er?«
»Du kennst doch das große Pub der Unionisten beim Saltmarket? Gleich daneben.«
»Oh, ja.«

Maureen merkte plötzlich, daß sie die ganze Zeit über sich geredet und Lynn nicht einmal gefragt hatte, wie es ihr gehe. Sie lächelte unsicher. »Habt ihr euch wieder versöhnt – du und Liam?«
Lynn schien verlegen. »Ja, ein bißchen. Wie ist denn diese Maggie?«
»Sie ist in Ordnung. Aber nichts Aufregendes. Seid ihr jetzt wieder zusammen?«
»Nee«, sagte Lynn und sammelte Haarbüschel von der Rückenlehne der Couch. »Ich glaub' auch nicht, daß es noch mal dazu kommt.«
»Wieso denn?«
Lynn zierte sich ein bißchen, dann sagte sie: »Ach, weißt du, Mauri, wenn ich ihn früher angesehen hab', war es, als würde die Sonne aufgehen. Jetzt ist das nicht mehr so. Er ist mir ein bißchen zu zornig.«
»Ja«, gab Maureen zu. »Zornig ist er allerdings.«
Lynn stupste leicht gegen ihr Kinn. »Wie der Rest der Familie.«
Maureen zog ihren Mantel an. »Das war nett von dir, daß du gekommen bist«, sagte sie. »Ich glaube, ich hab' da mal kurz durchgedreht.«
»Kommt in den besten Familien vor«, sagte Lynn. »Melde dich wieder, ja?«
»Werd' ich tun, Lynn.«
Sie ging die Stadt hinunter und hatte auf dem ganzen Weg zum Frauenhaus das Gefühl, als sei ihr Vater ihr auf den Fersen.

Leslie kam ihr im Flur entgegen. Sie führte Maureen schnell aus dem Haus und redete auf den Stufen vor der Tür mit ihr. Sie könne jetzt nicht nach Hause gehen, sagte sie. Ihre Schicht sei erst in drei Stunden zu Ende. »Die Polizei war wieder bei mir, sie haben mich über den Abend ausgefragt, als wir die Pizza essen waren. Ich habe ihnen nur die richtigen Zeiten angegeben, okay?«
»Ja.«
»Kann ich dich von Bennys Wohnung abholen?«
»Nein, nein«, sagte Maureen. »Ich komme hierher zurück.«

Leslie merkte, daß etwas mit Maureen nicht stimmte. Sie war blaß, und ihr Blick war vage und unkonzentriert. »Wo gehst du hin?«
»Ich laufe nur ein bißchen herum.«
Leslie drückte ihren Arm. »Hör zu«, sagte sie und versuchte, ihr in die Augen zu sehen, »geh doch ins Kino oder irgendwohin, ja? Lauf nicht einfach so herum.«
»Nee, ist schon gut«, murmelte Maureen, schwankte die Stufen hinunter und ging ziellos davon, die Hände tief in die Taschen ihres Mantels vergraben.

Sie waren schon einmal zu einem Picknick dort gewesen. Benny hatte Maureen und Liam dorthin gebracht – er hatte als kleiner Junge da gespielt. Es war ein leeres Gelände am Fluß, von dem aus man nach Govan und zu den Werften hinüberblickte und das von heruntergekommenen Lagerhäusern umgeben war. Es war wahrscheinlich nicht ungefährlich, abends hierherzukommen, es war durch die Autobahn von der Stadt abgeschnitten und ziemlich dunkel. Aber Maureen hatte es satt, sich darüber Gedanken zu machen, und sie hatte ihren Stechkamm in der Tasche. Sie hob den Maschendraht hoch und schlüpfte darunter hindurch. Sie kroch auf einen drei Meter hohen, keilförmigen Betonblock, der aus der Flußbefestigung herausragte, und setzte sich. Über dem Wasser drüben konnte sie durch ein offenes Schiebetor in die Werften hineinsehen. Funken eines Schweißgeräts stoben langsam in roten Bogen davon. Wegen des bitterkalten Windes vom Fluß her zog sie den Mantel fest um sich und zündete sich eine Zigarette an.

Frank

Am nächsten Morgen rief Maureen in perfektem, vornehmem Englisch von Leslies Wohnung aus das Northern Hospital an. Sie bat die Sekretärin, sie zu Frank durchzustellen.

Sobald sie den Hörer in der Hand hatte, fiel ihr ein, daß sie es vorher besser hätte durchdenken sollen. Sie wußte nicht, für wen sie sich ausgeben sollte, und nicht einmal, was für eine Geschichte sie erzählen wollte.

Sie fragte Frank, ob er den Artikel über die Verwechslung der Unterlagen zur Altersversicherung im Mitteilungsblatt gesehen hätte, wahrscheinlich habe er ihn gelesen. Ja, sagte Frank, er erinnere sich dunkel daran. Fassungslos, daß die Geschichte funktionierte, sprach sie stotternd weiter. Natürlich sei es nicht ihre Schuld, aber sie sei damit beauftragt worden, die Fehler ihrer Vorgängerin auszubügeln, so sei es ja immer, oder? Frank stimmte von ganzem Herzen zu. Maureen konnte sich zwar nicht vorstellen, daß man Frank beauftragen könnte, auch nur die lächerlichste Kleinigkeit auf die Reihe zu kriegen, aber das sagte sie nicht.

Er versprach, ihr einen Ausdruck von Namen und Versicherungsnummern des von 1985 bis 1995 festangestellten Klinikpersonals zu besorgen, die von Agenturen geschickten Aushilfskräfte ausgenommen, und Maureen würde um zwei Uhr einen Kurier schicken, um ihn abzuholen.

Sie blickte auf den Hörer, bevor sie auflegte. Martin hatte recht. Frank war wirklich doof.

Frank aß seinen klebrigen Heidelbeermuffin zu Ende und spielte noch drei Spiele Tetris. Er hatte Glück. Wenn er ihnen diesen Gefallen tat, würden sie sich vielleicht daran erinnern, daß er sich um eine Stelle im Regionalbüro beworben hatte. Eine Stelle in einem richtigen Büro. Ein Büro, wo man nicht von dämlichen Verrückten umgeben war.

Um zehn nach zwei kam sie mit einem Sturzhelm und in Leslies Lederanzug ins Büro. Frank gab ihr einen braunen Umschlag. Neugierig, wie weit sie gehen konnte, ließ sie ihn eine Quittung für einen Roman unterschreiben, den sie zwei Wochen zuvor gekauft hatte. Mit geschlossenem Helm stieg sie die Hintertreppe hinunter und verließ das Krankenhaus – sie fühlte sich unantastbar wie eine Filmheldin. Leslie hatte mit laufendem Motor und hochgeklapptem Ständer gewartet. Maureen schwang das Bein über den Sitz, und Leslie wendete so scharf, daß der graue Kies nach allen Seiten spritzte. Weil die Ampel weiter unten auf Rot schaltete, gab es eine Lücke im Verkehr, und sie fuhren auf die Straße hinaus.

Als sie wieder in Drum waren, machten sie eine Flasche Whisky auf, nahmen einen guten Schluck und öffneten den Umschlag. Frank hatte ein Blatt der Akten über das gesamte medizinische Personal am Northern Hospital in den Jahren 1985 bis 1995 ohne Agenturkräfte ausgedruckt, aber nur die Liste der Versicherungsnummern. Keine Namen. Frank war wirklich ein Vollidiot.

Als sie den Whisky getrunken hatten, zeigte ihr Leslie, wie sie das Ende des Stechkamms spitz zufeilen konnte. Sie zog den langen Griff des Kamms von beiden Seiten über einen schwarzen Wetzstein, um ihm eine scharfe Kante zu geben. Sie umwickelte die Zähne des Kamms mit einem Tuch und reichte ihn Maureen. Maureen zog den Griff über den Stein, bis sie eine schöne Spitze mit drei Zentimeter langen, geschärften Kanten an beiden Seiten hatte. Leslie rieb ihn mit Margarine ein, um die Schleifspuren zu kaschieren.

Maureen dachte an den Stechkamm, als Leslie sie nach Maryhill zu Bennys Wohnung zurückfuhr, und der Gedanke daran erwärmte sie wie die Erinnerung an eine große Liebe.

Leslie brachte sie bis zu den Pollern auf der Maryhill Road.

Benny stand im Flur und wollte gerade zur Bibliothek gehen. »Maureen, wo warst du gestern?« sagte er und zog sie an sich. »Wie geht's dir?«

Sie stand stocksteif in seinen Armen und versuchte sich zu erinnern, wie sie früher auf seine Berührung reagiert hätte. Aufs Geratewohl drückte sie sich an seine Brust. »Gut, Benny«, sagte sie, richtete sich auf, sah ihm direkt in die Augen und legte ihre Handfläche an seine Wange. Sie schaute ihn an und versuchte, ihr Mißtrauen zu verdrängen, aber es wich nicht.

Er drückte ihre Schultern. »In Ordnung, kleiner Spatz.« Er lächelte. »Das ist prima. Du hast ja eine neue Frisur. Sieht echt gut aus.«

»Ja, ich hab's schneiden lassen.«

»Um Gottes willen, riechst du nach Whisky?«

»Hm, ja.«

»Maureen, da mußt du aufpassen, es ist doch erst drei Uhr nachmittags.«

»Ich pass' schon auf«, sagte sie ärgerlich und wich zurück. »Ich bin nur ... ich wollte heute einfach welchen, das ist alles.«

»Na«, er zog sie am Arm wieder zu sich heran, »sei doch nicht so.« Er legte wieder die Arme um sie, und es war ihr unangenehmer als beim ersten Mal.

»Sieh nur zu, daß es dir nicht so geht wie mir, das meine ich«, sagte er und ließ sie los. »Daß du nicht Tag und Nacht mit anderen Säufern in verrauchten Zimmern hockst.«

Die Polizei hatte sich gemeldet, sie sollte die Wache in der Stewart Street anrufen. Er sagte, er hätte Essen für sie gemacht und im Ofen stehen lassen. Sie rief ein fröhliches Tschüs hinter ihm her, als er die Wohnungstür hinter sich schloß.

Sie schlüpfte in die Grillhandschuhe und nahm das Auflaufgericht heraus, die Wärme war durch die billigen Handschuhe zu spüren. Sie nahm den Deckel ab. Es war ein Nudel-Käse-Gericht, bei dem ihr das Wasser im Mund zusammenlief. Eine große Portion war herausgeschnitten. Die heiße Wand aus Käse und Nudeln stürzte langsam ein und rutschte auf den Boden der Auf-

laufform. Sie schnitt eine Portion davon ab und häufte sie auf einen Teller mit Besteck, bevor sie sie in eine Mülltüte kippte. Sie legte Teller und Gabel auf das Abtropfbrett wie das benutzte Geschirr von jemandem, der zufrieden gegessen hat. Schnell schlich sie ins Schlafzimmer und sah in der untersten Schublade nach. Die CD lag noch genauso unberührt da, wie sie sie zurückgelegt hatte.
Ihr T-Shirt juckte wegen der geschnittenen Haare vom Abend vorher. Sie ging an Bennys Schrank und fand den senffarbenen Pullover mit rundem Halsausschnitt, den sie von zu Hause mitgebracht hatte. Sie zog das kratzige T-Shirt aus und streifte den Pullover über den Kopf, öffnete ihren Lederrucksack, nahm die meisten ihrer Kleider aus dem Fach und stopfte sie in den Rucksack. Ihre Hand zögerte bei dem Anti-Dynamos-T-Shirt. Dann nahm sie es aus reiner Bosheit und ließ einen Schlüpfer und ein T-Shirt liegen, damit Benny, falls er es bemerkte, keinen Verdacht schöpfen würde, wenn alles weg wäre.

Joe McEwan konnte den Anruf nicht selbst annehmen, aber der Beamte wußte, wer sie war, und sagte ihr, er wolle sie so bald wie möglich auf der Wache sprechen. Er bot ihr an, ein Auto zu schicken, aber sie sagte, es gehe schon, sie könne selbst hinkommen. Er hatte nichts dagegen, und sie legte das als gutes Zeichen aus. Sie nahm die Mülltüte mit dem Essen aus der Spüle und ließ sie in einen Abfalleimer auf der Straße fallen.
Sie hatte den halben Weg zur Polizei hinter sich, als ihr Jim Malianos Celtic-T-Shirt und seine Jogginghose einfielen, die im unteren Schrankfach bei den gebrauchten Socken lagen. Sie würde irgendwann noch einmal in Bennys Wohnung zurückgehen müssen.

Hugh McAskill holte sie, mit Inness im Schlepptau, am Eingang ab. Inness hatte seinen Schnurrbart, der ihn wie einen schwulen Motorradfahrer aussehen ließ, abrasiert. Vielleicht, weil sie daran gewöhnt war, ihn mit Schnurrbart zu sehen, oder weil die frisch rasierte Haut heller war als der Rest seines Gesichts, kam ihr seine Oberlippe seltsam und hochstehend vor, und ihre Augen wanderten automatisch dorthin. Inness merkte es und drehte den Kopf, um ihrem Blick auszuweichen.

Sie brachten sie zu einem Vernehmungszimmer im Erdgeschoß. McAskill schien das Sagen zu haben. Er warf ihr einen dreist-aufmunternden Blick zu, nahm eine große Tafel Schokolade aus der Tasche, riß das Papier mit dem Daumennagel in der Mitte auf und brach die Schokolade in Stücke. Er legte sie mitten auf den Tisch, auf dem Papier ausgebreitet wie auf einem Serviervorschlag. »Greifen Sie zu« sagte er, und lutschte schon an einem Stück.

Inness nahm zwei und Maureen ein Stück. »Danke«, sagte sie und fragte sich, warum er immer so nett zu ihr war.

Inness schaltete das Tonbandgerät an, sagte, wer anwesend war, und gab die Uhrzeit an.

»Also, Miss O'Donnell«, sagte McAskill, während er die Schokolade hinunterschluckte, in einem offiziellen Ton, »als erstes muß ich Sie fragen, ob Sie dies schon einmal gesehen haben.«

Er nahm ein Messer aus einer zerknitterten Papiertüte und legte es auf den Tisch. Es war ein neues Sabatier-Küchenmesser mit einer zwanzig Zentimeter langen Stahlklinge und einem schwarzen Holzgriff. Sie hatte solche Messer in Läden gesehen. Sie waren teuer. Mit einem Stück Schnur war ein Etikett daran befestigt, auf das mit einem Kuli eine mehrstellige Zahl gekritzelt war. Es war saubergemacht und poliert worden, in der Klinge spiegelte sich klar die fluoreszierende Birne über ihnen, ein gnadenloser Lichtfleck auf dem Tisch.

Maureen wünschte, sie hätte die Schokolade nicht genommen. Ihr Mund war trocken, die dicke Paste klebte unter ihrer Zunge, am Zahnfleisch und an ihrem Gaumen. Beim Anblick des Messers spürte sie, wie sich ihr Speichel unangenehm im Mund ansammelte.

»Ist es das?« fragte sie und starrte es an.

»Ist es was?« sagte McAskill.

»Was für Douglas genommen wurde?«

»Ja, leider. Haben Sie es schon einmal gesehen?«
»Nein«, sagte Maureen.
»Sicher?«
»Ja.«
»Okay«, sagte er und gab es an Inness weiter. Der steckte es wieder in die Tüte zurück. Sie dachte, wie unvernünftig, ein scharfes Messer mit der Klinge nach unten in einer Papiertüte zu verwahren.
»Wo haben Sie es gefunden?« fragte sie.
»Wie meinen Sie das?« sagte McAskill verlegen.
»Wo war das Messer? War es hinten im Hof?«
»Wir haben es im Haus gefunden. Warum?«
»Ich habe nur gedacht, Sie hätten mich doch sonst schon danach gefragt, sonst nichts.«
»Wir haben es eben erst gefunden«, sagte Inness.
»Über eine Woche danach?« fragte Maureen.
»Es war gut versteckt«, murmelte Inness, nahm ein weiteres Rippchen Schokolade und steckte es in den Mund.
Maureen fragte sich, wie gut etwas in einer handtuchgroßen Wohnung versteckt sein konnte, die von zehn Männern durchsucht worden war.
»Kann ich Sie noch etwas fragen?« sagte sie, diesmal an McAskill gewandt.
»Kommt darauf an, was es ist«, antwortete er vorsichtig.
»Haben Sie irgendeine Idee, wer es getan haben könnte?«
»Wir verfolgen einige Spuren«, sagte er und blätterte in seinen Unterlagen.
»Darf ich noch eine Frage stellen?«
Er lächelte freundlich. »Nur zu, versuchen Sie's.«
»Haben Sie mit Carol Brady gesprochen?«
»Ja«, sagte er. »Sie ist nicht gerade begeistert von Ihnen.«
»Ja, das weiß ich.«
»Sie ist fest davon überzeugt, daß Sie das Geld von ihm erpreßt haben.«
»Ich wußte nicht einmal, daß es das Geld gab, ehrlich.«

»Wir haben die Aufnahmen von der Überwachungskamera in der Bank gesehen«, sagte McAskill. »Douglas hat das Geld selbst eingezahlt.«

»Wann?«

»Gleich morgens an dem Tag, als er umgebracht wurde.«

Maureen sah das verwackelte Überwachungsvideo fast vor sich, ein verschwommenes, graues Bild, in dem Douglas mit fahrigen Bewegungen wie in einem schlechten Trickfilm zum Schalter ging.

»Können Sie sich einen Grund vorstellen, weshalb er so viel Geld auf Ihr Konto eingezahlt hat?« fragte McAskill.

»Bitte?«

»Warum sollte er das tun? Es war ziemlich offensichtlich, daß Sie kürzlich keine Ahnung davon hatten, daß es auf dem Konto war. Wofür sollte er Ihnen das Geld geben?«

»Ich weiß nicht.« Sie sah auf den Tisch hinunter und sagte fragend: »Vielleicht wollte er, daß ich das Geld an jemand anderen weitergebe, und er hatte keine Gelegenheit mehr, es mir zu sagen.«

McAskill nickte, schien aber nicht überzeugt. »Okay«, sagte er. »Wir werden das überprüfen.«

»Haben Sie herausgefunden, wer Carol Brady gesagt hat, wo ich im Moment wohne?«

»Leider kann ich Ihnen das nicht sagen«, sagte McAskill spröde, rollte mit den Augen und zeigte mit dem Kinn auf das Tonbandgerät. Maureen verstand nicht, was er mit der Geste meinte. Er zeigte noch einmal darauf. Maureen beugte sich über den Tisch und drückte auf den Stopschalter des Geräts.

»Nein!« sagte McAskill, griff mit einem Ruck über den Tisch und zog ihre Hand weg. »Sie müssen uns sagen, daß das Gerät abgeschaltet werden soll, und wir müssen sagen, daß wir das tun, klar?« Er schaltete es wieder an.

Inness sagte: »Das Gerät wurde um siebzehn Uhr dreizehn von der Befragten, Miss Maureen O'Donnell, abgeschaltet. Miss O'Donnell, haben Sie gerade das Gerät abgeschaltet?«

»Ja, ich habe gerade das Gerät abgeschaltet.«
»Möchten Sie, daß ich das Gerät ausschalte, bevor wir mit dem Verhör fortfahren?«
»Ja.«
Inness sagte: »Miss O'Donnell hat darum gebeten, das Tonbandgerät abzuschalten. Ich schalte es um siebzehn Uhr vierzehn ab, und das Verhör wird fortgesetzt.« Er drückte auf den Knopf und wandte sich aufgeregt an McAskill.
»Ich will das nicht unbedingt auf Band haben, was ich Ihnen jetzt sage«, meinte Hugh. »Aber ein junger Kollege sieht deswegen ein Disziplinarverfahren auf sich zukommen. Wir gingen zu Brady, und sie hat uns seinen Namen genannt.«
»Ohne mit der Wimper zu zucken«, sagte Inness und nahm noch ein Stück Schokolade. »Sie sagte einfach seinen Namen und machte die Tür zu.« Er steckte schnell die Schokolade in den Mund.
»Nette Frau«, sagte Maureen.
McAskill lächelte. »Reizend.«
»Woher kam das Geld auf meinem Konto?«
Inness mischte sich ein. »Mr. Brady räumte sein ganzes Konto ab. Er ließ sich dreißigtausend und etwas in großen Scheinen auszahlen.«
»Mein Gott«, sagte Maureen. »Wie kommt man überhaupt zu so viel Geld auf seinem Konto?«
»Das geht Sie nichts an«, sagte Inness abwehrend. Seine Vorderzähne waren von der Schokolade ganz braun. Maureen sah auf seine kahlrasierte Oberlippe. Er hob ungelenk den Arm, ließ dabei den Ellbogen auf dem Tisch liegen und bedeckte den Mund mit der Hand.
McAskill sagte: »Er hatte es über eine Reihe von Jahren angespart. Seine Frau wußte bis zu seinem Tod nicht einmal, daß er das Konto hatte.«
Maureen nahm ihre Zigaretten heraus und zündete sich eine an. Der Rauch vermischte sich mit der süßen Schokolade in ihrem Mund und verdarb ihr den Geschmack von beidem.
»Wo, glauben Sie, ist der Rest des Geldes?«

Sie zuckte die Achseln, während sie über das Geldbündel in Siobhain McClouds Handtasche nachdachte. Die restlichen fünfzehntausend konnten nicht dort drin gewesen sein; das wären siebenhundertfünfzig Zwanziger gewesen, und das Bündel konnte unmöglich so viel enthalten haben.

»Ich habe keine Ahnung, wo es ist. Ich nehme an, ich werde das Geld zurückgeben müssen?«

»Nein«, sagte McAskill. »Er hat es Ihnen geschenkt. Es gehört Ihnen.«

Sie wußte nicht, warum Douglas es ihr gegeben hatte, aber sie hatte kein gutes Gefühl dabei. Eigentlich wollte sie das Geld nicht. »Meint Mrs. Brady immer noch, daß ich es getan habe?«

»Ja«, sagte McAskill. »Sie hat kein Interesse an Beweisen. Sie ist einfach sicher, daß Sie es waren.«

»Sicher«, wiederholte Inness und nahm noch ein Stück Schokolade.

McAskill stieß Inness in die Seite und deutete mit dem Kopf auf das Tonbandgerät. »Okay, Maureen«, sagte er, »ich schalte jetzt das Gerät wieder an, wenn Sie nichts dagegen haben. Ich muß einen Nachweis für das haben, was ich Ihnen als nächstes sagen werde.«

»Natürlich«, sagte Maureen.

Er machte es an. »Also, Miss O'Donnell, wir haben die Untersuchung Ihrer Wohnung abgeschlossen, und Sie können dorthin zurückkehren, wann immer Sie wollen.«

»Schön«, sagte Maureen zögernd. »Was passiert mit dem Dreck und dem Durcheinander? Wird das von Ihnen weggemacht, oder muß ich das machen?«

»Das ist eigentlich Ihre Aufgabe. Es müßte von Ihrer Hausratversicherung abgedeckt sein. Wir bringen eine Wohnung nur in Ordnung, wenn der Bewohner oder die Bewohnerin nicht dazu in der Lage ist, wie zum Beispiel alte Leute oder Behinderte.«

»Na gut«, sagte sie, und bei dem Gedanken an ihre dürftige Hausratversicherung wurde ihr bang ums Herz. »Ich verstehe. Das war's dann?«

McAskill sah in sein Notizbuch. »Ja«, sagte er. »Das scheint im Moment alles zu sein.«
Auf dem Weg hinunter in die Halle fragte sie, ob sie Joe McEwan sehen könnte. Inness grinste. »Ich glaube kaum, daß er erfreut wäre, Sie zu sehen«, sagte er. »Sie haben sich letztes Mal nicht sehr ladylike benommen.«
»Ich weiß. Ich wollte mich deswegen entschuldigen.«
»Wir können ihm ausrichten, daß es Ihnen leid tut«, sagte Inness.
»Na ja, ich würde mit ihm gern auch noch über etwas anderes sprechen.«
McAskill verschwand durch die Doppeltür unter der Treppe. Inness warf ihr grundlos einen giftigen Blick zu und schlenderte zu dem Polizisten hinter dem Schreibtisch am Eingang. Als McAskill zurückkehrte, lächelte er. »Sie haben zwei Minuten«, sagte er zu Maureen.
McEwan trat hinter ihm aus der Tür. »Was kann ich für Sie tun?« fragte er scharf.
Maureen entfernte sich mit ihm von den anderen beiden. »Hören Sie, ich hab' da eine Frage. Erinnern Sie sich, daß Sie etwas über Bennys Fall sagten, der nicht weiterverfolgt wurde? Könnten Sie mir sagen, weswegen er verhaftet wurde?«
»Das kann ich auf keinen Fall«, sagte er, als habe sie gerade vorgeschlagen, er solle ein Schwein ficken, während sie es abstach. »Ich kann Ihnen doch unmöglich sagen, was in der Polizeiakte von jemandem drinsteht.«
Sie hätte ihn nie Arschloch nennen sollen. »Ich frage ja nur«, murmelte sie.
»Noch etwas? Ich bin gerade dabei, einiges über Ihren Bruder herauszufinden.«
»Mein Bruder hat es nicht getan, Joe.«
»Das werden wir schon sehen«, sagte er böse.
»Also hören Sie, er hat doch ein Alibi für den ganzen Tag.«
Er ignorierte ihren Einwand. »Ist sonst noch was?«
»Nein, sonst nichts.«
»Gut.«

McEwan zog durch die Doppeltür ab, die er wie ein Cowboy im Saloon hinter sich hin und her schwingen ließ.

Inness unterhielt sich noch mit dem Kollegen am Schreibtisch. McAskill schlich sich mit gesenktem Blick an sie heran. »Prozeß eingestellt«, sagte er leise flüsternd und fast ohne die Lippen zu bewegen. »Inverness, 1993. Störung der öffentlichen Ordnung vor einem Lagerhaus. Verlangte Geld von einem Mann. Sechs Monate später wurde derselbe Typ verhaftet, weil er einen Ring mit gestohlenen Kreditkarten im ganzen Nordosten betrieb. Ihr Freund hat großes Glück gehabt, daß er nur wegen der Sache angeklagt wurde. Sein Fall wurde entschieden, bevor sie herausfanden, was wirklich dahintersteckte. Er muß mit dem großen Boß zusammengearbeitet haben.«

»Könnte der Psychiater, von dem er behandelt wurde, das gewußt haben?«

»Wenn Ihr Freund es ihm nicht schon damals gesagt hat, dann hat er es später erfahren. Es stand in allen Zeitungen.«

Maureen mochte verrückte Geschichten, und in der ersten Zeit, nachdem Benny aufgehört hatte zu trinken, erzählte er ihr oft bis spät in die Nacht Geschichten über seine Saufabenteuer. Wenn es ein harmloser Vorfall gewesen wäre, hätte er ihr davon erzählt.

»Danke, daß Sie mir das gesagt haben, Hugh«, sagte sie. »Das erklärt einiges.«

Er brachte sie zur Tür, als sie sich zu ihm umdrehte. »Hugh«, sagte sie, »warum sind Sie immer so nett zu mir?«

»So nett bin ich doch nicht.«

»Aber daß sie mir das über Benny gesagt haben und die Schokolade und so.«

»Sie hätten das über Ihren Freund auch selbst herausfinden können, es hätte nur länger gedauert, aber es ist alles in öffentlich zugänglichen Dokumenten zu finden.«

»Nein, ich meine, alle denken, ich bin eine verrückte Ziege, warum meinen Sie das nicht?«

Er hielt ihr die Tür auf, und sie trat hinaus. »Schon mal von einer Selbsthilfegruppe für Inzestgeschädigte gehört?« fragte er leise.

»Hm?«
»Dienstags. Um acht, St. Francis, Thurso Street. Durch den Hintereingang.« Er ließ die Glastür hinter ihr zufallen.
Sie sah zurück in die Eingangshalle. Er ging langsam davon.

Sie hätte nach Hause gehen können, aber Douglas' Schlüssel war immer noch nicht aufgetaucht, und am Freitag abend einen Schlosser anzurufen würde ein Vermögen kosten. Sie fand eine Telefonzelle an der Hauptstraße und rief bei Liam an. Als er abnahm, klang er betrunken und wütend.
»Kann ich heute bei dir übernachten, Liam?«
»Was ist mit den Bullenschweinen?«
Er gebrauchte solche Ausdrücke nur, wenn er betrunken war.
»Ich war gerade bei ihnen, sie werden nicht zu dir kommen, ehrlich.«
»Ich hab' ja sowieso nichts«, sagte er anklagend.
Sie sah in ihren Taschen nach, was sie bei sich hatte, und nahm ein Taxi.
Der blaue Ford folgte Maureens Taxi die Great Western Road hinauf und fuhr langsam vorbei, als es vor Liams Haus anhielt. Er verschwand um die Ecke und parkte in einer Seitenstraße. Einer der Beamten notierte Liams Adresse, während der andere den Motor abstellte und sich zurücklehnte.
Liam wohnte im schmuddeligen Teil des West End. Das vierstöckige Stadthaus war in düstere Einzimmerapartments unterteilt gewesen, als er es kaufte. Er hatte es nach und nach renoviert, vom Dachgeschoß abwärts. Den ersten Stock hatte er jetzt fertig, war aber unentschlossen, ob er mit den Räumen im Erdgeschoß anfangen sollte. Er hatte die massive Tür unten an der Treppe beibehalten, so daß es aussah, als sei das Obergeschoß eine separate Wohnung, und beließ die unteren Räume in ihrem heruntergekommenen Zustand, damit weniger vertrauenswürdige Besucher nicht den Eindruck gewannen, hier gebe es etwas zu holen. Er saß nur selten unten. Meistens verbrachte er seine Freizeit oben in dem riesigen Zimmer auf der Vorderseite des Hauses, das einen

fleckigen Holzfußboden hatte, weiß gestrichen und völlig leer war bis auf eine Corbusier-Liege und den fast drei Meter langen, alten, aber praktischen Schreibtisch mit seinem Mac.
Maureen drückte auf den Klingelknopf. Sie hörte Liam schwer gegen die Wände streifen, als er zur Tür schwankte. Er machte auf, ohne hinauszusehen, und trottete zum vorderen Zimmer zurück. Sie folgte ihm. Der Couchtisch war mit leeren Importbierdosen übersät.
Das Zimmer war auch, bevor die Polizei es durchsuchte, schon schäbig gewesen, aber auf den chaotischen Zustand, in dem es sich jetzt befand, war Maureen nicht vorbereitet. Der schmutzig beigefarbene Teppichboden war beiseite gezogen, die Bretter des Fußbodens waren an manchen Stellen hochgehoben und nicht mehr richtig zurückgelegt worden. Die kleine, schwarze Ledercouch war an der Hinterseite aufgeschnitten; gelbe Schaumgummimasse quoll heraus wie aus einem aufgeplatzten Pickel in Großaufnahme. Der alte Fernseher in der Ecke war eingeschaltet; die gebogene Plastikrückwand war nicht wieder richtig angebracht worden und an der Seite offen. *Match of the Day* lief gerade; drei häßliche Männer mit gräßlichen Krawatten lachten über einen Witz.
Liam torkelte zum Couchtisch und nahm eine brennende Zigarette aus einem vollen Aschenbecher. Er rutschte mehr, als daß er zur Seite auf die Couch fiel, und hielt sich an der aufgeschlitzten Rückwand fest, um sich in eine sitzende Position zu manövrieren. Er schaute an ihr hoch und wieder herunter, als ekele ihn ihr Anblick, und blinzelte bedächtig. »Maureen«, stellte er fest. Er führte langsam die Zigarette zum Mund und zog beim Inhalieren die Wangen ein.
»Du bist besoffen«, sagte sie. Sie konnte ihre Enttäuschung nicht verbergen und ging zum Telefon, das auf dem Tisch im Flur stand.
Sie fand die Notrufnummer der Versicherungsgesellschaft in den Gelben Seiten. Einer Frau mit klangvollem Akzent erklärte sie die Situation, so einfach sie konnte. Die Telefonistin schwieg

einen Moment, wahrscheinlich fragte sie sich, ob es sich um einen Scherz handelte, und wollte dann ihre Versicherungsnummer.
»Nein, ich habe sie im Moment nicht da.«
»Wir brauchen sie, um Ihre Police zu finden.«
»Können Sie nicht einfach unter meinem Namen und der Adresse nachsehen?«
Die Frau war wieder einen Moment still und seufzte. »Warten Sie bitte«, sagte sie. Ganz hoch gesungen dröhnte »Frère Jacques« aus dem Hörer. Maureen hielt ihn vom Ohr weg. Die Frau meldete sich wieder, sagte ihr, sie solle noch warten, und war dann wieder weg.
Liam stand betrunken und mies gelaunt unter der Tür. Er konnte sich kaum aufrecht halten und fluchte vor sich hin.
»Hallo?« sagte die Frau von der Versicherung. Liams Knie gaben nach, und er rutschte seitlich am Türrahmen herunter.
»Ja, ja, ich höre«, sagte Maureen, stand auf und half ihm auf die Beine. Er drehte sich um und fiel mit dem Gesicht nach vorn ins Wohnzimmer.
»Also«, sagte die Frau, »ich habe in Ihrer Police nachgesehen, Sie werden das selbst wieder in Ordnung bringen müssen. Aber wir können Sie für die Kosten von defekten Gegenständen entschädigen, wenn Sie sie aufbewahren …«
»Wiederhören«, sagte Maureen und legte auf. Liam kroch auf allen vieren auf die Couch zu. »Du verflixter, besoffener Pferdearsch«, sagte sie liebevoll, griff unter seine feuchten Achselhöhlen und zog ihn auf die Couch. Er strich sein T-Shirt zurecht, setzte sich fast artig hin, schlug vorsichtig die Beine übereinander und sah auf unheimliche Weise wie Winnie aus, wenn sie total betrunken war. Er hustete, dachte über etwas nach und starrte Maureen finster an. »Siehst du, wie's aussieht?« sagte er und zeigte im Zimmer umher. »Siehst du's?«
Maureen seufzte. »Können wir den Krach auf morgen verschieben?«
Liam blinzelte. »Wer macht hier Krach? Ich hab' nie gesagt, daß wir Krach bekommen.«

Maureen setzte sich neben ihn. »Du hast es ziemlich stark angedeutet«, sagte sie.
Einen Augenblick zitterte etwas in Liams Gesicht, er schwankte zwischen Wut und Verzweiflung. Er fing an zu weinen. »Ich hab's satt«, sagte er und bedeckte das Gesicht mit den Händen.
Maureen legte ihm den Arm um die Schultern. »Ach Gott, Mauri, alles ist so beschissen. Mein Geschäft ... Douglas. Ich habe Pete wegen des Deals versetzen müssen, und er ist wütend auf mich. Ich hab' dreißig Mille verloren, weil ich gekniffen habe.«
»Aber Liam«, sagte sie, »du brauchst doch nicht noch mehr Geld, du hast 'ne ganze Menge.«
Er hob die Schultern und versuchte, ihren Arm abzuschütteln. Es funktionierte nicht, sie ließ ihn da liegen. »Meine Flasche ist weg«, sagte er und sah sie an, als hätte sie sie genommen. »Und Mum dreht durch, sie sagt, du bist ein Miststück, und Maggie spricht nicht einmal mehr mit mir.« Er beugte sich vor, wand sich aus Maureens Griff und wischte das Gesicht an seinem T-Shirt ab.
»Wann hast du Mum gesehen?«
»Sie hat gesagt, du wärst ein Miststück, du seist gekommen und hättest all deine Fotos mitgenommen.«
»Das hab' ich.«
»Und sie sagte, du wärst ein Miststück.«
»Ja, du brauchst es nicht zu wiederholen.«
»Hast du's getan?«
»Es sind meine Fotos, Liam.«
»Du hättest sie fragen können.«
Maureen war empört. »Sie hat sie an die Zeitungen verkauft.«
»Ja, aber sie waren in ihrem Haus«, sagte er, merkte aber, wie schwach sein Argument war.
»Sieh mal, Liam, ich amüsiere mich zur Zeit auch nicht gerade. Warum hackst du auf mir herum? Willst du Streit?«
»Ich will keinen Streit.«
»Also, dann halt die Klappe.«
Sie saßen unbehaglich schweigend da und sahen *Prisoner Cell*

Block H im Fernsehen, bis Maureen aufstand, um zur Toilette zu gehen. Er murmelte hinter ihr her: »Arschloch.«

»He«, rief Maureen zurück, »werd nicht frech, Kleiner.«

Das Bad im ersten Stock war völlig auseinandergenommen. Von Waschbecken und Klo waren die Siphons abgenommen, und alle Flaschen und Dosen mit Toilettenartikeln lagen ohne Deckel im Waschbecken. Das Linoleum war hochgerissen und lag zusammengerollt in der Badewanne. Sie ging zum anderen Badezimmer nach oben. Liam hatte es sowieso nur sparsam eingerichtet, und es war mehr oder weniger in Ordnung. Nur ein Schrank mit Handtüchern war durchwühlt worden. Alle frischen Handtücher waren auseinandergefaltet und in die Fächer zurückgestopft worden.

Als sie herunterkam, war Liam im Sessel eingeschlafen. Sie drückte seine Zigarette aus und schaltete den Fernseher ab. Dann ging sie zum anderen Schlafzimmer hinunter. Ihn ließ sie einfach sitzen. Sein Hals war in einem so unnatürlichen Winkel auf seine Brust gesunken, daß er am nächsten Morgen bestimmt verteufelte Schmerzen haben würde.

Columbo

Es war ein sonniger Herbsttag. Rote Sandsteingebäude hoben sich vom taubenblauen Himmel ab, und durch die Windschutzscheibe des Busses sah Maureen in klarer, weiter Ferne die zerklüfteten Schneegipfel der Campsie Hills. Sie stieg aus und ging um den Bus herum zur Personalkantine. Sie wußte, daß das riskant war und daß sie nicht nach ihm fragen sollte; sie würde sich nur schnell umsehen. Sie überlegte, ob sie zu seinem Versteck gehen sollte, um dort auf ihn zu warten, aber vielleicht würde er da nicht hinkommen. Sie holte sich eine Tasse Tee am Tresen, als ihr einfiel, daß er nur jeden zweiten Samstag arbeitete – vielleicht war er heute nicht einmal hier.

Sie setzte sich allein an einen Tisch und trank den Tee, suchte an allen anderen Tischen und beobachtete die Tür. Er war nirgends zu sehen. Sie trug einen grauen Mantel und einen karierten Schal. Die Angestellten hatten alle ihre weißen Uniformen an. Sie bemerkte, daß sie sie ansahen, und wußte, sie sollte ihren Mantel ausziehen, um nicht so aufzufallen, aber wenn sie das tat, müßte sie auch den Schal abnehmen, und dann würden sie die Kratzer an ihrem Nacken sehen und sie ganz bestimmt für eine Patientin halten. Dr. Paton könnte hereinkommen und sie sehen. Sie hätte überhaupt nicht hierherkommen sollen. Ein Pfleger, der Augen wie Michael hatte, sah zu ihr herüber, lächelte und schien merkwürdig besorgt. Sie überlegte es sich anders und verließ die Kantine ganz schnell. Martin stieß in der Tür fast mit ihr zusammen.

»Was in aller Welt machst du denn hier?« fragte er ärgerlich.

Er nahm sie am Ellbogen und führte sie energisch den Flur entlang in einen Bettenaufzug. Mit der Handkante drückte er auf den Knopf zum Kellergeschoß und schwieg, bis die Türen sich vor ihnen geschlossen hatten. »Warum bist du noch einmal hierhergekommen? Ich habe dir doch alles gesagt.«

»Martin, ich muß Ihnen noch ein paar Fragen stellen. Es tut mir wirklich leid. Ich wollte nicht anrufen, ich dachte, es würde weniger auffallen, wenn ich einfach herkäme und Sie treffen würde.«
»Um Himmels willen. Und dazu sitzt du im Mantel in der Personalkantine und wartest auf mich?«
Er ging rasch den Korridor mit der Gabelung entlang. Die halbdefekte Neonröhre flackerte langsam wie der Puls eines Sterbenden. Sie folgte ihm durch die Tür zu dem L-förmigen Raum und um die Ecke zu seinem Versteck. Er machte das Licht an und schloß die Tür hinter ihr. »Also, was ist los?« sagte er barsch.
»Sie brauchen nicht so kurz angebunden zu sein«, sagte Maureen.
»Doch, Maureen, das muß ich allerdings. Ich nehme an, du dachtest, du seist clever, als du dir gestern die Liste von Frank geben ließest. Er rief später an, um zu sehen, ob du sie bekommen hättest. Als er herausfand, daß du nicht existierst, rief er die Polizei an. Er ist vom Dienst suspendiert, und das ganze Krankenhaus redet davon. Der Typ von Station George I müßte taub und blind sein, wenn er nicht inzwischen davon wüßte.« Er setzte sich auf den Metallstuhl und sah ernst zu ihr auf.
»O Gott, das tut mir leid«, sagte sie und nahm die Teesachen von dem Mahagonischränkchen, um sich darauf zu setzen.
»Du dachtest, du wärest besonders schlau, nicht wahr?«
Sie rieb nervös über ihre Schienbeine und gab es zu: »Ja.«
»Nun ja, das warst du nicht. Es war dumm, das zu tun. Und warum bist du jetzt noch einmal gekommen?«
»Ich möchte, daß Sie mir sagen, wer damals auf der Station gearbeitet hat.«
»Hast du das nicht von Frank bekommen?«
»Nein. Ich habe ihn darum gebeten, aber er hat mir die falsche Information gegeben.«
»Was hat er dir denn gegeben?« fragte er.
»Eine Liste mit Versicherungsnummern.«
Martin dachte einen Moment darüber nach. Zögernd trat ein Grinsen auf sein Gesicht, und er fing an zu lachen. Seine Heiterkeit steigerte sich noch, bis er sich auf dem Stuhl vor Lachen bog,

hohe, albern bellende Laute ausstieß und sich die Tränen abwischte. Maureen lächelte unwillkürlich. Martin schlug ihr aufs Knie, und sie fing auch an zu lachen.

Als er sich endlich beruhigt hatte, beugte er sich vor und schaltete den Wasserkocher an, der auf dem Boden stand. »Mein Gott«, kicherte er, »dieser Typ, der Frank, ist so ein Hornochse.« Er tippte leicht an ihren Knöchel, damit sie ihr Bein zurückzog, und zog eine der kleinen Schubladen des Mahagonischränkchens auf. Ein Stoß Plastiktassen lag darin. Immer noch vor sich hin lachend, nahm er zwei Tassen heraus, hängte Teebeutel hinein und zog eine andere Schublade auf, in der eine kleine Tupperware-Dose mit Trockenmilch stand. Ohne zu fragen, schüttete er etwas davon in beide Tassen. Maureen wollte nichts sagen, um seine gute Laune nicht zu verderben. Er stellte die Dose wieder zurück und nahm aus einer dritten Schublade eine offene Packung Kekse.

»Sie sind gut eingerichtet hier, Martin.«

»Ja«, sagte er und grinste immer noch, »ich sorge schon gut für mich.« Er sah, daß sie das Thistle-Poster anschaute. »Wir spielen morgen in Frankreich. In Metz.«

»Fahren Sie hin?«

»Nee«, sagte er. »Der Bus fährt heute schon los, zwei Stunden bevor meine Schicht zu Ende ist. Schade. Alle meine Kumpel sind dabei.« Er goß Wasser vom Kessel in die Tassen und gab ihr eine. Sie nahm sie und hielt sie vorsichtig oben am Rand, bis sie merkte, daß das Wasser kaum warm war. Es hatte nicht richtig gekocht, der Teebeutel schwamm nutzlos in der fettigen, milchigen Brühe.

»Glauben Sie, daß Ihre Mannschaft gewinnt?« fragte sie.

»Du verstehst wohl nichts von Fußball, Kleines? Nein, wir werden verlieren.«

Sie versuchte, den Tee zu trinken, brachte es aber nicht über sich. Sie stellte die Tasse auf dem unebenen Boden ab und nahm sich einen Keks aus der Packung. Ihre Zähne sanken tief in das weiche Gebäck, das zerkrümelte und alt und kalkig schmeckte. Sie schob

die Krümel im Mund zur Seite, um sie nicht auf die Zunge zu bekommen. »Können Sie mir nichts über die damalige Belegschaft sagen, Martin?«
»Warum sollte ich?« sagte er, jetzt wieder ernst. »Sobald ich das tue, wirst du anfangen, mir weitere Fragen über sie zu stellen, und wirst zu ihnen gehen, stimmt's?« Er tunkte den schlappen Teebeutel unter. Er gab nur noch wenig braune Farbe ab, und dann war es mit ihm zu Ende.
»Na ja, das stimmt«, sagte sie.
»Und dabei wirst du wahrscheinlich genauso ungeschickt sein wie bei der Sache mit Frank. Alle werden erfahren, daß ich es dir gesagt habe. Ich könnte deswegen in große Schwierigkeiten kommen. Es könnte sogar gefährlich werden.«
»Alle werden denken, daß Frank es mir gesagt hat.«
Martin trank langsam seinen Tee und überlegte. »Ja«, sagte er. »Ja, das ist allerdings wahr. Aber warum soll ich dir noch mehr Auskünfte geben, mit denen du auf dich aufmerksam machst?«
Sie gab ihre höflichen Manieren auf und legte den alten Keks neben den ungenießbaren Tee. »Martin, haben Sie mal daran gedacht, daß er immer noch weitermachen könnte?«
»Nein«, sagte er ganz sicher. »Davon hätten wir gehört. Sie haben ihn bestimmt inzwischen erwischt.«
»Nicht, wenn seine Opfer wehrlos sind. Vielleicht hat er durch die Vorgänge auf der Station George I gelernt, vorsichtiger zu sein und bei Frauen, die vom Pflegepersonal gewaschen werden, keine Wunden zu hinterlassen oder so etwas.«
Er brummte, kaute an seinem Keks und dachte über diese Möglichkeit nach. Sein Gesicht verfinsterte sich. »Du wirst wohl nicht lockerlassen?« sagte er. »Du wirst weitermachen, bis du ihn findest.«
»Ja.«
»Du bist dumm.«
»Ja.«
»Er könnte dich umbringen.«
»Vielleicht könnte ich ihn umbringen«, sagte sie.

Martin lächelte. »Ich erinnere mich noch daran, daß du vor dem Lärm der Essenwagen im Flur Angst hattest.«
»Bitte, sagen Sie es mir, Martin.«
»Warum tust du das alles? Warum gehst du nicht zur Polizei damit?«
»Weil sie denken, daß mein Bruder es getan hat, und jetzt ist Siobhain McCloud in die Sache verwickelt. Sie kann nicht über das Vorgefallene sprechen, und sie werden versuchen, sie zu einer Aussage zu zwingen. Ich kann ihnen doch nicht von ihr erzählen.« Sie fühlte, wie sie langsam den Faden verlor. »Die Polizei glaubt mir sowieso nicht. Sie wissen, daß ich hier drin war, sie denken einfach, ich bin verrückt.«
»Ich erinnere mich gut an Siobhain«, sagte er. »Sie war von den Highlands. Was würde passieren, wenn du der Polizei alles sagen würdest, was du bisher herausgefunden hast?«
Maureen dachte darüber nach. »Sie würden Siobhain zwingen, darüber zu reden, was auf der Station George I passiert ist. Ich weiß nicht, wie sich das auf sie auswirken würde – sie kann kaum den Namen der Station aussprechen.«
Ihr Kopf war auf die Knie herabgesunken, und obwohl ihr das dunkle Haar übers Gesicht gefallen war, konnte Martin noch die stumpfe Leere in ihren Augen sehen. Er schlug sich mit der flachen Hand auf den Oberschenkel. »Also gut«, sagte er, »dann hast du keine andere Wahl. Hast du etwas zum Schreiben?«
Sie wühlte in ihrem Lederrucksack, fand unter Papiertaschentüchern und Busfahrscheinen einen Kuli und gab ihn Martin. Er tippte wieder an ihren Knöchel und öffnete eine andere Mahagonischublade, die einen zusammengerollten Notizblock enthielt. Das Logo einer Pharmafirma, die eine Pille für Hämosoundso produzierte, war daraufgedruckt. Oben auf das Blatt schrieb er in Druckbuchstaben ihren Namen, unterstrich ihn doppelt und setzte zwei Ausrufezeichen dahinter. Während er die Liste auf das Blatt schrieb, lächelte er zu ihr herüber und kaute beim Grübeln am Ende des Kulis. Maureen sah sich im Raum um. Das summende Motorengeräusch hinter der Wand hatte aufgehört. Es

war vollkommen still in dem Raum, nur gelegentlich hörte man den Kuli auf dem Papier kratzen und ein Rumpeln, das durch den Abfluß im Waschbecken von den Wasserrohren heraufkam. Die Wände mußten meterdick sein.
Martin hatte die Liste fertig und gab sie ihr. »Das sind die, an die ich mich erinnere«, sagte er. »Manche hab' ich vielleicht vergessen, aber das hier sind die Festangestellten, die nach dem Skandal versetzt wurden.«
Sie faltete das Stück Papier und schob es in die kleine Tasche ihrer Jeans. Er wollte ihr den Kuli zurückgeben, der zerkaut und naß war.
»Sie können ihn behalten«, sagte sie.
Er sah auf den Kuli hinunter.
»Oh«, sagte er verblüfft, »ich tue das immer.«

Er wollte sie zur Bushaltestelle bringen. Als sie zum Aufzug zurückgingen, sagte sie ihm, es wäre weniger auffällig, wenn er das lassen würde, sie sei schon dumm genug für zwei gewesen.
Er drückte ihr die Hand und hielt sie mit seinen beiden Händen fest, als der Aufzug losfuhr. »Ich erwarte, dich nicht wiederzusehen«, sagte er bestimmt.
»Ich verspreche es, ich schwöre es.« Sie klopfte auf ihre Hüfttasche, als der Aufzug sanft wippend zum Stillstand kam. »Danke.« Die Türen gingen auf, und sie trat hinaus. »Ich hoffe, Ihre Mannschaft gewinnt«, sagte sie und drehte sich noch einmal zu ihm um. »Wir gewinnen nicht.« Er grinste, und die Türen schoben sich vor ihm zusammen.

Martin hatte eine Liste des Pflegepersonals und eine extra Liste von Ärzten aufgeschrieben. Maureen las sie im Bus immer wieder. Sie kannte keinen der Namen.

Die verdrießliche Sekretärin an der Anmeldung war von einer fleißigen Frau mittleren Alters mit guten Manieren abgelöst worden, die eine weiße Bluse und eine dunkelrote Strickweste trug

und grüßte, als Maureen vorbeikam. Sie lächelte der Frau zu und ging zum Fernsehzimmer weiter.
Siobhain saß auf einem Stuhl und sah sich eine alte Folge von *Columbo* an. Der Raum war fast leer, außer Siobhain war da nur noch eine sehr alte Dame, die zuviel roten Lippenstift trug. Die grellrote Paste hatte sich auf die strahlenförmigen Falten um ihren Mund verteilt, der nun wie ein schlimm entzündeter After aussah. Es war Samstag, und Maureen nahm an, daß die meisten Patienten bei ihren Familien waren. Die alte Dame stand etwas wackelig auf, als Maureen hereinkam, und sah sie erwartungsvoll an. »Bist du es?« fragte sie. Der obere Teil ihres Gebisses fiel herunter und stellte sich quer, so daß sie den Mund nicht mehr zumachen konnte. Sie versuchte zu lächeln, und die Zähne fielen ganz heraus und landeten auf dem Linoleumboden.
Siobhain sah auf und lächelte zu Maureen herüber. »Hallo, Helen«, sagte sie. Sie trug dieselben Kleider wie letzten Mittwoch, aber sie waren noch tadellos sauber – sie tat wenig, wobei sie hätten schmutzig werden können.
»Eigentlich ist mein Name Maureen, Siobhain.«
Siobhain schien verwirrt. »Hab' ich das vergessen?« fragte sie.
»Nein«, sagte Maureen. »Tanja verwechselt immer meinen Namen. Sie hat uns vorgestellt.«
»Ah ja. Deine neue Frisur gefällt mir.«
»Mir auch«, sagte Maureen.
Die alte Dame stand zwischen ihnen und lächelte zahnlos und verwirrt, ihr Gebiß lag vor ihr auf dem Boden. Maureen hob es auf und ging zu der kleinen Teeküche am Ende des Raums. Die Dame streckte die Hände aus und sah auf das Gebiß, während sie Maureen zum Waschbecken folgte. Maureen drehte das kalte Wasser auf, hielt die Zähne darunter und gab sie ihr dann zurück.
»Danke«, sagte die Dame liebenswürdig. »Vielen Dank.«
Maureen rückte einen Plastikstuhl neben den von Siobhain und setzte sich. Die alte Dame folgte ihr und stand jetzt zwischen ihnen und dem Fernseher. Siobhain beugte sich über die Armlehne und sah sich weiter *Columbo* an. Die Dame steckte sich die Zäh-

ne in den Mund, um Maureen wieder zuzulächeln, da fielen sie wieder heraus. Maureen stand auf.
»Nein, laß es«, sagte Siobhain. »Sie sollte sie eigentlich gar nicht tragen, sie hat sie in einer Schublade gefunden. Gurtie«, sagte sie zu der alten Dame, »Gurtie, meine Liebe, du solltest sie nicht in den Mund stecken.«
Gurtie schien verdutzt.
»Was siehst du dir an?« fragte Maureen.
»*Columbo*. Ist ziemlich gut. Ich mag den Mann.«
Maureen strich über Siobhains Hinterkopf. Ihr Haar war wieder verfilzt. Es muß davon kommen, daß sie den Kopf beim Schlafen auf dem Kissen hin und her schiebt, dachte Maureen.
»Heute sind sie noch schlimmer durcheinander«, sagte sie. »Soll ich dich kämmen?«
»Ja, bitte.«
Sie stellte ihren Stuhl hinter Siobhain und nahm ihren scharfen Stechkamm heraus. Gurtie kam herüber und bot ihnen ein zerfleddertes *Observer*-Magazin an. Sie sagten, nein danke, Gurtie. Gurtie setzte sich auf einen Stuhl und starrte ein Weilchen Richtung Fernseher, bevor sie in das Zimmer nebenan wanderte.
Als die Haare entwirrt waren, zog Maureen ihren Stuhl neben Siobhain und setzte sich. Sie sahen eine Weile fern und aßen eine Tüte Chips, die Maureen mitgebracht hatte. Columbo löste den Fall, und die Werbung fing an. Siobhain drehte sich zu Maureen um. »Wie gemein die Hollywoodlady war.«
»Ja«, sagte Maureen.
»Und sie hat es fürs Geld getan. Furchtbar, sich so zu benehmen.« Sie rutschte auf ihrem Stuhl zurück.
»Siobhain, ich wollte dich etwas fragen.«
»Worum geht es?«
»Du weißt, worum es geht.«
Siobhain sah auf ihre Hände hinunter. »Ich muß dir sagen, ich kann darüber nicht sprechen.«
»Ich weiß, daß du das nicht kannst, ich will nicht, daß du darüber redest. Du sollst mir nur die Namen von einigen anderen Frauen

nennen, die zur gleichen Zeit auf dieser Station waren. Könntest du das tun?«

»Ich kann mich nicht richtig erinnern. Aber ich nehme an ... ja.«

Maureen nahm Martins Liste heraus, und Siobhain schrieb die Namen auf die untere Hälfte. Sie wußte nur noch vier: Yvonne Urquhart, Marianne McDonald, Iona McKinnon und Edith Menzies. Alles Namen aus den Highlands. »Deshalb weiß ich sie noch. Ich kann mir fremde Namen nicht so gut merken.«

Maureen bedankte sich.

»Nein«. Siobhain erstarrte auf ihrem Stuhl. »Jetzt weiß ich es wieder.« Ihre Stimme wurde zu einem panischen Flüstern. »Iona ist nicht dabei – sie ist tot.«

»Oh«, sagte Maureen und war überrascht, wie erregt Siobhain war. Sie hätte sich doch bestimmt erinnert, daß die Frau tot war, wenn sie sich so nah gestanden hätten. »Es tut mir leid, wart ihr befreundet?«

»Nein.« Siobhain rang nach Luft. »Sie hat sich umgebracht. Tanja hat es mir gesagt.«

»Woher wußte Tanja das?«

»In der Rainbow Clinic. Iona war in der Rainbow Clinic.«

»Tief einatmen, Siobhain«, sagte Maureen. »Hol tief Luft.«

Siobhain strengte sich an.

»Paß auf«, sagte Maureen, »sag mir, was du samstags alles im Fernsehen siehst.«

Keuchend fing Siobhain an, die Samstagssendungen aufzuzählen. Als sie bei zehn Uhr anlangte, war sie ganz ruhig geworden. Maureen wäre gern weggegangen, aber sie fürchtete, es könnte Siobhain wieder schlechter gehen. Sie blieb bis zum Ende von *Howard's Way* sitzen. »Eigentlich müßte ich gehen«, sagte sie.

Jim Maliano

Liam hatte einen steifen Hals, einen Kater, und die ganze Sache tat ihm leid. Er saß auf der aufgeschlitzten Couch und hielt eine Tasse starken Kaffee in der Hand. Mit merkwürdig schiefem Hals sah er unrasiert und reuevoll zu ihr auf.

»Du hast mich Arschloch genannt«, sagte Maureen.

»Tut mir leid. Übrigens hat Mum für dich angerufen.« Er sagte, Winnie sei betrunken gewesen und hätte geflucht und sei hinter ihr her.

»Können wir nicht deinen Anrufbeantworter einschalten?«

Er drehte sich steif mit dem ganzen Oberkörper herum, als er auf der Couch seine Zigaretten suchte. »Die Polizei hat ihn mitgenommen«, sagte er. »Sie brauchten eigentlich nur das Band. Ich glaube, sie haben das Gerät genommen, um mich zu ärgern.« Er entdeckte die Zigaretten auf dem Fußboden, beugte sich vorsichtig hinunter und nahm eine aus der Schachtel. Als er sie anzündete, sah er zu ihr hin und warf ihr die Schachtel zu.

Sie nahm eine. »Wir könnten den Anrufbeantworter aus meiner Wohnung holen.«

»Läßt dich die Polizei rein?«

»Ja, sie haben gesagt, ich kann nach Hause gehen.«

»Bist du schon dort gewesen?«

»Nein.«

»Gehen wir«, sagte er und hievte sich von der Couch hoch.

Es regnete nicht, so ließen sie das Auto stehen und gingen zu Fuß nach Garnethill hinunter und stiegen dann den steilen Hügel hinauf. Als sie die Treppen zu ihrer Wohnung hinter sich hatten, lief Liam der Schweiß herunter. »Mein Gott«, sagte er, »ich bin kein bißchen fit.«

Sie steckte den Schlüssel ins Schloß und sperrte die Tür auf. Liam

streckte den Arm aus und hielt sie zurück. »Ich gehe vór«, sagte er und wischte sich den Schweiß von der feuchten Stirn. »Ich seh' erst mal nach.«
Sie wartete draußen und fingerte an dem dicken, weichen Lack des Türrahmens herum. Als er herauskam und sagte, es sei in Ordnung, war er von dem Schock ganz blaß.
Maureen betrat nervös den Flur. Liam hatte die Tür zum Wohnzimmer zugemacht. Es war warm in der Wohnung – die Nachbarn unter ihr mußten wohl die Heizung anhaben. Der salzige Geruch aus dem Wohnzimmer hing oben im Flur. Sie versuchte, nur kurz und oberflächlich einzuatmen, damit die Luft nicht so tief in die Lungen eindringen konnte. Am Lack des Wandschranks im Flur sah man noch die Spuren vom Klebeband. Ein Zettel lag auf dem Boden; er war in der Mitte gefaltet und unter der Tür durchgeschoben worden. Jim Maliano, der auf der anderen Seite des Treppenabsatzes wohnte, teilte ihr mit, sie solle klopfen, wenn sie zurückkäme, er habe zuviel Lasagne gemacht und könne sie nicht im Kühlfach unterbringen, ob sie davon haben wolle? Sie drückte auf den Knopf des Anrufbeantworters und reichte Liam den Zettel. »Ist das der Scheißkerl, der da drüben wohnt?« fragte er.
»Ja, aber er ist kein Scheißkerl mehr. Ich mag ihn.«
»Ich wußte nicht, daß du so gern Lasagne ißt«, sagte er, drehte den Oberkörper nach ihr um und gab ihr den Zettel zurück.
»Nein.« Sie lächelte. »Aber vergiß nicht, daß er nett zu mir war.«
Liz hatte angerufen und gebeten, sie zurückzurufen. Jemand, der sich Danny nannte, wollte von ihr unter einer Nummer in der Stadtmitte Glasgows zurückgerufen werden. Nach diesem Anruf kamen drei weitere, bei denen der Anrufer aufgelegt hatte, ohne zu sprechen. Maureen kannte keinen Danny. Liz hatte noch einmal angerufen und gebeten, sie zurückzurufen. Ein weiterer geheimnisvoller Unbekannter bat sie, sich unter einer Edinburgher Nummer bei ihm zu melden. Danach wieder jemand, der nichts sagte.
Sie wählte Dannys Nummer und wurde von der Pressegruppe

der Alba-Zeitungen begrüßt. Sie legte auf. Der Unbekannte aus Edinburgh war von einer Nachrichtenagentur.

Liam hörte zu. »Pack«, sagte er.

Sie zog den Stecker des Anrufbeantworters heraus und wickelte das Kabel um das Gerät.

»Ich dachte, du würdest das hier saubermachen lassen«, sagte Liam und warf einen kurzen, nervösen Blick auf die Wohnzimmertür.

»Ja, aber die Versicherung bezahlt es nicht.«

»Scheiße, heißt das, du mußt es selber machen?«

»Ja.«

»Ich kann dir beim Saubermachen helfen«, sagte er zögernd.

»Du mußt dich um deine eigene Bude kümmern. Ich glaube, ich würde es sowieso lieber allein machen.« Vielleicht war es die Leere, die durch ihren Abfall vom Katholizismus entstanden war, jedenfalls lösten wichtige Ereignisse bei ihr ein Bedürfnis nach Ritualen aus. Gewisse Dinge mußten nach einem bestimmten Muster ausgeführt werden, um das Ende einer Ereigniskette zu markieren; eine Art weltlicher Voodoorituale, die halfen, die Dinge anzupacken und einen deutlichen Schlußpunkt zu setzen. Als sie aus der Klinik entlassen worden war, setzte sie sich in den Wandschrank, wo Liam sie gefunden hatte, und verbrannte in einer Grillpfanne das Plastikband mit ihren persönlichen Daten, das sie im Krankenhaus hatte tragen müssen, und ein Bild ihres Vaters. Sie trank Kirschbrandy, bis sie betrunken war, und zerrte die Matratze vom Bett auf den Boden. Sie spielte Beethovens Neunte, so laut sie sich traute, schlug mit den Fäusten auf die Matratze ein und biß in besinnungsloser Raserei hinein, bis ihr Zähne und Kiefer weh taten. Glücklicherweise waren alle Risse in der Matratze auf einer Seite. Sie drehte sie um und legte sie wieder ins Bett. Sie erzählte niemandem davon. Für Uneingeweihte waren alle Rituale lächerlich und ohne Bedeutung. Sie hatte das Gefühl, daß sie ein starkes Ritual brauchen würde, um die Sache mit Douglas zu lösen.

»Verdammt, laß uns hier weggehen«, sagte sie.

»Gute Idee«, sagte Liam und schlüpfte in den Flur hinaus, so schnell er konnte, ohne unhöflich zu erscheinen.
Jim Maliano mußte sie wohl durch den Spion beobachtet haben. Als Maureen in den Flur trat, riß er seine Tür auf und schoß heraus. Liam hob überrascht den Kopf und schrie auf.
»Sorry«, sagte Jim, verlegen wegen seines unnötig dramatischen Auftritts. »Ich wollte Sie nicht verpassen.«
Liam rieb seinen schmerzenden Nacken und murmelte halblaut: »Arschloch.«
»Wie geht's Ihnen, Jim?« fragte Maureen.
»Gut«, antwortete Jim und fragte sich, ob er falsch verstanden hatte, was Liam gesagt hatte. »Wie geht's Ihnen?«
»Ganz gut«, sagte sie.
Jim war kaum größer als Maureen. Abgesehen von seinem runden Bauch, der sich wie eine große, künstliche Brust unter seinem Pullover wölbte, war er schlank. Maureen hätte ihn gern gemocht, er war so nett zu ihr gewesen, aber im kalten Tageslicht war er ihr nicht sehr sympathisch. Sein Pullover war pingelig in die Jeans gesteckt, und seine Frisur hatte etwas Pedantisches, das einem auf die Nerven ging. Es sah so aus, als habe er die Haare sorgfältig über eine kahle Stelle auf dem Kopf aufgetürmt, aber er hatte keine kahle Stelle. Und sein italienisches Getue war gekünstelt, wie der Versuch eines Langweilers, seine mangelnde Persönlichkeit durch die Betonung eines einzigen Charakterzugs wettzumachen.
Geschäftig geleitete er sie in die vollgestopfte Küche und gab frisch gemahlenen Kaffee in eine Kaffeemaschine. Maureen und Liam setzten sich an den Holztisch, der mit verblaßten Spuren von heißen Tassen übersät war. Sie sahen dem kleinen Jim beim Kaffeemachen zu. »Danke, daß Sie mir Lasagne angeboten haben«, sagte Maureen höflich.
»Meine Mutter hat mir gesagt, ich soll das tun«, sagte er. »Sie sagte, daß Nachbarn das tun, wenn es einen Todesfall gegeben hat.« Er errötete heftig und entschuldigte sich dafür, daß er es erwähnt hatte.

»Macht nichts. Ich danke Ihnen für die Nachricht, Jim, das war sehr nett von Ihnen.«
Jim wandte sich wieder seiner Kaffeemaschine zu, aus der jetzt die dunkle, sirupartige Flüssigkeit sprudelnd in die Tassen strömte. Er machte einen Schrank auf und nahm einen Stoß Untertassen und einen Servierteller heraus. »Vor Ihrer Tür hat tagelang ein Polizist gestanden«, sagte er und nahm ein Päckchen Amarettokekse aus einem Vorratsschrank. »Die Reporter sind einen Tag, nachdem es passiert war, draußen im Flur erschienen. Ich dachte, sie könnten nichts über eine bevorstehende Verhandlung drucken.«
»Vielleicht gibt es gar keinen Prozeß«, sagte Maureen. »Sie haben noch keinen dafür gefunden.«
»Oh, das ist gut«, sagte er und schien erleichtert. »Ich habe gewußt, daß Sie es nicht waren.« Er stellte den Teller mit dem Amarettogebäck auf den Tisch. Die Kekse waren einzeln in blaue, rote und grüne Seidenpapierchen verpackt, die an den Enden gedreht waren, als seien es große Bonbons.
Sie bemühte sich sehr, ihn sympathisch zu finden, wenn er nur nicht so affektiert wäre. Sie bat ihn, die Reporter zu beschreiben, und erkannte die zwei Männer wieder, die Liz fotografiert hatten. »Sie sind zu mir in die Arbeit gekommen«, sagte sie. »Wir mußten ihretwegen die Kasse schließen.«
»Ja, die beiden waren die Schlimmsten«, sagte Jim und reichte jedem von ihnen eine Tasse Kaffee, blieb auf der anderen Seite des Tisches stehen und trank den seinen in kleinen Schlucken. »Eines Abends klopften sie zehn Minuten lang an die Tür der alten Mrs. Sood. Sie bekam einen Riesenschreck. Ich finde, die Polizei hätte es ihnen verbieten sollen, ein Polizist stand ja schließlich die ganze Zeit vor Ihrer Tür, und es wäre keine große Mühe für ihn gewesen.« Er beugte sich vor, nahm einen Keks, wickelte ihn behutsam aus und biß die Hälfte davon ab. Er war eigentlich nicht groß genug für mehr als einen Biß. Maureen wäre am liebsten aufgestanden, um ihm den Rest in den Mund zu schieben. »Gut, daß Sie nicht selbst raufgekommen sind«, sagte er, »sonst hätten Sie die Reporter erwischt.«

»Wieso, was meinen Sie damit?« sagte Liam.
»Na ja, an dem Abend, als sie an Mrs. Soods Tür klopften«, er wies zu Maureen hin, »das war in derselben Nacht, als Ihr Kumpel raufkam und in die Wohnung ging.«
Maureen sagte langsam: »Welcher Kumpel war das, Jim?«
»Haben Sie nicht Ihren Kumpel in die Wohnung geschickt?«
»Nein. Wie kommen Sie darauf, daß es ein Freund von mir war?«
Jim sah Maureen nachdenklich an, während er die zweite Kekshälfte aß. Er setzte sich an den Tisch. »Hören Sie mal«, sagte er und sah auf seine Hände hinunter, die er mit gespreizten Fingern vor sich auf den Tisch legte. »Ich weiß, das klingt nach einem naseweisen Nachbarn, aber irgendwas schien da nicht zu stimmen. Ich habe den Zettel unter Ihre Tür geschoben, weil ich Ihnen das erzählen wollte.« Er lächelte schlau. »Das war ein kleiner Trick. Eigentlich war es gar nicht so, daß ich zuviel Lasagne gemacht hatte, aber ich habe welche, wenn Sie wollen ...«
»Erzählen Sie einfach, was passiert ist«, sagte Maureen kurz.
»Also«, sagte Jim, »ich hörte ein Geräusch draußen auf dem Flur, jemand donnerte an die Tür, und ich sah durch den Spion Ihren Freund, den Typ, der manchmal kommt.«
»Wie sieht er aus?« fragte sie.
»Dunkle, kurze Haare, ein bißchen größer als eins achtzig. Breite Schultern. Er hatte eine Lederjacke an.«
»Wie hat die Jacke ausgesehen?« fragte sie.
»Sie war braun mit einem Reißverschluß«, sagte Jim. »Kleiner Kragen und Seitentaschen.«
»Das ist Benny«, rief Liam aus.
»Pscht – einen Moment, Liam«, sagte Maureen und wandte sich wieder an Jim. »War kein Polizist an der Tür?«
»Doch, ein uniformierter Polizist, aber ich habe gesehen, daß er wegging, und dann kam Ihr Freund die Treppe herauf.«
»Haben sie miteinander gesprochen?«
»Nein, nein«, sagte Jim. »Ich erzähle euch, was passiert ist. Ich hörte sie klopfen und habe durch den Spion gesehen, dann hörte ich zweimal einen lauten Knall im Hinterhof, und der Polizist

hörte es auch. Er beugte sich immer wieder hinunter, um vom Treppenabsatz aus dem Fenster zu schauen, und ich habe gesehen, wie er in sein Walkie-talkie gesprochen hat und hinuntergegangen ist. Die Reporter hämmerten immer noch an die Tür. Ich wartete ab, um zu sehen, ob der Polizist ihnen sagen würde, sie sollten aufhören, und dann hörte ich jemand blitzschnell die Treppe hochkommen, so als ob er es sehr eilig hätte. Also sah ich hinaus und erwartete, wieder den Polizisten zu sehen, aber ich sah den Typ in der Lederjacke, der etwas unter der Jacke versteckt hielt und mit dem Rücken zu mir auf Ihre Tür sah, aber er wirkte verdächtig. Er machte so.« Jim neigte den Kopf zur Seite wie jemand, der auf etwas horcht, aber er genoß es, im Mittelpunkt des Interesses zu stehen, und lächelte beglückt, rollte die Augen gen Himmel und sah wie ein häßlicher, kleiner Engel mit einer lächerlichen Frisur aus. »Sehen Sie?« fuhr Jim fort. »Er horchte zu meiner Tür hin, ob jemand hier drin war, deshalb wußte ich, daß er nicht von der Polizei war. Also jedenfalls schloß er auf und kam nach einer Minute oder so wieder heraus …«

»Er schloß auf? Wollen Sie damit sagen, daß er einen Schlüssel hatte?«

»Mhm, er hatte einen Schlüssel. Ich wußte nicht, wer es war, aber als er wieder herauskam, drehte er sich um, und ich sah sein Gesicht.«

»Okay«, sagte Maureen geduldig. »Hatte er den Gegenstand noch in der Jacke, als er herauskam?«

Jim dachte darüber nach. »Nein, er hatte beide Hände frei, als er herauskam.« Er wedelte mit den Händen herum, um es zu demonstrieren. »Hat er etwas gestohlen? War er deshalb hier?«

Maureen sagte, sie wisse es nicht, sie habe nicht nachgesehen. »Wann ist das gewesen, Jim?«

»Letzten Montag abend«, sagte Jim. »So gegen acht.«

Liam sah sie gespannt an. »Was war da los?«

»Das war der Abend, an dem wir uns *Hardboiled* angesehen haben«, sagte Maureen.

»Er hatte an dem Abend die Jacke an, als er zurückkam«, sagte Liam. »Weißt du noch?«
»Irgendwie schien mir etwas nicht zu stimmen«, sagte Jim und versuchte, die Aufmerksamkeit wieder auf sich zu lenken.
»Sind Sie sicher, daß er einen Schlüssel hatte?« fragte Maureen.
»Ja.«
»Sie sagten, er hatte etwas unter der Jacke. Was für ein Gegenstand war das?«
»Na ja, er war vorsichtig damit, er hielt ihn unten fest, so.« Jim hielt seine Hand quer vor den Körper und machte eine Faust, als halte er eine Stange in der Hand.
»Wie lang war es? Konnten Sie das durch die Jacke sehen?«
»Ich sah einen Umriß. Es sah aus, als sei es etwa fünfundzwanzig bis dreißig Zentimeter lang. Es war, als halte er einen Stock oder so etwas.«
»Jim«, sagte Maureen und vermied den direkten Blickkontakt mit ihm, um ihre Abneigung nicht allzusehr zu zeigen, »Sie haben mir sehr geholfen, wirklich ...«
»Ich dachte doch, daß etwas an der ganzen Sache nicht stimmt«, sagte Jim. Er sah aus, als würde er jeden Moment zu einem weiteren Monolog ansetzen.
»Wir müssen gehen«, sagte Maureen. »Noch mal danke.«
Als sie gingen, bat Jim sie, nicht zu vergessen, sein Celtic-T-Shirt mitzubringen.
»Oh, Jim, natürlich«, sagte sie, »und die Jogginghose.«
»Dann passen Sie auf sich auf«, sagte er onkelhaft und mitleidig. »Bis dann – wenn Sie heimkommen.«
Er gab ihr ein Küßchen auf die Wange. Seine Lippen waren feucht.

Der weiße Volkswagen blieb im dichten Verkehr an der Auffahrt zur M8 stecken, und die Beamten mußten sich trennen. Einer rannte hinter Maureen und Liam her, während der andere im Stau wartete.
Maureen und Liam gingen schweigend zum West End zurück

und bemerkten nichts von dem kleinen Drama, das sich hinter ihnen abspielte. Es nieselte wieder; Maureens Haar klebte am Kopf, und sie hatte ihren Schal nicht dabei. Ein Wirbel kalter Regentropfen fegte an ihrem Nacken entlang und weichte die mit Schorf bedeckten Kratzer auf, bevor sie mit dem rauhen Kragen ihres Mantels in Kontakt kamen. Liam sah jetzt normal aus, als ob er einfach den Kopf gegen den Regen gebeugt hielt. Maureen fing an, lautlos zu weinen, sie wußte, daß man es bei dem leichten Regen nicht bemerken würde.

Als Liam endlich etwas sagte, kam nur ein heiseres Flüstern dabei heraus, aber sie waren sich so nah, daß sie ihn trotz des Lärms von den schnell durch die Pfützen fahrenden Autos genau verstehen konnte. »Was bedeutet das?« fragte er.

Zittrig holte sie tief Luft, um mit dem Weinen aufhören zu können. »Na ja«, sagte sie und achtete darauf, daß ihre Stimme normal klang, »das bedeutet wohl kaum, daß wir uns unter unseren Freunden behaglich und sicher fühlen können, nicht?«

Liam hakte sich bei ihr unter. »Weinst du, Mauri?«

»Ein bißchen«, sagte sie.

»Warum weinst du?« Seine Stimme war sanft, und sie hatte Angst, daß sie mitten auf der Straße losheulen würde.

»Eine so miserabel erzählte Geschichte hab' ich mir noch nie anhören müssen«, sagte sie.

Liam drückte mit seinem Ellbogen ihren Arm. Maureen antwortete, indem sie seinen Arm an sich preßte. »Du scheinst nicht überrascht zu sein wegen Benny«, sagte Liam.

»Nein, bin ich nicht.«

»Wieso nicht?«

»Ach«, seufzte sie. »Das ist eine ziemlich lange Geschichte. Benny hat mir eine CD geliehen, und sie war in meiner Wohnung, als ich hingegangen bin, um ein paar Sachen zu holen. Ich habe sie dann neulich bei ihm zu Haus gefunden und mir schon gedacht, daß er bei mir gewesen war.«

»Das war dumm.«

»Ich dachte, ich hätte sie ihm zurückgegeben. Bevor Jim sagte, er habe sich hier herumgetrieben, dachte ich, er stecke vielleicht mit der Polizei unter einer Decke und sie hätten sie ihm gegeben.«

»Und das Ding in seiner Jacke, weißt du, was es war?«

»Ich glaube, es war das Messer. Die Polizei war länger als eine Woche im Haus, und sie haben es nicht gefunden, und dann taucht es plötzlich auf.«

»Hast du das richtige Messer gesehen?«

»Ja, es war verdammt groß, und als ich fragte, warum sie es so lang nicht gefunden hätten, reagierten sie ganz merkwürdig.«

»Wie kam Benny zu einem Schlüssel zu deiner Wohnung?«

»Von mir hat er ihn nicht bekommen«, sagte sie mit gebeugtem Kopf.

»Ich hab' ihn ihm nicht gegeben«, verteidigte sich Liam mit weinerlicher Stimme.

»Um Gottes willen, Liam, das wollte ich doch damit nicht sagen. Ich hab' damit gemeint, daß er den fehlenden Schlüssel hat – er hat Douglas' Schlüssel.«

Sie mußten an der Ampel warten, um die dichtbefahrene Straße zu überqueren. Maureen ließ Liams Arm los und drückte dreimal kurz nacheinander auf den gelben Knopf für Fußgänger. Liam schob seinen Arm wieder durch den ihren. Sie hatte ihn noch nie so anschmiegsam erlebt. »Du wirst langsam immer besser, Mauri«, sagte er. »McEwan fragte mich nach dem Abend, an dem Douglas starb. Vielleicht hast du auch mit dem Zeitpunkt recht.« Liam hatte in dieser Woche schon dreimal mehr oder weniger zugegeben, daß er unrecht hatte. Seltsame Zeiten. Sie drückte ungeduldig auf den Knopf der Ampel. »Ich glaube, diese Dinger sind zu nichts nütze«, sagte sie. »Ich glaube, sie stellen sie auf, um einen zu beschäftigen, nur damit man nicht einfach losstürzt.«

»Heißt das, daß Benny Douglas getötet hat?« fragte Liam.

»Ich weiß nicht«, sagte sie. »Dann müßte es irgendeine Verbindung zwischen Douglas und Benny gegeben haben.«

»Ja. Er muß einen Grund gehabt haben, es zu tun. Benny ist nicht verrückt, außer wenn er trinkt.«

Sie erzählte ihm, daß er in Inverness zum Psychiater geschickt worden war. »Vielleicht war Douglas der Psychiater, der ihn behandelte. Es hört sich so an, als habe Benny oben in Inverness mit ein paar zwielichtigen Kerlen zu tun gehabt, und vielleicht wollte er nicht, daß irgend jemand davon erfährt.«

»Warum?«

»Es handelte sich um einen Betrügerring. Das könnte seine Karriere kaputtmachen.«

»Du glaubst, das wäre ein Motiv für ihn?«

»Ja, aber ich kann nicht glauben, daß Benny so etwas tun würde.«

»Du hättest aber auch nicht gedacht, daß er herumschleichen und heimlich in deine Wohnung gehen würde, oder? Und wie konnte er an einen Schlüssel kommen …« Liam zuckte plötzlich zusammen und zog mit einem Ruck seinen Arm zurück. »Mein Gott, Scheiße, Mauri, o Mist!«

»Was? Was?« sagte sie und zog so heftig an seinem Ellbogen, daß er den Hals mit einem Ruck zur Seite drehen mußte. Er schrie auf, schlug sich mit der Hand darauf, und der scharfe Schmerz ließ ihn aufstöhnen.

»Ich habe Benny von dem Wandschrank erzählt«, flüsterte er und bog sich vor Schmerz vornüber, beide Hände um die stechende Stelle an seinem Hals gelegt.

Maureen stand fassungslos neben ihm, ihre Arme hingen schlaff herunter, der kalte Regen rann ihr übers Gesicht, tropfte von Nase und Kinn. Sie sprach ganz leise. »Du hast ihm das erzählt?«

»Ja«, sagte Liam, sich immer noch windend vor Schmerz.

»Du hast gesagt, du hättest es niemandem erzählt«, sagte sie.

Er richtete sich leicht auf und sah sie an. »Ich hatte es vergessen.«

»Hast du ihm erzählt, in welchem Wandschrank?«

»Ich hab's ihm einmal gezeigt, als wir in der Wohnung waren. Ach Gott, Mauri, es tut mir so leid.«

Sie stellte sich auf die Zehenspitzen, küßte ihn auf die Wange und schob den Arm wieder unter den seinen. »Kein Grund, Liam, daß es dir leid tun muß. Überhaupt kein Grund.«

Sie gingen schweigend weiter, Liam drückte mit der freien Hand auf seinen Nacken. Maureen hielt seinen Arm umklammert und

preßte ihn so fest an sich, daß seine Haut in ihrer Armbeuge gequetscht wurde. Er fühlte, wie sich ihr keiner Bizeps walnußgroß gegen seinen Arm preßte, und ihre Heftigkeit machte ihm angst.
»Warum sollte er das Messer hineinschmuggeln?« fragte er.
»Na, wenn es in der Wohnung gefunden wird, sieht es aus, als hätte ich es getan, weil ich nicht weggegangen bin, oder?«
Liam nickte. »Stimmt, aber warum hat er so lange damit gewartet?«
»Das weiß ich nicht. Vielleicht hat er nicht allein gearbeitet, und es war gar nicht seine Idee, das zu machen. Vielleicht hat jemand anderes ihm befohlen, es zu tun, und er konnte nicht ablehnen. Er sagte mir am ersten Tag, daß es aussehen würde, als hätte ich es getan, wenn sie es in der Wohnung fänden. Er hätte das nicht zu mir gesagt, wenn er geplant hätte, das zu tun. Ich glaube, er muß es gegenüber einem anderen erwähnt haben, und der hat ihm gesagt, er solle hinaufgehen und es dort verstecken.«
»Er ist ein Scheißkerl«, sagte Liam. »Auch wenn er Douglas nicht umgebracht, auch wenn er das Messer nicht hingelegt hat, auch wenn er meinen oder deinen Schlüssel genommen und nur seine CD geholt hat, ist er trotzdem ein Arschloch.«
»Ja«, sagte sie. »Aber er ist im Moment mein einziger Anhaltspunkt, deshalb will ich nicht, daß du irgend etwas zu ihm sagst.«
»Ich werd' ihn zusammenschlagen«, sagte Liam bockig.
Maureen zog ihren Arm unter dem seinen hervor. »Sag kein Sterbenswörtchen darüber. Kein einziges Wort zu keiner Menschenseele. Sonst machst du alles kaputt. Benimm dich ihm gegenüber einfach ganz normal, und wenn du das nicht schaffst, dann halte dich fern von ihm.«
Sie gingen weiter.
»Wir kennen Benny seit Urzeiten, Mauri.«
»Ja«, sagte Maureen, »aber anscheinend trotzdem nicht lange genug.«

Daheim schloß Liam den Anrufbeantworter an und holte vom oberen Badezimmer ein frisches Handtuch für Maureen, wäh-

rend sie eine Kanne Tee machte. Sie rieb ihr Haar notdürftig trocken und folgte Liam, der das Tablett in das schöne Zimmer im ersten Stock hinauftrug.
Sie legte sich auf die Corbusier-Liege. Liam setzte sich auf den Schreibtisch und versuchte mit angehaltenem Atem, sein Haar zu trocknen, ohne den Kopf hin und her zu bewegen. »Mein Gott, tut das weh«, sagte er. Er goß sich Tee ein und machte seinen Computer an. »Sollen wir ›Weltuntergang‹ spielen?« Sie sahen einander an und lächelten sich kläglich zu.
»Nein, Liam, lieber nicht.«
Unten klingelte die Türglocke. »Mist«, sagte Liam, »Wenn das Pete ist ...«
Er stellte die Teekanne ab, ging durchs Zimmer und schaute aus dem Fenster. Er winkte jemandem auf den Stufen zu. »Verdammt noch mal, das ist er ja selbst«, murmelte er.
Maureen stand auf und schaute hinaus. Benny stand auf der Treppe und winkte ihnen fröhlich zu. Sie winkte zurück.

Hundert Meter weiter saßen ein nasser und ein trockener Beamter in dem Volkswagen. Sie erkannten Benny als die dritte Person, die am Donnerstag morgen die Wohnung in der Scaramouch Street verlassen hatte. Sie vermuteten richtig, daß er der Wohnungsinhaber Brendan Gardner war. Der trockene wandte sich an den nassen Kollegen: »Irgendwie kreuzt dieser Typ immer wieder auf, oder?«

Liam winkte aus dem Fenster. »Lassen wir den Scheißkerl rein?« fragte er.
»Wir müssen«, sagte Maureen. »Laß dir nichts anmerken, Liam, ja?«
Liam stapfte hinunter. Sie hörte, wie die Haustür aufging und Benny Liam laut und freudig begrüßte. Liam brummte etwas.
Benny ging die Treppe hinauf und stand unter der Tür. »Alles klar, Mauri?« Er lächelte. »Ich wollte nur kurz vorbeikommen. Ich hatte heute meine erste Prüfung.«

»Stimmt. Ich dachte, sie hielten samstags keine Prüfungen mehr.«
Benny zuckte mit der Schulter. »Altmodischer Laden.«
»Wie ist es gelaufen?«
»Ganz gut.«
Liam ging mürrisch an ihm vorbei und nahm seine Tasse Tee.
»Wie geht's, Mann?« fragte Benny.
»Gut«, sagte Liam, nahm ein Blatt vom Schreibtisch und tat so, als lese er es.
Benny war einen Moment still und sah ihn an. Liams schlechte Laune verwirrte ihn. Er drehte sich zu Maureen um und machte ein verwundertes Gesicht. Sie zog eine Augenbraue hoch. »Willste 'ne Tasse Tee?« sagte sie, ging zur Tür und machte ihm ein Zeichen, ihr zu folgen. Sie gingen in die Küche hinunter.
Dort herrschte Chaos. Die Polizei schien ihre Suche hier am intensivsten betrieben zu haben. Liam hinterließ normalerweise sowieso ein Durcheinander, weil die Küche neben dem Zimmer im Erdgeschoß lag. Das Fenster war mit einer beinahe undurchdringlichen Staubschicht überzogen, der Boden zur einen Hälfte mit zerrissenem Linoleum, zur anderen Hälfte mit den bloßen, faulenden Brettern bedeckt. Fest angetrockneter Schmutz verlieh dem alten Herd statt der weißen eine fleckig-braune Färbung. Die Polizei hatte Gewürzgläschen in die Spüle geschüttet, der Inhalt des Kühlschranks und des Kühlfachs war auf der Tischfläche aufgetaut und auf den Boden geflossen. Geschirr, Besteck und Töpfe waren aus den Schränken genommen und auf den Arbeitsflächen aufgestapelt.
»Was ist denn jetzt mit Liam schon wieder los?« fragte Benny, ungerührt vom Zustand der Küche.
»Ach, Familiengeschichten. Winnie hatte mal wieder einen Wutanfall.«
»Nein, echt?«
»Ja«, sagte sie und fing an zu weinen. Sie versuchte, es zu unterdrücken, schaffte es aber nicht. Sie rang nach Atem, keuchte und weinte hemmungslos wie ein verlassenes Kind. Benny legte die Arme um sie und flüsterte tröstliche Worte in ihr feuchtes Haar.

Sie murmelte seinen Namen, wiederholte ihn immer wieder und hielt ihn fest, bis sie sich beruhigt hatte.
»Was hat sie denn getan?« sagte er, als sie ihn losließ. Er strich ihr sanft über den Rücken. »Was hat sie denn jetzt schon wieder getan, Mauri?«
Sie konnte über Bennys Schulter hinweg sehen, wie Liam durch das vordere Zimmer auf sie zukam. Sie klammerte sich an Benny.
»Sie ist ausgerastet. Sie ist verrückt geworden und hat Liam rausgeschmissen.«
Sie sah Liam über Bennys Schulter scharf an. Benny preßte sein Gesicht an ihren Hals. »Geht's jetzt wieder?« murmelte er.
»Es geht schon«, sagte sie. »Aber besonders viel Glück hab' ich in letzter Zeit nicht gehabt, oder?«
»Sieht ganz so aus«, sagte er.
Liam stellte Wasser für Tee auf. »Benny, Mann, wie war die Prüfung?« sagte er freundlich lächelnd.
Sie brachten große Kissen und den tragbaren Fernseher von Liams Schlafzimmer in das Zimmer oben, so daß sie *Repo Man* ansehen konnten. Sie hatte es nicht gemerkt, aber sie war von diesem Tag erschöpft. Maureen legte sich hin, schloß während der Werbung die Augen, und schlief ein. Sie deckten sie mit einer Steppdecke zu.
Mitten in der Nacht wachte sie verschwitzt in ihren Kleidern auf, zog sich schläfrig aus, ging ins Schlafzimmer, und als sie sich hingelegt hatte, schlief sie sofort ein. Sie träumte, Martin kämme ihr Haar, um sie zu trösten.

Yvonne

Schon bevor sie die Augen am nächsten Morgen öffnete, wußte sie, daß es Zeit war, in ihre Wohnung nach Garnethill zurückzukehren.

Sie wollte Liam das Frühstück machen, aber als sie in sein Zimmer schaute, schlief er noch. Neben seinem Bett befand sich ein großes Loch im Boden. Die Bretter waren hochgenommen und neben der Öffnung liegengelassen worden. Die Nägel aus den Brettern standen hoch in die Luft wie spitze Zähne eines verborgenen Raubtiers. Der Inhalt seines Kleiderschranks war auf den Boden geworfen und im angrenzenden Badezimmer das schwarzweiße Linoleum im Schachbrettmuster herausgerissen worden. Maureen machte leise die Tür zu und ging vorsichtig hinunter. Kein Wunder, daß er den Kopf hängen ließ.

Sie suchte in den Gelben Seiten einen Schlüsseldienst, der rund um die Uhr erreichbar war, und wählte die Nummer. Man sagte ihr, daß sonntags ein Aufschlag von zwanzig Pfund verlangt wurde, aber das war ihr egal. Der Mann am Telefon ließ sich ihre Adresse geben und sagte, er würde um zwölf jemanden mit einem neuen Sicherheitsschloß schicken.

Sie trank einen Kaffee und packte ihren Anrufbeantworter in eine Plastiktüte, als das Telefon läutete. »Hallo«, sagte Una. »Ich habe bei Benny angerufen, aber er hat mir gesagt, du seist bei Liam.«

»Ja«, sagte Maureen, »ich bin hier.«

Sie wollte Maureen unbedingt sehen, um ihr eine gute Nachricht zu überbringen.

»Ich kann dich nicht treffen, Una«, sagte Maureen, die an Liams Warnung dachte. »Ich ziehe heute in meine Wohnung zurück.«

Aber Una war fest entschlossen. Sie würde zu Liams Wohnung hinüberkommen, sagte sie, und würde Maureen und ihren Anrufbeantworter nach Hause fahren. Una fuhr Auto, seit sie siebzehn

war, und weigerte sich zu glauben, daß irgend jemand lieber zu Fuß irgendwohin ging.
»Na ja, okay, ich gehe jetzt, und Liam schläft noch. Er ist furchtbar müde, also klopf nur, ja? Nicht klingeln.«

Als an der Haustür geklopft wurde, warf sich Maureen Mantel und Schal über und nahm ihre Tasche. Sie öffnete die Tür, trat hinaus, gab Una ein schnelles Küßchen auf die Wange und drehte sich um, um die Haustür abzuschließen.
»Wollen wir nicht eine Tasse Tee trinken?« fragte Una, der die gespannte Stimmung nicht entging. Sie machte sich schon darauf gefaßt, beim geringsten Anlaß beleidigt zu sein.
»Weißt du, ich muß jetzt wirklich los«, sagte Maureen.
Una schien gekränkt. »Also gut«, sagte sie gnädig, »wenn du es so eilig hast.«
Sie gingen die Vordertreppe zu Unas Firmenwagen hinunter. Es war ein großer, grüner Rover mit einem Armaturenbrett aus Nußbaumholz, elektrischen Fensterhebern und anderen Extras, Unas ganzer Stolz. Sie ließ den Motor an und erzählte Maureen die gute Neuigkeit: Marie würde übermorgen zu Besuch kommen, und sie würden sich am Donnerstag alle bei Winnie zu einem schönen Mittagessen treffen.
Maureen stellte sich die drei zusammen vor, wie sie um den Küchentisch saßen und auf ihre Ankunft warteten. Warum sollte es ein Mittagessen und nicht wie normalerweise, wenn Marie kam, ein Abendessen geben, und warum war Liam nicht eingeladen? Sie wußten, er würde sie verteidigen, wenn er da wäre. Also mußten sie etwas vorhaben. Sie wollten sie zur Rede stellen, ihr sagen, alles, woran sie sich erinnerte, sei gelogen und sie sei verrückt.
Als sie die Maryhill Road hinunterfuhren, bemerkte Maureen, daß Una sie heimlich im Blick behielt, damit ihre kleine Schwester ja keine Dummheit beging. Maureen wußte nicht, was sie sagen sollte. Una würde Louisa Wishart anrufen, wenn sie außer sich geriete, das wäre das erste, was sie tun würde.

Als sie die halbe Maryhill Road hinter sich hatten, war ihr schon ganz heiß vor Kummer. Una fragte, warum sie so still sei, und sie gab vor, sie hätte schlecht geschlafen. »Mum ist mir böse, weil ich meine Fotos mitgenommen habe.«
»Ich weiß«, sagte Una, preßte die Lippen zusammen und drückte die Kiefer aufeinander.
»Aber sie gehören mir, und sie hat sie an die Zeitungen verkauft.«
»Nein, Maureen«, sagte Una und hielt die Hand hoch. »Mum hat sie nicht verkauft.«
»Na ja, zumindest hat sie sie herausgerückt.«
»Ja, und das ist etwas anderes«, sagte Una.
Sie schwiegen verlegen. Der Motor brummte leise, als sie an eine Ampel kamen und anhalten mußten.
»Hat Liam dir von Mum erzählt, als sie auf dem Polizeirevier war?« fragte Maureen.
»Ach du meine Güte, ja«, sagte Una und rümpfte die Nase. »Sie war ein bißchen aufgeregt.«
»Er hat mir gesagt, sie hätte ein höllisches Gezeter veranstaltet«, sagte Maureen laut mit vor unangebrachter Empörung zitternder Stimme. Una mochte weder Fluchen und Schreien noch ungehörige, emotionale Ausbrüche jeglicher Art. Maureen merkte, daß sie sie verunsicherte.
Una fuhr an den Gehweg heran und machte den Motor aus. »Bist du sicher, daß es dir gutgeht?« fragte sie vorsichtig. »Willst du wirklich heute wieder in deine Wohnung zurück?«
Maureen dachte daran, Una jetzt zur Rede zu stellen, sie wog die Vor- und Nachteile ab. Noch nicht. Nicht jetzt. Sie wollte nicht so schweres Geschütz auffahren. »Schon in Ordnung«, sagte sie. »Ich hab' ein bißchen Bammel davor, wieder heimzugehen, sonst nichts.«
Una beugte sich zu ihr hinüber, zog sie an sich, umarmte sie und preßte dabei den Schalthebel gegen Maureens Rippen. Dann ließ sie sie los. »Wir haben dich alle sehr lieb«, sagte sie gütig.
»Das weiß ich, Una«, sagte Maureen und weinte vor Wut.
»Wir alle wollen nur das Beste für dich«, sagte sie.

Maureen wandte sich ab und rieb sich zornig die Tränen vom Gesicht. »Ich weiß«, sagte sie, »ich weiß.«
Una hatte ihr eigentlich vorschlagen wollen, ins Krankenhaus zurückzukehren, aber Maureen schien so labil zu sein, daß das vielleicht keine gute Idee war. Sie würde Dr. Wishart anrufen, wenn sie ins Büro zurückkam, und würde sie wegen einer erneuten Einlieferung fragen. Sie ließ den Motor wieder an. »Du könntest mitkommen und bei uns bleiben, wenn du willst«, sagte sie und reihte sich in den Verkehr ein.
Die Vorstellung, daß Maureen in ihrer ordentlichen Wohnung herumhocken, überall rauchen und sich alte Filme ansehen würde, war für Una der reinste Alptraum. »Du bist so ein Schatz, Una«, sagte Maureen und gab sich Mühe, ihre Stimme normal klingen zu lassen. »Ich weiß nicht, wie du das schaffst. Wir sind alle verrückt, und es scheint dir einfach nichts auszumachen.«
Una lächelte, zufrieden, daß sie so von den anderen unterschieden wurde. »Laß uns doch Musik hören«, sagte sie und schaltete das Radio an.
Den ganzen Rest des Weges sangen sie einen fröhlichen, alten Popsong mit, errieten den Text und summten die schwereren Stellen mit, damit sie nicht miteinander reden mußten.
Maureen sah aus dem Fenster und sagte sich, daß sie sehr, sehr bald, wenn die Sache mit Douglas vorbei war, Una und auch den anderen sagen würde, was sie von ihnen hielt.

Una parkte vor dem Haus, zog die Handbremse an, machte den Motor aus und öffnete den Sicherheitsgurt.
»Nein«, sagte Maureen. »Du kannst nicht mit raufkommen.«
Sie wollte nur so schnell wie möglich von ihrer Schwester wegkommen. Wenn Una mit hinaufkäme und auch nur einen Tropfen Blut sähe, würde sie zu weinen anfangen und müßte umsorgt und getröstet werden. Sie würde Alistair anrufen und ihn kommen lassen, vielleicht würde sie sogar Winnie und George anrufen. Sie würde stundenlang dasein.

Una starrte sie an. »Warum nicht?«
»Em, die Polizei wird dich nicht reinlassen, nur mich.«
»Warum ist die Polizei da oben?«
»Sie wollen, daß ich ihnen alles im Haus zeige, deswegen kannst du nicht mitkommen.«
»Aber ich bin doch deine Schwester.«
»Das weiß ich, Una, aber sie können nicht einfach jeden reinlassen.«
»Ich bin nicht einfach jeder«, sagte Una, zog den Schlüssel aus dem Zündschloß und steckte ihn ein. »Ich bin deine Schwester.« Sie machte die Tür auf und stellte einen Fuß auf den Gehweg.
»Una«, sagte Maureen, so bestimmt sie konnte, ohne zu schreien, »du kannst nicht mit hinaufkommen.«
Una zog den Fuß ins Auto zurück und wandte sich ihrer kleinen Schwester zu. »Maureen«, sagte sie ernst, »ich lasse dich nicht ins Haus gehen, ohne daß jemand da ist, der dir hilft.«
»Una«, sagte Maureen und imitierte den heuchlerischen Tonfall ihrer Schwester, »ich lasse dich nicht mit mir raufkommen. Die Polizei ist da, sie haben sowieso schon etwas gegen unsere Familie, weil Mum betrunken war und sie angeschrien hat und weil unser Bruder ein Dealer ist, und ich werde die kleine Chance, die ich bei ihnen noch habe, nicht dadurch verspielen, daß ich verlange, dir Zutritt zur Wohnung zu gewähren.«
Una stieß einen tiefen Seufzer aus und schüttelte den Kopf. »Warum in aller Welt sollte die Polizei mich nicht da oben haben wollen?«
»Weil du die Beweislage stören könntest, sie haben noch nicht alles gesammelt.«
»Aber ich bin doch deine Schwester. Ich meine, daß du nicht allein reingehen solltest.«
»Ich werde nicht allein sein, die Polizei wird dasein.«
Una hob die Augen zum Himmel und murmelte: »Meine Güte«, bevor sie die Tür zumachte.
»Ist schon gut«, sagte Maureen und nahm ihre Plastiktüte mit dem Anrufbeantworter vom Rücksitz. »Die Polizei ist drin.«

Sie küßten sich und verabredeten sich für Donnerstag bei Winnie zum Mittagessen, wenn Marie auch daheim wäre.
Una beobachtete, wie Maureen mit ihrer Plastiktüte durch das Treppenhaus ging. Es war dunkel hinter der Tür, Maureens kleiner Schatten ging die erste Treppe hoch, bog um die Ecke und verschwand. Sie saß einen Moment da, bevor sie das Mobiltelefon nahm und Dr. Wisharts Nummer am Albert Hospital wählte. Es war besetzt. Sie legte auf und drückte den Wahlwiederholungsknopf. Immer noch besetzt. Sie legte das Telefon hin und sah wieder zum Treppenhaus hinauf, abwägend, was dafür und was dagegen sprach, daß sie Maureen nachging. Sie steckte den Schlüssel ins Zündschloß, ließ den Motor an, lockerte die Handbremse und fuhr auf die Straße.

Maureen stieg beklommen die Stufen hinauf und ging langsamer, als sie sich dem letzten Stockwerk näherte. Als sie Jims Tür sah, erinnerte sie sich, daß sie sein Celtic-T-Shirt im unteren Fach in Bennys Kleiderschrank liegen lassen hatte. Sie wünschte sich, er hätte ihr nichts von seinen Beobachtungen durch den Spion erzählt. Sie war ihm ja dankbar für die Information über Benny, aber sie würde nie mehr vor ihrer Tür stehen können, ohne sich Jim vorzustellen, wie er sich mit seiner peniblen Frisur und seinem in die Jeans gestopften Pullover an die Tür preßte und sie beobachtete. Sie nahm ihren Schlüssel heraus, schloß die Tür auf und ließ sie offen stehen.
Die Wohnung roch muffig und süßlich, die Luft war drückend. Sie trat ein und machte die Tür hinter sich zu, so daß sie Jim die Sicht versperrte. Sie ließ die Tasche im Flur fallen, holte tief Luft und drückte den Griff der Wohnzimmertür herunter.
Das Blut war im direkten Sonnenlicht braun geworden. Es war schwierig, ein Stück Teppich zu finden, das nicht braun verfärbt war. Tiefe Pfützen von Douglas' kostbarem Blut waren daran festgetrocknet. Lange Streifen von den Spritzern aus seiner Schlagader gingen strahlenförmig von den vier Abdrücken aus, die markierten, wo der Stuhl gestanden hatte. Der blaue Stuhl war

von einem netten Polizisten abgewischt worden; er stand schräg vor dem Fenster, als habe dort jemand gesessen und die Aussicht genossen.
Sie ging vorsichtig über den knarrenden Boden und benutzte die freien Stellen als Trittsteine zum Fenster, das sie sperrangelweit öffnete, um den rauhen Wind ins Zimmer zu lassen. Sie setzte sich auf Douglas' blauen Stuhl, weil sie Angst hatte, rauchte eine Zigarette am luftigen, offenen Fenster und wartete, bis das erste Grauen vorbei war. Sie drückte die Zigarette auf dem Fenstersims aus, nahm den Stuhl an der Lehne und trug ihn in den Flur.
Was auf dem Bücherregal stand, stapelte sie auf den Boden, trug die Stapel einzeln hinaus und lehnte sie dort unsicher gegen die Wand neben der Küchentür. Sie transportierte den Couchtisch ins Schlafzimmer und hievte auch den tragbaren Fernseher dorthin, der dabei gegen ihre Beine stieß. Das Bücherregal stellte sie flach zusammengelegt neben die Badezimmertür. Sie rollte den alten Roßhaarsessel hinaus, die Holzrollen holperten rücksichtslos über das angetrocknete, braune Blut.
Sie ging in das leere Wohnzimmer zu der Stelle zurück, wo sich die vier Abdrücke von den Stuhlbeinen befanden, sah sich um und atmete den trockenen, nach Blut riechenden Staub ein. Nur die Couch mit dem Blutstreifen auf der Armlehne stand noch im Zimmer. Die Flecken würden nicht rausgehen; sie wußte nicht, was sie damit machen sollte. Sie konnte sie wegwerfen, aber dann hätte sie außer dem unbequemen Roßhaarsessel keine Sitzgelegenheit. Sie brauchte sich nicht sofort zu entscheiden; sie konnte heute darum herum weiterarbeiten. Sie fand den Hammer im Küchenschrank und fing unter dem offenen Fenster an, mit dem spitzen, geteilten Ende des Werkzeugs die Stifte herauszuziehen, mit denen der Teppich am Rand festgemacht war.

Als es klingelte, hatte sie ein Drittel des Teppichbodens von der Tapetenleiste losgemacht. Sie schloß die Tür zum Wohnzimmer, bevor sie durch den Spion sah. Ein junger Mann, braungebrannt wie ein benutzter Teebeutel, stand an der Tür und hielt eine kleine Metallbox an einem Griff. Er trug ein T-Shirt, auf dem »Armani« stand, Jeans und eine gelbe Wildlederjacke. Sein Haar war von schlecht gemachten, blonden Strähnen durchzogen und sah im Licht des Flurs grün aus. Er hatte zwei Stunden Verspätung und sah ziemlich verkatert aus. Wahrscheinlich war er noch nicht zu Hause gewesen. Sie machte die Tür auf. »Schlüsseldienst?«

»Mhm«, sagte er, trat in den Flur, in dem alles herumstand, und untersuchte das Türschloß.

»Wollen Sie eine Tasse Tee?«

»Nee.«

Sie überließ ihn seiner Arbeit und versteckte sich in der Küche. Sie wollte das Wohnzimmer fertigmachen, aber sie konnte nicht hineingehen, ohne daß er die Bescherung sah, die sie ihm nicht erklären wollte. Sie setzte den Wasserkessel auf und öffnete den Geschirrschrank. Die Tassen waren alle anders eingeräumt. Selten gebrauchte standen vorne im Regal, und manche waren umgestülpt, so wie Tassen eigentlich aufgeräumt werden sollten. Sie machte den Vorratsschrank und die Besteckschublade auf. Überall dasselbe. Die Polizei hatte alles durchsucht und umgeräumt. Sie mußten sehr gründlich gewesen sein. Ein panisches Schamgefühl durchfuhr sie plötzlich, sie ging ins Schlafzimmer und öffnete den Nachttisch. Drei defekte Vibratoren waren säuberlich zu einem kleinen, dreieckigen Haufen aufgebaut. Der mit den Säureflecken von den alten Batterien lag ganz unten und der rote Schraubdeckel ordentlich daneben. Sie hatte ihn immer wegwerfen wollen, aber es war ihr peinlich, ihn in die Mülltonne zu werfen, als ob alle ihre Nachbarn ihn finden und in Scharen an ihre Tür kommen würden, um eine Erklärung zu fordern. Ihre beiden – politisch korrekten – Bücher zum Thema Selbstbefriedigung von Nancy Friday waren durchgeblättert worden. Sie setzte sich aufs Bett und versuchte, es nicht so tragisch zu nehmen, was ihr aber nicht gelang. Sie ließ sich aufs Bett sinken und sah auf den Boden. Die *Selector*-CD war tatsächlich verschwunden.

Sie ging in die Küche zurück, machte sich einen Kaffee und ver-

suchte sich einzureden, wenn sie Leslie erst einmal alles erzählt hätte, wäre es nur noch eine witzige Geschichte.
Nach einer langen Bohrpause kam der Schlosser an die Küchentür. Er sah niedergeschlagen und grünlichblaß aus.
»Wollen Sie jetzt eine Tasse Tee?«
»Nee.« Seine Stimme war zittrig, als würde ihm gleich schlecht werden. »Fertig.«
Sie zahlte bar, und er gab ihr zwei Schlüssel für das neue Sicherheitsschloß und einen für den Riegel. Als er weggegangen war, schloß sie sich ein und verriegelte die Tür mit dem neuen Riegel.
Wieder im Wohnzimmer, zündete sie sich eine Zigarette an und hielt sie zwischen den Zähnen, während sie die restlichen Teppichstifte mit dem Hammer herauszog. Sie hob den Teppichrand unterm Fenster hoch und schlug ihn in der Zimmermitte zur Hälfte um. Er war schwer. Sie ließ den Teppich los, faßte die Couch an der Lehne und zog sie über den zusammengelegten Teppich auf die blanken Holzbretter. Die letzte Rolle blieb daran hängen, und als sie die Couch weiterzog, begann der Teppich sich auseinanderzurollen. Sie kniete sich hin und versuchte, den Fuß der Couch anzuheben, und schaute zufällig zur anderen Seite des Raumes. Dort war ein tränenförmiger Blutstropfen rot glänzend auf der weißen Fußleiste getrocknet. Sie kroch auf allen vieren hinüber und setzte sich daneben, lehnte den Kopf an die Wand, und ihre Fingerspitzen strichen immer wieder über den Tropfen, bis es dunkel wurde.

Sie machte das Licht im Flur an und öffnete die Tür des Wandschranks. Die Schuhbox war in Augenhöhe auf das Regal gestellt worden, so daß der Boden des Schranks leer war. In der rechten Ecke des mit Teppich ausgelegten Bodens war ein blutiger, ovaler Fleck, so groß wie ihre Handfläche. Sie hockte sich hin und legte ihre Hand darauf. Der Fleck war nicht pudrig und dünn wie die Flecken am Teppichrand im Wohnzimmer, sondern hart wie die Stelle unter dem Stuhl. Der Teppichflor war ganz platt gedrückt, weil sich so viel Blut an der Stelle gesammelt hatte. Der Fleck war

zu dick für einen Spritzer und zu klein, als daß er von ihren Pantoffeln hätte stammen können. Etwas Blutiges war hier hingelegt worden.
Sie stand auf und ließ den Blick auf der Stelle ruhen, während sie sich vorzustellen versuchte, wodurch ein Fleck in dieser Form entstehen konnte. Ein blutiger Lappen hätte einen ungleichmäßigen Fleck hinterlassen, das war es also nicht. Sie versuchte es mit der Vermutung, der Vergewaltiger im Northern Hospital und Douglas' Mörder könnten ein und dieselbe Person gewesen sein, um daraus irgendeine Erklärung für den Fleck abzuleiten. Er hätte von blutigen Stricken stammen können, die dort hingeworfen worden waren, aber die hätten richtig vor Blut triefen müssen, und Douglas war ja auch noch gefesselt gewesen, als sie ihn fand. Sie konnte sich nicht vorstellen, was die Ursache war.
In der Küche öffnete sie die Boilerklappe und überprüfte, auf welche Zeit die Heizung eingestellt war: Sie war von fünf Uhr dreißig bis acht Uhr morgens auf Betrieb gestellt. Die Zeiten am Abend waren auch verändert worden. Die kleinen Pfeile an der Scheibe lagen nah beieinander, das hieß, die Heizung würde den ganzen Abend über aussein. Sie brachte alles wieder zu der alten Einstellung, morgens aus und von sechs Uhr bis elf Uhr abends an, und machte die Klappe wieder zu.
Die Liste, die Martin ihr gegeben hatte, befand sich noch im vorderen Täschchen ihrer schwarzen Jeans. Wenn die Patientinnen vergewaltigt worden waren, konnte sie nur von den weiblichen Angestellten etwas darüber erfahren. Sie fing mit der Liste des Pflegepersonals an, suchte drei eindeutig weibliche Namen heraus und holte das Glasgower Telefonbuch aus der Küchenschublade. Der erste Name lautete Suzanne Taylor. Fünfzehn Taylors standen im Telefonbuch. Maureen fand heraus, daß sie alphabetisch nach den Buchstaben des ersten Vornamens aufgelistet waren. Der letzte Eintrag lautete auf Spen. Taylor: Suzanne hatte entweder geheiratet oder war weggezogen. Der zweite Name lautete Jill McLaughlin, der wohl unter den ungefähr dreißig J. McLaughlins zu finden war.

Sharon Ryan war ein Glücksfall. Sie mußte unter den drei Einträgen sein, wenn sie überhaupt im Telefonbuch stand. Maureen probierte die erste. Kein Anschluß unter dieser Nummer. Bei der zweiten Nummer hatte man nie von Sharon Ryan gehört und bei der dritten ebensowenig.

Sie legte auf und versuchte, die Liste für Jill McLaughlin etwas zu verkürzen. Jill mußte irgendwo zwischen Jas und Joseph zu finden sein; es blieben acht mögliche Nummern. Sie nahm den Hörer und versuchte die erste, die zweite, dann die dritte. Sie fing an, die Hoffnung aufzugeben. Fünf McLaughlins, und noch immer keine Jill. Bei der siebten Nummer antwortete ein Stimmchen mit »Hallo«.

»Hallo, könnte ich mit Jill McLaughlin sprechen, bitte?«

»Wer bist du?« fragte das Stimmchen.

Ob es Gewohnheit oder die Kinderstimme war, sie sagte jedenfalls die Wahrheit. »Hier ist Maureen O'Donnell.«

Das Kind dachte einen Moment nach, bevor es den Hörer fallen ließ und rief: »Mami, Mami, es ist eine Frau.«

Sie hörte die Frau am anderen Ende in barschem Ton zu dem Kind sagen, es solle vom Telefon weggehen. »Ja?« sagte sie.

»Spreche ich mit Jill McLaughlin?«

»Ja«, sagte sie.

»Darf ich Sie fragen, Ms. McLaughlin, ob Sie Krankenschwester sind?«

»Zur Zeit nicht«, erwiderte sie schroff.

Wenn Jill Mclaughlin den mildtätigen Beruf der Schwester aufgegeben hatte, war das eher ein Gewinn.

»Waren Sie Krankenschwester?«

»Helferin.«

»Bitte?«

»Ich war Schwesternhelferin«, sagte sie. Sie unterbrach sich, um dem Kind zu sagen, es solle Ruhe geben. Maureen hörte einen Schlag, und das Kind fing an zu weinen.

»Hören Sie, es tut mir leid, Sie zu stören, ich verstehe, Sie haben viel zu tun.«

»Ja, das stimmt.«
»Sind Sie die Krankenschwester McLaughlin, die auf der Station George I am Northern Hospital gearbeitet hat?«
Jill McLaughlin schwieg. Maureen hörte, daß sie an einer Zigarette zog. »Wer sind Sie?« fragte sie mißtrauisch und blies geräuschvoll die Luft in den Hörer. »Sind Sie von der Presse?«
»Nein, nein«, sagte Maureen, »das nicht.«
Das Kind wimmerte im Hintergrund. »Sie sind doch von der Presse.«
»Nein, ehrlich, bestimmt nicht.«
»Wer sind Sie dann?«
»Ich bin Maureen O'Donnell ...«
»Ich habe Sie in der Zeitung gesehen«, knurrte Jill McLaughlin böse. »Ich habe Sie gesehen.«
Ein Klicken in der Leitung, und Maureen hörte nur noch das Freizeichen.

Die Patientinnen auf Siobhains Liste würden schwerer zu finden sein, weil es Namen von Highland-Clans waren, und es gab wahrscheinlich für alle viele Einträge. Siobhain hatte hinter Yvonne Urquhart in Klammern »Bearsden« geschrieben. Das war ein vornehmer Vorort im Nordwesten der Stadt. Maureen suchte im Telefonbuch die Urquharts mit einer Vorwahl für Bearsden. Es gab nur drei. Als sie die zweite Nummer wählte, hatte sie Yvonne Urquharts Schwester am Apparat. Sie klang recht alt und hatte eine ängstliche, zitternde Stimme. »Meine Schwester Yvonne ist ins Daniel House bei Whiteinch gezogen«, brabbelte sie. »Sie ist erst vor kurzem dorthin gezogen.«
»Aha.«
»Sind Sie etwa ihre Freundin? Kenne ich Sie?«
»Also, ich kenne sie vom Northern Hospital. Ich wollte sie gern wiedersehen, wüßte gern, wie es ihr geht.«
»Oje, ich fürchte, Sie werden sie sehr verändert finden. Es ist in den letzten paar Jahren viel schlimmer geworden. Jetzt geht es ihr gar nicht gut, leider, gar nicht gut.«

»Das tut mir leid. Könnten Sie mir die Nummer vom Daniel House geben?«
»Sicher, natürlich. Warten Sie einen Moment?«
Maureen rief die Nummer an, und man sagte ihr, sie könne Yvonne bis acht Uhr besuchen, aber später nicht. Es war schon halb sechs. Sie zog eilig ihren Mantel an, brachte ihr Make-up vor dem Spiegel im Bad in Ordnung und ging zur Tür, während sie auf die Taschen klopfte, um sicherzugehen, daß sie Geld und die neuen Schlüssel dabeihatte.
Das Telefon klingelte laut und erschreckte sie so, daß sie nervös nach dem Hörer griff und ihn fallen ließ. Die Frau am anderen Ende kicherte ganz verlegen. »Äh, hallo, äh, Sie haben hier vor einer halben Stunde angerufen? Sie suchen Sharon Ryan? Ich hab' mir Ihre Nummern von der Auskunft geben lassen, weil ich dachte, Sie suchen vielleicht eigentlich Shan statt Sharon.«
Der Name stand auf Martins Liste als Shan Ryan. Maureen hatte angenommen, das stehe für Sharon. »Ist Shan Krankenschwester?«
»Er ist Pfleger, aber er ist im Moment nicht da.«
»Hm, hat er zwischen einundneunzig und vierundneunzig am Northern Hospital gearbeitet?«
»Also, die genauen Daten weiß ich nicht, aber es ist bestimmt er, den Sie suchen.«
»Ich dachte, sein Name sei Sharon.«
»Das passiert vielen Leuten«, sagte die hilfsbereite Frau, »aber er ist im Moment nicht da.«
»Wissen Sie, wann er wiederkommt?«
»Keine Ahnung, wir teilen uns nur die Wohnung, und er erzählt mir nicht viel. Er ist wahrscheinlich in der Variety Bar in der Sauchiehall Street, wenn Sie dorthin gehen wollen.«
»Na ja, so dringend ist es nicht.«
»Oder Sie könnten ihn morgen bei der Arbeit anrufen. Das ist die Krankenhausapotheke der Rainbow Clinic auf der South Side. Wenn Sie das Levanglen anrufen, kann man Sie weiterverbinden.«

»Danke«, sagte Maureen und legte den Hörer hin, als hätte sie sich daran verbrannt.

Sie fühlte den Blick ihres kleinen Nachbarn Jim auf sich ruhen, als sie die Wohnungstür hinter sich abschloß. Draußen auf der dunklen Straße stießen sich die im Auto sitzenden Kriminalbeamten in die Seite, um sich gegenseitig aufzuwecken, und warteten, bis sie den Hügel halb hinuntergegangen war, bevor sie den Motor anließen und die Scheinwerfer anmachten.
Maureen suchte nach einer guten Ausrede, Geld für ein Taxi zu verschwenden, statt eine Weile auf einen Bus zu warten. Wenn ihr das eigene Geld ausging, könnte sie etwas von Douglas' Geld nehmen, aber das wollte sie nicht tun. Es war Sonntag, und es fuhren nicht viele Busse. Sie würde vielleicht eine Ewigkeit warten müssen und die Besuchszeit verpassen. Sie ging den Hügel hinunter zur Durchgangsstraße, hielt ein Taxi an und sagte dem Fahrer, er solle sie ans äußere Ende von Whiteinch bringen.
Der Fahrer fing einen Monolog über die fabelhaften Noten an, die seine Tochter im Examen bekommen hatte, und redete die ganze Dumbarton Road lang davon. Maureen bat ihn, bei einem Kiosk anzuhalten, und flitzte hinaus, um noch mehr Geld für einen traurigen Strauß welkender Blumen und eine Schachtel Pralinen für Yvonne zu verschwenden.

Daniel House sah aus wie jedes andere der alleinstehenden braunen Backsteinhäuser in der Straße. Nur die Mittelklassewagen in der Einfahrt unterschieden sich von den Autos vor den anderen Häusern, wo Mercedes-Limousinen und BMWs standen. Ein diskretes Messingschild an der niedrigen Gartenmauer wies es als das Pflegeheim Daniel House aus. Die Türen des Vorbaus standen ganz weit offen. Die Türschwelle war durch eine kurze Rampe ersetzt worden. Die innere Tür riesengroß und mit einem hohen Glaseinsatz versehen, in den ein kunstvolles griechisches Vasenmotiv eingraviert war.
Maureen drückte den weißen Plastikklingelknopf und trat zu-

rück. Eine junge Schwester öffnete die Tür. Sie trug eine weiße Schürze über einer blau und weiß gestreiften Uniform. »Hallo?« sagte sie.

»Ich habe heute angerufen wegen Yvonne Urquhart.«

»Ach ja«, sagte sie, machte die Tür weit auf und ließ sie eintreten. Maureen spürte den dicken Nylonteppichboden, der quietschte und ihre gummibesohlten Stiefel bremste. Die Heizung im Pflegeheim lief auf vollen Touren, und sie begann zu schwitzen, sobald sie durch die Tür getreten war. Flügeltüren aus Eichenholz führten von beiden Seiten der Eingangshalle zu einem großen Gemeinschaftsraum. Direkt gegenüber der Haustür ging eine breite, geschwungene Eichentreppe zum ersten Stock hinauf. Man hatte ein Stahlgeländer an die elegante Balustrade geschraubt, und ein zusammengefalteter Stuhl für den Treppenlift stand ungenutzt am Fuß der Treppe. Im Schatten des schönen Treppenhauses stand ein grauer Rollwagen für Medikamente, dessen Deckel heruntergeklappt war.

Die Schwester sah die Schachtel Pralinen in Maureens Hand und zuckte etwas zusammen. »Sie haben Yvonne wohl schon länger nicht gesehen, nicht wahr?«

»Ja«, sagte Maureen.

»Ich glaube, die sollten Sie ihr nicht geben«, sagte sie und deutete auf die Schachtel. »Sie könnte ersticken.«

Maureen steckte sie in ihre Tasche. Die Schwester lächelte bedauernd und führte sie die Treppe zum ersten Stock hinauf. Sie zeigte auf eine halboffene Tür, an die eine Fünf aus Messing angeschraubt war, und ging die Treppe wieder hinunter. Die Türen mit den Nummern drei und vier waren ganz geschlossen, so daß Maureen annahm, dies sei die richtige Tür. Sie drückte sie mit den Fingerspitzen auf.

Das Zimmer war überraschend klein und ungünstig geschnitten. Die Decke war zu hoch, und das Fenster bestand nur aus einem schmalen Streifen, halbiert von einer der neu eingezogenen Wände, die so aussahen, als sei an ihnen herumgeflickt worden. Das einzige Licht kam von einer Lampe mit rosa Lampenschirm, die auf einer Kommode stand und einen dumpfen, rötlichen Schein verbreitete – eigentlich ein Nachtlicht für ein Kind, das im Dunkeln Angst hat. Es schien nichts Persönliches im Zimmer zu geben. Die Blumenbilder an der Wand hatte man gewählt, weil die roten Plastikrahmen paßten. Oben auf dem Schrank neben dem Waschbecken lag ein noch ungeöffnetes Päckchen mit Seife und Puder von derselben Firma, daneben stand ein Glas mit verdünntem Orangensaft, das einen Trinkaufsatz wie eine Kindertasse hatte.

Eine schrecklich dünne, ältere Krankenschwester zog gerade eine Frau um, die in einem Stuhl saß. Sie trug eine gestreifte Uniform und dicke Venenstrümpfe über den Krampfadern. Sie stand mit dem Rücken zur Tür und strengte sich an, ein verblichenes Nylonnachthemd, das statisch aufgeladen war und an Gesicht und Armen festhing, über Yvonnes schlaffen Körper zu streifen. Es war hinten offen wie die Kleidung für Inkontinente. Die Schwester murmelte leise ermutigend vor sich hin, während sie Yvonnes Kopf durch den Halsausschnitt steckte und das Hemd zuknöpfte.

Maureen räusperte sich, um sich bemerkbar zu machen, und die Schwester drehte sich um. »Wer sind Sie?« fragte sie ärgerlich und überrascht.

»Ich möchte Yvonne besuchen.«

»Würden Sie bitte draußen warten, bis sie angezogen ist?« sagte sie ungehalten.

Maureen ging hinaus und stand wie ein Kind, das zurechtgewiesen wurde, im Flur, bis die Schwester herauskam. »Sie können jetzt hineingehen«, sagte sie, als sie an ihr vorbei die Treppe hinunterging. Maureen hob den Blumenstrauß hoch und ging ins Zimmer.

Yvonnes honigblondes Haar war bräunlich geworden, weil sie nie an die Sonne kam. Sie hatte einen kurzen, pflegeleichten Patientenhaarschnitt. Sie saß in einem Spezialsessel, seitlich von Kissen gestützt, die verhindern sollten, daß sie zur Seite rutschte. Ein frisch aufgeschütteltes Kissen in einer durchsichtigen Plastikhülle lag vor ihr auf dem festgeschraubten Tischchen. Sie lag halb

darübergelehnt, und ihre Hände ruhten im Schoß. Die glasigblauen Augen waren halb offen, ihre Wange lag auf dem plastiküberzogenen Kissen in einer Pfütze warmen Speichels, der ihr aus dem Mund tropfte. Sie war höchstens vierzig Jahre alt. Ihre Gesichtshaut war schlaff, aber ohne Falten. Ihr Gesicht war wohl schon seit sehr langer Zeit völlig ausdruckslos. Die Finger beider Hände waren nach innen gekrümmt wie bei Schlaganfallpatienten, und gepuderte Wattebäusche steckten zwischen den Fingern, um sie vor dem Wundreiben zu schützen.
Maureen legte die Blumen ins Waschbecken und zog einen Stuhl an Yvonnes linke Seite heran, so daß sie beim Sprechen ihr Gesicht sehen konnte. Sie fragte, ob sie im Northern Hospital gewesen sei, ob sie sich an Siobhain McCloud erinnere, ob sie bei Douglas, Douglas mit den dunklen Augen und der leisen Stimme, in Behandlung gewesen sei. Sie beschrieb ihn langsam und mit gedämpfter Stimme, die schließlich so leise wurde, als flüstere sie nur mit sich selbst.
Sie verbrachte anstandshalber zehn Minuten bei Yvonne. Als sie aufstand, um zu gehen, bemerkte sie Yvonnes Füße. Der Spann war gebogen wie beim spitz ausgestreckten Fuß einer Ballerina. Jemand, der sie gern mochte, hatte kleine, rosa Schühchen gehäkelt, die mit einer weißen Kordel um den Knöchel gebunden waren. Das Licht vom Flur schien unter den Tisch auf die trockene, schuppige Haut an ihren dünnen Beinen. Zwei Zentimeter über dem Knöchel hatte die Haut eine andere Tönung angenommen. Ein Band rosaglänzender Haut wie die einer Schlange lief um das ganze Bein herum. Und dann wußte Maureen, daß es eine Narbe war, die Narbe einer Schürfwunde von einem Strick.
Sie ging hinunter. Die junge Schwester saß im Aufenthaltsraum, sah fern und hielt einer Frau die Hand. Die Patientin nickte und zuckte, ein vergeblicher Versuch, sich gegen den durch Medikamente herbeigeführten Schlaf zu sträuben. Die Schwester sah Maureen im Flur stehen und winkte sie zu sich herein. Die Farben des Fernsehers waren zu intensiv eingestellt, die Gesichter der Schauspieler orange und ihre roten Lippen verwischt und un-

deutlich. Sechs oder sieben gleiche, braune Spezialsessel standen leer um den Fernseher herum. Ein zusammengeklappter Rollstuhl und ein Gehbock lehnten an der Wand. Es gab keine Bilder an den Wänden, und die wunderbaren Fenster waren durch beige Nylonvorhänge verhunzt. Ein trostloser, nur auf Funktionalität angelegter Raum. Maureen setzte sich auf einen Stuhl. Die Schwester streckte ihre freie Hand aus und berührte Maureens Arm. »Ist alles in Ordnung?« flüsterte sie leise, um ihre schläfrige Gefährtin nicht zu stören. »Sie sehen etwas mitgenommen aus. Sie haben sie wohl eine Weile nicht gesehen?«

»Wie lange ist sie schon so?« flüsterte Maureen zurück.

»Schon lange. Woher kennen Sie sie?«

»Noch aus der Zeit, bevor sie ins Northern Hospital kam.«

»Ach Gott«, sagte die Schwester, »dort ging es offenbar bergab. Sie hatte wohl einen Schlaganfall.«

»Was ist das für eine Narbe an ihrem Knöchel?«

»Keine Ahnung. Sie hat sie schon immer, seit ich sie kenne.«

»Ist jemand sie besuchen gekommen in letzter Zeit? Ein Typ, der etwa 1,75 groß ist, Mitte Vierzig, leise Stimme?«

Das Gesicht der Schwester leuchtete auf. »Ja«, sagte sie. »Douglas. Ein Verwandter von Yvonne. Er kam, um etwas zu regeln.«

»Um etwas zu regeln?«

»Ja«, sagte die Schwester. »Er ging zu Jenny ins Büro und bezahlte die Kosten für Yvonne für das nächste halbe Jahr. Kennen Sie ihn?«

»Flüchtig«, sagte Maureen.

Die schläfrige Patientin hatte aufgegeben und sank zur Seite. »Ich sollte Precious zu Bett bringen«, flüsterte die Schwester.

Sie konnte es nicht ertragen, den Bus zu nehmen. Sie hielt ein Taxi an und bat den Fahrer, sie bei Mr. Paddas Lebensmittelgeschäft mit Alkohollizenz abzusetzen, das ganz in der Nähe ihrer Wohnung lag. Mr. Padda war von den Polizisten befragt worden, ob er am Dienstag vor einer Woche jemanden gesehen habe, der

blutbespritzt die Straße entlanggekommen sei. »Und – haben Sie das, Mr. Padda?«
»Nein, meine Liebe«, sagte er und lächelte. »Samstags, ja, da kommt so was oft vor, aber dienstags nicht.«
Sie kaufte eine halbe Flasche Whisky und Zigaretten.
Als sie in die Küche kam, schraubte sie die Whiskyflasche auf, verschloß sie aber wieder, ohne zu trinken. Sie wollte nichts davon haben.
Im Wohnzimmer lockerte sie die wenigen restlichen Teppichstifte und rollte den Teppich zusammen, mühte sich damit ab, bis es ihr gelang, ihn aufrecht gegen die Wand zu lehnen. Sogar die Unterlage war mit Douglas' Blut befleckt. Sie nahm zwei schwarze Müllsäcke aus der Küchenschublade und stopfte Fetzen von der Unterlage hinein, die sie grob und wütend Stück für Stück vom Fußboden riß.
Es war elf Uhr, als sie den Fußboden endlich freigelegt hatte. Sie holte den Whisky und ein Glas aus der Küche, setzte sich mit dem Rücken gegen die Wand gelehnt ins dunkle Wohnzimmer und sah sich an, was noch von Douglas übrig war: ein drei Meter langes, blutdurchtränktes Stück Teppich.
Während ihrer rührseligen, einsamen Totenwache für Douglas, in deren Verlauf sie sich alles, was sie über sein Leben wußte, in der zeitlichen Abfolge ins Gedächtnis rief, trank sie den Whisky zu schnell hinunter und bediente sich aus Yvonnes Pralinenschachtel. Sie gedachte seines ersten Schultags, an dem er drei Stunden lang weinte, bis Carol ihn nach Hause zurückbrachte, seiner Reise nach Dänemark als Austauschschüler in der achten Klasse, während der er eine Deutsche kennenlernte und sich zum ersten Mal verliebte, dachte an den Tod seines Vaters, bei dem er nichts empfand, an seinen ersten Universitätsabschluß und den Tag, an dem er den begehrten Platz im Kurs für klinische Psychologie bekam, an seine Heirat mit Elsbeth, seine erste Nacht in Maureens Bett, als die arme Elsbeth vermutlich allein wach lag und sich fragte, wo ihr Ehemann bis vier Uhr morgens blieb, es richtig erriet und vor sich hin weinte, sein verlorenes Wochenende in Prag,

seine kleinliche Abneigung gegenüber den Menschen, mit denen er zusammen arbeitete, und seine zahlreichen heimlichen Affären. Sie goß den letzten Whisky ins Glas, hielt es hoch und prostete dem aufgerollten Teppich an der Wand zu. »Auf Douglas und sein elendes, gieriges Leben«, sagte sie und zuckte zusammen. Wenn man in vornehmer Gesellschaft anfing, wie Bette Davis zu klingen, hieß das immer, daß es an der Zeit war, das Glas wegzustellen und zu Bett zu gehen.

Das tat sie auch.

Thistle

MAN STELLTE SIE zum Kassenschalter durch. »Liz?«

»Maureen! Mein Gott, du sitzt ganz schön in der Tinte, warum hast du dich nicht krank gemeldet?«

Maureen hatte es vergessen. Sie war seit eineinhalb Wochen nicht bei der Arbeit gewesen, ohne daran zu denken, daß sie ihr Attest von Louisa hätte schicken müssen.

»Er feuert dich«, sagte Liz. »Ich habe immer wieder versucht, dich anzurufen und es dir zu sagen. Wenn du ein Attest hast, kannst du es immer noch vorlegen.«

Sie hatte das Attest zum letzten Mal in Bennys Wohnung gesehen, an dem Abend, als er die Rehsteaks gemacht hatte. »Ich hab' es irgendwo liegenlassen«, sagte Maureen. »Ich bin nicht sicher, wo.«

»Na, dann such es«, sagte Liz.

»Gut, mach' ich, Liz. Wie geht's dir denn? Willst du gegen die Zeitungen vor Gericht gehen?«

Liz sagte, es sei ihr scheißegal. Sie hatte die Zeitung angerufen, und sie hatten auf Seite zwölf eine Richtigstellung gebracht. »Hör mal«, sagte sie, »reich das Attest ein. Wenn du wegen etwas gefeuert wirst, was du selbst verschuldet hast, kriegst du eine Ewigkeit kein Arbeitslosengeld.«

Jemand klopfte heftig an Maureens Wohnungstür. »Scheiße, wirklich?« sagte sie, während sie den Hörer zwischen Ohr und Schulter geklemmt hielt und durch den Spion sah. McEwan und McAskill standen im Flur. McAskill runzelte die Stirn und schüttelte die Tropfen von seinem Regenmantel, indem er die beiden Vorderbahnen hin und her schwenkte. McEwan trug einen langen, schwarzen Wollmantel und einen schwarzen Filzhut.

»Weißt du was«, sagte Liz, »ich sag' ihm, du hast wieder durchgedreht, und dann warten wir ab, was er macht, okay?«

»Gute Idee, Lizbo.«
Sie sah nach, ob ihre Hose zu war, und richtete ihr Haar, bevor sie die Tür aufmachte. McEwan nahm den Hut ab und sagte ihr mit offiziell klingender Stimme, Martin Donegan sei während seiner Samstagsschicht im Northern Hospital verschwunden. Im Krankenhaus werde ein Verstoß gegen die Sicherheitsbestimmungen untersucht, man glaube, Martins Verschwinden könne etwas damit zu tun haben, und Maureen sei dort gesehen worden.

Sie machte die Tür weiter auf und ließ sie in den vollgestopften Flur treten. Etwas mußte geschehen sein, das Martin zum Verschwinden bewegt hatte. Etwas mußte ihm angst gemacht haben. Oder es war noch schlimmer. Sie versuchte sich zu erinnern, was Martin ihr gesagt hatte und was sie ihm versprochen hatte, nicht weiterzuerzählen.

McAskill bemühte sich offensichtlich, ihr nicht ins Gesicht zu sehen. Er stieg vorsichtig über einen Bücherstoß und stand dann in der Wohnzimmertür.

»Sie haben also den Teppich rausgerissen?« sagte McEwan und schaute an McAskill vorbei ins Wohnzimmer. Sein Blick fiel auf das opulente Stilleben auf dem Fußboden: eine leere Flasche und die Pralinenschachtel.

»Ja«, sagte Maureen, »ich habe ihn gerade herausgerissen.«

»Das hätte man sowieso tun müssen«, sagte McAskill zaghaft. »Es geht sehr schlecht ab. Meistens bleiben starke Flecken drin.«

Er ging mit kleinen Schritten im Flur an McEwan vorbei und sah, den Rücken der Wand zugekehrt, auf den Boden. Er merkte, daß Maureen ihn beobachtete, und errötete etwas.

Martin war fort, und sie wußte nicht, was tun. Wenn sie nur zehn Minuten allein sein könnte, würde sie vielleicht eine Lösung finden.

»Müssen Sie den Teppich aufbewahren, bis die Versicherung ihn gesehen hat?« fragte McAskill und zeigte ins Wohnzimmer.

»Nein«, sagte Maureen. »Das dauert zu lang. Ich werfe ihn einfach weg.«

»Wir tragen ihn für Sie runter, wenn Sie ihn aus dem Weg haben möchten.«

»Danke, Hugh«, sagte Maureen und berührte ihn am Ellbogen, aber er sah sie immer noch nicht an.

McEwan war nicht so hilfsbereit. »Aber ich habe meinen guten Mantel an«, sagte er.

»Ich helfe Ihnen, ihn wegzubringen«, murmelte McAskill. Sie sahen sich einen Moment lang an.

»Kommen Sie hier rein«, sagte sie ablenkend und führte sie in die Küche. Martin hatte so unnachgiebig darauf bestanden, daß sie versprach, nichts über die Station George I weiterzuerzählen. Ihre Beteuerung, es würde ungefährlich sein, war der einzige Grund gewesen, warum er überhaupt darüber gesprochen hatte. Sie schüttelte den Wasserkocher, um zu sehen, wieviel Wasser drin war, und schaltete ihn ein. Sie betete in dieser trostlosen Leere, daß ihm nichts Schlimmes zugestoßen war und er in seinem kleinen Versteck saß, die Zeitung las und sich eine Fußballübertragung anhörte.

McEwan setzte sich auf den bequemsten Stuhl, streckte die kräftigen Beine an dem kleinen Tisch weit von sich und nahm mehr Platz in Anspruch, als nötig gewesen wäre. Maureens Küche war noch kleiner als die von Jim. Bei drei Personen wurde es schon sehr eng, und McEwan und McAskill waren beide groß. Mit einer einladenden Geste bot sie McAskill an, sich auf den einzigen anderen Stuhl am Tisch zu setzen. Er schüttelte den Kopf, blieb hinter McEwan stehen und lehnte sich gegen die Arbeitsfläche. Einen schrecklichen Augenblick lang kamen ihr die Anleitungsbücher zum Onanieren in den Sinn, aber wenn es darum gegangen wäre, hätte er schon früher Verlegenheit gezeigt. Die Inzestopfer, natürlich. Sie berührte ihn diskret mit dem Fuß und zwinkerte ihm zu, als er aufsah, um ihm zu signalisieren, alles sei in Ordnung. Er sah auf seine Schuhe hinunter und grinste erleichtert.

»Warum waren Sie dort?« fragte McEwan.

»Im Northern?«

»Ja«, sagte er langsam blinzelnd und mit mühsam erzwungener Geduld, »im Northern.« Er schien es für notwendig zu halten, in ihrer eigenen Wohnung besonders unfreundlich zu ihr zu sein, als sehe er seine Autorität auf ihrem Terrain bedroht.
»Daß ich hingegangen bin, war Teil meiner Therapie, und Martin wurde gebeten, mich noch einmal herumzuführen. Sie können bei Louisa Wishart nachfragen. Sie hat die Klinik angerufen und ihn gebeten, sich um mich zu kümmern.« Sie nahm ihre Zigaretten vom Tisch und zündete sich eine an.
»Die schlimmsten Zigaretten sind die am Morgen«, sagte McEwan.
»Dann lassen Sie es doch«, sagte Maureen. »Seit wann wird Martin vermißt?«
»Er wurde zuletzt am Samstag um zwei Uhr nachmittags gesehen. Den Rest seiner Schicht hat ihn niemand mehr gesehen, und er war nicht zu Hause.«
»Seine Frau sorgt sich zu Tode«, sagte McAskill.
Seine Frau hatte ihn nicht gesehen, er war nicht zu Hause gewesen. Er konnte nicht vierundzwanzig Stunden in seinem Versteck sitzen, unmöglich. »Um zwei Uhr ... also zwei Stunden, nachdem ich weggegangen bin.«
»Wann sind Sie weggegangen?«
»Ungefähr um zwölf.«
»Wohin sind Sie danach gegangen?«
»Ich habe eine Freundin besucht.«
Das Wasser kochte, und sie nahm eine Tasse vom Schrank, füllte sie mit Wasser und schüttete direkt aus dem Glas Instantkaffeepulver hinein. Sie hatte Martin versichert, daß es völlig ungefährlich sei, ihr alles zu erzählen. Sie hatte ihn dazu überredet. Sie schwenkte die Tasse, um das Kaffeepulver aufzulösen, und setzte sich McEwan gegenüber.
»Hat Martin Ihnen gegenüber erwähnt, daß er irgendwohin gehen wollte?« fragte er.
Natürlich, die Jags. »Mein Gott, er hat was von einem Thistle-Spiel in Frankreich gesagt, das gestern war. In Meatis? Meatpiss?«

McAskill verbesserte sie. »Metz«, sagte er und lächelte beglückt, so wie es Männer tun, wenn sie über ihren Fußballclub reden. Deshalb war es ihm ganz egal gewesen, als sie sagte, sie sei Katholikin. McAskill war ein Thistle-Fan.
»Ja, genau«, sagte sie. »Martin sagte, der Bus fahre zwei Stunden vor dem Ende seiner Schicht ab, deshalb könne er nicht mitfahren. Vielleicht hat er es sich anders überlegt.«
McEwan nahm sein Handy und ließ sich von der Auskunft die Nummer geben. Er rief das Büro von Partick Thistle an und verlangte den Organisator des Fanclubs, der Busfahrten nach Metz arrangierte. Sie gaben ihm die Nummer von dessen Büro, und er rief den Mann dort an und sah aus dem Küchenfenster, während er darauf wartete, durchgestellt zu werden.
Draußen vor dem Fenster war ein grauer Tag. Die Wolken hingen so tief, daß Maureen auf kleine Dunstfetzen über den Dächern unter ihr hinuntersehen konnte.
»Sie haben eine tolle Aussicht von hier«, sagte er.
»Ja, es ist schön«, sagte Maureen und trank froh ihren Kaffee.
Der für die Reise Verantwortliche sagte, er werde Martins Namen auf der Liste der Reisepässe suchen und McEwan dann zurückrufen.
Maureen lächelte vor sich hin. Martin könnte irgendwo in einem Bus nach Frankreich unterwegs sein, könnte Fanlieder singen, von alten Freunden in rotgelben Schals, Mützen und Hemden umgeben. Sie malte sich das Bild in allen Einzelheiten aus und wünschte, sie wäre überzeugt, daß es eine mögliche und vielleicht sogar die wahrscheinliche Erklärung sei, aber sie wußte, daß dem nicht so war. Martin hatte sie gebeten, niemandem etwas davon zu sagen.
Es war Zeit zum Mittagessen für McAskill und McEwan und für Maureen Zeit zum Frühstück. Auf ihren Vorschlag hin beschlossen sie, den Hügel hinunter zum Café Equal zu gehen und dort etwas zu essen. Sie wollte in McEwans Nähe bleiben, bis der Anruf vom Fanclub kam. »Jetzt schaffen wir den Teppich runter«, sagte McAskill und stieß sich von der Arbeitsfläche ab. Er stieg

vorsichtig über die Bücherstöße in dem vollgestellten Flur und ging ins Wohnzimmer. »Du nimmst das eine Ende«, sagte er, umfaßte die Teppichrolle und ließ sie seitlich auf den Boden rutschen.

McEwan lehnte ab, mit einem knappen Nein.

»Das geht doch ganz schnell.«

»Ich hab' meine guten Sachen an.«

McAskill zog die Rolle an seinem Ende durchs Wohnzimmer bis durch die Wohnungstür und hinterließ eine braune Spur von mit Blut vermischtem Staub. Maureen ging schnell ins Schlafzimmer, um ihre Stiefel anzuziehen. Sie steckte Geld und die neuen Schlüssel in die Manteltasche und reichte ihren Mantel McEwan, machte dann einen großen Schritt über den aufgerollten Teppich und hob das andere Ende hoch. McAskill machte die Tür auf und trat in den Flur hinaus. »Sie sollten das nicht tun müssen«, sagte er.

McEwan fluchte leise und machte Anstalten, seinen Mantel auszuziehen. »Lassen Sie los«, sagte er zu Maureen.

»Es geht schon, Joe«, sagte Maureen.

»Lassen Sie los«, sagte er bestimmt.

»Geht schon«, sagte Maureen. »Ich hab' schon öfter Sachen geschleppt.« Aber der Teppich war viel schwerer, als sie gedacht hatte. Er war nur lose zusammengerollt, und es war schwierig, ihn richtig anzupacken.

McAskill stand schon gegen Jim Malianos Tür gepreßt, und das Ende des Teppichs lag noch immer innerhalb der Wohnungstür.

»Können wir ihn knicken?« fragte Maureen.

»Ja«, sagte er und machte sich bereit. »Geben Sie ihm einen Tritt.«

Maureen bog den Teppich mit dem Fuß in der Mitte durch und trat seitlich auf die erste Treppenstufe.

»Hören Sie«, sagte McEwan und folgte ihnen auf den Treppenabsatz hinaus, »ich mach' das schon.«

»Geht schon«, sagte sie und bemühte sich, nicht atemlos zu klingen. »Schließen Sie die Tür ab. Der Schlüssel ist in der Tasche.«

McAskill und Maureen schafften es die Treppe hinunter, an den Biegungen des Treppenhauses mußten sie die Rolle umknicken und mit kleinen Schritten seitwärts gehen. McEwan schloß die Tür ab und folgte ihnen mißmutig. Der Teppich fing an, sich unkontrolliert zu bewegen, der Mittelteil sackte ab und schleifte auf dem Boden entlang, was ihn noch schwerer machte, und er fing an, Maureen aus den Händen zu rutschen. Sein Gewicht knickte ihr die Fingernägel um.

Sie bogen langsam um den letzten Absatz und trugen ihn durch die Hintertür. Als sie draußen waren, schwitzten sie beide. Ein kühler Regen tröpfelte auf Maureens heiße Stirn, als sie die letzten paar Schritte zum Müllcontainer wankte. McAskills Gesicht war fleckig und rot. Er beugte sich vornüber, um den Teppich abzulegen, und dabei kam sein Gesicht dem ihren sehr nah. Er hatte lange, dunkle Wimpern und große Poren auf der Nase.

»Ich habe einen Fleck im Wandschrank entdeckt«, sagte Maureen und schüttelte ihre schmerzenden Hände.

»Ja?« schnaufte McAskill.

»Ja.«

Er strich über seinen Mantel und rieb dann die Hände aneinander.

»Was war es, Hugh?«

»Was war was?«

»Was war im Wandschrank?«

»Ich kann Ihnen das nicht sagen, Maureen.«

»Warum nicht?«

»Wir brauchen es, um den Mörder zu finden. Wenn es bekannt wird, ist es wertlos.«

»Es muß doch andere Fakten geben, die ihr benutzen könnt. Ich würde nichts davon sagen. Ich kann schon dichthalten, Hand aufs Herz.«

McAskill sah sie mißtrauisch an. »Warum ist das so wichtig?«

McEwan erschien mit Maureens Mantel in der Tür. »Kommt jetzt!« rief er.

»Es ist wichtig, weil ich hier wohne«, sagte sie.

McAskill seufzte und wischte sich die Hände ab.
»Weil es meine Wohnung ist«, sagte sie.
Er wandte sich zum Flur. »Ich kann es Ihnen nicht sagen«, sagte er leise. »Es tut mir leid.«
Er ging zu McEwan zurück, den Kopf gegen den Regen gesenkt, und ließ Maureen neben ihrem blutigen Teppich im Regen stehen.
McEwan sah zu ihr hinaus. »Kommen Sie«, rief er unfreundlich. »Wir haben nicht den ganzen Tag Zeit.«
»Du bist ein Riesenarschloch«, flüsterte Maureen vor sich hin.

Maureen und McAskill bestellten beide das Frühstück, das es den ganzen Tag gab, und McEwan wollte einen Salat. Als die Bedienung etwas Falsches brachte, schickte er sie zurück. Ihr Hinken und ihre Niedergeschlagenheit wurden mit jedem Mal schlimmer, wenn sie zum Tisch zurückkam, und McEwan wurde immer ärgerlicher. Als der Salat endlich kam, erwies er sich als ausgesprochen schottisch: ein paar schlaffe Blätter zum Garnieren, zu einem kompletten Essen aufgemotzt. McEwan sah ihn lange mit Leidensmiene an, bevor er ihn zu essen versuchte.
Sein Handy in einem weichen, schwarzen Lederetui lag auf dem Tisch. Maureen sah immer wieder darauf, als wolle sie es zwingen, nicht zu klingeln und ihr mitzuteilen, sie habe unrecht, Martin sitze nicht mit seinen Kameraden in einem Bus und trinke nicht mit ihnen lachend sein Bier.
Das Frühstück bestand aus einem halbflüssigen Spiegelei, einem Kartoffelscone, Blutwurst, gebratener Wurst, Pilzen, geschmorten Tomaten und Speck. Maureen aß sich schweigend durch verschiedene Kombinationen von Eigelb mit Wurst, Scone und zerbröselnder Blutwurst, Eiweiß und Pilzen hindurch, aber kein einziger Bissen tat ihr gut. Martins Frau machte sich Sorgen. Er hatte sie nicht angerufen, um ihr zu sagen, daß er nach Metz fahre. Es war sehr lange her, seit sie ein Essen mit Genuß verspeist hatte.
Der Anruf kam, als sie mit dem Essen fast fertig waren. Martin

war in keinem der vier Busse gewesen. Er war wirklich verschwunden.

Maureen gab nach und erzählte ihnen von der Station George I und was dort geschehen war. McEwan war wütend. »Ich dachte, Sie hätten gesagt, Sie würden mir alles erzählen, wenn Sie etwas erfahren«, sagte er.

»Martin bat mich, die Geschichte nicht weiterzuerzählen. Er hat ein kleines Zimmer im Kellergeschoß des Krankenhauses.«

»Es ist mir schei– völlig egal, worum er Sie gebeten hat«, rief McEwan, sich mitten im Satz verbessernd. »Sie hätten es mir neulich erzählen sollen.«

»Neulich wollten Sie mit mir über gar nichts sprechen. Können wir hingehen und dort nachsehen?«

McEwan lehnte sich schwer auf den Tisch und starrte sie an, man konnte seinen Augen den steigenden Blutdruck ansehen. »Darüber hätte ich schon mit Ihnen gesprochen«, sagte er langsam.

»Ja«, sagte Maureen, weit weniger an seiner Stimmung interessiert als er selbst. »Also, ich sage es Ihnen ja jetzt. Sehen Sie, es gibt Parallelen zwischen der Art und Weise, wie Douglas umgebracht wurde, und den Verletzungen dieser Frauen. Er war wie die Frauen gefesselt, und er hatte verschiedenen Leuten Fragen über die Angriffe auf die Frauen gestellt. Es wurde überall im Krankenhaus erzählt, alle wußten es.«

»Warum stellte Douglas Fragen zu dieser Sache?«

»Keine Ahnung«, sagte sie und zog ihren Mantel an, sie wollte unbedingt so schnell wie möglich zum Northern Hospital. »Vielleicht war er empört.«

McEwan legte sein Besteck sorgfältig auf den halbleeren Teller, die Gabel über das Messer, und tupfte kleine Flecken am Mund mit der Serviette weg. Er winkte der Bedienung, sie solle die Rechnung bringen. »Und was hat das mit Martin Donegans Verschwinden zu tun?«

»Martin wußte davon. Er war derjenige, dem die Parallelen aufgefallen sind.«

»Lassen Sie mich das klarstellen«, sagte McEwan, kniff die Augen

ein wenig zusammen und lehnte sich zurück, um sie anzusehen. »Ihr Besuch im Northern Hospital war Teil Ihrer Therapie, und ganz spontan gibt Ihnen Martin Donegan Auskünfte von möglicherweise höchster Wichtigkeit über Douglas Bradys Tod.«
»Ja. Können wir gehen und ihn suchen?«
McEwan rutschte nach vorn. »Miss O'Donnell«, sagte er leise, »wenn ich herausfinde, daß Sie sich in die Befragung von Zeugen einmischen, bevor wir uns mit ihnen befassen, werde ich sehr, sehr zornig, verstehen Sie?«
»Ja«, sagte sie ungeduldig.
»Sie könnten strafrechtlich belangt werden.«
»Ja, ich weiß.« Sie stand auf. »Bitte, können wir gehen?«
McEwan starrte sie einen Augenblick lang an. »Wohin, meinen Sie, ist Martin Donegan gegangen?«
»Ich weiß nicht«, sagte sie ungeduldig. »Er hat ein Versteck im Krankenhaus. Ich vermute, er hat mir dort eine Nachricht hinterlassen.«

Sie nahmen den Personenaufzug zum unteren Kellergeschoß. Maureen bog nach links ab, als sie aus dem Aufzug kamen, und sie befanden sich plötzlich in der höhlengleichen Krankenhausküche. Zehn Frauen mit blauen Haarnetzen und weißen Kitteln standen um ein laufendes Fließband mit Tellern herum. Wenn die einzelnen Teller an den Frauen vorbeikamen, nahmen sie eine Portion Essen aus Metallwannen und klatschten sie auf die Teller. Sie sahen zu Maureen und den zwei kräftigen Polizisten hinüber, als diese durch die Doppeltür traten. Die zwei Gruppen starrten sich gegenseitig einen Moment lang an. Tabletts mit leeren Tellern glitten vorbei; nur eine Frau paßte richtig auf und warf hektisch gekochte Kartoffeln auf das Fließband.
»Ich bin in die falsche Richtung gegangen«, murmelte Maureen und ging wieder hinaus.
Sie nahm denselben Weg zum Aufzug zurück und führte sie die abschüssige Rampe hinunter. Sie fand den richtigen Korridor, erkannte ihn an der Richtung, aus der die Wolke mit Küchen-

gerüchen kam. Es war dunkel, die halbkaputte Neonröhre hatte aufgegeben. Nur ein bißchen Licht schimmerte noch um die Ecke und durchdrang die blaue Dunkelheit. Auf gut Glück öffnete sie eine Holztür und stand in dem L-förmigen Raum. Sie hörte das Brummen des Motors hinter der Rückwand. »Hier ist es«, sagte sie.

McAskill folgte ihr, während sie sich zu dem kleinen Berg von Müllsäcken am hinteren Ende vortastete. McEwan stand unsicher in der Türöffnung und beobachtete sie.

»Kommen Sie«, rief sie ihm zu, »kommen Sie, da kann nichts passieren. Hier ist eine kleine Tür.«

McAskill winkte ihn heran, und sie folgten ihr um die Säcke herum, während sich ihre Augen langsam an die Dunkelheit in dem feuchten Gang gewöhnten. Sie versuchte, die Tür des kleinen Zimmers aufzustoßen, aber es ging nicht.

»Letztes Mal war sie nicht abgeschlossen«, sagte sie.

McAskill preßte fest die Handfläche gegen die Tür. Oben gab sie ein paar Zentimeter nach, ging aber gleich wieder zu, sobald er losließ, und unten rührte sie sich überhaupt nicht. Sie schien von innen verriegelt zu sein. Er drückte mit beiden Händen und spürte, wie sie nachgab. »Sie ist irgendwie blockiert«, sagte er und trat gegen den unteren Teil. Er drückte fest, aber die Tür blieb halb stecken. Maureen stand in einem Winkel von neunzig Grad zur Tür und tastete mit dem Arm an der Wand entlang, die sich wie warme, gepuderte Haut anfühlte. Sie fand den Lichtschalter und knipste das Licht an.

Martin lag auf dem Boden. Seine Füße hatten sich gegen die Tür gestemmt, und als McAskill dagegendrückte, waren seine Beine zur Seite gerutscht und lagen nun in einem merkwürdig gebrochenen Winkel da. Sie dachte, er liege mit dem Gesicht nach unten und sie sehe seinen Hinterkopf, bis sie sein Kupferarmband bemerkte. Seine linke Hand ruhte auf dem Bauch, alle Finger außer dem locker ausgestreckten Zeigefinger waren zur Faust gekrümmt. Seine Brust und sein Gesicht waren bis zur Unkenntlichkeit verstümmelt, nur eine Masse von Hautfetzen und dun-

kelroten Quetschungen. Martins Gesicht war auseinandergerissen, der Betonboden silbrigschwarz und von geronnenem, sirupartigem Blut bedeckt.
Maureen riß die Augen auf, sie erstarrten wie im Krampf beim Anblick des Entsetzlichen. Sie keuchte, rang nach Atem, bis McAskill unsanft ihren Nacken umfaßte und ihr Gesicht an seine Brust drückte.

Sie konnte nicht aufhören zu weinen. Jemand hatte ihr Tabletten gegeben, die aber nur ihr Gesicht lähmten und ihren Mund offenstehen ließen. Tränen quollen aus ihren Augen wie Früchte aus einem Füllhorn. Sie wollten sie nicht gehen lassen, bis sie wieder sprechen konnte. Sie saß hinter dem Schreibtisch in dem schäbigen Büro mit den Plänen an der Wand und den grauen Aktenschränken im Erdgeschoß der Stewart-Street-Wache und starrte auf die Tür. Heiße Luft drang geräuschvoll aus einer Öffnung unter ihrem Stuhl und wärmte ihre Waden, sie hörte, wie die Luft ins Zimmer zischte. Die Haut an ihren Beinen begann gereizt zu reagieren. Sie wartete, bis es brannte, bevor sie sich wegsetzte.
Sie wußte nicht, wie lange sie schon hier war, aber allmählich ließen die Tränen nach, und sie dachte, sie könnte jetzt reden. Sie stand leicht zitternd auf und ging durch den Raum, öffnete die Tür und sah hinaus. Ein uniformierter Polizist saß auf einem Stuhl neben der Tür.
»McEwan?«
McEwan kam herein, aschfahl und zornig. »Kommen Sie«, sagte er und bedeutete ihr, aus dem Büro herauszukommen und ihm zu folgen. Er ging vor ihr her und führte sie die Treppe hinauf, durch die Feuerschutztüren zu dem verwirrenden Korridor mit dem abscheulichen Linoleum. Der Uniformierte folgte ihr.
McEwan öffnete die Tür zu einem Vernehmungsraum und trat zurück. »Gehen Sie rein«, sagte er, und Maureen betrat den Raum.
McMummb saß neben dem Tonbandgerät. McEwan nickte ihm zu, und er ließ das Gerät laufen. »Wo waren Sie am Samstag nach vierzehn Uhr?« fragte McEwan.

Es kostete sie ungeheure Anstrengung, zu sprechen. Die Worte wirbelten endlos in ihrem Kopf herum, bevor sie die Energie aufbringen konnte, ihren Mund zu bewegen und sie auszusprechen.
»Bei einer Freundin«, sagte sie endlich.
»Wer war das, und wo ist sie?«
»Siobhain McCloud. In der Tagesstätte in Dennistoun. Ich muß zuerst mit ihr reden, ich habe sie gebeten, nicht mit der Polizei zu sprechen.«
»Ach«, sagte McEwan, »sie wird schon mit uns reden.«
»Das wird sie nicht.«
»Ich glaube, sie wird«, sagte McEwan, und Maureen fing wieder an zu weinen.

Inness kam in das graue Büro. Er sah sie nicht an. »Sie müssen kommen und ihr sagen, daß sie reden soll.«
Er ging mit ihr wieder den schmalen Korridor entlang und in ein Vernehmungszimmer, in dem sie noch nicht gewesen war. Es war genauso wie die anderen, nur das Fenster war größer. Siobhain saß am anderen Ende des Tisches. Außerhalb der Tagesstätte sah sie aus wie ein Koloß. Sie trug die rote Nylonhose, die an der Taille zu eng war, und ein Mr.-Happy-›Glasgow's-miles-better‹-T-Shirt. Sie hatte die Augen weit geöffnet und lächelte. Sie schien seltsam präsent. Maureen hatte immer nur zu ihrem Hinterkopf oder zu einer ihrer Gesichtshälften sprechen können. Es war das erste Mal, daß sie sich ohne einen lauten Fernseher im Hintergrund begegneten.
»Hallo«, sagte Siobhain.
Maureen setzte sich seitlich auf den freien Stuhl, ihre Knie drückten sich gegen Siobhains fülligen Oberschenkel. Siobhain faßte langsam in ihre Tasche und zog eine Packung Papiertaschentücher heraus. Sie wickelte eines davon um einen Finger und tupfte so sachte die Tränen von Maureens Gesicht weg, daß sie kaum die Haut berührte. Maureen schloß die brennenden Augen und fühlte Siobhains milchigen Atem auf ihren Augenlidern.
»So«, sagte Siobhain. »Jetzt kann ich dir auch mal was Gutes

tun.« Sie hob langsam die Hände zu beiden Seiten von Maureens Kopf und faßte sie an den Ohren, schüttelte ihren Kopf sanft von Seite zu Seite und strahlte sie wieder an.

Maureen lächelte unwillkürlich, aber in ihren Augen standen schon wieder Tränen. »Sag ihnen, wo ich am Samstag nachmittag war«, schniefte sie.

Siobhain wandte sich an McEwan. »Sie hat mich besucht.«

»Um wieviel Uhr ist sie gekommen?« fragte McEwan.

»Sie kam, als *Columbo* im Fernsehen lief, direkt nachdem der Hollywoodstar die Party verdorben hatte. Sie blieb, bis *Howard's Way* vorbei war.«

McEwan schickte Inness los, um das zu überprüfen. Maureen bemerkte, daß er das Tonbandgerät nicht abgeschaltet hatte.

»Das ist das Interessanteste, das ich seit vielen Jahren erlebt habe«, sagte Siobhain zu dem völlig desinteressierten McEwan.

Inness kam zurück, und McEwan ließ Maureen wieder in das trostlose Büro hinuntergehen.

Es kam ihr vor, als warte sie schon über eine Stunde lang, als McEwan wegen einiger Unterlagen hereinkam. Er sah sie immer noch nicht an. »Könnten Sie etwas essen?« fragte er.

»Nein.«

»Wir werden darüber reden müssen, wie wir Sie schützen, Maureen. Es könnte gut sein, daß Sie jetzt zur Zielscheibe werden. Ich möchte Ihnen einen Piepser anbieten. Sie können …«

»Warum bin ich noch hier?« sagte sie.

»Wir wollen mit Ihnen reden, wenn wir Miss McCloud vernommen haben.«

»Warum vernehmen Sie sie noch?«

»Sie war als Patientin auf der Station George I im Northern Hospital.«

»Sie können ihr dazu keine Fragen stellen, Joe.«

»Warum nicht?«

»Das können Sie einfach nicht. Sie spricht nicht mit Ihnen, oder? Sie kann nicht darüber sprechen. Es macht sie krank.«

»Na ja, sie scheint zu reden. Nicht ich stelle ihr die Fragen, sondern Sergeant Harris, eine Frau.«

»Sie verstehen das nicht. Es ist egal, ob sie eine Frau ist.«

McEwan gab sich gelassen. »Warum überlassen Sie das nicht einfach uns. Haben Sie Hunger?«

»Nein, ich habe keinen Hunger, verdammt noch mal.«

Säure

Die Geräusche im Polizeirevier und im Zimmer verloren sich. Das Zischen hörte auf, die Heizung ging aus. Als die drückende Hitze nachließ, die den ganzen Nachmittag geherrscht hatte, zogen sich der hölzerne Schreibtisch und der Stuhl zusammen und gaben ein leises Knarren und ein lautes Knacken von sich. Draußen vor dem Fenster wurde es dunkel.

Plötzlich ging die Tür auf, und McEwan kam herein. Er blieb neben dem Schreibtisch stehen und spielte mit einem abgebrochenen Bleistift, von dessen Spitze er etwas abschabte. »Sie können jetzt gehen«, sagte er leise und langsam. »Ich möchte, daß Sie Hand in Hand mit uns arbeiten. Wir müssen Sie schützen. Das hier ist ein Piepser.« Er legte einen kleinen, grauen Gegenstand von der Größe einer Zigarettenschachtel auf den Tisch. »Wenn Sie auf den Knopf drücken, gibt es bei uns Alarm, und ein Streifenwagen kann in ein paar Minuten da sein. Nehmen Sie ihn.« Er schubste ihn ihr über den Tisch zu.

»Was hat Siobhain gesagt?« fragte Maureen.

»Und ich möchte Sie sofort morgen früh wieder hier sehen.«

»Wo ist sie?«

McEwan riß mit dem Fingernagel einen Splitter von dem Bleistift ab. Er schien erregt. »Sie ist in der Halle.« Es klang wie eine Frage.

Maureen nahm den Piepser und streifte ihn kurz, als sie an ihm vorbeiging.

Der Funke in Siobhains Augen war erloschen, und sie zitterte. Sie ging langsam mit winzigen, schlurfenden Geishaschrittchen. Maureen brachte sie zur Hauptstraße und hielt ein Taxi an. Sie ging mit Siobhain zur Tür und machte sie auf, aber Siobhain stand einfach nur da und starrte auf den Gehweg vor ihren Füßen. Maureen fragte sie, ob sie mit dem Taxi nach Hause fah-

ren wolle, aber sie antwortete nicht. Der Fahrer beugte sich herüber und kurbelte das Fenster herunter. »Kommen Sie«, sagte er ungeduldig, »Sie haben mich angehalten.«
Maureen brachte Siobhain dazu, zwei Schritte zu tun und sich am Ledergriff im Auto festzuhalten. Sie nahm ihr rechtes Bein, hielt es am Knöchel fest und stellte es auf den Boden des Taxis. Dann nahm sie das linke Bein, schob Siobhains Po mit der Schulter zur Seite und stellte den linken Fuß neben den anderen. Siobhain blieb zusammengekrümmt in der Taxitür hängen. Maureen drückte leicht gegen ihre Hüfte, drehte sie zum Sitz herum und kroch wieder heraus. Die rote Lackledertasche stand auf dem Gehweg. Sie suchte und fand unter den Zwanzigpfundnoten einen Umschlag mit Siobhains Adresse. »Aspley Street 53, bitte.« Aber der Fahrer weigerte sich, Siobhain allein zu transportieren. »Kommt gar nicht in Frage«, sagte er. »Die ist doch nicht ganz dicht.«
Maureen stieg neben sie ins Taxi.
Ein blauer Ford folgte dem Taxi in einem schon nicht mehr diskreten Abstand.

Die Adresse auf dem Umschlag befand sich im ersten Stock eines alten Mietshauses in Dennistoun, nur zwei Blocks von der Tagesstätte entfernt. Der Hausflur war dunkel und ärmlich, kostenlose Zeitungen und Handzettel vom Pizzaexpreß lagen überall herum. Ein stechender Geruch nach Urin und Katzenstreu kam von der Hintertür her. Maureen fand den Schlüssel in Siobhains Tasche, einen einzigen Schlüssel für ein Sicherheitsschloß an einem abgeschabten Schlüsselring.
Als sie die Tür aufstieß, schlug ihr ein starker Geruch von Heidekraut entgegen. Ein großes Glas mit Erika stand auf dem Tisch im Flur. Der süße Duft zog durch die ganze Wohnung und erinnerte an eine weite und herbe Landschaft, Hunderte von Meilen von dieser engen Wohnung mit den niedrigen Decken und billigen Stoffen entfernt. Die Einrichtung bestand aus ausrangierten, guten alten Stücken, die Wände waren in allen Zimmern mit ab-

waschbarer Farbe gestrichen. Auf dem Fernseher im Wohnzimmer stand der einzige persönliche Gegenstand, ein kleines, gerahmtes Aquarell mit lila und gelben Iris. Ein Foto von einem kleinen Jungen steckte in der Ecke des Rahmens und verdeckte das Bild teilweise. Er trug glänzende, rote Gummistiefel, lange, graue Shorts und einen himmelblauen Pullover. Auf einem windumwehten grünen Hügel stand er schüchtern vor der Kamera, traurig lächelnd in einer vergangenen Zeit.

Maureen setzte Siobhain in einen Sessel und zündete den Gasofen an. Sie machte in der Kochnische zwei Tassen Tee und trug sie hinein, drehte einen Sessel um und setzte sich ihr gegenüber. Siobhain rührte sich nicht.

»Siobhain«, sagte Maureen. »Siobhain, kannst du sprechen?«

Sie bewegte sich immer noch nicht. Maureen berührte ihr Haar. Da keine Reaktion kam, fuhr sie mit der Hand vor ihrem Gesicht hin und her, und Siobhain blinzelte. »Siobhain, es tut mir so leid, ich wußte nicht, daß sie dich über die Klinik befragen würden. Es tut mir sehr leid.«

Siobhain stieß den tiefsten Seufzer aus, den Maureen je gehört hatte, als ob alle Mütter Irlands auf einmal den Atem ausstießen.

Maureens Fassung war dahin. Sie fand kein Telefon in der Wohnung, also nahm sie den Schlüsselring und machte sich auf die Suche nach einer Telefonzelle.

»Leslie«, sagte sie, als diese sich meldete. »Leslie, ich habe etwas Schreckliches getan.«

Als Leslie sich vorstellte, zeigte Siobhain auch keine Reaktion. Maureen wies Leslie den Weg zur Küche. »Warum bist du mit ihr hier?« flüsterte Leslie eindringlich. »Sie gehört in eine Klinik.«

»Nein, Leslie, ich kann sie nicht in eine Klinik bringen, das ist der schlimmste Alptraum für sie.«

»Warum hat sich nicht die Polizei darum gekümmert?«

»Wenn ich sie auf der Wache zurückgelassen hätte, hätten sie sie bestimmt ins Krankenhaus gebracht.«

Sie standen in der Küche, und Maureen erklärte, was passiert war.

»Laß mich einen Arzt rufen«, sagte Leslie. »Vielleicht braucht sie Medikamente.«
Maureen war sich nicht sicher, aber Leslie schwor beim Leben ihrer Mutter, sie würde es nicht zulassen, daß man Siobhain ins Krankenhaus einlieferte.
Maureen durchsuchte das Bad, und Leslie sah in den Schubladen in der Küche nach, aber sie fanden nichts, auf dem der Name eines Arztes stand.
»Versuch's mal im Schlafzimmer«, schlug Leslie vor.
Sie machten die Tür auf und sahen hinter dem Bett einen altmodischen Frisiertisch mit drei verstellbaren Spiegeln. Davor auf der Ablage, wo die Kosmetika hätten stehen sollen, war eine ganze Palette von Tablettenschachteln in Fünfergruppen aufgereiht. Sie erschienen vervielfältigt in den drei Spiegeln. Der Name ein und desselben Arztes stand auf allen Etiketten.
Leslie ging zur Telefonzelle hinunter. Sie kam zurück und sagte, Dr. Pastawali wolle nicht kommen. Er hatte ihr gesagt, Siobhain habe manchmal diese Anfälle und es werde ihr am Morgen wieder gutgehen. Maureen schrieb sich die Nummer auf und ging selbst zur Zelle hinunter.
Sie faßte sich so kurz, daß sie dachte, Dr. Pastawali werde sich über sie ärgern, aber er war liebenswürdig und höflich. »Guten Abend, meine Damen«, sagte er, als sie ihm die Tür öffneten. »Wo ist Miss McCloud, bitte?«
Er war ein hochgewachsener Asiate, etwas über fünfzig, mit dunklen, traurigen Augen. Er kauerte sich neben dem Sessel hin, nahm Siobhains Puls und maß ihren Blutdruck. Er sprach dabei die ganze Zeit murmelnd mit Siobhain und erklärte, was er tat und warum, befragte sie über ihren Gesundheitszustand und ging zur nächsten Frage über, wenn sie nicht antwortete. Schließlich schaffte er es, daß sie ihn ansah.
Maureen stand unter der Tür, als er Siobhain die Hände bewegen und mit den Zehen wackeln ließ. Er hielt ihren Arm fest und murmelte etwas Unverständliches.
»Ich bin sehr müde«, murmelte Siobhain.

Er ging mit Maureen in die Küche.
»Sie schicken sie doch nicht in die Klinik, oder?«
»Nein«, sagte der Arzt, »ich schicke sie ins Bett.«

Siobhain half Maureen nicht dabei, sie fürs Bett auszuziehen. Nachdem Maureen sie eine halbe Stunde lang gebeten, ihr gut zugeredet und endlich versucht hatte, sie aus ihrer Hose herauszubekommen, gab sie auf und legte sie völlig angezogen ins Bett. Sie machte das Licht aus, schloß leise die Tür und schlich ins Wohnzimmer zurück.
Leslie hatte im Fernsehen die Abendnachrichten eingeschaltet. Douglas' und Elsbeths Hochzeitsfotos waren auf dem Bildschirm zu sehen. Das Bild war so bearbeitet worden, daß der Pfarrer und Elsbeth im Schatten standen und Douglas' Gesicht hervorgehoben war. Sein hochnäsiger Gesichtsausdruck ließ ihn selbstgefällig und unfreundlich erscheinen. »Schlechtes Bild«, sagte Leslie, als Maureen sich neben sie auf die Couch setzte.
Carol Brady antwortete vor einer Haustür auf Fragen von Journalisten. Sie war sehr blaß und zitterte vor Wut. Sie beschwerte sich über die unsachgemäße Handhabung der Untersuchung durch die Polizei von Strathclyde und sagte, sie sollten sich darauf konzentrieren, gegen die Person Anklage zu erheben, die ihren Sohn ermordet hatte. Sie wüßten, wer es getan hätte, genausogut wie sie selbst. Sie verlas eine vorbereitete Stellungnahme zu den katastrophalen Folgen des Programms für die Integration psychisch Kranker in Wohngemeinschaften und die Gefahren nicht nur für die Gesellschaft, sondern auch für diejenigen, die in die Gemeinschaft entlassen und damit nicht fertig wurden. Jeder, der mit dem Fall vertraut war, würde die Anspielung verstehen, daß ihrer Meinung nach Maureen den Mord begangen hatte.
Leslie beugte sich zum Fernseher und schaltete ihn aus.
»Pech, Mauri«, sagte sie.
»Würde es dir etwas ausmachen, wenn wir heute abend hierblieben?« fragte Maureen. »Ich will morgen früh lieber hiersein, falls sie dann noch im selben Zustand ist.«

»Nein«, sagte Leslie, »es macht mir nichts aus.«
Sie nahmen die Kissen von der Couch und den Sesseln und machten sich auf dem Fußboden ein Lager. Leslie knipste das Licht aus, und sie legten sich in dem zugigen Wohnzimmer zum Schlafen hin. Maureen deponierte den Piepser neben sich und tastete sicherheitshalber noch einmal danach, als sie sich hingelegt hatte, um ihn sofort griffbereit zu haben.
Leslie hatte ihre Motorradkluft an, aber Maureen hatte nur ihren Mantel als Zudecke. Sie legte sich neben den Gasofen und ließ ihn angeschaltet, aber er machte die feuchte Kälte überall dort an ihrem Körper, wo er nicht direkt der Hitze des Ofens ausgesetzt war, nur noch spürbarer. Eine Straßenlaterne vor dem regennassen Fenster tauchte das Zimmer in einen warmen, orange glühenden Schein. Maureen lag auf dem Rücken und beobachtete, wie das Licht an der Decke tanzte, während es unaufhörlich regnete.
»Wenn ich Martin nicht besucht hätte, wäre er nicht umgebracht worden, und wenn ich ihnen nicht von Siobhain erzählt hätte, wäre sie nicht verhört worden. Ich mache den Leuten ihr Leben kaputt.«
»Sei still, Mauri«, murmelte Leslie schläfrig. »Das hat doch nichts mit dir zu tun.«
»Doch, das hat es, es ist meine Schuld, ich spiele Detektiv und habe keine Ahnung davon. Ich könnte dich in Gefahr bringen oder Liam oder sonst irgend jemanden. Oder sogar Siobhain.«
»Maureen, sei jetzt bitte still und schlafe.«
»Ich kann nicht, ich habe das Gefühl, ich bin so ein Idiot. Ich war doch noch zwei Stunden vorher dort. Ich war die letzte, die ihn lebend zu Gesicht bekam ...«
»Das kann nicht sein, Maureen«, sagte Leslie. Ihre Stimme klang laut und gereizt. »Sie hätten dich nicht gehenlassen, wenn es so gewesen wäre.«
»Meinst du? Meinst du, jemand hat ihn nach mir gesehen?«
»Ja. Warum ist das so wichtig?«
»Ich weiß nicht. Meinst du, ich habe ein gutes Gedächtnis?«
»Was – für Einzelheiten und so was?«

»Ja.«
»Es ist in Ordnung, Mauri. Können wir jetzt schlafen?«
»Ich hätte Martin überhaupt nicht besuchen sollen – und dann noch ein zweites Mal hinzugehen, ich weiß nicht, was ich mir dabei gedacht habe oder warum ich denjenigen zu finden versucht habe, der es getan hat. Ich kann ja doch nichts tun, selbst, wenn ich ihn finde.«
»Warum?«
»Na ja, wenn es etwas mit dem Northern Hospital zu tun hat, wird die Polizei Siobhain und all die anderen Frauen dazu befragen wollen – und du siehst ja, wie sich das heute nachmittag schon auf sie ausgewirkt hat. Es könnte sie umbringen.«
Leslie rollte sich auf den Rücken und starrte an die Decke.
»Du gibst also auf?«
»Scheiße, das werde ich müssen. Alle am Northern Hospital haben durch diesen Frank von der Sache mit der Liste erfahren. Und mit anderen Sachen war ich vielleicht genauso ungeschickt.«
»Er geht doch nicht auf die Leute los, die mit der Polizei reden, oder? Er schnappt die Leute, mit denen *du* redest. Das heißt, du bist auf der richtigen Spur.«
»Aber selbst wenn ich tatsächlich herausfinde, wer es getan hat, kann ich mit ihm doch nicht zur Polizei gehen. Sie brauchen Zeugen und werden die Frauen befragen müssen. Wer weiß, welchen Schaden das anrichten könnte.«
Leslie rollte sich auf die Seite und sah sie an. »Du kannst jetzt nicht aufgeben.« Sie klang zornig. »Es ist scheißegal, Maureen, daß du ihn nicht der Polizei übergeben kannst, verdammt noch mal. Wir müssen in dieser Sache Verantwortung übernehmen und etwas tun, damit es aufhört.«
»Aber die Polizei …«
»Kümmer dich nicht um die Scheißpolizei. Die Sache ist doch, daß du jetzt mehr weißt als sonst irgend jemand. Wir können nicht einfach die Hände in den Schoß legen und davonlaufen, Herrgott noch mal. Wir müssen ihn stoppen, bevor er noch anderen was antut.«

»Aber ich weiß doch gar nicht, was ich tun soll.«

»Na ja«, sagte sie sarkastisch, »wir können ja eine Posterkampagne starten. Wie wär's mit Leserbriefen?«

»Ach, Leslie ...«

»›Ach, Leslie‹, Quatsch. Jetzt geht's hart auf hart, Maureen. Liegt dir wirklich was dran, oder redest du nur gern über Politik?«

»Nein, aber ...«

»Wenn dir was dran liegt, müssen wir diesen Typen finden und ihn fertigmachen.«

»Ich will niemanden umbringen.«

»Ich mach's, wenn du's nicht tust.« Leslie rollte sich wieder auf den Rücken, verschränkte die Arme, steckte die Hände in die Achselhöhlen und brummte ärgerlich.

»Wir wissen immer noch nicht, ob es ein Mann war«, sagte Maureen vorsichtig. »Wir wissen nicht, ob dieselbe Person, die die Vergewaltigungen am Northern auf dem Gewissen hat, auch Douglas oder Martin umgebracht hat. Die Morde könnten auch von einer Frau verübt worden sein.«

»Natürlich war es ein Mann, verdammt«, sagte Leslie kurz angebunden. »Du willst nur nicht unrecht haben.«

»Vielleicht erfahren wir's nie.«

Leslie setzte sich ungeduldig auf. Ein Lichtstrahl von der Straße fiel auf ihren Hinterkopf, ihr Gesicht lag im Dunkeln. Sie streckte Maureen aggressiv den Finger entgegen. »Du mußt diesen Scheißkerl finden, nicht nur deinetwegen, sondern auch wegen dieses Martin und Siobhain da drin und wegen all der anderen Frauen, du kannst deinen Arsch drauf verwetten, daß der Kerl noch nie erwischt worden ist. Meinst du, er hat sich diese Brutalität beim Kaffeekränzchen angewöhnt? Er hat daran gearbeitet, hat an anderen fleißig geübt, und ich würde mit dir um jede verdammte Summe wetten, daß es eine Menge Frauen in dieser Stadt gibt, die wegen der Dinge, die er ihnen angetan hat, fast verrückt werden. Und wenn wir ihn finden, müssen wir ihn stoppen, nicht versuchen, ihn zu erziehen, oder ihn der Polizei übergeben, damit die ihn sich vorknöpfen, sondern ihn verdammt noch mal stoppen.«

Sie zog den Finger zurück und zerrte an den Taschen ihrer Jacke. Sie fand ein Päckchen Zigaretten, machte es auf und steckte sich eine in den Mund.

»Mein Gott, Leslie«, sagte Maureen und zog den Mantel fester um sich. »Reg dich ab.«

»Tut mir leid«, sagte Leslie schroff und wühlte in ihren Taschen nach Streichhölzern.

»Das sollte es auch«, sagte Maureen. »Worum ging es gerade?«

»Ich hasse das, ich hasse das wirklich.«

»Du haßt was?«

»Wenn wir uns einfach so benehmen, als seien wir machtlos, als könnten wir nichts tun. Sie schlagen uns, und wir sagen, bitte, hör auf, sie schlagen uns wieder, und wir sagen, bitte hör auf. Wir sollten, verdammt noch mal, zurückschlagen.«

»Aber wenn wir Gewalt gebrauchen, sind wir dann noch anders als sie?«

»Moralisch?«

»Ja, in moralischer Hinsicht würden wir uns durch nichts von ihnen unterscheiden.«

Leslie schüttelte den Kopf. »Allmächtiger Gott, Maureen«, sagte sie. »Hast du überhaupt darüber nachgedacht? Wenn wir beide, du und ich, über unseren moralischen Standpunkt nachdenken, dann ist das schon in Ordnung – wir kriegen ja auch nicht jeden Abend die Fresse poliert. Diese Frauen werden behandelt, als seien sie auf einem Misthaufen geboren, und wir gründen Komitees und hinterfragen unseren moralischen Standpunkt. Das ist ja ein Witz, verdammt noch mal, die Bewegung verkommt allmählich zu einer tantenhaften Wohltätigkeitsorganisation, und das macht mich wütend. Wir sind nicht hilflos, sondern verdammte Feiglinge.«

Sie zündete die Zigarette an, und Maureen sah im Schein des Streichholzes ihr Gesicht. Sie hatte zornig die Stirn gerunzelt und die Augenbrauen verbissen zusammengezogen. »In welchem Zusammenhang macht es dich denn wütend?« fragte Maureen, die jetzt sicher war, daß es nichts mit ihr zu tun hatte.

»Es macht mich eben einfach wütend, ist das in Ordnung?«
»Erzähl mir doch die Geschichte dazu.«
Sie zog heftig an der Zigarette. »Das will ich eigentlich nicht«, sagte sie und stieß den Rauch aus.
»Na gut«, sagte Maureen.
Der Rauch kringelte sich um Maureens Kopf.
»Erinnerst du dich an die Frau, die im West End von drei Männern vergewaltigt wurde?« fragte Leslie leise. »Sie schütteten ihr hinterher Säure ins Gesicht.«
»Ich habe es in der Zeitung gelesen. Das ist schon eine Weile her.«
»Das war vor zweieinhalb Jahren. Sie hieß Charlotte. Sie war schon eine Zeitlang im Frauenhaus gewesen.«
»Das wußte ich nicht.«
»Ja.« Sie paffte ihre Zigarette.
»Laß mich auch mal«, sagte Maureen und streckte die Hand nach der Zigarette aus. Als Leslie sie ihr gab, berührten sich ihre Fingerspitzen kurz, und Maureen spürte, wie kalt Leslies Hand war.
»Ihr Mann hatte sie geschlagen, und sie kam zu uns. Sie hatte Narben im Gesicht – solche, bei denen es einem eiskalt über den Rücken läuft, wenn man es zum ersten Mal sieht. Ihre Nase war flach wie eine Boxernase, und ein Auge saß höher als das andere. Ina sagte, das sei ein Knochenbruch gewesen, der nicht behandelt worden sei, man ließ es einfach so. Wenn sie aß, konnte man manchmal sehen, wie der Knochen herausstand. Sie hatte überall auf der Wange Narben, da …« Sie zeigte auf ihre linke Wange und bezeichnete eine kreisrunde Stelle.
»Die wirklich Bösen machen die Schnitte kreuz und quer, damit die Ärzte sie nicht zusammennähen können. Es ist nichts da zum Zusammennähen, nur herunterhängende Hautfetzen. Sie können es nicht wieder zusammenflicken, sie müssen es einfach so lassen, bis es als Narbe irgendwie zuwächst. So abartig sind diese Scheißkerle, daß sie sogar daran denken, ein zweites Mal drüberzugehen.« Sie nahm die Zigarette von Maureen und zog gierig daran.
»Jedenfalls«, sagte sie, »fing sie an, sich richtig ins Zeug zu legen, es wirklich zu etwas zu bringen. Sie besuchte einen Kurs und

nahm eine Stelle bei einem Landschaftsgärtner an. Sie wollte einen eigenen Betrieb aufmachen, wenn sie genug Geld gespart hatte, besprach ihre Pläne mit der Bank und alles. Sie mietete sich eine kleine Wohnung und zog aus.
Vier Monate später habe ich in der Zeitung von einer Vergewaltigung gelesen. Sie hielten frühmorgens auf der Byers Road eine Frau an, brachten sie zu einem Haus und vergewaltigten sie acht Stunden lang. Dann schütteten sie ihr Säure ins Gesicht. Sie kroch auf den Flur hinaus und schaffte es, sich aus dem Haus zu schleppen. Es hieß, sie sei in einem kritischen Zustand. Bei der Arbeit redeten wir alle darüber, und Annie kam und sagte uns, es sei Charlotte.«
Leslie machte eine Pause, die ganz untypisch für sie war, und rieb sich heftig die Augen mit dem Ballen ihrer Hand. Ihr langer, schlanker Hals war geneigt, und die dünnen Haarbüschel und knubbeligen Wirbel am Nacken zeichneten sich klar gegen das Straßenlicht ab. »Sie war unterwegs zur Arbeit in Lanarkshire, als sie sie erwischten. Ich wußte, daß es ihr Mann gewesen war, wir alle wußten es, verdammt. Er hatte sie früher schon öfter vergewaltigt, sie von der Straße weg mitgeschleppt und alles – er hatte sie sogar schon vorher von seinen Freunden vergewaltigen lassen. So riefen wir die Polizei an und sagten ihnen, daß wir meinten, er sei es gewesen. Charlotte starb jedenfalls, und die Polizei sagte, sie könnten nichts tun, sie hätten keine Beweise oder Zeugen für das alles. Der Mann wußte, daß wir es der Polizei gesagt hatten, und fing an, bei uns am Frauenhaus aufzutauchen – und weißt du, was wir getan haben? Wir haben uns versteckt. Er stand wochenlang da draußen, jeden Tag. Wir riefen die Polizei an, und sie holten ihn ab und verpaßten ihm eine Abreibung, aber er kam sofort wieder zurück, stand an der Bushaltestelle auf der anderen Straßenseite mit blauem Auge und Gipsarm, glotzte zum Fenster herein und starrte alle an, die aus dem Haus kamen. Drei Frauen verließen das Frauenhaus, weil sie es nicht mehr aushielten. Wir versteckten uns – und ich tu' das, verdammt noch mal, nie wieder.«

»Aber ihr habt euch doch völlig richtig verhalten«, sagte Maureen. »Ihr hättet doch sonst nichts tun können, ohne das Frauenhaus zu gefährden.«
Leslie überzeugte das nicht. »Ja, wenn du meinst.«
»Was ist dann passiert?«
Leslie sank in sich zusammen. »Es kommt noch schlimmer. Eine der Frauen wartete immer an der Bushaltestelle auf der anderen Straßenseite, und er fing an, mit ihr zu reden. Wir warnten sie vor ihm, wir haben es ihr gesagt, verdammt noch mal. Dann zog sie aus. Das letzte Mal, als ich sie sah, hatte sie Narben im Gesicht.« Sie zeigte wieder auf ihre Wange. »Dieselben Zeichen. Als wolle er seinen Kühen ein Brandzeichen aufdrücken oder so was. Ihre Augen waren ganz leer, es stand nicht einmal mehr Angst darin. Ich versuchte, mit ihr zu reden und ihr zu sagen, sie solle zurückkommen, aber sie rannte vor mir davon.«
Leslie starrte eine Weile in den dunklen Raum. Dann sagte sie: »Du kannst jetzt nicht aufhören, weil er immer näher kommt und immer unheimlicher wird, Mauri. Dieser Martin war doch ein guter Mann, oder nicht? Er würde doch wollen, daß du den Kerl erwischst.«
»Ja, er war ein guter Mann, aber er wollte keine Probleme, und ich habe sie ihm beschert.«
»Ich bin dabei, Mauri, das verspreche ich.«
Maureen legte sich mit der Hand auf dem Piepser neben Leslie hin und versuchte zu schlafen.
Leslie hatte recht, sie konnte die Sache nicht einfach auf sich beruhen lassen. Wer immer es gewesen war, er wußte, daß sie Martin besucht hatte, er war ihr gefolgt oder hatte sie beobachtet. Jeder ihrer Freunde konnte jederzeit getötet werden, und Maureen konnte nicht ununterbrochen darauf gefaßt sein. Wenn sie nur den Mörder aufspüren, ihn zu sich locken könnte, wenn sie ihn erwartete und wirklich darauf vorbereitet war.
Sie wollte kein Blut an ihren Händen, nicht das eines Gewaltverbrechers und auch keins von einem anderen. Aber wenn sie an die schlangenhautartige Narbe um Yvonnes Knöchel dachte, wußte

sie, sie wollte den Mann, der das getan hatte, nicht nur stoppen, sondern ihm weh tun, wollte ihn etwas von dem spüren lassen, was die Frauen gespürt hatten. Es genügte nicht, einfach zu verhindern, daß es wieder passierte. Sie schlief ein mit dem Bild Martins vor sich, dessen Hand auf dem Bauch lag und ins Nichts deutete.

Sie wachte um neun Uhr auf und ging ins Schlafzimmer, um nachzusehen, wie es Siobhain ging. Sie lag auf dem Rücken, die Hände und die dicklichen Arme ruhten auf der Bettdecke. Ihr Kopf war tief ins Kissen gesunken, Mund und Augen standen offen, aber sie bewegte sich nicht.

Maureen setzte sich behutsam auf die Bettkante. »Siobhain?« sagte sie.

Siobhain rührte sich nicht. Maureen streckte die Hand aus und wischte ein Haar von ihrem Gesicht. »Hast du geschlafen?«

Siobhain bewegte sich immer noch nicht. Ein plötzlicher Adrenalinstoß ließ Maureen Siobhains Schulter packen, sie schüttelte sie und schrie ihr ins Gesicht: »Wach auf! Siobhain, wach auf!«

Siobhain hob langsam die Hand. »Hör auf damit«, sagte sie und richtete den Blick auf Maureen. »Hilf mir aufstehen.«

Maureen zog die Decken zurück und hob Siobhains Füße auf den Boden.

Siobhain stand auf und zog bis auf Schlüpfer und Unterhemd langsam ihre Kleider aus. Dann nahm sie einen grauen Pullover mit V-Ausschnitt aus der Kommode und streifte ihn über. Er war verwaschen und unten weit und verzogen. Sie zog eine lila Nylonhose und eine blaue Windjacke an. Die Ärmel hatten vorn Gummizüge, die in das Fett an ihren Handgelenken schnitten.

»Wohin gehst du?« fragte Maureen.

»Zur Tagesstätte«, antwortete Siobhain. »Dort will ich sein.«

»Ich komme mit«, sagte Maureen aus Pflichtgefühl. Eigentlich hatte sie keine Lust, einen ganzen Tag in einem verrauchten Raum auf einem Plastikstuhl zu verbringen.

»Nein«, sagte Siobhain sehr bestimmt, »ich kann nicht weiterkommen mit meiner Sache, wenn du dabei bist.« Sie latschte mit der Zielstrebigkeit eines Golems den Flur entlang. Sie ging in die Küche und machte die Kühlschranktür auf, nahm eine Packung Milch heraus und goß sich ein großes Glas ein, bestrich fünf Brotscheiben mit Margarine, stapelte sie aufeinander und trug sie alle in ihr Schlafzimmer. Sie setzte sich an den Frisiertisch und begann, Pillendöschen zu öffnen, die Medikamente herauszuholen und vor sich hinzulegen.

Leslie regte sich im Wohnzimmer. Sie rollte sich auf den Rücken und sah Maureen im dunklen Flur stehen. »Alles in Ordnung, Mauri?« sagte sie, rieb sich das Gesicht und streckte sich. Ihre Augen sahen rot und geschwollen aus.

»Vielleicht solltest du aufstehen«, sagte Maureen, »Siobhain ist schon munter, sie will gehen.«

»Oh«, sagte Leslie und setzte sich auf. »Dann geht es ihr gut?«

»Scheint so.«

Siobhain hatte ihre Tabletten genommen. Sie schraubte die Deckel wieder auf die Gläser und machte sich an die Brotscheiben mit Margarine. Maureen ging ins Wohnzimmer und half Leslie, die Kissen wieder auf die Couch zu legen. Siobhain erschien in der Tür, und Maureen sah auf. »Gehst du, meine Liebe?«

Siobhain nickte und ging den Flur entlang. Sie hörten, wie die Wohnungstür geöffnet wurde. Maureen griff nach dem Piepser, sie nahmen schnell ihre Sachen und sahen sich im Wohnzimmer um, ob sie etwas vergessen hatten. Sie folgten Siobhain aus der Wohnung, die Treppe hinunter und auf die Straße hinaus und holten sie an der Ecke ein. Leslie berührte Siobhains Arm. »Wohin gehen wir?« fragte sie.

Siobhain schien nichts von der Berührung zu merken.

»Siobhain geht zur Tagesstätte«, sagte Maureen und fügte an Siobhain gewandt hinzu: »Wir gehen kurz mit dir hin«, damit sie nicht denken sollte, sie spreche an ihr vorbei.

Sie kamen zum Haupteingang, und Siobhain ging hinein, ohne sich nach ihnen umzusehen.

»Geht es ihr gut, Mauri?«

»Ich weiß nicht«, sagte Maureen. »Es scheint ihr besserzugehen, aber ich weiß nicht, wie sie normalerweise ist.«
Sie wartete kurz und folgte ihr dann in die Tagesstätte. Die mißgelaunte Frau am Empfang saß wieder hinter dem Schreibtisch. Ihr Gesicht leuchtete kurz auf, als sie Maureen sah. »Hi«, sagte Maureen, »haben Sie die Frau gesehen, die gerade hereingekommen ist?«
»Die Dicke?« fragte das Mädchen verächtlich.
»Ja. Sie hat einen furchtbaren Schock hinter sich, und ich wollte fragen, ob Sie vielleicht ein bißchen nach ihr sehen könnten. Nur aufpassen, daß es ihr nicht schlecht wird oder so was.«
Das Mädchen seufzte. »Na gut«, sagte sie widerwillig.
Als sie ins Freie kamen, sagte Maureen: »Ich rufe später an und frage nach, wie es ihr geht.«
»Hör mal«, sagte Leslie, »ich hab' noch ein paar Tage gut. Ich könnte blaumachen und dich 'n bißchen herumfahren, wenn du willst.«
»Nee, ich muß zur Polizei. Das wird vielleicht eine Weile dauern.«
Der blaue Ford folgte Maureen zur Bushaltestelle, fuhr einmal um den Block und wartete, bis ihr Bus kam.

Gurtie

McEwan stand oben an der Treppe und winkte sie herauf. Er trug ein weißes T-Shirt zu einem teuren, blauen Seidenanzug.
»Miami Vice«, sagte Maureen und zeigte auf seine Kleider, wußte aber schon, kaum daß sie es ausgesprochen hatte, daß diese Bemerkung ein Fehler gewesen war.
Sie folgte ihm nach oben zum Vernehmungszimmer. Unter vier Augen wirkte McEwan genauso dominant und selbstbewußt wie immer, aber als sie den Flur entlanggingen, bemerkte sie ein paarmal, daß er sie beobachtete, um zu sehen, wie es ihr ging, als ob er abschätzen wolle, wie sie sich ihm gegenüber benehmen würde. Es war beunruhigend. Der McEwan, den sie bisher kennengelernt hatte, gab nichts auf die Stimmungen von anderen. Er entschied, welche Richtung er einschlagen wollte, und trampelte weiter wie ein Godzilla im Anzug – immer vollkommen sicher, daß er die Hauptperson war und die übrigen nur Statisten.
Er öffnete die Tür zum Vernehmungszimmer, trat zurück und ließ sie ohne weitere Aufforderung hineingehen.
Hugh McAskill stand bescheiden bei der Heizung. Er grüßte mit einem Kopfnicken. McEwan setzte sich auf den Stuhl, auf dem er immer saß, und schaltete das Tonbandgerät an. »Also, Maureen«, sagte er leise. »Ich möchte, daß Sie mir alles erzählen, was Sie über die Station George I wissen.«
Er nahm eine Packung mit zwanzig leichten *Superdelux*-Zigaretten heraus und bot sie ihr an. Sie schmeckten ihr zwar nicht, aber sie nahm aus Höflichkeit eine. »Ich habe Ihnen alles gesagt, was ich weiß«, sagte sie.
McEwan zündete seine Zigarette mit einem Einwegfeuerzeug an, das er vor sich hinlegte. Er stieß den Rauch aus und bekam ihn ins Auge. »Nein, das haben Sie nicht«, sagte er ruhig und sah sie an, während er sich mit den Fingerspitzen das rechte Auge rieb.

Maureen zündete ihre Zigarette an und legte das Feuerzeug auf den Tisch neben McEwan hin. »Doch, das habe ich.«
Er zog eine Fotokopie im Din-A4-Format zwischen seinen Notizen hervor. »Wir haben das gefunden«, sagte er und schob die Kopie zu ihr hinüber.
Es war die Liste, die Martin für sie geschrieben hatte, aber sie war nicht mit Kuli geschrieben, sondern wie mit einem körnigen Kohlestift. Manche Namen waren undeutlich, Wörter und Buchstaben flossen an manchen Stellen auseinander. »Shan Ryan« las sich wie »Sno Ruom«.
»Wir haben diesen Abdruck auf einem Notizblock gefunden, den er in einer Schublade hatte«, sagte McEwan. »Es ist eine Liste. Er hat Ihren Namen darübergeschrieben. Was ist das für eine Liste?«
»Es ist eine Liste der Angestellten, die während der Zeit des Mißstands auf der Station George I gearbeitet haben.«
McEwan lächelte bekümmert. »Warum sollte er sie Ihnen geben?«
»Ich sollte sie an Sie weitergeben«, sagte sie.
»Warum haben Sie das nicht getan?«
»Ich hatte keine Gelegenheit.«
»Maureen«, sagte er und sah sie mit einem müden, verzweifelten Blick an. »Wir sind nicht hinter Ihrem Bruder her, klar? Und wir wissen, daß Sie es nicht waren. Ich weiß, wir haben bisher unsere Differenzen gehabt, aber jetzt müssen Sie wirklich mit mir zusammenarbeiten. Verstehen Sie das?«
Maureen schwieg und sah auf ihre Zigarette. Es wäre sehr schön, einfach alles in seine Hände zu legen und sich zurückzuziehen, die Verantwortung abzugeben und McEwan alle Arbeit tun zu lassen, ihn verantwortlich sein zu lassen, wenn noch jemand umkäme. Aber dann dachte sie an Yvonne mit der Narbe vom Strick am Bein, an die arme, tote Iona und an Siobhain und wußte, sie konnte die Sache nicht einfach der Polizei übergeben, es wäre eine Tat absoluter Feigheit, und sie würden den Frauen noch mehr zusetzen. McEwan hatte nicht einmal nachgefragt, wie es Siobhain heute ging.

»Ihr Nachbar von Garnethill hat mich angerufen.«
»Welcher?« Sie beobachtete sein Gesicht und versuchte vorauszusehen, was er wußte.
»Der Mann, der gegenüber von Ihnen wohnt«, sagte McEwan. »Der Italiener.«
»Aha«, sagte Maureen. »Warum?«
»Ihr Freund Brendan Gardner ist gesehen worden. Er hat sich in der Nähe der Wohnung verdächtig benommen. Haben Sie ihn hinaufgeschickt, um etwas zu holen?«
»Heute?«
»Nein, gestern vor einer Woche. Sie haben ihn nicht geschickt?«
Sie schüttelte den Kopf. »Nein.«
»Trinkt er manchmal?«
Sie wollte das nicht. Was immer Benny getan hatte, sie wollte nicht hier bei der Polizei über ihn reden, als sei er einfach irgendein Typ, den sie kannte. »Nein«, sagte sie. »Er trinkt nicht mehr. Hat seit drei Jahren nichts mehr getrunken.« Ihre Aufregung war ihr wohl anzusehen, denn McEwan brachte es fertig, sich über den Tisch zu beugen und ihr über die Hand zu streichen.
»Wir haben ihn noch nicht im Visier«, sagte er. »Wir fragen nur. Wir müssen fragen.«
»Was heißt ›im Visier‹?«
»Er wird nicht verdächtigt, wir stoßen nur immer wieder auf ihn.«
»Siobhain hat Ihnen nichts gesagt, oder? Sie hat Ihnen nicht gesagt, wer sie alle vergewaltigt hat.«
McEwan klang ziemlich verzweifelt. »Warum schützt sie ihn? Ich verstehe nicht, warum sie sich so vor ihn stellt.«
»Sie schützt nicht ihn, sie schützt sich selbst.«
Er dachte darüber nach. »Das verstehe ich nicht.«
»Na ja, es gibt verschiedene Gründe dafür, warum jemand etwas nicht erzählen kann.« McEwan beobachtete sie und hörte aufmerksam zu. »Siobhain wurde vielleicht bei der Vergewaltigung bedroht. Manche Leute meinen, daß alles, was sie laut aussprechen, Wirklichkeit wird oder daß sie andere beschmutzen, wenn

sie ihnen davon erzählen, und andere Menschen haben wieder andere Gründe. Sie versucht nicht, Sie hereinzulegen.«
Er zog an seiner Zigarette und sah betrübt auf den Tisch hinunter. Er schien Siobhains Unfähigkeit, ihre brutale Vergewaltigung mit ihm zu besprechen, als einen persönlichen Vorwurf zu verstehen. »Na ja, wir versuchen es später noch einmal«, sagte er.
»Ich meine, das sollten Sie nicht tun«, sagte Maureen. »Sie haben keine Ahnung, was sie dabei durchmacht.«
Er hörte nicht auf ihre Einwände und richtete sich auf, gewann wieder seinen gewohnten Abstand. »Ich meinte vorhin, Sie brauchen uns gegenüber jetzt nicht mehr in die Defensive zu gehen. Sie können uns alles sagen, was Sie wissen.«
»Ich habe Ihnen alles gesagt.«
McEwan tippte auf die Liste. »Warum haben Sie mir die hier nicht gegeben?«
»Ich habe einfach keine Gelegenheit gehabt, Joe. Sie waren nicht übermäßig freundlich, und ich wollte nicht mit der Liste zu Ihnen rennen, um von Ihnen als blöde Gans bezeichnet zu werden.«
Er schien gekränkt. »Ich habe Sie nie irgend etwas genannt«, sagte er.
Maureen sah ihn an. McEwan schien wie ausgewechselt. Er war rücksichtsvoll und nett und hatte keine Probleme damit, echte Gefühle zu zeigen, und er bat sie, ihr zu helfen, ohne sie einzuschüchtern. Er war unerträglich gehässig gewesen, aber jetzt, da er sie nicht mehr verdächtigte, war Joe McEwan fast sympathisch.
»Es tut mir leid«, sagte sie. »Daß ich Sie ... das genannt habe, tut mir leid. Sie waren aggressiv, und ich war ein bißchen unausgeglichen.«
»Wo ist die Liste?«
»Bei mir zu Haus.«
»Wir gehen sie holen, wenn wir hier fertig sind. Also, wieso bekamen Sie Listen von ihm, und warum haben Sie eine Frau besucht, die Patientin auf der Station George I war?«
»Ich stecke da einfach mittendrin«, sagte sie. »Ehrlich, Joe, ich befrage keine Leute, an die Sie noch nicht herangekommen sind. Ich

kenne Siobhain seit Jahren, und Martin hat mir die Liste gegeben, damit ich sie an Sie weitergebe.«

McEwan schien wirklich beunruhigt. »Gehen wir die Liste holen«, sagte er mit Nachdruck, stand auf, trat hinter sie und nahm ihren Mantel von der Stuhllehne. Er hielt ihn ihr hin und half ihr behutsam hinein, indem er den schweren Mantel sorgfältig hochzog und ihr den Kragen um den Hals zurechtrückte. Sie drehte sich schnell um, weil sie ihre Tasche vom Stuhl nehmen wollte, und sah Joe McEwan aus dem Augenwinkel. Er lächelte in sich hinein, ein schlaues, fast unmerkliches Lächeln. Joe McEwan zog alle Register.

Die mißgelaunte Aushilfskraft war wieder für weitere acht Stunden auf den unbequemen Stuhl verbannt. Die reguläre Empfangssekretärin, eine grauhaarige Frau mittleren Alters, litt an Erschöpfungszuständen und mußte öfter einige Tage freinehmen. Wenn die Agentur sie nächstes Mal wegen dieser Vertretung anrufen würde, wollte sie sie bitten, eine andere hinzuschicken. Wenn sie nicht für vierzehn Tage Korfu sparen würde, wäre sie überhaupt nie hierhergekommen, und schon gar nicht ein zweites Mal. In der Halle zog es, und überall roch es nach dem abgestandenen Rauch aus dem Fernsehraum.

Und dann noch etwas. Als sie am Morgen ihren Mantel ausgezogen hatte, war der mongoloide Mann mit dem kleinen Radio sofort an ihren Schreibtisch gekommen und hatte versucht, sie an der Brust zu berühren. Sie war keine Krankenschwester, sie hatte nicht gelernt, mit solchen Irren umzugehen. Sie hatte es der Hauptverwaltung gemeldet, aber sie hörte sie lachen, als sie von dort wegging. Als sie sich Tee holte, sah sie die Sozialarbeiterin seine Hand halten, und die beiden unterhielten sich ganz angeregt miteinander.

In der Mittagspause stellte sie den Anrufbeantworter an – es rief ja sowieso nie jemand an – und ging sich einen Wispa-Schokoriegel und eine Dose Ginger Ale kaufen, um ihre schlechte Laune zu vertreiben. Bei den Weight Watchers hatte man ihr gesagt, sie könne einen Riegel essen, wenn sie nur die Diätdrinks und nicht die echten tränke. Sie kaufte sich auch eine Zeitschrift, weil sie etwas vorhatte: Der Schreibtisch in der Halle war hoch genug, um die Zeitschrift unter der Platte zu verbergen und lesen zu können, wenn sie eigentlich arbeiten sollte. Sah sie jemanden kommen, konnte sie sie schnell darunterschieben, wenn sie zu ihr herüberkamen, und niemand würde etwas merken.

Der Schokoriegel reichte nicht einmal für den Weg zur Tagesstätte zurück. Als sie wieder hinter dem Schreibtisch saß, machte sie die Dose kalorienarmes Ginger Ale auf, nahm einen großen Schluck und schaltete den Anrufbeantworter aus. Sie schlug die Zeitschrift auf, ging schnell um den Schreibtisch herum und beugte sich von der anderen Seite darüber. Die Zeitschrift war unter der Platte nicht zu sehen. Sie kam sich sehr schlau vor, hüpfte wieder um den Tisch herum und setzte sich. Sie fing an, eine wahre Geschichte über einen Hundebegräbnisservice zu lesen, bei dem immer wieder derselbe Sarg benutzt und jedem einzelnen Kunden zweihundert Pfund dafür berechnet wurden.

Das Telefon klingelte. »Hallo«, sagte sie apathisch. Sie bekam keine Antwort vom anderen Ende, hörte aber ein merkwürdiges, klickendes Geräusch. »Hallo?« sagte sie. »Hier ist die Dennistoun-Tagesstätte.« Der Anrufer hängte auf. Verwirrt legte sie gerade den Hörer auf, als wieder ein Anruf auf demselben Apparat kam. »Hallo«, sagte sie. »Dennistoun-Tagesstätte.«

Sie horchte, aber niemand meldete sich. Alles, was sie hörte, war das seltsam klickende Geräusch am anderen Ende. Sie war so vertieft, daß sie die Gestalt nicht bemerkte, die durch die von ihr am weitesten entfernte Eingangstür kam und mit einer Hand in der weiten Hosentasche an einem Handy herumfummelte. Die Gestalt glitt unbemerkt durch die Halle und ging direkt zum Aufenthaltsraum, wo Siobhain allein auf ihrem Stuhl beim Fernsehen saß.

Die Aushilfe blätterte die Seite um. Die Polizei hatte die Hunde ausgegraben, nachdem ein unzufriedener Friedhofswärter, der gefeuert worden war, die Sache angezeigt hatte. Die Hundewitwe war am Boden zerstört. Sie fand, das Unternehmen sollte wegen Betrugs angeklagt werden. Sie wußte, sie würde nie einen Ersatz für Scamper finden, aber sie dachte jetzt darüber nach, sich wieder einen jungen Hund anzuschaffen, und wollte die Geschichte so vielen Menschen wie möglich erzählen, damit ihnen das erspart ...

»Was wollen Sie?«

Die Strickjacke der Frau war falsch zugeknöpft, und sie hatte ekelhaften, roten Lippenstift überall auf dem alten Mund verschmiert. Sie lächelte, und ihre Zähne fielen heraus und kullerten über den Schreibtisch auf die Zeitschrift. Sie waren voller Speichel, Lippenstift und kleinen Stückchen Butterkeks.

»Gehen Sie weg«, rief ihr die Aushilfe zu, stand auf und packte die alte Dame fest am Arm. Sie drehte sie um in Richtung Aufenthaltsraum. »Verschwinden Sie. Gehen Sie da rein.«

Die alte Dame sah sie verwirrt an. »Scht«, sagte die Aushilfe und wedelte mit der Hand.

Die alte Dame schlurfte mit einem nach vorn ausgestreckten Arm davon.

Die Aushilfe nahm die Zeitschrift an den Ecken hoch, ließ das Gebiß in den Papierkorb fallen und riß dann die Seiten heraus, auf denen es gelandet war. Verdammt, der Speichel hatte auch die nächsten Seiten durchgeweicht. Konnte man nur hoffen, daß es wenigstens ein guter Urlaub werden würde.

Er hatte erst einen Schritt auf sie zu getan, als die zahnlose, alte Frau in den Raum kam und grüßte. Siobhain drehte langsam den Kopf, ein Lächeln wollte gerade langsam und sanft auf ihrem hübschen Gesicht erscheinen, als plötzlich ihr Blick auf ihn fiel.

Maureen öffnete die Wohnungstür und trat ein, wobei sie mit ihrem zur Seite schwingenden Mantel einen Stapel Bücher umstieß. McAskill bückte sich, um sie aufzuheben. »Ist schon gut, Hugh«, sagte sie. »Die Wohnung ist sowieso ein einziges Chaos.«

Er stapelte die Bücher zu einem ordentlichen Stoß an der Wand auf.

»Wo haben Sie die Liste?« fragte McEwan freundlich.
»Oh, Joe, sie ist irgendwo in der Küche«, sagte Maureen und stellte ihre Tasche auf dem Boden ab. »Hören Sie, fangen Sie ruhig an, ich muß nur schnell aufs Klo.«
»Wo denn in der Küche?« fragte McEwan.
Maureen zeigte auf das Durcheinander im Flur. »Ich gehöre nicht zu den Frauen, die einen speziellen Platz zur Aufbewahrung von Listen haben.« Sie lächelte ihm zu und ging den Flur entlang zur Toilette.
Sie setzte sich auf den Rand der Badewanne, nahm die Liste aus der Hosentasche, machte genau zwischen den Namen der Angestellten, die Martin ihr gegeben hatte, und Siobhains Patientenliste einen scharfen Knick. Sie klappte den Toilettendeckel zu und legte die Liste darauf, fuhr mit dem Daumennagel an der gefalteten Stelle entlang, bis der Falz scharf genug war. Dann faltete sie das Blatt auseinander und riß Siobhains Liste sorgfältig ab. Sie leckte an ihrer Fingerspitze, fuhr dann am Rand von Martins Liste entlang und glättete so die verräterischen, winzigen Fasern des Papiers. Sie drückte auf die Klospülung und wusch sich die Hände.
In der Küche suchte McEwan zwischen Stößen von Zeitungen auf dem Fensterbrett, und McAskill ging einen Stapel von Rechnungen durch, den Maureen im Toastständer liegen hatte. Sie drehte ihnen den Rücken zu, zog die Schublade mit Plastiktüten heraus und tat so, als wühle sie darin herum. »Ich hab' sie«, sagte sie und hielt McEwan die Liste entgegen. Er nahm sie und hielt sie gegen das Fenster hoch. »Was suchen Sie?« fragte sie unschuldig.
»Nichts«, sagte McEwan nachdenklich und zog das abgerissene Ende zwischen Zeigefinger und Daumen durch. »War sie nicht länger? Ich erinnere mich, daß der Block länger war als das Blatt hier. Ist unten ein Stück abgerissen worden?«
Maureen zuckte die Schultern. »Nicht daß ich wüßte.«
»Es ist ein bißchen feucht.«
»Ich hab' mir gerade die Hände gewaschen.«
Als sie mit ihnen zur Tür ging, sah sie den Anrufbeantworter

blinken. McEwan blickte sie an, während er McAskill in den Hausflur folgte. »Carol Brady war gestern abend im Fernsehen«, sagte er. »Ich weiß nicht, ob Sie es gesehen haben?«

»Nein«, sagte Maureen.

»Na ja, wahrscheinlich wird die Presse wieder hier aufkreuzen. Passen Sie auf, ja?« Er lächelte ihr zu.

»Danke, Joe.« Sie klopfte leicht auf seinen Arm. »Mach' ich.« Sie schloß die Tür und wartete, bis beide unten waren, bevor sie die Play-Taste des Anrufbeantworters drückte. Es war Lynn, sie hätte heute frei, ob Maureen sie zu Hause anrufen könnte.

Ein Mann mit einem Belfaster Akzent nahm ab und sagte, er werde nachsehen, ob sie da sei. Er legte den Hörer hin und ging zwei Schritte weg, klopfte an eine Tür und rief etwas. Maureen hörte inzwischen die Katzen im Hintergrund miauen. Eine Tür ging auf, zwei Schritte, und Lynn nahm ab. »Hallo?«

»Lynn!«

»Mauri! Was ist los? Wie fühlst du dich jetzt?«

»Oh, mir geht es viel besser, Lynn. Danke für neulich.«

»Liam hat gesagt, du hättest dir die Haare schneiden lassen, und es würde total gut aussehen. Ich hab' mir nicht anmerken lassen, daß ich dich getroffen habe.«

»Schlaues Mädchen.«

»Also hör zu, er hat mir erzählt, daß Benny in deine Wohnung gegangen ist und daß er einen Schlüssel hat und alles.«

»Ach Gott, ich hab' ihm doch gesagt, daß er es für sich behalten soll. Er ist ein furchtbarer Trottel.«

»Ja, das ist er allerdings.«, sagte Lynn nachsichtig. »Jedenfalls, ich kann das vielleicht für dich tun, den kleinen Gefallen, um den du mich gebeten hast.«

»Welchen Gefallen?«

»Kann ich im Moment nicht sagen.«

Jemand mußte im Hintergrund mithören. »Das Krankenblatt?« riet Maureen. »Weißt du, wie ich es einsehen könnte?«

»Vielleicht kann ich mehr für dich tun, vielleicht kann ich es besorgen.«

»Wie willst du das machen?«

»Die Daten aus Inverness werden in einem Netzwerk gespeichert, und meine Cousine arbeitet dort.«

»Kannst du den Namen des Arztes daraus ersehen?«

»Name des Patienten, Adresse, Befinden, Therapie und Name des behandelnden Arztes.«

»Oh, Lynn, würdest du das tun? Ich brauche nur den Namen des Arztes.«

»Wenn er drinsteht, gebe ich ihn dir. Aber kein Wort davon, nicht einmal zu Liam. Ich könnte wegen so etwas rausfliegen.«

»Wann könnte ich es bekommen?«

»In zwei Tagen? Ruf mich Donnerstag bei der Arbeit an. Wenn du morgens anrufst, bin ich auf jeden Fall da.«

Sie flüsterten sich ein Tschüs zu.

Dann rief sie in der Dennistoun-Tagesstätte an. Ein Mann war am Apparat. Als Maureen nach Siobhain McCloud fragte, druckste er auf so gezwungen unauffällige Art herum, daß Maureen einen Schreck bekam. »Sind Sie eine Verwandte?« fragte er.

»Ich bin ihre Cousine. Sagen Sie mir, was passiert ist.«

»Miss McCloud ist ... leider ...« Seine Stimme wurde leiser und verlor sich, als hätte er den Kopf vom Hörer weggedreht, um nach etwas zu sehen.

Sie verlangte die Empfangssekretärin. Das Mädchen nahm den Hörer: »Hallo?« Maureen war schon dabei, ihr zu erzählen, daß sie heute früh dagewesen sei, als sie am anderen Ende ein tränenerstícktes Schnupfen vernahm. Das Mädchen hatte geweint.

Maureen warf den Hörer auf die Gabel, rannte aus dem Haus und nahm ein Taxi nach Dennistoun.

Sie stürmte durch die Vorhalle. Die alte Gurtie mit den immer herausfallenden Zähnen saß weinend mit der Hand vor dem Gesicht beim Schreibtisch, der rote Lippenstift war auf Wange und Nase verschmiert. Eine Frau in einem schicken, dunkelblauen Hosenanzug stand an der Tür zum Aufenthaltsraum. »Sie können da nicht reingehen«, rief sie, als Maureen auf die Tür zueilte.

Maureen lief an ihr vorbei. Die Frau rannte ihr nach, erwischte sie hinten am Mantel und zog sie in die Halle zurück. Maureen schlüpfte aus den Ärmeln des Mantels und rannte in den Aufenthaltsraum.

Siobhain saß auf dem Stuhl, immer noch dem Fernseher zugewandt. Der Notausgang hinter dem Fernseher stand offen, ein kalter Wind blies von der Straße herein. Ein dunkelhaariger Mann saß auf einem Stuhl neben Siobhain und hielt ihr eine Papiertüte vor das Gesicht. Sie atmete in die Tüte hinein. Er sah auf, als Maureen zu ihm hinrannte, und sagte etwas über eine Wendung zum Schlechten. Maureen kauerte sich vor Siobhain hin. Sie konnte nicht sprechen, hechelte, war aber wieder bei sich. Die Augen hatte sie panisch weit aufgerissen.

Maureen ging vor ihr in die Hocke, strich ihr über das Knie und atmete im gleichen Rhythmus wie Siobhain ein. Nach und nach atmete Siobhain wieder normal, und der Mann nahm die Tüte weg.

»Ich habe ihn gesehen«, sagte Siobhain beinahe tonlos. »Ihn.«

Der Mann berichtete ihr, Siobhain habe ferngesehen und einer der anderen Tagesgäste sei hereingekommen und habe sie erschreckt. Sie hatte geschrien, bis ihr die Luft weggeblieben war. »Sie hat sich in eine ziemliche Aufregung hineingesteigert, nicht wahr, meine Liebe?« sagte er und hielt ihre Hand. Er zeigte zur Vorhalle. »Sie hat der armen, alten Gurtie einen Riesenschreck eingejagt.«

Maureen nahm Siobhains Hand. »Willst du nach Hause gehen und dich ein bißchen hinlegen?«

Siobhain machte die Augen zu und nickte.

Der dunkelhaarige Mann half ihr ungeduldig in ihre Windjacke. Maureen nahm ihren eigenen Mantel von der Frau im Anzug entgegen und führte Siobhain am Arm aus der Tagesstätte auf die Straße hinaus.

Es hätte ein Erinnerungssplitter sein können – jemand, der Frauen vergewaltigt, würde wohl kaum am hellichten Tag in einer Tagesstätte auftauchen. Das Personal hatte im Raum niemanden außer Gurtie gesehen. Aus ihrer eigenen Erfahrung mit

Flashbacks wußte Maureen, wie schwierig es war, sie von der Wirklichkeit zu unterscheiden, und daß sie durch Streß ausgelöst wurden. Vielleicht war das eine Nachwirkung des Verhörs bei Joe McEwan. Maureen sah sich auf der Straße nach Fußgängern oder in Autos sitzenden Personen um. Das einzige auf der Straße parkende Auto war ein blauer Ford mit Leuten drin, die sich ganz unbefangen unterhielten.

Sie gingen langsam um die Ecke. »Es war nicht Gurtie«, flüsterte Siobhain.

»Ich weiß, daß es nicht Gurtie war, die du gesehen hast, Schätzchen. Kannst du mir seinen Namen sagen?«

Siobhain kippte plötzlich abrupt nach vorn, kniff die Augen fest zusammen, erbrach weiße Brotklumpen und spuckte auf ihre Schuhe.

Maureen versuchte, ihr beim Aufrichten zu helfen. »Es tut mir leid, Siobhain, es tut mir leid.«

Als Maureen am Rand des Gehwegs anhielt und auf eine Lücke im Verkehrsfluß wartete, damit sie die Straße überqueren und zu einer Telefonzelle gehen konnten, zog Siobhain sie am Ärmel.

»Ich wollte nur Leslie anrufen«, sagte Maureen.

»Nach Haus«, sagte Siobhain. »Nach Haus.«

»Aber ich kann nicht den ganzen Tag bleiben, und ich glaube, jemand sollte bei dir sein.«

Siobhain beachtete sie nicht und zog weiter an ihrem Ärmel. »Nach Haus«, sagte sie und ging weiter und auf ihre Haustür zu.

Ein kleiner Junge mit einem Kurzhaarschnitt und einem Man-United-Hemd stand mit seinem Fußball im Flur. Er drückte sich an die Wand, um sie vorbeizulassen, und sah Siobhain nach, als sie mühsam die Treppe hinaufstieg. Als sie vorbeigegangen waren, spielte er weiter und köpfte den Ball gegen die Wand des Flurs, um zu sehen, wie lange er durchhalten konnte. Sein Ball hinterließ überall an der cremeweißen Wand runde Flecken. Er war sechs oder sieben, zu klein, um allein unterwegs zu sein.

Der Geruch nach Heidekraut war nicht so stark, wie Maureen ihn in Erinnerung hatte. Sie gewöhnte sich wohl daran. Sie mach-

te Siobhain einen Tee und hörte im Flur unten die ganze Zeit das rhythmische Aufprallen des Balls. Sie nahm den Teebeutel heraus und rührte drei Würfelzucker in die Tasse.
Siobhain nahm einen Schluck. »Zucker«, sagte sie.
»Ist gut gegen den Schock«, sagte Maureen, nahm die Tasse in die Hand, führte sie an Siobhains Mund und ließ sie trinken.
Siobhain starrte auf den Teppich und trank gierig. Die braunen Teespuren an ihren Mundwinkeln sahen wie ein breites Lächeln aus. Maureen nahm die Tasse und stellte sie auf den Boden. »Ich meine wirklich, du solltest zu Leslie gehen, Siobhain, du solltest nicht allein sein. Du mußt eben nur auf dem Motorrad fahren ...«
»Nein«, flüsterte Siobhain und schüttelte langsam den Kopf. »Nein.«
»Siobhain, ich kann nicht den ganzen Tag hierbleiben, und ich finde, du solltest jetzt nicht allein sein.«
»Bleib hier.«
»Ich kann wirklich nicht, Siobhain, ich muß ein paar Dinge erledigen.«
Siobhain stülpte die Lippen vor, drehte den Kopf und warf Maureen einen verletzten, zornigen Blick zu. »Bleib.«
»Ich kann nicht hierbleiben, Siobhain. Kann ich dich nicht stattdessen zu Leslie bringen?«
Siobhain wandte sich ab. »Bleib.«
»Siobhain, ich kann zwei Stunden bleiben, aber nicht den ganzen Tag.«
Siobhains dickes Gesicht wurde rot und verzog sich in ohnmächtiger Wut, die Muskeln an ihrem Hals waren gespannt, ihr Mund öffnete sich weit zu einem entsetzten, tonlosen Schrei. Sie stand auf, schlurfte vorwärts, schob Maureen und schlug sie auf den Arm und zwang sie aufzustehen. Sie zog, drückte und schubste so lange, bis sie Maureen in den Flur hinausbugsiert hatte, machte die Tür auf und stieß sie über die Schwelle in den Hausflur. Sie machte die Wohnungstür zu. Maureen stand plötzlich überrascht im kalten Hausflur. Sie hörte Siobhain an der Innenseite der Tür keuchen. »Siobhain, schließ die verdammte Tür wenigstens ab.«

Siobhain legte den Riegel vor und lehnte sich gegen die Tür.
»Ich warte hier draußen, okay?« sagte Maureen, an die Tür gewandt. »Okay?«
Siobhain antwortete nicht. Maureen hörte sie den Flur entlang zum Wohnzimmer zurückschlurfen. Unten hatte der kleine Junge aufgehört zu spielen und stieg die ersten drei Treppen hinauf. Er lugte durch das Treppengeländer, sah Maureen ins Gesicht und grinste sie an. Er hatte vorn eine große Zahnlücke. Sie lächelte zurück, und er ging wieder hinunter und fing an zu spielen.
Maureen setzte sich auf die oberste Stufe und rauchte eine Zigarette, um sich zu beruhigen. Aus dem Inneren der Wohnung hörte sie nichts. Sie klopfte behutsam an die Tür, um sie nicht zu erschrecken, und hob den Deckel des Briefkastens hoch. »Siobhain, bist du da?«
Im dunklen Flur war es still. Das Licht, das vom Wohnzimmer her auf den Teppich fiel, veränderte sich nicht. Siobhain schien sich nicht zu bewegen.
»Bist du da?«
Der kleine Junge hörte auf zu spielen, kam wieder herauf und sah sie durch das Treppengeländer an. Er grinste ihr zu. Maureen nickte. »Alles klar, Kleiner?« Er hielt seinen Fußball hoch, damit sie ihn sehen konnte.
»Der ist ja toll. Jetzt geh runter und spiel noch ein bißchen.«
Der Junge verschwand wieder. Sie machte wieder die Briefkastenklappe auf. »Siobhain?«
Sie hörte, daß Siobhain etwas sagte, sie sprach sehr leise, fast flüsternd, im Wohnzimmer. Sie mußte sich sehr konzentrieren, um es zu verstehen, und preßte das Ohr an den Briefkasten. Siobhain sagte das Fernsehprogramm vom Samstag auf.

Sie rief Leslie bei der Arbeit an.
»Ich bin's«, sagte sie. »Großer Notfall, Siobhain macht sich vor Angst in die Hose. Sie meint, sie hat den Mann vom Northern gesehen. Ich weiß nicht, ob es ein Flashback war oder sonstwas.

Ich muß zu Benny rüberfahren und brauche jemanden, der bei Siobhain bleibt, während ich weg bin und ein paar Sachen erledige. Kannst du weg?«
»Wo bist du?«
»In der Telefonzelle bei Siobhains Wohnung. Sie läßt dich womöglich nicht mal rein, vielleicht mußt du draußen sitzen bleiben. Mich hat sie rausgeschmissen.«
»Wie lang wird es dauern?«
»Tage, Wochen, einen Monat, ich weiß nicht.«
Leslie dachte einen Moment nach. »Ich komme«, sagte sie und legte auf.
Maureen trat aus der Zelle. Sie brauchte Leslie für ungefähr zwanzig Minuten und wollte Siobhain nicht allein lassen, weil immerhin die Möglichkeit bestand, daß es kein Flashback gewesen war. Der kleine Junge fiel ihr ein. Sie rannte schnell über die Straße und sah in den Hausflur. Er war noch da. »He, Kleiner?« sagte sie, »Wie lange bist du denn noch da?«
»Bis zum Abendessen.«
»Um wieviel Uhr ist das?«
Der kleine Junge sah sie verständnislos an. Mein Gott, er war sechs oder sieben und kannte die Uhr noch gar nicht.
»Paß auf«, sagte sie. »Ist egal.« Sie nahm eine Pfundnote aus der Tasche und hielt sie ihm hin. »Gib acht, ob ein Mann hier vorbeikommt und zu der Wohnung der Lady da oben geht und ihre Tür eintreten will. Wenn er das macht, kommst du hier raus und fängst an zu schreien und schickst Leute da rauf. Kannst du das machen, kleiner Mann?«
»Ich darf nicht aus dem Hausflur raus«, sagte der kleine Junge und schaute auf die Pfundnote.
»Kannst du hier im Hausflur am Eingang stehen und rufen?« Sie zeigte auf die oberste Stufe.
»Ja«, sagte der kleine Junge. »Das kann ich.«
»Denk dran, wenn der Mann hochgeht und sich an der Tür zu schaffen macht, mußt du hier rauskommen und wie verrückt schreien, klar?«

»Mhm. Warum muß ich das machen? Will ihr Mann sie verprügeln?«
»Nicht, wenn du ihn abfängst.«
Der Junge sah die Pfundnote und dann wieder Maureen mit weit aufgerissenen Augen an. »Kann man einen Mann stoppen, wenn er eine Mami prügelt?« Er sah fragend mit seinem schon alten Kindergesicht zu ihr auf und wartete auf eine Antwort.
»Du kannst die Polizei anrufen«, sagte sie. Er ließ seinen Ball einmal aufprallen, schüttelte den Kopf und lächelte wissend, fast zynisch. »Man kann anderen Leuten davon erzählen. Das ist ihm peinlich.«
Er warf seinen Ball wieder zu Boden. »Ja«, sagte er, nickte und dachte darüber nach. »Sehr gut.«
»Also, du hast die Frau oben gesehen? Paß auf, ob er kommt, und dann schreist du laut, ich geb' dir noch 'n Pfund, wenn ich zurückkomme.«
Er lächelte Maureen zu, als hätte sie ihm das ewige Leben versprochen. »Ich schrei' tierisch laut«, sagte er.
»Und bring Leute nach oben zur Tür, okay?«
»Tierisch, tierisch laut«, sagte er und kehrte zu seinem Ballspiel zurück. Maureen lief wieder die Treppe hoch und hob den Briefkastendeckel an. Siobhain flüsterte immer noch die Sendezeiten und die Titel der Sendungen vor sich hin.

Leslie hielt draußen vor der Tür, als sie Maureen auf sich zukommen sah.
»Wie hast du es geschafft wegzukommen?« fragte Maureen.
»Hab' gesagt, meine Mutter ist krank. Wir gehen also zu Benny?«
»Ja, ich muß mein Attest holen und es hinschicken, sonst flieg' ich raus. Und wenn du dann kommen und bei Siobhain warten – oder sie in deine Wohnung bringen könntest, das wäre am besten.«
Leslie reichte Maureen den Helm aus der Box, und sie fuhren durch die Stadt hinauf, an der Kathedrale vorbei durch die Great Western Road und über eine Seitenstraße zur Maryhill Road.

Eier

Leslie fuhr zwischen den Pollern am Ende der Scaramouch Street durch und hielt das Motorrad an. In der sonst meist leeren Straße parkten lauter große, neue Autos. Sie nahmen die Helme ab und sahen sich um. Es waren Firmenwagen.

Es klang wie Donnergrollen und kam von einem der Mietshäuser. Plötzlich stolperte eine Gruppe von Männern rückwärts aus dem Haus, in dem Benny wohnte. Sie hielten Kameras hoch über die Köpfe, machten Bilder und riefen Fragen und Anweisungen. Maureen stülpte sich den Helm wieder auf, schlang den rauhen, karierten Schal um den Hals, der kratzend den trockenen Schorf abriß, so daß die Wunden schmerzten. Auch Leslie setzte ihren Helm wieder auf und schnallte ihn unter dem Kinn fest.

Joe McEwan versuchte, sich mit gesenktem Kopf einen Weg mitten durch die Menge zu bahnen. McAskill folgte ihm. Die Reporter streckten die Arme aus, um sie festzuhalten, drängelten und riefen ihnen Fragen zu. Maureen und Leslie standen am Ende der Straße und sahen, wie McEwan sich unbeirrt an den Reportern vorbeidrängte und auf einen blauen Ford zuging.

Maureen und Leslie setzten sich schnell wieder auf das Motorrad.

»Fahr ihm nach«, sagte Maureen.

McEwans Auto fuhr ans andere Ende der Straße. Leslie startete das Motorrad, riß es in die entgegengesetzte Richtung herum, fuhr durch das Sackgassenende, das eigentlich nur für Fußgänger war, bis zur Maryhill Road und bog dann scharf rechts ab.

»Nein«, schrie Maureen gegen das Motorradgeräusch an. »Fahr hinter ihm her.«

Leslie reagierte nicht. Maureen wurde von Panik ergriffen. Sie schossen die Maryhill Road hoch und rasten auf eine rote Ampel zu. Maureen trommelte auf Leslies Oberschenkel. »Der blaue Ford.«

Leslie bremste scharf und hielt an. Das Hinterrad hüpfte ein paar Zentimeter in die Luft und hob Maureen vom Sitz hoch. »Der Scheiß-Ford. Du sollst hinter dem blauen Ford herfahren«, rief sie.

Leslie zeigte auf die leere, äußere Spur neben dem Motorrad. In diesem Moment tauchte der blaue Ford neben ihnen auf und stoppte. McAskill war am Steuer, McEwan saß hinten neben McMummb. Leslie klopfte ans Fenster und deutete nach hinten. McEwan sah heraus und erkannte Maureens karierten Schal. Er deutete eifrig die Straße hinunter. Die Ampel wurde grün, und der Ford fuhr an, das Motorrad hinterher.

Nach zwei Meilen bog der Wagen in eine Seitenstraße ein. Leslie folgte ihm und parkte drei Meter dahinter.

»Tut mir leid«, sagte Maureen zu ihr. »Ich hab' etwas die Nerven verloren.«

»Ist schon gut.«

McMummb und McAskill stiegen aus und gingen zu Maureen und Leslie hinüber, die neben dem Motorrad standen. McAskill schien guter Laune. Siegessicher kam er mit federnden Schritten auf das Motorrad zu, blieb daneben stehen und lächelte breit mit seinen weit auseinanderstehenden Zähnen. »Er will im Wagen mit Ihnen reden«, sagte er zu Maureen.

»Wieso sind Sie so fröhlich?« fragte sie, glitt vom Motorrad und nahm den Helm ab.

»Es gibt 'ne schöne Neuigkeit«, sagte er und wandte sich ab, als ob die Unterhaltung zu Ende sei.

Maureen ging zu dem Ford hinüber und ließ Leslie bei McMummb und McAskill stehen. McEwan öffnete die Wagentür, als sie näher kam, und winkte sie zu sich auf den Rücksitz.

»Ich will mit Ihnen reden«, sagte er.

»Haben Sie mich in Bennys Wohnung gesucht?« fragte Maureen, nahm ihren kratzigen Schal ab und spürte eine kleine, blutige Stelle am Nacken.

»Nein, wir haben Brendan Gardner gesucht.«

»Werden Sie ihn verhören?«

»Vielleicht«, sagte er. »Wir brauchen seine Fingerabdrücke. Sie sind gar nicht überrascht.«
Sie zuckte die Achseln.
»Was hatte die Presse da zu tun?«
»Brady hat ihnen gesagt, daß Sie dort zu finden wären. Sie glauben, sie hätten eine tolle Story. Sie hat sie wissen lassen, daß etwas vertuscht werde.«
»Ich nehme an, es geht dabei um mich.«
»Sie hat es nicht ausdrücklich gesagt, aber sie haben es so verstanden. Sie hat ihnen auch von Ihrem Bruder erzählt.«
»Und Sie sollen mich beschützen?«
McEwan grinste. »Ja, ich riskiere meine Karriere, weil ich Sie so mag.«
Maureen erwiderte sein Lächeln nicht.
McEwan saugte an seinen Zähnen, während sein Blick über die Rückseite des Fahrersitzes glitt. »Wir haben am Tatort im Northern Hospital Fingerabdrücke gefunden.«
»Passen sie zu irgend jemandem?«
»Zu niemandem, den wir kennen.«
Sie schaute aus dem Fenster. Sie waren in einer Vorstadtsackgasse mit braven, kleinen Bungalows. »Die Fingerabdrücke waren auf Martin Donegans Nacken«, sagte McEwan.
»Hinten, auf seinem Nacken?«
»Ja. Er hatte die Hand um Donegans Nacken gelegt, als er ihn erstach. Er sah Martin Donegan aus höchstens dreißig Zentimetern Entfernung in die Augen, als er ihm das Gesicht verstümmelte.«
»Warum erzählen Sie mir das?« sagte sie ärgerlich, von den Einzelheiten abgestoßen. »Wochenlang erzählt man mir nichts, und plötzlich sagen Sie mir so etwas.«
»Ich hab' es Ihnen erzählt, weil ich weiß, worauf Sie aus sind, und will, daß Sie damit aufhören.«
Maureen öffnete die Wagentür und rief Leslie zu, sie solle ihr eine Zigarette geben. Mit großen Schritten kam Leslie herüber. Sie nahm ihre eigene Zigarette aus dem Mund, reichte sie ihr durch die Tür und ging zum Motorrad zurück. McEwan beobachtete

sie, als sie wegging. »Sie hat die Liste von dem Sachbearbeiter am Northern abgeholt?«
Maureen nahm einen Zug aus der Zigarette.
»Ich glaube, Sie versuchen den Typ zu finden, der diese Morde begangen hat, und Sie gefährden dadurch eine Menge unschuldiger Menschen.«
»Ach, das ist lächerlich«, sagte sie und wurde rot. »Ich bin doch nicht dumm, Joe, ich würde das nie tun. Ich habe nur Pech, sonst nichts.«
Maureen sah, wie er die Muskeln am Kinn anspannte und ärgerlich mit den Zähnen knirschte.
»Wir sind Ihnen auf Schritt und Tritt gefolgt, Maureen. Auch wenn wir das nicht getan hätten, wüßten wir, was Sie vorhaben. Sagt Ihnen der Name Jill McLaughlin etwas? Sie steht auf der Liste, die Martin Donegan Ihnen gegeben hat. Wir haben sie gerade angerufen. Sie sagte, Sie hätten sich telefonisch bei ihr gemeldet und ihr allerhand Fragen gestellt.«
Maureen kratzte an einem klebrigen Fleck an der Rückseite des Fahrersitzes herum. »Ich habe ihr persönliche Fragen gestellt«, sagte sie verdrießlich.
»Sie haben sie über die Station George I ausgefragt.«
»Sie hat mir ja sowieso nichts gesagt.«
McEwan sah sie einen Moment lang an. »Und das Daniel House? Was ist damit?«
»Das Daniel House?«
»Sie waren dort und haben wegen Douglas nachgefragt, stimmt's? Wir haben Sie hineingehen und herauskommen sehen. Eine der Schwestern hat gestern abend sein Bild im Fernsehen gesehen. Sie hat uns angerufen und von seinem Besuch erzählt, nur für den Fall, daß es wichtig wäre, und sie sagte uns auch, jemand sei dagewesen und hätte nach ihm gefragt, eine junge Frau mit blauen Augen.«
Sie wollte ihn nicht ansehen. Seine Stimme war so leise, sie war sicher, er würde sie gleich anschreien.
»Maureen«, sagte er ruhig, »ganz unter uns, dieser Typ ist ein

brutaler Kerl. Ich hab' so etwas schon lange nicht mehr erlebt. Sie müssen aufhören. Es ist verrückt, Ihnen ist nicht klar, was Sie da tun.«

Sie sah ihn an. McEwan war nicht verärgert, er machte sich Sorgen.

»Wir wissen jetzt über das Northern Hospital Bescheid und sehen uns alle männlichen Patienten und das Personal an, die Zugang zu der Station hatten. Wir haben zur Zeit einen sehr erfolgversprechenden Verdächtigen im Auge, es ist also alles unter Kontrolle.«

»Ist es Benny?«

McEwan rollte mit den Augen. »Hören Sie auf damit. Versprechen Sie, damit aufzuhören?«

Er bat sie, und das in freundlichem Ton. »Okay«, sagte sie und tat so, als müsse sie es sich abringen. »Okay, ich höre auf. Sagen Sie mir nur, ob es Benny ist, sonst weiß ich nicht, ob ich auf den Piepser drücken soll, wenn er mich besucht.«

McEwan nickte langsam und versuchte unterdessen, sich die Konsequenzen klarzumachen, wenn er es ihr sagen würde. Wenn es nicht Benny wäre, würde er sich bestimmt nicht so viel Zeit nehmen.

»Also gut, Sie brauchen es mir nicht zu sagen«, sagte sie. »Ich kann es mir denken.«

»Gut«, sagte er. »Also, bis wir jemanden verhaftet haben, sind Sie in Gefahr. Ich möchte, daß Sie immer in der Nähe Ihrer Wohnung sind. Bleiben Sie wenn möglich zu Hause, ja?«

»Okay.«

»Und schließen Sie ab.«

»Okay, Joe.«

Er griff an ihr vorbei, um die Tür aufzumachen, aber sie streckte die Hand aus und hielt ihn davon ab.

»Es tut mir wirklich leid, daß ich das eine Mal so unverschämt war und Sie – na ja, das, was ich Sie damals genannt habe, aber es ist einfach schwer, das eigene Leben plötzlich nicht mehr in der Hand zu haben, es an andere abzugeben, die es dann in Ordnung bringen, wissen Sie? Ich glaube, die wenigsten Leute kommen mit so etwas klar.«

Er lehnte sich zurück und sah sie an. »Da haben Sie unrecht. Für die meisten Leute ist das ganz natürlich«, sagte er und bewies damit eine Nachdenklichkeit, die sie ihm nie zugetraut hätte. »Haben Sie den Piepser noch?«

»Ja.« Sie klopfte auf ihre Tasche. »Ich habe ihn hier.«

»Benutzen Sie ihn, auch beim geringsten Anlaß, okay?«

»Okay.«

Er nahm die Zigarette aus Maureens Hand und zog daran.

»Joe, rauchen Sie eigentlich oder nicht?«

»Hab's aufgegeben.« Er gab ihr die Zigarette zurück, beugte sich hinüber und öffnete die Tür.

»Ich weiß, daß Sie heute morgen getrickst haben«, sagte sie. »Ich weiß, daß Sie extra freundlich getan haben. Ich hätte Ihnen die Liste auch so gegeben, das hätten Sie nicht zu tun brauchen.«

Er schien verwirrt, aber er sagte nichts.

»Sie haben gelächelt, als Sie mir in den Mantel geholfen haben«, erklärte sie. »Das hat Sie verraten. So wie Sie es jetzt machen, ist es viel besser.«

McEwan räusperte sich. »Jetzt tue ich überhaupt nichts«, sagte er und schaute aus dem Fenster. Sie saßen unsicher schweigend da.

»Ja«, sagte sie verlegen. »Na ja, es kommt jedenfalls besser rüber.«

Sie stieg aus, ging vier Schritte, und ihr Schal fiel zu Boden. McAskill kam her und hob ihn auf. »Wandschrank«, flüsterte er. »Seine Eier. Abgeschnitten und reingelegt.«

Er setzte sich wieder ans Steuer, und McMummb nahm neben McEwan auf dem Rücksitz Platz. Der Wagen fuhr vom Bordstein weg, die Sackgasse entlang und auf die Hauptstraße hinaus. Maureen sah ihnen nach. McEwan sprach ganz ernst mit McMummb.

»Und sag ihnen«, wies McEwan ihn an, »sie sollen sie keinen Augenblick aus den Augen lassen. Nicht eine Minute.«

»Jawohl«, sagte McMummb und schrieb die Order in Schreibschrift in sein Notizbuch.

»Du hattest recht«, sagte Maureen. »Es ist ein Mann.«
»Woher weißt du das?« fragte Leslie.
»Douglas' Eier wurden abgeschnitten. Das ist es, was im Wandschrank lag.«
»Und deshalb ist es ein Mann?«
»Eine Frau hätte ihm doch den Schwanz abgeschnitten. Den Eiern messen wir doch eher eine geringe Bedeutung bei, oder nicht?«
»Weiß nicht«, sagte Leslie. »Ich steck' ja nicht in allen Frauen drin. Meinst du, es ist derselbe Typ, der die Vergewaltigungen am Northern Hospital begangen hat?«
»Ja.«
»Hast du ihnen das gesagt?«
»Nein.«
»Was willst du dann machen?«
»Ich krieg' den Scheißkerl«, sagte Maureen, setzte den Helm auf und schnallte ihn fest.
Maureen saß hinten auf dem Motorrad und schloß die Augen, als Leslie sie in die Stadt fuhr. Sie hielt sich an Leslies Taille fest und spürte das Vibrieren des Motors unter sich, fühlte die kalte Luft an sich vorbeirauschen, das Stechen im Nacken und hörte den fernen Verkehrslärm durch den Helm.
Zu einer anderen Zeit hatte ihr heißes Gesicht auf Douglas' feuchtem Schenkel gelegen, und sie spürte seine Hand sanft über ihr Haar streichen. Sein noch nasser Schwanz hing zuckend zur Seite, und seine Eier hatten sich in Form zweier verschlungener Herzen zusammengezogen.

Kleiner Mann

Der Fussball prallte hart gegen die Wand. Zehn elf acht sieben zehn elf acht drei vier, endlos lange. Der Mann trug teure Schuhe. Er ging vorbei und die Treppe hinauf. In einer Minute würde das Abendessen fertig sein und der Fernseher in der warmen Wohnung laufen. Das Geräusch auf der Treppe war nur jemand, der anklopfte.

Er dachte an das Pfund. Würde er noch ein Pfund bekommen, wenn der Mann versuchte, sie zu verprügeln, oder auch, wenn er es nicht tat? Er konnte sich nicht erinnern, aber das Klopfen kam vom ersten Stock.

Er legte behutsam seinen Ball hin und achtete darauf, daß er nicht aus dem Flur hinausrollte. Er durfte den Flur nicht verlassen, und wenn der Ball hinausrollte, würde er warten müssen, bis seine Mami zurückkam. Er kroch auf Händen und Knien die Treppe hinauf und linste um die Biegung, so daß er gerade die Füße sehen konnte. Der Mann stand jedenfalls vor ihrer Tür, er hörte ein kratzendes Geräusch, und die Beine des Mannes zitterten. Er ging ein bißchen höher hinauf und sah, daß die Hände des Mannes etwas in das Schloß steckten und es sehr schnell wieder herauszogen. Aber er war nicht dabei, die Tür einzutreten, um sie zu verprügeln. Der Junge ging wieder hinunter und schaute vom Flur nach draußen. Er achtete darauf, daß seine Füße noch im Flur standen, hielt sich an der Wand fest und hängte sich dabei so weit wie möglich hinaus, um nach seiner Mami Ausschau zu halten. Ununterbrochen kamen Leute vorbei, aber seine Mami war nicht dabei, nur andere Leute, die von der Arbeit und vom Einkaufen kamen.

Es war nicht laut, aber er hörte es. Es war eine Frau, die etwas sagte, und sie hatte Angst. Er wußte genau, wie so etwas klingt. Es kam von oben.

Er beugte sich weit hinaus, machte den Mund auf und schrie, krümmte sich vor Anstrengung und schrie, so laut und so zornig er konnte, bis sein Gesicht rot anlief. Er schrie einfach nur ohne Worte.

Frauen kamen über die Straße gerannt, hielten sein Gesicht in ihren Händen, streichelten ihn und versuchten ihn zu beruhigen, aber er ließ sich nicht trösten. Er hörte nicht auf, bis der Mann mit den teuren Schuhen hinter den Frauen aus dem Flur hinaustrat und wegging. Plötzlich war er still. Mrs. Hatih gab ihm ein Bonbon. Sein Papa sagte zwar, von Pakis nimmt man nichts, aber er hatte es nötig, weil er vom Schreien ganz heiser war.

Leslie setzte Maureen in der Stadt ab und fuhr zu Siobhains Wohnung zurück. Der Verkehr in östlicher Richtung staute sich bis zur Duke Street. Sie blieb auf der äußeren Spur, kurvte im Slalom zwischen den stehenden Autos hindurch und genoß das Hinundherschwanken des Motorrads.

Ein kleiner Junge spielte im Flur vor Siobhains Wohnung mit einem Ball. Als Leslie vorbeiging, stand er still und beobachtete sie, den Fußball unter seinen dünnen Arm geklemmt. »Kleiner«, sagte sie zu ihm, »hat eine Frau dir vorhin ein Pfund gegeben?«

»Ja«, lächelte der Junge, »und ich hab' tierisch laut geschrien.«

»Ist der Mann gekommen?«

»Ja.« Er grinste. »Er hat an die Tür gehauen.«

Leslie ging an ihm vorbei und rannte die Treppe hinauf, zwei Stufen auf einmal nehmend.

Sie trommelte an Siobhains Tür und rief ihr etwas zu. Der Junge folgte ihr bis zum Treppenabsatz. Er schaute zur Tür hin und hielt sich mit einer Faust in der Kniekehle an Leslies Lederhose fest. Der Metallbeschlag des Schlosses hatte frische Kratzer, als ob jemand versucht hätte, etwas Scharfes ins Schlüsselloch zu stecken.

»Siobhain«, rief Leslie, »ich bin's, Leslie, Maureens Freundin von gestern abend. Laß mich rein! Mach die Tür auf!«

Sie hörten ein nervöses Kratzen, als Siobhain den Riegel zurückschob. Die Tür ging einen Spalt auf, Siobhain schaute heraus, ließ sich zurückfallen, als sie sah, daß es Leslie war, und stieß dann die Tür auf. Ihre Augen waren glasig. Leslie trat in den Flur, nahm Siobhain in die Arme und klopfte ihr auf den Rücken. Der Junge sah sich Siobhain an. »Keine Prügel abgekriegt, hm?« Er schaute Leslie fragend an und schüttelte den Kopf.

»Was?«

»Sie hat nix abgekriegt?«

Leslie fand die Frage beunruhigend. »Nein, Junge.« Sie schlug ihm die Tür vor der Nase zu.

Leslie holte eine Plastiktüte aus der Küche und packte Schlüpfer, eine Zahnbürste und einen Pullover hinein. Sie hielt die Tüte vor dem Frisiertisch auf und fegte die Gläschen mit Tabletten hinein. Sie achtete darauf, daß Siobhain ihre Hausschlüssel hatte, und zog ihr einen dicken Mantel an. »Bist du schon mal Motorrad gefahren, Siobhain?«

Siobhain gab keine Antwort. Leslie knöpfte ihr den Mantel zu. »Reg dich nicht auf, dann geht es schon, ja?« Leslie legte ihre Hände auf Siobhains Hüften und bewegte sie langsam nach rechts und links. »Reg dich nicht auf, dann schaffen wir's, okay? Soll er doch mal versuchen, dem Motorrad auf der Spur zu bleiben.« Sie führte Siobhain die Treppe hinunter.

Der Junge sah ihnen zu. »Kleiner, komm her. Die Lady hat mir gesagt, ich soll dir das geben.« Sie gab ihm ein Pfund.

»Ich hab' ihn gestoppt«, sagte er, sah aber schuldbewußt drein.

Leslie küßte ihn auf den Scheitel. »Ich weiß, daß du das getan hast, kleiner Mann«, sagte sie. »Ich weiß.«

Sie setzte Siobhain den Helm auf, schnallte ihn fest und half ihr, das Bein über den Sitz zu schwingen. Ihr großer Körper war ganz starr vor Angst. Sie würde sich vorkommen, als hätte sie einen Kühlschrank auf dem Rücksitz.

Paulsa

Maureen rief bei Leslie an, für den Fall, daß sie Siobhain schon hingebracht hatte. Leslie nahm fast sofort nach dem Läuten ab. Sie sagte, jemand habe versucht, Siobhains Schloß aufzubrechen, sei aber nicht reingekommen und der kleine Junge hätte den Mann verjagt.

»Mein Gott«, sagte Maureen, »und ich dachte, es sei ein Flashback gewesen.«

»Nee, er war wirklich da, wenn der Kleine nicht ein ganz geschickter Schwindler ist.«

»Sah das Schloß so aus, als hätte sich jemand daran zu schaffen gemacht?«

»Ja«, sagte Leslie. »Und nach Siobhains Verfassung zu urteilen, ist er auf jeden Fall dagewesen. Sie kann nicht sprechen, und ich weiß nicht einmal, ob sie sehen kann. Ich würde kommen und dich abholen, aber ich habe Angst, sie allein zu lassen.«

»Mach dir keine Gedanken. In spätestens zwei Stunden bin ich da.«

»Ja, und bring was zu trinken mit.«

»Was denn?«

»Billig und stark.«

Auf dem Weg zu Paulsa hielt Maureen an einem Bankautomaten an und steckte ihre Karte hinein. Sie hob zweihundert Pfund von Douglas' Geld ab und steckte sie in ihre Gesäßtasche, getrennt von ihrem anderen Geld. Es fühlte sich überhaupt nicht wie ihr Geld an. Sie wußte immer noch nicht, warum er es ihr gegeben hatte.

Paulsa wohnte am Saltmarket neben einer Unionisten-Kneipe; von einem der Fenster prangte ein aufgemalter Union Jack. Maureen war noch nie bei Paulsa und überhaupt noch nie in der Wohnung eines Dealers – außer bei Liam – gewesen und wußte nicht,

was sie erwartete. Aber Leute gingen in solchen Häusern jederzeit ein und aus, sagte sie sich, ohne auf der Türschwelle umgebracht oder vergewaltigt zu werden. Außerdem war sie Liams kleine Schwester, und Paulsa brauchte Verbündete.
Im Hausflur waren Klingeln mit Sprechanlage. Sie vermutete, daß der schmutzigste Klingelknopf der von Paulsa war, und drückte darauf. Es knackte im Lautsprecher, und eine ferne Stimme murmelte fragend: »Ja?«
»Ist Paulsa da?« fragte Maureen mit leiser Stimme und bemühte sich, ein bißchen barsch zu klingen.
»Paulsa? Wer ist Paulsa?«
»Ich bin Liam O'Donnells kleine Schwester«, sagte sie.
Das Türschloß summte heftig. Maureen drückte die Tür auf und ging in den ersten Stock hinauf. Als sie auf dem Treppenabsatz stand, ging eine der Türen langsam auf. Paulsa sah sie von oben bis unten an. Seine Haut war blaßgelb, sogar das Weiß seiner Augäpfel hatte einen Anflug von Gelb. Er trug dunkelblaue Jeans und das neueste Nike-Modell. Ein paar braune Tropfen waren vorn auf seinem orangefarbenen Adidas-T-Shirt angetrocknet. Er sah aus wie jemand, der als letzter auf dieser Erde Sportkleidung gebraucht hätte: so als werde er überhaupt nicht mehr sehr lange hiersein. Langsam und zögernd erschien ein Lächeln auf seinem Gesicht, sein Kiefer hing herunter, so daß man alle seine Zähne sehen konnte, die in sehr schlechtem Zustand waren und überall schwarze Flecken hatten. Maureen fühlte sich wie eine Wohltäterin, die gekommen war, sich der Armen anzunehmen.
»Du bist Liams kleine Schwester«, sagte Paulsa schleppend.
»Ja«, antwortete sie.
»Ich hab' dich in der Zeitung gesehen. Hattest 'n tolles T-Shirt an.« Paulsa lächelte wieder wie in Zeitlupe und machte mit dem Kopf eine kleine Kreisbewegung. Wahrscheinlich sollte das ein Nicken sein. Wenn es so weiterging, würden sie wohl den ganzen Abend im Flur stehen. Sie ging auf ihn zu, er wich langsam zurück und ließ sie in die Wohnung eintreten.
Das Wohnzimmer war schön blaßgrün gestrichen, die dreiteilige

Couchgarnitur in dezentem Terrakotta sah bis auf ein paar Brandlöcher von Zigaretten auf den Armlehnen neu aus. Ein Couchtisch aus Glas war übersät mit Päckchen von Rizla-Papierchen, Fetzen von Alufolie, Streichhölzern und zerrissenen, leeren Zigarettenschachteln.

Ein unpassend schwülstiges Tischfeuerzeug aus Onyx stand in der Mitte des ganzen Durcheinanders wie ein Präsentierstück. Zwei leere Pizzaschachteln lagen auf dem Fußboden neben einem sehr großen, übervollen Aschenbecher.

Paulsa kam wie ein Parkinsonkranker vorsichtig auf Zehenspitzen herein. Er ließ sich auf die Couch fallen und schaute lächelnd zu Maureen auf. »Ich hab' dich in der Zeitung gesehen«, sagte er wieder. »Dein Bruder ist voll in Ordnung.«

»Ja«, sagte Maureen. »Stimmt. Du hast dich für ihn aus dem Fenster gelehnt, Paulsa. Danke, Mann.«

»Schon gut, Mann.«

Sie wußte nicht, ob sie das sagen sollte, aber sie dachte, kein anderer würde es tun. »Geht es dir gut, Paulsa? Du siehst nicht gut aus. Du bist furchtbar gelb.«

Paulsa verzog das Gesicht und kicherte ansteckend. »I'm turning Japanese«, sang er. »Ich glaube, ich werde wirklich noch zum Japaner ...«

Er hielt die Hände hoch, wackelte mit den Fingern, sang den alten Vapor's Song und sah dabei ganz engelhaft zur Decke. Er kam ein bißchen durcheinander und rutschte ab in »Echo Beach« von Martha and the Muffins. Er sang zu lange, viel länger, als daß es noch lustig gewesen wäre, bis es nur noch traurig war, und plötzlich, gerade bevor es wieder komisch geworden wäre, brach er ab. Er kicherte wieder und hielt sich die Hand vor den Mund. »Also«, sagte er, »was kann ich für dich tun?«

»Ich möchte etwas kaufen.«

Paulsa grübelte. Es dauerte eine Weile. »Warum holst du es nicht bei Liam?«

Maureen wurde rot. »Das geht nicht«, sagte sie leise. »Es ist für einen infamen Zweck.«

»Einen infamen Zweck?« wiederholte Paulsa und genoß das ungewohnte Wort. »Was willst du denn?« Sie sagte es ihm. »Was willst du damit machen?« fragte er.
Sie wollte ihm eine Antwort geben, aber er unterbrach sie, als er die Grundidee verstanden hatte. »Keine Einzelheiten bitte«, sagte er geschockt.
Er ging auf Zehenspitzen in die Küche und kam mit ihrer Bestellung in einem Plastiksäckchen zurück. »Es kann eine Stunde oder so dauern, bis es richtig wirkt.«
Sie gab ihm drei Zwanzigpfundnoten von Douglas' Geld.
»Ich kann nicht wechseln«, sagte Paulsa und befürchtete schon, daß sie vielleicht dableiben wollte, während er Wechselgeld holen ging.
»Laß nur, Paulsa«, sagte sie und ging zur Wohnungstür. »Ich krieg's irgendwann von dir zurück.«
Paulsa trippelte rasch um sie herum und machte die Tür auf, damit sie möglichst schnell das Haus verließ.
»Tut mir leid, daß ich dir 'n Schreck eingejagt habe, Paulsa.«
»Ich wollte, du hättest es mir nicht gesagt.«
»Tut mir leid.« Sie ging hinaus in den Flur, und er schloß schnell die Tür hinter ihr. Sie hätte es ihm nicht sagen sollen. Sie hatte nicht damit gerechnet, daß er so empfindlich war. Sie steckte den Plastikbeutel in die Innentasche und knöpfte den Mantel zu.
Als sie die Argyle Street hinunterging, wo die Busse zur Drum-Siedlung hielten, kam sie an einer Telefonzelle vorbei und beschloß, Liz anzurufen, nur um mal wieder mit ihr zu reden.
Garry war dran. »Ich hol' sie«, sagte er, als Maureen sich meldete.
Liz sagte nicht hallo und fragte sie nicht einmal, wie es ihr ging. »Hast du den Brief bekommen, den er dir geschickt hat?« fragte sie.
»Nein.«
»Vielleicht ist er noch nicht angekommen. Aber Maureen, er feuert dich.«
»O Scheiße.«
»Hast du das Attest geschickt?«

»Nein«, sagte Maureen, »ich hab's wo liegenlassen, von wo ich es nur schwer wiederholen kann. Wie geht's dir überhaupt, Lizbo?«

»Ach, gut.«

Maureen hätte gern eine tröstliche, normale Unterhaltung mit ihr geführt, aber Liz hörte die Anspannung in ihrer Stimme und wollte nicht über irgend etwas Triviales mit ihr reden. Sie flog am nächsten Morgen nach Teneriffa und hatte noch viel zu packen. Sie verabredeten sich für ein unbestimmtes Datum in der Zukunft zum Mittagessen. Dieser Abschied war diplomatischer als ein endgültiges Lebewohl.

Sie ging in eine Spirituosenhandlung und kaufte eine Flasche Pfirsichschnaps. Erst als sie bezahlte, fiel ihr ein, daß sie keine Arbeit mehr hatte und am Freitag kein Geld bekommen würde. Sie hatte kein gutes Gefühl dabei, Douglas' Geld zu nehmen. Scheiß drauf, dachte sie, darüber werde ich mir später Gedanken machen, und kaufte sich noch Zigaretten dazu.

Auf dem Weg zur Bushaltestelle schnürte ihr die Vorstellung von Douglas' Eiern wieder die Kehle zu. Sie blieb außerhalb des Wartehäuschens stehen und zündete sich, an das feuchte Plexiglas gelehnt, eine Zigarette an. Sie inhalierte tief, schluckte die Trauer hinunter und hob sie sich für später auf.

Leslie saß allein im Wohnzimmer und sah fern, sie war in einer aufgekratzten, albernen Stimmung.

»Wieso bist du so gut gelaunt?« fragte Maureen.

»Ach«, grinste Leslie, »ich war doch den ganzen Tag mit der Königin Tristesse zusammen. Für einen guten Lacher würde ich jetzt meinen rechten Arm geben.«

»Ja«, sagte Maureen. »Wo ist sie denn?«

»Im Bett«, sagte Leslie. »Wir werden wieder auf dem Fußboden schlafen müssen.« Sie wühlte in Maureens Tasche herum. »Etwas zu trinken«, sagte sie. »Gib mir was zu trinken.«

»Warte, warte«, sagte Maureen. Sie sagte, Leslie solle sich auf die Couch setzen, und erklärte, daß sie die nächsten zwei Tage mit

Siobhain in Millport verbringen werde. »Kannst du mitkommen?«
»Aber wir gehen doch nicht zum Jux dorthin, Mauri, oder?«
»Nein«, sagte Maureen. »Ich will versuchen, ihn aufzuspüren, er soll uns folgen, und dann erledigen wir die Sache endgültig. Kommst du mit?«
»Ich habe gesagt, ich würde mitmachen«, sagte sie bestimmt. »Ich bin dabei.«
Maureen zündete sich eine Zigarette an. »Ich bin endgültig gefeuert worden«, sagte sie. »Ein Brief an meine Adresse ist unterwegs.«
»Wegen des Attests?«
»Ja, es macht mir nichts aus, nicht zu arbeiten, und ich kann das Geld von Douglas nehmen, wenn es wirklich eng wird. Aber ich kann nicht den ganzen Tag mit meinen Gedanken zu Hause sitzen. Da werde ich verrückt.«
»Komm doch und arbeite ehrenamtlich eine Weile im Frauenhaus. Wir brauchen dringend Unterstützung. Natürlich müßte dir ein Komitee die Erlaubnis geben und so weiter, aber ich glaube, das wäre kein Problem.«
»Das wäre ja großartig«, sagte Maureen.
»Vielleicht würden wir überhaupt nicht die gleiche Schicht haben, und vielleicht wäre es nur noch für zwei Monate, das weißt du ja.«
»Ja, ich meinte nur, es wäre großartig, etwas Wichtiges zu machen.«
Leslie betrachtete sie nachdenklich. »Ich habe mir etwas überlegt«, sagte sie. »Das Budget-Komitee trifft sich in zwei Wochen. Wenn wir ein paar Leute dazu bringen könnten, Briefe zu schreiben und zu protestieren, würde das vielleicht etwas bewirken.«
»Ja? Und?«
»Na ja, weißt du noch, was die Guerilla Girls in New York gemacht haben?«
Maureen lächelte breit und selbstzufrieden. »Du meinst, wir könnten eine Posterkampagne starten?«

Leslie zog eine Augenbraue hoch. »Vielleicht würde es funktionieren. Was meinst du?«
»Ich könnte es mit Douglas' Geld bezahlen. Ich würde das gern tun. Ich weiß nicht, was ich sonst mit dem Geld machen soll.« Als Maureen die Flasche Pfirsichschnaps aus ihrer Tasche holte, ging Leslie schnell in die Küche und brachte eine Zweiliterflasche Limonade und Gläser mit. Sie machten es sich im Wohnzimmer gemütlich, um fernzusehen und sich vollaufen zu lassen. Es gab nichts Gutes im Fernsehen, also schob Leslie eine alte Kassette von *Public Enemy* in den Videorecorder. Sie sahen es sich an, tranken langsam ihren süßen Schnaps und lachten über Jean Harlows Frisur, die steif wie Pappe hochstand, und über Cagneys Machogetue. Als Cagney seiner Mutter einen Kinnhaken gab, mußte Leslie so lachen, daß sie von der Couch fiel. Sie krabbelte auf allen vieren zum Klo. »O Mann«, kicherte sie, »ich bin so verdammt müde.«
»Soll ich's anhalten?«
»Nein, ich kann nicht weitergucken.«
Sie brachte zwei Schlafsäcke mit herein.
»Ich hab' meine Zähne schon zwei Tage nicht mehr geputzt«, sagte Maureen vor sich hin.
»Du bist ein Ferkel«, antwortete Leslie und legte die Kissen auf dem Boden zurecht.
»Und heute abend putze ich sie auch nicht.«
»Schweinerei«, sagte Leslie und schlüpfte in ihren Schlafsack. Maureen zog sich bis auf Schlüpfer und T-Shirt aus, legte den Piepser neben sich auf den Boden und machte das Licht aus. Beschwipst fiel sie in einen benebelten Schlaf.

Shan Ryan

Maureen wälzte sich unruhig hin und her und spürte die Nachwirkung – Ziehen und schmerzende Stellen – einer weiteren auf dem Fußboden verbrachten Nacht. Wie ein Koloß stand Siobhain über ihrem Kopf und sah auf sie hinunter.

»Siobhain«, rief Leslie leise von der Küchentür her. »Geh weg, Schätzchen. Du jagst ihr einen Heidenschreck ein.«

Siobhain drehte sich um und watschelte in die Küche. Maureen rieb sich das Gesicht und setzte sich auf. Ihre Augen waren vom Schlafen ganz verklebt. Leslie brachte ihr Kaffee, setzte sich auf die Couch und sah zu, wie sie ihn trank. »Also, was haben wir heute im Programm?«

»Bleib einfach hier mit Siobhain und mach die Tür nicht auf, bevor du nachgesehen hast, wer es ist. Wenn wir nach Millport kommen, brauchst du nur abzuwarten, und ich kümmere mich um alles.«

»Gut«, sagte Leslie leise. »Maureen, du willst ihn doch nicht erstechen, oder?«

»Nee.« Maureen kroch aus dem Schlafsack und rollte ihn zusammen. »Wenn alles glattläuft, werde ich ihn nicht mal berühren.«

Leslie nickte besonnen und klopfte sich mit den Handflächen auf die Knie.

»Kriegst du kalte Füße, Leslie?«

»Ja«, sagte Leslie. »Ich glaube ja, wenn ich ehrlich bin.«

»Warum?«

»Ich weiß nicht. Ich bin zur Zeit einfach nicht in der Stimmung, auf jemanden loszugehen. Kriegst du kalte Füße, Mauri?«

»Nein«, sagte Maureen entschlossen. »Ich nicht. Ich werde immer wütender.«

»Maureen, was hast du mit ihm vor?«

Maureen wollte es ihr nicht sagen. Es wäre besser, wenn niemand es wüßte, und sie wollte keine Erörterung des ethischen Problems. »Ich werde ihn zwingen, damit aufzuhören«, sagte sie und nahm das Telefonbuch zur Hand.

»Aber putz dir vorher die Zähne, ja?«

Maureen fand die Nummer und rief den Verkehrsverein der Isle of Cumbrae an und bat um Informationen über Ferienwohnungen für drei Personen in Millport. Der Mann am anderen Ende sprach mit einem seltsam gedehnten, transatlantischen Akzent, wollte unbedingt eine private Unterhaltung in Gang bringen und fragte, ob sie schon einmal da gewesen sei. Sie sagte nein, weil sie die Unterhaltung abwürgen wollte, aber er stürzte sich in eine lange Beschreibung der Sehenswürdigkeiten auf der Insel. Endlich gab er ihr fünf Telefonnummern und Adressen. Zwei der Adressen waren in demselben Haus, in dem sie übernachtet hatten, als sie schon einmal in Millport gewesen waren. Damals waren Liam und Leslie mit ihr hingefahren, und aus dieser Zeit stammte das Foto in den Zeitungen. Es wäre am besten, die Wohnungen im selben Haus zu nehmen, für den Fall, daß er sie fand, bevor sie ihn fand.

Sie rief eine der Nummern an und buchte vom nächsten Tag an eine Wohnung für eine Woche. Sie hatte es nicht geplant, aber als die junge Frau nach ihrem Namen und ihrer Telefonnummer fragte, erfand sie irgend etwas und log so fließend, daß sie nicht einmal zögerte, als die Frau sie bat, ihren falschen Zunamen zu buchstabieren. Dann rief sie Liam an, gab ihm die Telefonnummer und bat ihn, für sie die andere Wohnung im selben Haus zu buchen. »Wozu?« sagte er. »Brauchst du ein bißchen Erholung von der Polizei?«

»Ja.«

Ein paar Minuten später rief er zurück, er hätte es erledigt. »Sie hat mich nach meiner Nummer gefragt. Ich hab' einfach eine erfunden, ist das in Ordnung?«

»Ich denke schon«, sagte Maureen. »Außer sie rufen zurück, um es zu überprüfen.«

Sie wollte, daß er sich weiter mit ihr unterhielt, über irgend etwas,

daß er ihr eine lange Geschichte erzählte, damit sie seine Stimme eine Weile hören konnte, falls sie nicht aus Millport zurückkäme.
»Hat Benny sich gemeldet?«
»Nein, ich habe ihn schließlich anrufen müssen. Er sagte, die Polizei hätte ihn verhört und Fingerabdrücke abgenommen. Er wollte wissen, ob sie mich über ihn ausgefragt hätten.«
»Was hast du gesagt?«
»Ich habe nein gesagt. Paß auf«, sagte Liam, »weißt du, daß Marie diese Woche zu Hause ist?«
»Ja. Una hat es neulich gesagt.«
Liam schwieg einen Moment. »Hast du sie gesehen?«
»Ja.«
»Verdammt noch mal, Mauri, ich hab' dir doch gesagt, du sollst dich von ihnen fernhalten, ich hab' dir gesagt ...«
»Ich weiß, ich weiß, ich werde mich dran halten.«
Es läutete bei Liam an der Tür, und er mußte Schluß machen. »Bleib weg von ihnen.«
»Mach' ich, mach' ich«, sagte sie. »Paß auf dich auf. Wiedersehn.«
Der hartnäckige Besucher klingelte wieder an Liams Tür. »Ja, Mauri«, sagte Liam, vom Ernst in ihrer Stimme verwirrt, »paß auch du auf dich auf.«
Sie duschte sich, benutzte Leslies feuchte Zahnbürste und bürstete so fest, daß das Zahnfleisch an den Seiten zu bluten anfing. Sie sah sich im Spiegel an. Sie sah wüst aus. Ihre Haut war grau, die Augen rot, und sie hatte dunkle Schatten unter den Augen.
In der Küche reichte Leslie ihr einen Teller Toastscheiben mit Butter und noch einen Kaffee. »Und wo gehst du heute hin?« fragte sie.
»Zur South Side. Wir fahren morgen nach Millport. Kannst du dir ohne Schwierigkeiten freinehmen?«
»Jaja, das geht schon. Dort wird es also stattfinden?«
»Ja.«
»Gut«, sagte Leslie und nickte ernst. »Gut.«
Siobhain saß auf der Veranda und starrte auf die kahlen Hügel hinter den Häusern.

»Ich habe sie noch kein Wort sprechen hören«, sagte Leslie.
»Sie hat eine schöne Stimme«, sagte Maureen traurig. »Du wirst sie eines Tages hören.«
Maureen ging auf die Veranda hinaus und setzte sich neben Siobhain auf den Liegestuhl, hielt ihre Hand und erzählte ihr etwas über die Spiele der Kinder da unten. Es war regnerisch, und sie trugen Jacken, Mützen und Gummistiefel. Sie wußte noch von ihrer Zeit im Krankenhaus, wie wichtig es für sie war, daß Leute sich Zeit zum Reden nahmen. Sie erklärte, daß sie am nächsten Tag nach Millport fahren würden, und obwohl sie nicht ganz sicher war, glaubte sie, Siobhain habe ihre Hand ein wenig gedrückt.
Sie nahm den Piepser, zog ihren Mantel an, lieh sich Leslies Wollmütze aus und ging hinunter, um den Bus zum Levanglen zu nehmen.

Maureen zog die Mütze in die Stirn und folgte den Schildern zur Krankenhausapotheke. Da war eine kleine Öffnung in der Wand mit Schiebefenstern aus Milchglas und einer Klingel neben einer handgeschriebenen Aufforderung zu läuten. Sie drückte auf den Knopf und trat zurück. Eine honigblonde Schwester in weißer Uniform und mit kirschrotem Lippenstift schob die Milchglasscheibe zurück. »Kann ich etwas für Sie tun?« sagte sie mit dem unkompliziertesten Lächeln, das Maureen seit langer Zeit gesehen hatte.
»Ja, vielleicht. Ich suche Shan Ryan.«
»Shan hat gerade Mittagspause.«
Sie trat zur Seite, so daß Maureen ihn sehen konnte. Er saß an einem Schreibtisch, hatte die Füße hochgelegt, trug eine doppelreihige, weiße Pflegerjacke mit einem großen Namensschild an der Brusttasche und aß Salat aus einer Tupperschüssel. Sie hatte sich wegen seines Namens gedacht, daß er Halbasiate war, und hatte recht gehabt. Er hatte eine dunkle Haut und glänzend schwarzes Haar, aber seine mandelförmigen Augen waren khakigrün. Als er aufstand, um ans Fenster zu kommen, sah Maureen,

daß er mindestens eins dreiundachtzig groß war. Er blieb unbeteiligt hinter der honigblonden Schwester stehen und sah Maureen gespannt an. Seine Zähne waren groß und gerade und weiß, die breiten Lippen wirkten auffällig rot.

»Hören Sie, ich wollte nur wissen, ob Sie Douglas Brady gekannt haben.«

Shan beachtete die Frage nicht und ließ die honigblonde Schwester antworten. »Der Typ, der ermordet wurde?« fragte sie.

»Ja. Er hat früher oben als Therapeut gearbeitet.«

»Ich habe von ihm gehört. Seine Mutter war doch Europaabgeordnete, oder?«

»Ja«, sagte Maureen. »Haben Sie ihn gekannt?«

»Nein«, sagte sie, »ich habe ihn nie kennengelernt, ich habe erst vor kurzem hier angefangen, aber ...«

Sie drehte sich zu Shan Ryan um. »Ich auch nicht«, sagte er, wandte sich ab und kehrte zu seinem Stuhl am Schreibtisch zurück. Er nahm eine Cocktailtomate aus seinem Salat, setzte sich und sah Maureen in die Augen, als er die Tomate mit den Schneidezähnen in der Mitte durchbiß.

Maureen beobachtete ihn. »Haben Sie Iona McKinnon gekannt?«

Shan starrte in seine Sandwichbox.

»Tut mir leid«, sagte die Schwester, um das Schweigen zu überbrücken, »die habe ich auch nicht gekannt. Shan?«

Shan schien leicht überrascht und schüttelte den Kopf. Die Schwester wandte sich wieder an Maureen. »Tut mir leid«, sagte sie und lächelte ihr zuckersüßes Lächeln. »Sind Sie von der Polizei?«

»Ich glaube, die Antwort darauf dürfte ziemlich offensichtlich sein«, sagte Maureen.

Die Schwester lächelte über die offensichtliche Antwort, wie immer sie sie auslegen mochte.

Maureen sah Shan noch einmal ins Gesicht, bedankte sich und trat vom Fenster zurück. Er schien zu überlegen, als erkenne er sie von irgendwoher wieder und versuche, sie einzuordnen.

Es war erst zwei Uhr. Sie könnte eigentlich zu Leslie zurückfahren. Sie hatte gehofft, daß ihr Besuch im Levanglen länger dauern würde. Sie mußte nur noch ein paar Sachen einkaufen, und darüber hinaus gab es nichts mehr zu tun, als einfach auf den nächsten Tag zu warten, an dem sie Benny anrufen würde und sie dann den Zug nach Largs nehmen würden.

Der Bus ließ lange auf sich warten. Maureen stand im Wartehäuschen und starrte wie die anderen nassen Fahrgäste auf die Schnellstraße hinaus. Der Nieselregen war heute so durchdringend, daß er sogar in Maureens Kragen und Ärmel drang. Ein frischer Wind fegte unter der Glaswand des Wartehäuschens durch und fuhr kalt an ihren Knöcheln vorbei. Als die Linie siebenundvierzig endlich kam, stieg sie ein, löste ihren Fahrschein, ging nach oben und setzte sich hinten hin. Im Bus war es etwas zu warm. Die Feuchtigkeit stieg aus den dicken, nassen Mänteln, die Luft war drückend und machte die Fahrgäste müde. Bis sie nach Linthouse kamen, roch die Luft im oberen Deck unangenehm verbraucht.

Ein blauer Mini Clubman verließ seinen Platz auf dem Parkgelände des Levanglen-Krankenhauses und fuhr aus dem Tor, um dem Bus durch Linthouse, die Stadt und die Great Western Road hinauf bis nach Anniesland zu folgen.

Maureen mußte an der Haltestelle Anniesland in einen zweiundsechziger Bus zur Drum-Siedlung umsteigen. Sie stand auf, als der Bus unter die Eisenbahnbrücke fuhr, und arbeitete sich vorsichtig die Treppe hinunter zur Tür vor.

Der Fahrer des Minis sah, wie sie aufstand und sich zur Tür durchkämpfte. Er hielt unter der Brücke an und wartete, bis die Ampel grün wurde, bog dann scharf links ab und parkte in einer Seitenstraße.

Noch den Geruch alter, feuchter Kleider in der Nase, hatte sie keine Lust, schon wieder in einen Bus zu steigen. Sie ging schnell in das Geschäft eines Kaffeeimporteurs und kaufte ein Viertelpfund frisch gemahlenen kolumbianischen Kaffee. Der Laden roch nach Schokolade, und es war angenehm warm. Im hinteren Teil des Ladens stand ein riesiges Messingungeheuer von einer

Kaffeemühle. Die Frau, die sie bediente, sah klein dagegen aus. Sie mußte auf eine Stehleiter mit drei Stufen steigen, um Maureens Kaffeebohnen in den Mahltrichter zu schütten. Maureen nahm die warme Papiertüte von ihr in Empfang, bezahlte und trat wieder in den feuchten Tag hinaus.

Maureen roch noch den angenehmen Schokoladenduft des Ladens und wollte nicht, daß er sich verlor. Sie schaute die Straße hinunter und sah das Schild eines Geschäfts mit Armeerestbeständen. Sie würde eine Reiseflasche brauchen, vielleicht gab es hier billige. Sie zog ihren Kragen hoch und ging zu dem Laden hinunter. Tarnanzüge und Sportklamotten hingen ordentlich auf Ständern an der Wand. Einen runden Ständer hatte man gleich neben der Tür postiert, als ob das Zeug dringend wegmüßte.

Eine rundliche Frau Mitte Vierzig stand hinter der Theke. Auf den Regalen hinter ihr lagen kleinere, für Ladendiebe besonders verlockende Gegenstände: Mützen und Handschuhe, Handöfen und Minibutangaskocher für den Campingurlaub. »Kann ich Ihnen helfen?« fragte sie in ihrem abgehackten, nasalen Kelvinside-Akzent. Sie klang wie Elsbeth.

»Ich suche eine preiswerte Reiseflasche«, sagte Maureen und schüttelte den Regen von ihrer Wollmütze.

Die Frau ging in die Hocke und griff unter die Theke. »Leider haben wir im Moment nur zwei Modelle da. Die hier«, sie stellte eine rote Plastikflasche auf die Theke, »und die.«

Die zweite Flasche hatte einen mattsilbrig schimmernden Bauch mit einem Untersatz und einem Griff aus schwarzem Plastik. Maureen schraubte den Becher und den Pfropfen ab und schaute hinein. Der Rand war glatt und trichterförmig. Sie tippte mit einem Fingernagel an die Innenseite. Es klang recht stabil. »Wieviel?«

»Acht Pfund.«

»Ja gut, ich nehme sie.«

Während die Frau die Flasche wieder in die Schachtel steckte, sah Maureen durchs Fenster auf die dichtbefahrene Straße hinaus. Shan Ryan stand draußen vor dem Fenster und schaute zu ihr

herein. Er trug einen langen, schwarzen Ledermantel, zeigte die Straße hinunter und verschwand.
»Acht Pfund, bitte.«
»Ach ja«, sagte Maureen und reichte ihr eine Zehnpfundnote. Die Frau gab ihr das Rückgeld und eine Tüte mit der Flasche. »Danke schön«, rief sie, als Maureen hinausging.
Shan bog in eine Seitenstraße ein. Maureen hielt unter der Ladentür kurz an, klopfte leicht auf ihre Tasche und spürte den Piepser. Sie steckte die Flasche in den Rucksack und tastete nach dem kalten Metallgriff ihres Stechkamms. Sie ließ ihn mit dem scharfen Ende nach unten in ihre Manteltasche gleiten und wurde etwas ruhiger. Vielleicht würde sie ihn schnell herausziehen und benutzen müssen.
An der Straßenecke blieb sie stehen und sah sich um. Die Scheinwerfer eines Minis leuchteten zweimal auf. Sie ging die Straße hinunter darauf zu. Shan lehnte sich über den Beifahrersitz und öffnete ihr die Wagentür. Bebop-Jazz erklang leise aus der Stereoanlage. Sie beugte sich zum Fenster hinunter und sah Shan an, der mißmutig auf das Armaturenbrett schaute.
Er hatte den weißen Pflegerkittel ausgezogen und trug jetzt verwaschene Jeans und einen schwarzen Baumwollpullover mit rundem Halsausschnitt ohne etwas darunter. Vorn unter dem Pullover zeichneten sich dichte Haare ab, die schwarz wie eine Hokusai-Woge aus dem Kragen hervorquollen.
Er lehnte sich über den Beifahrersitz und sah zu ihr hoch. »Steig doch ein«, sagte er.
Maureen seufzte und tippte mit der Hand auf das Autodach.
»Steigst du ein?« fragte er und schien ihr Zögern nicht zu verstehen.
»Warum sollte ich zu einem Mann ins Auto steigen, den ich gar nicht kenne?« sagte sie.
Shan runzelte die Stirn und schien verletzt. »Ich will dich ja nicht entführen«, sagte er. »Ich dachte, du wolltest mit mir reden. Ich kann auch verschwinden, wenn du das möchtest. Ich wollte dich nicht erschrecken.« Er beugte sich hinüber, um die Tür zu

schließen, aber Maureen hielt ihren Fuß dazwischen. »Nein, wirklich«, sagte er bestimmt. »Es wäre mir jetzt, da ich dir angst gemacht habe, eigentlich lieber, wenn du nicht einsteigen würdest.«
»Ist schon gut«, sagte Maureen, die spürte, daß sie ihn beleidigt hatte. »Ich steige ein.«
»Ich bin von der Arbeit weggegangen, um mit dir zu reden. Ich will dir nichts tun.«
Maureen machte die Tür auf und stieg ins Auto. Shan griff nach dem Zündschlüssel, wartete dann aber noch. »Du kannst immer noch aussteigen, wenn du möchtest«, sagte er und beobachtete, wie die langsam kriechende Verkehrsschlange an ihnen vorbeizog.
»Nein«, sagte Maureen und drückte den Kamm in ihrer Tasche. »Wirklich.«
Shan reihte sich mit dem Mini in den Verkehr ein und fuhr langsam die Straße entlang. Alle dreihundert Meter mußte er an einer roten Ampel anhalten. Dann hielt er sich links und fuhr auf die Autobahn.
»Wohin fahren wir?« fragte sie.
»Weg, irgendwohin«, sagte Shan. »Irgendwohin, wo uns niemand miteinander reden sieht.«
»Warum?«
Er sah sie mit einem Blick an, der sagte, das weißt du doch.
»Glaubst du, daß ich von der Polizei bin?«
»Ich weiß genau, wer du bist«, sagte er und machte die Musik lauter.
Sie waren auf der Autobahn und fuhren auf die flache Renfrew-Ebene und den Flugplatz zu. Der Regen hatte nachgelassen, und die Dunkelheit kam schnell, typisch für den Herbst in Schottland. Der weite Himmel war plötzlich ein rosa Farbklecks.
Sie fuhren an der Glühbirnenfabrik vorbei, Maureens Lieblingsgebäude in Glasgow. Ihr finsterer, rechteckiger Betonsockel mit den breiten, quadratischen Fenstern verjüngte sich zu einem Aufsatz aus Glasbausteinen mit einem Turm. Viele der Fenster waren zerbrochen, aber wie eines der mystischen Geheimnisse der Geo-

metrie war das Gebäude immer noch reizvoll. Shan sah, daß sie den Blick darauf ruhen ließ, als sie vorbeifuhren. »Gefällt sie dir?« sagte er und lächelte, als gehöre sie ihm.
»Ja«, sagte Maureen.
»Mir auch.«
Nach einiger Zeit nahm er die Ausfahrt zum Flughafen und fuhr durch die Autobahnunterführung in das riesige, leere Parkhaus. Er hielt direkt gegenüber den Türen des Terminals. »Warum mußten wir so weit hier rausfahren?« fragte Maureen.
»Ein Paki mit grünen Augen, der sich mit einem weißen Mädchen unterhält? Es gibt nicht viele Orte in Glasgow, wo das nicht auffallen würde.«
Shan schloß das Auto ab, und sie gingen auf dem Zebrastreifen über die leere Straße zum Flughafenterminal. Die automatische Doppeltür tat sich vor ihnen auf, und sie gingen hinein. Die beleuchteten Schilder und Poster gaben dem Gebäude einen alles durchdringenden, melancholischen, gelben Schimmer. Direkt vor ihnen lagen die Abfertigungsschalter, die von dickgeschminkten Frauen mit albernen Hütchen besetzt waren. Über ihren Köpfen verkündeten die elektronischen Hinweistafeln Flugnummer und Zielort des nächsten Flugs. Eine Gruppe von Jugendlichen mit Aufklebern der Scandinavian Airlines an den Rucksäcken stand verloren vor einem der Schalter herum. Eine elektrische Kehrmaschine rollte vorbei, von einem dicken Fahrer im Arbeitsanzug bedient.
Shan bog links ab, nahm die lange Doppelrolltreppe zum ersten Stock hinauf, wo das große Café war, und Maureen folgte ihm. Es bestand aus einem weitläufigen Raum mit etwa fünfzig Tischen, die um einen gut abgeschirmten Bereich in der Mitte angeordnet waren, wo man sich bedienen konnte. Zwischen den Tischen standen leichte, weiße Raumteiler mit Schlingpflanzen aus Plastik und unterteilten die Fläche in kundenfreundliche Nischen. In der Mitte stand ein großer Tisch wie eine ovale Insel, auf dem Frühstück, Mittagessen und Abendessen gleichzeitig angeboten wurden. Das Café war fast leer.

Shan holte einen Kaffee für Maureen und nahm sich eine Dose Irn Bru. Sie bemerkte, daß er die Frau an der Kasse nicht ansah. Sie setzten sich an einen Tisch neben einer Glaswand, von dem aus man den Parkplatz und die Überführung überblickte. Shan machte seine Dose auf und nahm einen Schluck. »Jill McLaughlin hat mich angerufen«, sagte er.
»Aha«, sagte Maureen.
»Sie hat gesagt, du hättest dich am Sonntag bei ihr gemeldet.«
»Ach?« Sie pustete in ihren Kaffee. Er war aufgekocht und roch nach verbranntem Plastik. Eine Ansage aus dem Lautsprecher kündigte einen Flug nach Paris Orly an.
»Es tut mir leid wegen Douglas«, sagte er.
»Danke.«
Shan lehnte sich zurück, sah sie an und kratzte behutsam an seinem behaarten Arm. Seine Nägel waren lang, gelblich und hart wie Horn. Er spielte sicher akustische Gitarre. »Willst du darüber reden?« sagte er schroff, beugte den Nacken, um ihr in die Augen sehen zu können, und lenkte ihren Blick wieder auf sein Gesicht. »Ich bin nur hier, weil ich den Eindruck hatte, daß du das wolltest.«
»Das tu' ich auch«, sagte sie steif und fragte sich, wer denn, verdammt noch mal, dieser Kerl überhaupt war. »Tut mir leid. Weißt du oder weiß Jill, warum Douglas ermordet worden ist?«
»Ich spuck' nicht einfach alles aus«, sagte er ernst. »Es geht hier um gefährliche Dinge, und ich möchte zuerst wissen, wer du bist.«
»Ich dachte, du wüßtest, wer ich bin«, sagte Maureen. »Das hast du doch im Auto gesagt.«
»Ja«, sagte er. »Ich weiß deinen Namen, das ist aber auch alles. Ich will, daß du mir sagst, was du darüber weißt, bevor ich anfange, darüber zu reden.«
»Gut. Was willst du wissen?«
Durch seine großen Vorderzähne zog Shan mit einem ärgerlichen Zischen jäh die Luft ein. »Ich habe meine Scheißarbeit liegenlassen, um dich zu treffen, ja? Das hätte ich nicht zu tun brauchen.«
»Aber du hast es getan.«

»Ja«, sagte er entrüstet. »Das hab' ich, verdammt.«
»Weil ich nach Iona gefragt habe.«
Er nickte traurig. »Wegen Iona.«
Shan hätte sie auf einen Acker fahren und ihr die Kehle durchschneiden können. Niemand hatte sie gesehen, und er hatte keinen Grund, sie zum Flughafen zu bringen, wo sie zusammen gesehen werden konnten. Es gab keine Veranlassung für ihn, mit ihr zu reden, und er war so nett gewesen, als sie nicht gleich ins Auto einsteigen wollte.
»Ich weiß, daß Iona im Northern Hospital war«, sagte sie. »Ich weiß, daß sie auf der Station George I war während der Vorfälle …«
»Das waren Vergewaltigungen«, sagte Shan unmißverständlich. »Keine Vorfälle.«
»Richtig, ich war nicht sicher. Ich weiß, daß sie eine Affäre mit jemandem von der Rainbow Clinic hatte. Dann hat sie sich umgebracht.«
Shan wartete. Als er merkte, daß nicht mehr kommen würde, setzte er seine Dose schwer auf den Tisch. »*Das* weißt du?«
»Ja«, sagte Maureen nach einer langen Pause. »Das ist alles, was ich weiß.«
Shan sah seine Dose an, während er sie mit den Fingerspitzen auf der Tischplatte herumdrehte und mit seinen langen Nägeln an das dünne Aluminium tippte. Er lächelte die Dose böse an. »Und du wolltest wissen, mit wem sie die Affäre hatte? Wärst du eifersüchtig, wenn es Douglas gewesen wäre?«
»Nein. Es ist mir scheißegal, mit wem er zusammen war«, sagte Maureen, verärgert über die Unterstellung eines derart unreifen Motivs. »Ich dachte nur, daß sie vielleicht am Northern vergewaltigt worden ist und die Leute sie dort wohl kannten. Ich dachte, sie hätte vielleicht etwas gesagt, jemandem einen Hinweis darüber gegeben, wer es getan hat. Die anderen können offenbar nicht mehr reden.«
Shan sah plötzlich auf. »Die anderen?« fragte er leise. »Wen hast du besucht?«

Maureen fühlte ein Kribbeln im Nacken. Sie durfte keine Namen nennen, sie wußte ja nicht, wer Shan war, er konnte selbst der Sexualverbrecher sein, vielleicht nahm er sich deshalb die Zeit zum Reden, weil er wissen wollte, mit wem sie darüber gesprochen hatte. Er war nett gewesen, um sie ins Auto zu bekommen, deshalb benahm er sich so, hatte es schon öfter so gemacht. Ihr Kopf war leer, keine einzige Lüge fiel ihr ein. Sie tastete in ihrer Tasche nach dem Piepser. McEwan hatte gesagt, es könnte ein paar Minuten dauern, bis die Polizei da wäre. Bis dahin konnte sie schon tot sein. Sie schob die andere Hand in die Tasche und suchte nach dem Stechkamm. Sie fand ihn und sah an Shan vorbei, ließ den Blick zum zweiten Stock schweifen, suchte die Ausgänge des Cafés und Wege, die aus dem Flughafen hinausführten. Nein, sie mußte in dem Scheißflughafen bleiben. Sie war ohne Auto in der öden, dunklen Renfrew-Ebene, mit wenig Geld und nichts als einem Kamm zu ihrer Verteidigung. Sie sah schattenhaft die Autos auf der Überführung vorbeirasen, ihre stecknadelkopfgroßen Lichter hinterließen schimmernde Spuren in der dichten Dunkelheit, und sie drückte den Kamm in ihrer Tasche. Sie spürte, wie sich einer der Zacken in ihre Handfläche bohrte. Shan beobachtete sie. »Weiß nicht.« Sie preßte die Zähne aufeinander. »Weiß nicht.« Shan zog die Stirn kraus, seine schwarzen Augenbrauen warfen einen dunklen Schatten über seine durchdringenden Augen. »Du willst es mir nicht sagen«, sagte er. »Du willst mir ihre Namen nicht sagen?«
Maureen schüttelte den Kopf, drückte wieder fest zu und stach sich noch einmal in die Haut. Eine Lautsprecherdurchsage kündigte den Pendelflug nach Manchester an. Shan beugte sich über den Tisch und kam mit seinem Gesicht ganz nah heran. Sie wäre zurückgewichen, war aber so angespannt, daß sie nicht sicher war, ob sie sich unauffällig zurücklehnen konnte, ohne daß es so aussah, als wolle sie sich davonmachen.
»Iona hatte keine Affäre«, sagte Shan ruhig. »Du hast es von der Putzfrau gehört, stimmt's? Von Susan mit der großen Klappe?«
Maureen nickte. Es war gelogen, aber sie war sicher, daß ihre

Stimme, wenn sie zu sprechen versuchte, hoch und zittrig klingen würde, und sie wollte nicht, daß er wußte, wie groß ihre Angst war.

»Susan hat gesehen, wie Iona vergewaltigt wurde. Sie hat es durch einen Spalt im Rolladen gesehen. Sie wurde im Behandlungszimmer eines Therapeuten vergewaltigt, und weil sie nicht um sich schlug und schrie, hielt Susan es für eine Affäre.« Immer noch mit bösem Gesicht führte er mit einem Ruck die Dose an den Mund, nahm einen großen Schluck und ließ sie wieder auf den Tisch zurücksinken. »Du rauchst wohl nicht zufällig?« sagte er.

»Mhm, doch.« Ihre Stimme klang piepsig.

»Hast du Zigaretten dabei?«

»Ja.«

Sie mußte ihre linke Hand vom Kamm nehmen, um in die Handtasche zu greifen. Ihre Hand löste sich nur schwer von der Metalloberfläche, so wie nackte Schenkel von einem sonnenheißen Autositz aus Plastik. Sie hob den Rucksack hoch, noch zitternd von dem Adrenalinstoß. Sie nahm die Schachtel heraus und ließ sie auf den Tisch fallen, statt sie ihm zu geben, damit er nicht sah, wie sehr ihre Hand zitterte. Die Schachtel rutschte über die glatte Tischfläche und stieß an ihre Kaffeetasse, so daß die braune Flüssigkeit auf den weißen Tisch überschwappte. Shan streckte schnell und beherrscht die Hand aus und zog die Schachtel von der Kaffeepfütze weg. Er nahm eine Zigarette und zündete sie mit einem neuen Zippo-Feuerzeug aus Messing an, das er aus der Tasche zog.

Gelegenheitsraucher tragen keine nagelneuen Zippo-Feuerzeuge mit sich herum, die teuer und umständlich sind. Shan hatte bestimmt selbst Zigaretten. Vielleicht hatte er gesehen, wie sie den Kamm aus der Handtasche nahm, vielleicht fragte er nur nach Zigaretten, damit sie den Kamm losließ, so daß sie unbewaffnet wäre. Mit einem Ruck steckte sie die Hand wieder in die Tasche und packte den Kamm. Er beobachtete sie.

Er inhalierte den ersten Zug und behielt ihn eine Weile in der Lunge, schnippte die Asche unter den Tisch und sah dabei die

Zigarette an, als wäre sie etwas ganz Kostbares. Shan hatte ein Zippo, weil er oft Hasch rauchte. Er sah sie an, und sein Gesicht entspannte sich. »Du brauchst keine Angst vor mir zu haben«, sagte er. »Ich werde dir alles sagen, was ich weiß, und dann kannst du vor mir weggehen, oder nach mir oder mit mir. Was immer dir sicher erscheint.«

»Okay«, sagte Maureen.

»Tut mir leid, wenn ich dir angst gemacht habe. Ich hatte nicht daran gedacht, was dir zugestoßen ist. Du weißt ja nicht einmal, wer ich bin. Eigentlich könnte ich ja jede x-beliebige Person sein.«

»Ich weiß nicht, ob wir hier drin rauchen dürfen«, sagte sie, um das Thema zu wechseln.

»Ja, na ja, scheiß drauf«, murmelte Shan gelassen.

Maureen nahm die Schachtel und zog sich selbst eine heraus. Shan gab ihr Feuer mit dem Zippo. »Also, dann mach weiter«, sagte sie.

»Ja, gut«, sagte Shan, wandte sich zum Fenster und sah den Scheinwerfern der vorbeifahrenden Autos auf der Autobahn nach. »Iona und die Vergewaltigungen auf der Station George I, das war ein und dieselbe Person ...« Er sagte es nur leise, aber Maureen hatte den Namen verstanden.

Sie schnappte nach Luft und zog dabei den Rauch so tief in die Lungen, daß es weh tat. »Bist du sicher?«

»Ja«, sagte Shan und schnippte ruhig die Asche von seiner Zigarette unter den Tisch. »Glaubst du mir?«

»Warum meinst du, daß er es war, um Gottes willen?«

»Das ist eine lange Geschichte«, sagte er.

Maureen drückte ihre Zigarette aus und stand auf. »Ich muß etwas trinken«, sagte sie. »Ich hole mir ein Bier. Willst du auch eins?«

Shan hob den Kopf und sah sie an. »Was – etwas Alkoholisches?«

»Ja.«

Er steckte die Hand in seine Jackentasche. »Nein, nein, ich mach' das schon«, sagte Maureen. »Was willst du?«

»Whisky? Ach nee, das ist nicht gut, ich muß ja fahren.«
Maureen zuckte die Achseln. »Das mußt du selbst wissen. Einen darf man trinken, oder?«
»Ach«, sagte er und holte tief Luft. »Ach ja, hol einen Whisky, wenn sie das haben.«
Maureen ging zwischen den Tischen hindurch und um die Trennwand herum zu der verlassenen Speiseinsel in der Mitte des Cafés. Sie nahm einen kleinen Whisky und eine kalte Dose Kerslin, ein besonders starkes Bier, das durch den künstlich erhöhten Alkoholgehalt bitter schmeckte. Als sie an der Kasse vorbeikam, nahm sie zwei Plastiktassen und vier Zuckertütchen mit. Letztere verstaute sie in ihrer Tasche unter dem Piepser.
Shan lag mit dem Kinn auf die Hand gestützt weit über den Tisch gebeugt und schaute dem Verkehr auf der Autobahn zu. Er nahm ihr den Whisky ab, schüttete ihn in die Plastiktasse und nippte behutsam daran. Maureen lächelte und setzte sich. »Du trinkst wohl nicht viel? Das hätte ich mit einem Zug runtergekippt.«
Shan blickte auf ihre Dose Bier. »Wie kannst du das Dreckszeug trinken? Es schmeckt wie Äthanol.«
»Ja«, sagte sie. »Deswegen schmeckt es mir ja. Woher weißt du das, Shan?«
»Wie ich schon sagte, das ist eine lange Geschichte«, wiederholte er, senkte den Kopf über das Glas Whisky und genoß den Geruch. Er seufzte und schaute aus dem Fenster. »Es ist noch nicht lange her. Ich ging eines Tages zur Arbeit, und als ich mich gerade umziehen wollte, kam eine von den Putzfrauen ins Dienstzimmer gerannt. Jemand saß in der Toilette und weinte. Ich ging hinein.«
Shan sprach schnell, aber ruhig, als berichte er über einen Fall. »Es war Iona. Sie war in einer Toilette. Ich konnte sie nicht dazu bringen herauszukommen. Ich kletterte über die Wand. Sie saß auf dem Fußboden, den Schlüpfer bis zu den Knöcheln heruntergezogen. Sie kratzte sich am Schamhaar. Ich sagte ihr, sie solle aufhören und mit hinaufgehen zu einem Arzt. Sie fing wieder an zu kratzen.« Er nahm, ohne zu fragen, eine von Maureens Ziga-

retten, zündete sie an und trank den Whisky aus, bevor er den Rauch ausstieß.

»Wann war das?« fragte Maureen.

»Vor acht …«, sagte er und kratzte sich an der Schläfe, während er nachdachte. »Vor acht? Nein, neun Wochen …«

»Sieben Wochen, bevor er umkam?« sagte Maureen.

»Ja. Ich kannte Iona vom Northern Hospital her. Ich arbeitete auf der Station George I, als die mysteriösen Vergewaltigungen dort passierten. Wir wurden alle versetzt, sogar die weiblichen Angestellten. Die Schwestern, die einen Zeitvertrag hatten und von einer Agentur kamen, wurden weggeschickt und nie wieder angestellt. Jill McLaughlin war von einer Agentur. Sie sollte eine volle Stelle am Northern bekommen. Sie hat nie mehr Arbeit gehabt …«

»Deshalb war sie so nervös, als ich anrief.«

»Ja. Nur die Leute in leitenden Positionen wurden nicht versetzt, sie trugen nicht den geringsten Makel davon. Wir wußten damals nicht, daß Iona vergewaltigt worden war. Sie hatte keine Narbe von einem Strick, niemand schöpfte Verdacht. Ich nehme an, du weißt, was ich mit den Narben von einem Strick meine?«

»Yvonne Urquhart hat immer noch eine am Fußgelenk.«

»Yvonne?« Sein Gesicht hellte sich auf. »Wie geht es ihr? Hast du sie gesehen?«

»Es ist besser, wenn du nicht weißt, wie es ihr geht …«

Shan sah sie genau an. »Okay, ich kann es mir vorstellen«, sagte er, und seine Stimme wurde zu einem Flüstern. »Yvonne hatte einen Schlaganfall … nachdem … Also, jedenfalls, Iona wollte nicht mit mir hinaufgehen. Sie sagte, sie wolle nach Hause, sonst sagte sie nichts, nur daß sie nach Hause wollte. Ich beschloß, sie heimzufahren und bei ihr zu bleiben, bis die größte Angst vorbei wäre, um den Schaden zu begrenzen. Sie weigerte sich zu reden. Als wir in ihre Wohnung kamen, sagte sie mir, er hätte ihr weh getan. Sie wußte, was sie meinte, und ich wußte, was sie mir damit sagen wollte. Ich fragte sie, ob sie zur Polizei gehen wolle, und sie fing an, wieder an sich herumzukratzen. Da brachte ich sie zu

Jane Scoular in die Dowling Clinic hinüber, da gibt es nur weibliches Personal, und sie wurde als Notfall aufgenommen. Am nächsten Tag erhängte sie sich in einer der Personaltoiletten.«
»Hast du das der Polizei gemeldet?«
Er schien verzweifelt. »Was gemeldet, um Himmels willen? Jemand wird eines abscheulichen Sexualverbrechens beschuldigt von einer Frau, die sich umgebracht hat und schon ihr ganzes Leben lang in psychiatrischer Behandlung war? Sie war nicht gerade die ideale Zeugin, weißt du.«
»Ja«, sagte Maureen, »ich kann es mir vorstellen. Hast du Douglas davon erzählt?«
»Nein, das war später. Ich hatte keine Ahnung, was ich tun sollte, verdammt noch mal.«
»Wie viele Frauen waren es?«
»Vier, soweit wir wußten, mit Iona fünf.«
»Aber eine davon würde doch bestimmt aussagen?«
»Maureen«, Shan sagte zum ersten Mal ihren Namen, »nachdem Douglas die Liste vom Büro bekommen hatte, besuchten wir sie alle. Wir sind sogar zu einigen gegangen, die damals einfach nur Patientinnen auf der Station waren. Sie können entweder nicht sprechen oder sind schon bei der Erwähnung seines Namens vor Angst wie gelähmt. Die meisten von ihnen können seinen Namen nicht einmal aussprechen.«
»Wußte Douglas, daß er es war?«
»Ja. Ich habe es ihm zwei Wochen, nachdem Iona sich umbrachte, gesagt«, fuhr Shan fort. »Ich war in der Variety Bar und sah Douglas, als er stockbesoffen die Treppe von der Toilette hochkam, und habe ihn gerufen. Mann, er war so betrunken, daß er kaum noch Luft bekam. Weißt du, so ein angestrengtes Schnaufen.« Er machte das mühsame Atmen nach. »Ja?«
»Ja«, sagte Maureen, wußte aber eigentlich nicht, was er meinte.
»Douglas bat mich, für ihn etwas zu trinken zu bestellen, der Barkeeper hatte sich geweigert, ihm noch etwas zu geben. Er benahm sich ganz merkwürdig, weinte und lachte immer wieder, und als ich ihn fragte, wo er wohne, zeigte er in verschiedene Richtungen

und wollte es nicht sagen, da hab' ich ihn für die Nacht mit zu mir genommen. Auf dem Heimweg fing er an, ein bißchen weniger betrunken zu wirken, und bis wir bei mir ankamen, war er mehr oder weniger bei klarem Verstand. Wir saßen bei einer Flasche beisammen, und er benahm sich verrückt – von einem überspannten Stimmungswechsel zum anderen –, und dann erzählte er mir, Iona habe sich erhängt. Sie war die Patientin eines Kollegen von ihm, und Douglas hatte gewußt, daß sie eine Affäre hatten. Er wußte es und hatte nichts getan, und dann brachte sie sich um. Er sagte, ihm sei es immer so vorgekommen, als gehe es ihr gut, er hätte immer gedacht, alles sei in Ordnung mit ihr, er hätte sie im Auge behalten.«

»Und er fühlte sich schuldig, weil er davon wußte und nichts tat«, sagte sie, nahm eine Zigarette heraus und zündete sie mit Shans Feuerzeug an. »Wußte er, daß es keine Affäre war?«

»Nein, er dachte wirklich, es beruhe auf Gegenseitigkeit. Ich merkte es daran, wie er darüber redete.« Shan lächelte verlegen. »Als ich die Geschichte über dich las, verstand ich das alles viel besser. Deshalb wollte er ihn nicht wegen der Affäre anzeigen.«

»Aber ich war nicht Patientin bei ihm«, sagte sie und schlug die Augen nieder. »Ich war in der Rainbow Clinic, aber ich war Patientin bei Angus, ich hatte mit Douglas auf beruflicher Ebene nichts zu tun.«

»Das ist ein bißchen fadenscheinig«, sagte Shan. »Eine Patientin bumsen ist eben eine Patientin bumsen, egal von welcher Seite man es betrachtet.«

Maureen inhalierte tief und hielt den Blick auf den Tisch gesenkt. Sie mußte glauben können, daß sie nicht genauso wie Douglas nur ein Opfer war.

»Vielleicht ist es ein bißchen fadenscheinig ... aber es ist doch anders, oder nicht?«

»Nein.« Shan schüttelte unerbittlich den Kopf. »Das ist es nicht. Ärzte und Schwestern und Pfleger sollten nichts mit Patienten anfangen. Das ist einfach eine Grundregel. Wir alle wissen das. Douglas wußte das, wir alle wissen es.«

Maureen nahm einen großen Schluck von dem bitteren Bier. »Also gut, es ist ein feiner Unterschied«, sagte sie leise. »Aber es ist doch ein Unterschied.«
»Quatsch«, sagte Shan, »Patienten bumst man nicht. Was ist daran so schwierig? Entweder du treibst es mit Patienten oder eben nicht.«
Shan hatte recht, und Maureen wußte es.
»Leute, die solche Dinge tun«, sagte Shan, »sagen sich immer: ›Das ist jetzt etwas anderes, weil bla-bla-bla, weil ich nicht ihr Therapeut bin, weil sie besser ist …‹«
»Weil sie einen Hut trägt.«
»Genau, alle rechtfertigen sich mit irgendwas. Sie sagen sich nicht: ›Ich bin ein Schwein, und ich tue wirklich etwas ganz Schlimmes, verdammt noch mal.‹ Vergewaltiger tun es. Kinderschänder tun es auch. Sie sagen dann: ›Die wollten das doch‹, ›Sie haben es verdient‹.«
Maureen rieb sich den Kopf. Der Gedanke, Douglas in die Kategorie eines Kinderschänders einzuordnen, ließ ihre Augen brennen. »Ich glaube nicht, daß er sich dazuzählte«, sagte sie traurig und empört. »Er hat den Unterschied immer ganz klar herausgestellt, daß ich keine Patientin von ihm war. Ich meine, er glaubte daran. Wann hast du ihn getroffen? An welchem Tag war das?«
»An einem Montag«, sagte Shan. »Montag ist Country-'n-Western-Abend im Variety. Montag vor fünf Wochen.«
»Danach hat er mich nicht mehr angerührt«, murmelte sie.
»Was – du meinst, ihr hattet keinen Sex mehr?«
»Ja. Nie wieder.« Sie nahm ihr Bier. »Nie wieder bis zu seinem Tod.«
Maureen trank einen großen Schluck, und Shan lehnte sich zurück und seufzte. »Na ja, vielleicht genügte ihm seine Rechtfertigung nach dem Abend, an dem ich es ihm sagte, nicht mehr. Vielleicht hat er genausosehr um sich selbst geweint wie aus einem anderen Grund.«
Maureen sah zu Shan auf. »Douglas hat geweint?«
»Ja, und wie«, sagte Shan. »Er fing an zu weinen, als ich ihm von

Iona erzählte, er schluchzte. Er verkroch sich in meinem Bad. Er war eine Stunde drin – ich hörte ihn durch die Tür weinen.«

»Verdammt«, sagte sie, »ich war acht Monate lang mit ihm zusammen und hab' ihn nie weinen sehen.«

»Ja, er hätte sich kaum mehr aufregen können, wenn Iona seine eigene Tochter gewesen wäre.«

Maureen ließ ihre Zigarette auf den Boden fallen und trat darauf, um sie auszumachen. »Er hat alles von seinem Konto abgehoben«, sagte sie, »und hat Yvonnes Gebühren im Pflegeheim bezahlt. Ich glaube, er wollte sein Gewissen beruhigen. Er hat auch mir Geld gegeben.«

»Wieviel?«

»Zu viel. Es ist wie Blutgeld.« Maureen griff nach ihrer Schachtel Zigaretten. »Willst du eine?«

»Ja«, sagte Shan freundlich.

»Erzähl weiter.«

»Jedenfalls«, fuhr Shan fort, als er ihre Zigaretten angezündet hatte, »ich habe Douglas gesagt, wer es war, und habe ihm vom Northern erzählt.«

»Was hat er gesagt?« fragte sie und hoffte, daß Shan vielleicht etwas wiederholen würde, was Douglas gesagt hatte, oder etwas so sagen würde, wie er es gesagt hätte, damit sie Douglas' Stimme noch einmal hören könnte.

»Er schwieg«, sagte Shan. »Am nächsten Morgen war er sehr ernst, und wir redeten darüber. Er sagte, wir sollten versuchen, die Sache vor Gericht zu bringen wegen der Opfer, die wir vielleicht nie finden würden. Sie würden es im Fernsehen sehen, und dann wüßten sie, daß sie in Sicherheit seien. Er holte die Liste vom Büro im Northern Hospital, und wir fingen an, sie alle zu besuchen.«

»Aber warum war er so ungeschickt, als er die Liste beschaffte?« fragte sie.

»Ehrlich gesagt, wir glaubten nicht, daß irgend jemand es überhaupt beachten würde.«

»Alle am Northern Hospital wußten es«, sagte Maureen.

Shan zuckte zusammen. »Wirklich?«
»Ja.«
»Mein Gott.« Er kniff die Augen zusammen. »Verdammt, wir dachten, wir wären so schlau.«
»Vielleicht wußte er nur durch die Liste, daß Douglas damit zu tun hatte. Du warst nicht dabei, als er sie abholte, oder?«
»Nein. Mir hätten sie sie nicht gegeben.«
»Deswegen wurde er umgebracht – weil er die Sache am Northern herausgefunden hat.«
»Aber«, Shan hielt die Hand hoch, um sie zu unterbrechen, »ich weiß, daß er Douglas nicht ermordet hat. Das weiß ich ganz sicher.«
»Wieso?«
»Na ja, als die Polizei kam, fragten sie uns nach unseren Alibis für diese Zeit. Ich hatte Dienst, und er war den ganzen Tag in seinem Büro. Er ging erst nach halb sieben weg und hat dann eine der Sekretärinnen nach Hause gefahren, nach Bothwell, das liegt ein paar Meilen draußen auf der Südseite. Er hat nicht einmal sein Büro verlassen, um zum Mittagessen zu gehen …«
Maureen fiel ihm ins Wort: »Sie haben sich jetzt auch nach dem Abend erkundigt.«
Shan war fassungslos. »Sie haben was?«
»Sie scheinen jetzt zu glauben, daß es am Abend passiert ist. Das mit dem genauen Todeszeitpunkt, das scheint so ein Mythos von den Medien zu sein, dabei raten sie eigentlich nur, so gut sie können.«
Shan war grau geworden. »Ich war sicher, daß er es nicht sein konnte, weil er das Zimmer nur verließ, um das Münztelefon in der Halle zu benutzen.«
Maureens Herz klopfte heftig. »Warum sollte er von einem Münztelefon aus telefonieren? Ist in seinem Büro kein Telefon?«
»Doch, aber es ist nur für interne Anrufe«, sagte Shan. »Shirley sagte, er hätte irgendwo im Ausland angerufen oder so etwas.«
»Wann genau hat er vom Münztelefon aus telefoniert?«
»Warum willst du das wissen?«

»Nur ...« Sie schüttelte den Kopf.
Shan zuckte die Achseln. »Keine Ahnung.«
»Kannst du versuchen, dich daran zu erinnern?«
Er dachte nach. »Vor dem Mittagessen, zum erstenmal ungefähr um elf oder zwölf. Dann nach dem Mittagessen. Früh. Am frühen Nachmittag.«
»Wie oft noch?« fragte sie.
»Nur zweimal, soweit ich weiß. Beide Male vor zwei Uhr, weil dann in seinem Büro eine Fallbesprechung stattfand, und er war auf jeden Fall dabei.«
Sie fuhr mit dem Finger durch den verschütteten Kaffee und zeichnete damit eine Schlangenlinie auf den Tisch.
»Wen hat er angerufen?« fragte er.
»Mich«, sagte sie. »Bei der Arbeit. Er wollte sehen, ob ich da war. Meine Kollegin sagte, ich sei nicht da. Er dachte, ich sei den ganzen Tag nicht da.«
»Warum sollte er anrufen, um zu sehen, ob du da bist?«
»Er mußte sicher sein, daß die Wohnung den Tag über leer war. Er tat es am Abend und richtete es so ein, daß es aussah, als sei es viel früher passiert. Er machte einen schlampigen Versuch, es mir anzuhängen. Er hinterließ mit meinen Pantoffeln Fußspuren bei der Leiche. Er hat sogar Auskünfte über mich eingeholt und den Tatort so hergerichtet, daß es so aussah wie etwas, was ich früher einmal getan habe ...«
Sie schloß die Augen und rieb sie heftig. Wenn der Verbrecher vom Northern Douglas umgebracht hatte, um ihn an der Entdeckung von Beweisen zu hindern, dann wollte er, daß die Polizei dachte, Douglas sei am Nachmittag gestorben. So würden sie nicht untersuchen, was Douglas den Tag über getan hatte, und würden Siobhain übersehen. Sie führte direkt zu den Vergewaltigungen am Northern zurück. Und es würde erklären, warum sie selbst ein hieb- und stichfestes Alibi haben durfte. Der Mörder brauchte eine leere Wohnung, in der Douglas den ganzen Tag versteckt worden sein konnte. Daß die Sache mit Maureen nicht so ganz klappte, war überhaupt kein Fehler, er hatte es nur halb-

herzig betrieben, weil es nebensächlich war. Sein eigentliches Ziel bestand darin, den Todeszeitpunkt zu verschleiern und Siobhain aus der Sache herauszuhalten.

Sie machte die Augen auf. Shan versuchte, seine offensichtliche Besorgnis mit einem Stirnrunzeln zu kaschieren. »Es sah aus wie etwas, was du früher getan hast ...?« fragte er langsam.

»Nein«, sie lächelte, »ich habe niemanden umgebracht. Ich versteckte mich in einem Wandschrank. Ich blieb ein paar Tage drin und mußte herausgetragen und ins Krankenhaus gebracht werden. Es ist nicht so wichtig, aber nur bestimmte Leute wußten das. Er hat etwas von Douglas da drin liegen lassen, nachdem er ihn ermordete. Ich glaube, er dachte, die Polizei würde es herausfinden und es mit mir in Verbindung bringen.«

Shan schien erleichtert. »Gut, ich dachte, es wäre etwas Schlimmes«, sagte er, schüttelte den Kopf und konzentrierte sich wieder auf die Geschichte. »Das wollte ich nur wissen. Was hast du mich gefragt?«

»Warum dachte Douglas, daß sie eine Affäre hatten?«

»Ach, weil er sie früher, vor langer Zeit, schon einmal zusammen gesehen hatte. Er sah sie in Nordlanarkshire. Sie saßen in einem Auto, und er hatte den Arm um Ionas Hals geschlungen und lächelte.«

Sie sahen sich an, und Maureen sah Traurigkeit in Shans grünen Augen aufsteigen. Das konnte nicht gespielt sein, dachte sie, dieses tiefe Mitgefühl. Nicht einmal de Niro konnte das spielen. »Und Iona lächelte nicht?« fragte sie.

»Nein«, sagte Shan leise, stützte den Ellbogen auf den Tisch und legte die Stirn in die Handfläche. »Iona lächelte nicht.«

»Wann war das?«

»Vor zwei oder drei Jahren.«

Shan hatte sich über den Tisch gebeugt, sein Kopf ruhte in seiner Hand, die langen Fingernägel teilten das dichte, schwarze Haar. Douglas hatte dichtes Haar gehabt, dunkelbraun mit einem rotbraunen Schimmer. Endlich lehnte er sich wieder zurück. »Was machst du jetzt? Gehst du zur Polizei mit der Sache?«

»Nein«, sagte Maureen. »Das tu' ich nicht. Sie haben schon eine von den Frauen verhört und sie fast zum Durchdrehen gebracht.«
Shan nickte.
»Was meinst du?« fragte Maureen.
»Ich habe mit den Frauen gesprochen, die er vergewaltigt hat, und ich würde ihm gern auf die Schnauze hauen, aber ich glaube, ich sollte das lieber lassen.«
»Warum?«
»Ich weiß nicht, ob ich wieder aufhören könnte.«

Shan nahm eine Ausfahrt früher und hielt vor der Glühbirnenfabrik an. Sie stiegen aus und setzten sich auf einen Betonblock unter der Autobahnbrücke und sahen an dem gegenüberliegenden Glasgebäude hoch, das von den Straßenlampen hell angestrahlt wurde. Wie rote Lichtblitze zuckten die sich spiegelnden Rücklichter der Autos, die oben vorbeifuhren, über das glänzende Glas. Maureen zündete sich eine Zigarette an. Sie hielt Shan die Schachtel hin, aber er winkte ablehnend.
»Fehlt er dir?« fragte er.
»Fang kein therapeutisches Gespräch mit mir an«, sagte Maureen tonlos.
Sie sahen wieder eine Weile auf die Fabrik.
»Wir könnten mal abends zusammen ausgehen und uns besaufen«, sagte sie.
»Das wäre schön«, sagte er. »Ich bin montags meistens im Variety.«
»Vielleicht habe ich dann gute Nachrichten über unseren gemeinsamen Freund, wenn ich dich sehe«, sagte sie ruhig, hob die Augen und warf einen unschuldigen Blick auf den Turm aus Glasbausteinen.
Shan wandte sich ihr zu und sah ihr einen Moment lang in die Augen.
»Das würde mir gefallen, gute Nachrichten von diesem Scheißkerl«, sagte er sanft.

Familie

Shan setzte sie zwei Straßen von Winnies Haus entfernt ab. Es war noch früh. Sie fand eine funktionierende Telefonzelle vor einem republikanischen Pub in der Pollokshaws Road. Diese lange und breite Straße war eine der Hauptverkehrsstraßen und führte direkt zur Stadtmitte von Glasgow. Sie konnte das Freizeichen bei dem Verkehrslärm kaum hören. Sie rief bei Leslie an.

»Alles klar bei uns«, rief Leslie laut, damit Maureen sie verstehen konnte. »Wir haben den ganzen Tag ferngesehen und dann auf der Veranda zu Abend gegessen.«

»Ißt sie etwas?« schrie Maureen zurück.

»Und ob! Alles, was ich ihr hinstelle. Wie ist es im Levanglen gelaufen?«

»Ich weiß noch nicht, um ehrlich zu sein. Morgen werd' ich es wissen. Kann Siobhain wieder reden?« Es fing schon an zu piepsen, und sie steckte noch zehn Pence in den Schlitz.

»Nein, sie hat nichts gesagt«, rief Leslie. »Wo bist du überhaupt?«

»Auf der South Side. Diese Zelle hier frißt das Geld nur so auf.« Sie bemerkte einen blauen Ford, der ziemlich weit oben auf der gegenüberliegenden Straßenseite stand, es war der einzige Wagen, der auf der dichtbefahrenen Straße parkte. Die Scheinwerfer waren aus, aber zwei Männer saßen darin und sahen geradeaus. Es war der Wagen, in dem sie am Morgen zuvor mit Joe McEwan gesessen hatte.

»Warum bist du auf der South Side?« fragte Leslie.

»Ich gehe Mum besuchen. Geht das klar, wenn du eine Weile allein bist?«

»Müßte in Ordnung gehen. Warum willst du Winnie besuchen?«

»Ich werde ihr sagen, was ich von ihr halte.«

»Mensch, das ist toll! Sagst du ihr alles?«
»Ja, verdammt, absolut alles.«
»Sagst du ihr auch das über das Krankenhaus?«
»Besonders das übers Krankenhaus.«
Einer der Männer in dem parkenden Auto blickte herüber und sah ihr ins Gesicht. Sie starrte zurück. Der Mann wurde nervös, schaute weg und sagte etwas zu seinem Kollegen.
»Aber mußt du das heute abend tun, Mauri?«
»Ich will es heute abend tun«, sagte sie und schrieb mit dem Finger ihren Namen auf das schmutzige Glas. »Ich fühl' mich verdammt stark heute abend.«

Unas großes, protziges Auto parkte vor dem kleinen Häuschen vom sozialen Wohnungsbau und wirkte ziemlich unpassend. Die Lichter im vorderen Zimmer waren an, und die Vorhänge standen offen. George war wahrscheinlich allein im Zimmer – wenn Winnie in dem Zimmer saß, ließ sie nie die Vorhänge offen, weder bei Tag noch bei Nacht. Sie sagte, die Nachbarn seien so neugierig. Die Fenster oben waren dunkel. Sie mußten wohl um den Tisch in der Küche im hinteren Teil des Hauses sitzen.
Maureen hatte als Gabe, die ihren Besuch versüßen sollte, eine Flasche Whisky für Winnie mitgebracht. Sie umklammerte sie mit beiden Händen und stapfte über den schmalen Rasenstreifen zur Tür. Sie klingelte und richtete sich auf, so daß sie ein paar Zentimeter größer wirkte. George machte auf. Er schien überrascht, sie zu sehen, und winkte sie direkt durch den Flur zur Küche. Er sah ziemlich blaß aus, und Maureen vermutete, daß er sich keinen monumentalen Kater zugezogen haben konnte, wenn Winnie nicht auch einen hatte. Sie würde also wahrscheinlich ziemlich gemäßigt sein, und Maureen war froh darüber.
Die Tür wurde durch eine alte, längliche Bettflasche offengehalten, und sie konnte in die Küche hineinsehen. Marie saß mit Una und Winnie am Tisch, sie hielt die Hände vor sich auf dem Tisch verschränkt. Winnie wandte sich um, um Una etwas zu fragen,

und Marie blickte nervös auf Winnies Tasse. Sie sah Maureen und stand auf, ihre ängstlichen Augen straften ihr Lächeln Lügen.
»Ich dachte, du wolltest morgen kommen«, sagte Una.
»Ich konnte es nicht erwarten, Marie zu sehen«, sagte Maureen.
Marie trat vor und umarmte Maureen unsicher. Ihre teuren Kleider wurden langsam durch das häufige Tragen abgenutzt. Maureen hatte noch nie darüber nachgedacht, aber Marie zog sich wohl vor Besuchen bei ihrer Familie wie für ein schwieriges Vorstellungsgespräch an. Aus Gewohnheit fragte Maureen, wie der Flug gewesen sei. Marie wurde rot.
»Ich bin im Bus gekommen«, sagte sie und setzte sich. An den nervösen, schuldbewußten Blicken, die sie untereinander austauschten, merkte Maureen, daß sie über sie gesprochen hatten.
»Wie geht's dir, Mum?« fragte sie.
»Ich hab' wieder die Grippe«, sagte Winnie mit müden, geröteten Augen.
Maureen beugte sich hinüber, um sie zu küssen, und der leichte Essiggeruch ließ auf ein ausgiebiges Saufgelage schließen. Sie setzte sich an den Tisch und hoffte, ihre Stimmung verbergen zu können, bis sie gesagt hatte, was sie sagen mußte. »Ich hab' dir was mitgebracht«, sagte sie und hielt Winnie die Flasche Whisky hin.
Una war bestürzt, als sie es sah. Die Kinder hatten immer behutsam alles mögliche versucht, um Winnies Alkoholkonsum mit kleinen Tricks und Finessen einzuschränken. Jetzt kam Maureen des Weges und brachte ihr plötzlich volle Flaschen Whisky. Winnie war entzückt. Sie nahm vier Weingläser aus dem Schrank und schenkte in jedes einen extragroßen Whisky ein.
»Mum«, sagte Una kläglich, »ich kann das nicht trinken.«
»Warum nicht?« sagte Winnie und schien überrascht, aber die Mädchen kannten sie ja nur zu gut.
»Ich muß fahren«, sagte Una.
»Ach, na ja«, sagte Winnie, »jetzt ist er eingeschenkt.«
Sie stellte die Gläser auf den Tisch, das überzählige in ihre Nähe, setzte sich und lächelte Maureen, die sie für ihre neue Verbündete hielt, zu. Mit flinker Hand kippte sie das Glas hinunter und sah

Marie lächelnd direkt in die Augen, so daß Marie den Blick nicht abwenden konnte. »Das ist ein sehr guter Whisky«, sagte sie, ließ ihre Hand fallen und neben dem herrenlosen Glas ruhen. »Versuch doch mal, Marie.«

»Sieht Marie nicht gut aus, Maureen?« sagte Una, eifrig bemüht, die Unterhaltung in einem freundlichen Ton beginnen zu lassen.

»Hört mal«, sagte Maureen, »ich bin gekommen, weil ich mit euch allen reden wollte.« Sie zündete sich eine Zigarette an und trank langsam ihren Whisky.

»Geht es um Douglas?« fragte Winnie zuckersüß.

»Nein, eigentlich nicht, Mum.« Ihre Stimme war fest, und sie hatte das Gefühl, daß nichts ihren Entschluß ins Wanken bringen konnte. Zum ersten Mal seit langem war sie sicher, daß sie im Recht war. »Ich möchte euch sagen, daß ich weiß, was ihr alle über mich denkt. Ihr denkt, ich bin geistesgestört und kann mich nicht richtig erinnern und daß ich all die Sachen über Dad erfunden habe.« Sie tippte mit der Zigarette auf den blauen Glasaschenbecher und trank den Whisky aus. Niemand erwiderte etwas. »Ich möchte euch sagen, daß mein Gedächtnis genauso gut funktioniert wie eures. Ihr könnt diese gemeinen Rückzieher so lange machen, wie ihr wollt, aber passiert ist es trotzdem. Er hat es mir trotzdem angetan, und nichts kann daran etwas ändern. Ich wünschte, man könnte es, aber es geht nicht. Ich habe Douglas nicht angerührt. Ich war es nicht. Und daß ihr eure Ansicht über Dad geändert habt, heißt noch nicht, daß ihr mir so etwas anhängen könnt.«

Una, für die Auseinandersetzungen ein absoluter Horror waren, zitterte und wechselte plötzlich die Farbe.

Winnie benutzte die Ablenkung, um sich den extra Whisky zu genehmigen.

»Was redest du da?« murmelte Marie. »Wir haben doch nicht gesagt, du hättest Douglas umgebracht.«

Maureen spürte, daß sie wütend wurde. »Verdammt, klar habt ihr das gesagt, du falsches Biest«, zischte sie.

Marie schüttelte dümmlich den Kopf. »Ich nicht.«

»Ich weiß, daß du's getan hast, also hör auf zu lügen.«
»Aber ich hab' doch nicht ...« Marie verstummte, sie lehnte sich zurück und versteckte sich hinter Una.
»Ja«, sagte Maureen. »Ich habe vielleicht Douglas nicht umgebracht, aber ich habe all das Zeug über Dad einfach so zum Spaß erfunden, wer weiß also, was ich sonst noch alles anstellen werde, stimmt's? Wer weiß denn, wozu ich fähig bin? Wißt ihr, was der einzige Grund ist, daß ich jetzt nicht im Scheißknast sitze? Mum war vor lauter Alkohol geistig weggetreten, als sie sie zur Vernehmung holten.«
Una nahm Maureens Hand in ihre beiden Hände und drückte sie. »Wir denken nicht, daß du verrückt bist, Maureen«, sagte sie. »Wir wissen, daß du nicht verrückt bist.« Ihr verängstigter Blick suchte in Maureens Gesicht nervös nach Anzeichen dafür, daß sie eben genau dies war.
»Wir lieben dich«, sagte sie. »Das weißt du doch.«
Maureen schüttelte Unas Hand ab. »Also«, sie nahm die Flasche und goß sich noch einmal großzügig ein, indem sie den Whisky glucksend in ihr Glas fließen ließ, »ich habe mich schon erinnert, bevor Alistair ins Krankenhaus kam, ich habe mich an die Wohnung und den Wandschrank und alles erinnert, ich wußte nur nicht, was es bedeutete. An meinem Gedächtnis ist, verdammt noch mal, überhaupt nichts auszusetzen. Ich kann mich an den Abend erinnern, und ich habe Douglas nicht umgebracht. Wenn du mich also für morgen zum Lunch eingeladen hast, um mir zu sagen, ich hätte es doch getan, solltest du es dir noch mal überlegen.«
»Was zum Teufel redest du denn da?« sagte Winnie, deren Persönlichkeit sich unter dem Einfluß des Alkohols schnell veränderte. »Wir wollten morgen einfach nur ein schönes Mittagessen machen. Ich hab' schon alles dafür eingekauft – du kannst im Kühlschrank nachsehen, wenn du mir nicht glaubst.«
»Ja«, sagte Una, »sie hat alles mögliche für das Essen gekauft.«
»Das Essen interessiert mich nicht«, sagte Maureen viel zu laut. »Ich weiß, daß ihr mir nicht glaubt, das ist es doch, oder? Ich

weiß, daß ihr euch erzählt, mein Gedächtnis sei gestört und daß ich mir die ganze Zeit Sachen ausdenken und in einer anderen Wirklichkeit leben würde.«

Winnie beugte sich vor, schnappte sich die Whiskyflasche von Maureen und goß sich selbst ganz unverfroren ein großes Glas voll. »Der Dreckskühlschrank ist voller Essen«, sagte sie.

Maureen griff nach der Flasche. »Kannst du überhaupt hören, was ich sage? Vergiß das verdammte Essen.«

»Woher hat sie nur den Mist, daß sie Douglas umgebracht hat?« fragte Winnie und wandte sich an alle am Tisch außer an Maureen.

»Ja«, sagte Una, die plötzlich einen Sündenbock witterte und ihre Furcht überwand, »wer hat dir das gesagt?«

»Ist doch egal, von wem ich es habe, oder? Das spielt keine Rolle ...«

»Liam«, sagte Winnie und sah Marie an. »Liam hat ihr all diesen Mist erzählt, und sie hat es wie immer geglaubt. Blöde Kuh.«

»Es war nicht Liam, Mum, du warst es selbst.«

Winnie war entgeistert. »Ich hab' das ganz bestimmt nicht gesagt.«

»Erinnerst du dich nicht? Als ich dich zwei Tage danach besucht habe, hast du mich gefragt, ob ich es getan hätte. Du hast mich beschuldigt.«

Winnie wußte nicht, was sie gesagt hatte, sie erinnerte sich wahrscheinlich nicht einmal mehr an den Besuch, genausowenig wie an den ganzen Freitag. Sie nippte an ihrem großzügig bemessenen Whisky und hob die Augenbrauen. »Jedenfalls, Maureen«, sagte sie mit einer vor Erregung oder vom Whisky oder von beidem schweren Stimme, »warum bringst du jetzt deinen Vater ins Spiel?«

Una zuckte zusammen und trat unter dem Tisch hart gegen Winnies Schienbein. »Rutsch mir den Buckel runter«, zischte Winnie.

»Maureen«, sagte Una schnell und achtete nicht auf Winnies Gefluche, »ich glaube überhaupt nicht, daß du irgend etwas mit Douglas' Tod zu tun hattest.«

»Ich auch nicht«, sagte Marie und rutschte eifrig auf dem Stuhl nach vorn.
Maureen beugte sich vor und sah Marie direkt ins Gesicht. Sie war eine schlechte Lügnerin.
»Ihr seid alle Scheißschlampen«, sagte Maureen.
Es gab nicht viele Ausdrücke, die Winnie zusammenzucken ließen, wenn sie sehr betrunken war, und jetzt war sie es noch nicht einmal. Die Kinnlade fiel ihr herunter.
»Ja, Mum, auch du, gerade du. Du hast mich eingeschüchtert, hast ein Theater gemacht und mit mir geredet, als wäre ich ein Idiot, wo ich doch mehr loshabe als jede von euch. Ich kann mir nicht vorstellen, was in euren Köpfen vor sich geht, wenn ihr euch dieses Zeug über mich erzählt. Es ist passiert. Ich kann es euch nicht beweisen, aber ich erinnere mich daran. Und du erinnerst dich auch, Una. Du hast es doch Alistair erzählt, als dir noch nicht klar war, daß du dich Mum damit stellen müßtest, das stimmt doch? Und dann hast du klein beigegeben. Marie, ich weiß noch, daß du hinter Mum gestanden und zugesehen hast, wie sie mich aus dem Wandschrank zog. Du hast neben dem alten Telefontischchen hinter ihr gestanden und geweint, und du hattest das Kleid mit der Giraffe auf der Tasche an.«
Marie zuckte nervös mit Kopf und Schultern, ihre Hände lagen schlaff im Schoß. Sie war den Tränen nah. Maureen beugte sich tief hinunter, um ihr in die Augen sehen zu können. Sie stieß mit dem Zeigefinger auf den Tisch: »Ich weiß, daß du dich daran erinnerst, Marie. Wenn ich dir in die Augen sehe, weiß ich, daß du dich erinnerst. Du hast mich verraten, um Frieden zu haben mit einer Mutter, mit der du nicht einmal im selben Land leben willst.«
Marie warf die Hände vors Gesicht und fing an zu schluchzen.
»Siehst du, was du angerichtet hast«, sagte Una, stand auf und legte einen Arm um Maries bebende Schultern. Sie sah Maureen vorwurfsvoll an. »Sie ist doch nur zu einem Besuch heimgekommen.«
Maureen stand auf und knöpfte ihren Mantel zu. »Da seid ihr alle

fein raus, wenn ich spinne, oder? Alles in dieser Familie ist paletti, und alles ist nur mein Problem. Also«, sie beugte sich vor, schnappte die Flasche Whisky vom Tisch und schraubte den Verschluß fest, »ich gehe jetzt und komme nicht wieder.« Sie nahm die Flasche und verließ die Küche.

Winnie folgte ihr auf den Flur. »Wo gehst du hin?« sagte sie und starrte unwillkürlich auf die Flasche.

»Das ist es doch, Mum, oder nicht? Die Geschichte unserer Familie. Ein Kind verabschiedet sich aus deinem Leben, ein anderes weint sich in der Küche die Augen aus, aber dich interessiert nur, wo der Whisky geblieben ist.«

Winnie verschränkte die Arme und schien tief verletzt. »Ich habe immer mein Bestes für dich getan, Maureen, und es tut mir leid, wenn das nicht genug war.«

»Mum«, sagte Maureen, »wir lügen uns doch die ganze Zeit etwas vor.«

»Wann haben wir uns denn etwas vorgelogen, Maureen?« fragte Winnie bitter lächelnd. »Ich frage nur, weil ich dich nicht angelogen habe, und ich wüßte gern, wann du mich angelogen hast.«

»Du hast keine Grippe, Winnie, du hast einen Mordskater. Du hast den Zeitungen das Foto gegeben, stimmt's? Haben sie dich dafür bezahlt?«

»Offensichtlich hat es keinen Sinn, darüber zu reden«, sagte Winnie, hielt die Augen einen Moment geschlossen und beendete damit die Diskussion. »Es ist mir klar, daß du dazu deine eigene Meinung hast.«

»Ja«, schrie Maureen, »es ist sinnlos, über alles, was du je getan hast, zu reden, oder nicht?«

Winnie sprach leise. »Ich habe nie absichtlich etwas getan, um dir weh zu tun, Maureen. Ich weiß nicht, warum du denkst, ich ...«

»Quatsch«, sagte Maureen und zitterte vor Wut, als sie die Tür öffnete und hinaustrat. »Du bist eine rachsüchtige, egoistische, blöde Kuh.«

Winnie warf einen letzten, bedauernden Blick auf die Flasche und schlug die Tür hinter ihrer Tochter zu.

Es war noch eine Stunde bis Kneipenschluß, und Maureen war die einzige Erwachsene an der Bushaltestelle.
Aufgekratzte Teenager standen in einer Gruppe herum. Sie wußten nicht recht, wie sie sich benehmen sollten, jeder einzelne ein Bündel geheimer Schrecken und Ängste. Ihre Stimmen waren zu laut, ihre Bewegungen übertrieben wie bei schlechten Schauspielern in einem Theater mit miserabler Akustik. Der blaue Ford parkte hundert Meter weiter unten. Maureen hob den Blick und tat so, als sehe sie daran vorbei, um nach dem Bus Ausschau zu halten. Einer der Beamten sah sie direkt an. Er schien ihren Blick auf sich ziehen zu wollen.
Der Bus kam nach ein paar Minuten, sie stieg vor den Jugendlichen ein. Sie ging auf die obere Plattform und setzte sich in die zweitletzte Reihe. Es war still. Ein paar Leute saßen vereinzelt im vorderen Teil, eine Frau schaute aus dem Fenster, ein Mann las Zeitung. Sie schloß die Augen und dachte an Douglas' schöne Eier, sah sie in einer Blutlache im dunklen Wandschrank liegen. Und sie sah sich selbst dort sitzen, in der schwarzen Dunkelheit, wo sie sich vor niemandem versteckte, und wußte nicht, ob sie zehn oder zwanzig Jahre alt war. Die beiden Zeiträume schienen ineinanderzufließen, so daß sie in der einen Ecke saß und Douglas' Eier in der anderen lagen.
Er war also doch kein so gemeiner Kerl gewesen, sondern nur ein armer, verwirrter Typ, der seinen Weg gesucht hatte, und daß sie das wußte, gab ihr das Gefühl, ihm näher zu sein. Sie dachte über die letzten paar Wochen seines Lebens nach, als er schon die Sache mit Iona erfahren hatte und anfing, wegen der Vergewaltigungen am Northern nachzuforschen. Sie suchte nach einem kleinen Anzeichen, das sie damals hätte mitbekommen können. Sie hätte versuchen können zu helfen. Aber sie war ja ein Teil des Problems, das er zu lösen versuchte. Douglas war weiter von ihr entfernt gewesen, als sie sich jemals hatte vorstellen können.
Sie hatte das deutliche Gefühl, daß ein schmerzlicher Abschnitt ihres Lebens zu Ende ging, eine Zeit des Verrats und des halbher-

zigen Bedauerns. Sie konnte sich kaum noch daran erinnern, wie es war, wenn sie nicht gerade durchdrehte.

Sie hörte, wie sich Leslie vorsichtig hinter der Tür bewegte. »Ja?«
»Ich bin's.«
Leslie öffnete die Tür einen Spalt und sah mit einem sehr erschrockenen Auge hinaus. Sie lächelte unsicher und machte die Tür weit auf. Sie hielt einen alten Spazierstock am unteren Ende. Der Griff war ein gefährlicher Entenkopf aus Messing mit einem scharfen, nach außen gebogenen Schnabel.
»Was ist los?« fragte Maureen. »Das sieht ja schaurig aus.«
»Ja«, sagte Leslie, schloß die Tür zweimal hinter Maureen ab und ging ins Wohnzimmer zurück. Sie hielt den Spazierstock immer noch in der Hand.
»Wo ist Siobhain?«
»Im Bett«, flüsterte Leslie eindringlich und blieb ganz dicht neben Maureen stehen. »Sie schläft. Jemand war an der Tür. Vor einer halben Stunde hat er den Griff probiert.«
»Was hast du gemacht?«
»Ich stand hier und habe zugesehen. Ich habe gehustet, und er ließ los. Ich hörte, wie er nach unten raste.«
»Hat Benny deine Adresse?«
»Nein.«
»Na ja, Benny war es nicht, er hätte mir nicht folgen können, ich bin ja gerade erst gekommen. Vielleicht waren es Kinder.«
Leslie schien erleichtert. »Ja«, sagte sie und gab Maureen den Stock. »Sie machen oft die Runde an allen Türen in einem Häuserblock. Ich gehe schnell zu Mrs. Gallagher rüber und frage sie, ob sie es an ihrer Tür auch probiert haben. Bleib du hier.«
Maureen stand hinter der Tür und hörte, wie Leslie bei Mrs. Gallagher gegenüber anklopfte. Nach einer Pause hörte sie Stimmen. Leslie sprach noch, als sie schon wieder an ihrer Tür war. Maureen machte auf. Mrs. Gallagher stand in einem rosa Morgenrock aus Nylon und dazu passenden Flauschpantoffeln in ihrer offenen Tür.

»Ist schon gut«, sagte Leslie breit lächelnd. »Sie haben es an ihrer Tür auch probiert. Es waren nur ein paar kleine Räuber.«

Leslie sagte Mrs. Gallagher gute Nacht, machte die Tür zu und schloß ab. »Gott sei Dank.« Sie nahm Maureen den Stock ab und stellte ihn neben die Tür. Sie gingen ins Wohnzimmer. Maureen zog ihren Mantel aus und warf ihn über eine Stuhllehne.

»Wie ist es gelaufen mit deiner Familie?«

»Na ja, ich habe alles gesagt, was ich vorhatte, aber das ist auch schon alles. Sie haben allerdings meine Sicht der Dinge nicht begriffen. Sie schienen verwirrt, als ich sagte, sie hätten mich beschuldigt, Douglas umgebracht zu haben. Ich weiß nicht, warum sie das abstreiten. Sie hatten jedenfalls bestimmt irgendwas vor.«

»Also«, sagte Leslie, stand steif mit hinter dem Rücken verschränkten Händen vor ihr und wippte auf den Fußballen vor und zurück, »morgen geht's dann los?«

»Ja.«

»In Ordnung.«

»Ich hab' wieder was zu trinken mitgebracht«, sagte Maureen und zog die schon geöffnete Whiskyflasche aus dem Rucksack.

»Spitze.« Leslie ging in die Küche und holte Gläser. »Wir trinken zuviel«, sagte sie, als sie Maureen ihr Glas zum Einschenken hinhielt.

»Ich dachte, Alkohol sei eine gute Möglichkeit, mit den Dingen fertig zu werden«, sagte Maureen.

»Ich werde dafür zu alt«, sagte Leslie. »Ich fange schon an, es tagsüber zu spüren.«

»Jetzt ist ja auch eine schwierige Zeit für uns. Es wird nicht immer so sein.«

Maureen goß sich selbst einen Whisky ein und schüttete ihn runter wie Ginger Ale. Sie sollte ihn so nicht trinken können. Sie trank viel zuviel. Und sie spürte nicht einmal mehr die wohlige Wärme. Sie setzten sich nebeneinander auf die Couch, aber Maureen merkte, daß Leslie sich ganz am anderen Ende so weit weg wie möglich niederließ. Sie war blaß und starrte auf die gegenüberliegende Wand.

»Also wegen morgen«, sagte sie zaghaft, »ich, äh ... ich habe darüber nachgedacht und ... äh ... ich weiß einfach nicht, ob das eine gute Idee ist.«

»Was meinst du damit, verflixt noch mal?«

»Hör zu. Die Polizei weiß über das Krankenhaus und die Liste Bescheid. Sie könnten ihn jeden Moment erwischen.«

»Er wird uns auflauern.«

»Aber es scheint doch jetzt nachzulassen«, sagte sie unsicher.

»Er kommt bestimmt, wenn die Polizei ihn nicht festhält.« Maureen stellte ihren Whisky hin. »Und ich glaube nicht, daß sie genug Beweise gegen ihn haben, um ihn festzunehmen. Er braucht sich nicht zu beeilen, er kann sich jede von uns irgendwann schnappen. Er hat schon zwei Menschen umgebracht, um die Verbrechen im Northern zu vertuschen. Wir sind sogar eine größere Bedrohung für ihn als Douglas, weil wir Siobhain haben. Er muß uns töten.«

»Ich hab' ein bißchen Angst, Mauri, ganz einfach«, sagte Leslie. »Es tut mir leid.«

»Ich tu's«, sagte Maureen und nahm ihren Whisky wieder in die Hand.

Schweigend tranken sie, bis Leslie plötzlich herausplatzte: »Ich frage mich, warum er dich noch nicht geschnappt hat.«

»Ich bin schwerer zu fassen«, sagte Maureen ruhig. »Ich bin die ganze Zeit unterwegs gewesen, und außerdem fährt ständig die Polizei hinter mir her.«

»Sie folgen dir?«

»Ja, McEwan kennt jeden Schritt, den ich letzte Woche getan habe, und ich hab' ihn gerade wieder gesehen. Sie sitzen jetzt bestimmt draußen in dem blauen Ford, in dem McEwan heute früh saß.«

Leslies Gesicht verzog sich zur Karikatur eines Lächelns. »Dann können wir es also gar nicht tun, oder? Die Polizei wird uns sehen und uns beschuldigen.«

»Nein, Leslie, sie werden uns nicht sehen. Wenn sie uns in Largs immer noch auf den Fersen sind, dann hauen wir dort ab und fahren sofort wieder heim. Du hast wirklich große Angst, hm?«

Leslie sah zu Maureen auf, und ihr gewitzter Gesichtsausdruck verschwand. »Ja, ich hab' eine verdammte Angst.« Sie stellte ihren Whisky auf einen kleinen Couchtisch, wandte sich an Maureen und rief, so laut es ging, ohne Siobhain aufzuwecken: »Ich bin den ganzen Tag mit Siobhain zusammengewesen; ich weiß nicht, was er mit ihr gemacht hat, aber ich will nicht, daß er dasselbe mit mir macht. Ich habe noch nie solche Angst gehabt. Nicht einmal Charlotte war so verschüchtert wie Siobhain. Wenigstens hatte sie noch einen Rest eigener Persönlichkeit, obwohl ihr Typ alle möglichen Doktorspielchen mit ihr gemacht hat.«

»Aber Siobhain war schon krank, bevor es passiert ist. Es wurde wahrscheinlich dadurch noch verstärkt. Wir wissen nicht, wie sie ist, wenn sie gesund ist.«

»Ich würde am liebsten mein Motorrad nehmen und mich verkrümeln.«

Maureen seufzte. »Wenn du willst, kannst du das tun. Ich hätte Verständnis dafür.«

Leslie hob ihr Glas und schien darin nach einer Antwort zu suchen. »Aber wenn er Siobhain nicht auf der Fähre nach Millport sieht, wird er wohl nicht kommen? Und du kannst nicht auf sie aufpassen und dich zugleich um ihn kümmern, oder? Ich muß schon mitkommen, wenn du gehst.« Sie sah Maureen an und ließ ihr die Wahl, selbst einfach auch nicht zu gehen.

»Diese Frauen können nicht aussagen, Leslie, außer uns haben sie niemanden, der für sie eintritt. Ich kann jetzt nicht aufgeben.« Sie erzählte Leslie, was Shan ihr über Iona, die Vergewaltigungen und den im Badezimmer weinenden Douglas gesagt hatte.

»Bist du sicher, Mauri?«

»Ich weiß nicht«, sagte sie. »Ich habe all das nur von ihm gehört und weiß nicht, wie zuverlässig er ist.«

Leslie sagte ärgerlich: »Das scheint mir sehr unwahrscheinlich. Hat der liebe, gute Douglas in seiner Beziehung zu dir nicht einen Funken Ironie gesehen?«

»Ich glaube, er hat eine schockierende Ironie darin gesehen«, murmelte Maureen. »Nachdem Iona sich umgebracht hat, rührte er mich nicht mehr an, und ich glaube, deshalb hat er auch das Geld auf mein Konto eingezahlt.«
»Er hat also mit dir geschlafen und dich dann bezahlt?«
»Ich hab' nicht gesagt, daß es gut oder richtig war, was er getan hat.«
»Es ist ein großer Sinneswandel, einem solchen Scheißkerl etwas zugute zu halten.«
»Aber ich glaube, er hat sich doch bemüht.«
»Dieser Kerl war ein Ekelpaket erster Ordnung. Bloß weil er weiß, daß er ein Widerling ist, ändert das nichts daran, daß er einer ist.«
Maureen sah lächelnd zu ihrer Freundin auf. So war Leslie nun einmal. Schlechte Menschen taten schlimme Dinge, und gute Menschen taten Gutes. Es gab keine Straßen nach Damaskus, keine Augenblicke der Einsicht, keine Bekehrungen kurz vor zwölf, nur weiße Hüte und schwarze Hüte. Leslie war eine strenge Richterin.
»Wer immer es ist, mich hält jetzt nichts mehr auf«, sagte Maureen. »Ich werde ihn kriegen.«
»Aber woher weißt du, daß du den Richtigen erwischst?«
»Ich werd's schon wissen. Wenn er uns verfolgt, ist er auf jeden Fall der Richtige.«
Leslie seufzte. »Ich will nicht in den Knast, Maureen. Ich liebe mein kleines Leben.«
»Du wirst nicht ins Gefängnis kommen. Du wirst nicht einmal dort sein, wenn es passiert, das verspreche ich dir.«
»Ich weiß nicht, was du mit ihm vorhast.«
»Ich weiß, und ich glaube, es ist am besten so. Wenn du nicht weißt, was passieren wird, und die Polizei kommt dazu, kann man dir nicht Mitwisserschaft vorwerfen, oder?«
»Vielleicht sollte ich es wissen.«
»Nein«, sagte Maureen. »ich glaube, du solltest es nicht wissen.«
Sie saßen eine Minute schweigend da. Leslie hob ihr Glas. »Dann scheiß drauf.«

»Darauf trinken wir«, sagte Maureen, leerte den letzten Schluck Whisky und behielt ihn im Mund, bis das Zahnfleisch brannte, bevor sie ihn hinunterschluckte.

»Ich muß ins Bett«, sagte Leslie, zog die Schlafsäcke hinter der Couch hervor und rollte sie auseinander. »Wann willst du aufstehen?«

»Irgendwann vor drei Uhr nachmittags.«

Millport

Maureen wachte auf und hatte noch mehr Schmerzen und Wehwehchen als am Morgen zuvor. Ihr Hüftknochen war von dem harten Fußboden ganz taub. Sie stand schnell auf und war froh, von dem unbequemen Boden wegzukommen. Draußen vor dem Panoramafenster saß Leslie in einem Liegestuhl auf der Veranda, trank Kaffee und aß Toast. Siobhain stand neben ihr, stützte sich auf die Brüstung und schaute hinunter.

Es war halb eins. Maureen rief Lynn in der Sprechstunde an. »Hallo«, sagte sie, »hier ist die große Unbekannte. Gibt's was Neues?«

»Ja«, sagte Lynn. »Am Freitag? Ja, das geht.«

»Kannst du im Moment nicht sprechen? Soll ich später anrufen?«

»Geben Sie mir bitte Ihren Namen«, sagte Lynn und schwieg. »Würden Sie das bitte buchstabieren?« Und dann buchstabierte sie einen Namen, als wiederhole sie, was ihr am Telefon gesagt wurde. »Gut. Ist dann alles klar mit dem Termin?«

»Das ist also der Name von Bennys Therapeut?«

»Ja, natürlich.«

»Lynn, ich schulde dir einen großen Gefallen.«

»Ja, richtig«, sagte Lynn. »Bis dann. Wiederhören.«

»Tschüs, Lynn.«

Maureen legte auf und streifte ihre Kleider über. Der senffarbene Pullover roch langsam nicht mehr gerade frisch, und ihre Jeans waren nur in ihrer Erinnerung einmal sauber gewesen. Aber sie sagte sich, daß sie bald wieder zu Hause sein würde und die Wäsche besorgen könnte, und wenn sie in den nächsten zwei Tagen nicht nach Hause zurückkehrte, dann würde es sowieso keine Rolle mehr spielen, ob ihre Kleider sauber waren oder nicht.

»Leslie«, rief sie auf die Veranda hinaus. »Hast du einen kleinen Beutel oder eine Schachtel, in die ich etwas einpacken könnte?«

Leslie streckte den Kopf ins Wohnzimmer: »Was hast du gesagt?«
»Ich habe ein paar Sachen, die ich vom Rest des Gepäcks getrennt verpacken will. Hast du eine kleine Tüte oder so etwas?«
»Sieh mal unter der Spüle nach.«
Maureen durchwühlte alles nach einer dicken Tüte. Ganz zuunterst fand sie eine dunkelblaue, sechseckige Geschenkbox mit dem Aufdruck *Boothy and Co*. Sie nahm den Deckel ab. In einer Ecke lagen verstaubte Toffeestücke. Sie nahm noch eine kleine, dicke Plastiktüte heraus, stopfte den Rest wieder in den Schrank und schlenderte auf die Veranda hinaus. »Kann ich diese Schachtel nehmen?«
»Natürlich«, sagte Leslie, »die habe ich schon ewig. Ich kann sie einfach nicht wegwerfen, weil sie so schön ist, aber ich finde auch nichts, wozu man sie gebrauchen könnte.«
»Gut«, sagte Maureen und ging wieder hinein.
Sie legte die Packung kolumbianischen Kaffee zusammen mit den Zuckertütchen, die sie am Abend zuvor im Flughafencafé mitgenommen hatte, in die Schachtel. Sie nahm drei Kaffeefilter aus Leslies Küchenschrank und fand einen Reisewecker und ein Fläschchen Tipp-Ex in der Schublade für Kleinkram. Leslie kam in die Küche, stellte ihre Tasse ab und schaltete den Schnellkocher an. »Willste 'n Kaffee?« sagte sie.
»Ja, bitte.«
»Was machst du?«
»Ich packe nur ein paar Sachen zusammen.«
Leslie nahm eine saubere Tasse aus dem Schrank und sah Maureen zu, wie sie die Kaffeefilter und die Plastiktüte zusammenfaltete und in die Boothy-Schachtel steckte.
»Funktioniert dieser Wecker, Leslie?«
»Ja. Es sind neue Batterien drin.«
Leslie machte den Kaffee und nahm ihre Tasse. »Ich lass' dich einfach machen, ja?«
»Ja. Wie geht's Siobhain?«
»Immer dasselbe«, sagte Leslie und schaute in die Boothy-Schachtel. »Was machst du da, Maureen?«

»Willst du es wissen?«
Leslie dachte darüber nach. »Nein«, sagte sie schließlich.
»Ich brauche deine Handschellen«, sagte Maureen, »wenn das geht.«
Leslie schien beunruhigt. »Klar.«
»Und deine Lederhandschuhe.«
»Okay«, sagte sie und holte sie aus dem Schlafzimmer.
»Und Sahne«, murmelte Maureen vor sich hin. »Ich brauche Sahne.«
Es regnete in Strömen. Die Kinder hatten die Schutthalde verlassen, und Siobhain und Leslie hatten ihre Liegestühle an die Wand gerückt, um im Trockenen zu sitzen. Ruhig saßen sie Hand in Hand da und sahen zu, wie der Regen die kleinen Erdhügel wegschwemmte.
»Kann ich die auch mitnehmen?« fragte Maureen.
Leslie sah die fleckigen Spülhandschuhe mit Ringelblumenmuster und den Plastik-Kaffeefilter in ihrer Hand. »Nimm sie, du kannst sie behalten, wenn du willst.« Sie schien verwirrt und mehr als nur etwas erschrocken.
»Ja, das werde ich wohl müssen«, sagte Maureen und ging wieder in die Küche zurück.

Leslie hatte keine Reisetaschen, so stopften sie ihre Schlüpfer, die Boothy-Schachtel und ihre Für-alle-Fälle-Pullis in zusammengesuchte Plastiktüten mit verdächtig unzuverlässigen Tragegriffen. Maureen nahm die Beutel und fuhr mit dem Bus in die Stadt, diesmal einen roten Ford mit zwei Beamten im Schlepptau. Am Buchanan-Busbahnhof stieg sie aus, wartete am Straßenrand und ging erst über die Straße, als sie sicher war, daß der Ford ihr noch folgte. Der Wagen fuhr ein Stückchen weiter, und sie überquerte die Straße. Der Beifahrer stieg aus und folgte ihr zu Fuß. Sie ging am schmalen Eingang zum Busbahnhof vorbei, duckte sich und verschwand im Eingang zu einem Parkhaus. Der Polizist lief vorbei, kaum mehr als einen Meter von ihr entfernt, und ging in den Busbahnhof hinein. Maureen rannte um die Ecke, sprang die steilen Stufen zum Taxistand hinunter, setzte sich auf den Rücksitz eines Taxis und sagte dem Fahrer, er solle sie zum Hauptbahnhof fahren.

Als sie die Straße hinunterfuhren, blickte sie aus dem Fenster und sah den roten Ford am Straßenrand stehen. Der Fahrer musterte sorgfältig alle Fußgänger.

Das Taxi setzte sie am Eingang ab. Sie ging zum Fahrkartenschalter und kaufte – ein Beweis ihrer Zuversicht – drei Hin- und Rückfahrkarten. Gleich daneben im Zeitungsladen des Bahnhofs suchte sie nach einem *Basildon-Bond*-Briefblock und einem *Bic*-Kuli und machte sich an einen pickeligen Verkäufer heran, der die Regale mit Schokolade auffüllte. »Darf ich Sie etwas fragen?« Sie lächelte. Er sah auf.

»Ich wollte nur wissen, ob Sie viele von diesen Notizblocks verkaufen.«

»Ja«, sagte er. »Wir führen sie in allen Läden in Großbritannien. Wir verkaufen Hunderte davon.«

»Prima«, sagte sie. »Danke.«

Sie bezahlte an der Kasse und lehnte sich an den Tisch mit den Lotterielosen, um eine Nachricht zu schreiben – mit der linken Hand, damit die Schrift nicht zu identifizieren sein würde. Oben auf die Seite schrieb sie die Nummer der Polizeiwache in der Stewart Street mit kompletter Vorwahl und McEwans Durchwahl darunter. »Bitte rufen Sie im Notfall diese Nummer an. Verlangen Sie Kriminaloberinspektor Joe McEwan und sagen Sie ihm, daß ich verantwortlich bin für Martin Donegan und Douglas Brady.« Sie faltete den Zettel auf die Größe einer Kreditkarte zusammen und steckte ihn in die Gesäßtasche ihrer Jeans.

Leslie und Siobhain waren noch nicht am Bahnhof. Aus den Lautsprechern ertönte eine Light-Version von »American Pie«. Maureen stand mitten in der riesigen Bahnhofshalle mit Marmorboden und versuchte, klar zu denken und die Ankunfts- und Abfahrtszeiten auszumachen. Der Zug hatte Anschluß an die letzte Fähre nach Cumbrae. Selbst wenn jemand im Auto den ganzen

Weg nach Largs schneller als das Tempolimit fuhr, konnte er es trotzdem nicht mehr rechtzeitig zur Abfahrt der letzten Fähre um zwanzig nach acht schaffen. Es war also ungefährlich, die Nachricht jetzt zu übermitteln.

Sie ging zu den Telefonzellen am Seitenausgang und rief in der Scaramouch Street an. »Hör mal«, sagte sie, als Benny abnahm, »ich kann Liam nicht erreichen. Könntest du ihn anrufen und ihm sagen, daß ich mit Siobhain für zwei Tage nach Millport gefahren bin?«

»Okay«, sagte Benny. »Wann kommt ihr zurück?«

»In spätestens zwei Tagen. Sag ihm, es sei dasselbe Haus, in dem wir letztes Mal gewohnt haben, nur diesmal im obersten Stock. Ich habe gehört, daß die Polizei bei dir war?«

»Ja«, sagte er, plötzlich atemlos. »Sie wollten meine Fingerabdrücke. Sie müssen sie wohl bei dir in der Wohnung gefunden haben, hm?«

»Ja, vermutlich.«

»Also, wir sehen uns, wenn du zurück bist. Morgen ist meine letzte Prüfung.«

»Ja, ich melde mich.«

»Okay, viel Spaß dann.«

»Bis bald, Benny«, sagte sie und hängte auf.

Sie nahm die Taschen und ging langsam zum Bullet hinüber, einem Weltkriegsdenkmal in der Form einer senkrecht stehenden Messinggranate. Immer noch nichts von Leslie und Siobhain zu sehen. Sie hatten nur noch sieben Minuten Zeit bis zur Abfahrt des Zuges.

»Sahne!« sagte sie plötzlich und rannte zum Delikatessenladen hinüber. Als sie herauskam, sah sie Leslie die nur langsam vorankommende Siobhain durch den Haupteingang in den Bahnhof führen. Es waren noch vier Minuten bis zur Abfahrt. Maureen ging hinüber und nahm Siobhains Arm, führte sie den Bahnsteig entlang, half ihr die Stufen des Zuges hinauf und setzte sie auf einen Fensterplatz an der Tür. Leslie folgte ihnen mit den Taschen. Die Lok summte und brummte, nach dem Piepssignal schlossen

sich die Türen, und der Zug fuhr langsam aus dem Hauptbahnhof hinaus.
Der Schaffner kam zur Kartenkontrolle, als der Zug aus der Stadt hinausglitt. Maureen gab sie ihm. Er knipste alle drei auf einmal und warf einen Blick auf ihr Gepäck. »Fahren Sie in Urlaub?«
»Ja«, sagte Maureen.
»Sie haben leider nicht das richtige Wetter erwischt.«
»Na ja, was soll's.«
Hinter dem Abteilfenster herrschte schon dunkle Nacht, und nach ein paar Minuten fuhren sie durch eine unbeleuchtete, ländliche Gegend. Im Doppelfenster spiegelte sich alles im Inneren des Abteils als schwankende Schatten, so wie ein Betrunkener es sehen mochte.
Nach einer halben Stunde waren sie schon an der Küste, wo die hohen Berge in eine kohlschwarze, durch die Nähe der Inseln immer ruhige See abstürzten. Vor Largs fuhr der Zug langsamer und lief gemütlich und ohne Eile in den eingleisigen Bahnhof ein. Leslie half Siobhain beim Aufstehen und Aussteigen, während Maureen die Taschen trug. Sie gingen die dunkle, völlig leere Hauptstraße zum Anlegeplatz hinunter. Über der Bucht sah man die Lichter der kleinen Fähre, die vor der winzigen Insel Cumbrae lag.
Die Insel mit ihrem von flachem Land umgebenen steilen Sandsteinhügel in der Mitte war seit den fünfziger Jahren ein nur noch spärlich besuchtes Urlaubsgebiet. Die Hauptattraktionen für Touristen bildeten ein lustiger Golfplatz in Millport, bizarre Felsenformationen, die durch ihre Bemalung wie Tierfiguren aussahen, und eine Küstenstraße um die Insel herum, die man auf dem Fahrrad in weniger als einer Stunde abfahren konnte.
Maureen ließ Siobhain und die Taschen bei Leslie und ging zum Fahrkartenschalter, um drei Tickets zu kaufen und sich nach den Abfahrtszeiten der Morgenfähre zu erkundigen. Als sie zum Anlegeplatz zurückkam, war die Schar der Wartenden auf der Betonrampe zwei Meter weiter vorgerückt, und die Autoschlange schob sich langsam und ungeduldig voran.

Gemächlich kam die gelbrote Fähre auf die Anlegestelle zu. Die Laderampe senkte sich sanft zur Anlegestelle, und die aussteigenden Passagiere gingen an der wartenden Menge vorbei. Autos und Radfahrer rollten zuletzt von der Fähre.
Ein Fahrkartenkontrolleur, der einen signalgelben Anorak und hohe, grüne Gummistiefel trug, folgte den Autos an Deck und winkte die Fußgänger an Bord. Sie nahmen ihr Gepäck und gingen zur Fähre hinunter. Maureen gab ihm die Tickets, die er ansah und dann einsteckte. »Das sind aber Rückfahrkarten«, sagte Leslie.
»Die werden Sie nicht brauchen«, sagte er knapp und hielt dem Paar mit den Rucksäcken, das nach ihr kam, die Hand entgegen.
Maureen zog Leslie am Ärmel. »Weißt du das nicht mehr vom letzten Mal?« sagte sie. »Sie verkaufen nur Rückfahrkarten. Die Fähre ist die einzige Möglichkeit, zur Insel und wieder zurückzukommen.«
Zu beiden Seiten des Autodecks hatte die Fähre ein Oberdeck. Die Aussicht über die Bucht war von dort am besten, aber Siobhain konnte die steile Eisenleiter nicht hinaufklettern, und so mußten sie sich mit der geschlossenen Kabine begnügen. Sie traten in den schmalen Korridor und setzten sich auf die rote Kunstlederbank unter den Fenstern. Die Fähre wühlte geräuschvoll das Wasser auf, und sie fuhren in die Bucht hinaus. Die Lichter der Marineschiffe in Dunoon glitten langsam am Fenster vorüber.
Maureen war überzeugt, daß ihr Zeitplan stimmte, aber sie wollte sichergehen, daß ihnen niemand gefolgt war. Sie ließ Leslie und Siobhain unten sitzen und unternahm einen kurzen Rundgang auf dem Schiff, inspizierte alle Gesichter und Autos. Sie erkannte niemanden.
Die Fähre wendete und legte auf Cumbrae an. Sie warteten, bis alle anderen den Kabinenraum verlassen hatten, bevor sie Siobhain aufstehen ließen und mit ihr auf die Tür zugingen. Schließlich holten sie die Schar der Passagiere am Ende der steilen, von der Fähre wegführenden Betonrampe wieder ein, die bei der Bushaltestelle an der Straße wartete. Die Scheinwerfer der herunter-

fahrenden Autos verschwanden, sobald sie nach links abbogen und die Straße nach Millport nahmen. Die Fähre zog ihre Laderampe hoch und fuhr davon, um die Nacht über an ihrem Liegeplatz am Festland zu bleiben. Vor ihnen erhob sich ein steiler, grasbewachsener Hügel. Es war sehr dunkel.

Ein Lichtschimmer zuckte über den Rand des steilen Hügels zur Linken, und sie hörten, wie der Bus herankam. Er nahm die Kurve, blendete sie einen Moment, machte auf der schmalen Straße eine routinierte volle Kehrtwendung und hielt vor der wartenden Menge an. Es war ein sehr alter Bus, grün und cremefarben gestrichen, mit einem gewölbten Dach und Chromleisten. Die Tür ging zischend auf, die Fahrgäste sammelten sich davor, stiegen ein und reichten sich das Gepäck hinauf, Inselbewohner begrüßten den Busfahrer mit einem Hallo und wurden auch von ihm herzlich begrüßt. Leslie half Siobhain die Stufen hinauf, Maureen kümmerte sich um die Fahrkarten, und sie gingen weiter zur Sitzbank am hinteren Ende. Das Paar mit den Rucksäcken ließ sich Zeit, bis sie ihre Rucksäcke oben im Gepäckfach und unter den Sitzen verstaut hatten. Frauen, die von der Arbeit auf dem Festland heimkamen, stellten ihre Einkäufe an den freien Platz vorn im Bus.

Als alle Fahrgäste auf ihren Plätzen saßen, drehte sich der Fahrer um und rief: »Ist bei euch alles in Ordnung?«

Die Menge antwortete ihm vielstimmig im Chor mit »Ja« und »alles klar«.

»Also gut« sagte er, ließ den Motor an und fuhr mit einem Ruck vom Gehsteig weg auf die freie Straße.

»Sieh mal«, sagte Leslie und stieß Siobhain in die Seite, »Lion Rock.« Eine große, verwitterte Felsnase aus Sandstein an einer Seite des Hügels sah ungefähr wie ein Löwe aus, aber nur, wenn man sie aus einem ganz bestimmten Winkel und bei gutem Licht sah. Es war schon zu dunkel, und der Bus war daran vorbeigefahren, bevor Leslie darauf zeigen konnte. Siobhain sah aus dem Fenster. »Hast du ihn gesehen?« fragte Leslie. Siobhain nickte, schien aber etwas verwirrt. Maureen hielt das für ein gutes Zei-

chen. Seit Tagen, so schien es, hatte sie keinerlei innere Regung gefühlt.
Der Bus hielt in Kames Bay, um eine Dame mit drei Einkaufstüten aussteigen zu lassen. Der Fahrer machte die Tür zu und fuhr auf der Straße nach Millport weiter.
»He«, sagte Leslie, »Crocodile Rock!« Einem langen, flachen Felsen am Strand hatte man große, lustige Kulleraugen und ein Krokodilsmaul aufgemalt. Siobhain sah es und lächelte. »Ist das nicht toll?« sagte Leslie gerührt und drehte sich um, damit sie es noch einmal sehen konnte.
»Leslie«, sagte Maureen, »es ist nur ein dicker, alter Felsen mit einem aufgemalten Maul.«
»Ich weiß. Aber mir gefällt er.«
Der Bus fuhr an der Uferpromenade von Millport entlang. Die Feriensaison war längst vorbei, nur noch zwei Monate bis Weihnachten, aber zwischen den Laternenpfählen hingen immer noch alte, pastellfarbene Glühlämpchen. Es war Ebbe, und buntbemalte Holzboote schaukelten trunken im schlammigen Wasser und warteten.
Der Bus setzte sie am Hotel George ab, einem dreistöckigen, weißgestrichenen Gebäude mit schwarzen Fensterrahmen und einem Schild in eckiger gotischer Schrift.
»Ah«, sagte Leslie. »Hier ist es schön.«
Sie sollten bei einem Mann in der Fish-and-Chips-Bude die Schlüssel abholen und die Wohnungen bezahlen. Maureen ging hinein, bezahlte eine und schickte dann Leslie wegen der anderen zu ihm.
»Gib ihm dieses Geld«, sagte Maureen und reichte ihr ein Kuvert mit Bargeld, aber Leslie sagte, sie wolle selbst dafür bezahlen. »Es ist von Douglas' Geld«, sagte Maureen. »Nimm es. Und schau nach unten. Laß ihn dein Gesicht nicht sehen.«
The Seafront Nummer 6 war ein Mietshaus mit Wohnungen über einem Laden für Scherzartikel, der sich »Land des Lachens« nannte. Der Flureingang besaß kein Tor, und die Treppen waren eng und steil. Siobhain hielt sich an dem Holzgeländer fest und

ging Stufe für Stufe hinauf. Maureen nahm die Plastiktüten. »Ich gehe schon vor«, sagte sie und rannte die Treppe hinauf, immer zwei Stufen auf einmal nehmend, bis sie ganz oben war. Sie zwängte ihre Hand in Leslies Lederhandschuhe, bevor sie den Schlüssel ins Loch steckte und die Tür aufschloß.

Die Wohnung war klein und enthielt das gesetzlich vorgeschriebene absolute Minimum an Ausstattung: Tisch, Betten, Stühle und Couch. Flur und Wohnzimmer hatten eine gräßliche rosa Blümchentapete, aber die Wohnung war gemütlich, und der Besitzer hatte einen Teller Kekse für sie hingestellt. Bei Maureen meldeten sich Gewissensbisse.

Sie probierte, ob der Fernseher funktionierte, drehte die Heizung voll auf, damit es den Anschein hatte, als sei die Wohnung bewohnt, zog die Vorhänge zu und schloß dann die Tür zweimal hinter sich ab. Sie zog die Handschuhe aus, während sie die zwei Stockwerke wieder hinunterrannte. Siobhain und Leslie ruhten sich gerade auf dem Treppenabsatz weiter unten aus.

»Da wären wir«, sagte Maureen, steckte den anderen Schlüssel in die Tür und stieß sie auf.

»Es ist die Wohnung, in der wir waren, als du aus dem Northern kamst«, sagte Leslie, ging schnell die Treppe hinauf und ließ Siobhain die letzten paar Schritte allein tun.

»Genau dieselbe«, sagte Maureen.

Sie war seit damals renoviert worden. Maureen erinnerte sich, daß im Flur eine weiße Rauhfasertapete gewesen war und daß sie ständig den Drang unterdrücken mußte, daran zu kratzen. Sie war nun blau gestrichen. Im Wohnzimmer lag ein neuer, blauer Teppich, und die Tapete hatte ein Muster aus grauen und rosa Kringeln. Es war schlampig gemacht: Die Tapete warf bereits Blasen und begann sich an den Ecken und überlappenden Rändern abzulösen.

»An die Couch kann ich mich erinnern«, sagte Leslie und ließ sich darauf fallen. »Wir haben uns immer gestritten, wer darauf schlafen mußte, weißt du noch?«

»Ja.«

Sie war aus grauem Velours mit hervorgehobenen diagonalen Streifen. Ein Kiefernholztisch mit dazu passenden Stühlen stand unter dem Fenster. Im Schlafzimmer trennte ein dunkler Holztisch mit einem Aschenbecher und einem roten Nachttischlämpchen die zwei Einzelbetten voneinander. Siobhain kam zur Wohnungstür herein.

»Also«, sagte Leslie, »es ist mir scheißegal, wer heute an der Reihe ist, aber ich schlafe heute nacht in einem Bett.«

»Siobhain«, sagte Maureen, »du kannst das andere nehmen. Ich muß morgen sowieso früh raus.«

Sie mußte um sechs aufstehen, um die erste Fähre zur Insel abzufangen.

Siobhains Stimmung schien sich ein wenig zu bessern. Sie schaute aus dem Fenster auf die Lämpchen und nickte, als Maureen sie fragte, ob sie zum Abendessen gern Fisch essen würde.

Als Leslie zur Fish-and-Chips-Bude hinunterging, holte Maureen Teller aus dem Küchenschrank und schaltete den Fernseher für Siobhain ein. Leslie kam mit einer Auswahl verschiedener Gerichte zurück, die sie sich teilen wollten. Doch Siobhain aß die ganze Portion Haggis, ohne ihnen etwas davon anzubieten, und dann noch alles, was sie ihr vorsetzten, und spülte das Ganze mit einer riesigen Tasse süßem Tee hinunter.

»Du mußt hungrig gewesen sein«, sagte Leslie zu Siobhain und sah auf ihren Pullover. Er war mit kleinen Haggisstückchen und Teigfetzen übersät.

Siobhain errötete. »Ja, stimmt«, flüsterte sie, und Maureen hätte weinen können vor Freude, als sie ihre Stimme hörte.

Im Fernsehen kam die Originalversion vom *Planet der Affen* mit Charlton Heston. Leslie und Siobhain wollten ihn sehen, also trugen sie den Fernseher ins Schlafzimmer und stellten ihn auf die Kommode am Fußende der Betten. Sie gingen nacheinander ins Bad zum Zähneputzen und machten sich für die Nacht fertig.

Maureen wartete, bis sie sicher war, daß sie es sich im Schlafzimmer gemütlich gemacht hatten, bevor sie den Schnellkocher füllte und anschaltete. Sie nahm die Reiseflasche und die Boothy-

Schachtel aus der Plastiktüte und öffnete andächtig die Schachtel. Sie legte das Filterpapier in den spitzen Trichter, füllte Kaffee hinein, stellte ihn auf die Reiseflasche und goß kochendes Wasser darüber. Sie hörte zu, wie die schäumenden Blasen zerfielen und an der Seite des Filterpapiers zerplatzten. Ganz entscheidend war, daß der Kaffee nur für eine Person reichte, daher maß sie ihn genau ab. Sie füllte den abschraubbaren Becher randvoll mit dampfendem Kaffee und schüttete den Rest weg.

Dann ging sie vorsichtig daran, mit dem Tipp-Ex zwei winzige, parallele Linien an der Innenseite des silbrigen Randes anzubringen, danach kratzte sie an den Seiten der getrockneten Striche so viel ab, daß sie möglichst schmal und kaum sichtbar waren. Sie würden den Teil kennzeichnen, den sie mit den Lippen berühren konnte, ohne sich selbst in Gefahr zu bringen.

Sie zog die Ringelblumenhandschuhe am oberen Rand auseinander und hielt sie gegen das Licht, um zu sehen, ob sie Löcher hatten. Sie schienen unbeschädigt zu sein. Sie zog sie an und nahm Paulsas Plastiktütchen aus der Tasche und riß es auf. Das gelochte Papierchen darin knüllte sie lose zusammen, ließ es in die Flasche fallen und sah zu, wie das poröse Papier auf dem Kaffee schwamm und die braune Flüssigkeit aufsaugte, bis er so schwer wurde, daß es unter der schwarzen Oberfläche versank. Sie schraubte den Verschluß fest zu und verstaute das zerrissene Tütchen und die Ringelblumenhandschuhe in der Plastiktasche.

Der Schrank unter der Spüle stand voller Reinigungsmittel, die der optimistische Wohnungsbesitzer als Ansporn für die Bewohner dort hingestellt hatte. Sie schob sie zur Seite, stellte die Flasche ganz nach hinten und wusch sich gründlich die Hände, bevor sie zu Bett ging.

Sie lag auf der knubbeligen Couch, sah über die mondbeschienene Bucht hinweg, schwitzte ein bißchen und hörte vom Nebenzimmer Leslies Kommentare zu dem Film und die Albernheiten, die sie mit komischer Stimme den Figuren in den Mund legte. Sie erinnerte sich, daß Leslie das während ihrer Krankheit auch für sie getan hatte.

Feuer

Es war noch dunkel, als der Wecker losging und sie wachklingelte. Sie packte ihn, setzte sich auf und wußte sofort, warum sie ihn gestellt hatte. In der Küche zündete sie sich eine Zigarette an, machte sich mit lauwarmem Wasser eine große Tasse starken Nescafé und trank ihn trotz des unangenehmen Geschmacks. Sie griff unter die Spüle, holte die Flasche hervor und nahm die Ringelblumenhandschuhe aus dem Beutel, streifte sie über, wobei sie besonders gut aufpaßte, sie außen nicht mit den bloßen Händen zu berühren. Als sie den Deckel der Flasche abgeschraubt hatte, sah sie kleine, aufgelöste Papierfetzen auf der Oberfläche des Kaffees schwimmen. Sie tat eine frische Filtertüte in den Plastikfilter. Während sie den Filter über einen Topf hielt, kippte sie die Flasche leicht, und Klumpen durchweichten Papiers wurden mit dem Kaffee herausgeschwemmt und an der Wand des Filters zurückgehalten. Als der Kaffee durchgelaufen war, wärmte sie ihn ein wenig über der Gasflamme und paßte auf, daß er nicht zu heiß wurde. Sie wußte nicht, ob Hitze die Wirkung von LSD zerstören konnte. Sie fügte etwas Sahne und drei Tütchen Zucker dazu.

Nachdem sie den Kaffee in die Flasche zurückgeschüttet hatte, füllte sie den Topf mit verdünntem Reinigungsmittel und wischte damit sorgfältig die Arbeitsfläche ab. Sie steckte alles, was von dem Tütchen und den Filtern übrig war, in die dicke Plastiktüte, rollte sie fest zusammen und verstaute sie ganz unten in ihrem Rucksack.

Sie zog ihre schwarze Jeans, Stiefel und einen Pullover, Leslies Lederhandschuhe und ihren Mantel an, setzte die Wollmütze auf und ließ ihren verräterischen karierten Schal da. Sie sah nach, ob der spitze Kamm wirklich in ihrer Tasche war, und sagte sich dabei, er sei der Mörder und sie tue das Richtige. Aber soweit würde es nicht kommen. Der Inhalt der Flasche würde genügen.

Der grüne Bus kam gerade an, als die Fähre sich in einem Strudel schmutzigen Wassers langsam der Betonrampe näherte. Die wartenden Fahrgäste gingen schnell an Bord. Weil sie fürchteten, sie könnten die Abfahrt verpassen, drängelten sie und rempelten die wenigen Aussteigenden an. Drei Autos rollten von der Fähre. Nur wenige Fahrgäste kamen morgens zur Insel. Die meisten Passagiere wollten in die andere Richtung zur Arbeit auf dem Festland. Ihre Augen gewöhnten sich an das unscharfe Dämmerlicht, und sie konnte alle genau sehen, die die Fähre verließen. Sie wartete bis zum letzten Moment, bevor sie an Bord ging, um sicher zu sein, daß sie niemanden übersehen hatte.

Sie stieg die steile Eisenleiter zum Oberdeck hinauf und blickte auf das Schaukeln und Schwappen des schwarzen Wassers, das vom weißen Schiffslicht angestrahlt wurde. Beim Kraftwerk gegenüber der Bucht schwang eine Reihe von Lichtern rhythmisch in der aufkommenden Morgenbrise. Ihre Nase war vor Kälte fast gefühllos. Sie zog den Mantel fester um sich und zündete sich eine Zigarette an. Es war eine von Leslies, eine stärkere Marke, an die sie nicht gewöhnt war.

Die Fähre kreuzte über die Bucht auf Largs zu. Hier gab es kein unangenehmes Drängeln. Der Kartenkontrolleur hielt alle zurück, bis die Fähre leer war. Maureen blieb hinter dem Rettungsboot auf dem oberen Deck stehen und sah auf die Wartenden, die an Bord wollten, hinab. Wenn er diese Fähre nehmen wollte, war er jedenfalls nicht zu Fuß gekommen.

Nur ein Auto rollte an Bord, ein Astra mit einer Frau am Steuer. Als die Fähre schon die halbe Strecke zur Insel Cumbrae zurückgelegt hatte, stieg Maureen auf das Autodeck hinunter, stellte sich hinter die Eisenleiter und sah zu ihr in das Auto hinein. Sie kannte sie nicht.

Als die Fähre zum zweiten Mal von Cumbrae nach Largs unterwegs war, erhob sich die Sonne strahlend über der Bucht, das gelbe Sonnenlicht spielte auf den hüpfenden, grauen Wellen. Eine größere Gruppe nichtmotorisierter Fahrgäste und acht Autos warteten in Largs vor der zweiten Überfahrt. Die aufgehende Sonne traf die Autodächer im spitzen Winkel und warf dunkle Schatten auf die Gesichter der Fahrer, wenn sie bremsten, um ihre Tickets hinauszureichen. Sie konnte sie nicht deutlich sehen, hielt sich aber bereit, ihre Hand umklammerte die Zähne des spitzen Kamms, nur für alle Fälle.

Sie mußte warten, bis die Laderampe hochgezogen war und die Fähre wieder in die Bucht hinausfuhr, dann kletterte sie die Leiter hinunter, um nachzusehen. Sie stand im Schatten und musterte die Fahrer, da sah sie ihn geduldig in einem neuen grünen Jaguar sitzen, die Hände in Handschuhen auf dem Steuerrad und in der Rechten eine Zigarette. Er trug eine grüne Jacke und eine Anglermütze. Das Sonnenlicht funkelte auf seiner Metallbrille.

Maureen ließ den Kamm los, holte tief Luft und klopfte leicht auf die Handtasche, um sicherzugehen, daß die Flasche noch da war, bevor sie über das Deck zu seinem Wagen ging.

Sie klopfte an die Beifahrerseite. Er beugte sich über das weiße Lederpolster und sah zu ihr hinaus. Sein Gesichtsausdruck verriet nichts. Er berührte die Tür, und das Fenster ging automatisch auf.

»Hallo, Maureen.«

»Ach, Angus, Gott sei Dank. Hat Siobhain Sie angerufen?«

Er blinzelte. »Ja«, sagte er unsicher und lehnte sich zurück, damit sie seine Augen nicht sehen konnte.

»Ich kann's kaum glauben, daß Sie gekommen sind«, sagte sie. »Das ist wirklich nett. Darf ich einsteigen?«

Er schluckte und sah zur Seite.

»Siobhain ist bei mir. Wir sind zusammen rübergekommen.«

»Ach ja«, sagte er und lächelte. Es war kein sehr gelungenes Lächeln – sie hatte erwartet, daß er sich besser verstellen würde. Er machte die Beifahrertür auf und ließ seine lederbedeckten Fingerspitzen auf dem zurückweichenden Griff ruhen, als zögere er, ihn loszulassen. Sie stellte ihre Tasche auf den Boden und stieg ein, bevor er etwas dagegen sagen konnte.

»Hat Siobhain Ihnen nicht gesagt, daß ich mit ihr zusammen hier bin?« fragte sie. Ihr Blick flog über sein Gesicht, sie hob bei jedem zweiten Wort die Augenbrauen, runzelte die Stirn und sprach zu schnell. Sie zwang sich zur Ruhe. »Ich bin überrascht, daß sie nichts gesagt hat, sie weiß nämlich, daß ich Sie kenne.«

»Sie hat Sie nicht erwähnt«, sagte er und zog an der Zigarette. »Vielleicht hat sie es vergessen.«

»Ach Gott, das wäre ja kein Wunder, sie war doch bestimmt ganz aufgeregt, als sie anrief?«

»Ja«, sagte er, »äußerst erregt.«

»Was hat sie gesagt?«

»Ach, nur, ob ich kommen und sie sofort abholen könnte, wissen Sie. Wieso sind Sie so frühmorgens auf der Fähre?«

»Ich mußte ein Fax an meinen Arbeitgeber schicken«, improvisierte sie. »Ich habe vergessen, ihm mein Attest zu schicken.«

»Gibt es kein Fax auf der Insel? Man sollte doch meinen, an so einem entlegenen Ort wäre das besonders nützlich.«

Er war nervös, sie hatte ihn nie so förmlich daherreden hören, und es tat unendlich gut, zu wissen, daß er sich vor Nervosität fast in die Hose machte, so daß sie sich fühlte, als ob gar nichts schiefgehen könne, als ob es vorausbestimmt wäre, daß alles glattlaufen würde. Sie genoß das Gefühl und merkte zugleich, wie angespannt ihre Schultern waren. »Ja«, sagte sie und streckte den Hals, um die verkrampften Muskeln zu lockern. »Sie haben eins auf der Post, aber es ist kaputt.« Sie griff in ihre Tasche, jetzt selbst verblüfft über ihre merkwürdige Gelassenheit, und nahm die Flasche heraus.

Angus zog die Stirn kraus und drückte seine Zigarette im Aschenbecher aus. »Wie geht's Siobhain eigentlich?«

Maureen schraubte den Deckel ab, während sie den silbernen Becher auf dem Knie balancierte. »Ehrlich gesagt, sie redet meistens Unsinn. Aber andererseits, sie spricht furchtbar schnell, und ich verstehe sie nicht gut mit ihrem Akzent.«

»Ja, es ist schwierig.«

»Ich nehme an, Sie sind daran gewöhnt, wie sie spricht?«
»Ja.«
»Ja, sie spricht nicht über Sie, aber ich merke, daß Sie sehr gut für sie waren.« Maureen lächelte scheu. »Sie macht so ein seltsames Gesicht, wann immer Ihr Name fällt.«
Angus sah bescheiden lächelnd auf das Armaturenbrett. Maureen benutzte die Gelegenheit, um mit dem Finger die mit Tipp-Ex markierte Stelle zu finden, und ließ den Finger dort, damit sie nicht dauernd nachsehen mußte. »Hat sie drauflosgebrabbelt am Telefon?« fragte sie.
»Ein bißchen. Aber die Adresse hat sie herausgebracht.« Er griff in die Tasche, zog eine Schachtel Zigaretten heraus und zündete sich eine an, bevor er sie Maureen anbot.
»Hab' gerade eine geraucht«, sagte sie. »Danke.«
Sie nahm den Becher fest in die Hand und goß schnell den Kaffee ein. Aus dem Augenwinkel sah sie, daß er sie mit Interesse beobachtete. Der bittere, schokoladenähnliche Geruch von heißem Kaffee stieg aus der Flasche. Sie führte den Becher zum Mund und sah Angus an. Er beobachtete sie genau. Sie ließ den Becher sinken. »Ich würde Ihnen welchen anbieten, aber es ist viel Zucker drin«, sagte sie.
»Ich nehme Zucker.«
»Wirklich?«
»Ja.« Er nickte lächelnd. »Ich nehme jede Menge Zucker.«
»Sieh da«, sagte sie munter, »noch ein Zuckerfan. Es gibt nicht mehr viele von uns, nicht wahr?«
»Nein.« Angus grinste.
Sie reichte ihm den Becher. Er hob ihn hoch und roch daran, bevor er daran nippte. »Das ist guter Kaffee«, sagte er und nahm noch einen Schluck.
»Es ist richtiger Filterkaffee.« Sie drehte die Flasche, bis das weiße Zeichen in ihre Richtung zeigte. »Wir haben ihn mitgebracht.« Sie neigte die Flasche um fünfundvierzig Grad und hoffte inständig, daß er nicht merken würde, daß sie nur Luft trank. Er bot ihr an, den halbvollen Becher zurückzugeben. »Nein, ist

schon gut«, sagte sie und hob die Flasche, als wolle sie ihm damit zuprosten. »Trinken Sie ruhig aus.«
Sie sah zu, wie er den Becher bis auf den letzten Tropfen austrank. Er reichte ihn ihr, aber sie wollte ihn nicht berühren. So steckte sie den Pfropfen in die Flasche und hielt sie ihm hin. Er schraubte den Becher darauf und drehte, bis er fest saß. Er lächelte ihr zu. »Nett, Sie zu sehen«, sagte er.
Maureen lächelte auch. »Ja, Sie zu sehen ist auch schön, Angus.«
Sie spürten, wie das Fährboot an die abschüssige Betonrampe stieß und die Ladeluke wie eine Zugbrücke heruntergelassen wurde. Die Fußgänger gingen vor ihnen von Bord und eilten die Rampe zum wartenden Bus hinauf.
Er ließ den Motor an und fuhr über die Rampe den steilen Betonweg hinauf, bog links auf die Straße ab und folgte der Beschilderung nach Millport. Sie fuhren um die Ostseite der Insel herum, kamen am Lion Rock vorbei, der sich grandios vor dem frühen Morgenlicht abhob, und an der Kames Bay entlang zum Strand von Millport. Angus achtete auf die Straße und die Hausnummern. »Wie war es doch noch?« sagte er. »Nummer sechs?«
»Ja«, sagte Maureen. »Nummer sechs.«
»Ganz oben«, sagte Angus und lächelte vor sich hin.
Er parkte vor dem Fish-and-Chips-Lokal, zog die Handbremse an, machte seine Tür auf und stieg aus. Die Geschäfte machten gerade auf, die Rolläden am Fahrradverleih waren halb hochgezogen, und ein bärtiger Mann mit einem mächtigen Bierbauch brachte bunte Fahrräder und Dreiräder heraus und reihte sie auf dem Gehweg auf. Die Bäckerei war schon auf. Im Fenster standen volle Platten mit Pasteten und Hackfleischtaschen, frischem Brot und Teilchen mit Zuckerguß. Der Zeitungsladen hatte geöffnet. Paulsa hatte ihr gesagt, es könne eine Stunde dauern, bis es wirkte, und es war erst etwa eine Viertelstunde her, seit Angus den Kaffee getrunken hatte.
Maureen stieg mit ihrer Tasche aus dem Auto und schloß die Tür. Um die Motorhaube herum ging sie zu Angus hinüber. Ein

Landrover fuhr langsam die Strandpromenade entlang, dicht gefolgt von dem grünen Bus mit den Chromleisten. Sie drückten sich etwas gegen den Jaguar und warteten, bis sie vorbei waren. Angus trug eine kleine Reisetasche mit flachem Boden und einem Verschluß zum Zuknipsen. Sie war aus makellosem, dunkelbraunem Leder.

»Das ist eine schöne Tasche«, sagte sie, während der Rover vorbeirauschte. »Man sieht so etwas heute nicht mehr oft.«

»Ich habe sie anfertigen lassen, um meine alte zu ersetzen.«

Der Bus fuhr an ihnen vorbei, und sie hielt Angus ihre behandschuhte Hand entgegen. »Darf ich sie mal sehen?« fragte sie.

»Meine Tasche?«

»Ja.«

Angus hielt den lederbezogenen Griff fester. »Da sind meine Notizen und alles drin.«

Maureen lächelte unschuldig. »Ach Angus, kommen Sie, ich will sie Ihnen doch nicht wegnehmen.«

»Nein«, sagte er ganz perplex. »Aber ich habe ja eine berufliche Verpflichtung.«

Er wandte sich von ihr ab und überquerte die Straße. Sie schaute ihm nach, als er weiterging. Sein Tweedjackett hatte hinten einen Riß, die Naht unter der Achsel war etwas aufgerissen, so daß es nicht mehr richtig saß. Er trug handgearbeitete Schuhe.

Sie lief hinter ihm her. »Hören Sie, könnten Sie noch einen Moment warten? Ich muß noch etwas kaufen.«

Sie hatte vor, ihn draußen warten zu lassen, aber er folgte ihr in den Laden mit den Zeitungen. Da sie nicht mit ihm zusammen gesehen werden wollte, ging sie zum Illustriertenständer hinüber und ließ Angus allein bei den Büchern stehen. Vielleicht würde sie es schaffen, wieder aus dem Laden herauszukommen, ohne mit ihm zu sprechen. Sie nahm eine Tafel Schokolade und holte einen halben Liter Milch aus dem Kühlfach und vertrödelte noch etwas Zeit mit der Überprüfung des Verfallsdatums. Angus stand am entgegengesetzten Ende des Ladens – er wollte seinerseits nicht mit ihr gesehen werden. Er hatte seine Mütze ins Gesicht gezogen und stand vor ein paar Postern. Neben ihm warteten Rentner in einer ordentlichen Schlange geduldig unter einem roten Schild. Plötzlich fiel ihr Blick auf das Schild, und sie merkte jetzt erst, daß sie eigentlich auf der Post waren. Sie ging schnell zum anderen Schalter, um die Schokolade und die Milch zu bezahlen, schob das Geld dem bärtigen Mann hinter der Kasse hin und ging hinaus.

Angus folgte ihr auf den Gehweg, faßte sie leicht am Ellbogen und zog sie etwas zur Seite, so daß sie ihn ansehen mußte. »Sie haben doch ein Fax dort«, sagte er und sah sie mit halb zusammengekniffenen Augen an.

»Ja, aber ich habe Ihnen ja gesagt, daß es kaputt ist.«

»Es war aber kein Schild dran oder so.«

Sie dachte an den Tag, als sie in die Rainbow Clinic gegangen war, wie er sie Helen genannt und so getan hatte, als kenne er sie nicht. Dabei hatte er sie sofort erkannt, als er die Tür aufmachte und sie ihm den Kaffee reichte. Eigentlich hatte sie es gewußt, aber sie hatte ihr Unbehagen unterdrückt, weil sie dachte, sie sei nur enttäuscht, so schnell vergessen worden zu sein. Er hatte vorgegeben, sie nicht zu kennen, obwohl er nur ein paar Tage zuvor in einer blutgetränkten Windjacke in ihrer Wohnung herumgeschlichen war, Fußspuren gelegt und Douglas' verletzbare Eier abgeschnitten hatte. »Müssen Sie ein Fax schicken?« sagte sie scheinbar verwirrt.

»Nein.«

Sie standen da und sahen sich an.

»Also … was ist?« sagte Maureen.

Angus wandte schnell den Kopf und sah über die Bucht. »Nichts«, sagte er. »Es ist nur … Ich weiß nicht.«

Sie sah auf die Uhr. Sie mußte ihn von der Straße weghaben, bevor es anfing zu wirken. »Tut mir leid, Angus, ich weiß nicht, was Sie meinen. Müssen Sie mit jemandem sprechen? Oben ist ein Telefon, falls Sie einen Krankenwagen für Siobhain brauchen.«

»Okay«, sagte er unsicher. »Es geht schon in Ordnung.«

»Wir sind in Nummer sechs«, sagte sie und ging weiter. Sie führte ihn die steilen Stufen hinauf und wagte nicht, auf die Wohnungstür am Ende des ersten Treppenabsatzes zu schauen. Sie kniff fest die Augen zusammen und konzentrierte alle gedankliche Kraft darauf, daß Siobhain und Leslie in der Wohnung bleiben würden. Angus folgte ihr zur Wohnung im obersten Stock.

Sie wartete, bis er mit ihr auf dem letzten Treppenabsatz stand, und nahm dann die Schlüssel heraus. Sie stellte sich mit dem Rücken zur Wand schräg vor die Tür, während sie den Schlüssel ins Schloß steckte, ihn umdrehte und ihm dann den Vortritt in die Wohnung ließ. Angus trat höflich zurück und bedeutete, sie solle vorgehen. Sie konnte nicht weiter auf seinem Vortritt bestehen, ohne sich verdächtig zu machen. Sie betrat also den rosageblümten Flur. Angus folgte ihr und schloß vorsichtig und leise die Tür. Sie hörte, wie er den Riegel am Schloß vorschob und sie gemeinsam in die Wohnung einschloß. Maureen ging auf die Wohnzimmertür zu. Angus war viel zu dicht hinter ihr. Sie stieß die Wohnzimmertür auf, knallte sie in der Eile, von ihm wegzukommen, gegen die Wand, und eine Woge drückendheißer Luft strömte in den Flur. »Mein Gott«, sagte Angus und wurde blaß. »Was ist denn hier los?«

»Es ist sehr heiß«, sagte Maureen.

Sie trat ins Wohnzimmer, als ob sie jemanden suche.

»Ja, aber warum ist es so heiß?«

»Von der Heizung. Hallo?« rief sie leise.

»Wo ist Siobhain?«

»Sie ist offenbar nicht hier.«

Angus stellte seine Tasche mit der Mütze auf den Boden, zog sein Jackett aus und hängte es sich über den Arm. Zwei dunkle Ringe bildeten sich unter seinen Armen, er wischte sich mit der Hand die glänzende Stirn ab.

Maureen sah ihn an und lächelte. Er lächelte auch – etwas verwirrt und leicht keuchend in der unerträglichen Hitze. Er hob ein wenig den Kopf, sammelte sich langsam und merkte sich, daß die Tasche auf dem Boden stand. »Maureen«, sagte er und schien ihr

über eine endlos lange Meile Teppichboden entgegenzugleiten.
»Ich mag dich.« Er griff nach ihrem Handgelenk, aber sie zog die Hand blitzschnell zurück.

Seine Haut brannte, die Wärme wollte irgendwie aus seinem Körper entweichen, er fühlte Blutgefäße auf seinem Rücken platzen, so groß wie Zweipencestücke, hell, rot und glühend. Ein Lavastrom von Schweiß rann in das linke Auge. Er nahm die Brille ab und hob den Arm, um sein Augenlid abzuwischen, aber auf dem Ärmel seines Hemdes bewegte sich etwas. Er sah näher hin. Er brannte. Winzige, spitze Flammen züngelten von seinem Arm empor, Flammen wie aus einem Trickfilm, mit roten Augen, bösartigem Lächeln und scharfen Zähnen. Er sah genauer hin. Es waren wirkliche Flammen, unten orange und oben blau wie Gasflammen. Er versuchte einzuatmen. Die heiße Luft trocknete seine Kehle und seinen Mund aus, verbrannte seine Luftröhre. Sein Hemd zerschmolz, es klebte an seiner Haut. Er wollte sich hinlegen und sich auf dem Boden hin und her wälzen, um das Feuer zu löschen, aber er konnte sich nicht richtig bewegen, fiel auf die Knie und lehnte sich mit Kopf und Schultern schwer gegen die rote Wand.

Sie zog an seinen flammenden Haaren, schleppte ihn daran irgendwohin. Sie legte ein eisernes Armband um sein Handgelenk. Er war ans Bett gefesselt und zog so fest daran, wie er konnte, aber das Bett folgte ihm, schnitt in seine Handgelenke, ließ die Hitze wie Blut um den Armreif fließen.

»Ich brenne«, sagte er mit Tränen in den Augen.

Sie nahm sein Jackett, die Mütze und die Brille vom Boden und legte sie auf einen Stuhl. Sie löste die Schnürsenkel und zog ihm die Schuhe aus, machte den Reißverschluß seiner Hose auf, ließ sie fallen und zog sie über die bestrumpften Füße herunter. Sie durchsuchte seine Taschen und fand seine Geldbörse, ließ das Geld unberührt und nahm alles heraus, was seine Identifizierung erleichtert hätte, Büchereiausweis, Quittungen, Kreditkarten. Sie legte die an McEwan gerichtete Nachricht auf dem Zettel vom Notizblock in die Geldbörse und steckte sie in An-

gus' Hosentasche, faltete die Hose und legte sie ordentlich über den Stuhl.
»Du weißt …«, murmelte er, sein Kopf war ihm auf die Brust gesunken, »du hast es … Du …«
Sie holte den tragbaren Fernseher vom Wohnzimmer herein und stellte ihn auf den Boden, steckte den Stecker in die Dose und schaltete ihn ein.
»Wo ist Siobhain? Warum kann ich sie nicht sehen?« Tränen liefen ihm übers Gesicht. »Läßt du mich gehen?« sagte er.
»Du warst Bennys Therapeut, stimmt's? Du hast ihn mit dem Kreditkartendiebstahl erpreßt, nicht wahr? Du hast ihm gedroht, ihn zu verpfeifen und seine Karriere kaputtzumachen.«
»Ja. Hör bitte auf damit.«
»Hast du ihn gezwungen, das Messer wieder in die Wohnung zu bringen?«
»Ja, bitte … laß es aufhören.«
»Hat er dir von meinem Wandschrank erzählt?«
»Ja …« Angus murmelte sinnloses Zeug, sein Kopf baumelte willenlos und schwer auf seiner Brust hin und her.
»Du sollst wissen«, sagte Maureen langsam, so daß er sich daran erinnern würde, »das hier ist für Siobhain und Yvonne und Iona und die andern. Und es ist für Douglas und für Martin.«
»Ich weiß nicht, wer Martin ist«, sagte er arglos.
Sie stand ruhig da und sah ihn an. Ein kleiner, zusammengekrümmter Mann, schweißgebadet in seiner Unterwäsche. Dicker Speichel tropfte ihm seitlich aus dem Mund und landete sanft auf dem Unterhemd.
»Martin, das ist der Typ am Northern Hospital, den du ermordet hast.«
»Der Portier.«
»Ja, der Portier.«
Angus hob den Kopf. Seine Augen waren weit offen, viel zu weit. »Du weißt es«, schrie er, plötzlich wieder klar im Kopf. Sein Gesicht war gerötet und seine Stimme gepreßt, erstickt, als sitze er auf dem Klo. »Daher die Träume. Du hast gesagt, er hätte dich

mit dem Nagel zerkratzt, aber er hat dich gefickt. Du weißt es. Er hat dich gefickt.«
Sie nahm zwei Schritte Anlauf und stieß mit voller Wucht ihren Kopf gegen ihn. Sie fühlte den Aufprall mehr, als daß sie ihn hörte. Sie trat zurück. Blut rann ihm in den offenen Mund, die Nase begann, schnell anzuschwellen. Er sagte undeutlich und Blut spuckend: »Gefickt.«
Sie rammte ihn noch einmal. Er schloß die Augen und war plötzlich still. »Wirst du mich töten?«
»Ja.«
»Brenne ich?«
»Ja, Angus, du stehst in Flammen.«
Angus holte Luft und stieß einen markerschütternden Schrei aus. Maureen drehte den Fernseher auf volle Lautstärke und wartete auf eine Pause zwischen den Schreien. Dann öffnete sie die Tür und ging hinunter.

Siobhain und Leslie saßen am Tisch vor dem Fenster und aßen Coco-Pops mit Milch. Hinter ihnen schien die helle Sonne auf die Bucht wie auf einer Postkarte, und blaue und rote Holzboote schaukelten auf dem Wasser.
»Hallo«, sagte Siobhain. »Wo bist du gewesen?«
»Wir müssen sofort von hier verschwinden«, sagte Maureen und ging in die Küche. Sie nahm den Spüllappen aus dem Schrank unter der Spüle und wischte alles in der Küche ab, das möglicherweise mit dem LSD-Papier in Berührung gekommen war.
Leslie rannte ins Schlafzimmer und zog sich an. Siobhain schlurfte durch die Küchentür.
»Warum haben wir es so eilig?«
»Siobhain, vertraust du mir?«
»Ja.«
»Dann, bitte, beeil dich, zieh dich an. Wir müssen in zehn Minuten draußen sein.«
»Du hast Blut an der Stirn«, sagte sie und schlurfte davon.
Leslie erschien an der Küchentür, keuchte und zog den Reißver-

schluß ihrer Hose hoch. Sie sah furchtbar erschrocken aus. »Was soll ich machen?«

»Alles packen«, sagte Maureen. »Wir hinterlassen die Wohnung einwandfrei, damit es keine Klagen gibt. Und leg einen Zehner auf den Tisch als Trinkgeld.«

»Trinkgeld?«

»Eine Geste des guten Willens.«

»Du hast Blut an der Stirn.«

Daheim

Der Zug stand schon am Bahnhof von Largs. Maureen half Siobhain und Leslie in den ersten Wagen und rannte zum Schaffner, der rauchend auf dem Bahnsteig stand. »Wann fährt der Zug ab?« fragte sie.

»Zwölf Uhr dreißig«, sagte er gleichgültig. »Sie haben noch zehn Minuten.«

Ihr Herz schlug laut. Sie rannte zur Telefonzelle und rief Liam an. »Hallo, Liam?«

»Maureen, ich weiß, du bist in Millport, ich hab' doch die verdammte Wohnung gebucht.«

»Hat Benny es dir also ausgerichtet?«

»Ja, der Scheißkerl rief hier gestern abend ganz lieb und süß an und hat mich nach der Adresse gefragt, wo wir letztes Mal waren. Er sagte, er wolle dir Blumen schicken. Ich wollte runterfahren und dich besuchen.«

»Nein, tu das nicht, ich komme heim. Ich rufe nur an, um dir zu sagen, daß ich mit Benny fertig bin, du kannst mit ihm machen, was du willst.«

»Verdammt ... in Ordnung.« Liam knallte den Hörer auf die Gabel.

Siobhain grinste Maureen an, als sie durch das Zugabteil kam und sich neben sie setzte. Sie nahm ihre Hand und drückte sie. »Wo fahren wir jetzt hin?« fragte sie.

»Wir fahren nach Hause, Siobhain.«

»Ist es dort sicher?«

»Ja.«

»Wieso ist es sicher?«

»Es ist eben einfach so.«

»Wie hast du das fertiggebracht?«

»Ich bin furchtbar müde, Siobhain, macht es dir etwas aus, wenn wir jetzt nicht darüber reden?«
»Doch, ich will jetzt reden.«
»Aber ich bin total erschöpft.«
Siobhains Wangen wurden leicht rot, sie biß sich auf die Lippen. »Also gut«, sagte sie, stieß Maureens Hand weg und drehte das Gesicht entschlossen zum Fenster.

Maureen öffnete die Tür und ging in ihre Wohnung. Sie ließ den Mantel auf Douglas' blauen Küchenstuhl im überfüllten Flur fallen, ging in die Küche und schaltete den Boiler an. Langsam schritt sie ins Wohnzimmer. Die Dielen hatten braune Blutflecken. Aber man konnte sie streichen. Sie hatte das Gefühl, daß es gut wäre, eine Weile mit den Flecken zu leben, morgens an ihnen vorbeizugehen und sich an sie zu gewöhnen.
Sie machte den Wandschrank auf und sah die blutige Stelle an. Sie ging in die Hocke und legte die Hand darauf. Die Stelle war hart und rauh. Sie stand auf und ging mit kleinen, schlurfenden Schritten in den Wandschrank hinein und schloß die Tür hinter sich. Eine Weile saß sie in der Ecke, ließ ihre Finger auf dem getrockneten Blutfleck liegen und dachte an verschlungene Herzen. Schließlich stieß sie mit dem Fuß die Tür auf, kroch hinaus, ging ins Wohnzimmer und ließ die Wandschranktür offenstehen, so daß sie in den Flur hineinragte. Sie warf die leere Whiskyflasche und die halbleere Schachtel Pralinen in den Mülleimer, ging ins Schlafzimmer, zog das Bett ab und warf auch das Bettzeug in den Abfall.
Auf dem Weg ins Bad begann sie, ihre schmutzigen Kleider auszuziehen, ließ den Pullover im Flur fallen und streifte die Jeans an der Badezimmertür ab. Sie steckte den Stöpsel in die Wanne, ließ heißes Wasser einlaufen und lief nackt und rauchend einmal durch die ganze Wohnung. Ihre Kopfhaut fühlte sich verdreckt an, weil sie die Wollmütze gegen den ewigen Regen getragen hatte; sie kratzte sich am Kopf und fuhr sich durch die Haare, damit sie endlich Luft bekamen.

Es war das schönste Bad ihres Lebens. Sie lag tief im heißen Wasser, lehnte sich zurück und fühlte es durch ihr Haar strömen, die Kopfhaut wärmen und in die Ohren dringen. Sie stand auf und trocknete sich das Haar mit einem Handtuch, rieb sich mit wohlriechendem Öl ein und holte den blauen Stuhl ins Wohnzimmer. Sie setzte sich darauf wie eine riesige Duftkugel, die wie Brausepulver süßen Wohlgeruch verströmte, und genoß ihr Heim.
Das Telefon klingelte und störte ihre heitere Stimmung. Sie nahm nicht ab, und der Anrufbeantworter war noch nicht wieder angeschlossen. Es klingelte lange, und sie war ziemlich sicher, daß das nur Liam sein konnte. Sie würde ihn später zurückrufen.
Sie trug den Stuhl ins Schlafzimmer, saß eine Weile dort und dachte an die vielen Gelegenheiten, als dieses Zimmer ihr geholfen hatte, über eine schwierige Zeit hinwegzukommen. Dann brachte sie den Stuhl in die Küche zurück und nahm auch sie wieder in Besitz.
Sie fing gerade an, des Rituals überdrüssig zu werden, als jemand ungeduldig an die Tür schlug. Es war merkwürdig, weil es nicht zuerst geklopft hatte. Sie rannte blitzschnell ins Schlafzimmer und suchte nach etwas, das sie sich überziehen konnte. Sie war von oben bis unten mit Öl eingerieben, was immer sie anziehen würde, es wäre verdorben. Es hämmerte wieder an der Tür, und sie schlüpfte in ein altes Sommerkleid, das hinten einen Rotweinfleck hatte.
Sie guckte durch den Spion. Es war Jim Maliano mit seiner sonderbaren Frisur, den Pullover hatte er wieder in die Jeans gesteckt. Er schien verärgert.
Maureen öffnete die Tür. »Hallo ...«
»Ich bin gekommen, weil ich mein T-Shirt zurückhaben möchte.« Seine Stimme klang schrill und aggressiv und zerstörte ihre frohe Stimmung.
»Wie bitte?«
»Geben Sie mir mein Celtic-Hemd zurück.«
Sie wollte sich jetzt nicht damit befassen. »Jim«, sagte sie apathisch, »ich hab's verloren, es tut mir leid.«

Jims Augen weiteten sich, die über dem Wirbel aufgetürmten Haare begannen zu beben. »Es tut Ihnen leid?« schrie er. »Haben Sie eine Ahnung, wieviel mich das gekostet hat?«
»Jim, ich gebe Ihnen das Geld, ich bin nur …«
Jim streckte ihr seinen dicken Zeigefinger ins Gesicht und fuchtelte damit ein paar Zentimeter vor ihrer Nase herum. »So danken Sie es mir? Ich habe Sie in meine Wohnung aufgenommen, Ihnen und Ihrem Bruder Kaffee angeboten und Sie meine Gastfreundschaft genießen lassen …«
»Ach, verpissen Sie sich«, sagte Maureen unvernünftigerweise. »Ich geb' Ihnen das Geld.«
»Mich verpissen? Mich verpissen?«
»Ja, und hören Sie auf, hinter Ihrer Tür zu stehen und mir nachzuspionieren.«
»Wie können Sie es wagen? Ich bin zur Polizei gegangen wegen Ihres Freundes …«
Maureen mußte plötzlich lachen. »Jim«, sagte sie und versuchte, ernst zu bleiben, »gehen Sie von meiner verdammten Tür weg.« Und sie schlug sie ihm vor der Nase zu. Sie kauerte sich hinter ihrer Tür zusammen, schüttelte sich vor Lachen und hielt die Hände vor den Mund, damit er sie nicht hörte. Sie stand auf und sah durch den Spion. Er stampfte über den Treppenabsatz zurück und schlug seine Tür hinter sich zu.

Dad

Maureen liess das Telefon klingeln, bis es aufhörte, und schlief dann wieder ein. Minuten später hämmerte jemand an die Tür. Sie zog ihren Morgenmantel an und stolperte in den Flur. Ihre Augen waren so verschwollen, daß sie kaum durch den Spion sehen konnte. Liam stand draußen mit ein paar Einkaufstüten im Arm. Sie öffnete die Tür.

»Bist du eben erst aufgewacht, Mauri? Es ist ein Uhr nachmittags.« Er trat in den Flur und hielt ihr eine Tüte mit frischen Croissants und einen Karton Orangensaft hin. »Ich hab' dauernd angerufen.«

Als sie von der Toilette zurückkam, hatte Liam die Croissants schon zum Aufwärmen in den Ofen geschoben, eine Kanne faden Nescafé gemacht und den Tisch für ein richtiges, vollständiges Frühstück mit Tassen, Besteck und allem gedeckt. Er hatte kleine Schnittwunden an den Fingerknöcheln und ein langes, dunkles Mal seitlich am Hals. Es fing als drei Zentimeter breiter Fleck unter dem Ohr an und wurde dann zu einem breiten Dreieck, das sich bis zur Schulter hinunterzog und sich an den Rändern gelb zu färben begann. Liam reichte ihr ein Glas kalten Orangensaft. Draußen schien die Sonne. Maureen lehnte gegen den Fensterrahmen und ließ den Blick über ihre Lieblingsaussicht schweifen.

»Ich bin gefeuert worden«, sagte sie.

»Na ja, du wirst bald einen anderen Job finden«, sagte Liam. »Ich vermute, der Nervenkitzel des Kartenverkaufens wird dir fehlen?«

»Ja, ich werde mich danach sehnen, den ganzen Tag wie eine Nutte hinter dem zugigen, kleinen Fenster ausgestellt zu sein. Und was läuft bei dir, Liam?«

»Na ja«, sagte er, »ich bin neulich bei der Uni gewesen, und man hat mir gesagt, ich könnte dieses Jahr anfangen, wenn ich wollte,

vorausgesetzt, ich könnte garantieren, daß ich die Gebühren zahle.«
Sie lächelte. »Mein Gott, das ist ja toll, aber mußt du es selbst bezahlen?«
»Nein. Ich habe die Stipendienstelle angerufen. Sie werden zahlen, aber es kann eine Weile dauern, bis die Genehmigung durch ist.«
»Was willst du machen?«
»Film und Medien.«
»Nicht Jura?«
»Nee«, sagte er, »ich hab's satt, nur hinter dem Geld herzusein.«
»Ich hab' nicht mal gewußt, daß du am Filmemachen Interesse hast.«
»Ich auch nicht.«
Die Croissants waren heiß. Sie schnitt sie in der Mitte durch, bestrich sie mit Butter und Marmelade und sah zu, wie die warme Butter gelbe Pfützen bildete. Sie frühstückten gemächlich und in aller Ruhe.
»Was machen deine Frauen?« fragte sie.
»Äh, Maggie ist von zu Hause ausgezogen und wohnt jetzt bei mir. Ich weiß nicht. Sie macht mir immer Essen und so.« Er sah niedergeschlagen drein.
»Was ist daran auszusetzen?«
»Weiß nicht«, sagte er und schüttelte nachdenklich den Kopf, während die geschmolzene Butter auf seinem Kinn glänzte.
»Willst du nicht, daß sie bei dir wohnt?«
Er kaute und dachte darüber nach. »Nein«, sagte er. »Ich will Lynn.«
»Du könntest doch mit Maggie Schluß machen und Lynn fragen, ob sie wieder mit dir zusammen sein will.«
»Ich habe Lynn schon gefragt, aber sie will mich nicht.«
»Oje.« Sie trank von ihrem Kaffee und schaute zu ihm auf.
Er sah sie an und überlegte. »Hast du Lynn getroffen?«
»Nein«, sagte sie. »Warum?«
»Ach nichts. Sie hat etwas über deine Frisur gesagt.« Er trank

Orangensaft und sah in den Flur hinaus. »Was machst du denn jetzt mit der Wohnung hier?«
»Ich möchte hier bleiben. Es gefällt mir hier.«
»Ich kann die Monatsraten für eine Weile bezahlen, wenn du willst.«
»Ist nicht nötig. Douglas hat mir Geld hinterlassen.«

Benny lag im Albert Hospital. Liam fuhr Maureen durch die belebte Stadt, die Cathedral Street hinunter und zum Haupteingang. »Kommst du nicht mit rauf zu einem netten, kleinen Besuch?« fragte sie.
»Den Scheißkerl will ich nie mehr sehen«, murmelte Liam und kratzte an einer Schorfstelle auf seinem Handrücken herum. Er war sehr ernst gestimmt, und Maureen glaubte nicht, daß das nur mit den Schrammen an seinen Händen zu tun hatte, aber sie wollte ihrem Kopf heute nicht mehr als einen Gedanken zumuten, und im Moment galt dieser einzige Gedanke Benny.
»Bis gleich dann«, sagte sie und stieg aus.
Sie war bisher immer nur durch den schmalen Seiteneingang des Gebäudes zu Louisas Sprechzimmer gegangen. Das hier war der Haupteingang. Er ging über zwei Stockwerke und ähnelte eher einem kleinen Flugplatz als einem Krankenhaus. Eine ganze Galerie von offenen Büros zog sich über den größten Teil der Halle hin. Gleich beim Eingang gab es einen Zeitschriftenladen mit Blumenverkauf, in dem Hochbetrieb herrschte, und daneben war ein Bankautomat der Bank of Scotland in die Wand eingelassen. Hinter dem bewachten Empfangstresen befanden sich sechs Aufzüge mit Stahltüren, drei auf jeder Seite der Halle, die zu den Stationen hinaufführten. Sie las die Hinweistafel. Station 4b war auf der vierten Etage.
Maureen sah durch die Doppeltüren hinein. Es war eine altmodische Station mit sechzehn Betten, acht an jeder Seite des Raums. Die hohen Fenster waren mit Maschendraht versehen. Am Ende des riesigen Raums standen niedrige Plastiksessel um einen Fernseher herum. Es war eine Notstation für Unfallopfer. Über den

ersten drei Betten auf der linken Seite hingen Seile von Bettgalgen herunter, die aussahen wie die sich überkreuzenden Linien eines Fadenspiels. Die anderen Patienten lagen entweder in Gips oder hatten an verschiedenen Stellen Verbände. Benny sah sie nicht.

Drei Schwestern saßen in einem Schwesternzimmer, aßen Bratwürstchen im Teigmantel und tranken Limonade aus Pappbechern. Die jüngste von ihnen hielt eine geöffnete Grußkarte in der Hand. Sie sahen Maureen, die ratlos an der Tür stand.

»Oh, hallo. Ich suche Brendan Gardner.«

Die Schwester stand auf. Sie war schlank und wunderhübsch und hatte eine größere Haube als die anderen. »Sind Sie eine Verwandte?« fragte sie.

»Ja, ich bin seine Cousine.« Die Schwester deutete ganz nach hinten auf das letzte Bett links.

Maureen hätte ihn nicht erkannt. Seine Augen waren zugeschwollen wie zwei lila Lippenpaare, sein plump geschwollenes Gesicht war übersät mit blauen und gelben Flecken, und sein rechter Arm steckte im Gipsverband. »Hallo, Benny.«

Als er ihre Stimme hörte, versuchte er automatisch, sich aufzusetzen, fiel aber auf das Bett zurück. Da lag er, verkrampft, in panischer Angst und völlig wehrlos.

»Du siehst furchtbar aus«, sagte sie.

Er nickte ganz leicht.

»Kannst du nicht sprechen?«

Er versuchte, seine zitternden Lippen zu bewegen, versuchte es noch einmal, aber es ging nicht. Sie konnte die dünnen Drähte sehen, die seinen gebrochenen Kiefer fixierten.

»Hast du den Kiefer gebrochen?«

Er schob seine gesunde Hand leicht nach links, öffnete die Faust und deutete mit einem Finger auf Bleistift und Notizblock auf dem Nachttisch. Sie legte den Block neben seine linke Hand und steckte den Bleistift zwischen seine steifen Finger.

»Tut mir so leid«, schrieb er. Sein nervöses Gekrakel glich einer Kinderschrift, da er den Block nicht sehen konnte und mit der

ungeübten Linken schrieb. Er blätterte um. »Tut mir wahnsinnig leid.«
Sie hatte ihn anschreien und ihm böse Dinge sagen wollen, daß sie es ihm heimzahlen würde, wenn sie Gelegenheit dazu hätte, aber sie saß da und sah ihn an und wußte, daß sie nicht einfach alles beiseite schieben konnte, was er für sie gewesen war. Ihre Augen füllten sich langsam mit brennenden Tränen. Sie hatte das Gefühl, als sehe sie ihm beim Sterben zu.
»Aber warum?« flüsterte sie.
Er schlug die nächste Seite des Notizblocks auf. »Tch soB in dlr Klamme.«
Maureen las es mehrmals. »Tch soB in dlr Klamme?«
Er nahm ein neues Blatt. »ICH SASS IN DER KLEMME.«
»Du hättest mich verheizt für deine Karriere? Er wollte mich umbringen, Benny.«
»ICH BIN ANGEKLAGT.«
»Weswegen?«
»EINBRUCH.«
»Deine Karriere ist also sowieso im Eimer?«
Benny lag still da, seine Hand ruhte auf dem Notizblock. Sie nahm das Anti-Dynamos-Shirt aus ihrer Tasche und legte es aufs Bett. »Ich habe dein T-Shirt gebracht«, sagte sie.
»BITTE BEHALTEN«, kritzelte er auf ein weiteres Blatt.
»Ich will es nicht«, sagte sie und beugte sich über das Bett, als wolle sie ihn küssen. Sie streckte die Finger wie die Zinken einer Gabel aus und stach damit böse in die blutunterlaufenen Wülste seiner Augenlider, bevor sie den Raum verließ.
Ein kleiner Mann mit Glatze wartete beim Aufzug. Er trug einen Blaumann, auf dem hinten in weißen Buchstaben »Albert« stand. Maureen atmete ganz vorsichtig, um das Weinen zurückzuhalten. Der Pförtner warf ihr ein tröstendes Lächeln zu. »Ist alles in Ordnung, Kleine?«
»Eigentlich nicht.« Sie versuchte ein Lächeln, aber es mißlang wegen ihres zitternden Kinns.
Der Aufzug kam, und er trat zurück, um sie zuerst einsteigen zu

lassen. »Erdgeschoß?« Sie nickte. »Wegen Ihres Freundes?« fragte er und zeigte nach oben zur Station.
»Nein«, schniefte sie. »Nur ein Kumpel.«
»Machen Sie sich keine Sorgen«, sagte er. »Ich bin sicher, Ihr Kumpel wird wieder auf die Beine kommen. Wir erleben hier jeden Tag wahre Wunder.«
Der Aufzug glitt sanft bis ins Erdgeschoß. Die Türen öffneten sich vor einer Schar wartender Schwestern. Der Pförtner ließ ihr wieder den Vortritt. »Danke«, flüsterte sie.
Sie stand neben dem Auto und schneuzte sich, bevor sie die Wagentür öffnete und einstieg. »Also, Liam«, sagte sie. »Woran denkst du? Wenn du mir etwas zu sagen hast, dann tu's jetzt.«
Liam holte tief Luft und sah auf seine Knie hinunter. »Bist du sicher?«
»Ja. Sag es mir jetzt.«
»Sie haben nicht behauptet, daß du Douglas umgebracht hättest.«
»Das hab' ich schon gemerkt.«
»Na ja, ich hatte aber einen guten Grund zum Lügen.«
Er hielt inne, fuhr sich über den Bluterguß an seinem Hals und klopfte zweimal leicht mit den Fingerspitzen darauf. Er ließ seine Hand in den Schoß fallen und schaute mit halb zusammengekniffenen Augen aus dem Fenster auf die Kathedrale.
»Sag's mir.«
»Sie glauben wirklich, daß mit deinem Gedächtnis etwas nicht stimmt.«
»Das ist aber nicht alles, oder?«
Er zupfte an dem beschädigten Lederbezug des Steuerrads. »Sie sagten, deine Erinnerung würde dich täuschen.«
»Erzähl mir alles, Liam.«
Liam räusperte sich. »Ich wollte dir nicht die Wahrheit sagen, weil ich wußte, daß es dich ganz durcheinanderbringen würde.«
Sie drehte sich plötzlich um und schrie ihn an. »Warum hast du mich hingehen und mich so idiotisch benehmen lassen, Liam? Wenn sie vorher dachten, ich sei gestört, dann werden sie ...«

»Ich hab' dir gesagt, du sollst wegbleiben«, sagte er verdrießlich. »Ich hab' es dir gesagt, Mauri. Ich hab' gesagt, geh nicht hin.«

»Ach, verdammte Scheiße.«

»Ich hab' gesagt, bleib weg.«

Maureen schaute aus dem Fenster. »Warum hast du mich angelogen?« fragte sie.

»Ich wollte nicht, daß du es weißt.«

»Du wolltest nicht, daß ich was weiß?«

Liam wandte sich ab und schüttelte den Kopf.

»Sag's mir.«

»Dad ist wieder da«, sagte er matt. »Deswegen ist Marie hier. Dad ist wieder da.«

Hugh

Sie stand auf den Stufen der Kirche und versuchte herauszufinden, wo der Eingang war. Er hatte gesagt, Thurso Street, aber St. Francis war in der Lorne Street. Sie ging den Hügel hinunter zur Thurso Street und sah um die Ecke. Ein Zaun mit hohen Eisenstäben trennte den hinteren Teil der Kirche von der Straße ab. Sie ging wieder die Kirchentreppe hinauf und sah durch die offenen Türen hinein. Zwei Meter vom Eingang entfernt hatte man eine Glaswand errichtet, die an den Seiten Türen hatte, Windschutz bot und einen schalldichten Bereich für lärmende Kinder schuf. Der Hochaltar bestand aus einer weißen, gewölbten Wand mit Heiligenfiguren vor einem imitierten gotischen Wandbehang. In den ersten zwei Bankreihen warteten Gläubige auf die Abnahme der Beichte. Andere knieten etwas weiter von den Beichtstühlen entfernt und taten mit andächtig gesenktem Kopf bereits Buße. An der Innenseite der Glaswand vor der letzten Bank kniete eine weißhaarige Frau mit einem altmodischen, schwarzen Schleier. Sie sagte den Rosenkranz auf, ihre von Wind und Wetter gegerbten, arthritischen Finger liefen flink über die Kette aus Jettperlen, die um ihre Hand gewickelt war. Ihre Lippen zitterten, als sie mit fromm geneigtem Kopf das Vaterunser sprach.

Eine kleine, dunkle Holztür rechts vom Eingang stand ein wenig offen. Maureen ging hinüber, stieß sie auf und sah um die Ecke. Ein langer, schmaler Korridor lief an der gesamten Längsseite der Kapelle entlang. Sie ging ihn halb hinunter, bevor sie überlegte, wohin er führte. »Es wird wohl kaum in der verdammten Sakristei stattfinden«, murmelte sie und lästerte einfach nur aus Aufmüpfigkeit, weil sie sich in einer Kapelle befand, ein Ort, an den sie nicht gehörte.

Statt an der Tür des Pfarrhauses zu klopfen und zu fragen, wo das Treffen sei, ging sie ganz um die Kirche herum, bis sie den Eingang fand. Sie entdeckte ein dunkles Gäßchen zwischen der benachbarten Grundschule und der Rückseite der Kapelle, steckte die Hand in die Tasche und schloß sie um den spitzen Kamm, bevor sie in die Dunkelheit trat. Helle Bewegungsmelder schalteten sich ein, als sie den schmalen Zickzackweg entlangging. Plötzlich befand sie sich am oberen Ende einer Treppe. Direkt vor ihr war eine kleine, wackelige, glänzendbraune Tür mit abblätternder Farbe. Durch die Ritze unter der Tür schien ein Licht. Sie ging die Stufen hinunter und horchte an der Tür. Jemand sprach – eine Frau erzählte eine lustige Geschichte oder so etwas Ähnliches. Eine andere Stimme unterbrach sie, eine Männerstimme. Maureen klopfte an die Tür. Die Stimmen schwiegen, und die Tür ging auf. Eine große, blonde Frau in einem schicken, schwarzen Busineßkostüm sah zu ihr heraus und lächelte höflich. »Kann ich etwas für Sie tun?« fragte sie in einem weichen, englischen Upper-class-Akzent.

Der Raum hinter ihr sah sehr schäbig aus. Nackter Betonboden, und der Schrank unter der Spüle hatte keine Türen mehr. Von der Wand bröckelte der Putz, und die dicke, blaue Farbschicht darauf sah aus, als hielte sie allein die Wand zusammen. Maureen hatte das Gefühl, in einen Hexenzirkel geraten zu sein. »Ich suche Hugh McAskill.«

Die Frau lächelte freundlich und kehrte in den Raum zurück. »Hugh, mein Lieber, für dich.«

Hugh McAskill kam zur Tür und strahlte, als er sie sah. Sie lächelte und war sehr froh, ihn mit seinen weit auseinanderstehenden Zähnen und seinem goldschimmernden Haar zu sehen.

»Sie sind also zum Treffen gekommen?« fragte er.

»Nein«, sagte sie und versuchte, ihre Freude zu verbergen. »Ich bin nur gekommen, um Sie zu sehen.«

»Kommen Sie rein und trinken Sie eine Tasse Tee.« Er trat in den unansehnlichen Raum zurück. Die Engländerin schien verstimmt. »Ist schon gut«, sagte er. »Sie gehört zu uns, sie will nur noch nicht zur Sitzung kommen, das ist alles.«

Maureen trat ein und machte die Tür hinter sich zu. Der Fußboden war leicht abschüssig, er lief auf einen Abfluß in der Mitte zu; sie spürte, wie ihre Wadenmuskeln sich dem Gefälle anpaßten. Tassen aus braunem Glas, ein Teller mit teuren Schokoladekeksen und eine dampfende Teemaschine standen auf einem wackeligen Tisch. Weitere vier Frauen mittleren Alters standen in einer Gruppe am Ende des Raums und beäugten Maureen mit wohlwollender Neugier. Sie traten nacheinander vor und stellten sich mit ihren Vornamen vor.

Die Tür hinter Maureen ging auf, und ein lächerlich großer Mann, etwas über zwanzig, kam herein, wobei er sich unter der niedrigen Tür ziemlich ducken mußte. »Hallo allerseits«, rief er und sah sich im Raum um, bis er den Teller mit den Keksen entdeckte. Er ging direkt darauf zu, nahm sich drei und steckte sie ganz in den Mund. Er sah Maureen an. »Wer sind Sie?«

»Ich bin Maureen O'Donnell.«

»Sind Sie ein Inzestopfer?«

»Äh, ja«, sagte sie, runzelte die Stirn und wünschte, er würde sich um seine eigenen verdammten Angelegenheiten kümmern. Seine Art, sich zu geben, war so aufdringlich fröhlich, daß Maureen den Verdacht hatte, sie habe hier einen zutiefst unglücklichen Menschen vor sich.

»Hier braucht einem das nicht peinlich zu sein«, sagte er und grinste, den Mund voller Kekskrümel. »Wir sind alle von unseren Familien mißbraucht worden.« Er sah sie an, als erwarte er irgendeine Reaktion von ihr, aber ihr fiel dazu nichts ein.

»Gut«, sagte sie.

McAskill zog sie zur Seite, so daß sie dem lustig-traurigen Mann den Rücken zukehrte. »Weswegen wollten Sie mich sehen?« fragte er leise.

Sie murmelte mit gedämpfter Stimme und gesenktem Kopf: »Ich wollte nur wissen, ob Joe McEwan einen bestimmten Anruf bekommen hat … vielleicht von einem exotischen Urlaubsort?«

McAskill warf den Kopf zurück und lachte, daß sie seine Zahnplomben sah. »Sie geben aber auch nie auf. Wissen Sie denn, daß McEwan Sie am liebsten erwürgen würde? Da haben wir einen hochbrisanten Fall und schlagen uns jetzt mit einem Verrückten herum, der dauernd was von einem Feuer schreit.«

»Die Fingerabdrücke bei Martin waren also identisch mit denen von Angus?«

»Ja, eindeutig, er hatte sogar eins von diesen großen Messern dabei.«

»Wo?«

»In der Ledertasche.«

Sie rollte mit den Augen und holte Luft. »Verdammt.«

McAskill seufzte ebenso wie sie. »Sie haben ganz schön Glück gehabt«, sagte er.

Sie nickte. »Allerdings. Wie kam McEwan darauf, daß ich es war?«

»Na ja, Sie haben sich der Überwachung entzogen, und Ihre Fingerabdrücke waren überall auf dem Zettel. Aber sie waren ziemlich verwischt. Die Schwester in dem kleinen Krankenhaus hat es geschafft, den Zettel etwa fünfzigmal an verschiedenen Stellen anzufassen, bevor sie uns anrief.«

McAskill lächelte ihr zu, und sie dachte, sie könnte vielleicht noch etwas anderes probieren.

»Darf ich Sie etwas fragen, Hugh? Etwas über den Fall?«

Er schien unsicher. »Kommt drauf an.«

»Warum habt ihr aufgehört, jemanden zu suchen, der es am Tag getan haben könnte? Warum habt ihr gedacht, daß es abends passiert sein muß?«

Er war sprachlos. »Woher wissen Sie das?«

»Ach, ich weiß es einfach.«

Er schien verstimmt. »Hatten Sie zu noch irgend jemandem von uns Kontakt?« fragte er leise.

»Nein, es ist nur ... mir ist aufgefallen, daß ihr immer Fragen zum Tag gestellt habt, und als McEwan dann Liam zum zweiten Mal verhörte, habt ihr plötzlich wegen abends gefragt.«

»Oh«, sagte McAskill und dachte darüber nach, »das stimmt.« Er sah niedergeschlagen aus. »Erinnern Sie sich an die Sache im Wandschrank?«

»Ja.«
»Das ist langsamer verwest als der Rest. Die Zeitberechnungen stimmten überhaupt nicht.«
»Oh«, sagte sie und wünschte, sie hätte nicht danach gefragt, »ich verstehe.«
»Jedenfalls«, sagte er, »McEwan glaubt, Sie hätten das getan, um ihn zu ärgern.«
»Natürlich, alles, was ich tue, hat mit Joe McEwan zu tun.«
McAskill sah sie ernst und irgendwie bewundernd an. »Sie haben es für sie getan, nicht wahr? Für Ihre Freundin?«
Maureen wollte noch nicht über ihre Motive reden. Sie hatte es für Siobhain und die anderen Frauen getan, bis zu dem Augenblick, als sie ihn mit dem Kopf gerammt hatte. »Ja. Ein bißchen. Jedenfalls«, sagte sie und kratzte sich am Kopf, wobei sie die Nägel tief in ihre Kopfhaut grub, »Joe ist jetzt verärgert, aber er hat nicht vor, mich wegen irgend etwas zu belangen?«
»Nein, wir könnten Ihnen gar nichts nachweisen. Der Typ ist in einem schrecklichen Zustand, aber er hat überall im Mund und in der Kehle Spuren von LSD. Wir können nicht sagen, daß er es nicht selbst genommen hat. Alles, was wir hatten, war ein betrunkener, alter Mann in einer Imbißstube, der drei fremde Frauen gesehen hat. Die Fingerabdrücke auf dem Zettel sind unbrauchbar. Wir könnten gar nichts machen.«
»Mein Gott, hab' ich Glück gehabt«, sagte sie mehr zu sich selbst.
»Ja, das kann man sagen«, antwortete er. »Er ist übrigens hingefallen und hat sich die Nase gebrochen.«
Heiß breitete sich die Schamröte über ihren Nacken aus. »Tut mir leid, das zu hören«, sagte sie der Form halber.
»Möchten Sie einen Keks?« Er beugte sich vor, nahm dem jungen Mann den Teller ab und hielt ihn ihr hin. Die Schokolade war dunkelbraun, bitter und so dick, daß ihr fast die Luft wegblieb, als sie hineinbiß. »Guter Gott im Himmel«, sagte sie, »sind die gut.«
»Ja«, sagte McAskill und schaute entzückt auf seinen Keks, »die gibt's hier jede Woche.«

»Wo ist er jetzt?«
»Wer, Joe?«
»Nein, der Typ von dem exotischen Urlaubsort.«
»In Sunnyfield.«
»In der psychiatrischen Klinik?«
Er schüttelte ernst den Kopf. »Es ist keine psychiatrische Klinik, es ist ein psychiatrisches Landeskrankenhaus.«
»Was ist der Unterschied?«
»Die Öffentlichkeit kümmert sich einen Dreck um die Leute dort.«
»Ich dachte nicht, daß es so lang dauern würde. Es ist schon fünf Tage her.«
»Ja«, sagte McAskill, »man kann nicht voraussagen, wie lange LSD wirkt. Jedenfalls ist Anklage gegen ihn erhoben worden. Er kann nicht einfach verschwinden.«
Die Engländerin in dem schwarzen Kostüm öffnete eine kleine Tür in der Wand, die zu einer Wendeltreppe führte. »Alle sind da«, sagte sie. »Es ist acht Uhr.«
Die anderen gingen mit ihren Teetassen nacheinander die Treppe hinauf. »Sind Sie sicher, daß Sie nicht doch mitkommen wollen?«
»Nee, Hugh, ein andermal.«
»Vielleicht würde es Ihnen gefallen.«
»Ja, aber in meiner Familie tut sich gerade einiges ... Wenn ich jetzt mit hinaufkomme, werde ich nur darüber nachdenken müssen, und dann platzt mir vielleicht der Schädel.«
McAskill sah sie respektvoll an. »Das bezweifle ich. Aber kommen Sie doch wieder, ja? Wenn's auch nur wegen der Kekse ist.«
Sie stieß ihn sanft in die Rippen. »Ich werde kommen, um Sie wiederzusehen.«
Er grinste. »Tun Sie das ruhig.«
Er sah ihr nach, als sie auf die nun hell erleuchtete Gasse hinausging, und zog die Tür zu.

Angus

Siobhain war mit ihrem Geldbündel von Douglas einkaufen gegangen und hatte einen Fernseher mit einem 28-Zoll-Bildschirm gekauft. Er hatte einen eingebauten Videorecorder, abnehmbare Lautsprecher, und sogar ein mattschwarzer Fernsehtisch war dabei. Er ließ alles andere in ihrem Wohnzimmer winzig erscheinen. Sogar der Gasofen an der Wand nahm sich neben der riesigen Glotze wie ein Spielzeug aus. Leslie rollte das Kabel auf und steckte es in die Steckdose. Maureen wollte ihn einschalten.
»Nein«, sagte Siobhain, »seht mal her.«
Sie nahm die Fernbedienung aus der Plastiktüte, setzte die Batterien ein und drückte auf den Knopf. Der prachtvolle Fernseher erwachte zum Leben. Sie trat zurück und sah ihn sich an.
»Hey!« sagte Leslie. »Ich bin ja nicht verrückt nach Fernsehen, aber dieses Ding ist verdammt noch mal 'ne Wucht.«
»Fluch nicht«, sagte Siobhain, während sie die Gebrauchsanweisung für die Fernbedienung las.
»Hm?«
»Ich habe gesagt, fluche nicht. Nicht in meinem Haus.«
Sie spielte mit der Fernbedienung, zappte zwischen den Kanälen hin und her, drehte die Tonstärke laut und leise, veränderte zwischendurch die Farbeinstellung und bemerkte gar nicht, daß Leslie hinter ihrem Rücken eine Grimasse schnitt.
»Und funktioniert sogar wie 'ne Eins«, sagte Maureen, die Frieden haben wollte. Sie sah Siobhain an und wußte nicht, ob dies der richtige Zeitpunkt dafür war. Sie griff in ihre Tasche, zog verstohlen eine Videokassette hervor und zeigte sie Leslie, die sanft dazu nickte.
»Ich geh' mal kurz 'nen Volltreffer landen«, sagte Leslie munter und verschwand im Bad.
»Siobhain«, sagte Maureen, »ich will dir ein Video zeigen. Es ist

etwas, das ich gestern abend im Fernsehen aufgenommen habe. Willst du es sehen?«

»Okay.«

Maureen nahm die Kassette heraus und legte sie ein. »Es kommt eine Aufnahme von Angus darin vor«, sagte sie.

»Welcher Angus?« sagte Siobhain, die noch immer mit der Fernbedienung beschäftigt war.

»Angus Farrell.«

»Oh.«

Maureen hatte eine stärkere Reaktion erwartet, Tränen oder Schweigen, aber nicht diesen unbekümmerten Mangel an Interesse. Sie legte die Kassette trotzdem ein.

»Ist sie zurückgespult?« fragte Siobhain.

»Ja, du kannst einfach einschalten.«

Siobhain stellte den Videokanal ein und drückte die Playtaste. Die Nachrichtensprecherin sah auf der riesigen Bildfläche ein bißchen nach 1984 aus. Ein Ausschnitt in Zeitlupe war zu sehen, in dem Angus von einem großen Steintor weg in ein wartendes Polizeiauto geführt wurde. Er war mit Handschellen an einen Begleiter gefesselt. Seine Nase war krumm und flach wie die eines Boxers, und er hatte keine Brille auf. Sein Mund stand offen. Der Sprecher sagte, er sei des Mordes an Douglas Brady und einem weiteren Mann beschuldigt und solle vorläufig zur weiteren Behandlung im psychiatrischen Landeskrankenhaus Sunnyfield festgehalten werden. Carol Brady sagte unter Tränen, sie sei der Polizei für ihre erstklassige Arbeit dankbar und wünsche für sich selbst und ihre Familie nur, in Ruhe gelassen zu werden. Der Bericht war zu Ende, und ein schwarzer Balken lief auf der Bildfläche schnell von unten nach oben und wischte das Bild weg.

»Er ist kaputt«, sagte Siobhain, schlug mit der flachen Hand auf die Fernbedienung und landete auf einem Kanal mit einem Dokumentarbericht über Skifahren.

»Nein, Siobhain«, sagte Maureen. »Das war's. Ich hab' nur das kurze Stück aufgenommen.«

Es dauerte eine Minute, bis das bei Siobhain angekommen war. »Oh«, sagte sie, »ist das alles, was auf dem Band ist?«
»Ja, das ist das Ende der Geschichte.«
»Aber wenn ich ein anderes Band einlege, dann ist es wieder in Ordnung?«
»Ja.«
»Also gut.«
Sie nahm die ausführliche Betriebsanleitung aus dem großen Karton und fing an zu lesen. Maureen räusperte sich. Siobhain warf einen kurzen Blick zu ihren Füßen hinüber und las weiter. Für einen langen, erschütternden Moment dachte Maureen, sie hätte den Falschen erwischt.
»Also«, sagte Maureen. »Was empfindest du jetzt Angus gegenüber?«
Siobhain zuckte die Schultern. »Er kann mir jetzt nicht mehr weh tun.«
Maureen stieß einen Seufzer der Erleichterung aus. »So ist es.« Sie lächelte ermutigend. »Er kann dir nicht mehr weh tun, weil er in einer Gefängnisklinik sitzt und dort lange Zeit bleiben wird.«
»Nein«, sagte Siobhain ärgerlich und sah Maureen an, als sei sie zu dumm, es zu verstehen. »Er kann mir nicht mehr weh tun, weil ich jetzt dich und Leslie habe. Ihr kümmert euch um mich.«
»Ja, stimmt«, nickte Maureen. »Ja. Das auch.«
Siobhain begann wieder zu lesen.
»He, Mauri«, rief Leslie vom Flur, »nichts wie weg hier, sonst verpassen wir den Schichtwechsel der Polizei.«
»Ja.« Maureen stand auf. »Wir gehen dann.«
Siobhain sagte auf Wiedersehen, ohne den Blick zu heben.

Draußen auf der Straße reichte Leslie Maureen den Helm. »Hast du Wasser dabei?« fragte sie.
»Ja, es ist schon im Kübel«, antwortete Maureen und tippte auf einen Plastikeimer mit Kleister in der offenen Gepäckbox. Daneben steckten die zusammengerollten Poster.

»Das ist beschissenes Papier«, sagte Leslie. »Es wird sich auflösen wie Klopapier, wenn es regnet.«
»Ja, aber es hat fast nichts gekostet, und es braucht ja nicht ewig zu halten.«
»Es liegt mir fern, so etwas zu sagen«, sagte Leslie, als sie ihren Helm aufsetzte, »aber diese Siobhain ist schon ein Trampel.«
Maureen kratzte sich bekümmert am Kopf. »Du hast recht, Leslie«, sagte sie und schnallte den Helm unter dem Kinn fest.
»Ehrlich gesagt«, meinte Leslie, »mir war sie sympathischer, als sie total verängstigt war und nichts gesagt hat.«
»Sie denkt, wir sind jetzt ihre großen Verbündeten. Sie sagte, sie wüßte, daß sie jetzt sicher sei, weil sie uns hat und wir für sie sorgen.«
»O Scheiße«, sagte Leslie und biß sich auf die Lippe.
Maureen seufzte. »Da will man einmal eine heroische Geste landen, und schon darf man Mami spielen.«
Leslie lachte und schwang das Bein über den Sitz, schubste mit der Ferse den Ständer zur Seite, trat auf den Kickstarter und ließ den Motor aufheulen. »Annie hat mir eine wirksame Methode beigebracht, wie man mit solch anlehnungsbedürftigen Menschen umgeht.«
»Ja?« sagte Maureen, ganz überrascht von Leslies fürsorglicher Anwandlung. »Und wie macht man das?« Sie setzte sich auf den Rücksitz des Motorrads und legte die Arme um Leslies Taille.
»Man sagt ihnen, sie sollen sich verpissen«, sagte Leslie und fuhr in den Verkehrsstrom auf der Duke Street hinaus.

Danksagung

MEIN DANK GILT der Pressestelle der Polizei in Strathclyde, dem Women's Aid Collective in Glasgow und Ian Mitchell und Jon Redshaw vom Polizeirevier in Durham für ihre unschätzbare Hilfe bei den Recherchen zu diesem Buch. Außerdem danke ich Rachel Calder, Marina Cianfanelli und Katrina Whone, ohne deren Zuspruch und Rat ich aufgegeben hätte. Vor allem aber danke ich Stephen Evans für seine Güte, Geduld und gute Laune in all den Monaten der frühmorgendlichen Tipperei just neben jenem Bett, in dem er zu schlafen versuchte.

Val McDermid

Das Lied der Sirenen

»Val McDermids Fähigkeit, in die gestörte Psyche eines Kriminellen einzudringen, ist furchterregend!«
The Times

Als die Polizei männliche Leichen findet, die vor ihrer Ermordung grausam gefoltert wurden, wird das Leben des Psychologen Tony Hill gefährlich aufregend – denn bei seinen Bemühungen, dem Mörder auf die Spur zu kommen, wird eines immer deutlicher: Er könnte sehr gut das nächste Opfer sein!

» ... der *roaring Ferrari* unter den englischen Krimiautoren.«
Die Welt

Knaur